식민지적 전향

식민지와 문학

**정창석**(鄭昌石, Chung Chang Suk)
서울대학교 사범대학 국어과를 졸업했다. 일본 쓰쿠바대학[筑波大學] 대학원 역사인류학 연구과
를 졸업하고 문학박사 학위를 취득했다. 현재는 동덕여자대학교 일본어학과 교수로 재직 중이다.
전공 분야는 일본 근대사를 중심으로 사상사, 한일 관계사, 한일 비교문학이다. 주요 저서로는
『만들어진 신의 나라』(이학사, 2014)가 있다.

# 식민지적 전향 ─ 식민지와 문학

**초판 인쇄** 2015년 5월 1일  **초판 발행** 2015년 5월 10일
**지은이** 정창석  **펴낸이** 박성모  **펴낸곳** 소명출판  **출판등록** 제13-522호
**주소** 서울시 서초구 서초중앙로6길 15, 1층
**전화** 02-585-7840  **팩스** 02-585-7848  **전자우편** somyong@korea.com  **홈페이지** www.somyong.co.kr

값 31,000원  ⓒ 정창석, 2015
ISBN 979-11-86356-28-9  93810

# 식민지적 전향

## 식민지와 문학

The Colonial Conversion

정창석 지음

소명출판

서양 제국주의는 서양 이외의 지역을 식민지로 지배하며 백인종 우월주의를 날조해 '백인종의 부하(負荷, whiteman's burden)'라는 시혜 의식을 명확하게 드러냈다. 이에 비해 일본 제국주의는 서양을 모방한 '일본인의 부하(Japanese burden)'를 내세워 한국을 식민지로 지배하며 일본 민족의 우월성을 날조해 한국 민족에 대한 시혜 의식인 '내선일체'와 '황국신민화'를 강요했고, 나아가 '동양의 평화'와 '아시아의 해방'을 선전했다. 서양 제국주의가 식민지 지배를 인종과 인종의 관계로 설정해 지배와 착취로 일관한 데 비해, 일본 제국주의는 식민지 지배를 민족과 민족의 관계로 설정해 지배와 착취에 더해 동화 정책을 펴 식민지 한국의 영토화와 민족 말살을 획책했다.

이러한 서양 제국주의와 일본 제국주의 식민지 지배의 유사성과 차이점으로부터 일본 제국주의 식민지 한국 지배의 파생물 '식민지적 전향'은 출현했다. 거기에는 근대 문명을 매개로 서양 제국주의와 일본 제국주의의 유사성에서 오는 일본에 대한 수혜 의식과 차이점에서 오는 동일시 현상이 맞물려 얽혀 있다. 또한 '식민지적 전향'에는 정신의 상관관계로 지배자 '식민(colonial)'과 피지배자 '원주민(native)' 사이에 '선동(demagogy)'의 '주입(injection)'과 '감염(infection)'이 일어나 '동화(assimil-ation)'에 이르는 폐쇄 회로가 선명하게 드러나 있다.

어느 민족이나 국가가 지나온 역사에는 타민족이나 타국으로부터 받은 고난과 시련의 시대는 있다. 그러나 고난과 시련으로부터 받는 고통보다도, 그 시대에 어떠한 삶을 살았느냐가 더욱 치욕스러운 것일 수가 있다. 또한 고통과 고난의 피해자보다도 가해자가 더욱 부끄러울 수도 있다. 한국이 일본 제국주의 식민지 지배를 받았던 시대는 실로 이러한 명제를 여실히 보여주는 역사였다. 특히 일본 제국주의 시대 '식민지적 전향'에서는 더욱 그렇다. 이러한 명제가 성립되는 이유는 어느 민족이나 국가든 독립의 의지를 가진 민족이나 국가에 대한 식민지 지배를 영원히 계속할 수는 없으며, 어느 민족이나 국가든 다른 민족이나 국가의 지배를 언제까지나 감수하지는 않기 때문이다.

그러나 이러한 명제를 수용하면서도, 지울 수 없는 상흔이 식민지 한국의 '식민지적 전향'에 각인되어 남아 있는 것은 일본 제국주의 식민지 지배가 가져다준 분노 속에 어찌해볼 수 없는 부끄러움이 숨어 있기 때문이다. 또한 식민지사관과 식민지 근대화론이 아직도 횡행하고 있는 현실 속에서 그 상흔이 치유되지도 못한 채, 역사 앞에 병근으로 남아 끊임없는 민족적 자성과 청산을 요구하고 있기 때문이기도 하다.

마찬가지로 일본의 과거에서 제국주의 역사를 지울 수 없는 한, 가해자로서의 부끄러움과 치욕이 가려질 수는 없을 것이다. 그것은 피해자의 고통보다 더욱 부끄러운 응보가 되어 역사 앞에 언제까지나 가로놓여 있을 것이기 때문이다. 그리하여 지겹게도 되풀이되고 있는 일본 제국주의 메이지유신의 속류 신화―서양 모방과 민중 학살과 침략 전쟁으로 점철된 절대주의 천황제의 내용과 과정은 사라져버리고 근대화의 원형이라는 실패한 졸속 내셔널리즘의 허명에 파묻혀, 여전히 청산하지 못한 역사가 인간의 보편성에 대한 끊임없는 자기 성찰과 자기 확인을 한국인과 일본인에게 동시에 요구하고 있다. 그렇다고 하여 그 자기 성찰과 자기 확인이 동질의 것일 수는 없다. 한국인은 요구할 것이 있고, 일본인에게는 요구받을 것이 있기 때문이다. 그것이 역사의 의미이다. 이러한 명제는 문학에도 그대로 적용된다. 여기에 문학의 '식민지적 전향'을 되새김하는 의의가 있을 것이다.

출판을 흔쾌히 수락해준 소명출판과 세세한 교정에 수고를 아끼지 않은 편집부에 깊은 감사를 드린다.

2015년 3월
정창석

# 차례



책머리에    3

제1장    **일본 제국주의 파생물 – '식민지적 전향**    7
1. 의미와 정의    7
2. '신체제'    17

제2장    **식민지와 문학**    27
1. 시국과 전쟁 유희    27
2. '국책' 수용의 단계    51

제3장    **일본 미망과 '대동아' 환상**    141
1. 일본 체험의 현실과 허상    141
2. '대동아 의식'    196
3. 야만의 문학 – '대동아문학자대회'    214
4. 일본인 의식    248

제4장    **'내선일체'와 '황국신민화'**    269
1. '국체의 명징'    269
2. 차별과 억압    283
3. 한국어와 일본어    367
4. 귀속 문제    417

제5장    **식민지 지배 어디까지 가능한가**    433

참고 문헌    442

제1장

# 일본 제국주의 파생물
### '식민지적 전향'

## 1. 의미와 정의

19세기는 서양 자본주의 팽창에 따라 세계 시장의 형성을 노린 제국주의 국가가 일제히 식민지 분할 경쟁에 나섰던 시대였다. 세계 각지에서 서양인이 말하는 소위 '미개 국가'와 '미개 지역'이 속속 식민지로 편입되어가는 와중에 일본은 여러 역사적인 조건에 편승하여 발빠르게 근대 국민 국가 건설에 성공했다. 그 결과 일본은 19세기 말 벌써 서양 열강과 어깨를 나란히 제국주의 마수를 아시아를 향해 뻗기 시작했다. 그러나 다른 아시아 나라들은 이러한 세계의 어지러운 움직임에 자극을 받아 국민 국가 형성을 위한 발걸음을 떼기도 전에 혹은 그 더딘 발걸음의 도중에 집중적인 제국주의 침략을 받아 식민지 내지는 반식민지의 나락으로 떨어졌다. 이러한 국가는 정도의 차이는 있겠지만 좋고 나쁨의 선택을 떠나 새로운 국제 질서에 휘말려 전통적인 가치관과 사회 체제의 변혁을 강요받을 수밖에 없었다.

그 나라들 중 최후까지 '쇄국과 은둔'[1]을 계속했던 한국은 1876년 일본의 군사적 압력으로 개국하여 급변하는 국제 정세의 풍운에 휘말리게 된다. 1894년의 청일전쟁, 1904년의 러일전쟁 등 한국을 둘러싼 현기증 나는 태풍 속에서 근대 국민 국가 형성과 근대화 성취에 뒤떨어진 한국은 1905년의 보호조약, 1910년의 병합조약 등 차례차례 이어지는 일본 제국주의 침략을 받아 식민지로 전락했다.

그리하여 근대 한일 관계는 피지배와 지배라는 비정상적인 형태로 막을 올렸던 것이다. 이러한 관계는 필연적으로 양국 사이에 건널 수 없는 심연을 파놓아 한민족에게 헤아릴 수 없는 고통과 상흔을 남겼다. 그 중의 하나가 '식민지적(植民地的) 전향(轉向)'이며, 그것을 직접적으로 실천한 문자 행위가 '신체제 문학(新體制文學)'[2]이다. 이러한 것은 식민지라는 시대 상황 속에서 일어난 것이기 때문에 왜곡된 역사의 파생물이며, 일본 제국주의 한국 지배 양상이 적나라하게 드러나는 측면을 지니고 있다. 또한 그것은 일단 식민지로 전락한 국가의 주권 회복이 얼마나 어려운 일이며, 그 나라의 지식인이 주체성과 시대적·역사적 임무를 지키는 것이 얼마나 중요하고 어려운 일인가를 생생하게 보

---

1  F. A. McKenzie, 渡邊學 譯, 『朝鮮の悲劇』, 平凡社, 1972, 3면.
2  이 용어는 기본적으로 식민지라는 시대 상황 아래 1930년대 일본 제국주의의 새로운 사회 체제 즉 '신체제(新體制)'에 호응하는 문학이라는 의미를 갖는다. 구체적으로는 1931년의 만주사변, 1937년의 중일전쟁, 1941년의 태평양전쟁으로 이어지는 일본 제국주의 전쟁 열기 속에서 식민지 한국 통치 이념을 문학적인 실천 정신으로 수용한 문학을 말한다. 한국인으로서 일본 제국주의 국책인 식민지 지배 정책과 타협했다하여 '국책 문학(國策文學)', 일본 제국주의가 내세운 '내선일체(內鮮一體)'와, '황국신민화(皇國臣民化)'를 수용하여 일본 국민이 되는 것을 목표로 했다하여 '국민 문학(國民文學)'이라 부를 수 있다.

여주는 고통의 기록이기도 하다.

근대의 개막과 더불어 불어닥친 세계 조류에 뒤떨어져 식민지로 전락한 한국은 국가적 주권을 되찾기 위해 이중의 시대고(時代苦)와 사명을 짊어졌다. 그 하나가 국가 독립의 회복이요, 또 하나가 근대화의 성취이다. 두 가지 모두 식민지 지배 권력에 의해 활동을 봉쇄당한 채 전자는 독립 투쟁으로, 후자는 문명개화의 열망으로 구체화된다. 전자를 강인하게 주장할 때는 민족적 국가주의를 기반으로 반제국주의 투쟁의 길을 걷게 된다. 후자를 우선시킬 때에는 독립의 상황 형성과 시기 성숙을 구실로 점진론(漸進論)으로 기울어, 진보주의 혹은 근대주의를 실천 이념으로 하는 개량주의(민족 개량주의, 사회 개량주의, 농촌 개량주의 등) 및 준비론(실력 양성론) 혹은 자치론의 색깔을 띠게 되어 현저한 회색빛을 노출한다. 또한 전자가 명확하게 식민지 지배 권력을 거부하는 것에 비해, 후자는 목표를 추진하는 범위와 역학 관계가 식민지 지배 권력에 의해 철저하게 제한되고 구속되어 있기 때문에, 통치 권력의 지배 방침과 강제력의 상호 관계를 살피며 현실적인 가능성을 찾아 식민지 지배 체제 안에서 합법성을 가장하려 한다. 그러므로 후자의 경우, 그 행동 원리 면에서 어쩔 수 없이 식민지 통치 권력과 전술적 타협을 표방할 수밖에 없다. 이 타협주의의 거대한 함정은 설사 전술의 탈을 뒤집어쓴 타협이 식민지 지배 권력의 주도 혹은 강제에 의한 것이든, 피식민지 측의 굴복이든 그 결과가 결코 독립을 쟁취하지 못한다는 데에 있다.

독립운동의 방법론으로 점진론에 도사리고 있는 위험성은 피식민지 측에게는 행동의 자결권이 없는 데에 있다. 따라서 점진론은 자칫

하면 주체성을 결여한 문명 지상주의를 표방함으로써, 식민지 현실의 모순에는 눈을 감고 실질적으로는 독립을 포기하는 것과 마찬가지인 머나먼 무기한적 이상주의로 전락할 가능성을 품고 있다. 그 대가로 식민지 지배 측은 독립을 미끼로 허울 좋은 순환 논리를 되풀이할 여유를 갖게 되는 것이다. 그 결과 피식민지 측은 저 서슬 퍼런 제국주의의 이기주의에 눈을 감아 식민지 전락의 책임을 자민족에게 전가해버리는 역사의식 치매증에 빠지고, 식민지 지배 측은 수완 좋게도 독립 부여의 영원한 연기(延期)를 제멋대로 자행하는 것이다. 이것의 필연적인 결과는 근대 문명주의를 내건 19세기, 20세기의 제국주의 국가가 평화, 자유, 평등, 박애 등 장식용의 선전을 깨진 종처럼 요란하게 울려대면서도 세계의 가해자로 군림했던 역사가 증명한다.

피식민지인에게 조국의 독립과 근대화의 성취라는 명제는 결국 그 순서 혹은 경중(輕重)의 문제가 아니라, 어디까지나 민족적 국가주의를 한 치도 양보하지 않는 원칙론에 귀착될 수밖에 없다. 독립이 없는 한에서는 근대화·문명개화의 추구는 허명에 불과한 것이고, 그 어떠한 경우에도 핵심이 빠진 종속성과 파행성(跛行性)을 면할 수가 없다.

또한 점진론이 빠지기 쉬운 함정은 지배국이 강요한 합법성을 모색하는 데에도 숨어 있다. 이러한 합법성의 모색은 근대주의로 포장된 지배국의 진보주의에 수혜의식(受惠意識)을 품고, 자민족의 능력 부족을 제멋대로 설정하여 현실적인 가능성을 추구한다는 미명으로 눈앞의 식민지 현실을 몰주체적으로 수용하게 된다. 합법성과 타협하는 몰주체적인 식민지 현실의 수용, 여기에서 '식민지적 전향'이 나온다. 그리고 이것은 지배국의 근대 문명 수용이 곧 문명개화라는 종속적 근대화 우선주의가 더듬어가는 귀착점이기도 하다.

한국의 '식민지적 전향'은 '전향'이 갖는 일반적인 의미 즉 사상 혹은 신념의 성숙 과정에서 일어나는 시행착오 또는 회심(回心) 혹은 발전과 각성이 아니고, 어디까지나 식민지 지배와 피지배라는 시대 상황을 전제로 한 사상의 견딜 수 없는 뒤틀림[歪曲]이다.

일본 제국주의 시대 일본 지식인의 전향은 '국가 권력 아래 일어나는 사상의 변화'[3]로 정의되고 있다. 이에 대해 같은 일본 제국주의 식민지 지배 아래 일어난 한국 지식인의 '식민지적 전향'은 '식민지 지식인이 식민지 지배 권력의 통치 방침과 이념에 강제적이고도 몰주체적으로 타협하여 일어나는 사상의 변화이며, 드디어는 민족적 정체성(identity)마저 상실하는 특수 정신 현상'으로 정의할 수 있다.

이러한 '식민지적 전향'을 논할 때 중요한 시점의 하나는 사상의 진위(眞僞) 문제보다도 오히려 시대 상황 즉 식민지 지배 권력의 강제력인 통치 논리와 '전향자'의 대응 논리 즉 오도된 점진론, 그 중에서도 근대화 우선주의의 사상적 취약성과 추수성(追隨性)의 파악이 긴요하다. 그리하여 그것을 천착(穿鑿)해 가는 과정은 한민족의 비원이었음에 틀림없는 민족 해방의 국가주의가 근대 문명 맹신의 근대주의에 얼마나 허무하게 함몰해갔는가를 확인하는 궤적이기도 하다.

또한 그 과정이야말로 식민지 체험이라는 것이 어떤 민족, 어떤 국가에게 먼먼 옛날의 호랑이 담배 피우던 시절의 이야기일 수 없음은 물론, 같은 시대고의 하나인 민족 해방 투쟁의 정신이 비전향의 축으

---

3　鶴見俊輔, 「轉向の共同研究について」, 思想の科學研究會 編, 『共同研究・轉向』上, 平凡社, 1959, 5면; 鶴見俊輔, 『轉向研究』, 筑摩書房, 1978, 10면.

로 또한 반제(反帝) 민족주의 전통으로 면면히 계승되고 있는 데 반해, 또 다른 일면인 점진론의 부산물이 왜 아직도 파괴된 정신, 견딜 수 없는 짐, 추악한 상흔의 형태로 역사 위에 가로놓여 있는가를 증명하는 길이기도 하다.

시간은 흐르는 법, 역사는 반전하여 독립 후의 한국에서 전자는 역사의 각광을 받아 '독립 운동사'로 정착되어갔다. 그러나 후자는 역사의 부끄러움을 상징하여 '민족 반역자'로 일괄되어 버려졌다. 후자와 관련하여 1966년 임종국(林鐘國)의 『친일문학론(親日文學論)』이 출판되어 많은 반향을 얻었다고는 하나, 식민지적 정신 풍토의 천착과 극복의 계기로 피어나지 못하고 역사의 한 구석으로 밀려나 있는 것이 현실이다. 그러나 이 양자는 서로 받아들일 수 없는 양극단을 이루며, 야누스의 얼굴을 가진 역사라는 이름의 회전목마를 타고 식민지라는 형극의 세월을 함께 빠져나온 식민지 한국의 부정할 수 없는 자화상이다.

돌이켜 보면, 근대 초기의 한국에서 눈앞에 닥친 급무는 문명개화를 이룩하여 근대 국가를 건설하는 데에 있었다. 그러나 대한제국이 떼기 시작한 발걸음은 일본 제국주의 침략으로 그 싹부터 뿌리째 뽑혀버렸다. 이러한 역사적 상황들을 한눈으로 확인하면서 망국민의 비애와 조국 독립 성취의 사명이라는 이중고(二重苦)를 가슴에 품고 많은 한국의 청년들은 소위 '문명의 사다리'[4]를 찾아 아시아의 근대 국가 일본으로 몰려들었다. 그것이 이른바 유학이다. 그 후의 삶의 방식이야 서로 다르겠지만 그들이 일본에서 본 것은 거대한 군사력 위에 세워진 근대

---

4  鶴見俊輔, 『戰時期日本の精神史』, 岩波書店, 1984, 9면.

기계 문명이었으며, 변해가는 아시아의 주변 국가 일본 제국주의의 빛나는 모습이었을 것이다. 전부는 아니었다 할지라도 망국을 가져다 준 적국 일본으로부터 근대 문명을 배우는 모순과 위험을 자각하기에는 그들이 너무 젊었던 것이고, 차가운 눈으로 일본의 이기주의와 모순을 직시하기에는 국제무대에 화려하게 등장한 신생 일본의 근대 문명이 너무나 감미로웠을 것이다. 그들 각자가 여러 과정을 거쳐 일본에의 몰입이 깊어지면 깊어질수록 한국의 현실은 후진성만이 확대되어 눈앞을 가로막았을 것이고, 일본의 현실은 선진성만이 등대의 불빛으로 다가왔을 것이다. 이러한 사고의 편향과 굴곡은 당시 한국의 현실이라는 것이 결국은 일본 제국주의 식민지 지배가 몰고 온 질곡과 모순의 결과라는 인식을 희석시켜, 한국의 현실 인식에서 자민족과의 동시대적 공감대를 상실하게 만들었던 것이다.

그들의 몰주체적인 현실 파악의 파행성은 이윽고 정신적 본질로서 일본 열등감과 그에 대한 보상심리로 자국민에 대한 유학 경력 포장의 우월감으로 자라, 혼자만의 사명감과 제멋대로 엮은 목적의식을 지나치게 드러내게 했다. 이러한 파행성은 시대 인식 과정에서 일본 중심적인 현실 수용의 합리화를 반복하는 인격을 형성시켜 조국과 민족 파악에 과오를 저지른 것은 물론, 한국의 유구한 역사를 버리고 순간에 불과한 일본 제국주의 식민지 지배를 감수하는 역사의식 치매의 추악한 인간 군상으로 굴러 떨어지게 했던 것이다. 이러한 현상은 일본에 유학했던 부류들만이 아니라, 국내에서 일본 제국주의 식민지 교육을 충실히 수용한 군상들에서도 나타났다.

생각해 보면, 당시의 한국은 문명개화를 주체적으로 성취하려 해도 식민지라는 시대 상황이 치명적인 장애물이 되어, 그것을 위한 실천 논리는 종속성과 조급성에 떨어질 수밖에 없었으며, 민족 허무주의로 귀결될 위험성도 충분히 있었다. 병합 이후 최초의 대대적인 민중 투쟁인 3·1독립운동이 일본 제국주의 군사력 앞에 얼마나 무력한가를 통감한 일부 지식인들이 그 후의 고등 전술인 소위 '문화 통치'에 휘말려 서서히 일본 제국주의 식민지 지배 논리에 함몰되어간 사실은 그것을 증명한다.

한국의 근대에 '문명의 사다리'라는 것은 그 진원지가 말할 것도 없이 서양이었고, 서양이라는 대안(對岸)의 등불은 한국의 민중에게는 너무나도 먼 곳의 신기루이었으므로, 눈앞의 일본적 문명개화가 그 매개지로서의 의미를 저 멀리 뛰어넘어 실로 하나의 거인처럼 한국의 지식인 앞에 버티고 서 있었다. 그러나 명확한 것은 근대 한국의 지식인이 근대 문명을 논할 때 설사 그 살펴볼 만한 방법론은 일본에 있었다 할지라도, 근대 문명의 충격파는 분명히 서양으로부터 일본에 밀려들어 왔다는 원천성의 준별이 선행되어야 했다는 사실이다.

본질과 형식의 혼동과 합일화 나아가 근대 문명 수용의 무모성, 무원칙성, 상대화의 결락 등 일본으로 인한 부작용의 거대한 뿌리는 한국의 지식인에게 일본의 문명개화 = 서양화 = 근대화라는 중역적(重譯的) 인식을 낳게 했다. 그 결과 이들은 한국의 주체적 방법론을 몰각하는 파행성에 빠져들어 일본 제국주의에 대한 과대 평가와 동일시 의식 혹은 편승주의를 드러내며, 군사력을 배경으로 한 식민지 한국 지배 논리인 '내선일체(內鮮一體)'와 '황국신민화(皇國臣民化)' 나아가 아시아 침략 논리인 '팔굉일우(八紘一宇)'[5]와 '대동아공영권(大東亞共榮圈)' 등 그럴 듯한 일본 제국주의 '선동(demagogy)'에 말려들었고, 이윽고는 반민족의 초라한 모습으로 전락해갔던 것이다.

때는 바야흐로 서력동점(西力東漸)의 완숙기, 수많은 아시아 국가들이 서양 열강의 식민지로 전락한 현실을 지켜보면서, 서양 제국주의에 대한 위기의식과 적대감을 부추기며 아시아에서 유일하게 서양 열강과 어깨를 나란히 한 일본 제국주의가 '아시아의 해방'을 화려하게 외치며 태평양전쟁을 일으켰을 때, 한국의 패배한 지식인들은 바로 그 한국이 일본 제국주의 식민지라는 사실은 제쳐두고 일본의 근대 문명의 선진성에만 눈을 판 결과, 아시아 침략과 한국 독립의 소멸과 민족 말살에 대한 현실 인식과 시대 상황 파악의 혜안을 상실하고, 일본 제국주의에 동참 의식과 편승 의식까지 노골적으로 드러내며, '황국신민', '일본 정신', '성전(聖戰)' 등 공허한 선전을 앵무새처럼 자민족에게 반주하고 있었다. 그러나 바로 그 '팔굉일우', '대동아공영권' 야욕의 화려하고도 비장한 진군 나팔의 무대 뒤에는 피로 얼룩진 일장기(日章旗)

---

5　'팔굉일우(八紘一宇)'란 '온 천하가 하나의 집'이라는 의미로 일본 제국주의의 침략주의를 대표하는 사상이다. '팔굉'은 중국의 『회남자(淮南子)』 「추형(墜形)」의 '八澤之外有八紘'과 『열자(列子)』 「탕문(湯問)」의 '八紘九野之水'가 원전으로 『일본서기(日本書紀)』의 '掩八紘而爲宇不亦可乎'(神武天皇卽位前紀己未年三月丁卯條) 부분을 1914년 '국주회(國柱會)'를 창립하고 '국체학(國體學)'을 제창한 일본 '일련종(日蓮宗)'의 다나카 치가쿠(田中智學, 1861~1939)가 '天祖(天照大神—인용자)는 之를 授けて「天壤無窮」と訣し, 國祖(神武天皇—인용자)는 之를 伝へて「八紘一宇」と宣す'(「宣言—日本國体の研究を發表するに就いて」, 國柱會日刊紙 『天業民報』, 1920.11.3. 뒤에 책으로 출간. 智學田中巴之助, 『日本國體の研究』, 天業民報社, 1922)로 확대 날조 해석하여 주장한 데에서 나왔다. 이것이 확산되어 일본 제국주의는 1937년 중일전쟁과 중국 침략을 합리화하기 위해 내각·내무성·문부성 이름으로 『日本精神の發揚·八紘一宇の精神』(國民精神總動員 資料 第4輯)이란 책자를 발행하여 '팔굉일우'를 내세웠다. 이것은 다시 1940년 7월 제2차 고노에 후미마로[近衛文麿] 내각에서 '대동아 신질서'를 '기본 국책 요강'으로 채택하고 '황국(皇國)의 국시는 팔굉을 일우로 하는 건국의 대정신이 기본'이라 선언하여 '대동아공영권' 구상으로 구체화되었다. 이윽고 도조 히데키[東條英機] 내각은 1940년 9월 '대동아공영권'의 범위를 명시하고, 1941년 12월 8일 태평양전쟁으로 치달았다.

일색의 패권주의가 독아(毒牙)를 번뜩이고 있었던 것이다.

군이 일별(一瞥)의 따뜻한 이해의 시선을 아끼지 않는다면, 이들 패배한 한국의 지식인들은 당시의 적국 일본을 매개로 하여 근대 문명과 접하였고, 일본의 근대화 과정에서 일본에 밀려들어온 서양 문명의 근원을 선별적으로 준별할 여유조차 가지지 못한 채, 일본 내부의 모순과 갈등은 염두에도 없이 일본적인 방법론 혹은 현상만을 수박 겉핥기 식으로 익혀, 그것의 직접 수용과 직수입의 위험성을 돌아보지 않고 조국의 독립과 문명개화에 대한 사명 의식만을 사상누각으로 짜 맞추는 조급성에 떨어져, 한국의 독립을 영원히 연기하며 점점 더 강해져만 가는 식민지 통치의 힘의 논리 앞에서 시대고에 허덕이던 나머지, 방향 상실의 시대 속으로 표류해 들어간 미아적 인간 군상이라 할 수도 있을 것이다. 이것은 호랑이 굴에 들어가 호랑이 새끼는커녕 자신의 목마저 빼앗겨버린 형국으로, 그들의 근대 문명에 대한 맹신은 일본 제국주의가 합리화한 지배자 논리를 근대주의로 착각했을 뿐만 아니라, 그것을 그대로 한국에 적용하려 함으로써 민족적인 정체성마저 상실해 스스로 미아가 된 것은 물론, 그 시대성에 의해 한국 근대사에서 '만지면 만질수록 증세가 덧나는 상처'[6]로서 가장 어둡고 부끄러운 부분을 장식하고 있다.

이것이 '식민지적 전향'의 실상이다. 따라서 '식민지적 전향'이라는 것은 일본 제국주의 이민족 지배의 파생물일 수밖에 없다. 제국주의 시대 일본인의 전향을 '국가 권력 아래 일어나는 사상의 변화'라고 할

---

6  김현 편, 『이광수』, 문학과지성사, 1977, 11면.

때, 일본의 지식인에게는 그것이 강제적이든, 자발적이든 그 행위 자체가 애국의 제스처일 수 있었으나, 당시 한국의 국가 권력이란 식민지 지배 권력이었고 한국의 지식인에게는 전향해도 돌아갈 조국 따위가 있을 리 없었던 한에서는 그들의 전향은 문자 그대로 '식민지적 전향'일 수밖에 없었기 때문에, 식민지 지배 논리를 그대로 수용하는 이외의 방법이 있을 수 없었던 것이다.

또한 식민지 지배하의 시대 상황에서 일단 '전향'하면 그 방향성이 한줄기 외길인데다가, 그 외길이 사상의 굴복임은 물론 반민족적이었기 때문에 '전향자'들은 정신적 고통과 인격 분열, 굴욕감, 억지 논리, 자괴감, 합리화, 변명 등을 생생하게 드러내고 있다. 이것 또한 '식민지적 전향'의 특징이라 할 수 있다.

이것과 관련하여 대한민국 정부는 1948년 7월에 공포한 헌법 제101조에 따라 법률 제3호로 반민족 행위 처벌법을 제정했으나, 독립 후의 정치 사회적 혼란과 이념 대립, 이승만 정권의 방해 공작, 1950년의 한국전쟁 등 험난한 격동기 속에서 끝내 그 실효를 거둘 수가 없었다.


## 2. '신체제'


식민지 한국에서 '식민지적 전향'이 대량으로 나타난 것은 '신체제(新體制)' 시기였다. 소위 '신체제'란 일본 제국주의가 1930년대 후반의 격렬한 국제 정세 속에서 나름대로 살아남기 위해 전개했던 "제국헌법의 개정 내지 그것의 탄력적 운용을 포함하는 정치·경제·사회 체제의 전면적 변혁을 목적으로 한 운동"[7]을 의미한다.

'신체제운동'은 1940년 7월 일본 국민의 중망(衆望)을 업고 등장한 고노에 후미마로[近衛文麿]의 제2차 내각에서 정부와 군부가 주도했다. 고노에 내각은 중일전쟁(1937)의 장기화와 유럽에서 제2차 세계대전의 발발(1938) 등 내외의 수많은 난제를 타개하기 위해 1940년 10월 대정익찬회(大政翼贊會)를 성립시켰다. 또한 정당과 노동조합 등 자주적인 조직을 모조리 해체하고, 일본 국민을 부락회(部落會, 농촌)와 마을회(町內會, 도시) 등의 지역조직과 산업보국회(産業報國會) 등의 직역조직(職域組織)에 편입시켰다. 일본 제국주의는 '신체제운동'으로 파쇼체제를 재편성하여 정치·경제·사회·문화 전반의 총동원체제를 확립했던 것이다. 이와 같이 일본 국민은 물론 식민지 민중에 이르기까지 특정 사상과 태도를 강요한 위로부터의 관제 민중 통제 체제는 파시즘 정당의 주체적 운동을 주축으로 성립된 독일과 이탈리아의 밑으로부터의 파시즘과 달리 위로부터의 파시즘이라 불리어 일본 군국주의 파시즘의 특징으로 지목된다.

'신체제'의 성립은 당연히 한국에 대한 식민지 통치 정책에도 영향을 끼쳤다. 1930년대, 1940년대 일본의 식민지 지배 정책의 특색은 한국을 일본 제국주의 침략 전쟁에 동원하기 위해 갖가지 형태로 민중을 조직화한 데에 있다. 1938년 7월 조선총독부를 정점으로 하고 '애국반

---

7    伊藤隆, 『近衛新體制』, 中公新書 中央公論社, 1983, 214면.

(愛國班, 일본의 部落會 町內會에 해당)'을 최말단으로 하는 '국민정신총동원 조선연맹(國民精神總動員朝鮮聯盟)'을 조직하여 1940년 10월 '국민총력조선연맹(國民總力朝鮮聯盟)'으로 개편하고,[8] 1945년 7월 '조선국민의용대(朝鮮國民義勇隊)'의 결성에 이른 것은 그 대표적인 예이다. 이러한 행정 조직을 비롯해 '치안유지법', '조선사상범보호관찰령', '조선사상범예방구금령' 등 각종 법률의 개악도 차례차례 주도면밀(周到綿密)하게 행해졌다.

또한 일본 제국주의는 식민지 한국의 인적·물적 자원의 동원을 위해 각종 동원령, 지원병제, 징병제, 징용(徵用), 강제연행 나아가서 '군대위안부(軍隊慰安婦, 從軍慰安婦, 挺身隊)'의 강요까지 자행했고, 이것을 가능하게 하게 하기 위한 통치 방침 소위 '황국신민화'와 '내선일체' 정책을 일관되게 추진했다. 일본 제국주의는 소위 '황국신민의 서사(皇國臣民ノ誓詞)'[9] 혹은 '창씨개명(創氏改名)' 등의 강요에서도 볼 수 있듯이 주

---

8 1938년 7월 조직된 '국민정신총동원조선연맹(國民精神總動員朝鮮聯盟)'을 모체로 한 '국민총력조선연맹(國民總力朝鮮聯盟)'은 미나미 지로[南次郎] 총독 재임 중의 1940년 10월 '신체제운동'의 일환으로 모든 단체를 총괄하는 형태로 창립되어 1945년 7월 '조선국민의용대(朝鮮國民義勇隊)'를 결성하면서 발전적으로 해체되었다. 이 단체의 총재는 조선총독, 부총재는 정무총감이며 활동기간 6년 동안 '반도신체제운동(半島新體制運動)'의 최고봉으로 한국 민중의 '내선일체'와 '황국신민화'를 추진하기 위하여 최후의 발악을 아끼지 않은 단체다.

9 1937년 10월 조선총독부 학무국장 시오하라 도키사부로[鹽原時三郎]의 발안으로 제정되어 한국인에게 암송하도록 강요되었다. 소학교용 기일(其一)과 상급 학교 및 일반인용 기이(其二)가 있었다.
〈皇國臣民ノ誓詞〉(其一)
一. 私共ハ大日本帝國ノ臣民デアリマス.
一. 私共ハ互ニ心ヲ合セテ天皇陛下ニ忠義ヲ盡シマス.
一. 私共ハ忍苦鍛鍊シテ立派ナ強イ國民トナリマス.
〈皇國臣民ノ誓詞〉(其二)
一. 我等ハ皇國臣民ナリ忠義ヲ以テ君國ニ盡セン.
一. 我等皇國臣民ハ互ニ信愛協力シ以テ團結ヲ固クセン.
一. 我等皇國臣民ハ忍苦鍛鍊シカヲ養ヒ以テ皇道ヲ宣揚セン.
'황국신민의 서사'는 소위 사대절(四大節) ― 기원절(紀元節, 2.11), 천장절(天長節, 천황의

로 이데올로기 및 문화면으로부터 한국 민중을 강제적으로 동화시켜 국책에 협력과 순종을 획책했다.

이렇게 병합(倂合) 이래의 지배 정책인 '황국신민화'와 '내선일체'라는 기본노선 위에 총동원 체제를 갖춘 후, 1940년 10월 조선 총독 미나미 지로(南次郎)는 '국민총력조선연맹'의 조직을 시작으로 식민지 한국에 '신체제'를 선언했다. 결국 한국에서의 '신체제'란 한국인에 대한 '황국신민화'와 '내선일체'의 고차적인 강행이며, 일본 제국주의 전쟁 수행을 위한 총동원 체제의 완비였던 것이다. '총동원 통치기(總動員統治期)' 일본 제국주의는 만주사변(1931), 중일전쟁(1937), 태평양전쟁(1941) 등 전쟁이 확대됨에 따라 식민지 한국을 '대륙병참기지(大陸兵站基地)'에서 '대동아병참기지(大東亞兵站基地)'로 개편하여 한국인의 총동원을 위해 소위 '성전(聖戰)', '대동아공영권(大東亞共榮圈)' 등을 선전하며 식민지 한국을 전시 체제에 끌어넣었다. 그 결과 민족 말살의 위기가 고조되고, '신체제노선(新體制路線)' 혹은 '국책노선(國策路線)'이 등장하여 한국인의 '식민지적 전향'이 속출했던 것이다.

또한 이 시기에 일본의 상황을 반영하여 '전향(轉向)'이라는 관제 용어가 한국에 등장했다. 이미 일본 제국주의는 1925년 5월 한국에 '치안유

---

탄생일), 메이지절(明治節, 메이지 천황 탄생일, 11.3), 신년(新年, 1.1) — 에 국가(君ヶ代,) 제창 후에 전원이 낭송했으며, 조회, 집회, 모임 등 기회가 있을 때마다 강요되었다. 한국인 중에는 '私共(저희들 = 한국인)'를 '君等(너희들 = 일본인)'로, '我等(우리들 = 한국인)'를 '彼等(그들 = 일본인)'로 바꾸어 암송해 저항하기도 했다.
이것을 제정한 시오하라는 조선 총독 미나미 지로(南次郎)가 관동군 사령관으로 있을 때(1934~1936), 만주국 국무원 총무청 인사처장이었다. 시오하라는 미나미가 1936년 8월 조선 총독으로 부임하면서 발탁해 이후 미나미의 오른팔로서 식민지 한국 지배 정책인 '황국신민화'와 '내선일체'의 강력한 추진자가 되어 '반도(半島)의 히틀러'라고 불리었다(宮田節子, 「皇民化政策の構造」, 『朝鮮史研究會論文集』 第29號, 1991, 42면).

지법'을 시행했고, 벌써 11월에는 제1차 공산당 사건을 날조하여 사회주의자 탄압에 나섰다(이후 1928년 1월 제3차 공산당사건까지 계속). '치안유지법'의 시행에 따라 사회주의자는 물론 민족주의자, 자유주의자를 막론하고 식민지 지배를 반대하는 한국인은 언제 어디서나 안전할 수가 없었다.

이렇게 검거된 한국인에게 이른바 '특고[特別高等警察]'는 집요하고도 철저하게 전향을 강요했다. 식민지 경찰 자료에 따르면 한국인의 전향이란 "장래 조선민족의 행복과 번영을 위해서는 내선(內鮮) 양민족이 제휴하여 동양의 평화를 확보하고, 조선민족의 사회생활 향상을 위해 현 제도가 인정하는 범위 내에서 합법적인 자치(自治)를 요구해야 한다는 사실을 깨닫는 것"[10]이라 하여 '자치'를 전향의 '미끼'로 이용했음을 알 수 있다. 또한 1939년 당시 신의주 지방법원 검사였고, 1940년 12월 '경성보호관찰소' 소장으로 '전향자'에 대한 사상 교화 단체 '야마토숙[大和塾]'을 세운 사상 검사 나가사키 유조[長崎祐三]는 "전향자여, 나아갈 이상을 깨닫게 해준 지나사변(支那事變, 중일전쟁 – 인용자)에 감사하라!"[11]며, 한국인의 전향을 "일본인 의식을 자각하여 파악하고, 단지 반국가적인 사상을 포기하는 것이 아니라 한 걸음 더 나아가 일본인이 되는 것"[12]으로 정의하고 있다.

관제 전향은 1933년 함흥(咸興) 형무소에서 소위 '상신서(上申書)'를 제출한 기결수 영흥(永興) 농민조합 간부 조성호(趙成鎬)가 최초였다. 경찰

---

10  朝鮮總督府警務局保安課, 「朝鮮內に於ける思想轉向の狀況」, 『高等警察報』 第三號, 朝鮮總督府, 1933, 13면.

11  長崎祐三, 「時局と轉向者の將來」, 『綠旗』, 1939.8, 22면.

12  위의 글, 23면

은 1933년 말 현재 '치안유지법' 위반 재감수형자(在監受刑者) 904명 중 전향자 317명, 전향 가능성이 있는 사람 314명, 전향 가능성이 없는 사람 145명, 전향 가능성이 불확실한 사람 128명으로 밝히고 있다.[13]

가정 혹은 가령이 성립할 수 없는 역사 속에서 어느 민족 혹은 국가에게 식민지 체험이란 무엇을 의미하는 것일까. 본서는 이 물음에서부터 출발한다.

강도 일본이 우리의 국호를 없이하며, 우리의 정권을 빼앗으며, 우리의 생활적 필요조건을 다 박탈하였다. 경제의 생명인 산림·천택(川澤)·철도·광산·어장 (…중략…) 내지 소공업(小工業) 원료까지 다 빼앗아 일체의 생산기능을 칼로 베이며 도끼로 끊고, 토지세·가옥세·인구세(人口稅)·가축세·백일세(百一稅)·지방세·주초세(酒草稅)·비료세·종자세·영업세·청결세·소득세 (…중략…) 기타 각종 잡세가 축일(逐日) 증가하여 혈핵은 있는 대로 다 빨아가고, 여간(如干) 상업가들은 일본의 제조품을 조선인에게 매개(媒介)하는 중간인이 되어 차차 자본집중의 원칙하에서 멸망할 뿐이요, 대다수 인민 곧 일반농민들은 피땀을 흘리어 토지를 갈아 그 종년(終年) 소득으로 일신(一身)과 처자의 호구거리도 남기지 못하고, 우리를 잡아 먹으려는 일본 강도에게 진공(進供)하여 그 살을 찌워 주는 영세의 우마가 될 뿐이요, 내종(乃終)에는 그 우마의 생활도 못하게 일본 이민의 수입이 년년(年年) 고도의 속율(速率)로 증가하여 '딸깍발이' 등쌀에, 우리 민족은 발 디딜 땅이 없어 산으로 물로 서간도(西間島)로 시베리아[西比利亞]의 황야로 몰

---

13  朝鮮總督府警務局保安課, 앞의 글, 11면

리어 가 아귀(餓鬼)부터 유귀(流鬼)가 될 뿐이며,

강도 일본이 헌병정치·경찰정치를 여행(勵行)하여 우리 민족이 촌보(寸步)의 행동도 임의로 못하고, 언론·출판·결사·집회의 일체 자유가 없어, 고통과 분한(憤恨)이 있으면 벙어리의 가슴이나 만질 뿐이오, 행복과 자유의 세계에는 눈 뜬 소경이 되고, 자녀가 나면 '일어를 국어라, 일문(日文)을 국문(國文)이라' 하는 노예 양성소 — 학교로 보내고, 조선 사람으로 혹 조선사를 읽게 된다 하면 '단군을 무(誣)하여 소잔오존(素盞嗚尊, 스사노오노미코토, 일본 건국 신화의 신—인용자)의 형제'라 하며 '삼한시대 한강 이남을 일본 영지(領地)'라 한 일본놈들이 적은 대로 읽게 되며, 신문이나 잡지를 본다 하면 강도정치를 찬미하는 반일본화(半日本化)한 노예적 문자뿐이며, 똑똑한 자제가 난다 하면 환경의 압박에서 염세절망(厭世絶望)의 타락자가 되거나 그렇지 않으면 '음모사건(陰謀事件)'의 명칭하에 감옥에 구류되어, 주뢰(周牢)·족쇄(枷鎖)·단근질·채찍질·전기질·바늘로 손톱 밑과 발톱 밑을 쑤시는·수족을 달아매는·콧구멍에 물 붓는·생식기에 심지를 박는 모든 악형, 곧 야만(野蠻) 전제국(專制國)의 형률사전(刑律辭典)에도 없는 갖은 악형을 다 당하고 죽거나, 요행히 살아서 옥문을 나온대야 종신(終身) 불구의 폐질자(廢疾者)가 될 뿐이라. 그렇지 않을지라도 발명 창작의 본능은 생활의 곤란에서 단절하며, 진취 활발의 기상은 경우(境遇)의 압박에서 소멸되어 '찍도 쩍도' 못하게 각 방면의 속박·채찍질[鞭笞]·구박(驅迫)·압제를 받아, 환해삼천리(環海三千里)가 일개 대감옥(大監獄)이 되어, 우리 민족은 아주 인류의 자각을 잃을 뿐 아니라, 곧 자동적(自動的) 본능까지 잃어 노예로부터 기계가 되어 강도 수중의 사용품이 되고 말 뿐이며 (신채호)[14]

나는 지금에 와서는 이러한 신념을 가진다. 즉 조선인은 전연 조선인인 것을 잊어야 한다고. 아주 피와 살과 뼈가 일본인이 되어 버려야 한다고. 이 속에 진정으로 조선인의 영생(永生)의 유일로(唯一路)가 있다고. 그러므로 조선인 문인 내지 문화인의 심적(心的) 신체제(新體制)의 목적은 첫째로 자기를 일본화(日本化)하고, 둘째로는 조선인 전부를 일본화하는 일에 전 심력(心力)을 바치고, 셋째로는 일본의 문화를 앙양(昂揚)하고 세계에 발양(發揚)하는 문화전선의 병사가 됨에 있다. 조선문화의 장래는 여기에 있는 것이다. 이리하기 위하여 조선인은 그 민족감정과 전통의 발전적 해소를 단행할 것이다. 이 발전적 해소를 가리켜서 내선일체(內鮮一體)라고 하는 것이라고 믿는다. (이광수)[15]

최근까지 지상에 사는 사람들은 5억의 인간(人間)과 15억의 원주민(原住民)으로 성립되어 있었다. 전자는 '언령(言靈)'을 자유스럽게 구사했고 후자는 그것을 차용(借用)하고 있었다. 그리고 양자 사이에는 몸을 판 소군주와 봉건영주, 날조된 부르주아지가 있어서 중개자의 역할을 하고 있었다. 식민지에서는 진실은 항상 적나라하게 그 모습을 드러내고 있었다. 그러나 '본국(本國)'은 이 진실을 숨겨 두고 싶어 했다. 원주민은 '본국'을 사랑하라는 교육을 받았다. 마치 어머니를 사랑하는 것 같이. 유럽의 엘리트들은 원주민 엘리트를 만들어 내려 획책했다. 청년들이 선발되어 그 얼굴에는 인두질로 서양문화의 원리가 각인되고 입에는 소리 나는 재갈 즉 이빨에 찰삭 들어붙는 언어가 쑤셔 넣어졌다. 청년들은 짧은 '본국' 체재 후에 로봇이 되어 되돌아왔

<hr>

14  신채호, 「조선혁명 선언」(1922), 『신채호 전집』 下, 형설출판사, 1972, 35~36면.
15  이광수, 「심적 신체제와 조선문화의 진로」, 『매일신보』, 1940.9.12.

다. 살아 있는 기만(欺瞞) 자체인 그들은 이미 동포에게 말할 아무것도 가지지 못한 채 그저 메아리처럼 반향(反響)할 따름이었다. (장 폴 사르트르)[16]

식민지화된 민족은 모두 — 말을 바꾸면, 토착문화의 창조성을 매장 당했기 때문에 열등 콤플렉스가 몸에 밴 민족은 모두 — 문명을 가져다 준 나라의 언어에 대해, 즉 '본국(本國)'의 문화에 대해서만 그 위치가 결정된다. 식민지의 원주민은 '본국'의 문화적 제가치를 자기의 가치로 하면 할수록 그만큼 정글의 깊숙한 곳에서 탈출한 것이 된다. 피부의 검음, 미개상태를 부정하면 할수록 그만큼 백인에 가까워진다. (프란츠 파농)[17]

여기서는 우선 식민지 한국에서 일체의 타협을 거부하고 준열한 민족주의의 길을 걷다가 드디어는 옥사(獄死)로 생을 마감한 지식인과 점진론(漸進論)의 말로(末路)에 파괴당한 인격의 지식인, 또한 서양에서 소위 '본국(本國)'의 지식인과 '원주민(原住民)' 지식인의 문장을 인용하여 식민지 체험이라는 쓰레기통 속에는 상처받은 민족적 자부심, 파괴된 인간성, 문명인을 자처하는 제국주의자 야만인들의 잔학 행위와 문화 파괴, 인종 차별, 민족 차별 등 헤아릴 수 없는 악몽이 가라앉아 있다는 점을 밝혀둔다.

---

16　Jean Paul Sartre, 「序文」, 『地に呪われたる者』, 鈴木道彦 外譯, 『フランツ・ファノン著作集』 第三卷, みずず書房, 1984, 5면.
17　Fanon, Frantz, 『黒い皮膚・白い假面』, 海老坂武 外譯, 『フランツ・ファノン著作集』 第一卷, みずず書房, 1987, 26면.

제2장

# 식민지와 문학

## 1. 시국과 전쟁 유희

　'신체제 문학'은 일본 제국주의 '국책(國策)'을 수용하는 시국론으로 시작되었다. 한국 문학계 일각에서 '국책'의 수용 문제를 놓고 본격적이고도 공식적인 움직임을 보이기 시작한 것은 1939년이었다. 1937년 중일전쟁(中日戰爭) 이후 일본에서는 일본인 특유의 집단주의가 성행하여 '총후봉공(銃後奉公)'이라는 이름으로 종군 문필 부대가 조직되어 전선을 방문하고, 일반인은 위문대 보내기, 센닌바리(千人針, 많은 여성이 흰 천에 붉은 실로 한땀한땀 매듭을 지어 무운장구와 무사함을 비는 의미로 출정 군인에게 주었던 것)를 만드는 등 법석을 떨고 있었다.

　이러한 전쟁 열기는 문학에도 그대로 나타나 중일전쟁 체험기 「보리와 병정(麥と兵隊, 1938)」의 작가 히노 아시헤이[火野葦平]를 1938년도

아쿠타가와상[芥川賞] 수상자(수상작은 「糞尿譚」)로 밀어올렸다. 일본의 사회 정세는 식민지 한국에도 그대로 파급되어 1939년 2월 조선총독부 통역관 니시무라 신타로[西村眞太郎]가 「보리와 병정」을 한국어로 번역했고(이것이 일본 문학 작품이 일본인의 손에 의해 한국어로 번역된 최초의 것이다), 한국인에게도 전쟁 참여가 강요되었다.

그리하여 조선총독부 학무국의 지시로 학예사(學藝社)의 임화(林和), 인문사(人文社)의 최재서(崔載瑞), 문장사(文章社)의 이태준(李泰俊)이 중심이 되어 소위 '황군 위문 작가단(皇軍慰問作家團)'을 조직했고, 1939년 4월 15일부터 5월 13일까지 김동인(金東仁), 박영희(朴英熙), 임학수(林學洙) 세 사람이 북지 전선(北支戰線)을 방문했다.

이어서 1939년 10월에는 '조선문인협회(朝鮮文人協會)'가 조직되었다. 이 단체는 조직의 산파역인 조선총독부 학무국장 시오하라 도키사부로[鹽原時三郎]를 명예 총재로, 이광수(李光洙)를 회장으로 선출했다. 그리고 성명서에서 "국가 비상시를 당하여 국민된 자는 모름지기 화충 협력(和衷協力), 그 능(能)을 다하고 재(才)를 기울여 국책선(國策線)에 부(副)하여 (…중략…) 이에 조선에서 진실로 시국의 중대성을 인식하는 동지 상합(相合)하여 조선문인협회를 결성하고 흥아(興亞)의 대업을 완성시킬 황군적(皇軍的) 신문화 창조를 위하여 용왕 매진(勇往邁進)할 것"[1] 을 맹서했다.

또한 회칙 제2조에 "본 회는 국민 총동원 취지의 달성을 기한다"고 밝혀 출발부터 비상시를 선언하고 단체의 조직이 시대적 요청임을 강

---

1  「조선문인협회성명서」, 『인문평론』, 1939.12, 101면.

조하며 '국민정신총동원조선연맹'의 산하 단체임을 명확히 했다. 이 자리에서 이광수는 개회 인사를 했다.

> 본회의 취지 목적은 일본 정신 위에 새로운 국민 문학을 창조하려는 자각이며, 결심이며, 협력입니다. (…중략…) 한 마디로 말하면 조선의 문인이 문장 보국의 새로운 결심하에 본회가 결성된 것입니다. 일본의 문학은 일본의 국민 문학이 아니면 아니 되므로 조선어로 쓰여지는 문학도 당연히 이 범주를 넘어서는 안 될 것입니다. 일본적인 문학, 나는 이것을 일본인이 창조할 수 있는 유일의 순정 문학(純正文學)이라 부르고 싶습니다. 본회 결성의 사명도 여기에 있다고 믿습니다. 다음으로 본회는 내지인(內地人, 일본인-인용자)과 반도인(半島人, 조선인-인용자)을 묻지 않으므로 이것이야말로 내선일체의 정신을 구현하는 것입니다.[2]

여기에는 두 가지 중요한 사항이 드러나 있다. 이후의 한국에서 새로운 문학은 일본 정신을 기반으로 하는 '순정 문학'이라는 점과 그 문학은 한국인과 일본인을 구분하지 않는 '내선일체'의 정신을 실천하는 문학이라는 것이다. 이렇게 식민지 한국에서 '내선일체'와 '황국신민화'를 기본 정신으로 하는 '국민 문학', 즉 '신체제 문학'은 탄생되었던 것이다.

그 후 최재서가 주재하는 문학잡지 『인문평론』 1940년 4월호 권두언에는 「국책과 문학」이라는 문장이 실렸다. 이것에 의하면 '국책'이

---

2  『경성일보』, 1939.10.30.

란 "국가가 국민 생활을 보호해가면서 국가 자체의 이상을 실현하는 지도 정신이 되는 원리"[3]로 되어 있다. 이러한 '국책'은 국민이 명령에 따를 것이 아니라, 협력하는 자세로 실천할 필요가 있다고 역설했다. 특히 문학자는 연구하고 판단하여 '국책을 유연하고 풍부하게 살리는 것'이 중요하며, 이렇게 창조된 문학이야말로 '진정한 국책 문학'이 될 수 있다는 것이다.[4] 그러므로 문학자는 "무엇보다도 먼저 퇴영성을 버리고 억지로 시국에 끌려갈 것이 아니라, 솔선하여 시국을 지도한다는 열의와 패기"[5]를 가져야 한다고 역설했다.

이에 그치지 않고 최재서는 시국에 대한 '문학자의 자발적 협력과 분발'을 촉구하는 한편, 문학의 새로운 소재로서 "동양 신질서에서 민족 협화의 문제, 만주(滿洲) 개척민의 문제, 조선의 산업적 사명, 더욱이 국방에 대한 신성한 의무"[6] 등을 제시하여 만주사변과 중일전쟁의 추인과 함께, 일본 제국주의가 말하는 소위 '오족협화(五族協和)'와 '동아 신질서'의 실천, 한국의 '대륙 병참기지'로서의 사명, 나아가 한국인의 군사적 동원까지를 문학이 담당해야 한다고 외쳐댔다. 이것은 전쟁에 광분하는 일본 제국주의 시국에 대한 한국 문학의 타협안이며 소위 '성전(聖戰)'에의 참여 의식을 표명한 것이다. 시국의 양상은 벌써 식민지 지배 권력이 문학자를 더 이상 '명창정궤(明窓淨机)'에 한가롭게 기대어 있도록 내버려 두지 않을 것이고, 문학자의 현실 참여를 강요당할 바에야 문학 쪽에서 선수를 쳐 예견성 혹은 지도성이라도 확보하겠다는

---

3    「권두언―국책과 문학」, 『인문평론』, 1940.4, 3면.
4    위의 글, 6면.
5    위의 글.
6    위의 글.

적극적 자세의 표현인 것이다.

난세(亂世)에 문학의 현실 참여는 당연하면서도 그만큼의 위험성도 증가한다. 어느 시대, 어느 사회에서나 이 문제를 둘러싸고 헤아릴 수 없는 췌언(贅言)과 호언(豪言)들이 교언영색(巧言令色)으로 난무했다 해도, 결국 문학의 독자성과 정론성(政論性)의 주장으로 압축될 것이다. 정치는 이데올로기로 분식하여 현실을 지배하려 하고, 문학은 예술성으로 현실을 형상화하고 고발하는 것이므로, 정치 쪽에서는 문학의 도구화를 획책하고 문학 쪽에서는 표현의 자유를 획득하려 한다. 정치와 문학의 합목적성의 일치는 정치가 민중의 편에 서 있을 때이다. 그 이외에는 정치의 횡포와 선동성에 대한 문학의 고발과 대결이 대립될 뿐이다. 플라톤(Platon)이 문학은 인간의 감정에 호소해 이성을 마비시키는 것으로 보아, '공화국(共和國)'에서 시인을 추방한 것은 정치와 문학의 관계를 생각할 때 상징적인 의미가 있다.[7]

문학자 스스로 현실 참여를 외치며 현실 정치인 '국책'을 떠맡아 실천과 전파를 부르짖는 것은 필경 정치의 시녀화, 도구화, 나아가 굴종의 자세 이외에 아무것도 아니다. 더구나 당시 한국에서 '국책'이란 식민지 지배 권력의 지배 원리인 것이고, 그것을 그대로 창작 정신으로 수용한다 함은 식민지 지배의 전면적인 승인에 지나지 않는다. 그러나 최재서의 적극적인 시국 영합은 선수를 친 효과를 톡톡히 보아, 1941년 조선총독부에 의해 모든 잡지가 폐간될 때에도 그는 문학잡지『국민문학』을 창간해 어용 잡지의 역할을 수행했다.

---

7  플라톤, 박종현 역주,『국가·정체(政體)』, 서광사, 1977, 637면.

이보다 앞서 1938년 백철(白鐵)은 「시대적 우연의 수리(受理)」란 글에서 지식인의 현실에 대한 태도를 논했다. 백철은 문학자 앞에 전개되는 역사란 "필연적인 것만이 아니고 상식으로 판단하기 어려운 우연적인 것이 미신화되어 나타나는 법"[8]이라 지적하며 당시의 시대적 성격을 설명했다.

> 금일도 우연이 시대를 지배하고 있는 시대다. 요즈음 세계적으로 중대하다는 모든 일이 모두가 개인의 힘과 본능과 미신적인 행위에 동기를 갖고 있다. 그 때문에 현재는 심류(深流)보다도 표면의 세기요, 진리보다도 속사(俗事)의 시대며 질(質)과 필연이 아니고 양(量)과 우연의 시기라는 것이다.[9]

백철의 이 발언은 역사적 사실의 우연성을 확대 해석해 현실의 흐름에 매달리는 현실 추수와 타협의 자세를 대변하고 있다. 그는 우연으로 밖에 보이지 않는 역사적 사실들이 사실은 우연적인 여러 요인의 집합체라는 필연성을 외면하고 있다. 시대의 흐름에 대해 개인이 동시대적 접근 의식을 상실할 때 개인은 시대의 미아가 될 수밖에 없다. 그러나 시대는 개인의 의지와는 관계 없이 누구든지 시대의 함정에 빠뜨린다. 그것으로부터의 탈출이나 극복은 개인의 결단과 의지에 의한 역사의식으로 해결할 수밖에 없다.

백철과 같이 당대를 우연의 시대로 파악하여 전개되는 눈앞의 현실 흐름을 추수하는 것은 변화하는 사회와 민중의 동향 나아가 국제 정세

---

8  백철, 「시대적 우연의 수리─사실에 대한 정신의 태도」, 『조선일보』, 1938.12.2.
9  위의 글.

에 대한 인식 탈락이며, 현상에 대한 책임 의식은 물론 접근 의식의 태만인 것이다. 그가 말하고 있듯 '개인의 힘과 본능과 미신적인 행위'가 유럽과 일본에서 대두한 파시즘이며 '속사' 혹은 '양과 우연'이 대중 사회의 도래로 나타난 대중과 파시즘의 결탁을 의미한다면 우연으로 넘길 일이 아니었던 것이다.

그리고 광란하는 시대 속에서 물밀듯이 나타난 파시즘과 이것에 영합해가는 대중 사이에서 바로 지식인의 임무와 사명이 다가오는 것이다. 파시즘의 대두라는 역사적인 사실을 목전에 두고 동시대적 시점 위에 선다면 파시즘의 횡포로 방대한 희생이 가로 놓여있는 시대성이 선명히 보이지 않을 수 없을 것이다. 파시즘의 형성에는 적어도 국가 혹은 민족 단위의 거대한 욕망의 실현을 노리는 역사적 전개 과정이라는 필연성이 내재되어 있다. 그 필연성이란 제국주의 전개 과정 혹은 제국주의와 파시즘의 결합 속에 무수한 국가와 민족이 식민지의 질곡에 허덕이고 있다는 것을 의미한다. 그 중의 하나에 한국이 편입되어 있는 것이다.

이러한 조국의 현실에 대한 성찰을 내포하면서 역사로부터 긍정적 가치를 창출해 낼 것인가 부정적인 가치를 끌어 낼 것인가는 개인의 역사관의 문제이며, 그 가치로부터 필연성을 찾아내는 작업은 지식인이 보일 수 있는 최소한의 진지한 자세의 하나일 것이다.

백철은 계속한다.


사실(事實)에 대한 하나의 한계와 정신이란 주체적인 능력에 대한 신뢰를 갖고 금일의 현실의 중심인 정치와 대할 때, 우리들은 본래부터 정치에 대하여 어떤 시대나 완전무결한 최상의 정치적 행위를 바랄 수 없는 대신에 또한 아무리 최악의 정치에서도 그 행위 속에는 역사가 실망할 요소만을 가지고 있는 법은 없다고 나는 생각한다. 그러기에 중요한 문제는 하나의 정치적 현실에 대하여 그것이 지금 상태와 다르기를 희망하는 것이 아니고, 그것이 어떤 성질의 정치든 간에 그 현실이 역사적 소산으로서 가능한 구조의 내용을 설정하여 최대 한도로 유리한 요소를 택하고, 그 요소를 중심으로 하여 주체적으로 필연적인 것을 만드는 곳에 그 시대의 현실을 살려내는 '최상'의 해결안이 있다.[10]

여기서 백철은 인간의 불완전성을 강조하며 모든 정치가 선과 악으로만 규정되는 것이 아니라고 본다. 그리고 시대와 시대를 평행선으로 나열해 어느 시대에나 선적인 요소가 있으므로 다른 시대와 구별되는 의미와 가치를 부여해야 한다고 역설한다. 역사의 상대성과 정치의 차선성(次善性)을 승인하고 소여된 조건과 기존의 사실을 객관적 현상으로 본 것이다. 현실 타협과 기회주의의 괴로운 합리화 바로 그것이다. 그는 또 동양의 현실을 논했다.

직접 지금 동양의 현실을 두고 볼 때에도 이번 사실이 문학자나 지식인 앞에 결코 무의미한 것만이 될 수는 없는 것이다. 우선 그런 의미에서 한편으로는 이번 사변(中日戰爭—인용자)을 크게 평가하여 동양사가 비상(非常)히 비약한다는 일가견을 가지고 있다. 사실 나는 이번 사변에 의하여 북경(北京), 상해(上海), 남경(南京), 서주(徐州), 한구(漢口) 등이 연차 함락되는 보도와

---

10  위의 글, 1938.12.4.

접하고 또는 사진 등을 통하여 지나(支那)의 모든 봉건적 성문이 함락되는 광
경을 눈앞에 볼 때에 우리들의 시야가 훤하게 뚫려지는 이상한 흥분이 내 일
신을 전율케 하는 순간이 있다.[11]


백철은 일본 제국주의의 중일전쟁 서전(緒戰) 승리를 '중국의 봉건적
성문의 몰락'으로 보고 있다. 중일전쟁을 시대적 우연이라고 보고 중
국의 봉건주의 붕괴라는 필연성을 찾아낸 것이다. 1937년 7월 노구교
사건(蘆溝橋事件)으로부터 시작된 이 전쟁은 장기간에 걸친 일본 제국
주의의 중국을 향한 침략주의와 중국의 내셔널리즘의 충돌이었다. 그
가 말하는 것과 달리 중일전쟁은 봉건주의 대 근대주의의 전쟁이 아닌
것이다. 중일전쟁은 1840년 아편전쟁(阿片戰爭) 이래 서양 제국주의 침
략의 각축장이 되어버린 중국이 신해혁명(辛亥革命), 국공 분열(國共分
裂), 일본 제국주의 21개조(二一個條) 요구, 만주사변 등 격동을 겪으며
일본 제국주의와 전면전에 돌입한 전쟁이다. 일본 제국주의 시점에 서
있는 백철은 중국에 대한 동시대적 인식이 완전히 사라진 것이다. 그
의 발언은 계속된다.


정치에 대해서 문화는 우선 그것과 대립하고 반발하는 데서 자기 영역을
고수하고 독자적 입장을 보지(保持)하는 것이 취할 제일차의 길이되, 다음에
는 나아가 거기에 혈연관계와 유리한 점을 발견하여 그것과 접근 결탁하는
것이 문화가 발전하는 제이차의 길일 것이다.[12]

---

11  위의 글, 1938.12.6.
12  위의 글, 1938.12.4.

이렇게 하여 백철은 그가 말하는 '시대적 우연'인 식민지 지배 권력의 '국책' 즉 '신체제'를 수용하고 거기에서부터 그가 말하는 필연성을 찾으려 했다. 그는 일본 제국주의 혹은 식민지 지배 권력이라는 특수성을 일반성으로 호도하여 그것을 필연성으로 합리화했다. 그리하여 현실적 가능성의 모색이라는 미명으로 식민지 지배 권력과 '접근 결탁'하여 식민지 한국 '문화 발전의 제이의 길'을 찾으려 했던 것이다.

백철의 태도는 1942년에 쓴 「옛것과 새로운 것(舊さと新しさ)」이란 글에서 더욱 구체적으로 나타난다. 그는 이 글에서 태평양전쟁의 발발을 '신동아의 현실이 세계사적인 현실로 발전'한 것은 물론, "여기에서부터 세계사의 신기원이 열리려 하고 있다"고 파악하여 그 '신기원'은 '지금까지의 영(英)·불(佛)·미(美)와 같은 구체제'에 대해 '일(日)·독(獨)·이(伊)와 같이 새로운 역사를 담당하려고 일어난 국가'의 승리에 의해 실현된다고 보았다.[13]

그리고 한국의 문학자가 가져야 할 새로운 정신을 "새로운 세계관의 파악, 새로운 감정의 준비, 새로운 문학관의 수립 등 새로운 일본 정신, 일본의 주의(主義), 적어도 일본적인 것을 체내에 받아들여 충분히 저작(詛嚼)하고 소화하여 문학 속에 산 생명의 흐름으로까지 발전시키는 것"에서 찾아야 한다고 말했다.[14] 이렇게 하여 백철은 '새로운 세계관' 위에 일본 정신을 추구하는 '신체제 문학'을 실천했다.

본명 백세철(白世哲), 창씨명(創氏名) 시라야 세이테쓰[白矢世哲], 일본에 유학, 도쿄 고등사범학교 영문과 출신(1931)인 그는 학생 때부터 일

---

13  백철 「舊さと新しさ」, 『국민문학』, 1942.1, 79면.
14  위의 글, 80면.

본 NAPF 산하 '프롤레타리아 시인회'의 회원으로 그 기관지 『프롤레타리아 시』지에 김용제(金龍濟)와 함께 왕성하게 사회주의 시를 발표했던 투사였다. 귀국 후 1925년에 조직된 KAPF에 참가하여 활동을 계속하다 1934년 9월 신건설사 사건[15]으로 체포되고, 1935년 5월 KAPF 해산에 즈음하여 "문학인이 과거와 같은 의미에서 정치주의를 버리고 마르크스주의자의 태도를 포기하는 것은 비난할 것이 아니라, 문학을 위하여 도리어 크게 찬하(讚賀)해야 할 현상"[16]이라는 전향문을 쓰고 관제 전향을 했다.

프롤레타리아 문학으로부터 결별을 선언한 후 1938년 조선총독부 기관지 『매일신보(每日新報)』(1938년 4월부터 제호를 每日申報에서 每日新報로 개제)의 학예부장으로 재직하면서 적극적으로 '신체제 문학'과도 영합하며 '식민지적 전향'을 실천했다. 그리고 1939년 '조선문인협회'를 조직할 때 간사로 참여해 정열적으로 활동했다.

이러한 '국책'의 수용은 '신체제 운동' 이전에도 1920년대의 '문화 통치'와 맞물려 이미 분위기가 조성되어 있었으나, 그것이 하나의 시국 문제로 지식인 사이에 확산된 것은 1931년 만주사변 이후였다. 경찰 자료에 다음과 같은 것이 있다.

그 후(만주사변 후―인용자) 우리나라가 정정당당하게 소신을 내외에 천명하여 동양의 영원한 평화 유지라는 대이상의 실현을 향해 매진하는 한편,

---

[15] 1934년 9월 전북 금산(錦山)에서 일어난 사회주의문학자 검거 사건. 치안유지법(治安維持法) 위반 용의로 23명이 기소되어 1935년 6월에 전원 집행유예로 석방됨. 이것을 계기로 1935년 5월 KAPF는 해산당했다.
[16] 백철, 「출소 소감―비애(悲哀)의 성사(城舍)」, 『동아일보』, 1935.12.27.

만주 건국의 위업은 착착 진척되어 일반 민중들은 새삼스럽게 우리 국력의 위대함에 경복(敬服)하게 되었고, 민심은 점차 평온을 되찾아 일부 유식자 사이에서는 한 걸음 더 나아가 국론의 통일을 외치며 내선(內鮮)이 일치하여 비상시국에 대응하려는 기운마저 조성되기에 이르렀다.[17]

만주사변 이후 식민지 지배 권력은 긴박해가는 시국을 대대적으로 선전하며 전쟁 열기 속으로 민중을 내몰았다. 만주사변이 일본 제국주의에게는 세계 공황의 일본적 타개책으로 대륙 정책을 추진하기 위한 침략 전쟁이었지만 한국인에게도 중요한 의미를 띠고 있었다. 1930년대 경성제국대학에서 한국 사회경제사 연구에 참가했던 황국사관 학자 시카타 히로시[四方博]는 다음과 같이 회상하고 있다.

그런데 그러한 대동아 의식이 만주사변 이후 한국인에게도 생겨났다고 생각된다. 그 이전에는 피정복자인 한국인과 정복자인 일본인의 대립이었으나, 만주사변 이후 또 하나의 피정복자가 생겨나 한국인 속에서도 어느 정도 정복자의 입장에 서려는 사람이 나타났다.[18]

이 지적은 일본 제국주의에 나타나는 억압이양(抑壓移讓)의 구조를 보여준다. '하향식 억압이양의 위계질서(Hierarchie)'[19]를 내포하는 절대주의 천황제에서 식민지 한국에 대한 일본인의 정신적 위상은 설명을

---

17　朝鮮總督府 警務局 保安課, 「朝鮮內に於ける思想轉向の狀況」, 『高等警察報』 第三號, 10면.
18　旗田巍, 『シンポジウム日本と朝鮮』, 勁草書房, 1967, 54면.
19　丸山眞男, 『現代政治の思想と行動』, 未來社, 1988, 114면.

필요로 하지 않는다. 계층 구조의 최하위에 위치한 한국인의 울분이 일본 제국주의가 대륙 침략을 확대하자, 만주인 및 중국인을 향해 일본인 의식으로 이행해간 것은 결코 이상한 일이 아니었다.

또한 일본 제국주의 침략 전쟁이 중일전쟁, 태평양전쟁으로 확대됨에 따라 일본 제국주의가 선전하는 '대륙 병참기지' 나아가 '대동아 병참기지'로서의 '중핵적 지위' 또는 '대동아공영권'에서 '황국신민'으로서의 '지도적 지위'[20]를 맹신한 '식민지적 전향자'들이 일본 제국주의와 동일시 현상을 일으켜, 일본 제국주의에 편승 의식을 들어내기 시작한 것도 이 시기이다. 만주사변은 한국인에게도 양면성을 부여했던 것이다.

'신체제 문학'은 만주사변 이후 격렬해지는 전쟁 열기에 휘말리면서 시국론을 시작으로 식민지 지배 권력의 정치 이데올로기를 정면에서 수용해갔다.

1940년 4월호의 문예 잡지 『인문평론』은 「봉축 천장절(奉祝天長節)」이란 문장을 실어, '성수 만세(聖壽萬歲)'를 빌며 "신동아 건설의 대업을 위해 전념 일체 황운(皇運)을 부익(扶翼)할 것"을 맹서하고 있다.[21] 이후 이 잡지는 매호마다 시국의 중요 사항을 거론하며 일본 제국주의에 충성을 맹서했다. 또한 시국 논단을 통해 소위 '내지 일류 평론가'의 시국론을 실었다.

만주사변은 세계 역사에서 일대 신운동의 발전을 약속하는 것이었다. 만주사변의 세계사적 의의는 초민족적 대지역주의를 향해 제일보를 내디딘 데 있

---

20 朝鮮總督府 情報課 纂, 『新しき朝鮮』, 朝鮮行政學會, 1944, 28면.
21 「권두언」, 『인문평론』, 1940.4, 2면.

다. 여기서 초민족적이라 함은 근대 민족주의를 재료로 그것을 진화적으로 초월한 것을 의미한다.[22]

이것은 일본 제국주의가 외치고 있던 '오족협화'를 초민족주의로 보아 진보주의를 내세워 만주사변을 합리화한 것이다.

결국 평화에 대한 책임은 평화 의욕을 실천할 만한 실력을 구비한 강대국의 어깨에 걸려 있다. 이런 점에서 동아의 아니, 세계의 강대국으로서 우리나라와 국민의 책임은 특히 중요하지 않을 수 없다. 지나사변(中日戰爭―인용자)이 동아 신질서 목표에 의해 '성전'이 되고, 동아 신질서의 정수가 동아 협동체 이념에 있다면, 이 이념의 구축에 성공한 우리 지식 계급이 사변에 기여하는 것은 높이 평가되지 않으면 안 된다.[23]

이것은 일본 제국주의 침략 전쟁을 '성전'으로 미화하여 선전하는 시국론이다. 『인문평론』의 이와 같은 일련의 시도는 잡지를 연명한다는 의미도 있겠으나, 이미 조선총독부의 선전 도구로 전락한 어용 잡지의 면모를 보여주는 것이다.

조선총독부의 기관지 『매일신보』는 1940년 10월 조선 문사 부대 38명이 양주 지원병 훈련소에 1일 입소한 것을 보도하고 있다. 문인 입소의 의의를 전파력에 두고 '신체제'가 곧 '고도 국방 국가'의 건설임을 상기시키고, '황국신민의 시기'와 '신체제 일익의 시기'라는 두 가지 의미

---

22 杉森孝次郎, 「이천육백 년론」, 『인문평론』, 1940.4, 62면.
23 森戸辰男, 「평화의 구조」, 『인문평론』, 1940.5, 67면.

의 '계몽기'에 처한 식민지 한국의 현실에서 이 직분을 완수하는 데 '제일의적 병사'가 문인이므로, "자유주의적 사고와 습관의 잔재를 청산하고 문장 보국의 새로운 직분으로 달려갈 것"을 촉구하고 있다.[24]

또한 『매일신보』는 특집 '신체제 — 문학자의 해석'을 편집하여 문학자를 선동했다. 김동환(金東煥)은 '신체제'하의 문학이란 "오로지 국가 때문에 있고 오직 신민의 길을 실천하기 위해서 있어야 할 것"이라고 잘라 말했다.[25] 또한 김오성(金午星)은 철학적인 해석을 시도하여 '신체제'란 무엇보다도 "개인 본위에서 국가 본위로, 자유 경제에서 통제 경제로의 전환이며 개인의 국가로의 귀일"이라고 보았다. 그는 일본 제국주의 지배 원리를 문학의 이념으로 수용하는 전체주의로의 이행을 주장하며 전체주의에서 문학의 위상을 다음과 말했다.

신체제의 문학은 온갖 개인을 그리되, 시민 문학과 같이 개인들의 성격과 마찰되는 외부 세계에서 생겨지는 운명에 의해 그릴 것이 아니라, 개인이 어디까지나 자기를 전체에 바쳐야만 그 인간적 성격과 운명을 획득할 수 있는 정신으로 그려야 할 것이다.[26]

소위 '신체제 문학'의 사명을 전체주의에 봉사하는 것으로 본 것이다. 일본 제국주의의 전체주의 파시즘이 한국 문화계에까지 확산된 것이다.

같은 시기 김동환이 주재하는 잡지 『삼천리(三千里)』는 「신체제하의

---

24 『매일신보』, 1940.10.12.
25 김동환, 「신윤리의 수립」, 『매일신보』, 1940.11.19.
26 김오성, 「문학정신의 전환」, 『매일신보』, 1940.11.21.

조선 문학의 진로」라는 좌담회 기사를 실었다. 이광수의 발언이다.

> 신체제하의 조선 문학의 길은 첫째 이번 신체제의 가장 큰 목적이 고도의 국방 국가 건설에 있느니만치 문학 작품도 국가 의식을 깊게 환기 고조하는 것이 되어야 할 것이며, 제재도 생산 부문에서 일하는 근로 민중의 생활의 자태와 심리의 부면(部面)을 널리 접촉하여야 할 것이며, 둘째 문체는 알기 쉽고 간결하고 명랑하여 애조를 띠거나 음영(陰影)을 가진 것이 아닐 것.[27]

이 자리에서 박영희는 '신체제하의 조선 문학'은 "충의를 종(縱)으로, 건전한 국체 사상을 횡(橫)으로 하는 좋은 작품 즉 직역 봉공(職域奉公)에 성심을 다해서 신도(臣道) 실천에 매진하는 문학"이어야 한다고 맞장구를 쳤다.[28]

여기에는 삽입문(挿入文)의 형태로 일본인 문학자의 글도 소개해, 그 중에서 기쿠지 간(菊池寬)은 '신체제 문학'이란 '신체제에 즉시 호응하는 새로운 구상과 의도를 연마하여', '현실주의 편중을 버리고 낭만적 정신으로의 전환이 제일의'이므로, '일본 민족의 가능성을 확신하고 그 이상의 실현에 공헌'해야 하며, "고대 일본을 무대로 한 순수한 역사 소설을 속속 창작하고 또한 작가들이 연구하여 고대 일본의 아름다운 자태를 더욱 아름답게 해야 한다"고 호언했다.[29] 파시즘의 일반적인 정신 형태는 자민족의 우월성을 강조하고 국수주의와 광신주의 및 낭만

---

27 좌담회, 「신체제하의 조선문학의 진로」, 『삼천리』(영인본), 1940. 12, 394면.
28 위의 글, 395면.
29 위의 글, 396면.

주의를 전면에 내세워 국권의 확장과 이민족의 말살, 고전에의 회귀 등을 내세우는 점에 특징이 있다. 기쿠지 간의 발언은 여지없이 그것을 대변하고 있다.

또한 일본의 '대정익찬회(大政翼賛會)' 문화부장 기시다 구니오[岸田國士]는 "일본 문화의 창조는 그 자체로 다른 제민족 위에 비추어줄 진정한 세계적 문화의 모체가 되는 것이 이상"이라고 기세를 올렸다.[30] 당시 소위 '신체제 문학'에서 문학자들이 시국에 편승한 것은 한국과 일본을 불문하고 난형난제(難兄難弟)에 오십보백보(五十步百步)였다. 그러나 한국의 경우 그 추종성과 반민족적 성격 때문에 더욱더 비극적이라 할 수 있다.

1940년 10월호의 『인문평론』은 권두언에서 난데없이 '동아작가대회(東亞作家大會)'를 제창하고 있다. 이 글은 우선 "동아 신질서의 건설은 이미 논의의 영역을 떠나 실천기에 들어갔다"고 전제하고, "동양을 어디까지나 진보적 건설적 또한 실험적인 태도로 생각할 필요"가 있으므로 "동양의 제민족이 어떻게 하면 대동단결하여 대지역적인 공영권을 건설할 수 있을까, 또한 인류 문화에 무엇을 남길 것인가"라는 주제로 "동양의 작가들이 같은 필요와 같은 과제로 협력하는 기회를 가져야 한다"고 역설했다. 선결 문제는 장소인데 "조선이 과거 동양 문화 교류에서 차지하고 있는 지위와 현재 전시하에 가지고 있는 중요성으로 보아 경성(京城)이 제일 적절하다"고 했다.[31] 최재서의 이 제안은 그 선견성에서 주목할 만하다.

그러나 이것은 후에 일본 문학자들에 의해 '대동아문학자대회(大東亞

---

30  위의 글, 398면.
31  「동아작가대회를 제창함」, 『인문평론』, 1940.10, 3~4면.

文學者大會)'라는 이름으로 현실화되어, 한국의 문학자들은 일본 대표가 아니라 접대역으로 참가했다. 또한 장소도 '경성'에서 열릴 기회는 끝내 오지 않았다. 이것 역시 한국 '신체제 문학자'들의 일본에 대한 짝사랑이었던 것이다.

또한 같은 호(號)에는 1940년 8월 조선총독부 경무국장 담화로 나온 '풍속 경찰 단속 요강'에 따른 「문학의 자숙」이란 것도 있었다. 이것에 의하면 "문학은 국가 유사시에는 그 독특한 성능으로 말미암아 특히 국민의 사기를 진흥"시키므로 '치정 문학'을 버리고 "국민에 솔선하여 자숙의 모범을 보이는 것이 문인에게 주어진 성직의 일 표현"이라고 되어 있다.[32] 경찰 쪽에서도 단지 검열에 머물지 않고 적극적으로 문학의 내용까지 선도하는 현실이 된 것이다.

이러한 분위기 속에서 1940년 11월 3일 소위 '명치절(明治節, 明治 天皇의 탄생일)'을 기해, 조선문인협회 주최로 한국의 문학자 30여 명이 조선신궁(朝鮮神宮, 1925년 건립. 조선에 세운 1,000여 神社 중 官幣大社로 서울 남산에 있었던 최고의 신사) 앞에서 가진 문장 보국 선서식을 시작으로 문예 보국 강연회가 전국적으로 열리는 등 문학자들의 시국 행사 참가 무드가 날로 높아갔다.

1940년대에 들어오면 한국 문학계는 소위 '신체제 문학'의 실천 단계에 들어가 각종의 작품이 속출하게 된다. 언제까지나 앵무새처럼 언어의 유희를 계속하도록 식민지 지배 권력이 방관하고 있을 리가 없었던 것이다.

---

32 「문학의 자숙」, 위의 책, 5면.

　이 시기 가장 중요한 것은 1941년 11월 최재서에 의해 창간을 본 문학잡지 『국민문학』의 출현이다. 창간 벽두 '조선 문단의 혁신과 재출발'을 호언한 이 잡지의 편집 요강은 급변하는 시국의 종합적인 반영이며 '신체제 문학'의 성격을 여실히 규정하고 있다.

① 국체 관념의 명징 — 국체에 반하는 민족주의적·사회주의적 경향을 배격함은 물론이고, 국체 관념의 명징을 지키지 않는 개인주의적·자유주의적 경향을 절대 배제한다.

② 국민 의식의 앙양 — 조선 문화인 전체가 항상 국민 의식을 갖고 사물을 생각하고 또한 쓰도록 유도한다. 특히 끓어오르는 국민적 정열을 그 주제에 담을 수 있도록 유의한다.

③ 국민 사기의 진흥 — 신체제하의 국민 생활에 맞지 않는 비애, 우울, 회의, 반항, 음탕 등의 퇴폐적 기분을 일소할 것.

④ 국책에의 협력 — 종래의 불철저한 태도를 버리고 적극적으로 시대의 난관 극복에 정신(挺身)한다. 특히 당국이 수립한 문화 정책에 대해서는 전면적으로 지지 협력하여 각각의 작품을 통하여 구체화되도록 노력한다.

⑤ 지도적 문화 이론의 수립 — 변혁기에 조우한 문화계에 지도적 문화 이론이 되어야 할 문화 이론을 하루라도 빨리 수립할 것.

⑥ 내선 문화의 종합 — 내선일체의 실험적 내용이 될 내선문화의 종합과 신문화의 창조를 향해 모든 지능을 총동원한다.

⑦ 국민 문화의 건설 — 총체적으로 웅혼, 명랑, 활달한 국민 문화의 건설을 최후의 목표로 한다.[33]

창간에 즈음하여 조선총독부와 협의를 거친 『국민문학』은 신문에서 『매일신보』가 담당하는 역할을 문학에서 담당하게 된다.

최재서에 의하면, 창간호부터 '용어에 대한 사명'을 띠고 있는 이 잡지는 총독부와의 협의 결과 연 8회는 한국어판, 4회는 국어(일본어)판으로 낼 예정이었으나, 본래 『국민문학』은 지식 계급을 대상으로 하고 있고 지식 계급은 국어를 해독할 수 있으므로, "무엇보다도 솔선하여 용어 문제를 해결할 사명을 띠고 있음을 유의해야 한다"고 말하고 있다.[34] 그래서인지 1942년 5, 6월 합병호부터 일본어판으로 바뀌었다. 그 이유를 1941년 12월 8일의 미국에 대한 선전 포고 소위 '선전(宣戰)의 대조(大詔)'와 1942년 5월 한국에 공포된 징병제에 감격하여 국어와 한국어의 병용이라는 '과도기적 조치'의 청산을 결의했다고 말했다.[35]

이렇게 한국에 단 하나 남아 있던 문학잡지에서도 한국어는 말살 당했다. 나아가 최재서는 "조선어는 최근 조선의 문화인에게 문화의 유산이라기보다는 오히려 고민의 씨앗이다. 이 고민의 껍질을 깨지 못하는 한 우리의 문화적 창조력은 정신적 수인(囚人)이 될 뿐"[36]이라는 발언도 서슴지 않았다. 문학자 스스로가 모국어를 버리는 것이 지식인의 '사명'으로 둔갑하는 시대가 도래한 것이다. 이것은 한국 문학계가 한국어와 한국 문학을 포기하겠다는 선언이었다.

1943년 4월 '문학자의 총력을 대동아전쟁의 목적에 집결'하기 위해 '조선문인협회'를 해체하고 '조선문인보국회'가 발족했을 때 『국민문

---

<sup>33</sup> 최재서, 「朝鮮文學の現段階」, 『국민문학』, 1942.8, 12~13면.
<sup>34</sup> 위의 글, 13면.
<sup>35</sup> 社告, 「國語雜誌への轉換」, 『국민문학』, 1942.5·6(합병호), 44~45면.
<sup>36</sup> 主幹, 「編輯を了へて」, 위의 책, 208면.

학』은 「결전 문학의 확립」이라는 제목으로 여기에 참가한 각 부장의 글을 싣고 있다. 그 중에 이사장 가라시마 다케시[辛島驍]는 문학의 '성전' 수행을 역설하고 있다.

금후 조선 문단은 실로 싸워나가는 의식을 각자의 분야에서 강력하게 드높이고 불꽃처럼 피어오르게 하는 데 커다란 기대가 모아지고 있다. 우리는 주위의 문인들로부터 한 사람이라도 반전적인 인물을 배출하면 안 된다. 설명해도 모르면 잘라버리고 우리의 길을 맥진(驀進)하지 않으면 안 된다. 그것이 결전기 문학자의 자세다.[37]

경성제국대학 예과(豫科) 교수 가라시마는 조선총독부의 비호를 받으며 식민지 한국의 언론계를 주름잡고 있었던 음험한 실력자였다. 시국에 편승해 한국의 문학자에게 협박조의 언사를 마다하지 않는 시건방진 오만이 가능했던 것도 그가 일본인이요, 배후에 일본 제국주의가 도사리고 있었기 때문이다. 가라시마는 식민지 한국에 흘러들어와 일본 제국주의라는 배경을 믿고 큰소리쳤던 대표적인 삼류 문화인 속물의 한 사람이었다.

그리고 다음과 같은 문장이 문학자를 자처하는 인물에 의해 쓰여진 것도 당시 시국의 긴박함을 엿보게 한다.

싸우는 문학이 걸어야 할 당연한 순서는 우선 종래의 예술성을 버리는 것이며, 묵은 의미의 시학적 규범을 탈피해 문학의 자유를 획득하고 결전의 국

---

37　辛島驍, 「戰ひつつある意識」, 『국민문학』, 1943.6, 41면.

민 생활을 계몽해야 한다. 문학이 예술성에 구애를 받아 구태를 고집하며 전쟁 완수의 중요한 역할을 회피할 아무런 이유가 없다. 문학자는 문학이 정치의 종속물이 되었다고 탄식하지 말라. 이제 와서 새삼스럽게 문학과 정치를 이원적으로 대립시킬 필요가 어디에 있단 말인가.[38]

문학의 목적이 전쟁에 있다고 소리치는 망발이 난무하는 속에 일본 제국주의가 말하는 '성전'의 사이비성이 드러난다.

식민지 한국에서 시국에 편승하는 '신체제 문학'이 논의되기 시작한 것은 1931년 만주사변 이후부터였다. 이 시기는 우선 전쟁 문학으로 시작되어 애국 문학 혹은 총후 문학(銃後文學)[39]이라고 불렸다. 이 단계까지는 문학자의 현실 참여라는 소박한 시국론에 따라 예술성의 유지 문제를 거론하며 신중한 태도로 임했다. 한국어 말살이나 한국 문학의 존폐 문제 같은 결정적인 논의는 없었다.

그러나 1937년 중일전쟁 이후 일본 제국주의가 그 전쟁을 '성전'이라 선전하며 전쟁 열기가 한국에까지 밀려오자, '신체제 문학'은 결전 문학을 내세우며 그 주장하는 내용의 강도도 높아져갔다. 이윽고는 용어 문제라는 명목으로 한국 문학자 스스로 한국어를 버리며, 부르짖는 구호도 '내선일체'와 '황국신민화'를 시작으로 '성전'의 수행, '대동아공영권'. '팔굉일우', '신주 불멸(神州不滅)' 등 격렬해졌다.

논의가 시국적이었기 때문에 식민지 지배 권력의 중요 정책이 나올

---

**38** 巖谷鍾元(곽종원), 「決戰文學の理念」, 『국민문학』, 1944.6, 38면.

**39** 총후(銃後)라는 용어는 전장(戰場, 國外)과 총후(銃後, 國內)라는 대립 개념으로 일본에서 청일전쟁 이후 사용되기 시작했다. 그러나 근대전(近代戰)이 총력전 개념이고, 일본 제국주의 침략 전쟁이 확대됨에 따라 총후 문학이라는 용어도 결전 문학으로 대체되어갔다.

때마다 그것이 한국 민중에게 어떠한 영향을 끼치는가를 돌아볼 여유도 없이, 마치 정책을 앞지르듯 선견성까지 보여 가며 '신체제 문학'은 시국의 중심적 존재로 남으려 했고 또 주도하려 했다. 그러나 그 시끌 벅적한 훤소(喧騒)에 비해 결국은 일본 제국주의의 꼭두각시에 지나지 않았고, 조국 관념의 상실로 인해 시대에 대한 통찰력과 미래에 대한 대응책 하나 확보하지 못한 채, 일본 제국주의 한국 통치 이념에 충실히 따른 반민족적 현실 참여로 끝났다.

전쟁 문학으로부터 결전 문학에 이르는 '신체제 문학'의 시국 논의는 식민지 지배 권력이 문학자를 방관할 리가 없고 방관하지도 않았다는 점을 감안하더라도 끝나지 않는 문제는 여전히 남아 있다. 그것은 자발성의 문제이고, 식민지 현실에 순응하는 현실 타협의 지적 무기력의 문제이다. 그리고 식민지 시대 '식민지적 전향'이 갖는 반민족적 성격의 문제이다.

소위 '신체제 문학'의 중요한 시국 논의의 하나가 '성전' 참가의 문제였다. 전쟁이란 국가와 국가, 민족과 민족, 집단과 집단이 운명을 걸고 싸우는 것이다. 또한 전쟁은 국가와 민족 또는 집단이 같은 가치관과 목적과 이데올로기로 대결하는 것이다. 만주사변과 중일전쟁에 한국 민족의 이러한 요소가 하나라도 내포되어 있었을까. 하물며 태평양전쟁에 한국의 민중이 얼마나 참여 의식을 갖고 있었을까. 당시의 한국은 식민지라는 시대 상황이었고, 한국의 인적·물적 동원을 노리는 일본 제국주의는 강제적으로 민중을 전쟁에 몰아넣었으며, '신체제 문학자'들이 외치던 일본의 승리와는 반대로 민중은 일본의 패배를 기원하고 있었던 것이 실상이었다.

　그리고 '신체제'의 문학자들이 일본인 의식 위에 서서 참여 의식을 드러내며 그렇게도 꿈에 그리던 '야마토 민족[大和民族]과의 동등한 지위' 혹은 '아시아 지도 민족의 지위'는 얻을 수 있는 것이었을까. 소위 '성전'에의 참여를 부르짖는 것은 일본 제국주의에 충실하게 복무하고 굴복하는 것이며, 한민족의 거대한 희생을 스스로 강요하는 행위였다. 나아가 이것은 일본 제국주의의 피해자인 한민족이 어느새 아시아의 가해자로 가담하는 모순마저 잉태하고 있었다. '신체제 문학'의 중요한 주제의 하나인 '성전' 참여 문제는 결국 한국 민중과 아시아 민중에 대해 전쟁 책임을 동반하는 자가당착(自家撞着)의 산물이었다.

　'신체제 문학'의 시국론은 두 가지로 요약할 수 있다. 하나는 식민지 지배의 현실 수용과 타협이다. 당시의 현실은 일본 제국주의 전쟁 수행을 의미한다. 한국은 중일전쟁까지는 '대륙 병참기지'로 불리다가 태평양전쟁 이후는 '대동아 병참기지'로 불렸다. 일본 제국주의는 소위 '성전'의 확대에 따라 식민지 한국의 인적·물적 양면의 총동원 체제가 긴급 과제로 등장함에 따라 '신체제 운동'을 전개했다. 악랄한 검열 아래 문학자의 동원도 그 일환이었다.

　또 하나는 현실 반영의 측면이다. '신체제 문학'은 급변하는 소위 '성전'의 전황을 반영하면서 '황국신민화'와 '내선일체'의 실천과 민중의 전쟁 참여 의식을 고취하는 작품의 창작이 중요시되었다. 문학의 정치적 선전 도구로의 전락이며, 정치의 시녀화인 것이다.

## 2. '국책' 수용의 단계

'신체제 문학'은 다른 명칭으로 '국민 문학' 혹은 '국책 문학'이라고도 한다. 한국에서 '신체제 운동'의 전개는 1931년의 만주사변과 1937년의 중일전쟁으로 이어지는 전쟁 분위기 속에서 1938년 7월 '국민정신 총동원 조선연맹'의 조직으로 본격화되었다.

한국 문학계의 '신체제'는 1939년 10월 '조선문인협회'를 조직하면서 시작되었고, '신체제 문학'을 실천한 대표적인 문학잡지는 1941년 11월 최재서가 창간한 『국민문학』이었다. 이러한 추세 속에서 1930년대 후반부터 1940년대 전반까지 각양각색의 '신체제 문학' 논의가 부침했지만 그 모든 것의 전제가 '내선일체'와 '황국신민화'였다. 따라서 식민지 한국에서 일어난 '신체제 운동'이 그러하듯 '신체제 문학'이라는 것도 '내선일체'와 '황국신민화'를 전제로 성립된 것이다.

일본 제국주의 식민지 한국 통치의 이데올로기이며 한국에 대한 거대한 위선적 시혜 의식의 결정체는 '내선일체'와 '황국신민화'이다. 일본 제국주의 한국 통치의 소위 '대정신(大精神)'은 1910년 8월 29일(한국에서는 국치일이라 부른다) 한일병합에 즈음하여 나온 당시의 일본 천황 메이지(明治)의 조서(詔書)에 나타나 있다.

민중은 직접 짐의 수무(綏撫)하에 그 강복(康福)을 증진할 것이며 (…중략…) 짐은 특히 조선 총독을 두고 짐의 명령을 받아 육·해군을 통솔하여 제반의 정무를 통할하게 할 것이다.[40]

일본 제국주의는 식민지 지배 초기부터 한국인을 '황국신민'으로 직접 통치할 것을 천명했다. 또한 1919년 3·1독립운동 후 다이쇼(大正) 천황의 「제도 개정의 조서」에서도 이것을 확인하고 있다.

> 짐은 일찍부터 조선의 강녕을 마음에 두고 그 민중을 애무(愛撫)함에 일시동인(一視同仁), 짐의 신민으로서 추호의 차이도 두지 않고, 각각 그 있을 곳을 얻어 그 생활에 안락함을 도모하여 한결같이 휴명의 혜택을 누리기를 바래왔고[41]

여기에서도 일본 제국주의는 '내선일체'를 선언함과 동시에 한국인이 '황국신민'임을 재천명하고 있다. 이후 역대 조선 총독은 이 두 개의 조서에 나와 있는 소위 '성지(聖旨)'를 받들어 '황국신민화'와 '내선일체'를 강력하게 추진했다. 소위 '황국신민화'와 '내선일체'라는 동화 정책으로서의 지배 이데올로기는 일본 제국주의 한국 통치의 특징을 상징하는 것으로 식민지 한국에서 팔방미인의 권위를 휘두르는 것은 물론, 한국인을 정치·경제·사회·문화적으로 규정하는 억압 기조로서 모든 것에 우선하는 행동 규범이 된다.

'황국신민화'와 '내선일체'는 동화 정책의 일신 양두(一身兩頭)가 되어 '황국신민화'가 주로 도덕적 규범으로 정신면을 강조하여 일본 제국주의에 충성심을 강요한 데 대해, '내선일체'는 '동조동근론(同祖同根論)'을 내세워 역사적 근거 제시를 꾀해 한국 지배를 정당화하려 했다. 즉 '황국신민화'는 "조선 민중 2,500만 모두가 국체의 본의(本義)를 관철하기

---

40  朝鮮總督府, 『倂合の由來と朝鮮の現狀』, 朝鮮印刷株式會社, 1924, 1면.
41  위의 책, 2면.

위해 철저하게 황국신민으로서의 수양과 연성을 실천궁행하는 것"이고, '내선일체'는 "하나의 조상으로부터 피의 연결에 기초하여 필연적이고도 발전적인 환원"이라고 선전했다.[42] 전자가 도덕적·정신적인 지배 논리라면 후자는 역사적 정당성을 합리화하는 지배 논리인 것이다. 그리고 양자는 '천황귀일(天皇歸一)'로 완성된다.

'황국신민화'가 '팔굉일우의 현현(顯現)'으로 무한 확대를 계속하면서도 '국체의 명징'(제4장 제1절 참조)이라는 조건을 달아 자기 방어와 폐쇄성을 노골적으로 드러낸 것에 대해, '내선일체'는 '동조동근'을 주장하면서도 현실화된 차별 구조 속에 순혈론을 내포하고 있었다. 또한 '황국신민화'와 '내선일체'의 논리는 상호 간에 원인과 결과의 인과 관계 및 보완 관계를 구축하여 형식과 내용의 성격을 띠고 있었다.

그리고 '황국신민화'는 '황국신민의 서사'가 상징하듯 한국인에게 온갖 의무를 강요했고, '내선일체'는 식민지사관이 보여주듯 한국인의 민족적 열등감과 민족 허무주의를 조성했다. 결국 '황국신민화'란 일본 제국주의가 말하는 소위 '황도(皇道)'의 잡거성을 의미하는 것이며, '내선일체'는 일본의 한국에 대한 역사적인 부채 의식과 열등감의 표출이었던 것이다.

'신체제 문학'은 이러한 일본 제국주의 식민지 지배 이념을 수용하여 '팔굉일우'의 무한 확대와 무한 연장선상의 일 지점에 위치하고 있는 식민지 한국에서 '황국신민화'와 '내선일체'를 제재로 창작하고 비평하는 문자 행위이다.

---

42  朝鮮總督府, 『新しき朝鮮』, 朝鮮行政學會, 1944, 15~25면.

'신체제 문학'은 전쟁 문학 논의로 시작되었다. 김동환이 창간한『삼천리(三千里)』1939년 1월호는「전쟁 문학과 조선의 작가」라는 표제로 전쟁에 임하는 작가의 자세를 논하는 좌담회를 실었다. 여기에서 중요한 화제는 중일전쟁이었다. 김동환은 다음과 같이 발언했다.

> 외국의 전쟁 문학 속에는 반전 경향적인 작품이 있었겠지만 내지 작가에 한해서는 모두 다 전쟁 문학 즉 애국 문학이란 견지에서 어느 것이나 전쟁의 숭고함과 생명을 버리고 국가의 사명에 즐겁게 죽는 용사의 애국적 정열의 고양 등 일괄하여 국가혼을 찬미한, 즉 전쟁이란 문화 창조의 어머니란 견지에서 붓을 든 것이 대부분이다.[43]

김동환은 전쟁 문학이 곧 애국 문학이라고 보는 일본 문학자의 창작 태도를 강조하면서 한국 문학자의 전쟁 문학 참가를 적극적으로 촉구하고 있다. 나아가서 박영희는 일본 제국주의의 전쟁을 예찬하는 발언도 서슴지 않았다.

> 현재 아국(我國)의 전쟁은 구주대전(歐洲大戰, 제2차 세계대전 중 유럽 쪽의 전쟁 – 인용자)과는 그 의의가 아주 상이(相異)하여 동양의 영원한 평화를 위한 성전인 까닭에, 그 전쟁 의식은 일시적인 생활 현상으로 취급될 것이 아니라, 장기 건설에 따르는 일본 정신을 철학화한 한 개의 이념이 현재 우리들의 전쟁 문학에 함유되어야 될 것이다.[44]

---

43　좌담회,「전쟁문학과 조선작가」,『삼천리』(영인본), 1939.1, 21면.
44　위의 글, 22면.

일본의 전쟁이 '성전'이라든가 '일본 정신 장기 건설의 철학화' 운운은 일본 제국주의 전쟁관을 대변하는 것이다. 일본 제국주의는 중일전쟁을 '동양의 영원한 평화'와 새로운 아시아의 '장기 건설'을 위한 '성전'이라고 선전했다. 실제로 중일전쟁은 한국인에게도 위기의식을 조성하여 소위 '성전'이란 말도 내용이야 어떻든 중일전쟁을 계기로 한국에서도 널리 사용되고 있었다. 일본 제국주의가 말하는 '성전(聖戰)'[45]의 기본적 의미는 '신국(神國) 일본이 수행하는 전쟁'으로 중일전쟁 이후 사용되기 시작했다. 이것이 일본 제국주의 전쟁이 확대됨에 따라 그 의미가 역사적으로 소급되어 갔음은 물론, 공간적으로도 무한대로 팽창되어 일본의 모든 전쟁을 합리화시켰다. 즉 청일전쟁과 러일전쟁에서는 일본 제국주의가 '이익선(利益線)'으로 설정한 한국(나아가서 만주)에 대한 침략 의도를 '동양의 영원한 평화를 위한 전쟁'이라고 정당화시킨 것을 비롯하여, 만주사변에 이르러서는 일본 제국주의 관동군(關東軍) 참모 이시하라 간지[石原莞爾] 등에 의해 '오족협화(五族協和)'를 내세운 '왕도낙토(王道樂土)'의 건설이 기세 좋게 선전되었다.

또한 중일전쟁에서는 1938년 11월 고노에 내각이 발표한 고노에 성명(近衛聲明)에서 '동아 신질서 건설'이 주창되어 '동아 공동체론'으로 구체화된다. 이어서 1940년 7월 제2차 고노에 내각은 '기본 국책 요강'으로 '대동아공영권' 구상을 의결하고, 9월의 삼국동맹 체결과 함께 '생존권'

---

**45**  陸軍省 新聞班, 『時局の重大性』, 1937. 11. 18, 66면.
　　 '성전'이라는 용어는 1937년 7월부터의 중일전쟁(처음에는 北支事變, 1937년 9월 2일부터는 支那事變, 1941년 12월 13일부터는 태평양전쟁을 포함하여 大東亞戰爭으로 개칭)에서부터 사용되기 시작했다. 일본 제국주의 군부가 사용하기 시작한 것으로 '국제 정의를 확립하기 위해 신국 일본이 행하는 전쟁'으로 되어 있다. 이후 '성전' 개념을 중일전쟁으로부터가 아니라, 무한 확대하여 일본이 행하는 모든 전쟁으로 확대 해석해나갔다.

이라는 미명으로 '대동아공영권'의 범위를 명시했다. 이윽고 태평양전쟁에 이르면 1943년 11월 수상 도조 히데키[東條英機]가 급조한 '대동아 회의'에서 '대동아 공동선언'과 더불어 '팔굉일우'의 구체화인 '대동아공영권'의 실현을 외쳐 일본 제국주의 '성전' 사상은 그 절정을 맞이했다.

전쟁의 추이와 규모의 확대는 일본 국민을 전쟁 열기로 몰아넣었고, 민중은 선택의 여지없이 비장한 '성전' 의식에 휩싸여갔다. 지식인들도 뒤질세라 소위 '성전'의 이념 찾기와 고취에 골몰하여 신들린 '황도주의(皇道主義)'에 매몰되어갔다.

이러한 일본의 상황은 '신체제' 시기의 한국에도 그대로 파급되었고, 문학자들이 동원되어 맞장구를 친 것도 이미 예정된 일이라 볼 수 있다. 박영희의 다음과 같은 발언은 그것을 여실히 보여 주고 있다.

문학의 공리적 사명을 말할 때 나는 어느 때나 소련의 문학 정책을 생각하게 되며 또한 그 실패를 연상하게 된다. 당책(黨策)의 문학화 예술화는 일시 전 세계 문학계를 동요시켜 세계 문학의 위기를 만들어 낸 일이 있었다. 조선 문단에서도 그러한 폭풍우 시기가 지나갔다. 그것은 확실히 위정자의 정책을 억지로 문학화 예술화하여 선전에 소용되게 하려는 것이었다. 즉 스탈린 일인을 위한 문학인 까닭이었다. 그러나 이제 우리가 당면한 신단계의 문학 운동인 전쟁 문학은 결코 그러한 불순한 내용을 갖는 것이 아니다. 이것은 위정자의 독특한 선전술도 결코 아니다. 위정자나 국민이나 일치단결된 대중적 한 과정이다. 그것은 정책의 예술화가 아니다. 일본 정신의 예술화와 문학화인 것이다. 이 일본 정신은 세계정신의 중추를 형성하고 있으니, 이 정신 위에서 창작되는 문학적 작품은 세계 문학의 이상을 만들어 낼 것이다.[46]

여기서 박영희는 프롤레타리아 문학을 대신하는 문학으로 전쟁 문학을 설정하고 그것은 '일본 정신'을 반영하는 것이며, '세계 문학의 이상'을 실현하는 길이라고 본다. 그러면 박영희가 보는 '일본 정신'이란 무엇인가.

> 지금 우리가 말하는 전쟁 문학은 그 실은 일본 정신의 일영역에 불과한 것이다. 금번 지나사변(中日戰爭―인용자)은 전투를 위한 전투가 아니다. 동양의 영구한 평화를 위한 일본 정신의 발로다. 즉 동양 정신의 선구라고도 할 만한 이 일본 정신은 내가 이곳에서 정의를 내릴 수는 없으나, 한 가지 역설하려는 것은 이 일본 정신 속에는 옛부터 조선 사람들이 귀중하게 생각하던 도덕과 정의감이나 또는 지나인(支那人)들이 생각하던 그것이 다 포함되어 있는 광범하고 또 광범한 그 정신이다. 그러한 까닭에 이 정신을 기초로 한 전쟁은 말할 것도 없이 성전임에 틀림없다. 이 성전에서 피를 흘리며 쓰러지는 황군(皇軍)은 또한 일본 정신의 정화다.[47]

박영희는 정작 중요한 '일본 정신'에 이르러 한국 문화와 중국 문화를 전부 포괄한다는 종합성으로 얼버무리고, "일본의 전쟁은 성전임에 틀림없다"는 무조건적인 수용과 명제의 절대화로 넘기고 있다. 이것은 박영희의 '식민지적 전향'이 논리적 귀결이 아니라, 심정적으로 동조한 행동에 불과하다는 것을 입증해주고 있다.

1930년대 초기까지 조선프롤레타리아예술가동맹(KAPF)의 이론적

---

46  박영희, 「전쟁과 조선문학」, 『인문평론』 창간호, 1939, 39~40면.
47  위의 글, 40면.

중심인물의 한 사람이었던 박영희는 1931년 6월 KAPF 제1차 검거에 체포되어 1934년 1월 "얻은 것은 이데올로기요, 잃은 것은 예술 자신이다"[48]라는 떠들썩한 전향 선언을 하고 프롤레타리아 문학으로부터 결별을 선언했다. 식민지 지배 권력의 철저한 탄압과 지도자들의 지리멸렬한 대응으로 많은 관제 전향자를 내고 KAPF는 1935년 5월 해산을 할 수밖에 없었다. 박영희의 발언은 이러한 변모의 일단은 보여주고 있다.

마르크스주의는 세계관으로서의 이데올로기이며 사회주의 문학은 이러한 세계관 위에 기반을 둔 예술관이다. 사회주의 문학은 사회주의 리얼리즘을 추구하여 헤겔(Hegel)이나 루카치(Lukács)가 말하는 '자본주의 사회의 대표적인 문학 현상 혹은 형식'으로서의 소설을 변증법적 지양과 창조에 의해 근대 부르주아 리얼리즘을 극복하려 한 문학관이다. 그것이 민중의 계급적 자각과 사회 인식을 어떻게 주도할까 하는 문제와 문학의 예술성 창조 문제 등의 측면에서 사회주의 종주국인 소련으로부터 하달되는 당 정책 혹은 정론성으로 경직되어 교조주의로 흘렀다 해도, 그것은 어디까지나 방법론의 문제이지 사회주의 리얼리즘의 한계가 아니다. 왜냐하면 당시 식민지 한국에는 핍박받는 프롤레타리아들이 즐비했기 때문이다. 이것을 외면하고 이데올로기라는 정론성에 매달려 정작 패배한 것은 박영희 자신이었다. 결국 박영희는 일본 제국주의 생래의 반공주의에 굴복하여 정체도 없는 '일본 정신'을 들먹이며 초라한 자신의 사상성을 변명하고 있었던 것이다.

한국에서 사회주의 문학의 몰락은 오히려 문학자 자신의 사상적 취

---

약성과 식민지 지배 권력의 철저한 탄압에 의해 초래된 결과이다. 부분과 전체 혹은 말단과 근본의 철저한 천착이 없이 시작부터 전면적 부정으로 치닫는 것은 전향 프롤레타리아 문학자의 불철저한 문학 태도를 대변하는 것에 지나지 않는다.

한국과 일본을 막론하고 일본 제국주의 탄압 앞에 소위 '주의자(主義者)'에서 돌아선 '전향자'들이 본질과 실천적 방법 혹은 자기 의지와 사상성에 대한 준별과 자기반성을 보이지도 않은 채 사상의 본질부터 부정해버리는 태도를 보일 때, 국가 권력 혹은 지배 권력에 대한 증오심에 앞서 우선 '주의자' 개인의 지적 무기력과 의지의 박약함에 대한 혐오감부터 품는 것은 이러한 이유 때문이다.

만주사변과 중일전쟁의 전쟁 분위기로 촉발된 전쟁 문학론 이후 '신체제 문학'은 '국책 문학'과 '국민 문학' 논의에 들어간다. 1940년 4월 『인문평론』에는 「국책과 문학」이라는 글이 실려 있다.

이 점에서 무엇보다도 기대되는 것은 정부 당국과 문예인 각자의 상호 신뢰와 유기적 협력이다. 사변(중일전쟁—인용자) 발발 이후 사변의 전도와 처리에 대한 위정 당국의 소신을 밝혀달라는 국민의 요망은 자못 치열한 바 있었다. 오늘날 성전의 목적에 대하여 의심하는 자는 한 사람도 없을 터이며, 또 사변 처리에 대한 방책도 정부 누차의 성명에 의하여 일반적으로 인식되어 있다. 그러나 기타의 국책이 참으로 국민의 심정 속에 삼투되어 문예인으로 하여금 열정과 감흥으로써 그것을 작품화하는 데까지엔 아직 미급한 점이 있지 않을까 염려된다. 물론 이 점에 대해서는 문예인 각자의 분발과 노력이 더 많이 요구되는 것은 말할 것도 없다. 국책은 구체적인 문제와 부딪쳐서 비

로소 현현되는 것이기 때문에 문예인은 다만 국책에 순응할 뿐만 아니라 그에 협력해야 한다.[49]

최재서의 집필인 이 문장은 소위 '성전'을 포함하는 일본 제국주의 국책 일반을 민중에게 침투시키는 데 문학자의 협력을 촉구하면서 구체적인 작품의 창작을 통해 실천하는 '국책 문학'의 필요성을 선명하게 내세우고 있다. 문학자의 협력과 참여가 전쟁 정책뿐만 아니라 국책 전반으로까지 확대된 것이다.

이와 같이 한국 문학계가 당면의 국책 즉 일본 제국주의의 한국 지배 정책인 '내선일체'와 '황국신민화'를 전면적으로 수용하여, '국책 문학'의 성격을 노골적으로 드러낸 다음에는 당연히 일본 국민적 자각을 내용으로 하는 '국민 문학'의 논의가 일어날 수밖에 없다. 그 구체적인 실천으로 나타난 것이 1941년 11월에 창간한 『국민문학』이다. 최재서가 주재한 이 잡지는 명칭에서 오는 상징성과 함께 그의 변모와 행방을 얘기해주고 있다.

근대 국민 문학의 개념은 본래 유럽에서부터 유래한 것으로 문예부흥 이래 특히 18세기 말의 낭만주의 문예 사조와 함께 시작되어, 19세기 국민 국가 형성에 즈음해 국가 혹은 민족의 주체성 확립과 국가와 민족의 이상을 추구하는 것으로 시작되었다. 국민 문학의 내용으로는 개인의 자유와 주체성의 각성과 해방, 감정의 자유스러운 표현 등을 중요한 요소로 하고 있었다. 이것은 19세기에 역사학과 언어학의 급격

---

49 「권두언—국책과 문학」, 『인문평론』, 1940.4, 6면.

한 발달 과정에서 발굴된 국민성 관념을 기조로 문학에서 국가와 민족의 자기 확인적인 의미를 띠고 있었다. 국민 문학이 이루어낸 국민성과 민족성의 형상화로 민중은 국가적인 차원에서 공동체 의식과 동족성 의식 나아가 국민 의식을 공유할 수 있었던 것이다.

국민 문학은 유럽 여러 나라 중에서 근대 국민 국가 형성이 뒤떨어져 있던 독일에서 융성했고 1890년 무렵에는 국민 문학사 연구라는 방법으로 확립되어 각국으로 확산되었다. 특히 1827년 괴테(Göthe)는 "모든 문학은 외국에 개방되어 있다"는 세계 문학(Weltliteratur)의 이념을 제창하여,[50] 이후 세계 문학은 국민 문학의 범위를 벗어나 상호 영향을 통해 인간의 보편성을 추구하는 개념으로 발전되었다. 이러한 과정에서 국민 문학은 국제적인 확산과 교류를 통해 자국 문학에 대한 자각을 일깨웠고, 문학을 통한 민족 간의 상호 이해와 존경과 신뢰의 관계를 성립시켰던 것이다. 괴테가 생각했던 '세계' 개념은 당시의 유럽을 벗어나지 못했다. 그러나 국민 문학의 근본적인 동기는 계몽기의 철학적인 세계주의에 대항하여 문학이 갖는 정서와 국민적 요소를 상호 교류 가능한 국제적 정신으로 파악한 낭만주의적 발상이었던 것이다.

국민 문학의 개념이 세계 문학으로까지 발전해간 것은 문학이 갖는 보편성과 전파력, 감흥력으로 보면 당연한 귀결이었다. 그러나 국가와 국가, 민족과 민족 간의 복잡한 역사적 관계가 뒤엉켜 있는 국제 사회에서 자국 혹은 자민족의 자존(自尊)을 위한 투쟁과 승리의 과정, 영웅담, 전통적 가치관, 고전 등을 즐겨 작품화하는 국민 문학에는 문학의

---

50　에커만, 곽복록 역, 『괴테와의 대화』, 동서문화사, 2007, 233면.

보편성과는 정반대로 타민족에 대한 배타 의식과 자민족의 우월감 등을 유발하는 이면도 숨어 있다. 그것의 한 표현으로 20세기 파시즘이 국민적 단결을 위해 낭만적 태도를 노골적으로 드러낸 것으로도 이것을 짐작할 수 있을 것이다.

일본에서 국민 문학 논의가 일어난 것은 1937년 이후이다. 논의의 발단은 일본 제국주의 침략 전쟁이 만주사변으로부터 중일전쟁으로 확대되는 시대 상황 아래 국가적 위기의식과 문학의 현실 참여라는 형태로 일본 낭만파가 중심이 되어 복고주의와 전통주의를 주장한 것으로부터 제창되었다.

일본 낭만파는 1930년대 일본 제국주의 사상 탄압의 태풍 속에서 전향이 속출함으로써 프롤레타리아 문학이 붕괴되고 역설적으로 소위 '문예부흥(文藝復興)'의 풍조가 팽배했을 때, 전향 문학을 기반으로 출발한 '좌익 찌꺼기들의 한 변종(變種)'[51]이었다. 이러한 시대를 배경으로 일본 낭만파는 새로운 낭만주의 수립을 '약속어(約束語)'로 내걸고, 일본 고전과 고미술의 탐구를 통해 일본 정신의 재평가와 부활 및 실천 나아가 죽음에의 비약 등을 지향했다. 이들은 복고적이고도 광적인 일본주의를 노골적으로 드러내 군국주의 파시즘의 일익을 담당했다. 이 유파는 기관지로 『일본 낭만파』를 1935년 3월부터 1938년 3월까지 발간했다.

일본 낭만파의 일원이었고 '황도 문학(皇道文學)의 확립'을 부르짖은 아사노 아키라(淺野晃)는 1937년 「국민 문학의 근본 문제」라는 문장을 썼다. 그는 국민 문학을 창작할 수 있는 작가를 '부르주아지 인텔리겐차

---

51  橋川文三, 『增補・日本浪曼派批判序說』, 未來社, 1978, 24면.

(bourgeoisie Intelligentsia)’로 규정하고, 일본 근대 문학의 빈곤을 초래한 것은 ‘기생적 인텔리겐차에 의한 기생적 문화’에서 유래한다고 규정했다.

간단히 말한다면 국민 형성 이전 즉 봉건제 이전의 옛것이 진정한 의미에서 문화적으로 조금도 정리되지 않았다는 것이 그 이유이다. 그러므로 거기에 달라붙어 날뛰고 있는 지성은 영구히 기생적 지성인 것이다. 급무는 우선 이 기생적인 존재들을 극복하는 것으로부터 시작하지 않으면 안 된다. 그리고 그것의 극복은 기생적인 것들의 폭로에 의해서만 가능하므로 반드시 그 폭로자로서 민족적 카오스(Chaos, 混沌－인용자)가 깊이 살아나 움직이지 않으면 안 된다. 여기에 옛것의 아우프헤벤(Aufheben, 止揚－인용자)이 있다. 이 경우 서양적인 것은 그것의 부정적 매개 계기로 작용하면 족한 것이다. 오늘날 우리가 스스로를 자각한다할 때 인간으로서, 개인으로서, 민중으로서, 계급으로서의 자기를 자각하기보다는 나아가 민족으로서, 일본인으로서의 자기를 깨닫는 것이 필요한 것은 그 때문이다. 따라서 세계적 혹은 개성적, 인민적, 계급적인 것이 아니라 국민적인 것이 강조되지 않으면 안 된다. 장래의 문학은 우리에게 무엇보다도 우선 타이프(type)를 부여하지 않으면 안 된다. 그리고 타이프는 무엇이든지 우리의 민족적 카오스에 속하지 않으면 안 된다.[52]

여기서 말하는 ‘민족적 카오스’란 외부의 것이 섞이기 이전 혼돈 상태의 순수한 고대 일본의 모습일 것이다. 소위 ‘국민 문학’은 그것에 질

---

52  淺野晃, 「國民文學の根本問題」, 『新潮』, 1937.8, 184면.

서(cosmos)와 조화(harmony)를 부여하는 예술 활동으로 일본 민족으로서의 국민적 자각과 각성을 그 내용으로 하는 것이라고 본 것이다. 그것을 창조하는 과정에서 하나의 예술적 양식과 정신으로 정착되는 것이 '타이프'이다. 구체적으로 "시민적인 의식의 감정 기복을 그린 시민 문학의 구질구질함에서 벗어나, 조국 정신(肇國精神)을 회복하고 나라의 운명에 적극적으로 참여하는 의식을 창조하는 문학"[53]이 일본의 '국민 문학'이라는 것이다.

소위 '조국 정신'이란 일본의 건국 정신 즉 '팔굉일우'를 말한다. 그리고 '민족적 카오스'에 질서를 부여하는 과정의 정신 내용은 하나의 역사로 생성, 발전, 쇠퇴의 변화를 거치므로 엄밀한 의미에서 '카오스'에의 회귀는 불가능하다. 그래서 아사노는 '카오스'의 재해석과 재창조를 논했다. 그것이 민족정신의 순수화라는 것이다.

그러나 민족적 근원과 고전 및 역사적 사실의 일부분을 과도하게 강조하여 그것의 부활과 복귀를 주장하는 것은 문학 본래의 보편성과는 거리가 먼 배타성과 자민족 우월감을 선동하여 국수주의에 떨어질 수밖에 없다. 거기에서 시대착오의 복고주의가 나온다. 아니나 다를까, 아사노 아키라는 3년 후 「국민 문학에의 길」이라는 글을 써 국수주의 색채를 선명하게 드러냈다.

우리가 말하는 국민 문학은 국민의 재형성을 위해 절대 필요한 국민적 즉 신민적(臣民的) 감각의 회복을 위한 투쟁이 아니면 안 된다. 그리고 이 투쟁에서

---

53  위의 글.

그 거점이 되는 원리로 고전을 확립하지 않으면 안 된다. 이상주의 문학이란 우리나라에서는 조국(肇國)의 정신을 근원으로 하므로 그것의 고전은 역사 즉 『일본서기(日本書紀)』가 아니면 안 된다. 로맨티시즘 문학은 영웅을 노래하는 것이므로 그것의 고전은 서사시 곧 『고사기(古事記)』가 아니면 안 된다. 그리고 서정시의 고전은 『만요집(萬葉集)』이다. 이러한 고전을 확정할 때 국민 문학의 전통은 맥맥이 우리에게 전승된다. 그리하여 모든 것은 지금 국민 문학을 향해 가는 길 위에서 겪는 고뇌이며 시련이라는 것을 알게 될 것이다.[54]

아사노는 일본 국민 문학의 이상을 소위 '조국 정신'에 두어 그것을 대표하는 고전으로 역사는 『일본서기(日本書紀)』, 서사시는 『고사기(古事記)』, 서정시는 『만요집(萬葉集)』이라고 파악한다. 이러한 도식적 파악은 문명개화 이후 이입된 서양 근대 문학의 영향 아래 일본인의 전통적 가치관이 무시될 수밖에 없었던 일본 근대 문학의 풍토에 대한 반성과 비판을 수반한 것이기도 하다. 그는 그러한 풍토를 '기생적 인텔리겐차의 기생적 문화'로 규정한다.

일본이 근대 문학을 성립시킬 때 몇몇의 예외를 제외하고는 아사노로부터 '구질구질한 시민 문학'이라고 매도당한 바와 같이, 폐쇄적이고 소시민적인 사소설(私小說)의 길을 걸을 수밖에 없었던 것이 사실이다. 원래부터 사적(私的) 개념보다 공적(公的) 개념과 집단 개념이 우세했던 일본에서 근대 국가 형성 과정에 근대적인 시민 사회의 기반이 결여되어 있었기 때문에, 어쩔 수 없이 위로부터 이데올로기 강요가 자행되

---

54　淺野晃, 「國民文學への道」, 『新潮』, 1940.11, 31면.

어 국가적 가치와 이익이 우선되었던 사실은 근대 일본의 독특한 시대적 요구였다. 이러한 사회적 가치 형성의 경직성은 자유의 존중보다는 멸사봉공(滅私奉公)의 하강식 가치 강요를 낳을 수밖에 없었다.

이러한 경향은 문학도 마찬가지여서 근대적 자아의 탐구와 확산의 정신으로부터 출발한 서양의 근대 문학이 일본에 이입되었을 때, 그 속에는 당연히 근대적 자아의 사적 개념인 개인주의도 포함되어 있었다. 그러나 서양의 근대적 자아는 사회의식으로의 확산 과정을 거쳤던 것에 비해, 일본의 근대 문학은 근대적 자아가 사회의식으로 성숙되어 있지 않았다.

전통적 사회의식과의 갈등을 전개하면서 당연히 근대적 사회의식으로 성숙하고 성장하는 과정으로 근대적 자아가 집(家, 이에)과 사회와 국가로 향했을 때, 일본에는 멸사봉공으로 대표되는 전근대적 절대주의 천황제가 가로막고 있었다. 일본의 개인주의는 근대적 자아의 사회적 확산이 결정적으로 절대주의 천황제에 의해 좌우되고 있었던 것이다.

일본의 근대 문학에서 근대적 자아의 사회화 회로 차단은 문학자로 하여금 자기 방어와 반항과 현실 도피의 수단으로 일상적 사(私)와 신변잡기적인 미(美)의 추구, 무상감의 표현, 예술 지상주의적 구도(求道)의 자세, 소위 예(藝) 정신에의 탐닉이라는 폐쇄 회로의 사소설에 틀어박히도록 했던 것이다.

문학의 폐쇄성은 그 사회의 폐쇄성을 대변한다. 일본 사회에서 문학자의 자살이 많은 것은 무엇을 의미하는 것일까. 사소설은 일본의 전통적 가치관의 하나인 무사(無私) 정신에 대한 문학자의 통렬한 반항이며, 그것이 표현하는 세계가 사회의식을 향한 훈련과 투쟁을 거치지 않았다는 면에서 문학의 대응력과 저항체로서 사회의식의 선도라는 선견성(先見性)은 벌써 없었던 것이다.

이러한 문학의 무기력을 타개하기 위한 방법과 정신으로 아사노 아키라는 "국민 문학은 신민의 문학이다"라고 단정하여, 국민 문학의 기반을 '근왕(勤王) 문학'에서 찾고 있다. 천황제의 주박(呪縛)으로부터 나온 문학의 빈곤을 '근왕'으로 극복하려는 것은 문학의 이중의 질식에 다름 아니다.

문학의 과학주의인 프롤레타리아 문학이 해체되고 순문학 중심의 소위 '문예 부흥' 시대가 도래한 1930년대의 일본 문학계에 군국주의 파시즘이 대두되자, 국민 문학 논의가 '신민 문학'이나 '근왕 문학'으로 흘러갔다는 것은 일본 문학이 시국과 타협해 일본인 생래의 국수주의에 귀착되었다는 것을 의미한다. 이것은 일본 근대 문학이 갖는 또 하나의 전통 빈곤성을 폭로하고 있는 것이다.

이러한 국민 문학 논의에 대해 문학의 합목적성과 전통의 해석을 가지고 얼마간의 비판과 논의가 있었지만,[55] 일본의 문학자는 급변하는 시국과 정신적인 위기감을 처리할 길이 없어 차차 일본 고전으로의 회

---

[55] 다니카와 데쓰조[谷川徹三]는 「문학과 민중 및 국민 문학의 문제」(『문예춘추』, 1937.5)에서 당시의 일본 문화의 잡종성(雜種性)을 지적하고 순문학과 사이비 국민 문학인 통속적 대중 문학의 이중 구조성, 지식인과 대중의 괴리 등의 해소를 주장하며 "신화를 형이상학적으로 해석하여 오늘의 지성인을 납득시킬 수 없는 일본 정신론과 일본주의를 증오한다"고 쓰고 있다. 또한 '국민 문학'의 성립 기반을 "전통적 지반이 없는 서양적인 것과 새로운 사회 정세에 적응할 수 없는 전통적인 것과의 이원성을 극복하여 문화의 확실한 지반을 구축하는" 것에서 찾고 있다.
이 '국민 문학' 논의는 1951년 미군점령하의 위기감에서 촉발되어 다케우치 요시미[竹內好]에 의해 쓰여진 「새로운 국민 문학에의 길」(『日本讀書新聞』, 1951.5)이라는 글을 계기로 또다시 재연되었다. 이때에는 전쟁 중의 '국민 문학' 논의를 반성하는 입장에서 1951년 후반부터 1954년까지 대규모의 문학 논쟁으로 행해졌다.

귀, 일본 정신의 예찬, 침략전쟁의 찬양 등 구호적인 문학 태도를 강화하며 시국에 영합해갔다. 이것은 일본에서 본격적인 국민 문학 논의가 이루어지지 않았음을 의미하는 것으로, 국책 문학 일변도의 농민 문학, 개척 문학, 대륙 문학, 생산 문학, 해양 문학, 전쟁 문학이라 불리는 따위들이 구호에 그치다 사라질 수밖에 없었던 것이다.

결국 일본에서는 1942년 6월 모든 문학단체들을 일원화해 '일본 문학보국회'가 발족되었다. 이러한 일본의 정신사적 특징을 마루야마 마사오[丸山眞男]는 다음과 같이 지적하고 있다.

고바야시 히데오[小林秀雄]는 역사란 결국 추억이다라는 견해를 자주 피력했다. 이 말은 역사는 발전한다는 사고, 더 정확하게 말해 발전 사상이 일본에 이식되는 형태에 대해 일관되게 직접적으로 거부하는 태도와 결합되어 있다. 그러나 그의 명제는 적어도 일본의 또한 일본인의 정신생활에서 사상이 '잇달아 일어나는' 방식에 한해서는 어떤 핵심을 찌르고 있다. 일본에서는 새로운 것, 이질적인 것까지가 과거와의 충분한 대결 없이 차례로 섭취되기 때문에 새로운 것의 승리가 놀랄 정도로 빠르다. 과거는 과거로서 현재와 맞서지 않고 한쪽으로 치워지거나 밑으로 침전되어 의식으로부터 사라지고 '망각'되어버리기 때문에 그것이 다시 나타날 때에는 돌연히 '추억'으로 분출되는 것이다.

이것은 특히 국가적·정치적 위기의 경우에 현저하게 나타난다. 일본 사회나 개인의 내면생활에서 '전통'에의 사상적 복귀는 말하자면 인간이 깜짝 놀랐을 때 오랫동안 사용하지 않던 지방 사투리가 갑자기 입에서 튀어 나오는 것과 같은 형태로 자주 행해진다. 바로 그 일초 전에 사용하던 말투와 완전히 내면적인 관련도 없이 그야말로 갑자기 '분출'하는 것이다(근대사의 사상적인 사건으로 예를 들면 메이지유신 때 불교를 폐기하고 불상을 부순 사건[廢佛毀釋], 1881년 전후의 유교 부활, 1935년의 천황 기관설 등). 개인의 경우에도 '서양화'된 교양을 갖춘 사상가가 일본주의로 전향하는 모습은 도쿠토미 소호[德富蘇峰], 다카야마 조규[高山樗牛], 요코미쓰 리이치[橫光利一]를 보더라도, 그 나타나는 방식은 매우 돌연변이 같지만 어느 것이나 그때까지 그들의 내면에 없었던 것으로 비약(회심, 回心)하는 것이 아니었다. 다만 '바로 어제까지' 계속되지 않았을 뿐이다. 다카무라 고타로[高村光太郎]는 『암우소전(暗愚小傳)』에서 태평양전쟁 발발 소식을 접했을 때의 '추억'을 진지하게 노래하고 있다(전후 그는 다시 로댕의 '추억' 속으로 되돌아갔다). 과거에 '섭취'한 것 중에서 어느 것을 '추억'할 것인가는 그 사람의 퍼스낼리티, 교양 목록, 세대에 따라서 다르게 나타난다. (…중략…) 무언가 시대사상 혹은 생애 어느 시기의 관념과 자기를 합일화시키는 방법은 옆에서 보기에는 지극히 자의적으로 보이지만, 본인이나 그 시대로 보면 본래 무시간적으로 언제 어디엔가 있었던 것을 배치 전환시켜 빛이 보이는 곳에 내오는 것뿐이기 때문에, 그때마다 일본의 '본연의 모습' 혹은 자기의 '본래의 모습'으로 되돌아가는 것으로 의식되어 성심성의를 다하여 행하는 것이다.[56]

전시 중 일본인의 이러한 사상적 경향과 정신적 태도가 외부로 향할 때에는 국제적 환경과 시대 상황 혹은 타국가와 타민족의 대응 방법과 맞물려서 일본인 특유의 겉마음(建前, 다테마에)과 속마음(本音, 혼네)의 괴

---

[56]  丸山眞男, 『日本の思想』, 岩波新書 岩波書店, 1967, 12~13면.

리(乖離)를 비롯하여 순진성과 우둔성의 공존, 주관적 심각성과 객관적 위선성의 분열은 물론, 표면적 우월감과 내면적 열등감의 혼재로 인한 차별 의식과 배타 의식, 천황제의 무한 책임성과 억압이양의 이민족에 대한 무의식적인 실천, 동화 이론과 시혜 의식의 자기모순에서 나온 순환 논리, 천황제에 신들린 강자 논리의 애국심 등 착종성의 난맥상을 연출했다. 이런 의미에서 한국에서 횡행한 '신체제 문학'도 그 근본은 일본인의 민족적 성격에 대한 반응 형태의 하나라고 할 수 있다.

한국의 '신체제 문학'에서 소위 '국민 문학' 논의도 일본의 국민 문학 논의의 영역을 벗어나는 것이 아니었다. 1941년 최재서는 다음과 같이 썼다.

> 국민 문학은 단지 문단의 막다른 골목을 타개하기 위해 막연하게 고른 제목이 아니다. 그것은 국민 생활의 다른 여러 부분과 같이 금일의 고도 국방 국가 체제의 필요에 따라 제기된 혁신적인 문학상의 목표인 것이다. 아직 명료한 형태와 성격을 갖추지는 못했지만 벌써 명확한 사명을 띠고 있는 문학이다. 단적으로 말하면 서양의 전통에 뿌리를 둔 소위 근대 문학의 하나의 연장으로서가 아니라, 일본 정신에 의해 통일된 동서 문화의 종합을 기반으로 새롭게 비약하려 하는 일본 국민의 이상을 노래하는 대표적인 문학으로, 금후의 동양을 지도해야 하는 사명을 띠고 있다.[57]

한국에서 '국민 문학'은 기존의 문학 형태 즉 민족주의 문학 혹은 프롤레타리아 문학과 자유주의 문학이 금압된 '신체제'의 시기에, 최재서

---

57 최재서, 「國民文學の要件」, 『국민문학』, 1941.11, 35면.

에 의하면 '전형기'에 대처하기 위해 새로운 문학 형태로 등장한 것으로 볼 수 있다.

식민지 지배 권력의 철저한 탄압으로 그 활로가 막혀버린 한국 문학계도 일본의 시국 바람을 타고 '국민 문학' 논의에 들어간 것이다. 최재서에 의하면 '국민 문학'이란 우선 '동서 문화를 종합한 일본 정신'을 기반으로 '일본 국민의 이상'을 노래하는 문학으로 '금후의 동양을 지도'해야 할 사명을 띠고 있다는 것이다. 당시에 일본인이 동양에 대하여 품고 있던 사명감과 시혜 의식을 한국인도 자기화하자는 편승 논리라 볼 수 있다.

당시의 상황에서 진정한 한국의 국민 문학은 추상론으로 일본 정신을 논하는 것이 아니라, 오히려 일본 제국주의와 투쟁하는 한민족의 혼을 집대성하는 문학뿐일 것이다. 거듭되는 외적의 침략을 받으면서도 면면히 민족의 역사를 보전해온 한국인의 민족정신은 침략의 야욕에 불타 지구상에 추악한 흔적을 헤일 수 없이 남기고 있는 제국주의 정신보다도 고귀한 것이다. 인간의 역사가 침략의 경쟁으로만 이루어지지 않을 것이라면 침략을 받을 때마다 싸워 이긴 한민족의 투쟁 정신은 아무리 높게 평가해도 지나치지 않을 것이다. 한국의 국민 문학의 정신은 진실로 그 속에서 찾아야 할 것이다.

현실의 당대성 인식에서 당대에 잃어버린 조국의 독립을 당대에 회복하는 비전의 획득이 지난한 도정이라 해도, 지식인의 역사의식이 당대를 뛰어 넘지 못하는 것을 개인의 한계성의 문제로만 귀착시킬 수는 없을 것이다. 당시 한국의 진정한 국민 문학의 필요성이 절규되는 위기 상황에서, 그것을 위해 치열하고 가열한 모색을 계속한 항일 문학의 한 옆에서 소위 '신체제 문학'은 초라한 모습으로 반역의 늪을 파고 있었던 것이다.

이러한 '신체제 문학'을 문학자가 수용해가는 과정을 그린 작품에 이석훈(李石薰, 牧洋)의 「조용한 폭풍(靜かな嵐)」 연작(제2부 「夜」, 제3부 「善靈」)[58]이 있다. 이 소설의 주인공은 박태민(朴泰民). 박태민도 한때는 민족주의 작가의 한 사람이었다. 한국인에게 '황국신민'의식과 시국의 중대성을 고취하기 위해 문인협회가 주최하는 문예 강연대 대원으로 지명된 박태민은 '소승적(小乘的)인 민족주의 입장'을 극복하고 '대승적(大乘的)인 지성과 예지'를 획득하기 위해 또한 '회의와 방황을 거듭하고 있는 자신을 단련하기 위해' 이 강연회에 참가할 결심을 한다. 함경도 지방을 지원한 그는 금번 행사에 한국의 문학자들이 냉담한 반응을 보이는 것이 못내 섭섭하고 쓸쓸하게 느껴졌다. 또한 그는 친구인 신진 작가 고영목(高永睦)이 시국 비판의 죄목으로 검거된 소식을 듣고 놀라는 한편 걱정과 불안감이 교차한다. 동시에 그는 '이 시대가 안고 있는 공포와도 같은 엄숙함'을 실감으로 느낀다. 이리저리 동요하는 마음을 다지기 위해 그는 아내의 권유대로 많은 추억이 배어 있는 러시아 잡지를 태워버린다(이석훈은 일본 와세다대학(早稻田大學) 러시아 문학과 출신이다).

문학자에 대한 투서 사건으로 원고를 압수당한 박태민은 주재소(駐在所, 식민지 시대 순사(巡査)가 근무하던 경찰의 말단 기관) 주임인 다케나카(竹中)로부터 단순한 필적 감정 때문이라는 말을 듣고도 안절부절못하는 나날을 보내다가 강연대와 합류하여 밤기차를 타고 자신에게 다짐하듯

---

58 이석훈, 「靜かな嵐 (第一部)」, 『국민문학』, 1941.11; 이석훈, 「夜 (第二部)」, 『국민문학』, 1942.5·6(합병호); 이석훈, 「善靈 (第三部)」, 『국민문학』, 1944.5.

혼잣말을 한다. "화살은 이미 시위를 떠났다."(제1부)

강연회에서도 그는 함흥의 강연에서 청중이 도중에 자리를 뜬다든 지 나선희(羅仙姬)라는 옛날 여자 친구로부터는 "농담인가, 호신술인가, 진심인가"라는 힐문과 비판의 말을 듣고 현저하게 사기가 떨어져버린다. 성진에서는 한국인 청년 기자로부터 '작가의 타락'이라고 매도당한 데다가 폭행까지 당한다(제2부).

그러나 그는 나머지 청진, 나남, 원산, 춘천에서 강연회를 마친 후에는 시련을 체험으로 극복하고 '조선의 진로를 확신하는 황국신민'이 되어간다. 이러한 중에도 시국은 긴박해져 지원병 제도의 실시, '창씨개명', 태평양전쟁의 발발, 징병제 실시 발표 등 정신없이 급변한다.

박태민이 "조선이 나아갈 길이 확실히 결정되었다"고 확신하고 있던 어느 날, 나선희와 그에게 폭행을 가했던 청년 기자로부터 편지를 받는다. 편지에는 그들도 '조선민족의 진로'에 확신을 가질 만큼 자각했다는 내용을 담고 있었다. 이렇게 적극적으로 '황국신민화'를 실천하게 된 박태민은 신사 참배는 물론이고 성지 순례단에도 참가한다. 또한 총독부의 어용 단체에 가입하며 '내선일체'의 이념을 주제로 한 소설도 쓴다.

그러나 시간이 흐름에 따라 박태민은 정신적 동요와 혼란이 깊어간다. 존경하는 선배로부터 경멸을 당해 정신적 충격을 받기도 하고, 신사 참배에 늦어 관계자에게 꾸중도 듣고 가입한 단체로부터 탈퇴할 결심을 하는 등 갈팡질팡한다. 군대의 보도 연습반에 참가했을 때에는 아츠섬의 옥쇄(玉碎) 소식을 듣고 신경질적이 되어 자신을 억제하지 못하고 주위와 좌충우돌하기도 한다. 그러던 어느 날 그의 반민족적인 태도를 노골적으로 비난하는 현(玄)이라는 시인에게 "이 몇 년간의 울적해진 감정의 폭풍"을 터뜨리며 맹렬하게 폭행을 가한다. 이윽고 박태민은 문학자 대회 참가를 거부하고 만주로 건너가 죽은 동생의 장례를 치르며 다시 한 번 생활에 도전하겠다는 결심을 한다(제3부).

이 소설은 당시의 한국 문단의 분위기, 문학자의 시국 행사 참가, 한국인의 반응과 민족의식, 시국의 긴박성, 신문 잡지가 폐간 정리되어 발표 기회가 줄어든 문학자들의 생활난과 자기모순을 묘사해 당시 한국 문학자가 처한 현실을 단면도처럼 보여주고 있다. 당시 유진오(兪鎭午)는 「조용한 폭풍」을 평해 "주인공의 사상적 전신(轉身)의 정체가 확실하게 추구되어 있지 않기 때문에 정치적으로는 상당히 첨예한 각도를 취하고 있음에도", "그 행동이 행동인의 행동이 되지 못하고 문단적 범주에서 머뭇거리고 있다"고 비판했다.[59]

유진오의 지적대로 주인공 박태민은 회의를 위한 회의, 방황을 위한 방황을 거듭하는 문약한 지식인에 불과하고 줄거리 또한 정해진 회로를 따라가는 작위성을 면하지 못하고 있다. 한국 문학자가 소위 '신체제 문학'을 주장하고 있는 한편에서는 '얼음과 같은 침묵'으로 응시하고 있는 한국인도 있었던 것이다. 이러한 분위기 속에서 '신체제 문학자'의 피해 의식이 숨어 있었다. 주인공 박태민의 정신적 방황과 갈등은 곧 이석훈의 것이기도 한 것이다.

이러한 피해 의식은 이석훈 혼자만의 것은 아니었다. 조선총독부 경무국 검열계에 취직한 소설가 이효석(李孝石)에게는 다음과 같은 경험이 있었다.

---

59　유진오, 「知識人の表情」, 『국민문학』, 1942.3, 6~7면.

취직한 지 보름도 안 되었을 즈음 직장에서 광화문 거리[光化門通]로 내려
오는데 이갑기(李甲基)라는 청년을 만났다. 문학을 하는 청년이었다. 조금
안면이 있었다. 이(李)는 다짜고짜 험상궂은 얼굴을 하더니 "너도 개가 되었
구나" 하고 내뱉었다. 대로상에서의 봉변이었다. 금방 주먹으로 한대 칠 듯
한 기세였다. 그러잖아도 피해망상에서 헤어나지 못하고 있던 참이었다. 죄
악감과 피해망상에서 피로해진 소심한 그의 신경은 감당치를 못했다. 그는
그 자리에서 졸도하고 말았다. [60]

경성제국대학 영문과 출신인 이효석은 졸업하고도 취직자리가 없
었다. 겨우 찾은 곳이 동포의 원고를 검열하는 조선총독부였다. 그는
이 사건이 있고 나서 직장을 내던졌다. 이러한 피해 의식과 켕김은 이
효석뿐만이 아니라 '신체제 문학자' 공통의 자괴감이었던 것이다. 이
석훈의 「조용한 폭풍」 연작의 주인공 박태민도 후반으로 갈수록 불리
해지는 전황을 반영하여 초조함과 불안과 동요를 드러내, 어쩌면 명예
스러울 수도 있는 문학자 대회의 대표도 사양하고 만주로 달아나는 것
은 '신체제 문학자'들의 장래에 대한 불안감을 나타낸다. 그러면 이석
훈은 어떻게 하여 '조선의 진로'를 발견했을까. 주인공 박태민의 연설
에서 그것을 알 수 있다.

나는 조선의 오랜 역사를 회고할 때 그 중추가 없고 통일도 되지 않은 우리
민족의 어리석음을 부끄러워 할 수밖에 없다. 옛날에는 신라의 조각, 고려의

---

도자기, 조선시대의 서화와 같이 뛰어난 예술이 있기는 하다. 그러나 중핵체
가 없는 국가, 통일이 없는 민족 사회에 이리저리 흩어져 있는 탁월한 문화가
어느 정도의 의의가 있을 것인가. 아니, 위에는 정치를 하는 군주가 있기는
있었다. 그러나 그것은 백성이 진실한 중추로 떠받들며 죽음으로 모신 군주
가 될 수 있었던가. 동포가 서로 굳게 단결하는 유대가 될 수 있었던가. 그런
데도 우리 조상들은 대륙에 추종하고 아부나 하는 데 세월을 보냈던 한심스
러운 꼴이 아니었던가. 삼천 년이란 세월은 인간이, 민족이 시험받기 위해서
는 너무도 긴 세월이었다. 오늘날 우리는 죽는 것도 사는 것도 일본이라는 커
다란 생명체의 운명 속에 속해 있다. 그것은 삼천 년이라는 오랜 시험의 결과
였던 것이다. 이 엄숙한 운명의 연대성에 눈을 감는 자는 너무나도 무책임하
고 태만하고 비열하다고 할 수밖에 없다. 그것은 스스로 암흑의 운명으로 타
락하는 자일 것이다. 나는 이상을 갖고 싶다. 휘황찬란한 행복을 갖고 싶은
것이다. 그리하여 동포 중 한 사람도 빠짐없이 이 휘황찬란한 행복을 나누어
갖게 하고 싶은 것이다. 그러기 위해서 우리는 커다란 로망을 갖자. 우리가
행복의 피안(彼岸)에 일본이라는 광명을 찾아내어 민족의 새로운 신화를 만
들어가지 않겠는가. 이 신화야말로 우리들의 새로운 창생기(創生記)인 것이
다. 그리하여 우리 동포는 영원히 구제받으리라.[61]


박태민 아니, 이석훈은 결국 한국의 역사에 절망하여 민족주의를 버
리고 '국가와 국민을 통일하는 중핵체'로서 일본 제국주의 천황제를 동
경하여 '휘황찬란한 행복'을 얻기 위해 일본이라는 '광명'에 몸을 던져

---

61  이석훈, 「夜」, 『국민문학』, 1942.5・6(합병호), 195면.

동포에게도 그것을 권하고 있는 것이다. 당시 일본 제국주의가 안출한 절대주의 천황제를 역사적으로 확대 해석해 '살아 있는 신(現人神, 아라히토가미)' 사상에 흠뻑 취한 이석훈은 민족 허무주의에 빠져 정신적 의지처를 천황에서 찾았던 것이다. 이 한국의 역사 부정과 불신은 '식민 지사관'과 '내선일체' 및 '황국신민화'의 논리와 통한다.

이석훈의 '조용한 폭풍'은 1943년 제1회 '국어문예 총독상' 선정에서 김용제(金龍濟)의 『아시아시집(亞細亞詩集)』, 사토 기요시[佐藤淸]의 『벽령집(碧靈集)』과 최종 심사까지 각축을 벌였으나 김용제의 『아시아시집』으로 결정되었다. 「조용한 폭풍」은 신설된 '국어문예 연맹상'으로 돌려졌다.

이러한 한국의 '신체제 문학'을 일찍부터 시작한 사람은 이광수였다. 이광수의 '신체제 문학' 참여는 '창씨개명'으로부터 시작되었다.

> 지금으로부터 이천육백 년 전 진무 천황(神武天皇, 일본 건국 신화의 초대 천황─인용자)께옵서 어즉위하신 곳이 가시와래[橿原]인데 이곳에 있는 산이 가구샌[香久山]입니다. 뜻 깊은 이 산 이름을 씨(氏)로 삼아 가야매[香山]라고 한 것인데, 그 밑에다 광수(光洙)의 광(光) 자를 붙이고 수(洙) 자는 내지식의 랑(郎)으로 고쳐서 가야마 미쓰뢰[香山光郎]라고 한 것입니다.[62]

그리고 '창씨(創氏)의 동기'를 다음과 같이 썼다.

> 내가 가야매[香山]라고 씨(氏)를 창설하고 미쓰뢰[光郎]라고 일본적인 명(名)으로 개(改)한 동기는 황송한 말씀이나 천황 어명(御名)과 독법을 같이하

---

62  이광수, 「지도자 제씨 선씨 고심담」, 『매일신보』, 1940.1.5.

는 씨명(氏名)을 가지자는 것이다. 나는 깊이깊이 내 자손과 조선민족의 장래를 고려한 끝에 이리하는 것이 당연하다는 굳은 신념에 도달한 까닭이다. 나는 천황의 신민이다. 내 자손도 천황의 신민으로 살 것이다. 이광수라는 씨명으로도 천황의 신민이 못될 것이 아니다. 그러나 가야마 미쓰로가 조금 더 천황의 신민답다고 나는 믿기 때문이다.[63]

'창씨개명'에 즈음해서도 성(姓)을 소위 '야마토 삼산大和三山, 일본인이 신성시하는 奈良縣의 산. 香久山, 畝傍山, 耳成山'에서 따올 정도로 이광수의 생래의 모범생 의식은 살아 있다. 그러나 그것은 언제나 자기에 대한 나르시시즘을 동반하므로 착실한 소년적 순진성에서 빠져 나올 수가 없었다. 또한 그것은 일방 통행적인 향상심으로 작용하므로 부여된 상황에 대한 반응은 놀랄 정도로 진지하고 정직했다.

이광수는 배운 것, 본 것, 부여된 것에 대해 선별적 가치 판단에 의한 지적 여과 과정을 생략해버린 채 무엇이든지 그때그때 자기 이상화해버렸다. 일본 제국주의 한국 지배의 간계인 '창씨개명'을 이상화하는 것도 그것의 일종이다. 거기에는 사상의 발전적 축적 대신에 단편적 자기 성실성만이 존재하는 것이다. 이광수는 상황이야 어떻든, 하는 일의 진위야 어떻든 자기 성실성을 잊지 않았고, 그것에 의해 항상 무분별한 자기 몰입을 일삼았다. 인간의 성격에 직선적 형태와 곡선적 형태가 있다면 이광수는 직선적 성격이다. 직선적 성격의 인간은 방향을 전환할 때에도 직선을 그린다. 이것이 직선적 전향이다. 이광수의

---

**63** 이광수, 「창씨와 나」, 『매일신보』, 1940. 2. 20.

착실한 소년적 정직성은 방향성의 자기 진위에 따라 그를 극에서 극으로 왕래하게 했다.

또한 그의 소년적 순진성과 단순성은 행위의 결과에 대한 전망도 놀랄 정도로 낙천적이고 자신만만한 태도를 취하게 한다. 자기도취에 빠져 주먹을 불끈 쥔 의기양양한 소년의 모습인 것이다. 이러한 이광수의 내면성은 철저한 자기 환상과 나르시시즘에 가득 차 있다. 그에게는 그가 주도적으로 참여했던 1919년의 2·8독립선언에서 보여준 반제 민족주의 이념도 적국 일본 제국주의 식민지 조선에 대한 지배 이념도 동일 차원의 자기 환상과 나르시시즘의 대상에 불과했던 것이다. 주위의 비난과 갈채가 요란하면 할수록 내면에의 침잠과 확신에서 나온 자기 환상은 깊어갔던 것이고, 언제 어느 상황에 대해서도 나르시시즘의 감격벽에서 나오는 비장감을 주체하지 못했던 것이다.

거기에는 자기악의 자각이 없기 때문에 행위의 결과에 관계없이 자기가 생각하는 이상적 가치에 대한 자신의 부족함과 자민족의 미개성을 날조하므로 태도 면에서도 항상 순교자적인 자세를 취한다. 그리하여 이 모든 것은 자신은 물론 타인을 기만하는 보호색으로 작용한다. 일본 체험의 파행성으로부터 시작된 소년적 직선성, 자기 우월감에서 나온 지도자 의식 등은 항상 그의 내면에 자리 잡아 그로 하여금 극과 극을 맴돌게 했던 것이다. 그것이 그의 자기 비극성에 대한 인식을 가로막았던 것이다. 이광수, 그는 한국인에게는 "만지면 만질수록 그 증세가 덧나는 그런 상처"[64]인 것이다.

---

[64] 김현 편, 『이광수』, 문학과지성사, 1977, 11면.

소위 '창씨개명'은 1940년 2월 11일 일본 제국주의 '기원절(紀元節)'부터 접수를 시작했고 이광수가 앞장서서 등록을 마쳤음은 물론이다. 또한 이 시기가 그가 말하는 '합법적이며 비정치적인 인격 수양 단체'인 '수양동우회(修養同友會)'가 치안유지법 위반 혐의로 재판 중이었다(1937.6~1941.11). 일본 제국주의는 중일전쟁을 전후하여 사상 탄압의 일환으로 식민지 조선에서 필요 없는 사상 단체를 청소해버렸다. 이 사건은 전원 무죄로 끝났다. 조선총독부가 날조한 이 사건은 그러나 이광수가 조선총독부와 타협하여 자민족을 위해 희생한다는 자기최면에 취해 순교자적인 자세를 드러내는 출발점이 된다. 이광수의 반민족 행위는 이때부터 공식적이고 적극적이 된다.

이광수는 '심적(心的) 신체제'에 대해 다음과 같이 발언했다.

일본인의 충의 감정은 한자의 충(忠) 자만으로는 설명할 수 없는 것이니, 도리어 유대인의 여호와에 대한 감정에 근사(近似)할 것이다. 일본인은 내가 향유한 모든 행복을 천황께로부터 받자온 것으로 생각한다. 내 토지도 천황의 것이오, 내 가옥도 천황의 것이오, 내 자녀도 천황의 것이오, 내 몸과 생명도 천황의 것이라고 생각한다. 천황께로부터 받자온 몸이길래 천황이 부르시면 언제나 부탕도화(浮湯渡火)라도 한다는 것이오, 자녀도 재산도 천황께로부터 받자온 것이매 천황께서 부르시면 고맙게 바친다는 것이다. 천황은 살아 계신 하나님이신 때문이다. 이것이 지나(支那)나 구주(歐洲)의 군주 대 신민 관계와 판이한 점이다. 조선인은 이 점을 바로 파악하여야 한다. 그 순간부터 내게 있는 모든 것은 다 천황께서 주신 것으로 따라서 언제든지 천황께 바칠 것으로 깨달아야 한다. 이것이 마음의 신체제의 초석이다.[65]

일본 제국주의는 메이지유신을 계기로 국민 통합을 위해 막번 체제(幕藩體制) 이후 권력 주체에서 밀려나 있던 천황을 끌어들여 절대주의 천황제를 구축해 천황을 '살아 있는 신[現人神]'으로 신격화했다(대일본제국 헌법 제3조). 또한 '국가신도(國家神道)'를 날조해 종교화하고, 국민과의 위계질서와 친화감 조성을 위해 가족주의 천황제를 정립시켰다. 이 천황제의 절대주의와 가족주의는 신민에게 무한 책임과 동시에 무책임의 체계를 만연시켰다. 천황에 대한 무한 책임은 결국 천황 이외의 대상에 대해서는 어떠한 책임도 지지 않겠다는 무책임성의 표현인 것이다. 모든 상황에 대해 천황의 그늘로 도피할 수 있기 때문이다.

한국인의 입장에서 역사성과 현실감을 동반할 수 없는 이 무한 책임의 강요는 결국 이광수 개인의 천황에 대한 성실성이 신앙심으로 치환되어 맹목적인 '천황귀일'로 귀착되었음을 의미한다. 여기에서도 이광수의 짝사랑으로 나타나는 민족애가 민족에 대한 죄악으로 변하는 양상을 확인할 수 있다. 이광수는 민족어에 대한 망발도 서슴지 않았다.

앞으로 의무 교육이 실시되어서 아동이 전부 국민 교육을 받고 그들이 장성하여 어른이 되고, 조선어만을 아는 자들이 다 사망하기까지는 조선 문학의 필요가 있음이 조선문 신문 잡지의 필요가 있음과 같다. 그러므로 넉넉잡고 금후 50년간 조선문 문학의 독자는 끊이지 아니할 것이다. 그 후의 조선어와 조선문의 운명에 대하여서는 국책에 관계되는 일이라 우리가 추측할 바 아니다.[66]

---

65  이광수, 「심적(心的) 신체제와 조선문화의 진로」, 『매일신보』, 1940.9.4.
66  이광수, 「심적 신체제와 조선문화의 진로」, 『매일신보』, 1940.9.10.

이광수는 한국어와 한국 문학의 장래를 향후 50년으로 계산하고 있다. 한국어가 한국어만을 아는 세대와 운명을 같이 한다는 발상이겠지만, 이러한 낙관론과 식민지 지배 권력의 교묘한 발언을 비교해 보면 그 속셈의 깊이가 여실히 드러난다. 비슷한 시기(1938)에 조선 총독 미나미 지로[南次郎]는 다음과 같은 발언을 하고 있다.

조선어를 배척하는 것은 불가능하다. 될 수 있는 대로 국어(일본어−인용자)를 보급시키는 것은 좋은 일이나, 이 국어 보급 운동을 그대로 조선어 폐지 운동으로 오해하는 경우가 있다면 그건 옳지 않다.[67]

그러나 이 시기에 벌써 각급 학교에서 한국어 과목은 폐지되고 있었다. 미나미의 이 발언은 일본 제국주의 겉마음과 속마음의 다름을 지배자의 교만과 여유로 표현하고 있는 것에 불과하다. 강압에 의한 굴복에서 나오는 추수성과 타협을 자발성과 임의성으로 선전하고 유도하면서 일본 제국주의는 식민지 지배 정책을 수립해갔던 것이다.

이광수의 발언은 계속된다.

그러므로 조선의 문학과 기타의 문화는 이 웅대한 이상의 선전자, 고취자, 찬미자가 되고 이 이상을 향하여 행진하는 우리 국민의 생활과 분투의 향도자(嚮導者)가 될 것이다. 여기에서야말로 진실로 대문학이 나올 것이다. 문학만이 아니라 예술도 그러하고 종교도 그러하고 일상생활도 그러하다. 금

---

67  南次郎, 「面談」, 『매일신보』, 1938.7.9.

일은 국민적 감격을 요구하는 때다. 모든 묵은 예술론을 한 번에 깨뜨려 부수고 거기에 예술의 신체제를 세울 때다. 관념 유희, 기교 유희, 성욕 유희를 일삼는 문학과 생활을 용납할 여유가 없는 때다.[68]

이광수가 말하는 웅대한 이상이란 '내선일체'와 '황국신민화'에서 시작하여 '대동아공영권'에 이르는 '팔굉일우'의 정신을 의미한다. 이광수에 의하면 '신체제 문학'은 다음과 같이 된다.

신체제하의 문학과 영화도 개인주의 사상과 자유주의 사상을 버리고 전체주의 사상 밑에서 국가를 위하고 다시 한걸음 더 나아가서 대동아주의 사상 밑에서 동아 신질서 건설과 동아 공영권의 수립을 근저로 한 문화 활동을 계속해야 할 것이다.[69]

결국 이광수는 다음과 같은 결론에 도달한다.

일본 국민 문학의 결정적 요소는 '천황의 신민'이라는 신념과 감정을 가진 작자의 문학이 곧 국민 문학이 되는 것이다.[70]

이광수에게 '국민 문학'은 '천황의 신민'이라는 일본 정신을 기본으로 하는 것이었다. 그것의 선결 조건인 일본인 의식은 '신념'과 '감정'에

---

68  이광수, 「심적 신체제와 조선문화의 진로」, 『매일신보』, 1940.9.11.
69  이광수, 「신체제하의 예술의 방향」, 『삼천리』(영인본), 1941.1, 478면.
70  이광수, 「국민문학문제」, 『신시대』, 1943.2, 45면.

의해 획득되어진 것이다. 논리적이고 합리적인 당위성의 인식은 사실 그 자체로 완결되어 있다. 신념이나 감정이라는 비논리적 요소가 들어갈 틈이 없는 것이다. 거기에는 다만 논리적 설명과 과학적 증명이 존재할 뿐이다. 한국인에게 '천황의 신민 의식' 혹은 '일본 정신'을 체득하여 일본인이 되는 것은 논리적으로는 불가능한 일이다. 논증이 단절되었을 때 거기에는 침묵 혹은 신념이 나타난다. 침묵은 지적 긴장의 유지를 의미하지만 신념 속으로 들어가는 것은 논리적 세계로부터 감성적 세계로 도피하는 것을 의미한다. 침묵은 논리의 회복을 걸지만 신념은 인생을 건다. 이전부터 일본에의 경사(傾斜)를 보였던 이광수는 여기에서 '신념'을 선택한 것이다. 이러한 이광수의 '천황의 신민'이라는 '신념'과 '감정'의 획득은 당시의 한국인에게 상징적인 것이었다. 이후 이광수는 인생을 건 '신념'을 생활 속에서 실천하게 되고, 이러한 모든 모습들이 한국인의 고통을 가장 아프게 찌르는 것이었으며, 가장 비굴한 변명의 상징성을 띠었던 것이다. 이광수는 '살기 위해서'라는 변명을 가능하게 하여 단순한 생명욕으로 도망갈 길을 열었던 것이다.

이광수가 어린 나이(14세)에 시작한 일본 유학 생활에서 자기 가치관으로 민족적 주체성을 확립하지 못했기 때문에 일본 체험의 파행성에 떨어진 것은 그 후 이광수의 행로에 어두운 그림자를 드리웠다. 그 파행성은 이윽고 일본의 근대성에 자기 동일시 현상을 일으키면서도 일본의 제국주의적 이기주의인 침략주의에 대항하여 일시적이나마 독립 투쟁의 직접 행동에 뛰어드는 과감성도 보였다. 그러나 그의 내면성은 항상 자기 동일시 현상을 일으킨 선적(善的) 측면인 일본의 근대성을 긍정하는 심정적 요소와 일본 제국주의 악적(惡的) 측면인 침략주의를 거부하는 논리적 요소가 서로 싸우고 있었다. 이것은 조국 독립이라는 국가주의와 근대화의 성취라는 문명개화의 갈등으로, 이광수는 이 양쪽을 등가물(等價物)로 본 것이다. 이 등가적 사고는 그로 하여금 원칙론이어야 할 조국 독립을 근대화와의 순서론으로 치환시켜 점차 민족 독립의 국가주의가 엷어져 간 결과, 1922년의 「민족개조론」에서 독립 상조론을 주장하면서 근대화 우선의 점진론으로 기울어갔던 것이다.

이 과정은 이광수의 심정적 요소가 승리해가는 궤적이었다. 본질적으로 일본에 대한 이광수의 심정적 내면은 일본과의 자기 동일시 현상에서 오는 동경의 형태를 띤 일본 열등감에 기반을 두고 있었다. 그의 일본을 모델로 하는 의존적 향상 심리와 이상주의는 근대 일본의 정점에 서는 천황제와 식민지 한국 지배 이념인 '내선일체'와 '황국신민화'에 대해서도 별다른 저항감이 없었다. 그의 자민족에 대한 자기 우월감은 무엇에든지 앞장서려는 사명 의식을 부추겨, 설익은 점진론을 자민족에게 강요하는 민족 단위의 사고방식으로 고착되었던 것이다.

이 과정에는 별로 행복했던 기억이 없는 조국에서의 유소년기와 그것을 관통했던 원체험(原體驗)으로서의 고아 의식(id), 그것을 만회하고 초극하기 위한 현체험(現體驗)으로서의 일본 유학(ego), 자기 우월감에서 나온 민족에 대한 사명 의식과 향상 심리와 이상주의라는 초체험(超體驗, super-ego)의 도식이 그려진다. 이 도식의 고리는 당연히 순환하여 편리한 시기에 편리한 원형(原形)이 재생되었던 것이다.

이렇게 하여 기회 있을 때마다 민족을 들먹이는 그의 민족 단위 사고방식의 고리에는 불행하게도 한국인으로서의 확고한 국가주의가 들어설 공간이 없었던 것이다. 그리고 전 과정을 일사불란(一絲不亂)하게 일본 제국주의 식민지 한국 지배의 간교함과 일본의 독특하고 병적인 근대성이 관통하고 있었다.

이즈음 이광수는 다음과 같은 시를 썼다.

황은 지극하옵시니

피로써 나라를 지키라고 말씀하옵신 지 얼마 안되어 이제 또 정치력으로 황철(皇澈)을 익찬하여 받들라고 하옵신다. 조선의 아들들이 총을 들고 전선에서 싸우는 것과 같이 충성스런 경륜을 안고 의정 단상(議政壇上)에 나서리.

병역이 엄숙한 의무이며 존귀한 황국신민의 특권이었듯이 국정 참여는 공민(公民)의 특권인 동시에 극히 엄숙한 의무이니라.

황국(皇國)은 앞서 삼천만의 폐하의 고굉(股肱)을 더하였음과 같이 황국은 이제 또 삼천만의 보필의 신(臣)을 더하였다.

일억 일체(一億一體)로 황국을 지키자, 일억 일체로 황모(皇謨)를 익찬하자. 이제 피(彼)와 차(此)가 없다. 오직 하나이다.

자, 조선의 동포들아

우리들이 있음으로써 더 큰 싸움을 이기게 하자.

우리들이 있음으로써 대아시아 건설을 완수시키자.

이럼으로써 비로소 큰 은혜에 보답하여 받듦이 되리라.

아아, 조선의 동포들아

우리 모든 물건을 바치자

우리 모든 땀을 바치자

우리 모든 피를 바치자

우리 충성에 불타는 머릿속을, 심장을 바치자.

동포야 우리들, 무엇을 아끼랴

내 생명에서 나온 것이라고 말하지 말지어다.

내 생명 그것조차 바쳐올리자

우리 임금님께, 우리 임금님께.[71]

— 「모든 것을 바치리」

이것은 1945년 4월 소위 '외지 동포 처우 개선'이라는 명목으로 일본 제국주의 귀족원령 중 개정안과 중의원 의원 선거법 중 개정안이 통과되어 한국으로부터도 칙선 귀족원 의원 7명과 중의원 의원 23명을 일본의 국회에 보낼 수 있게 되었을 때, 이에 앞서 1월 17일 '처우 감사 궐기 대회'에서 낭독한 시이다. 일본 제국주의가 패전에 임박하여 선심용으로 던져준 소위 '처우 개선'을 '내선일체'의 실현으로 착각하여 더욱더 충성을 맹서하는 이광수의 감격벽이 드러난다.

당시 한국 문단의 중심적 존재로서 때로는 민족주의자로, 때로는 교육자, 사상가, 언론인, 실천 운동가로, 때로는 문학자로 시 소설 평론 수필 등 거의 전 분야에 걸쳐 다면적인 활동을 펼쳐 항상 화제의 주인공, 물의의 표적이 되었던 이광수, 그는 소위 '신체제 문학'에서도 어김없이 한발 앞서가며 중심적 위치를 고수했던 것이다.

---

71 이광수, 「모든 것을 바치리」, 『매일신보』, 1945.1.18.

한편 문학 평론가로서 『인문평론』과 『국민문학』을 주재했던 최재서는 이 시기를 "구질서와 신질서의 교체라는 형식으로 나타난 전체적인 정치·사회적 조류와 관련된 전형기"라고 규정하여 한국 문학의 변혁을 주장했다.[72]

그가 말하는 '전체적인 정치 사회적 조류'라는 것은 국내외에 대두되고 있는 파시즘을 의미한다. 최재서는 어떤 형태로든 지식인으로서 이에 대응하지 않으면 안 되는 문화적 위기의식을 키워가고 있었던 것이다. 식민지 한국에 일본 제국주의 국책으로 '신체제'가 격렬한 기세로 압박해 오고 있을 때, 때때로 시국에 야합하는 발언을 꺼려하지 않았던 최재서는 '내선일체'와 '황국신민화'로 대표되는 '신체제'를 일시적인 전환이 아니라, 역사적 현상으로 파악하여 그것을 어떻게 맞이할까 하는 명제와 부딪쳤던 것이다.

최재서는 1941년 「전형기의 문화 이론」이라는 글에서 "과거의 조선 문화— 적어도 문화가 조선에서 의식적으로 추구되어 온 최근 15, 16년 동안의 조선 문화는 일본 전체의 문화가 그랬듯이 분열 상태에 놓여 있었다"[73]고 규정했다.

따라서 문화생활이란 구미(歐美)류의 생활 형식을 지극히 표면적으로 모방하여 안가(安價)한 향락에 제공하는 동시에 실생활이나 전통의 좀 더 중대한 반면(半面)에 대해서는 전연 무지하거나 그렇지 않으면 무관심주의를 가장하는 것이 소위 문화생활의 실체였다.[74]

---

72　최재서, 「전형기(轉形期)의 평론계」, 『인문평론』, 1941.1, 6면.
73　최재서, 「전형기의 문화이론」, 『인문평론』, 1941.2, 18면.

　최재서는 문명개화라는 이름으로 받아들인 서양 문명을 부정하는 자세를 취한다. '문화를 위한 문화'의 무한한 추구는 경제가 '영리를 위한 영리'를 무한히 추구하는 것과 같이 근대 개인주의 가치의 하나이며, 문화 추구의 사상을 고취한 것은 향락주의적 진화론이었다고 말한다. 또한 그것의 초극을 위해서는 국가에 의한 통제가 필요하다고 보았다.

　최재서의 이러한 발언은 두 가지 측면을 상정하고 있다고 볼 수 있다. 우선 이미 수용한 서양적 근대 문명에 대한 반성으로 서양 문화의 전통에 대한 천착이 없이 피상적인 모방과 수용을 일삼고 있는 문화계를 비판하고 있다는 점이다. 그러나 이것은 한국의 경우 일본을 통한 중역적 수용이었고 더구나 일본 제국주의 식민지 지배하에 있었기 때문에 더욱더 일본에의 추수성과 종속성을 면할 수 없었다는 이중고를 앓고 있었다. 또 하나는 그가 말하는 국가의 의미도 당시 식민지 치하의 국가 개념은 당연히 일본 제국주의를 의미할 수밖에 없다는 점이다. 그러므로 최재서는 이미 일본 제국주의와의 타협을 예비하고 있다.

　이것과 유사한 논의는 일본에서도 있었다. 1937년 9월 내각 정보부(후에 정보국)가 발족하면서 문화 통제를 강화함에 따라 소위 '신체제 운동'이 전개되자 '국책 문학'이 유행하였고, '일본 낭만파'가 중심이 되어 서양 부정의 논리를 날조해 일본 고전으로의 복귀와 일본 중심의 세계관 수립을 외치는 문화론이 등장하기에 이르러 문화적인 국수주의 색채를 노골적으로 드러냈던 것이다.

---

**74** 위의 글, 19면.

그 극단적인 예가 1942년 1월부터 시작된 '세계사적 입장과 일본' (『中央公論』)을 비롯하여 3회에 걸쳐 진행된 '세계사의 철학'이라는 좌 담회와 1942년 9월의 심포지엄 '근대의 초극'(『文學界』)이다. 이러한 와 중에도 일본의 지식인에게는 선험적으로 돌아갈 조국이 있었고 그러 한 행위 자체가 원색적이긴 해도 충군애국의 제스처일 수 있었지만, 한국의 지식인에게는 서양 문명이라는 대안(對岸)의 등불조차도 일본 이라는 거울을 통해서 본 중역적 대상이었기 때문에 근대 문명 비판도 입지의 협소함은 물론이고, 그 추종성과 굴종성으로 인해 더욱더 비극 적일 수밖에 없었으며, 이러한 문화적 황폐기에 이르러서도 돌아갈 조 국이 없었다는 점에서 문자 그대로 시대의 미아가 될 수밖에 없었던 것이다. 돌아갈 조국이 일본 제국주의 식민지에 불과했다는 데에 한국 지식인의 방황이 숨어 있었던 것이다.

일본의 지식인이 원체험인 조국으로 달려갔을 때, 어쩔 수 없는 논 리적 현실 앞에서 거울을 잃어버린 한국 지식인들은 나름대로의 문화 적 전기를 마련하지 않으면 안 되었다. 거기서 최재서가 찾아낸 것이 '국가 원리'였던 것이다.

> 스스로 파탄을 일으킨 경제나 문화는 새로운 국가적 계획과 통제하에 국민 갱생의 길을 밟지 않으면 안 된다. 이리하여 문화 가치의 절대성, 문화생활의 자율성이라는 것은 합리주의적 진리 그 자체와 마찬가지로 결코 영원불변한 것이 아니라, 역사적 법칙에 의하여 변동된다는 것을 깨닫게 된다.[75]

---

[75] 위의 글, 21~22면.

최재서는 소위 '전형기'를 전체주의 사관으로 맞이하고 있다. 당시
로서는 전체주의로서의 파시즘이 밖으로는 전쟁이요, 안으로는 자유
의 말살, 문화 파괴, 비합리주의와 반지성의 괴물로 등장하고 있었음
은 주지의 사실이다. 이러한 시대의 흐름에 즈음하여 최재서는 문화
가치의 가변성을 역사적 법칙으로 보아 당면의 '신체제'를 수용했다.

> 그러면 국가는 무슨 힘으로 문화에 이러한 통일력을 줄 수가 있느냐? 그것
> 은 국가 이상 이외에 있을 수 없다. 국민 전체에 목표와 표준을 줄 만한 고원
> 한 이상이 없이는 국민 문화는 발전은커녕 유지도 못 한다. 어떤 커다란 국가
> 이상이 있어서 그것이 풍습, 도덕, 제도, 법률, 학문, 예술 속에 각기 객관화되
> 고 구체화될 때 비로소 국민 문화는 성립된다.[76]

이렇게 하여 최재서는 '신체제'하의 일본 제국주의 '국가 이상'인 '대
동아공영권' 구상을 받아들였고, 당연히 식민지 한국 지배 이념인 '내
선일체'와 '황국신민화'를 실천해갔다.

전체주의 사관에 의하면 문화의 개별적인 발전은 부정된다. 통치 권
력의 명령에 따라 계획되어 통제되고 종합되는 문화만이 의미를 갖는
다. 마치 계획 경제, 계획 교육, 계획 문화의 형태로 통제 속에서 획일
화·제도화·법률화되어 정신 전력으로 동원되는 것이다. 근대 문화
가 근대성 위에 성립한다고 한다면, 이 근대성에 역행하는 전체주의하
에서 그 창조성과 독창성은 물론, 개성과 자유를 박탈당하는 시점에서

---

[76] 위의 글.

문화 예술은 질식한다. 그러나 최재서는 이것을 '국가 이상'의 '객관화·구체화'에 의한 '국민 문화' 창조의 계기로 보았다. 최재서의 '전형기론'은 이렇게 일본 제국주의의 전체주의와 타협해갔다.

최재서는 한국 근대 문학을 3구분하여 민족주의 문학기, 경향 문학기, 경향 문학 퇴조 이후로 구분했다.[77] 최재서는 이 중에 제3기를 주도하여 왔고 또 주도하려고 한 문학 평론가이다. 최재서가 말하는 제3기에는 1935년 KAPF(조선프롤레타리아 예술가동맹)의 강제 해산 이후, 문단축을 상실한 한국 문단이 혼란기에 빠져 우왕좌왕하고 있는 틈을 타서 '신체제 문학'이 등장했고, 만주사변(1931)과 중일전쟁(1937)이 발발하여 일본 제국주의 언론 탄압이 강화되는 와중에 '내선일체'와 '황국신민화'가 강력히 추진되었던 것이다.

급박하게 전개되는 정세 속에서도 영문학을 전공하고 비평의 본질과 현대성을 전개하여 모더니티를 지향하며 한국 문학의 방향을 주도했던 최재서는 제3기를 문화적 주류가 보이지 않는 혼란 상태의 '전형기'라 부르고, '전형기'의 문학에는 알바이트화의 경향이 있다고 말했다. 그가 말하는 비평의 알바이트화란 "평론가가 하나의 테마를 가지고 지속적으로 그 연구의 성과를 발표하되, 그것이 아카데미산의 순문학적 연구와 달리 시사성과 효용성에 특별한 관심과 용의를 가진 글" 즉 '저널리즘과 아카데미즘의 합작'[78]을 의미한다.

조선의 평론이 가장 허약성을 나타내는 것은 이 알바이트의 부족에서였다.

---

77  최재서, 「전형기의 평론계」, 『인문평론』, 1941.1, 7면.
78  위의 글, 10면.

조선 문학은 늘 시급히 처리하지 않으면 안 될 정치 사회적인 문제의 산더미 속에 쌓여 있었으므로 독자도 논책적(論策的)인 글이 아니면 평론으로 보지 않고 또 평론가 자신들도 미처 알바이트에 집중할 여유가 없이 뒤미쳐 달려드는 논쟁적인 제목에 몰두하였던 것이다. 그 결과 평론 속에 논지를 밑받침할 만한 역사적 입증이 희박하여 글의 권위를 잃었을 뿐더러, 안계(眼界)가 항상 현실적인 문제에만 국한되어 멀리 과거를 회고함으로써 미래에 대한 교훈을 얻는다든지 하는 이익을 버리게 되었다.[79]

1935년 프롤레타리아 문학의 퇴조 이후 한국 문학계는 주류적인 문학 논의가 없는 상태에서 절박하게 다가오는 현실의 시국적인 문제에 대한 단편적인 논의와 비평이 계속되고 있었다. 이것은 새로운 시대와 사태에 대한 신속한 대응을 할 수 있을 정도의 문학적 전통의 축적이 한국 문학계에 없었다는 증거이지만, 더 큰 요인은 확대 일로를 걷고 있는 일본 제국주의 전쟁의 여파로 식민지 통치가 강화되고 언론 탄압의 강도가 높아졌다는 것과 관계가 있다.

민족주의 문학과 프롤레타리아 문학이 금압된 현실에서 그것의 극복과 소위 '전형기'의 지도 원리를 모색하고 있던 1930년대 말 최재서의 '비평의 알바이트화' 발견은 획기적이라 할 수 있다. 현실과 유리된 아카데미즘과 시사성에 역점을 두는 저널리즘의 결합은 '역사적 입증'을 결여한 채, '현실적 문제'에 국한된 조급성에 빠져 무기력한 한국 문단에 활기를 불어 넣는 실천 비평의 성격을 갖고 있었다.

---

79  위의 글.

최재서는 그 주도 평론으로 조이스, 토마스 만, 헉슬리 등을 논한 「현대 소설 연구」를 그가 주재하는 『인문평론』에 연재했다. 그가 문학의 지도 원리로 모색한 '비평의 알바이트화'가 '시사성과 효용성'이라는 현실성을 중시하면 할수록 일본 제국주의의 '신체제'는 점점 더 그의 목을 죄어오고 있었다. '신체제'는 그에게 저항이냐 혹은 침묵이냐, 타협이냐를 강요하고 있었던 것이다.

그러나 최재서의 지도 원리 모색은 결국 일본 제국주의의 '국가 통제' 혹은 '국가 이상'에 의해 해소되어 그의 서구적 지성은 문화 옹호 혹은 저항을 포기했다. 체질화되지 않은 관념성으로 익힌 서구적 지성, 식민지 시대에 성장한 자아에 뿌리를 내린 일본적 분위기, 침체한 한국 문단에 대한 주도 의식 등은 그로 하여금 위기의식의 졸속 해결 방법으로 현실 타협과 정당화와 합리화로 치닫게 하여 조국과 '일본 국가'를 치환하게 했다. 또한 그가 '비평의 알바이트화'에서 주장한 '비평의 역사성'도 과거와 미래를 일본 문화의 '종합성'에서, 현재를 '내선일체'와 '황국신민화'에서 찾는 것으로 끝났다.

이후 최재서는 "서구식의 문화생활이 표면적인 모방이었다"고 규정하고, 서양식 사고방식과의 결별을 선언한다. 이것을 결정한 '제1차 지진'으로 1931년의 만주사변을, '제2차 지진'으로 1937년의 중일전쟁을 내세우며[80] 대표적 전체주의 표출인 일본 군국주의 파시즘과 전면적으로 영합해갔다. 그것의 표현이 『인문평론』의 폐간과 더불어 1941년 창간된 『국민문학』에 발표한 '국민 문학의 요건'이다. 이 글에서 그는

---

80  최재서, 「전형기의 문화이론」, 『인문평론』, 1941.2, 19면.

"오늘날 고도 국방 국가 체제 밑에서 문학에만 혼자 고고한 길이 허용될 까닭이 없다"고 전제한 후, "문학은 의식적이든 무의식적이든 국가의 선전 수단이 되는 것이긴 하지만, 그러나 그와 함께 문학은 국민의 성격을 형성한다는 훨씬 유구한 또는 훨씬 근본적인 책무를 짊어지고 있다"며, 그 책무를 실천하는 문학으로 '국민 문학'을 들었다.

> (국민 문학은—인용자) 단적으로 말하면 유럽의 전통에 뿌리박은 이른바 근대 문학의 한 연장으로서가 아니라, 일본 정신에 의하여 통일된 동서 문화의 종합을 터전으로 새롭게 비약하려는 일본 국민의 이상을 담은 대표적인 문학으로 금후의 동양을 이끌어나갈 사명을 띠고 있다.[81]

그는 또한 '비평의 사명인 지도 원리가 조선 문단에 없었음'을 한탄한 뒤, '지도 원리는 국민적 입장에서만이 체득될 수 있음'을 명확히 했다. 그것을 받아들이는 방법을 다음과 같이 설명한다.

> 그것은 결국 연구와 인식의 문제가 아니라, 태도와 신념의 문제였다. 국민적 입장을 솔직히 받아들이고 국민 의식을 튼튼히 파악하기 위해 오늘날에는 연구와 인식보다 신념과 용기가 필요한 것이다.[82]

그때까지 어쨌든 프롤레타리아 문학 붕괴 이후의 한국 문학 확립에 주력해온 평론가 최재서가 정상적인 방법으로 일본 정신과 일본 문학

---

81 최재서, 「國民文學の要件」, 『국민문학』, 1941.11, 35면.
82 위의 글, 38~39면.

〈국민 문학〉의 예찬자를 자처할 수는 없다. 그렇다고 하여 논리적인 탐색으로 그 길에 이르는 것은 더욱 불가능하다. 그러기 위해서는 논리를 버리지 않으면 안 된다. 그러므로 그것은 '태도'와 '신념'의 문제였던 것이다. 태도란 행동으로 나타나는 반응의 변화이다. 인간의 행동은 사고의 결과로 나타난다. 사고 작용으로 성숙된 것이 가치관이고 가치관의 현실화가 행동이다. 최재서는 그 가치관을 신념으로 갈아치운 것이다. 행동의 외부적 의상인 태도는 유연한 심적 상태를 의미한다. 대상에 따라 여러 가지 반응이 가능해지는 것이다. 신념은 논리적 검증이 막혔을 때, 논리적 탐색을 포기했을 때, 논리를 초월하는 대상과 접했을 때 감성적 세계로 도피하는 정신 작용이다. 행동 과정에서 신념에 따른 태도의 변화, 이것을 가지고 최재서는 '내선일체'와 '황국신민화'를 수용하고 나아가 '천황귀일'에 이르는 행동의 자유를 획득했다.

그 후는 표면적으로는 간단하다. 그는 문학의 기능이 "국가의 존망이 걸려 있는 비상시에 문학이 쾌락의 수단으로부터 번연(飜然)히 그 본래의 윤리적 사명으로 되돌아오는 것은 너무나 당연하다"[83]고 선언한다.

그러자면 무엇보다도 먼저 시인이나 작가의 마음 자세가 중요하다. 그저 자기 자신이나 남을 즐겁게 하기 위해 혹은 자기의 고뇌에서 벗어나기 위해 문학을 창조하는 것이 아니라, 국민을 가르치기 위해, 국민을 형성하기 위해 쓴다는 치열한 의욕이 없으면 참다운 국민 문학은 태어나지 않을 것이다. 그

---

83 위의 글, 40면.

러므로 작가는 우선 문학은 표현이다라는 관념을 버리고 문학은, 아니 문학이야말로 교육이 된다는 신념을 꽉 잡지 않으면 안 된다.[84]

최재서는 문학의 공리성을 활용하여 '국민성을 형성하는 문학'으로 나갈 것을 선동하고 있다. 나아가서 "자유주의 및 개인주의는 특히 당면의 적인 영·미의 사상적 무기"[85]로 단정하고 싱가폴 함락(1942.2.15)을 기념하여 영문학과의 결별을 선언하고 다음과 말한다.

천황은 가치의 근원체로서 신민 한 사람 한 사람에게 가치를 분여해 그의 생명을 가치 있는 것으로 하여 주시는 것이다 (…중략…) 일본인은 건국 이래 이와 같이 천황(天皇, すめらみこと)에의 귀의를 인생관과 세계관의 중추로 삼아왔다. 세계관은 그 민족 및 국민의 가치 의식의 표현임과 동시에 그 본질 및 생활 의욕의 표현이다. 일본 민족의 본질 및 생활 의욕이 건국 이래 팔굉일우의 이상으로 현현되어 그것이 나아가 오늘날 대동아공영권 및 세계 신질서로 실현되고 있는 것은 이것 또한 세인이 익히 알고 있는 사실이다.[86]

결국 최재서는 신념으로 일본 중심의 세계관을 수립했던 것이다. 이 무렵 최재서는 이렇게 쓰고 있다.

---

84 위의 글.
85 최재서, 「文學者と世界觀の問題」, 『국민문학』, 1942.10, 6면.
86 위의 글, 11면.

나는 어렸을 때부터 일본어와 일본식 방과 그 예의 바름, 어디까지나 발랄한 학문적 호기심과 특히 메이지 문학을 좋아했다. 그리고 내가 알고 지낸 몇 사람인가의 내지인과는 아무런 격의 없이 사귈 수 있었다. 이렇게 나는 일본을 호흡하고 일본 속에서 자랐다. 그러나 이러한 것들을 일일이 의식적으로 일본 국가와 결부시켜 생각한 적은 없었다. 요컨대 그것은 취미의 문제이며 교양의 문제였기 때문이다.[87]

유소년 시대의 기억은 누구에게나 아름다울 것이다. 이 몇 안 되는 최재서의 회상과 추억의 표백(表白) 중 하나를 가지고 이리저리 논의할 가치는 없다 해도 여기에는 피해갈 수 없는 문제점이 숨어 있다.

1910년 한일병합 이래, 아니 그 이전부터 한국인에게 일본이라는 나라는 단지 하나의 외국일 수는 없었다. 하물며 소년적 동경심에 가득 차 이국 취향이 넘쳐흐르는 '취미와 교양'의 대상일 수는 더욱 없었던 것이다. 1930년대 '신체제'의 파시즘이 횡일(橫溢)하여 패배한 한국 지식인 누구나가 일본과의 자기 필연성을 찾기에 광분하고 있던 바로 그 때 나온 최재서의 이 자기 표백은 그의 일본 체험의 파행성을 여지없이 폭로하고 있는 것에 다름 아니다. 이 파행성이 점점 성장하여 분명히 '취미와 교양'이었을 일본 제국주의가 그 범위를 저 멀리 뛰어넘어 거대한 전체주의로 시시각각 다가오고 있을 때, 한사람의 지식인으로 그 앞에 선 최재서는 그 '취미와 교양'의 자리를 '황국신민'으로 갈아치웠기 때문이다.

---

87 최재서, 『轉換期の朝鮮文學』, 인문사, 1943, 5면.

'아무런 격의 없이 사귄 몇 사람인가의 내지인'과 일본적 공기가 확대되어 일본 제국주의가 되고 그 이기주의의 노골적인 표현이 아시아 제패로 나타났을 때, 그 질서 속에서 호흡해 온 최재서로서는 눈덩이처럼 커져 자기 자신 속에 스며든 일본적 체질과 생리를 확인하지 않으면 안 되었던 것이다. 그것은 실로 '취미와 교양'의 문제가 아니라, 한국인으로서의 '사상과 주체성'의 문제였던 것이다. 『국민문학』창간 이후 그는 이 문제에 부딪쳤다.

그가 말하는 '아무런 격의 없이 사귄 몇 사람인가의 내지인'과 일본적 공기는 그가 다닌 경성제국대학(京城帝國大學)에도 있었을 것이다. 일본 제국주의는 1922년 2월 한국인뿐만 아니라 식민지 한국에 이주한 일본인 교육까지 동일하게 포함하는 통일 법령으로 제2차 '조선 교육령'을 공포했다. 일본 제국주의는 이 개정령에서 "대학 교육·예비 교육은 대학령(1918.12. 칙령 388호)에 의한다"[88]는 규정을 넣어 식민지 한국에 대학 설립의 길을 열었다. 이에 따라 1924년 5월 경성제국대학 관제(칙령 103호)가 공포되어 예과(豫科)가 개설되고, 학부관제(칙령 104호)에 의해 1926년 4월 법문학부와 의학부가 개설되었다. 경성제국대학은 일본 제국주의 대학령에 따라 설립되었으나, 문부대신(文部大臣) 관할이 아니라 식민지 한국의 다른 각급 학교와 마찬가지로 조선 총독 관할이었다(제2차 조선 교육령 제12조). 이것은 일본 제국주의 법 적용에서 식민지 한국에 이주한 일본인 식민을 우대하고 한국인을 차별하겠다는 간계였다. 이후 경성제국대학은 남만주철도주식회사(滿鐵)의 만선

---

88  한국학문헌연구소, 『조선총독부 관보』 51, 1986, 511면.

(滿鮮, 만주와 조선) 역사 지리 연구실의 작업을 그대로 이관 받아 한국인에 대한 식민지 교육과 한국 연구의 총본산으로 자리 잡게 된다. 일본 제국주의가 자국 내의 제국대학을 채 정비하기도 전에 식민지 한국에 제국대학 설립을 서두른 이유는 한국인의 대학 설립을 막고 한국에 이주한 일본인 자제의 교육을 위해서였다.

당시 최고학부인 경성제국대학은 3·1독립운동을 계기로 민족의식의 각성에 따른 조선인의 교육 요구를 수용하는 척하며 그것을 환골탈태(換骨奪胎)시켜 식민지 교육 체제를 보강하기 위해 조선총독부가 설립했다. 거기에는 어디까지나 동화와 차별이라는 식민지 교육의 두 가지 원칙이 관철되어 있었다. 한편 조선인은 곤란한 조건 속에서도 자주적이고 주체적인 교육 노력을 계속해, 민간의 힘으로 운영하는 대학을 설립하려는 민립대학 설립 운동을 집요하게 전개했으나, 총독부의 교육 정책이라는 두터운 벽에 부딪쳐 한결같이 실패로 끝났다.[89]

당시 한국인에 대해 교육면에서 엄격한 제한과 차별을 강요하면서도 일본 제국주의 여섯 번째 제국대학으로 서울에 설립된 경성제국대학의 성격은 이 학교 출신 일본인의 회고로 짐작이 간다.

조선은 말할 것도 없이 고대의 옛적부터 일본보다 선진국이었고, 일본보다 일찍부터 국가 체제를 정비하여 전통적인 민족 문화를 지켜왔다. 그것이 어

---

89　阿部洋,「日本統治下朝鮮の高等教育：京城帝國大學と民立大學設立運動をめぐって」,『思想』565號, 1971.7, 77면.

쩌다 일본의 지배 아래에 들어갔으므로 민족적 저항이 격렬하여 식민지로 일본이 지배하는 것은 곤란하기 짝이 없었음은 말할 것도 없다. 그러므로 일본의 지배를 정당화하기 위해서는 적어도 '일선일체(日鮮一體)', '일선동조(日鮮同祖)'론과 같은 지배 이데올로기가 필요했다. 이 점은 교육 정책에서도 확실한 선을 그어 놓자는 것이 일본 정부의 방침이었다. 경성제국대학의 설립이 타이완과 비교하여 정책적으로 급속하게 진행되었다고 보아야 할 것이다. 이렇게 설립된 경성제국대학이 조선에서 민족 운동의 모체가 되는 것을 두려워 한 조선총독부는 대학의 규모가 커지는 것을 엄격하게 제한함과 동시에, 별도의 대학 규정을 정해 대학령(大學令)보다도 강한 규제를 이 대학에 가하고 있었음은 학칙 제1조에 확실하게 나타나 있다.[90]

경성제국대학 대학령 제1조는 설립 당시 대학의 목적을 "국가에 필요한 학술의 이론과 응용을 교수(敎授)하고 그 온오(蘊奧)를 공구(攻究)함을 목적으로 하며, 아울러 인격의 도야(陶冶)와 국가사상의 함양(涵養)에 유의(留意)해야 한다"고 규정했다.

그러나 1938년 3월 제3차 조선 교육령으로 '황국신민화'와 '내선일체'의 지배 정책을 더욱 철저하게 강행함에 따라, 1940년 4월 대학 규정으로 "국가에 필요한 학술의 이론과 응용을 교수하고 그 온오를 공구하여 특히 황국의 도(道)에 기반을 둔 국가사상의 함양과 인격의 도야에 유의함으로써, 국가의 주석(柱石)이 되기에 충분한 충량유위(忠良有爲)의 황국신민을 연성(鍊成)하는 데 힘쓴다"로 강화되어 일본 제국주

---

90  泉靖一, 「舊植民地大學考」, 『中央公論』, 1970.7, 153면.

의 다른 대학에는 없는 '황국의 도'와 '충량유위의 황국신민'이 추가된다. 초대 총장은 중국 철학을 전공하고 도쿄제국대학 교수로 조선사 편수회 고문이었던 핫토리 우노키치[服部 宇之吉]가 겸임했다.

설립 의도와 목적에 아랑곳없이 경성제국대학 학생들은 엘리트 의식을 가지고 있었다.

예과 학생들은 뽐냈다. 조선에 처음 설립된 대학, 그것도 제대(帝大)이고 보니 어깨가 으쓱거리지 않을 수 없었다. 조선인이건, 재조(在朝) 일본인이건, 일본에서 건너온 일인(소위 內地人)이건, 모두가 자부심은 한결 같았다. (…중략…) 당시 일본의 명문 고교에서는 '방칼라(蠻 collar, 불량 학생─인용자)' 바람이 풍미했다. '방칼라'란 '하이칼라(high collar, 인텔리─인용자)'의 반대말로 일본인들이 지어낸 유행어였다. 경성제대 예과 기질도 이를 따랐다. (…중략…) 학생들이 부른 노래 가운데 가장 일반적인 것은 〈데칸쇼〉 노래였다. '데칸쇼, 데칸쇼, 한반년 지내세. 그 다음 반년은 누워서 지내세.' 란 내용이었다. '데칸쇼'란 데카르트, 칸트, 쇼펜하우어의 첫 자를 딴 것이다. 대철학자를 운위하면서 뒹굴뒹굴 세월을 보낸들 어떠하리 하는 식의, 말하자면 대인기풍연(大人氣風然) 하는 노래였다.[91]

그러나 한국인에 대한 식민지 교육의 총본산이라는 정책적 의도에서 설립된 이 대학도 한국인을 위한 대학이 아니었다. 일본인은 본국의 대학 낙방자들도 거침없이 입학할 수 있었지만, 한국인은 극히 소

---

[91]  李忠雨, 『京城帝國大學』, 多樂園, 1980, 77~78면.

수에 한해 사상 검증을 거친 후 입학이 허용되었고,[92] 입학 후에도 감시와 차별에 시달려야 했다. 이 점은 학생뿐만이 아니라 교수와 교직원도 마찬가지여서 전부를 일본인이 차지하고 있었음은 말할 필요도 없다. 이러한 차별 구조는 졸업 후에도 계속되어 소위 엘리트 중의 엘리트로 한국인이 이 대학을 나와도 구체적인 현실에서 취직난, 급료, 진급, 직위 등 모든 면에서 불이익을 감수하지 않으면 안 되었다. 김달수(金達壽)는 소설 『현해탄(玄海灘)』에서 다음과 같이 적고 있다.

경성일보사는 드물게 일 년에 한 번 정도 조선인 사원을 뽑는 채용 시험을 보는 경우가 있었지만 (…중략…) 대전쟁 중이어서 일본인 청년이 부족한 때임에도 불구하고 인텔리가 철저하게 실직하는 나라, 그것이 조선이다. 설령 그것이 일본의 앞잡이로 일하는 일이라 해도 용이하지 않은 곳이 식민지이다. 특히 조선인이 경성일보사에 취직하기 위해서는 조선 13도 중 두 명 정도 있는 조선인 지사(知事)의 직접 보증 추천을 받고도 최종적으로 총독부 경무국장의 직접 추천을 받지 않으면 안 되었다.[93]

이러한 식민지 한국의 현실적 모순 속에서 최재서는 1928년 "지극히 엄격한 선발을 거친 소수의 입학생으로 성립된 예과가 있고, 따라서 문학부에 오는 학생은 소수지만 영문과에 가장 많이 몰려 수재도 적지

---

92 1924년 예과의 첫 합격자는 170명이었다고 한다. 이 중에 한국인 합격자는 44명이었다. 전체 합격률은 일본인 30.7%에 비해 한국인은 18.6%였다(위의 책, 6면). 제1회 입학생의 수석은 유진오(兪鎭午)였다. 유진오는 1924년 6월의 개교식에서 입학생을 대표해 답사를 했고 1929년 수석으로 졸업했다.

93 金達壽, 『玄海灘』, 筑摩書房, 1954, 8면.

않았다"[94]는 바로 그 경성제국대학 영문과에 입학한다. 그 최재서에 대해 다음과 같은 문장이 있다.

최는 제2고보(경복고) 제1회 졸업생으로 영어 잘하기로 유명하였다. 그러나 그는 어떻게 된 일인지 조선 학생과는 사귀지 않고 일본 학생들하고만 사귄다고 해서 말이 많았는데, 이것이 나중에 전쟁 말기에 그가 좋지 않은 친일 협력자가 된 소지였을지도 모른다. (…중략…)

"우리 졸업생 중에 최모[崔載瑞-인용자], 현모[玄永燮-인용자] 같은 사람이 있다는 것은 영문과의 큰 불명예다. 그런 부끄러움을 모르는 것들이 있담!"

선생[佐藤淸-인용자]은 몹시 불쾌한 기색으로 이렇게 말하였다. 선생은 조선 학생들의 친일적인, 아첨하는 행동을 크게 미워하였다. 그 때 한 사람은 이시다 게이조(石田耕造, 최재서-인용자)라고 창씨개명하고 총독부 고관과 조선군 장성을 끼고, 엉거주춤하고 있는 조선 사람 지식층을 향해서 전쟁에 협력하지 않는다고 야단치고 있었다 (…중략…) 또 한 사람은 아마노 미치오(天野道夫, 현영섭-인용자)라고 창씨개명하고 녹기연맹(綠旗聯盟)이라는 총독부 어용 단체에 들어가 조선 사람에게 황국신민이 되라고 갖은 협박을 다하고 돌아다녔다.

사토 선생은 두 사람의 이런 사실을 다 듣고 알고 있었다. 양심적인 선생은 분개해마지 않았고 더욱이 학생 때에 두 사람을 귀해하였던 만큼 실망이 커 이런 말을 한 것이었다.

"나는 그 두 녀석이 요새 하는 짓을 보고 크게 실망했어. 그런 것들을 가르

---

94 佐藤淸,「京城帝大文科傳統と學風」,『佐藤淸全集』第3卷, 詩聲社, 1964, 259면.

쳤다니 내가 부끄러워 동료들한테 얼굴을 못 들 지경이야!"

그러고는 어떻게 알았는지 두 사람의 지각없는 친일 행동을 낱낱이 들어서 이야기하였다.[95]

이 문장을 그대로 믿는다면 사토 기요시[佐藤淸]는 대단한 이중인격자라고 할 수밖에 없다. 아니면 글쓴이가 사토에 대해서 엄청난 착각을 하고 있는 것이다. 사토 기요시는 경성제국대학 영문과 교수로 최재서가 『국민문학』을 주재할 때 일본인 제자들과 함께 이를 적극적으로 후원했고, 1942년 이래 '조선문인협회'에도 영문과의 일본인 제자 데라모토 기이치[寺本喜一], 스기모토 나가오[杉本長夫] 등과 함께 참여해 활동했음은 물론, 『국민문학』의 좌담회 등을 통해 '내선일체'와 '황국신민화'를 열렬히 주창했던 인물이기 때문이다.

사토 기요시는 도쿄제국대학 영문과를 졸업하고 영국에 유학한 후, 1926년 5월 경성제국대학 영문과를 창설해 그 주임교수가 되어 1945년 3월까지 20년이나 식민지 한국에서 살았다. 그 동안에 실력 면에서 탁월했던 최재서를 총애하여 그를 일본의 영어 영문학회에 등장시켰음은 물론, 일본 유수의 잡지 『사상(思想)』, 『개조(改造)』 등에도 다리 역할을 했다. 이것은 이윽고 최재서에 대한 신임으로 연결되어 최재서가 영국 런던대학에 유학하고 돌아온 1933년 한국인으로서는 물론 졸업생 중에서도 처음으로 경성제국대학의 강사로 임명되었다(다음 해 해임). 이것은 사토 기요시와 최재서의 각별한 관계를 나타내는 것으로,

---

95 조용만, 『30년대의 문화예술인들』, 범양사 출판부, 1988, 24~25면.

최재서는 자신의 번역서(어빙 배비트, 『루소와 낭만주의』, 改造文庫, 1939)에
은사 사토 기요시에 헌사(獻辭)를 쓰고 있다. 또한 사토 기요시는 20년
동안이나 생활한 한국의 풍물을 읊은 시집 『벽령집(碧靈集)』과 『내선의
율동(內鮮の律動)』을 최재서의 인문사(人文社)에서 출판했다. 이 『벽령
집』에 대해 최재서가 『국민문학』지의 좌담회에서 '국민 문학의 지도
적 시'로 격찬하자 사토 기요시는 다음과 같이 답하고 있다.

> 내 시집을 가지고 있는 사람이 학교 선생을 하고 있는 조선분에게 빌려 주
> 었는데, 그 사람이 읽어 보고 (…중략…) 이분은 시는 전혀 모르는 사람이라
> 고 말은 하지만 학교 선생님이니까 (…중략…) 그 사람이 말하기를, 조선의
> 자연은 노래하고 있지만 조선의 인간에 대해서는 한 마디도 언급이 없다고
> 하네만.[96]

20년간이나 살았던 한국을 떠나기 직전 "나는 조선에 와서 조선의
풍토와 인간을 사랑하여 최후까지 변함이 없었다고 말할 수 있으리라.
다만 조선을 사랑하여 그것을 위해 생명도 버리는 데까지 이르렀다고
는 말할 수 없다. 진실로 사랑하는 일의 어려움은 말로 다 표현할 수 없
는 것이 있다. 몸으로 행하지 아니한 것을 과연 누가 믿으랴"[97] 하며 회
한으로도 생각되는 말을 남긴 사토 기요시의 시 속에 왜 한국의 인간
에 대한 노래가 없었을까.

　20년이나 한국에 산 사토 기요시가 식민지 한국의 모순과 그 속에서

---

96　좌담회, 「詩壇の根本問題」, 『국민문학』, 1943.2, 22면.
97　佐藤淸, 「氷窓に倚りて」, 『국민문학』, 1945.2, 21면.

허덕이고 있는 한국인의 억압과 차별에 대한 반항과 울분 그리고 그 발버둥을 모를 리 없었을 것이다. 그러한 것에 대한 인간적 관심을 의식적으로 회피하고 있었다면, 그것은 역시 사토 기요시가 한국에 살면서도 지배 민족의 일원으로서 지적 긴장감을 잃지 않았다는 증거이고, 최후까지 한국인에 대한 이질감을 버리지 않았다는 것을 의미한다. '조선인이 제외된 조선' 거기에 남는 것은 무엇일까. 거기에는 지배 민족의 일원으로 식민지까지 흘러들어온 삼류 지식인 사토 기요시의 그 가소로운 '영토 의식' 밖에 남는 것이 없을 것이다. 일본 제국주의 '영토'로서의 조선, 그리고 그 자연에 대한 애착과 애완, 거기에 조선인이라는 인간이 들어갈 틈은 처음부터 없었던 것이다. 그리하여 몇몇 조선인에 대한 관심도 '영토 의식'의 연장에 불과했던 것이다. 이것은 일본 근대 문학에 한국을 소재로 한 작품 중 본질적인 시점에서 한국인을 다룬 작품이 없다는 것에서도 잘 나타난다.

1890년 제1회 제국의회에서 야마가타 아리토모[山縣有朋]의 '주권선'과 '이익선' 연설[98] 이래 일본인의 뇌리 속에는 한국 및 중국 대륙을 향한 한없는 '영토 의식'이 늘어붙어 있었다. 이것은 1895년 삼국간섭을 계기로 국가주의로 전향한 도쿠토미 소호(德富蘇峰, 蘇峰는 號. 본명 德富猪一郎)의 글에 극명하게 나타나 있다.

---

98　1890년 제1회 제국의회에서 수상 야마가타 아리토모가 한 시정 연설이다. '주권선'은 강토(疆土)이고, '이익선'은 '주권선의 안위와 긴밀하게 관계되는 구역'이다. 야마가타는 "실로 일본의 이익선의 초점은 조선에 있다"고 강조했다(大山梓, 『山縣有朋意見書』, 原書房, 1966, 196면). 이 '주권선'과 '이익선'은 일본 제국주의 침략 전쟁이 진행됨에 따라 조선과 대만에서 만주, 시베리아, 중국, 동남아시아, 태평양으로 확대되어 갔다.

힘이 부족하면 어떠한 정의 공도(正義公道)도 반 푼어치의 가치도 없다고 확신하기에 이르렀다. 그래서 나는 한시도 다른 나라에 반환된 땅에 서 있고 싶은 마음이 없어 가장 빨리 떠나는 화물선으로 돌아가기로 했다. 그리고 그 선물로는 여순항(旅順港) 입구 파도치는 물가의 작은 돌과 자갈을 한 주먹 손 수건에 싸서 가져왔다. 적어도 이것이 한 번은 일본의 영토였다는 기념으로.[99]

일본 제국주의가 과연 '정의 공도'를 걸고 있는지 여부에 대한 성찰은 완전히 마비된 채, 이것도 저것도 제멋대로 탐내는 '영토 의식'만이 덕지덕지 달라붙어 있는 게걸스러움은 당시 일본인 모두의 공통 분모였던 것이다.

마찬가지로 사토 기요시가 그의 시집 『벽령집』에서 '한기(寒氣)'로 표현한 한국의 '벽공(碧空)'을 '벽령(碧靈)'으로까지 예찬한 시적 깊이 속에 한국인이 들어갈 틈이 없었다는 것은 그가 식민주의자였기 때문이었다. 경성제국대학은 한국인을 위한 대학이 아니었다. 그 대학의 영문과 창설자로 선발된 데에는 그 나름대로의 이유가 있었으리라. 그는 식민지 한국에 와서 무엇을 했던가. 당시 한국에서 활동하고 있었던 시인 가와바타 슈조[川端周三]는 다음과 같이 쓰고 있다.

선생의 노작(勞作)의 양을 알 수는 없지만 시작(詩作)에 관한 한 과작(寡作) 인 편이다. 그러나 그 작품 하나하나가 조선의 시인들의 반향을 일으켜 사대 주의에 물들기 쉬운 젊은 시인들의 마음을 정도(正道)로 이끌어 주었다. 특

---

99  德富猪一郎,「蘇峰自傳」,『日本人の自傳』第5卷, 平凡社, 1982, 195면.

히『벽령집』이후 내선일체에 대해 읊은 우국의 지극한 정성은 이시다 게이조(石田耕造, 최재서―인용자) 씨도『국민문학』의「징병과 문학」에서 자세히 설명하고 있듯이 그저그저 머리가 숙여질 뿐이다.[100]

우쭐해진 가와바타는 저 혼자 들떠서 무지의 극치를 달리는 망발도 거침없이 내뱉었다.

> 선생이야말로 조선의 가열한 미의 발견자이며, 조선의 전통을 회복한 사람이라고 생각한다. 한기, 내리쬐는 햇빛, 벽공, 음악에 이런 정도의 애착을 보인 시인은 아마도 반도(半島, 한국에 대한 멸칭―인용자)의 오랜 역사 속에서 선생이 효시(嚆矢)라 해도 과언이 아니라고 생각한다. 이것은 반도의 문학자에게 한번 물어 보고 싶은 문제이다.[101]

결국 사토 기요시는 시류를 타 식민지 한국에 흘러들어온 지식인 떨거지로, 일본인임을 내세워 한국인에게 소위 '우국의 지극한 정성'으로 시혜 의식을 휘둘렀던 '내선일체'론자였던 것이다. 사토는 당시 식민지 조선에 모여든 일본 제국주의 문화인들의 사이비성을 보여주는 좋은 본보기라 볼 수 있는 인물이다.

최재서는『벽령집』의 후기를 인용하며 사토 기요시가 '조선에 와서 가장 감동을 바친 것'은 '추위[寒氣], 햇빛[日光], 하늘[碧空], 비바람[風雨]'의 네 가지라고 밝히고 있다. 사토 기요시는 "이 네 종류의 요소는 적어도 조선

---

100 川端周三,「佐藤淸氏と朝鮮詩壇」,『國民文學』, 1945. 2, 24면.
101 위의 글, 25~26면.

에 존재하는 모든 예술성을 결정하는 것으로, 동시에 근본적인 시제(詩題)로 하지 않으면 안 된다"[102]고 말했다. 사토 기요시에게 식민지 한국의 가장 '기본적인 요소(element)'는 일본에는 없는 자연이었던 것이다.

사토 기요시의 문학 세계는 '영토 의식'에 사로잡혀 한국인이라는 인간이 제외된 식민주의자의 세계이다. 그리하여 사토 기요시는 '자국 문학을 위한 외국 문학'을 주장하면서,[103] 18세기, 19세기의 영국 낭만주의를 강의했다(일본에서 낭만주의가 국수주의에 몰입한 사례는 일본 낭만파가 극명한 전형이다).

또한 "20년이나 조선의 학생들과 친밀하게 교제하는 동안 얼마나 그들이 민족의 해방과 자유를 외국 문학 연구로부터 찾으려 하는가를 알고 충격을 받지 않을 수 없었다"[104]던 사토 기요시는 그것에 대한 반동으로 "여기(朝鮮 – 인용자)에 살면서 일본서기를 다시 펴 스이코 천황기[推古天皇紀]에 이르렀을 때 눈은 거기에 고정되어 움직이지 않고, 몸은 천 년이나 거슬러 올라 곧바로 그 때에 살았다"[105]고 썼다. 『일본서기』에 의하면 스이코 천황 때에는 신라 출병의 좌절, 쇼토쿠 태자[聖德太子]의 치적 등에 의해 한반도로부터 많은 문화인이 도래하여 문화의 꽃을 피운 아스카 시대(飛鳥時代, 593~710)로 되어 있다. 사토 기요시가 식민지 한국에 와서 여기에 착목한 것은 '내선일체'의 '역사의 환상'을 보았기 때문이리라. 다음의 시는 그것을 여실히 보여 주고 있다.

---

102 최재서, 「詩人としての佐藤清先生」, 『국민문학』, 1942.12, 86면.
103 佐藤清, 「京城帝大文科傳統と學風」, 『佐藤清全集』第3卷, 詩聲社, 1964, 258면.
104 위의 글, 259면.
105 佐藤清, 「氷窓に倚りて」, 『국민문학』, 1945.2, 20면.

이십 년 가까이나, 여기에 있으면

자신도 여기의 본토박이 같은 느낌이 든다.

그러나 공간적인 내지의 의미도,

시간적인 내지의 의미도,

여기에 있으면, 놀라울 정도로,

새로운 단장을 하고 다가온다.

역사의 안쪽 깊이가 실로 깊어져와,

특히 이즈음 우리의 사상의 비약은,

천 년 전의 소상한 곡절을 '지금'의 조리(條理)에 내면으로 보여주어,

정맥의 끝끝까지 푸르게 통하여 비치고,

우리들이 같은 뿌리라는 사실을 실감시킨다.

우리들은 무어라 해도 하나이고,

또한 하나가 되지 않으면 살아 갈 수 없는 것이다.

나는 죽어도,

이 신념만은 영구히 새겨 놓으리니,

한 그루의 나목(裸木)에도, 한 개의 돌멩이에도,

저녁 노을 같은 황토에도, 성스러운 푸른 하늘에도.[106]

— 「이십 년 가까이나」


시간과 공간을 뛰어 넘는 자유자재의 '내선일체'론을 보아도 사토 기요시의 '역사의 환상'이 의미하는 내용을 알 수 있다. 영문학을 전공한

---

106 佐藤清, 「二十年近くも」, 『국민문학』, 1944.3, 30~31면.

지성이 동화주의 등 식민주의자로 전락하는 그 근원은 무엇일까. 사토 기요시는 평소 문학의 실천 의지와 영문학에 대한 철저한 공리주의를 주창한 인물이었다. 그는 1945년 3월 경성제국대학 정년퇴임 기념식에서 다음과 같이 말했다.

> 나는 문학은 실천이다라고 생각하므로 나 자신 조선에서 문학 운동의 한 부분이긴 하지만 거기에 관여해왔습니다. (…중략…) 문학을 얘기하는 사람이 하이쿠(俳句, 일본 문학의 한 형태-인용자) 하나 못 짓고, 노래 하나 읊지 못하고, 한 편의 시도 못 쓴다면 곤란하다는 생각 때문입니다. 이와 같이 나는 외국 문학을 위한 외국 문학이 아니라, 자국 문학을 위한 외국 문학이라는 생각으로 해왔던 것입니다.[107]

근대 일본의 외국 문학 특히 영미 문학 연구의 근저에는 문명개화라는 근대성의 자각과 서양에 대한 자기 확인의 향상 심리에서 나온 위기의식의 해소라는 양면성이 작용하고 있었다. 그것이 진정한 의미의 근대성 자각과 탐색 나아가 문학과 예술, 인간의 보편성 추구로 흐르지 않고, 주로 모방에 의한 현실 대응에 치중하여 제국주의라는 국제 환경 속에서 편리하게도 제국주의적 이기주의 시대 인식에 떨어져 대결 의식으로 변해버렸던 것이다.

경성제국대학의 설립이 한국인의 독립심에 대한 교육적 억압과 세뇌를 목적으로 하고 있음은 그 학칙 제1조가 명확히 보여 주고 있는 대

---

107 佐藤清, 「京城帝大文科傳統と學風」, 『佐藤清全集』 第3卷, 詩聲社, 1964, 258~259면.

로다. 그러한 대학에서 영문과라 하여 '황국신민 연성'을 게을리 했을 리 없다. 그 일환으로 사토 기요시는 영문학에 대한 자국 문학의 실천 의지를 가지고 '신체제 운동'이 판을 치는 시국에 식민지 한국의 '국민 문학'에 참여했던 것이다. 사토 기요시의 이러한 '국민 문학'이 일본 제국주의 전쟁의 정신 전력화를 노리고 있었음은 물론이다.

사토 기요시는 싱가폴 함락(1942.2)을 축하하기 위해 「싱가폴항[獅港]」 이라는 시를 썼다.


> 보라, 눈에 각인되어 남는 배경,
>
> 지금, 커다랗게 회전하는 세계의 무대에
>
> 서서 자지러진 비운의 쌍생아—
>
> 처칠과 루스벨트를,
>
> 그는 회한의 무거운 납덩이를 삼키고,
>
> 한쪽은 참괴의 땀방울을 뒤집어쓰고,
>
> 말없이
>
> 대서양의 해안에 서 있다,
>
> 오른손과 왼손을 굳게 묶었던 쇠사슬은
>
> 대사(大蛇)처럼 양단되어.[108]


전편을 통해 인신공격의 히스테리적인 반응으로 일관된 심정적 반응 속에는 그 즈음 사토 기요시의 영문학에 대한 정신적 위상이 드러

---

108 佐藤淸, 「獅港」, 『국민문학』, 1942.2, 18면.

나고 있다. 영문학이 애국의 수단이 되고, 시는 선전이 된 것이다.

이 시를 최재서는 다음과 같이 극찬하고 있다.

> 싱가폴 최후의 몸부림이 온 세계에 뿌려져 적들의 여러 도시에 얼마나 엄청난 충격과 고통과 치욕을 안겨주었는가를 이 시는 풍부한 상상력으로 형상화시키고 있다. 이러한 국민적 감격을 이만큼 객관화시킨 시를 나는 아직 읽은 적이 없다.[109]

이 시는 사토 기요시가 말하는 '일본 문학을 위한 영문학'을 실천한 작품이었다. 또한 최재서에 따르면, "영시(英詩)의 비밀(imagination-인용자)을 가져와 일본의 시를 비옥하게 하려는 시인적 정열"[110]의 '결정(結晶)'이었던 것이다.

이후 그는 경성제국대학 영문과 제자인 데라모토 기이치[寺本喜一], 스기모토 나가오[杉本長夫] 등과 같이 『국민문학』지 후원은 물론 집필 면에서도 중요한 역할을 한다. 『국민문학』에 "석양을 향해, / 흩날리는 아카시아를 향해, / 혼자서 먹는 상추, / 최재서가 가르쳐 주어, / 올해도 먹는 맛있는 상추"[111]라는 시를 써 최재서에 대한 한없는 애정을 드러내는 한편, 『국민문학』에 「제국 해군」, 「담징(曇徵)」, 「혜자(慧慈)」, 「학도 출진」, 「조선 학도 출진부」, 「시신문게 본생도(施身聞偈本生圖)」, 「사신사호 본생도(捨身飼虎本生圖)」, 「20년 가까이나」 등 소위 '내선 공동 운명의 사

---

109 최재서, 「詩人としての佐藤淸先生」, 『국민문학』, 1942.12, 83면.
110 위의 글.
111 佐藤淸, 「チサ」, 『국민문학』, 1944.8, 27면.

관(史觀)'[112]에 입각한 '내선일체'의 시를 차례차례 발표한다.

이에 대해 최재서는 싱가폴 함락을 기념하여 영문학과의 결별을 선언하고, 「징병 서원행(徵兵誓願行)」, 「징병과 문학」으로 화답하여 '존경과 감격'을 표한다. 최재서에게 사토 기요시는 학문적 스승이었으며, 동시에 '내선일체'와 '황국신민화' 실천의 사표(師表)였던 것이다.

> 반도의 황민화 운동이 대규모로 일어날수록 한 사람 한 사람의 영혼적 결합은 그 중요성이 커져간다. 전쟁이 언제 끝날지 모르고 반도에도 바야흐로 징병제가 실시되려는 오늘날 선생의 가장 절실한 소원은 내지인 한 사람 한 사람과 반도인 한 사람 한 사람이 숭고하고 순결한 이념의 세계에서 굳게 결합하는 것이다.[113]

사토 기요시는 1945년 3월 정년퇴임을 맞이하여 "조선에서의 20년, 나는 매일매일 유구한 벽공을 바라보며 살았다. 나는 지금 까마득히 돌아가야 하는 무사시노(武藏野, 도쿄의 지명—인용자)의 하늘을 저 멀리 바라본다. 천변만화의 빛깔을 저 멀리 바라본다. 그리고 거기에 셀 수 없이 떠오르는 적의 비행기를 저 멀리 바라본다. 나는 하루 빨리 돌아가야 한다"[114]고 초조해하면서 "적화(敵火)가 불타오르는 연도를 달려 도쿄로 귀경"[115]했던 것이다.

그렇다면 무엇이 그로 하여금 20년이나 살면서 일본 제국주의 영토

---

112 최재서, 「徵兵と文學」, 『국민문학』, 1944.8, 16면.
113 최재서, 「詩人としての佐藤淸先生」, 『국민문학』, 1942.12, 88면.
114 佐藤淸, 「氷窓に倚りて」, 『국민문학』, 1945.2, 21면.
115 佐藤淸, 「京城帝大文科傳統と學風」, 『佐藤淸全集』 第3卷, 詩聲社, 1964, 259면.

로서 그토록 애착을 보였던 식민지 한국으로부터 달아나듯이 허둥지둥 귀국을 서두르지 않으면 안 되게 했던 것일까. 식민지 한국에서 그를 지탱해 준 일본 제국주의 존망일까, 아니면 식민지 한국에 대한 일말의 가책 혹은 뒤가 켕김일까. 어느 쪽이든 만감이 교차하는 가운데, 진상을 알아 볼 길이 없다. 최재서와 사토 기요시는 해방 후에도 교제를 계속했다 한다.

이러한 사토 기요시와 그 뒤를 받치고 있는 일본 제국주의, 이것과 대결할 수 있는 것은 최재서의 경우 식민지 한국에 대한 조국 관념일 수밖에 없다. 조국 관념이란 실로 '사상의 주체성'이므로, 한국인이 일본 제국주의 인식에서 식민지로부터의 독립이라는 민족적 국가주의를 망각하고 현실을 볼 때에는 힘의 논리를 기본으로 하는 지배와 피지배의 강자 논리 속에 매몰되어 가는 것이 필연이다. 일본 제국주의를 배경으로 하는 강함의 정신에 대해 일본 체험과 인식의 파행성에 젖어 있는 약함의 정신이 민족적 주체성마저 상실했을 때, 정신의 상관관계로 지배자 '식민(植民, colonial)'과 피지배자 '원주민(原住民, native)' 사이에 '선동(煽動, demagogy)'의 '주입(注入, injection)'과 '감염(感染, infection)'이 일어나 '동화(同化, assimilation)'에 이르는 것은 정해진 통로이다. 사토 기요시와 최재서의 관계에서 이것을 확인할 수 있다. 최재서가 정신적인 무장 해제를 당하는 사이 '취미와 교양'이어야 할 일본 제국주의가 '감염과 동화'가 되고 이윽고는 '황국신민'까지 몰아간 것이다.

일본의 지식인들이 이것저것 귀찮은 변명을 내던지고 자신들의 선험성인 조국으로 귀의하여 국수주의와 아시아 제패를 외쳐댔을 때, 논리를 버리고 '신념'을 선택한 최재서는 소위 '황도 정신'에 깊이 들어가 그가 말하는 일본 문화의 '종합성'에 귀의한다. 그 절정이 1943년 8월 1일부터 식민지 한국에 실시된 징병제에 대한 감격을 노래한 「징병 서원행」이다.

그러면 이러한 고승(高僧) 선지식(善智識)들이 어떠한 마음가짐으로 멀리 바다를 건넜을까. 그것은 일본서기 속에 혜자의 말로 수록되어 있는 '야마토 나라에 성자 태어나시다'의 신념이며, 그 성자의 이름을 사모하여 일본 문화 흥륭에 한몫을 하기 위한 전적으로 몰아적인 정신이었던 것이다. 당시의 일본은 벌써 그러한 위덕과 매력을 근린 제국에 풍겨 주고 있었다고 생각된다. 사토 기요시 교수는 '담징'에서 다음과 같이 노래했다.

－영양왕 21년,

이제 막 도항의 준비를 끝낸 담징은

강한 요청에 압도되어,

거친 햇살에 굽이치며,

용솟음치는 바다를 굽어보고 있다.

바다 건너 저쪽 야마토 나라,

바다보다도

격렬한, 그 문화에의 소망

............................

(거기에는 위대한 지도자 성태자(聖太子)가 계시다)

일본의 매력이란 이런 것이다. 성천자(聖天子)의 이름을 그리워하여 조선 및 중국으로부터 학자, 승려, 기예인(技藝人)이 구름처럼 몰려들었다. 야마토 조정은 이들 귀화인을 예우하여 적자(赤子)의 정으로 성씨와 전답을 하사하여 영구히 그 자손들로 하여금 그 업에 안주하게 했다. 이들 귀화인들 역시 천황을 큰 어버이에 대한 정으로 모셨고, 설사 혜자처럼 본국에 돌아갔다 해도 그 감격을 잊지 않고 순사했던 것이다. 이처럼 동양 문화의 정수는 모조리 일본에 몰려 잘 보존되었고 더욱 정련되어 오늘날의 빛나는 일본 문화를 구축했던 것이다. 고사기의 첫머리에 우주의 최초를 말하여 '다음으로, 국토가 아직 형태를 갖추지 못하고 물에 떠 있는 기름덩이처럼 해파리와 같이 둥둥 떠돌아다닐 때'라고 한 것은 고대 일본의 문화 상태를 여실히 보여주고 있다고 생각한다. 해면(海綿)이 물을 흡수하는 것처럼 고대 일본은 부드러운 감수성과 왕성한 지식욕에 넘쳐 주위의 오랜 문화국으로부터 빛을 받아들였던 것이다. 그러나 빛을 다 받아들이면 이제는 역으로 빛을 주위에 비추어주지 않으면 안 된다. 이것이 자연의 법칙이다. 오늘날은 일본 문화의 빛이 주위를 향하여 비추어 줄 시기이다. '팔굉(八紘)에 두루 위광(威光)을'이란 일본 문화의 빛이 세계에 빛나는 것을 의미한다.

만주를 보라, 중국을 보라, 나아가서 태국을, 베트남을, 그리고 말레이시아를, 필리핀을, 버마를 보라. 적 미·영으로부터 해방되어 도의(道義) 일본의 햇빛 아래 산천초목이 하나같이 모두 다 소생하는 모습이 아닌가. 이제 도쿄에는 이들 나라의 지도자의 왕래가 끊이지 않고 있다. 그들의 감회 과연 어떠할까. '바다의 저쪽 야마토 나라에 위대한 지도자 성천자 나시다'라는 담징의 말을 그들도 가슴 속으로 되뇌고 있을 것이다.[116]

---

116 최재서, 「徵兵誓願行」, 『국민문학』, 1943.8, 7~8면.

최재서는 또한 그가 말하는 '일본 문화의 확산성'을 "세계에서 가장 뛰어난 황군이 분투한 선물"이라 하여, "우리는 신명을 바쳐 이 커다란 천황의 마음에 보답하여 받들지 않으면 안 된다고 마음 깊이 맹서"[117] 했다. 징병제 실시는 일본인과 동등하게 국민적 의무를 실천한다는 의미에서 '황국신민'을 꿈꾸는 한국인의 열등감 해소를 위한 절호의 '미끼'였던 것이다.

사토 기요시가 고대 한국 문화인의 도일을 일본이 안고 있는 아시아의 주변 국가성으로부터 오는 문화적 해바라기 현상의 흐름으로 파악하지 않고, 일본에 대한 동경과 문화적 지향성으로 합리화하여 문화 전수자로서의 역사적 의미를 의식적으로 왜곡한 것은 문화적 망은임과 동시에 일본인의 한국에 대한 정신적 부채감과 열등감을 상징적으로 보여주고 있는 것이다.

최재서가 파악한 소위 '일본 문화의 종합성'이라는 것도 세계의 보다 발달되고 보편적인 문화로부터 멀리 떨어져 있다는 주변 문화성에서 나온 일본인의 향일성적 문화 지향 의지에 다름 아니다. 고대 일본의 이러한 문화 지향성은 한국과의 교류를 비롯해 견수사(遣隋使), 견당사(遣唐使) 등을 통해 한없는 학습 의욕으로 구체화되었지만 한편으로는 일본인의 무의식 깊숙이 열등감을 키워놓았다.[118]

이윽고 그것은 무가 정권이 성립된 막부시대(幕府時代) 이후 쇄국과 국학의 전통과 얽혀 한국과 중국 대륙에 대한 지칠 줄 모르는 침략의 야망으로 잠재의식화한다. 근대에 들어와 절대주의 천황제 아래 일본

---

117 위의 글, 8면.
118 鶴見俊輔, 『戰時期日本の精神史』, 岩波書店, 1984, 27면.

인은 잠재의식의 표리 관계의 외부적 표현으로 서양에 대한 열등감을 동양에 대한 우월감으로 착종화시켜 일본 국체 관념의 우월성을 강변하며 끝없는 아시아 침략에 나서는 제국주의의 이기주의를 현실화시켰던 것이다. 이러한 일본인의 뒤얽힌 정신적 뒤틀림은 일본 제국주의 침략을 받은 아시아의 여러 민족 특히 식민지 한국에서 복잡다기한 비극적 반응을 유발시켰다.

최재서가 지향한 '일본 문화의 종합성'에 대해 다음과 같은 일본인의 지적이 있다.

> 신도(神道)는 말하자면 종(縱)으로 밋밋하게 늘여놓은 무명통(布筒) 같이 그 시대의 유력한 종교와 습합하여 교의(敎義) 내용을 채워왔다. 이 신도의 무한 포용성과 사상적 잡거성이야말로 일본의 사상적 전통을 집약적으로 표현하고 있음은 두 말할 필요도 없다.[119]

이 일본 문화의 '무한 포용성과 잡거성'은 "팔굉일우가 universal brotherhood를 의미하고 황도(皇道)가 민주주의(democracy)의 본질적 개념과 일치한다는 식으로 자유자재의 이념"[120]이 되어 난데없는 '연금술(鍊金術)'을 발휘하는 것에서 그치지 않고, '국체의 명징'이라는 이름을 걸면 '국체'에 거역한다고 간주된 내외의 모든 적에 대해서 예외 없이 명확 준열한 힘의 논리로 돌변했다.

1930년대 일본의 국회에까지 비화된 '국체의 명징 운동'은 그것의 적

---

119 丸山眞男, 『日本の思想』, 岩波新書, 1967, 20~21면.
120 丸山眞男, 『現代政治の思想と行動』, 未來社, 1988, 105면.

용 범위가 타민족은 물론, 일본인 자신이 자유롭지 못하다는 것과 언제까지라도 소급 적용이 가능한 무시간성의 괴물이라는 것을 내외에 과시한 사건이었다. 일본인에게조차 확정성이 없는 '국체의 명징'은 내외에 대해 겉마음과 속마음의 괴리를 내포하고 있었다. 이것은 무한 순환 논리와 일본인의 우월성을 주장하는 신경질적 무한 배타성으로 작용하여 언제나 내부에 폭탄을 안고 있는 형태로 존재했던 것이다.

그러나 최재서는 식민지 한국에 실시된 징병제로부터는 '내선일체'와 '황국신민화'의 현실적인 실현 가능성을 보았고, '일본 문화의 종합성'으로부터는 한국 문화 비약의 가능성을 신념으로서 찾아냈다.

최재서는 이 무렵 그 실천으로 징병제를 제재로 한 「보도 연습반」이라는 소설을 썼다. 이 소설은 잡지사에 근무하는 문학자 송영수(宋永秀)가 조선군 보도부의 명령으로 '문화 보도 전사 연성'에 참가하여 대동 강변의 대동창영(大同廠營)에 입영하여 군인 정신과 충군애국심을 깨달아간다는 소위 '황국신민 연성'의 과정을 그린 작품이다.

소설 속의 송영수는 최재서 자신이라고 보아도 될 것이다. 주인공 송영수는 "만주사변, 지나사변, 대동아전쟁 등 연속되는 강렬한 지진으로 땅이 무너져 내려도 그것을 날렵하게 뛰어넘지 못하고 있었다. 하나의 사실의 의미를 그의 이론이 소화시킬 때쯤이면 또 다른 두 개 세 개의 사실들이 그의 발밑에 나타났기 때문이다. 조숫물은 점점 먼 바다로 밀려가고 있었지만, 그는 그저 갯벌에 떠밀려온 나뭇조각처럼 움직일 수가 없었을" 정도로 시국의 흐름에 따라가지 못하는 우유부단한 사람이었다.

그러나 '보도 연습반'에 참가하는 '모험'을 감행하고부터는 그의 가슴에 '황국신민'의 신념이 확실히 자리 잡기 시작했다. 또한 그는 거기서 만난 한국인 지원병들의 "당당한 체격, 엄숙 단정한 태도, 자신만만하면서도 겸손함을 잃지 않는 얼굴 표정, 그 중에서도 그들의 칼라에서 빛나고 있는 별 견장(구 일본군 복장의 일부— 인용자)처럼 빛나는 눈동자와 격렬한 신념에 찬 이야기"를 듣고 깊은 감명을 받음과 동시에 "한 사람 한 사람의 얼굴과 말 속에 나타나는 진지함, 성실함, 확신, 정열"을 확인하고 징병제의 성공을 확신하기에 이른다. 그리하여 마음속으로 "젊은 조선의 모습이 여기에 있다"고 되뇌인다. 송영수는 훈련 도중 휴식 시간에 눈앞에 전개되는 한국의 농촌을 바라보면서 다음과 같이 생각한다.

그렇다, 여기에는 초목처럼 젊디젊은 생명이 매일처럼 거친 숨을 쉬고 긴장하고 불타오르고 그리고 단련되어지고 있는 것이다. 평화스러운 농촌과 거친 군대 훈련! 이 두 개념은 송영수의 머릿속에서 얼른 결합되지 않았다. 그는 황급히 자신의 주위를 뒤돌아보았다. 저 산처럼 유구한 야마토 민족, 그 유구한 생명력으로부터 더욱더 비약하려는 저토록 젊디젊은 일본국. 그렇다, 일본은 지금 저 초목처럼 활기에 넘쳐 있는 것이다. 그리고 비약하지 않으면 안 된다. 일본의 비약만이 동아의 10억을, 아니 세계의 파탄을 구할 수 있다. 조선 2천7백만은 내지 동포 7천만을 도와서 이 성스러운 과업을 이룩하지 않으면 안 된다.[121]

그리고 이러한 농촌으로부터 나온 지원병의 모습을 다음과 같이 묘사하고 있다.

---

[121] 최재서, 「보도연습반」, 『국민문학』, 1943.7, 33~34면.

그들은 전부 ○○○ 지방 출신으로 모두 가난한 농민의 아들로 태어나 어린아이로는 감당하기 어려운 생활고를 안고 막일꾼으로 혹은 토목 공사로 혹은 만주에서 희망 없는 방랑 세월로 나날을 보내지 않으면 안 되었다. 그들이 어렸을 때부터 얼마나 학교를 동경하였으며 지금에 이르기까지도 학문이라는 것에 얼마나 열등감을 품고 있는가를 알고 송영수는 가슴이 아팠다.

그러므로 그들에게는 징병제의 실시는 구세주와도 같은 것이어서 일부 무책임한 사람들이 생각하듯 관리나 마을 유지의 강요로 군문을 들어선 것이 아니었다. 어머니의 반대와 친구들의 비웃음을 받지 않은 사람은 한 사람도 없었고 그러한 반대를 이겨내고 그들은 벌써 흔들림 없는 확신을 갖고 훈련소의 문을 두드렸던 것이다. 이러한 이야기를 들어 보니 그들의 나라의 은혜에 대한 감사와 보은의 마음이 귀동냥하거나 입에 발린 소리가 아님이 단번에 수긍이 갔다.

그러나 뭐라고 해도 그들이 군대에 들어와 이룩한 성장은 커다란 것이었다. "지금까지의 조선인은 다른 사람의 보트에 타고 온 것과 같았습니다. 지금부터는 스스로 저어가지 않으면 안 됩니다"라고 오하라[大原] 상등병은 말했다. 이것이 소학교를 나왔을 뿐인 22, 3세 청년의 말이라고 할 수 있을까? 이 소박한 말 속에는 어떠한 정치가의 웅변보다도 어떠한 시인의 문장보다도 뜻 깊은 의미가 들어 있었다.

오카와[大川] 상등병은 또한 다음과 같은 이야기도 들려주었다.

"작년 12월 어머니가 돌아가셔서 처음으로 청원 휴가를 받아 집으로 돌아갔습니다. 그랬더니 마을 사람들이 호기심에 차서 찾아왔습니다. 그 중에는 19살 된 아우를 둔 저의 친구 한 사람이 말하기를 너는 지원병이 되어서 잘 됐다. 내 아우도 어차피 징병되어 갈 바에야 지원병이 되었으면 좋겠다고 말했습니다. 마을에서 그래도 유식하다는 말을 듣는 청년이 이렇게 정떨어지는 말을 하는 거예요. 단지 징병이 되어서 입대했대서야 말이 안 되지요. 가슴 속 깊이 황국신민이 되어 있지 않은 사람은 군대에 들어와서부터가 더 비참해진다고 생각합니다." 이 간단한 이야기 속에 얼마나 심각한 진리가 숨어 있을까?

소학교 3년밖에 다니지 않았다는 기요모토[淸本] 상등병은 솔직하게 다음 과 같은 의견을 말했다. "내지인 사회가 훌륭한 것은 군대 훈련을 받았기 때 문이라고 생각합니다. 아무리 학식이 있어도, 아무리 돈이 있어도 군대 훈련 을 받지 않으면 한 사람의 인간이 되지 못한다고 생각합니다. 지방인(민간인 을 비웃는 일본 제국주의 군대 은어—인용자)은 아무리 해도 군대와 같이는 될 수 없으니까요." 이 말에 모두들 웃었지만 그러나 거기에는 선서식날 보도 부장이 한 '병영은 인생대학'이라는 말의 실증이기도 했다.

군대에 들어와서 괴로운 일은 없었느냐는 질문에는 모두들 미소를 흘릴 뿐 으로 아무도 대답하지 않았다. 과연 그들은 그 괴로움을 미소로 기억할 만큼 성장해 있는 것이다. 그 대신 감격했던 기억을 하나 둘쯤 가지고 있지 않은 사람은 하나도 없었다. 그 감격이란 간단히 말해 내무반이 친절하다는 것과 상관들이 내지인과 조선인의 구별 없이 대해주므로 내지 출신의 전우들과는 진실로 피를 나눈 형제처럼 친하게 지낼 수 있는 데서 오는 것 같았다. "나는 장래 내지 동포와 일심동체가 되어 제일선에서 일하고 싶습니다"라는 가네 모토[金本] 상등병의 말은 이윽고 10명의 목소리가 되고 그것은 또한 내무반 생활에서 자연적으로 울려 퍼지는 합창임에 틀림없었다. 어떠한 문제나 논 의라도 이곳에서는 단순한 실천에 의해서 신속히 처리되는 듯했다. 그리하 여 충군애국이라는 말이 하나하나의 동작으로 번역되어 확실하게 소화되고 있는 듯했다.[122]

근대 일본 제국주의 군대의 중요한 기반은 농촌이었다. 농촌은 장병의 공급원이었던 것이다. '양병양민(良兵良民)' 사상과 선민의식에 찌들어 있던 소위 '황군(皇軍)'은 항상 일반 사회에 영향력을 행사하려 했고, 군대를 사회 교육의 원점에 놓으려는 '국민 교육의 장' 곧 '국민의 학교'로 간주했다.[123] '천황의 군대'로서 정신 교육을 중시한 '황군'은 정신주의가 맹위를 떨쳐 복잡한 억압 구조 속에서 겉마음과 속마음의 괴리가 심각한 문제로 잠재해 있었다.

최재서의 소설에도 이 점은 나타나고 있다. 지원병이 농민의 아들이라든지, 군대를 '인생 대학'으로 묘사해 근대주의로 보고 있는 점, 최재서는 알아채지 못하고 있지만 지원병이 일본인과 동등하게 대우받고 있다는 발언은 세뇌 교육에 의한 겉마음의 표출이라는 점, 군인들이 소위 '지방인'에 대한 우월감을 드러내고 있는 점 등은 일본 제국주의 군대의 특징을 상징적으로 요약하고 있다.

이 소설은 최재서의 목적의식이 선행되어 작자 자신의 시국에 대한 의식적인 성실성만이 공허하게 드러나 있다. 소설 전체가 겉마음의 표출에 시종하고 있는 것이다. 최재서가 그토록 감격적으로 묘사하고 있는 지원병의 생활은 실제로 그렇지 못했다.


이들 식민지 출신의 병사들은 많은 수가 도망을 기도했던 데에서도 드러나듯이 언어와 생활 습관 등의 차이에서 오는 차별에 시달리고 개인적 제재의 대상으로 비인간적인 상황에 처해 있었다. 이러한 민족적 편견과 차별 감정

---

122 위의 글, 46~48면.
123 大濱徹也·小澤郁郎, 『帝國陸海軍事典』, 同成社, 1984, 7면.

은 일본인 병사에 공통적으로 널리 퍼져 있어 조선인 지휘관에 대한 비판적인 언동도 서슴지 않았다.[124]

일본 제국주의 절대주의 천황제는 천황을 정점으로 하는 상명하달(上命下達)의 사회 체제였다. 그것은 특히 일본 제국주의 군대에서 극명하게 드러나, 소위 '황군'의 지휘 체계는 철저하게 '억압이양(抑壓移讓)으로 정신적 균형을 유지'[125]하는 질서였다. '상관의 명령은 곧 천황 폐하의 명령[軍人勅諭]'으로 고착된 군대 사회에서 상관에 대한 반항은 천황에 대한 반항으로 간주되어 일상다반사로 일어나는 폭력의 돌파구는 항상 하향식으로 이양될 수밖에 없었다. 장교에게 가해지는 폭력은 병사에게 이양되고, 병사에게 가해지는 폭력은 신병(新兵)에게 이양되고, 마지막에는 군마(軍馬)에게 이양된 다음,[126] 궁극적으로는 지배지와 침략지의 민중 살육으로 이양된다는 폭력의 연쇄 반응을 초래할 수밖에 없었던 것이다(대표적인 사례가 1937년 중일전쟁 당시의 '남경 대학살'이다).

피지배 민족의 민중이 지배 민족의 군대에 입영하여 차별을 받지 않는다는 설정은 최재서의 관찰이 얼마나 피상적이고 작위성에 넘쳐 있는가를 짐작하고도 남음이 있다. 최재서에게 징병제란 '황국신민'인 한국인의 의무이고, 그것을 획득하기 위한 수단의 의미가 있었기 때문에 무조건적인 예찬을 늘어놓을 수밖에 없었던 것이다.

---

124 위의 책, 17면.
125 丸山眞男,『現代政治の思想と行動』, 未來社, 1988, 25면.
126 飯沼浩二,『日本の軍隊』, 評論社, 1980, 58면.

이 지원병을 제재로 한 작품 중에는 김동환(金東煥, 白山靑樹)의 「권군취천명(勸君就天命)」(1943)이란 시도 있다. 그 일부분이다.

> 이인석(李仁錫) 군은 우리에게 보여 주지 않았던가
>
> 그도 병(兵)되어 생사를 나라에 바치지 않았던들
>
> 지금쯤 충청도 두메의 이름 없는 농군이 되어
>
> 베옷에 조밥에 한평생 묻혀 지내었겠지
>
> 웬걸 지사, 군수가 그 무덤에 절하겠나
>
> 웬걸, 폐백과 훈장이 그 젯상에 올랐겠나.
>
> 그대 안 나가면 어떻게 되나ㅡ
>
> 변호사를 하겠지, 교사나 중역이 되겠지
>
> 그러나 한편 남대문과 종오(鐘路五街 ─ 인용자)에 폭탄이 떨어지고
>
> 그대의 처자는 미영병(米英兵)에 모욕을 당하면 어떻게 하리
>
> 이 일은 파리 대학생과 이태리 학도들이 먼저 모범을 보여주지 않았는가
>
> '조국을 나아가 막지 않는 자엔 천벌이 내리느니라!'[127]

이인석은 한국의 충청북도 옥천군 출신으로 '육군 특별 지원병' 제1기생으로 입영하여 중국 산서성(山西省) 방면의 전투 중 1939년 6월 22일 전사했다는 '반도 출신 지원병 최초의 전사자'이다. 당시 일본 제국주의 군부는 그를 신격화하여 식민지 한국으로부터 지원병 동원의 절

---

127 김동환, 「권군취천명(勸君就天命)」, 『매일신보』, 1943.11.6.

호의 선전 자료로 이용했다.[128]

또한 '귀축미영(鬼畜米英)' 사상은 식민지 한국에도 대대적으로 선전되고 있었음이 이 시에서도 나타난다. 실제로 1942년 3월 일본 제국주의 군부는 "일본 민족의 우월성을 아시아의 타민족에게도 느끼게 하여 영·미 숭배 사상을 일소하기 위해" 말레시아에서 사로잡은 약 1,000명의 포로를 식민지 한국에 끌고 와 시가행진을 시킨 사실이 있다. 이 것은 '극동 국제 군사재판(1946~1948, 東京)'에서 문제가 되었다.[129]

김동환의 인격이 그대로 반영되어 있는 이 시를 읽고 있자면 지원병 지원이 '천명'이고, 죽어서 유명해지지 않겠느냐, 지원병으로 죽으면 '지사와 군수'가 무덤에 절을 한다, 지원병에 지원하지 않으면 '천벌'이 내린다 등 시적 표현과는 거리가 먼 구호가 직선적이고 노골적으로 튀어나와 이해하기에 주저되지 않을 수 없다. 가난한 농촌 출신 젊은이의 목숨을 그야말로 주저함이 없이 가지고 놀고(戲弄) 있는 것이다.

1924년 한국 최초의 근대 장편 서사시 「국경의 밤」을 낸 김동환(金東煥, 창씨명 白山青樹)은 1929년 경복궁에서 조선총독부가 '조선 박람회'를 개최할 때, 총독부가 기자들에게 나누어준 선전비 200엔(圓)을 기반으로 잡지 『삼천리(三千里)』를 창간했다. 그는 1938년 전후의 '신체제'에 적극적으로 영합해 이윽고 1942년 5월호부터 잡지명을 『대동아(大東亞)』로 개제하고 '내선일체'와 '황국신민화'의 실천에 광분했다.

정인택(鄭人澤)은 1943년 「뒤돌아보지는 않으리」라는 소설을 썼다. 지원병에 지원한 아들이 어머니에게 보내는 편지 형식을 취한 이 소설

---

128 朝鮮總督府 情報課 編, 『新しき朝鮮』, 行政學會, 1944, 48~50면.
129 內海愛子·村井吉敬, 『赤道下の朝鮮人叛亂』, 勁草書房, 1987, 35~36면.

속에는 일본 제국주의에 대한 '애국적 충성심'이 그야말로 '넘쳐흐르고'
있다. 그 일부분을 보이면 다음과 같다.

내가 고향을 떠나면서 '어머니, 이제 곧 도쿄를 보여드릴 게요. 벚꽃이 만발한
꽃의 도시 도쿄 말이예요'라고 말하자, 어머니는 눈을 동그랗게 뜨고 낄낄 웃고
있는 나의 얼굴을 말없이 바라보았지요? 그 말의 의미는 내가 죽는다는 것이었
어요. 죽으면 나는 황공하옵게도 야스쿠니 신사[靖國神社]에 모셔진다. 그러면
어머니는 유족의 한사람으로 나를 만나러 도쿄에 갈 수 있다. 그런 의미였던
거예요. 어머니는 하루라도 빨리 도쿄에 가고 싶지 않으세요? 웃으면서, 나가서
죽으라고 말할 수 있는 어머니라면 물론 내가 정말로 죽었을 때 울거나 한탄하
거나 자세가 흐트러지거나 하지는 않으시겠지요? 천황 폐하의 방패가 되어 전
쟁터에서 꽃으로 산화한 자식 때문에 보기 싫게 울며 슬퍼하는 일본의 어머니는
한 사람도 없습니다. 어머니. 나라를 위해 전장에 나가 훌륭하게 죽는다, 그것은
천황 폐하의 나라에 맞추어 태어난 남자가 가장 자랑으로 여길 일이며 바라는
일입니다. 그러므로 그것은 어머니에게도 결코 슬퍼할 일이 아니며 한탄할 일
도 아닙니다. 그러기는커녕 더 없는 영광이요, 기쁨이기도 한 것입니다.[130]

이 소설은 한국인 아들이 한국인 어머니에게 보내는 편지임을 의식해
한자를 쓰지 않고 알아보기 쉽게 가타가나[片假名]만을 쓰고, 한글 표기법
을 흉내내 띄어쓰기를 한다는 등 자질구레한 잔재주를 피우고 있다. 그
러나 일본 제국주의의 '언어의 주술(言靈, 고토다마)'이 질릴 정도로 직선적

---

130 정인택, 「かえりみはせじ」, 『국민문학』, 1943.10, 33~34면.

이고도 노골적으로 튀어나와 최소한도의 리얼리티도 확보하지 못하고 있다. 제목 그대로 어느 누구도 '뒤돌아보지 않는' 졸작이었던 것이다.

이름도 없는 어린 지원병이 자신의 죽음을 이처럼 태연하게 쓸 수 있을까. 또한 이토록 초연한 사생관을 가질 수 있을까. 과연 한국인 어머니들이 일본 제국주의가 말하는 '야스쿠니 신사'의 '군신 사상'을 얼마나 믿고 있었을까. 소위 '황군'과 '군국의 어머니상'을 무리하게 날조해 '황국신민'의 충성심이 공중에 떠돌고 있다.

장혁주(張赫宙, 본명 張恩重)의 소설 「순례(巡禮)」(1943.9, 뒤에 「이와모토 지원병」으로 개제)[131]도 한국인 지원병을 다룬 작품이다. 「순례」는 화자인 내가 고마 신사(高麗神社, 日本 埼玉縣 高麗郡)에 참배를 가서 그 참배의 계기를 만들어준 이와모토[岩本] 지원병을 회상하는 것으로부터 시작된다.

식민지 한국에 지원병 제도와 징병제를 실시한다는 소식을 듣고 '기쁜 나머지 가슴이 두근거린' 나(장혁주)는 식민지 한국의 어느 기관의 초청으로 단기 입소 훈련을 지원한다. 거기에서 만난 지원병이 이와모토이다. 이와모토는 일본에서 태어나고 자란 한국인이었다. 이와모토는 술주정뱅이 아버지와 계모의 가정에서 자란 데다 한국인이기 때문에 '군인이 될 수가 없어' 억울한 마음에 비행을 거듭한다. 그러나 '소년×
×소 위탁생 교육장'이라는 마루오카 학원[丸岡學院]에 들어가 '황국신민 연성'을 받으며 고마 신사에 참배했을 때, 천 이백 년 전 한국인이 여기에 이주해 다 같은 '야마토[大和] 민족'이 되었다는 사실에 자신감

---

[131] 「순례」는 『매일신보』에 1943년 9월 7일부터 22일까지 한글로 연재되고, 일본의 『每日新聞』에는 「岩本志願兵」이라는 제목으로 1943년 8월 24일부터 9월 9일까지 일본어로 연재되었다. 1944년 1월 창작집 『岩本志願兵』에 수록됨.

을 갖게 되고 '내선일체'가 거짓이 아님을 깨닫는다. 이윽고 한국인에게도 지원병이 허가되자 이와모토는 곧바로 지원한다. 또한 나는 '내선일체'에 대해 설명하는 훈련소의 교관에게 "황국신민화란 말은 조선인에게는 고대로의 환원"이냐고 묻는다. 나는 "단순한 환원이 아니라 황국신민으로 도약하는 것"이라는 교관의 대답을 듣고 깊은 감명을 받는다. 단기 입소 훈련 기간 중 다시 태어난 인간이 되어 '황국신민화'를 실천하고 있는 이와모토를 보고, 나는 "징병제의 실시는 조선의 황국신민화 촉진이라는 면에서도 반드시 필요하다"는 확신을 갖는다.

일본에 돌아온 나는 마루오카 학원을 방문한 후 고마 신사 참배를 결심하게 된다. 고마역에서 나는 생각지도 못한 천하대장군(天下大將軍) 상을 보고 '이 땅과 깊은 인연으로 맺어져 있음'을 확실하게 깨닫는다. 고마 신사 경내로 향하며 천 이백 년 전 일족 1,799명을 이끌고 이곳에 이주해 '내지인'이 된 고마왕[高麗王] 자코[若光]의 역사를 생각하고, 나는 이와모토를 각성시킨 그 감격을 맛본다. 나는 손을 씻고 양치질을 한 뒤 신전 앞에 서서 "이와모토가 한층 훌륭한 병사가 되고 조선 동포 전부가 하루빨리 황국신민화를 완성하도록" 빌었다.[132]

이 시기(1943년)는 장혁주가 노구치 미노루[野口稔]로 '창씨개명'하고 '일본 문학 보국회'의 회원으로 그 산하의 '대륙 개척 위원회', '황도 조선 연구 위원회'에 들어가 '황국신민화'는 물론, 일본 제국주의 중국 대륙 침략을 찬미하고 돌아다닐 때이다. 위의 소설에서도 장혁주는 한국인 소년 이와모토가 비행에 빠져든 원인을 일본인의 민족 차별에서 오

---

132 장혁주, 「순례」, 『매일신보』, 1943.9.22.

는 어두운 가정환경보다도 일본 제국주의 군인이 되지 못하는 울분에 중점을 두어, 이와모토 입대 후 술주정뱅이 아버지가 개과천선하고 계모가 참회한다는 식으로 호도해, 이와모토 집안의 불화가 마치 '황국신민화'의 기회가 없었기 때문인 것처럼 날조하고 있다. 식민지 한국에 지원병 제도가 실시되면서 이 가정의 갈등도 해결되고 평화가 찾아왔다는 결말로 '내선일체'를 그리고 있는 것이다.

장혁주로서는 한국인이 인간답게 사는 길은 '황국신민화'밖에 없었다. 그리고 이 실감은 장혁주에게는 사실이어서 소설 속에서도 그 기쁨을 "조선에 지원병제와 그 뒤를 이어 징병제가 실시되어 너무 기쁜 나머지 가슴이 다 떨렸다. 그런데 자신의 나이를 생각하니 1년 뒤에 불혹으로 혼자 뒤에 남겨지는 적막감이 잔재처럼 가라앉았다"[133]고 밝히고 있다. 결국 장혁주에게 징병제 실시는 일본인 지향의 최종적 도달점이었던 것이다.

조선에 징병령을 시행한다는 법안이 금번 국회에서 드디어 확정되었다. (…중략…) 아마 조선의 청년 누구라도 나처럼 감격에 넘쳐 영광의 눈물을 흘렸으리라 믿지만, 이 감격은 딱 한마디로 충분하다고 생각한다.

"이로써 완전한 일본인이 될 수 있다"고. [134]

소위 '신체제 문학'에서 징병제 실시는 한국인이 '황국신민'으로서 받아들여야 할 의무이며, 일본인과 대등하게 될 절호의 기회로 인식되

---

133 위의 글.
134 張赫宙, 「序に代えて」, 『岩本志願兵』, 興亞文化出版, 1944. 2면.

었다. 일본 생활 속에서 차별과 빈곤에 허덕이며 비행을 거듭하던 소년이 의식 있는 일본인의 '황국신민 연성' 교육에 감화되어 역사적 근원에 확신을 가지고 지원병에 입대함으로서, 그 꿈을 이룬다는 장혁주의 '순례'는 전형적인 '신체제 문학' 작품의 하나인 것이다.

이상의 작품에서도 드러나듯이 '신체제 문학'이란 기본적으로 일본 제국주의 '국책'에 충실한 것으로 최재서가 말하는 '국민 성격 형성력으로서의 문학'을 노리고 있었다. '국민 계몽'에 매진하여 모든 문제와 모순을 '일본이라는 조국 관념'으로 수렴시켜, '내선일체'와 '황국신민화'로 해결하려는 획일성을 보이고 있다. 이러한 '국책'의 실천 즉 지원병과 징병을 비롯해 강제 연행의 희생자가 주로 농촌에서 나왔다는 사실은 식민지 한국에서 상징적인 것이라 할 수 있다. 1920년대부터 궁핍화가 거세게 몰아친 한국의 농촌은 수많은 유민의 무리를 낳았다. 한국 농촌의 경제적 궁핍과 젊은이의 영웅심을 노려 일본 제국주의는 지원병, 학도병, 징병, 징용 나아가 군대 위안부(종군 위안부)까지 인력 동원에 혈안이 되었던 것이다.

이렇게 동원된 한국인들은 명분 없는 전쟁에서 온갖 차별과 소외에 시달리며 꺼져가는 생명의 불꽃을 호소할 길 없는 울분으로 달래야 했던 것이다. 그러함에도 식민지 한국의 '신체제 문학자'들은 일본 제국주의 패망이 명백해진 1943년에 이르러서도 '신주 불멸'을 맹신하는 '결전 문학'를 공허하게 외쳐대고 있었다.

이러한 와중에 징병제 실시를 '내선일체'의 확실한 기회로 본 최재서는 자신의 신념을 확립해가는 과정을 다음과 같이 썼다.

문제는 언제나 간단명료했다. 그대는 일본인이 될 자신이 있는가? 이 의문
은 다시 다음과 같은 의문을 일으켰다. 일본인은 무엇인가? 일본인이 되려면
어떻게 하면 좋은가? 일본인이 되기 위해서는 조선인이라는 것을 어떻게 처
리하면 좋을 것인가? 이러한 의문은 벌써 지성적인 이해와 이념적인 조작만
으로는 어찌해볼 수 없는 장벽이었다. 그러나 이 장벽을 뚫고 나가지 않는 한,
팔굉일우도, 내선일체도, 대동아공영권의 확립도, 세계 신질서의 건설도, 총
체적으로는 대동아전쟁의 의의가 알 수 없는 것이 된다. 조국 관념의 파악이
라 해도 이러한 의문에 대한 명확한 해답을 얻지 못하는 한, 구체적이고 현실
적이라고 말할 수 없다. 여기서 나의 체험을 말하면, 나는 작년 말(1943─인
용자) 여러 가지를 정리하리라 결의하고, 원단(元旦, 1944─인용자)에 그 시
작으로 창씨개명(石田耕造─인용자)을 했다. 그리고 2일 날 아침 그것을 고
하기 위해 조선신궁(朝鮮神宮)을 참배했다. 대전(大殿) 앞에서 깊이깊이 고
개를 숙인 순간, 나는 맑고 맑은 대기 속에 빨려 들어가 모든 의문으로부터 해
방되었다는 기분을 느꼈다 ─ 일본인이라는 것은 천황을 떠받드는 국민인
것이다.[135]

이렇게 모든 의문을 정리한 최재서는 1944년 그 신념의 정점인 '받
들어 모시는 문학'을 주장하며 일본의 국학(國學)을 엿본다. 최재서가
말하는 '받들어 모시는 문학'이란 "권력을 기반으로 하는 지배와 복종
의 문제가 아니고 경신(敬神)을 근저로 하는 교화와 봉사의 문제"이고,
결국 '천황에 봉사하는 문학'을 의미한다.

---

[135] 최재서, 「まつろふ文學」, 『국민문학』, 1944. 4, 5~6면.

일본의 문학은 제례(祭, まつり)로부터 시작하여 받들어 모시는(まつろふ) 문학으로 발달해온 것이 명백하지만 동시에 그것은 또 다스리는 일(政, まつりごと)의 문학으로 발달해야함도 용이하게 수긍할 수 있을 것이다. 다스리는 일은 제례라고도 하여 제정일치를 의미한다. 몇 번이고 지적했듯이 'まつろふ'는 'まつる'에 계속의 조동사 'ふ'가 첨가된 말로 'まつり'를 지속화하고 일상생활화한 것이 'まつろふ'라 할 수 있다. 또한 천황에 귀의 귀순하여 천황의 크나큰 마음[大御心]을 내 마음으로 삼아 천황의 제례를 익찬하고 받들어 모시는 것이 다스리는 일의 의의라면, 그것은 필경 받들어 모시는 일의 실제적 내용이 되지 않으면 안 된다. 이렇게 하여 받들어 모시는 일은 다스리는 일에까지 구체화되어 받들어 모시는 문학론은 다스리는 일의 문학에까지 전개되는 것이다.

노리나가(本居宣長, 江戸幕府 중기의 국학자, 1730~1801 − 인용자)는 일본의 고대인이 '거룩하신 은덕에 힘입어'라 하면서도 동시에 '각자 제 있어야 할 자리에서 분수를 끝까지 지킨다'라는 말을 덧붙이고 있음을 잊지 않았다. 이것이 중요한 점이다. 다스리는 일은 신민 각자가 천황의 크나큰 마음을 자기 마음으로 삼아 각자의 능력과 경우에 따라 각자 제 있어야 할 자리에서 분수를 끝까지 지키는 데에 즉 가장 엄밀한 의미에서 신도(神道) 실천을 다 하는 데에서 성립되는 것이다. 받들어 모시는 일은 결코 거룩한 은덕에 힘입은 채 무위무책으로 있는 것을 의미하지 않는다. 그것은 어디까지나 천황의 크나큰 마음을 창조적으로 현현하여 거룩한 은덕을 더욱 빛내는 것이 요청된다. '신은 인간의 존경에 의해 위엄을 더하고, 인간은 신의 덕에 의해 운(運)을 더한다'고 조에이시키모쿠(貞永式目, 1232년에 편찬된 鎌倉幕府 기본 법전. 御成敗式目이라고도 함 − 인용자)의 제1조는 설명하고 있다.

일본의 문학이 그 출발부터 제례의 문학이며 전통적으로 받들어 모시는 정신으로 영위되어왔음은 일본의 국체가 만세일계(萬世一系)의 천황을 받들어 국민 전체가 협심 진력으로 황운을 떠받들어 모시고 있다는 것을 의미함과 더불어 세계에 유례가 없는 것으로 대대적으로 현양하지 않으면 안 된다. 동시에 그것은 다스리는 일의 측면에서도 마찬가지로 유례가 있는지 없는지를 따져야 하고, 적어도 팔굉을 덮어 집으로 한다는 웅대하고도 고원한 천황의 크나큰 마음을 체현한 대문학을 생산했느냐 아니냐를 크게 반성하지 않으면 안 된다고 생각한다.[136]

문학의 발생에서부터 창조성까지 모든 것을 천황에 대한 봉사와 귀의로 해결해버리는 최재서의 논리 속에 그의 신념이 이른 도달점을 확인할 수 있다.

일본의 '국학'은 '고도(古道)'를 추구하는 과정에서 '신도(神道)'에 이르러 국수주의로 변했다.

주지하는 바와 같이 노리나가는 일본의 유교 이전 '고유 신앙'의 사고와 감각을 학문적으로 복원하려 했으나, 원래부터 거기에는 인격신의 형태로든지, 이(理) 혹은 형상과 같은 비인격적인 형태로든지 간에 구극의 절대자는 존재하지 않았다. 와쓰지 데쓰로(和辻哲郎, 일본의 철학자, 1889~1960—인용자)가 분석하고 있듯이, 일본의 신화는 아무리 거슬러 올라가 봐도 받들어지는 신은 동시에 받드는 신이라는 성격이 구비되어 있어 제사의 대상은 표표히 시공 저 멀

---

리 사라져버리는 것이다. 이 신앙에는 모든 보편적인 종교에 공통되는 개조(開祖)는 물론이고 경전마저도 없다. 따라서 '신도'라는 것은 옛날에는 없었다.[137]

메이지유신 이후 '신도'는 절대주의 천황제 확립 과정에서 일본 국민의 강력한 정신적 지주가 되었다. 그것은 대외적으로 일본 민족의 우월성을 주장하는 근거를 형성했고, 이민족 동화의 애매한 탄력성과 불순물의 단죄라는 배타성을 동시에 발휘하게 된다. 순혈론이 존재했던 것이다. 이러한 내면적 폭발성을 아는지 모르는지 최재서는 '신체제 문학'의 목적론에 따라 일본 문학의 확대를 부르짖었다.

일본 문학이 적어도 대동아 10억의 문학이 되지 않으면 안 된다는 절박한 필요성 때문에 이민족을 대상으로 하는 신일본 문학이 옛날과는 다른 외관과 내용을 갖추어야 한다는 것은 말할 것도 없다. 그렇다고 해서 일본 문학이 그들 각 민족과 영합하기 위해 구차하게 자기를 방기하는 안이한 길을 걸어서는 안 된다. 그것은 자기의 본질 — 받들어 모시는 문학으로서의 본령 — 을 어디까지나 견지하면서, 아니 오히려 그 본질에 투철함으로써 10억의 대동아 민족으로 하여금 스스로 받들어 모시게 하는 적극적이고도 진취적인 태도를 갖지 않으면 안 된다. 그렇게 되면 10억의 대동아 민족뿐만 아니라 오늘날 교만 불손한 미몽에서 깨어날 줄 모르는 적 영·미인들까지도 결국에는 우리의 황도를 받들어 모시도록 하는 데까지 가지 않으면 이 전쟁은 끝나지 않는다는 점을 오늘에 이르러 깊이 각오하지 않으면 안 된다.[138]

---

**137** 丸山眞男, 『日本の思想』, 岩波新書, 1967, 20면.
**138** 최재서, 「まつろふ文學」, 『국민문학』, 1944. 4, 17면.

최재서의 '받들어 모시는 문학'에 오면 '신체제 문학'은 드디어 일본 제국주의의 '황도주의'와 '팔굉일우'의 원대한 야망을 달성하기 위해 영구 전쟁(永久戰爭)의 논리까지 동원했다.

소위 '성전'의 목적이 '황도주의'의 구현에 있고 '팔굉일우'의 실천이 목표인 이상, 일본 제국주의 침략 전쟁은 무한 전쟁 혹은 영구 전쟁으로 치달을 수밖에 없었다. '황도주의'의 구현이란 결국 전 세계에 대한 '황국신민화'의 강요인 것이고, '팔굉일우'의 실천이란 전 세계를 지배하겠다는 허황된 야욕이기 때문이다. 일본 제국주의는 '성전'의 목적과 목표를 '국가신도'라는 천황제 신화로 채색해 끝나지 않는 종교 전쟁의 늪 속으로 빠져들어갔던 것이다. 이것은 이미 1927년 만주국 입안자 관동군 참모 이시하라 간지[石原莞爾]에 의해 제시되었다. 이시하라는 '전쟁이 전쟁을 양성'하는 나폴레옹식 전쟁관을 채택해, '전쟁으로 국가 경제의 급격한 진보'를 이루기 위해 '섬멸 전쟁인 세계대전' 곧 '전대미문의 대투쟁'을 준비하여 '세계의 강국을 굴복시키고', '국체의 대정신을 세계에 철저하게 주입시켜' '천황 중심의 평화 시대'에 들어가야 한다는 '세계 최종전'의 백일몽을 꾸었다.[139] 이시하라는 '세계 최종전' 구상을 '동양의 패자(覇者)'를 자부하는 일본 제국주의와 서양을 대표하는 미국의 대결로 상정했다. 일본 제국주의에게 만주사변과 중일전쟁을 거쳐 태평양전쟁에 이르는 길은 필연이었던 것이다.

식민지 한국의 '신체제 문학' 논의는 '총후 문학' 혹은 '전쟁 문학'으로 시작되어 '국민 문학'과 '결전 문학'의 과정을 거쳐 '받들어 모시는

---

139 石原莞爾, 『石原莞爾資料』, 原書房, 1967, 431면.

문학'까지 등장했다.

결국 '신체제 문학'은 일본 제국주의 한국 지배를 승인하며 '신체제 운동'을 실천하는 것으로 다음과 같이 요약된다.

첫째, '신체제 문학'은 한국인의 민족의식을 버리고 일본 제국주의 국민 의식으로 전환하는 것을 내용으로 한다. 이 시기의 일본 국민 의식의 중요한 요소는 '천황귀일', '팔굉일우' 등 소위 '조국 정신(肇國精神)'으로 복귀하는 것을 의미한다. 이것은 한국인의 정체성 상실을 뜻한다.

둘째, 민족주의 자유주의 개인주의 등 모든 '주의'로부터 전체주의로 전향하는 것을 의미한다. 여기에서 전체주의는 일본 제국주의의 군국주의 파시즘을 가리킨다.

셋째, 소위 '황도주의'를 체득하여 한국인을 교육시키고 향도한다는 사명감으로 일본인으로서의 국민 생활을 반영하는 문학을 의미한다. 철저한 공리주의 문학인 것이다.

넷째, 문학의 내용면에서 일체의 부도덕하고 비생산적인 종래의 문학 태도를 일소하고, 국책의 선전과 실천에 매진하는 문학을 의미한다. 국책은 식민지 한국의 '황국신민화'와 '내선일체'를 실천하고 나아가 '대동아공영권'을 건설하는 것이다. 여기에 이르러 문학은 정치의 도구와 시녀로 전락한다.

다섯째, 이와 같은 문학 정신을 가지고 최종적으로는 일본어로 창작하여 일본 문학으로 귀속하는 문학이다. 여기에서 한국 문학은 주체성을 상실하여 일본문학의 일부분이 된다.

제3장

# 일본 미망과 '대동아' 환상

## 1. 일본 체험의 현실과 허상

근대 한국 지식인의 일본 체험의 계기는 대체로 유학을 통해서였다. 일반적으로 유학이라는 지적 교류의 목적은 받아들이는 쪽에서는 자국의 선전과 문화의 전파, 친화감 등을 조성하여 국제적 이해와 친선과 교류를 촉진시킨다는 점에 있을 것이고, 유학하는 쪽에서는 보다 발전된 문화와 사회를 직접 체험해봄으로써 국가와 국가, 민족과 민족의 상대화와 대타화(對他化), 궁극적으로는 인간의 보편성을 추구하여 자기 성장 나아가 자국의 발전에 공헌하는 것에 있을 것이다.

이 경우 받아들이는 국가의 사회가 외국인·타민족·외부인에 대해서 폐쇄적 혹은 배타적일수록 유학생 수용의 목적은 그만큼의 역효과를 가져올 것이다. 반면 유학하는 쪽에 내재하는 위험성으로는 넘치는 지적 호기심과 향학열의 이면에 무엇이든지 배우고 받아들이겠다는 학습 맹목성이 숨어 있다는 점을 지적하지 않을 수 없을 것이다.

학습 맹목성은 자국 혹은 개인이 뒤떨어져 있다는 자각으로부터 오는 심리적 초조감과 열등감이 속류 진보주의에 대한 맹신을 불러 일으켜, 개인과 집단으로 하여금 유학국의 찬미자와 추종자로 타락하게 하여 사대주의에 물든 결과, 이윽고는 주체성을 상실하고 맹목적인 진보주의자·근대주의자·이상주의자로 전락하든가, 소영웅 심리에 침윤되어 자국민에 대한 우월감으로부터 설익은 사명감에 빠져 국가와 사회에 해악을 끼치고 모순의 악순환을 되풀이하는 성격 파탄자로 추락하는 부작용을 유발시킨다. 근대 한국과 일본 사이에는 지배와 피지배라는 시대 상황의 특수성과 더불어 유학이라는 측면에서도 이러한 현상이 여실히 드러나고 있다.

근대 한국의 본격적인 일본 체험은 한말 정부가 1881년 62명의 '신사유람단(紳士遊覽團)'을 파견하여 일본을 시찰하게 한 것이 최초이다. 최초의 일본 유학생도 '신사유람단'에서 나와 유길준(兪吉濬)과 유정수(柳正秀)는 후쿠자와 유키치[福澤諭吉]의 게이오의숙[慶應義塾]에, 윤치호(尹致昊)는 나카무라 마사미치[中村正道]의 도진사[同人社]에 유학한다.

그 중에서 게이오의숙의 유학생 수용을 계기로 한국의 개화파와 후쿠자와 유키치[福澤諭吉]의 관계가 깊어진다. 이러한 친교의 결과로 한국의 개화파 김옥균(金玉均), 박영효(朴泳孝) 등이 일본군을 의지하여 근대 문명 이식주의를 노골적으로 드러낸 갑신정변(甲申政變)을 일으킨다. 근대 한국 지식인의 일본 체험은 그 출발부터 근대 문명 수용의 조급성을 상징적으로 보여주고 있는 것이다.

그러나 그 후에도 일본 유학은 계속되어 한일병합 이전에는 한국 침략의 목적상 주로 관비 유학생을 적극적으로 받아들이던 일본도 병합 이후 유학생 수용을 현격하게 줄이게 된다. 그러던 것이 3·1운동 이후 식민지 지배 권력의 한국인 도항 규제 완화(1919.4. 警視總監令 第3號)로 1920년대부터 사비 유학생을 중심으로 일본 유학이 급증하게 된다. 일본 유학생 증가 현상의 이면에는 한국인의 근대 문명에 대한 열망과 교육열의 팽배와 더불어 조선총독부의 계산이 숨어 있었고 그에 대한 대책도 면밀히 강구되어 있었다.

조선 문제 해결의 요점은 친일 인물을 다수 획득하는 데 있으므로 차제(此際)에 민간 유지의 심복자에게 상당한 편의와 원조를 베풀어 수재 교육의 명목으로 이들을 양성하는 것이 가장 긴요하다고 믿는다.[1]

이것은 소위 '문화통치'를 표방한 조선 총독 사이토 마코토의 발언이다. 유학생에 대해서는 식민지 지배 권력의 사찰이 극에 달해서 총독부의 앞잡이 기관과 경시청(警視廳)의 특고[特別高等警察], 친일 분자 등에 의한 감시망이 펼쳐져 있었다.[2] 일본 제국주의가 세력을 휘두르고 있는 어디에서도 한국인은 안전할 수가 없었던 것이다. 또한 한국의 유학생들은 또 다른 측면의 고통을 맛보지 않으면 안 되었다. 다음과 같은 일본인의 회상은 그것을 말해주고 있다.

---

1   齋藤實文書 742 「朝鮮民族運動に對する對策」, 姜東鎭, 『日本の朝鮮支配政策史研究』, 東京大學出版會, 1976, 200면.
2   위의 글.

일본은 아시아인을 한 쪽에서 이념적으로 동포라고 부르면서 동문동종(同文同種)이라고 어깨를 두드려 주고 구체적인 생활 현장에서는 엄격하게 차별했다. 예를 들면 하숙을 받아들이지 않는다거나 가족적인 교제의 장소에 초대하지 않거나 일본인들 사이에서는 보통으로 행해지는 금전적 차용을 거부하는 등 이러저러한 사소한 사건들이 빈발하였고, 그것이 누적되어 일본에 유학한 아시아인 유학생들에게 커다란 불신을 안겨준 것은 일본인이 의식하지 못한 사항이다. 이 점은 일본인 자제를 제외한 식민지로부터의 유학생에게도 매일반이어서 일본에서 교육을 받은 학생이 학문적인 입장에서 일본의 식민지 지배를 비판하여 민족주의 근거를 구했다기보다는 일본에서의 일상생활 속에서 누적된 반발이 반식민지주의 기반을 형성했다는 사실을 일본 국민은 자각하지 못하고 있다.[3]

일본 제국주의는 국책에 반하는 모든 학문과 사상을 금압하고 있었기 때문에 일본으로부터 배우는 학문적 입장에서는 반제국주의 혹은 반식민지주의 형성은 표면상 불가능했다고 볼 수 있다. 그만큼 식민지 유학생의 수용은 일본 제국주의 합리화 과정으로 보다 강력한 세뇌 교육의 효과가 있었다고 할 수 있다. 일본 제국주의 시대 일본의 학문과 사상이 어용화·국책화에 매몰된 것을 보아도 유학에 수반되는 학습 맹목성의 위험성은 충분한 상징성을 띨 수밖에 없다.

그러나 1920년대 이후 한국인의 왕성한 교육열에도 불구하고 국내에는 이렇다 할 고등 교육 기관이 극소수였기 때문에, 서양보다 경제

---

3   泉靖一, 「舊植民地大學考」, 『中央公論』, 1970.7, 150면.

적이라는 이유와 어느새 형성된 사회적 친화감으로 인해 많은 젊은이들이 일본 유학의 길에 오르게 된다.

1920년대에 들어오면 식민지 한국 사회에 궁핍화 현상이 표면화된다. 한국의 궁핍화는 1910~1918년 사이에 강행된 일본 제국주의 토지 조사 사업으로부터 시작되어 토지 수용 → 동양척식주식회사(1918년 설립) → 식량 수탈 → 고리대금의 과정으로 진행되었다.

날로 확대되어 가는 한국 사회의 모순은 1919년 "일제 합방 후 침략 통치 10년 동안에 맛본 피압박 민족으로서의 비분과 정치·교육·산업·경제·문화의 모든 면에서 노정된 가혹한 탄압과 수탈과 동화의 식민지 정책이, 비로소 같은 민족으로서의 감정 공동·이해 공동·문화 공동·운명 공동이라는 뜨거운 유대 의식을 자각시킴으로써 폭발된 항쟁"[4]인 3·1독립운동으로 응집되었다.

그러나 3·1독립운동의 실패로 인한 허무감과 절망 속에서도 한국인의 지적 노력은 계속되어 종전의 분산적·산발적인 투쟁 논리를 지양(止揚)하고 논리적·조직적인 응전 태도를 대두시켰다. 이에 따라 독립운동의 형태는 다양해져 정치적·군사적 대항(상해 임시정부의 성립, 독립군 양성), 경제적 대항(물산 운동, 노동 운동), 사회적 저항(농촌 계몽 운동, 형평 운동), 문화적 저항(한글 장려 운동, 민족주의 고양) 등의 투쟁 노선으로 나타났다. 또한 1920년대부터 식민지 한국에 사회주의 운동이 그 뿌리를 내린다. 이것은 1917년 러시아 혁명의 성공과 일본의 소위 '다이쇼(大正) 데모크라시' 분위기가 식민지 한국의 노동 운동과 맞물린 것이라 볼 수 있다.

---

4    조지훈, 「한국 민족운동사」, 『한국문화사대계』 1, 고려대 출판사, 1973, 558면.

이러한 과정에서 조국 독립과 근대화를 둘러싸고 민족 해방 운동의 직접 투쟁론과 상황 준비와 실력 양성의 점진론이 대두되고, 조선 총독 사이토 마코토의 '문화통치'도 얽혀들어 한국의 지적 분위기는 훨씬 더 복잡한 양상을 띠게 된다.

이러한 와중에서도 신학문·신기술로 상징되는 근대 문명의 습득은 지상 과제가 되어 일본의 관동대지진으로 한국인 학살이 있었던 1923년부터 1925년 사이에 잠시 감소된 것을 빼고는 매년 일본 유학생은 불어만 갔다. 한국의 궁핍화로 유학의 여건도 어려워져 1920년대 중반 도쿄에 있는 사비 유학생 중 학비가 충분한 학생이 3분의 1이었고, 나머지는 고학생으로 학비 마련의 방도가 막막한 실정이었다고 한다.[5] 이러한 한국의 궁핍화와 우민화 정책을 편 일본 제국주의 교육 차별에도 불구하고 무엇이 한국의 젊은이들을 일본 유학으로 내몰았던 것일까.

> 예술 학문 움직일 수 없는 진리 ……
>
> 그의 꿈꾸는 사상이 높다랗게 굽이치는 동경(東京)
>
> 모든 것을 배워 모든 것을 익혀
>
> 다시 이 바다물결 위에 올랐을 때
>
> 나는 슬픈 고향의 한 밤
>
> 해보다도 밝게 타는 별이 되리라
>
> 청년의 가슴은 바다보다 더 설레었다.[6]

---

5  齋藤實文書「在日朝鮮人學生に關する調査」, 姜東鎭, 『日本の朝鮮支配政策史研究』, 東京大學出版會, 1976, 199면.

　망국을 가져다 준 적국 일본에 들어가는 것에 대해 "두려움보다 용기가 앞섰다"[7]던 청년들은 식민지 시대 망국민의 애환이 서려 있는 소위 '현해탄(玄海灘, 겐카이나대[玄界灘]의 오기. 대한해협)'을 건너갔다. 그러나 그들의 젊은 가슴은 일본이라는 '신천지'가 가져다줄 것으로 확신한 신학문·신기술·신지식에의 향학열에 불탄 나머지 아서양(亞西洋)으로 본 일본 제국주의의 이기주의를 향해 무방비 상태로 열려 있었다. 이것은 소위 '현해탄 콤플렉스'[8]를 형성하여 몇 겹으로 굴절된 다음 일본 제국주의에 마비된 지성으로 구체화된다. 이러한 사이비 지성은 일본을 통해 맛본 문명개화라는 오도된 마법의 지팡이를 휘둘러 한국의 자생적 전통과 사상을 '미개'와 '야만'으로 몰아 압살해버렸다. 이것을 더욱 가중시킨 식민지라는 시대 상황은 개인의 삶의 과정에 참을 수 없는 지적 긴장감과 시대고를 끊임없이 강요하여 다양한 식민지적 인간 군상을 낳았다.

　그중에서도 식민지 한국의 청년들은 "산불이 / 어린 사슴들을 / 거친 들로 내몰은"[9] 식민지 현실의 위기의식 속에서 자아를 지탱해줄 유효한 모든 것을 상실한 채 조국이라는 정신적인 고향에서 쫓겨났다. 확정되어 움직이지 않는 조국의 식민지 전락, 궁핍화 일변도의 조국, 강력해지기만 하는 식민지 지배 권력, 깊어만 가는 사회적 부조리와 모순, 상처받은 민족적 정체성 속에서 식민지 한국 청년의 가슴은 여위어갔던 것이다. 그리고 일본 제국주의 식민지 지배를 받으면서도 그

---

6　임화, 「해협(海峽)의 로만티시즘」, 『회상시집』, 건설출판사, 1947, 25~26면.
7　임화, 「현해탄」, 『회상시집』, 건설출판사, 1947, 69면.
8　김윤식, 『한국 근대문예 비평사 연구』, 한얼사, 1973, 580면.
9　임화, 「현해탄」, 『회상시집』, 건설출판사, 1947, 69면.

일본으로부터 근대 문명을 익히지 않으면 안 되었던 시대적 모순은 식민지적 질곡이 되어 끊임없이 이들을 괴롭혔고, 이윽고는 치유할 길 없는 해악을 가져왔던 것이다.

식민지적 질곡의 원형으로서 당시 한국 지식인의 일본 체험과 일본 인식은 원천적인 중요성을 띤다. 또한 그것은 조국 인식과 자민족 파악에도 연결되어 심중한 상징성을 가진다. 그 상징성이 일본적인 근대 문명을 무조건적으로 수용하는 파행성으로 나타날 때, 그것은 두고두고 후환을 남겨 '식민지적 전향'으로 현실화되는 것이다. 다음의 인용은 그것을 말해 주고 있다.

> 만일 저 20여 명으로 하여금 서양사 한 권이나 국가학 한 권은 말고, 일이 년 동안 신문 잡지만 읽게 하였더라도 자기네 능력과 수단이 부족하고 그 목적을 달성치 못할 줄을 깨달을 것이니, 일찍 해외에서 격렬한 사상을 고취하던 자가 도쿄에 와서 이삼년간 교육을 받노라면 번연(飜然) 인구몽(引舊夢)을 버려 이전 동지에게 부패하였다는 조소까지 듣게 되는 것을 보아도 알지라. 신문과 잡지와 서적과 선량한 청년회 같은 사회 기관이 기회를 보아 신지식을 주입하면 결코 이와 같이 무모한 짓은 하지 않을 것이다.[10]

이것은 이광수가 조선총독부 기관지 『매일신보(每日申報)』에 발표한 「대구(大邱)에서」(1916.9.20~23)라는 문장의 일부이다. 대구에서 일어난 강도 사건을 취재한 것으로, 중등 교육 이상을 받은 청년 20여 명이

---

10  이광수, 「대구에서」, 『매일신보』, 1916.9.23.

집단 강도를 저지른 것을 거론하며 사회적인 해결책을 총독부에 건의하는 형식의 문장이다.

이 글에서 이광수는 근대적 교육 시설이 갖추어지지 않은 한국 사회의 부조리를 내세워 한국 민중의 불만을 해소하고, 심지어는 독립심까지를 마비시키는 방법으로 도쿄 유학을 권하고 있다. 조국의 독립이라는 것이 산발적 의병 봉기 혹은 심정적 울분으로 해결될 문제가 아닌 한에서는 근대적 학문과 기술 습득을 위한 시설을 갖추는 것과 유학의 절박성을 강조하는 그의 문명 논리로 교육에 대한 신념은 인정될 수밖에 없다. 그러나 유학의 목적을 몰각하고 있는 그의 학습 맹목성은 일찍부터 어쩔 수 없는 사상적인 취약성을 드러내고 있었다. 이것이 일본적 근대 문명 지상주의에서 나온 현실 타협의 점진론이다. 집필 당시 도쿄 유학생이었던 이광수는 벌써 일본 유학의 함정에 깊숙이 빠져 있었던 것이다.

이 글은『매일신보』는 물론 조선총독부의 환심을 사 이광수는 이것을 계기로『매일신보』와『경성일보(京城日報)』사장이며, 조선 총독 사이토 마코토의 정치 고문이었던 아베 미쓰이에[阿部充家]와 지우(知友)를 맺게 된다(1916).[11] 이에 그치지 않고 이광수는 아베를 통해「재외 조선인에 대한 긴급책을 건의함」이라는 건의서를 사이토에게 제출하여 해외에서 형극(荊棘)의 길을 걷고 있는 독립 운동가를 중상하며 대책을 촉구하고 있다.[12] 또한 이광수는 아베의 사전 소개로 자신의 존재를 숙지하고 있는 사이토와도 만나게 되어(1921),[13] 당시로서는 식민지

---

11  이광수,「無佛翁の憶出」,『京城日報』, 1939.3.11.
12 「齋藤實文書」,『日本の朝鮮支配政策史研究』, 東京大學出版會, 1976, 398~399면.

한국에서 굴지의 후견인을 획득한 중요 인물로 떠오르게 된다.

나아가서 이광수는 아베의 주선으로 일본 『국민신문(國民新聞)』을 창간한 국권론자 도쿠토미 소호[德富蘇峰][14]와 『경성일보』 사장을 지낸 소에지마 미치마사(副島道正, 副島種臣의 아들) 등 정·관계 인물들과 친교를 맺는다. 특히 『개조(改造)』지의 야마모토 사네히코[山本實彦] 사장을 통해 일본 문단의 터줏대감이라는 기쿠치 간[菊池寬]을 비롯해 일본 문단의 소위 '대가(大家)'들과도 교우(交友) 관계를 갖게 된다.[15] 도쿠토미는 1910년 10월 한일병합 직후 초대 조선 총독 데라우치 마사타케[寺內正毅]의 정치 고문 자격으로 언론 통제와 신문의 정리 작업을 맡아 조선총독부 기관지 『매일신보』와 『경성일보』의 감독이었고(1918년 사임), 도쿠토미의 오른팔이라고 불린 아베는 한국에 오기 전에 『국민신문』 부사장이었다.

조국에서는 어릴 때부터 의지할 데 없는 고아였던 이광수의 일본인과의 친교 관계도 그의 일본 경사와 함께 확연히 시대적 성격을 띠게 되는 것이다. 조국에서 찾지 못했던 인간적 온정과 자신감을 일본으로부터 회복했다고 할 수 있을 것이다.

「대구에서」라는 글로 총독부로부터 사상적인 안전성을 인정받은 이후 이광수에게 『매일신보』는 문학적 성취의 무대가 되어 「동경 잡

---

13  이광수, 「無佛翁の憶出」, 『京城日報』, 1939.3.14. 이때는 경기도 경찰부장 白上裕吉와 함께였다고 이광수는 쓰고 있다.

14  이광수가 도쿠토미를 처음 만난 것은 「오도답파 여행」(1917년 6월 29일부터 9월 8일까지 『매일신보』에는 한국어로, 『경성일보』에는 일본어로 53회 연재)을 쓰던 1917년 8월 부산 부두에서였다. 이때 아베는 이광수를 데리고 일본에서 나오는 도쿠토미를 마중했다고 한다(이광수, 「無佛翁の憶出」, 『京城日報』, 1939.3.12).

15  이광수, 「わが交友錄」, 『モダン日本』 11卷 9號, 朝鮮版, 1940.8, 146~149면 참조.

신(東京雜信)」을 비롯한 글들을 봇물 터지듯 발표해 왕성한 필력을 휘두르게 된다. 「동경 잡신」은 1916년 9월 27일부터 11월 9일까지 연재한 문장으로 이광수의 일본 체험기이다. 이광수는 이것을 당시 식민지 한국에서 유일했던 전국지 『매일신보』를 통해 한국인에게 일본을 소개한다는 명목으로 썼다. 굳이 이광수에게 이러한 글을 쓰게 한 식민지 지배 권력의 노림수는 뻔히 보이는 것이지만, 이광수의 소영웅 심리는 이 기회를 놓치지 않았다.

이미 한일병합 이전부터(1905년, 14살 때) 일본 유학의 경험을 가진 이광수는 자기가 일본을 가장 잘 알고 있다는 자만심과 자민족에 대한 우월감을 득의의 문장력으로 「동경 잡신」의 곳곳에 발라놓고 있다. 그러나 가장 큰 문제점으로 지적하지 않을 수 없는 것은 일본에 대한 감탄으로 일관하고 있는 태도와 독자(자민족)를 내려다보고 있는 어투에서 드러나는 들뜬 정신 즉 일본 제국주의에 매몰되어버린 그의 취약한 사상성이다.

「동경 잡신」은 학교, 유학생의 사상계, 공수 학교(工手學校), 학생계의 체육, 홀망(忽忘), 목욕탕, 경제의 의의, 근이기의(勤而已矣), 명사(名士)의 검소, 조선인은 세계에서 제일 사치하다, 가정의 예산 회의, 후쿠자와 선생의 묘를 배(拜)함, 문부성 미술 전람회기, 지식욕과 독서열, 일반 인사가 필독할 서적 수종(數種)의 단락으로 구성되어 있다. 그리고 이 글이 제기하고 있는 문제점은 이광수 한 사람에 머물지 않고, 당시 일본 인식에서 한국 지식인의 근대 문명 맹신을 상징적으로 표출하고 있는 것이다. 「동경 잡신」의 기조는 교육 만능론이다. 그것은 우선 교육 예찬으로부터 시작된다.

서양 철학자 고토쿠[庚德]가 말하기를, 그 인간의 여하함은 그 교육의 여하함에 있다고 했으며, 아마노 박사[天野博士]도 말하기를 독일의 금일이 유함은 전혀 교육으로부터 출(出)한 것과 같이 아제국(我帝國)의 금일이 유함이 또한 이 교육에서 출했다 하니, 위대하고도 성스럽도다 교육이여, 교육이여, 교육이 족히 우자(愚者)를 지(知)케, 빈자(貧者)를 부(富)케, 약자를 강(强)케, 쇠자(衰者)를 성(聖)케, 내지 사자(死者)를 활(活)케 하도다.[16]

교육의 무한 효용론의 다음에는 일본 제일고교 학생 생활을 다음과 같이 적고 있다.

제일고등학교의 학생 생활은 전 일본의 학생 생활을 대표하므로 잠시 술(述)하리라. 하이칼라(ハイカラ, 高襟, high collar, 인텔리─인용자)의 반대가 방칼라(バンカラ, 蠻殻, 蠻 collar, 불량 학생─인용자)니, 고등학생은 실로 방칼라의 전형이라. 뒤터진 모자에 끈 굵은 나막신을 신고 굵은 울툭불툭한 앵목(櫻木) 지팡이 ─ 차라리 몽둥이를 질질 끌고 고개는 뒤로 번쩍 천하가 협(狹)하다하게 활개를 치고 횡행활보(橫行闊步)함은 장래 학사(學士)요, 여학생들의 이상적 양인(良人)되는 고등학교 학생이라. 팔씨름, 유술(柔術), 격검(擊劍)은 그들의 유희요, '야키이모(やきいも, 군고구마─인용자)'는 그들의 요리요, '요이, 요이, 데칸쇼(데카르트, 칸트, 쇼펜하우어─인용자)'는 그들의 활기 횡일(活氣橫溢)하는 가요의 후렴이라. 그들은 잘 공부하고 잘 유희(遊戲)코 부재래(不再來)의 청춘을 가장 가치 있게 가장 흥미 있게 생활

---

16 이광수, 「동경 잡신」, 『매일신보』, 1916.9.23.

하는 자들이라. 그들은 검소로써 자랑을 삼고, 활기로써, 모험으로써, 맹진 (猛進)으로써, 무기(武氣)로써, 각고 근면(刻苦勤勉)으로써 특색을 삼나니, 경성의 세우주의(細苧周衣)에 깃도 양화(kid leather 洋靴, 새끼 염소 가죽 구 두－인용자)에 먼지가 묻을세라하게 차리고 혹 불면 날라갈 듯한 야식야식 한 청년들아, 괴한(塊汗)이 줄줄 흐르리라.

여사한 고등학교 생활은 일생 중에 최(最)히 행복한 생활인 동시에 고상한 품격이 차(此)에서 성(成)하고 원대한 목적이 차에서 정(定)하며, 강건한 체 격이 차에서 작(作)하며, 혼인의 예약조차 차에서 성(成)한다. 연이나 십여 년전 후지무라 미사오[藤村操]라는 18세된 차학교 학생이 인생은 불가해(不 可解)라고 극단한 염세관을 포(抱)하고 닛코산[日光山] 게곤폭중[華嚴瀑中] 에 오척구(五尺軀)를 투(投)함으로부터(다른 청년들도 자살하는 자가 多하 였으나) 상서롭지 못한 그 후를 계(繼)하는 자가 다출(多出)하여 고등학교는 자살의 종가(宗家)라는 동요가 생(生)하게 되다. 금년 모리[森] 변호사 영식 (令息)이 또한 실연과 염세의 결과로 철도 자살을 수(遂)하니, 그도 또한 이 학교의 학생이라. 대개 이 학교는 천하 수재의 집합처니 수재는 흔히 신경질 이라. 실의라든지 낙제라든지 인생 문제 등 복잡 유현한 철학 문제에 정신을 과로하면 자연히 예민한 신경이 상궤(常軌)를 탈(脫)하기 용이한 것이라. 조 선에는 자살자가 희소하니 차는 자긍할 바가 아니요, 사상 정도의 저(低)함을 수치하게 여길 것이니, 인류 이하 저급 동물에는 번민도 무(無)하고 자살도 무하니라.[17]

---

17  위의 글.

이광수는 일본이 근대 문명을 구축한 근본 원인을 교육이라 보고, 일본적 교육의 현상에 넋을 잃은 채, 일고생들의 선민의식과 방종과 치기 넘치는 생활태도, 나아가 자살까지도 칭찬하다 못해 자살을 죄악시하는 한국인을 꾸짖으며 동물에까지 비유하고 있다. 자민족 폄하도 이 지경에 이르면 벌써 제정신이 아닌 것이다.

문제는 이광수의 들떠서 우쭐대는 시건방짐에 있는 것이 아니라, 그의 일본을 보는 시점에 있다. 이광수는 일본에 대한 준엄한 대타 의식을 결여한 채 다만 동경의 대상, 완성된 대상, 모방의 대상으로 일본을 보고 있는 것이다. 그 결과 이광수는 진리를 찾아 헤매는 대신 후진국 국민의 지적 무기력과 일본 열등감에 깊숙이 빠져들었던 것이다.

이광수가 좀 더 깊이 살펴야할 점은 당시의 일본 젊은이들의 번민과 방황과 방종이라는 것이 어떠한 의미를 가지고 있는가에 대한 시대적 의미의 탐구이다. 일본에서는 1903년 "오척 단구로 세계를 재어보겠다"는 '암두의 변[巖頭之感]'을 써놓고 닛코[日光]의 게곤 폭포[華嚴瀑布]에 몸을 던진 일고생 후지무라 미사오의 투신자살이 일본 사회에 커다란 충격을 던졌다. 이것을 가리켜 구로이와 로카[黑岩淚香]가 "우리나라에 철학자 없었던 차 이 소년에 이르러 철학자를 보다. 아니 철학자가 없었던 것이 아니라 철학을 위하여 죽는 사람이 없었다"[18]고 나팔을 불어댄 것도 이때다.

20세기에 들어와 일본에서도 일본적 산업 혁명의 진행과 더불어 서양 전래의 근대 사상의 영향으로 합리적 사고방식과 자아의식의 맹아

---

**18** 黑岩淚香, 「少年哲學者を弔す」, 『万朝報』, 1903.5.27.

가 주체적 개인주의를 자각시키게 했다. 그러나 이것이 자생적 근대성이 아니고 수입과 이식에 의한 자각이었기 때문에 폭넓은 대중적 기반을 형성할 수가 없었고, 소위 '국체론(國體論)'과 '교육 칙어(敎育勅語)'로 상징되는 일본 제국주의 국가 이념과 전통적인 사상이나 도덕과 충돌하지 않을 수 없었다. 특히 일본에서는 근대 사회의 전개 과정에서 대중적 기반의 결여로 주체적 개인주의 형성이 지식인, 학생, 문학자 등 소위 '하이칼라(high collar)'에 제한되어 상처받기 쉬운 내면성과 국가·사회·가정 등 전통과의 상극을 전개했다. 청년들의 일탈된 태도와 퇴폐적인 생활은 시대적 번민과 허약한 내면성의 외부적 위장에 불과했던 것이다.

주체적 개인주의가 자아 확산 과정에서 사회 인식으로 향할 때 인간 중심적 사상을 낳게 되는데, 이러한 휴머니즘이 일본에서도 산업 혁명의 과정에서 노동자 계급의 사회 운동과 서양 근대 사상의 유입이 맞물려 발흥했으나, 일본 제국주의는 이러한 것들을 제국주의적 이기주의의 방해물로 여겨 1910년 이른바 '대역 사건(大逆事件)'이라는 이름으로 가차 없는 철퇴를 내려버렸다.

그러므로 이광수가 놓쳐서는 안 될 것은 일고생들의 허무적인 생활 태도와 자부심이 아니라, 그들의 번민과 염세관을 낳게 한 일본 사회의 모순으로 전통과 근대 사상의 상극, 서양 문명 수용의 일본적 방법, 일본 제국주의의 이기주의, 그리고 그것이 향하는 행방과 그것에 대응하는 방안 등에 대한 탐구적인 자세인 것이다. 요컨대 이광수는 일본의 이것저것 보는 것마다 입이나 헤 벌리며 감탄이나 하러 일본에 간 것이 아닌 것이다.

또한 지엽적인 면에서도 문제는 산재해 있다. 소위 '데칸쇼'의 의미
도 데카르트의 회의론, 칸트의 이성 비판, 쇼펜하우어의 염세론 철학의
사회적·시대적 배경과 필연성의 파악은 물론, 그것의 일본적 수용의
양상과 오류성을 준별한 뒤, 일고생은 물론 일본 청년들의 수용 자세,
이해의 수준을 따져, 이 따위 것들을 입에 바르고 다녀서 위대한 것이
아니라 그들의 행동이나 자살이라는 것들이 과연 예찬할 만한 것인가
등 개별성의 문제에도 일별을 던지지 않으면 안 되는 것이다.

일고생들이 수재이기 때문에 그들의 모든 행동과 방종이 정당화되
는 것이 아님은 물론이고, 하물며 자살에 이르러서야 언급할 가치조차
없다. 그들이 뿌리고 다니는 방향 상실의 허무주의, 온갖 치기와 설익
은 절망, 연애, 일회성의 인생에 대한 탐구의 몸부림 등이 성장 과정의
일시적 열병이라 넘어갈 수도 있지만, 그보다도 더욱 중요한 것은 그
들이 넘치는 청춘의 에너지를 정화할 수 없을 만큼 당시 일본 사회가
1910년의 '대역 사건(大逆事件)'이 말해주듯 숨 막히는 '폐색(閉塞)' 상황
이었던 것이다.

이러한 절대주의 천황제의 폐쇄성은 이윽고 시대에 유연하게 이성
적으로 대응하는 일본인의 의식 구조를 말살하여, 오로지 제국주의적
이기주의의 길을 치닫게 한 사실은 일본 제국주의의 궤적이 생생하게
보여주는 것이다. 그것의 과정이 기회 있을 때마다 '동양의 평화'라는
그럴 듯한 선전을 반복하면서 내부적 모순과 서양으로부터 받는 압력
의 탈출구로 아시아 침략에 나섰던 일본 제국주의의 역사이다.

이 글 속에는 이광수의 고질인 천재병도 숨어 있다. 자기의 천재성
을 일고생에 빗대어 자기 합리화를 꾀하는 것이 그것이다. 이 천재병

은 그로 하여금 그가 하는 일은 항상 옳고 그가 하는 일은 항상 최선이며 민족의 모든 일은 자기가 앞장서야 한다는 자기도취에서 나온 설익은 사명감을 배태시킨다. 그러나 그 천재병의 정신적 기반이 자기 민족에 대하여 문명주의를 앞세운 교사 의식의 자기 존엄감에 있었고, 그것을 뒤집은 것이 문명 열등감으로서 일본 열등감에 불과하다는 곳에 이광수의 모순과 비극이 놓여 있다.

다음은 '유학생의 사상계'라는 부분에 나타난 이광수의 현실 인식의 일면이다.

그들이 정치학을 학(學)함은 반드시 정치가가 되려는 것이 아니니, 조선의 현상이 조선인 정치가를 요구치 아니하는 처지에 재(在)함을 잘 알고 있는 것이다. 그들이 정치학을 학함은 실로 그 학문을 학함이오 그 술(術)을 학함이니라. 철두철미 학자적 태도로 최신 정치의 학리를 궁구하여, 일면 세계의 대세를 이해하며 일면 학자의 본령을 발휘하려 함이다. 이와 같은 태도로 그들은 법학을 연구하고 경제학을 연구하고 문학을 연구함이니 그들이 만일 예기한 바와 같은 학자가 되기만 하면, 조선인은 그들은 통하여 세계의 신문명에 접함을 득(得)하리로다.

보다 더 그들이 장래 조선 사회에서 활동하려는 방향을 관(觀)하건대, 문명 보급과 사회개량과 산업 개발의 삼도(三途)에 불출(不出)하나니, 이 삼자는 실로 조선인으로서 조선을 위하여 노력할 최대 최급한 방향이라. 문명 보급을 위하여는 제일에 학교 교육이니 학교 교육은 실로 일 사회의 사활을 장(掌)한 자라. 현금 당국에서 예의(銳意)로 교육을 장려함은 인민된 자 감사불이(感謝不已)어니와, 원래 교육은 민간사업이라 정부는 다만 그 방향과 진로를 지시할 뿐이어늘 현하 조선 사회는 교육 사업을 담당할 능력이 무하여 당국의 지도 장려도 사배 공반(事倍功半)한 감이 유하니 어찌 개탄치 아니하리오.[19]

"조선의 현상이 조선인 정치가를 필요로 하지 않는다"라는 단언은 일본 제국주의 식민지 통지를 전면적으로 수용하는 자세다. 이것이 이광수의 한국의 현실을 보는 시각에서 가장 중요한 사상적 태도이다. 근대 문명 지상주의에 입각한 이광수의 점진론에는 한국의 문명개화가 최고의 목표이므로 조국의 독립이 끼어들 자리가 없는 것이다. 근대 문명 숭배의 그늘에 가려 조국의 독립이라는 민족적 국가주의가 압살당한 것이다.

이 글을 집필할 당시 25세의 청년 이광수는 일찍부터 조숙성을 드러내 지적 조급성에 빠져 민족 무능론까지도 전개했다. 이광수의 자민족의 현실태에 대한 절망적 자세는 그의 역사관에서 비롯된다. 1922년에 집필한 문제의 논문 「민족 개조론(民族改造論)」에서 그는 다음과 같이 말하고 있다.

민족적으로 보더라도 조선민족은 적어도 과거 오백 년간은 공상과 공론의 민족이었읍니다. 그 증거는 오백 년 민족 생활에 아무 것도 남겨놓은 것이 없음을 보아도 알 것이외다. 과학을 남겼나, 부(富)를 남겼나, 철학, 문학, 예술을 남겼나, 무슨 자랑할 만한 건축을 남겼나, 또 영토를 남겼나, 그네의 생활의 결과에는 남은 것이 하나도 없고 오직 송충이 모양으로 산의 삼림을 말짱

---

19  이광수, 「동경 잡신」, 『매일신보』, 1916.9.28.

벗겨 먹고, 하천의 물을 말끔히 들어 마시고, 탕자 모양으로 선대의 정신적
물질적 유산을 다 팔아 먹었을 뿐이외다. 의주에서 부산, 회령에서 목포에 이
르는 동안의 벌거벗은 산, 마른 하천, 무너진 제방과 도로, 쓰러져 가는 성루
와 도회, 게딱지 같고 돼지우리 같은 가옥, 이것이 오백 년 나타한 생활의 산
증거가 아니고 무엇입니까. 진실로 근대 조선 오백 년사는 민족적 사업의 기
록이 아니오 공상과 공론의 기록이외다.[20]

자국의 역사에 대한 한 조각의 긍정적 평가 혹은 진지한 탐구의 태
도, 반성적 비판의 자세를 포기한 모멸과 굴욕으로 가득 찬 전면적 부
정이다. 한국에 대한 이러한 부정론은 당시 일본인 사이에서 일세를
풍미한 '식민지사관' 그대로라고 할 수 있다. 소위 '식민지사관'이 한민
족의 역사 부재론과 정체성론, 민족 무능론 등을 날조하여 일본 제국
주의의 한국 지배를 합리화했던 것은 재론할 필요가 없다.

한국인의 입장에서 식민지로 전락한 현실에 대한 뼈를 깎는 반성과
그 원인을 규명하는 민족적인 자성이 필요한 것은 부정할 수 없다. 그
런 점에서는 이광수가 제기한 명제의 당위성은 인정될 수밖에 없다.
그러나 그가 말하듯 과연 과거 500년 한국 역사가 '공상과 공론'의 역사
였던가를 따지기 이전에, 자민족의 역사에 대한 전면적 부정은 뿌리를
잃어버린 망국민 의식과 민족의식의 상실이라는 민족적 자학에 빠질
수밖에 없는 것이다. 이러한 이광수의 민족적 자학은 보다 강력한 의
지처를 구하게 되고, 그것은 결국 근대 문명이라는 이름의 일본 제국

---

20  이광수, 「민족개조론」, 『개벽』, 1922.5, 60~61면.

주의에 기울어져 한국 지배의 교지(狡智)인 '내선일체'와 '황국신민화'를 수용하게 되었던 것이다.

　어린 시절 고아가 되어 조국에서 행복한 기억이 없는 이광수의 시각으로 보면 긍정적이든 부정적이든 현실적으로 패배하여 식민지로 전락한 조국의 역사에 대한 원체험으로서 자기 정체성의 확인조차 힘들었던 것이다. 이광수는 14살 때 일진회(一進會)의 유학생으로 선발되어 일본에 갔다. 이광수로서는 자신의 총명함에 대한 자부심과 우월감, 문명 개화에 뒤떨어진 조국에의 성급한 사명 의식에 불타 일본 체험을 시작했다. 소년기와 청년기의 순진함과 영웅 심리, 왕성한 학습욕에 가득 찬 학습 맹목성과 문명 맹신이 정리되지 않은 채 문명의 대명사로 생각한 일본 제국주의에 그대로 노출된 것이다. 성숙되지 않은 자아의식과 설익은 사상성은 일본 제국주의의 모든 것을 문명으로 착각하여 수용하게 했다. 이러한 시각은 다시 조국에 투영되어 그가 보기에 일본은 문명국이었으므로 일본에서 느낀 한국인으로서의 모멸감과 모욕감, 자기 열등감을 그대로 자민족에게 되돌려주어 공유하려 했던 것이다.

　1922년에 쓴 「예술과 인생」이라는 글에서도 "우리 조선 사람 같이 행복을 가지지 못한 백성은 드물 것입니다. 제일 못나고 제일 가난하고, 산천도 남만 못하게 되고, 시가도 가옥도 의복도 과학도 발명도 철학도 예술도 없고, 일을 할 줄도 모르거니와 일할 자리도 없고"[21]라고 거침없이 외치는 것이 그 예이다. 이러한 경향은 조국의 현실태 인식에서도 그대로 나타난다.

---

21　이광수, 「예술과 인생」, 『이광수 전집』 16, 삼중당, 1976, 29면.

과거에만 그러한 것이 아니라 현재의 조선인도 그러합니다. 우리가 보는 전등, 수도, 전신, 철도, 윤선(輪船, 증기선―인용자), 학교 같은 것 중에 조선인이 손수 한 것이 무엇무엇입니까. 교육을 떠들고 산업을 떠들지마는 교육 기관 중에 조선인의 손으로 된 것이 삼, 사의 고등 보통학교가 있을 뿐이오, 산업 기관이라고 자본을 총합하여도 일천만 원도 못되는 구멍가게 같은 은행 몇 개가 있을 뿐이외다.[22]

이렇게 이광수는 일본 제국주의 지배에 의한 한국의 식민지적 질곡(桎梏)을 무시하고 현상에 집착하는 현실 인식을 노출시켜, 그 책임을 자민족에게만 뒤집어씌우며 집요하게 민족의 결함을 파고드는 것이다. 이러한 이광수의 조국에 대한 파산 선고는 과거와 현재를 관통하여 미래에 대해서도 "나는 차라리 조선민족의 운명을 비관하는 자외다"[23]라고 선언한다.

식민지 한국의 현실 파악에서 근본적이고도 객관적인 시점을 상실하여 자학적인 자기 열등감 위에 서 있는 이광수의 사상성으로는 일본 제국주의에 대한 준엄한 대타 의식과 주체성의 형성이 결국 무리였던 것이다. 이와 같이 자민족 불신에 입각하여 민족적 무(無)로부터의 출발을 설교할 때 당연히 이상주의가 등장하는 것이고, 그것을 위한 가치의 준거 집단(準據集團)을 찾지 않으면 안 된다. 여기에서 일본 제국주의에 대한 친화감이 뿌리를 내리는 것이다.

이러한 현실 인식은 민족의 독립에 대해서도 달라지지 않는다. 「민

---

22 이광수, 「민족개조론」, 『개벽』, 1922.5, 61면.
23 위의 글, 71면.

족 개조론」에서 "일청전쟁(日淸戰爭)이 생기고 그 때문에 조선이 완전한 독립국이 되어 일본의 후원으로 (…중략…) 정부 혁신을 기도하니"[24]라는 발언으로 일본 제국주의에 대한 수혜 의식을 숨기지 않는다.

　　설사 조선인의 생활의 행복이 정치적 독립에 달렸다 하더라도, 그 정치적 독립을 국제연맹이나 태평양회(太平洋會)가 소포 우편으로 부송(附送)할 것이 아니외다. 정치적인 독립은 일종의 법률상 수속이니, 이는 독립의 실력이 있고 시세가 있는 때에 일종의 국제상의 수속으로 승인되는 것이지 운동으로만 될 것이 아니외다. (…중략…) (검열로 4행 삭제) (…중략…) 그 근본으로 할 일은 정경 대도(正經大道)를 취한 민족 개조요 실력 양성이외다. 조선인이 각 개인으로, 또 일민족으로 문명한 생활을 경영할 만한 실력을 가지게 된 후에야 비로소 그네의 운명을 그네의 의사대로 결정할 자격과 능력이 생길 것이니 그때에야 (…중략…) (검열로 1행 삭제) (…중략…) 그러므로 조선인의 운명 개선에는 결코 민족개조를 제(除)한 외에 아무 지름길도 없는 것이외다. 다시 말하면 유일한 지름길이 곧 민족 개조외다. 부질없이 다른 요행의 지름길을 찾다가는 한갓 세월만 허비하고 힘만 더 낭비할 뿐이외다.[25]

　한국의 독립 불능론과 시기 상조론이 혼용되고 있는 논지이다. 조국의 독립을 민족 자결권으로 보지 않고 타율적·의타적 나아가 타국의 허가를 받아야 하는 것으로 보고 있다. 이러한 독립 불능론과 민족 불신으로부터 이광수의 '민족 개조'의 논리가 성립되고, 일본 제국주의에 대한 신

---

24　위의 글, 27면.
25　위의 글, 46~47면.

뢰와 식민지 통치를 당연시하는 사상의 취약성이 표면화되는 것이다.

이광수의 근대 문명에 대한 사상의 형성은 유학의 목적론에서 연원한다. 이광수는 1903년 12살 때 동학(東學)에 입도하여, 교도 5만 명을 인솔하는 해명 대령(海明大領) 박찬명(朴贊明)의 비서가 되었다.

'포덕천하 광제창생 보국안민 대도대덕(布德天下廣濟蒼生保國安民大道大德)'을 목표로 하는 동학으로부터 이광수는 '겸손과 친절, 평등, 민족주의' 등의 원리적인 영향을 받았다고 한다.[26] 출발 당시부터 '보국안민'이라는 민족적 국가주의를 선명히 내걸은 동학은 '척왜양창의(斥倭洋倡義)'를 주장하며 1894년 동학 혁명을 일으켰다. 그 후 3대 교주 손병희(孫秉熙)는 동학의 원리 중에서 교조 최제우(崔濟愚)의 '오심즉여심(吾心卽汝心)' 혹은 '천심즉인심(天心卽人心)'과 2대 교주 최시형(崔時亨)의 '사인여천(事人如天)'의 사상을 '인내천(人乃天)'으로 발전시켜, '인내천' 사상이 자유와 평등을 근간으로 하는 근대 사상과 일치함을 명확히 했다.

동학의 이러한 종교로서의 보편주의 추구는 '보국안민'이라는 민족적 국가주의보다는 한국에서 당면의 급무로 본 보편주의로 근대 문명 수용을 중시하는 길을 열었다. 1902년 일본에 건너간 손병희는 러일전쟁의 발발이 필연이라고 보았다. 손병희는 일본의 승리를 예상하고 일본과의 공동 출병을 노려 동학교도에게 일본군에 협력할 것을 명령했다. 손병희는 '전승국의 지위'와 '국가 안전 조약'의 획득을 의도했던 것이다.[27] 그러나 손병희의 이러한 노력도 일본 제국주의의 한국 침략을 막을 수 없었으며, 오히려 동학의 제2인자 이용구(李容九)를 필두로 하

---

26 이광수, 『나 / 나의 고백』(『춘원문고』 18) , 우신사, 1985, 138~140면.
27 천도교중앙본부, 『천도교 백 년 약사』上, 미래문화사, 1980, 338면.

는 일진회(一進會)가 일본에 빌붙어 매국 행각을 벌이는 결과를 가져오고 말았다. 이러한 분위기 속에서 동학에 입도한 이광수가 깊은 영향을 받은 것은 교주 손병희가 주장한 '삼전론(三戰論)'이었다. 이광수는 '삼전론'을 다음과 같이 설명한다.

> 삼전론에 의하면, 지금 세계는 우승열패, 약육강식 즉 잘난 놈은 이기고 못난 놈은 져서, 약한 놈의 살을 강한 놈이 먹는 생존 경쟁의 시대다. 영, 미, 독, 불, 러 다섯 나라가 세계에서 가장 강하여 서로 다투어서 동양을 먹으려든다. 그런데 그들의 싸우는 방법이 세 가지가 있으니, 첫째는 인전 즉 사람의 싸움이요, 둘째는 언전 즉 말의 싸움이요, 그리고 끝으로 재전 즉 재물의 싸움이다. 그러므로 잘난 사람이 말을 잘 하고 재물이 많은 자는 이기고 그것들이 없는 자는 진다. 그리고 잘난 사람이 많게 하는 방법은 공부에 있고 말을 잘 하는 것도 그렇고, 재물이 많게 하는 방법은 농 상 공업에 힘쓰는 데 있는데, 그 중에서도 가장 이익이 많은 것은 첫째 철로, 둘째 화륜선, 셋째 양잠이라 하는 것이 지금 내 기억에 남은 삼전론의 요령이었다. 이 삼전론에 의하여 당시 손병희 선생은 이십팔 인의 유학생을 일본에서 길렀고 또 성미, 성금이라 하여 도인들에게서 돈을 거두고 있었다. 요샛말로 번역하면 교육과 산업으로 민족의 실력을 기르자는 것이었다.[28]

손병희는 당시의 세계를 약육강식의 제국주의 시대로 보고, 한국에서 인재 양성, 근대 학문의 탐구, 산업 육성의 긴급성을 깨닫고 근대 문

---

명 수용에 적극적으로 나선 것이다. 그중의 하나가 일본에 유학생을 파견하는 일이었다. 일본에 건너간 손병희는 전후 64명의 유학생을 일본에 불렀다. 그중에서 1905년 2차 유학생으로 선발된 9명 속에 이광수가 있었다. 이광수를 선발한 것은 1904년 이용구가 조직한 일진회였다. 이용구는 당시 교도 12만 명을 거느리는 수청 대령(水淸大領)으로 교주 손병희 다음의 제2인자였다.

이용구의 일진회가 차츰 매국 행위를 드러내자, 손병희는 1906년 동학을 천도교(天道敎)로 개명하고 이용구 이하 일진회를 추방했다. 일진회가 뒤에 '합방 청원서'를 내고 한일병합에 광분한 것은 이광수에게도 상징적인 의미를 지니고 있는 것이다. 1905년 유학생으로 뽑혀 일본에 건너간 이광수의 심경은 어떠했을까.

나도 지금 공부를 하러 떠난 길이었다. 이제는 한 큰 사람이 되려는 것이다. 그런데 가장 이익이 크다는 화륜선과 철도가 일본의 것이 된 것을 볼 때에 나는 주먹을 불끈 쥐지 아니할 수 없었다. 삼전론의 교육을 받은 내 생각에는 지금 일본에 가 있는 이십팔 인이 공부를 마치고 돌아오고 또 나도 공부를 끝내는 날에는 우리나라의 철로와 화륜선을 모두 우리 손으로 만들고 부릴 수 있을 것 같았다. 그래서 나는 도인들에게 이런 말로 위로와 격려를 주었던 것이다.[29]

당시의 한국을 둘러싼 국제적 풍운을 깨달을 리 없는 소년 이광수의 백지 상태의 향학열과 사명 의식, 선민의식, 천재병, 지도자 의식 등이

---

29  위의 책, 133면.

끝없이 부풀어 오르는 모습이 잘 나타나 있다. 이러한 들뜬 소년적 조급성이 근대 문명 맹신이 되어 일본 제국주의의 이기주의에 매몰되었던 것이다. 도중에 곡절은 있었지만 동학 교주 손병희의 '삼전론'의 직접적 영향과 주선으로 시작된 이광수의 유학 생활은 1919년 2월까지 계속된다. 또한 그 세월이 이광수의 근대 문명 지상주의가 익어가는 과정이기도 하다. 그리고 「동경 잡신」이 그 근대 문명 맹신에 의한 일본 경사를 대표적으로 보여주는 하나의 예인 것이다.

이 글로 조선총독부 및 『매일신보』로부터 사상의 안전성을 인정받은 이광수는 1917년 『매일신보』의 신년 소설 집필 요청을 받아들여 「무정(無情)」을 연재했다. 문명개화와 자유연애를 주조음으로 한 장편 소설 『무정』은 그 사상성은 별도로 치더라도 한국의 근대 문학을 확립했다는 점에서, 또한 '낙양(洛陽)의 지가(紙價)'를 높였다는 의미에서도 기념비적인 작품이었다. 이 「무정」으로 이광수는 일약 한국의 대표적인 문학가로 화려하게 등장했던 것이다. 이 명성을 배경으로 이광수는 1919년 3·1독립운동의 기폭제가 된 2·8독립선언에서 「조선 청년 독립단 선언서」를 기초하여 참여한다. 그리고 그것을 영역해 지참하고 상해(上海)로 망명하여 임시정부에서 기관지 『독립신문』의 편집국장이 되어 애국적 건필(健筆)을 휘두른다.

이광수가 상해에서 가장 깊은 영향을 받은 사람은 안창호(安昌浩)였다. 안창호는 당시 상해임시정부에서 국무총리, 내무총장, 노동국 총변(勞動局總辦) 등을 역임했다(1937년 일제에 체포되어 같은 해 병보석, 1938년 사망). 안창호는 1913년 미국에서 흥사단(興士團)을 조직했다. 흥사단의 이념은 무실 역행(務實力行), 진실, 용기를 기본으로 하는 생활 개선과 단결을 기본으로 민족주의를 합한 실력 양성론 혹은 준비론 사상이다. 1920년 상해에서 흥사단에 입단한 이광수는 흥사단의 이념을 국내에서 실천할 길을 모색하게 된다. 1921년 허영숙(許英肅)이 상해에 나타나자 번민하던 이광수는 그녀의 뒤를 따라 귀국하다가 체포되었으나 곧 석방되어 주위의 의혹을 사게 된다. 이때 이광수는 이미 당시의 조선 총독 사이토 마코토와 만나 민족 개조를 목적으로 하는 비정치 단체 수양동우회(修養同友會)의 조직에 의견의 일치를 보았던 것이다.

'삼전론'의 문명개화와 흥사단의 준비론을 합한 이광수의 점진론은 민족 개조의 논리로 확장되어 즉각적인 한국의 독립을 부정하고 점진적인 독립 능력의 배양을 주장하게 된다. 그리하여 직접 투쟁의 길을 걷는 독립 운동가에 대한 비난도 서슴지 않았다. 그의 독립 운동가에 대한 불신은 1913년부터 1914년까지의 만주·중국·시베리아에서의 방랑 생활과 상해 임시정부에서의 경험을 통해 반제국주의 직접 투쟁이 얼마나 무모한가를 나름대로 실감한 결과 형성된 것이다.

> 나는 서간도에도 가보고 북간도에도 가보고, 봉천, 상해, 북경, 동경, 대판(大阪), 해삼위(海蔘威) 등 해외에 우리 동포가 많이 사는 곳을 대개 돌아보았거니와, 어디를 가도 공통된 것은 가난이었다. 그 위에 또 공통된 것이 있다고 한다면 서로 미워하는 것이라고 할까.[30]

조국으로부터 쫓겨나 해외에서 유민 생활을 강요당한 자민족을 향

---

30  위의 책, 188면.

한 불신감과 어두운 이미지에 덧붙여 자기 자신 신산(辛酸)을 맛본 유랑의 경험이 직접 투쟁의 무모함을 절감하게 한 것이다. 이광수는 한 민족의 가난과 상호 불신의 원인이 교육 부재에 있다고 보고 민족 계몽에 열정을 쏟게 된다. 이것은 이광수 나름대로의 강력한 의미를 갖는 것으로 국내 활동에 전념하는 계기가 되었다.

> 나는 제 주권이 있는 나라의 혁명 운동은 국외에서 하는 것이 편하고, 제 주권이 없이 남의 식민지가 된 나라의 독립 운동은 국내에서 하여야 한다는 결론을 얻었다. 나는 이 본(本)을 중국 혁명에서와 인도의 독립 운동에서 보았다. 손문은 해외에서 혁명 운동의 준비를 하였다. 그러다가 기회를 얻으매 (…중략…) 인도의 독립 운동을 보면 간디를 비롯하여 모두 국내에서 하고 있었고, 국내에서 하므로 대부분을 합법적으로 하고 있었다. 합법적으로 동지의 결속을 많이 하면 기회를 얻어서 각지에서 일제히 일어날 수가 있는 것이다. 그런데 우리나라의 독립 운동자들은 대개 해외로 나왔다. 이것은 마치 민족을 일본의 손에 내어 맡겨버리는 것과 같은 것이었다.[31]

이광수는 영국형 식민지 지배와 일본형 식민지 지배의 차이를 고려하지 않는 오류를 범하고 있다. 영국은 인도의 사회 체제를 일정 수준 온존시키면서 인도인에게 자치를 부여해 상층부를 조종하여 경제적 수탈을 마음대로 자행했다. 일본 제국주의는 한국의 사회 체제를 완전히 식민지 체제로 개편하여 직접 통치와 동화 정책을 강행했다. 영국

---

31  위의 책, 218면.

의 인도 지배와 일본 제국주의 한국 지배를 피상적으로 파악하여 비교하는 것은 그대로 이광수의 방법론의 취약성을 반영한다.

일본 제국주의 식민지 지배 아래 합법성의 획득은 일본 제국주의와의 타협을 의미한다. 이러한 도착적 논리의 연장으로 지배국 일본 제국주의가 현실적으로 한국에 강요하고 있던 법체계도 이광수에게는 근대 문명의 하나였던 것이다. 또한 마하트마 간디(M. Ghandi)의 비폭력과 무저항의 정신은 이광수가 감명을 받은 사상의 하나였다.

> 인류 구제의 정로를 표준으로 가치를 판단할진댄, 간디의 종교적인 진리 파지(眞理把持)를 목적으로 무저항을 방법으로 하는 운동은 레닌의 무산자 전제(專制)를 목적으로 폭력과 정치를 수단으로 하는 운동보다는 훨씬 높은 것이외다. 폭력을 근거로 하는 정치는 과거의 유물이외다. 소멸할 운명을 가진 것이외다. 진리와 애(愛)를 기초로 한 무저항! 이것이야말로 오는 세기를 지배할 혁명 원리요, 또 인류 구제의 정도외다.[32]

간디의 무저항 사상으로부터 이상적 가치만을 추출하여 종교적 이상주의에까지 비약시키고 그것에 도취되어 있는 이광수 특유의 감격벽을 볼 수 있다. 간디의 인도 독립 정신인 '무저항주의(nonviolence)'에는 그 방법론으로 '비협력(noncooperation)'의 전략이 있었다. 그러나 이광수에게는 '무저항주의'의 짝이라고 할 수 있는 '비협력'이라는 적극적인 대안이 최후까지 나타나지 않았다. 대타적 가치 혹은 방법론이

---

32 이광수, 「상쟁(相爭)의 세계에서 상애(相愛)의 세계로」, 『이광수 전집』 10, 우신사, 1979, 172면.

없는 '무저항'은 말 그대로 노예들의 굴종에 불과한 것이고, 현실적으로는 공상에 불과한 이상주의를 쫓으며 일본 제국주의 식민지 지배를 그대로 수용하는 것과 다른 것이 없다. 가치 지향의 맹목성이 여실히 드러난 것이다.

이 과정을 거쳐 합법성 획득의 필요성을 믿는 이광수의 점진론으로서의 실력 양성론, 그 실천의 방법으로 민족 개조의 논리는 형성되었던 것이다. 이광수는 자신의 방법론에 입각하여 기존의 방법론에 대한 비판을 전개한다. 그것의 제일성이 1922년의 「민족 개조론」이다. 「민족 개조론」에서 이광수는 직접 투쟁의 반제국주의 독립 운동가들을 비판하는 입장에 선다.

> 근래에 명망 있다는 인사를 예로 들어 보시오. 그네가 무엇으로 명망을 얻었는지 알 수 없습니다. 우리 중에 가장 명망 있는 자가 애국자입니다. 우리는 수십 인의 명망 높은 애국자들을 가졌거니와, 그네의 명망의 기초가 무엇인지를 찾아보면 참으로 허무합니다. 다 그렇다고 하는 것은 아니나, 대부분은 허명이외다. 그네의 명망의 유일한 기초는 떠드는 것과 감옥에 들어갔다가 나오는 것과 해외에 표박하는 것인 듯합니다.[33]

이광수의 독립 운동가에 대한 불신은 그 뿌리가 깊어 소란자나 표박자와 같다고 선언한다. 결국 이광수는 실적 없는 직접 투쟁의 독립 운동을 거부하고 자신이 펼친 「민족개조론」의 논리를 따라 조선민족 쇠

---

[33] 이광수, 「민족개조론」, 『개벽』, 1922.5, 59면.

퇴의 근본 원인은 타락한 민족성에 있기 때문에, 도덕적 민족 개조를 목적으로 절대 정치와 시사 문제에는 관계하지 않고, 다만 각 개인의 수양과 문화 사업에 전념하여 정부(조선총독부)에 의해 해산당할 염려가 없는 개조 동맹을 조직해서 50년, 100년, 200년, 영구히 추진하기 위해, 현실적 가능성을 찾아 1926년 수양동우회를 결성했다.

수양동우회가 추구하고 있는 민족 개조의 논리는 흥사단을 조직한 안창호의 실력 양성론과 준비론의 영향으로 성립되었다. 그러나 민족주의까지도 희미해져 까마득한 이상주의와 가학적으로 파악하는 자민족 불신이 한국인을 '황국신민'으로 개조하려는 일본 제국주의 동화 정책과 맞아떨어져, 이광수는 조선총독부가 필요에 따라 언제든지 조종할 수 있는 인형과 같은 존재가 될 수밖에 없었다. 결국 이광수의 운동 이념과 행동반경은 식민지 지배 권력의 영향권에서 벗어날 수가 없었던 것이다.

조선총독부로부터 허가를 받은 합법적 단체일 수밖에 없는 수양동우회가 1937년 돌연한 검거 선풍을 맞은 것은 무엇을 의미하는 것일까. 일본 제국주의 식민지 지배 권력은 이광수의 공허한 이상주의와 언제까지나 함께 놀아줄 얼빠진 상대가 아니었다. 일본 제국주의는 중일전쟁과 더불어 필요 없는 사상은 물론 단체와 인물 등 방해물을 청소해버린 것이다.

수양동우회 사건의 날조로 해산을 강요당한 이광수는 활동의 기반을 상실한다. 이 사건은 처음부터 조선총독부의 날조라는 것을 증명하여 1939년 구속자 전원이 무죄 석방되었다(1941년 상고심에서 전원 무죄 확정). 이후 이광수는 충실한 일본 제국주의 추종자가 되어 소위 '신체제'

노선과 영합해 '식민지적 전향'의 길을 더듬어가, '내선일체'와 '황국신민화'의 실현에 맹진하게 된다.

손병희의 '삼전론'에 촉발된 근대 문명 맹신과 안창호의 준비론의 영향으로 형성된 이광수의 민족 개조의 이념은 일본 제국주의와 대결할 아무런 수단도 되지 못했고, 한국인의 민족적 열등감만 조장시켰다. 이것이 이광수의 점진론이 품고 있는 근대 문명 지상주의가 다다른 말로이며 정체이다. 민족 개조를 이상주의로 호도하는 그럴 듯한 위선, 일본 제국주의와의 타협을 근대 문명론으로 합리화하는 취약한 사상성 등은 사이비 지식인의 면모를 유감없이 보여주고 있다. 그 중에서도 병적 열등감으로부터 유출되는 자민족 파악은 당연히 한국인의 분노를 사서 「민족 개조론」 집필 직후 청년들의 습격을 받은 것도 결코 근거 없이 일어난 일이 아니었던 것이다.[34]

이광수는 「대구에서」라는 글에서도 한국 민족 무능론을 내세워 "철도 관계 교육계 등은 대부분의 사무가 고상하고 복잡하여 조선인을 사용하는 것은 불가능하므로 당국에서도 당분간 일본인만을 사용할 것이어니와, 다소 하급의 기술직, 가령 은행 회사 상점의 사무원과 공장 기술자와 보통 학교 교원 등에는 조선 청년을 수용할 것"[35]을 조선총독부에 건의하고 있다. 이 사고방식의 연장이 조선총독부의 식민지 교육에 대해 "현금 당국에서 예의(銳意)로 교육을 장려함은 인민된 자 감사 불이(感謝不已)"라는 수혜 의식을 낳는 것이다. 과연 일본 제국주의가 식민지 한국에 펼친 교육은 감사할 만한 것이었던가.

---

34 이광수, 「민족 개조론과 경륜-최근 십년 간 필화, 설화사」, 『삼천리』(영인본), 1930.5, 39면.
35 이광수, 「대구에서」, 『매일신보』, 1916.9.22.

1912년 4월 말 현재 1,717개교였던 학교가 7년 후인 1919년 5월 말 현재 1,320개교로 감소되었다. 특히 주목해야 할 것은 사립학교 규칙(1919.10)에 의한 사학 탄압으로 1912년 4월 현재 1,317개교였던 사립학교가 1919년 5월 현재 690개교로 격감되었다. 또한 주목할 것은 각급 학교에 배치된 일본인 교사의 수이다. 1919년 4월 말 현재의 통계에 의하면, 보통 학교 교원 수 2,525명 가운데 30%에 해당하는 759명이 일본인 교사였고, 고등 보통학교 교원수 168명 가운데 57%에 해당하는 96명이 일본인 교사였으며, 여자 고등보통학교 교원 수 71명 가운데 69%에 해당하는 49명이 일본인 교사였고, 전문학교 교원 수 92명 가운데 77.2%인 71명이 일본인 교사이고 한국인 교사는 21명에 불과했다. 이러한 현상을 일본인 위정 당국자는 한국인의 자질 부족으로 돌리고 있었으나 차별 관념이 보다 큰 이유였던 것이다.[36]

일본 제국주의의 한국에 대한 교육 정책은 철저한 동화 정책, 차별 정책, 우민화 정책의 3대 정책이었음은 췌언을 요하지 않는다. 특히 이 것은 한국인을 교육 주체로부터 차단하기 위해 사립학교 규칙을 만들어 한국인의 고등 교육 기관 설립을 한결같이 탄압하여 1945년 해방의 그날까지 한국에 세워진 대학은 식민지 지배 권력이 식민지 교육의 총본산으로 일본인을 위해 설립한 경성제국대학 단 하나뿐이었다. 이러한 상황에서 나타난 이광수의 수혜 의식은 일본 제국주의 식민지 교육의 전면적 수용인 것이고, 그것은 그대로 한국인이 한국인임을 망각해 가는 과정을 문명개화로 착각하는 가치 망각의 자가당착에 빠진 슬픈

---

36  정재철, 『일제의 대한국 식민지 교육정책사』, 일지사, 1985, 301~305면.

모습인 것이다. 일본 중심의 근대 문명에 대한 몰입이 일본 제국주의에 대한 몰주체적인 동화를 몰고와 방향을 잃어버린 것이다.

이광수가 본 한국 사회의 3대 급무는 문명 보급과 사회 개량, 산업 발전이다. 손병희의 '삼전론'의 영향이 그대로 반영되어 있는 이 급무론도 이광수로서는 한국인의 무능력이 원인이므로 결국은 일본 학습론에 귀착될 수밖에 없다. 당시 한국은 이미 전 부문을 일본 제국주의에 장악당하고 있었다. 이러한 시대적 배경 아래 이광수의 점진론 속의 근대 문명 지상주의가 그럴 듯한 신기루로 보일 수 있었던 것이다.

'학생계의 체육'이라는 부분은 한국과 대비된 일본 인식의 절정을 이룬다.

사면목책으로 위(圍)한 주위 일리(一里)나 근(近)한 마당이 그들의 운동장이니 오후 방과 후면 일변(一邊)에서는 야구요, 일변에서는 정구요, 일변에서는 경주(競走)요, 우(又) 일변에서는 투창, 투환(投丸), 투원(投圓), 높이뛰기, 넓이뛰기요, 우(又) 일변에서는 궁술이요, 우타[又他] 일변에서는 용괴호박(龍壞虎博)의 유술격검(柔術擊劍)이요, 스미다가와(隅田川, 도쿄만으로 흐르는 강—인용자)의 도쿄만[東京灣]에서는 단정(短艇)을 저어 대양의 지(志)를 양(養)하며 하기방학에는 혹자는 고산(高山)에 등(登)하여 인적무도(人跡無到)한 삼림을 답파하고 기암절벽을 반(攀)하며 혹자는 해수욕장에 왕(往)하여 광란노도를 축파(蹴破)하고 유영술(遊泳術)을 습(習)하나니, 여사히 학문을 수(修)하고 여가만 유하면 체육을 무(務)하므로 그들의 근육은 철과 여(如)하며 용맹은 사자와 여(如)하고 활발진취의 기상은 우주를 탄토(呑吐)할 만하도다 (…중략…) 반(反)하야 조선을 관(觀)하라. 과연 여하하뇨

모우(某友)가 일찍 강개히 언(言)하되, 여(余)가 일일(一日) 종각전(鐘閣前)에 입(立)하여 왕래하는 백의인(白衣人)을 관찰하니 안정(眼睛)은 풀어졌고 입은 헤 벌렸고 사지(四肢)는 늘어지고 쳐지고 흉부는 움푹 들어가고 신체는 앞으로 휘고 걸음은 기력이 무하고 안색은 병황(病黃)이라, 여사한 종족이 어찌 능히 여차한 경쟁장에서 누명(縷命)을 유지하겠는가. 그들의 용모에는 쇠자(衰字), 궁자(窮字), 천자(賤字)가 화인(火印)친 듯 분명히 보이더라 하니 여역동감(余亦同感)이라.[37]

이광수의 일본인 인식은 편파성을 넘어 일본인이 최고의 인간상으로 묘사되고, 한국인에 대한 멸시 의식은 한국인이 최저의 인간 군상으로 매도된다. 이러한 시점은 이광수의 고정관념이 되어 일본적인 것은 항상 일본이라는 범위를 까마득하게 초월한 이상적 가치 혹은 종교적인 선으로 투영되고, 한국적인 것은 언제나 못남과 추함으로 간주되어 혐오의 대상이 되는 극단적 이원론이 된다. 나아가 이광수는 일본인으로부터는 선적인 요소만을 골라내어 미화하는 반면, 한국인으로부터는 몰가치적인 요소만을 추출하여 한없는 민족무화(民族無化)를 자행하는 의식적인 편견까지도 숨기지 않는다. 더구나 이 편집광적인 편견에는 언제나 가치 판단이 내재하고 있어 문제를 더욱 비극적으로 만든다. 여기에 이광수 특유의 소년적 순진함과 진지함과 감격벽은 가치 판단의 단순성으로 나타나, 일본적인 것은 끝없이 이상화되고 한국적인 것은 한없이 무가치화된다.

---

37  이광수, 「동경 잡신」, 『매일신보』, 1916.10.8.

설상가상으로 이러한 이광수의 잠재의식 속에는 근대 문명의 대명사로 본 일본을 체험했다는 과시욕에 뿌리를 둔 자민족에 대한 우월감과 그 이면인 일본 열등감이 얽혀 있었다. 또한 이 모든 것을 보상하기 위한 자기 현시욕인 천재병과 그 발현 형태인 지도자 의식과 교사 의식이 혼재되어 있었다. 그리고 그러한 의식의 가장 뿌리 깊은 곳에 근대 문명 맹신에서 나온 일본 경사가 자리 잡고 있었기 때문에, 일본 제국주의에 대한 준엄한 대타 의식과 대결 의식을 형성하지 못한 채, 일본에 대한 맹목적인 학습 의욕만을 노골적으로 드러내 한국에 대한 일방적인 사명감에서 지도자 의식과 선구자 의식을 과도하게 노출하는 것이다.

이것은 현실 인식의 과정에서도 그대로 나타나 일본 제국주의가 한국을 식민지로 지배하고 있는 적국이라는 인식이 사라져 버리고, 오히려 일본 제국주의에 한없는 자기 동일시 현상을 보였다. 그리하여 조국을 파악할 때 일본 제국주의가 한국을 보는 시점을 그대로 차용해버리는 것이다.

이광수에게 보이는 소위 근대 문명이라는 이름의 진보주의의 이러한 모순과 시점 도착은 그의 사고방식의 도처에 널려 있어, 일본인에게는 절호의 이용 가치를 제공하고 한국인에게는 한없는 굴욕감과 분노는 물론, 민족 허무주의까지를 유발했다. 이광수의 이러한 자세는 분명히 향상심에서 나온 근대주의 내지는 가치 지향의 이상주의이며, 자민족에게 근대 의식을 자각시켜 근대 문명의 혜택을 받게 하려는 의욕의 발로이다. 그러나 그것의 천박성은 민족적 국가 의식을 망각한 현실 무시의 근대 문명 맹신과 망상에 가까운 낙관적 단순성과 이상주의 및 일본인과 한국인에 대한 형평성을 결여한 무분별한 판단 기준에 숨어 있다. 그리고 그 제스처가 커지면 커질수록 일본인의 한국인에 대한 우월감을 만족시켜 주는 것이고, 한국인에게는 민족적 자부심에 씻을 수 없는 상처를 입혔던 것이다.

한국인과 일본인 비교는 「나의 고백」에서도 보인다.

> 그때(1910년 — 인용자)에 내가 부산역에서 차를 타려 할 때에 역원이 나를 보고 그 차에 타지 말고 저 찻간에 오르라고 하기로, 연유를 물었더니, 그 찻간은 한국인이 타는 칸이니 양복을 입은 나는 일본 사람 타는 데로 가라는 것이었다. 나는 전신에 피가 꺼꾸로 흐르는 분격을 느꼈다. 나는 "나도 한국인이오" 하고 한국인 타는 칸에 올랐다. 때는 삼월이라 아직도 날이 추워서 창을 꼭꼭 닫은 찻간에서는 냄새가 났다. 때 묻은 흰옷을 입은 동포들이었다. 그 때에는 머리 깎은 사람도 시골서는 흔치 아니하였고, 유색 옷을 입은 사람은 더구나 없었다. 실로 냄새는 고약했다. 그리고 담뱃재를 버리고, 자리싸움을 하고, 침을 뱉고, 참으로 울고 싶었다. 나는 이 동포들을 다 이러지 아니하도록, 그리고 모두 깨끗하고 점잖게 되도록 가르치는 것이 내 책임이라고 생각하였다. 그러고는 내가 할 수 있는 대로는 말로 몸으로 그들을 도우려고 애를 썼다.[38]

이광수의 제1차 유학(1905~1910) 시절인 중학생 때를 회고한 문장이다. 인도인이라는 이유로 영국인이 타는 기차 칸으로부터 끌려 내려진

---

38 이광수, 『나 / 나의 고백』(『춘원문고』 18), 우신사, 1985, 149~150면.

젊은 시절 간디의 체험과 같이 기차가 소도구로 등장하고 있다. 과연 일본인 역원이 어린 이광수에게 일본인 칸에 타라고 권했는지 의심스럽지만, 소년 이광수의 결벽증과 설익은 교사 의식이 고개를 내밀고 있는 모습이 나타난다. 이 감각은 「동경 잡신」에서 재연되고 있다.

> 내지인(內地人)이 세계에 대하야 자긍하는 중에 일(一)은 목욕을 애호함이니, 목욕을 애호함은 즉 청결을 애호함이라. 청결은 실로 일본 국민성의 일(一)이니 차국민성(此國民性)은 가옥, 의복, 음식 등 일상생활에 다 표현되거니와 최(最)히 현저한 것은 목욕의 애호 (…중략…) 조선인은 아직도 청결 사상이 보급치 못하야 입욕(入浴)의 선습관(善習慣)이 무(無)하나니 차(此)는 문명인의 체면에 심히 수치할 바이라.[39]

일본인의 청결 감각과 한국인의 불결함이라는 대비의 고정관념이 자민족 폄하의 형태로 표현되어 있다. 생활의 감각과 습관 혹은 풍속은 그 사회의 환경과 풍토에 의해 형성된 오랜 동안의 전통이다. 극단적인 예로 시베리아 혹은 사막에 살고 있는 인간에게 매일 매일의 목욕을 강요한다는 것은 결국 요구하는 쪽의 무지의 폭로에 다름 아니다. 그것을 가치 판단과 선악의 기준, 나아가 문명의 기준으로 내세우는 것은 사회 인식의 천박성, 결벽증, 무식함의 소산이다. 이민족의 생활 습관을 내세워 자민족을 비방하는 것은 이광수 개인의 사고방식의 단순성과 주체성 결여의 결과이며, 후진국 국민이 빠지는 자기 열등감

---

39 이광수, 「동경 잡신」, 『매일신보』, 1916.10.11~12.

의 표출에 불과하다.

이광수의 일본에 대한 이 자기 열등감은 학습 맹목성으로 발전하고 그것을 다시 민족 단위로 확대해간다.

> 오후 오시 반. 동창(同窓)은 지금 식사 중이라. 인도하는 대로 이층 자실(自室)에 입(入)하여 기다리다. 동향(東向)한 창하(窓下)에는 서안(書案)이 놓이고 안상(案上)에는 영문 서양 철학사를 반 이상이나 독하다가 개(開)한 대로 놓았다. 안상에 필통과 연병(硯甁)과 잉크병이 질서 정연함을 견(見)하고 여(余)의 서두(書頭)의 난잡함을 괴(愧)하다. 서안 차벽(書案此壁)에는 서가가 입(立)하고 서가에는 화장 양장(和裝洋裝) 서적이 만재하였으며, 서가에 다못 끼어 서가상(書架上)과 기측(其側)에 수십 권 서적이 정제(整齊)히 차이다. 질서와 청결은 일본 국민의 본성이라 하고 차(此)가 여등(余等)의 학(學)할 중요한 미점(美點)이라 하다. 서가에 끼인 서적을 점검하건대 한문 대계(차는 富山房 편집이니 支那 고래의 경전과 諸子百家書를 수집한 바), 일본 문학사, 역대 국문학선, 만요 고킨슈 평역(萬葉古今集評譯), 구미의 일본관, 인도사, 희랍사, 지나 문학사(支那文學史) 및 철학사, 심리학, 논리학, 일본의 교육 대관, 농촌론, 인격적 교육 사조 등이요, 기타 영 독문의 문학, 철학, 경제서류니 권수 육십 여요, 쪽수 개산이 물경 삼만 여라. 과중한 학교 정과(正科) 여가에 여사히 대부(大部)의 서적을 독파하는가 하고 여(余)는 일경(一驚)을 끽(喫)하다.[40]

---

40  이광수, 「동경 잡신」, 『매일신보』, 1916.11.4.

어떤 의미에서 당시 일본 대학생들의 독서 경향을 추찰할 수 있는 반면, 아무리 근대 초기라 해도 겨우 60여 권의 장서에 호들갑을 떠는 이광수의 무색의 순진성과 단순성 자체가 '놀라운 일'이다. 이광수에게는 그가 말하는 문명인이라는 이름의 일본인과 관계되는 것이면 무엇이든 경탄의 대상인 것이고, 자신이 이럴 바에야 여타의 무식한 한국인은 말해 무엇하겠느냐는 일본인 열등감과 자민족에 대한 자기 우월감이 공존하고 있다. 일본 유학생 청년 이광수는 자민족에게만 '천재'였던 것이다.

이광수의 비극은 개인적인 체험과 열등감을 개인적인 차원에서 처리하지 못하고 민족 단위의 가치 기준으로 확대하는 데에 숨어 있다. 이 시점 확대와 과장은 항상 고질이 되어 자기가 하는 행동과 사고가 민족을 위해서라는 자기최면과 환상을 가져와, 또 하나의 고질인 감격벽을 첨가시켜 혼자만의 민족을 부둥켜안고 한없는 순교자의 제스처를 허무하게 되풀이하게 했다.

여(余)는 야생이요 피(彼, 일본인 동급생─인용자)는 삼(三), 사대(四代) 문명한 공기 중에서 생육한 인(人)이라. 피(彼)의 세포와 혈액에는 이미 문명이 침윤되었나니 피(彼)의 부(父)는 신문명의 생활을 하던 자요 피(彼)의 모(母)도 신문명을 이해할 만한 지식을 득한 자라. 피(彼)는 태중(胎中)에서 이미 문명의 유(乳)를 흡(吸)하였으며 강보(襁褓)에서 문명의 성(聲)을 청(廳)하였고 가정의 담화와 학교의 교육과 붕우(朋友)의 교제와 서적과 잡지와 사회의 공기에서 문명의 지식을 호흡한 인(人)이라. 피(彼)는 연령은 비록 이십사, 오세이나 기실은 오십 여년 문명의 교육을 수(受)한 자요 또 사회의 요구가

피(彼)로 하여금 지식을 갈구하게 한 것이다. 연(然)이나 여(余)는 신문명에 접하여 그 교육을 수(受)하는 지가 불과 십여 년이라 두뇌는 아직 단련이 못 되고 정신은 아직 문명에 침윤치 못하여 문명을 보기가 이국 이시대의 풍물을 취함과 여(如)히 생소하고 난삽(難澁)하도다. 여(余)는 여(余)가 지금보다 삼, 사배의 노력을 하기 전에 결코 문명인과 보무(步武)를 병(並)히 하기 불능함을 각(覺)하였노라. 연(然)이나 사상(思想)컨대 여(余)의 혈통은 본래 열등함이 아니라 다만 단련이 부족하고 노력이 부족함이니 종차(從此)로 노력에 노력을 가하여 각고면려(刻苦勉勵)하면 용이히 세계 최고 문화의 전선(前線)에 돌출(突出)할 수 유(有)함을 확신하노라.[41]

이광수의 개인적 체험과 인식은 항상 민족으로 확대된다.

조선 인사(人士)는 지금 신문명을 이해하여야 할 급한 시기에 재(在)하도다. 동일한 국토에 주거(住居)하면서도 내지 인사와 조선 인사는 외관은 근사(近似)하나, 지식 정도에는 현격한 차이가 유(有)하나니, 가령 조선 신사가 내지 신사와 대좌하여 담화를 교(交)한다 하면 조선 신사 자신은 내지 신사와 차등이 무(無)한 듯이 사(思)하되 내지 신사의 안(眼)에는 조선 신사가 소아(小兒)와 여(如)하게 보이나니라.[42]

이광수는 1916년 당시 이미 한국을 일본 제국주의 국토로 인정하고 있는 식민지 수용을 보이고 있다. 자신의 일본인 열등감을 자민족과 공

---

41  이광수, 「동경 잡신」, 『매일신보』, 1916.11.5.
42  이광수, 「동경 잡신」, 『매일신보』, 1916.11.7.

유하려 혈안이 된 25세의 청년 이광수의 모습은 학습 맹목성에 빠진 연약한 모습과 더불어 의지할 조국이 없는 망국민의 비애를 느끼게 한다.

그의 식민지 수용은 '황국신민화'에도 선도적인 발언을 서슴지 않고 있다.

> 이제는 조선은 내지인과 조선인이 잡거(雜居)하는 처지라. 조선인의 지식 정도가 내지인과 상비(相比)할만한 수평선상에 달(達)하지 아니하면 지극히 상호 간에 이해가 무(無)할지며, 이해가 무한 처(處)에 종종(種種)의 오해와 시의(猜疑)가 생(生)할지라. 그뿐 아니라 조선인이 완전한 일본 신민이 되기 위해서도 완전한 문명인 됨이 제일 요건이니 조선인이 만일 문명 정도로 내지인을 수(隨)하지 못하면 황화(皇化)를 배반하는 대만의 생번(生蕃)과 이(異)함이 하유(何有)하리오. 고로 당국에서는 학교를 정비하고 예의로 청년의 교육을 장려함이거니와, 장성한 인사들은 자각하여 신지식을 갈구하여야 할지라.[43]

이것으로 보면 1916년 당시 이광수는 이미 일본 제국주의의 '황국신민화'를 수용하고 있었음을 확인할 수 있다. 식민지 지배 권력은 "조선인이 야마토 민족과 동일해질 수 있는 날은 조선인이 완전히 황국신민이 되는 바로 그때"[44]라고 선전했다. 이광수는 거기에 한술 더 떠서 "일본 신민이 되기 위해서는 일본인과 동일 수준의 문명인이 되지 않으면 안 된다"는 주문을 덧붙이고 있다. 문명인 = 일본인이라는 공식과 일

---

43 이광수, 「동경 잡신」, 『매일신보』, 1916.11.8.
44 朝鮮總督府情報課, 『新しき朝鮮』, 朝鮮行政協會, 1944, 15면.

본인에 대비하여 자민족을 폄하하는 고정관념은 그의 머릿속에 고착되어 있는 것이다. 이광수에게 일본인이 문명인이라는 사실은 이미 기준이나 근거가 필요 없었다.

그리고 일본 제국주의보다도 더 엄격한 주문을 자민족에게 강요하는 자세는 자민족을 향해서만 천재인 그의 선구자 의식과 교사 의식의 발로로, 자민족의 현실태를 용서하지 못하는 그의 맹목적 향상심에서 나온 이상주의의 표출이다.

더구나 이광수의 민족 차별 발언에도 일본 제국주의의 시점이 들어 있다. 같은 일본 제국주의의 식민지 지배하에 놓여있는 대만인을 '야만인[生蕃]'으로 보는 발상은 말할 것도 없이 일본 제국주의의 아시아에 대한 우월감을 그대로 채용한 것이다. 이광수는 타민족에 대한 인식도 어느새 일본인의 사고방식을 자기 것으로 받아들이고 있는 것이다. 일본 제국주의와의 자기 동일시 현상이다.

일본 제국주의 억압이양의 원리는 식민지 한국에도 전파되어 피차별 속의 차별 이양을 횡행시켰다. 일본 제국주의의 이 차별 이양의 구조는 현실적으로 한국인에 대한 엄격한 차별을 자행하면서도, 다른 한편으로 '대동아공영권' 속에서 한국인의 소위 '중추적 역할'을 선동하는 데 이용된다. 이광수의 '야만인' 의식은 자민족에게도 향해져 문명인을 자처하는 일본 제국주의의 한국인에 대한 시혜 의식을 전면적으로 수용하는 수혜 의식을 자민족에게 강요하고 있는 것이다.

결국 근대 문명의 습득을 일본 수용과 동일시하여 일본 제국주의의 모든 것을 금과옥조(金科玉條)로 믿어버린 이광수의 학습 맹목성은 그의 몰주체성으로 인해 일본 제국주의의 이기주의에 여지없이 침윤되어 일찍부터 한국인의 '황국신민화'를 부르짖었던 것이다.

이광수의 무분별한 일본 수용은 여기에서 그치지 않는다.

> 오호라. 다 같은 오척 일신(五尺一身)으로 일국(一國) 문화의 대은인이 된
> 선생[福澤諭吉 — 인용재의 공이여. 위(偉)하도다. 여(余)는 묘전(墓前)에서
> 수(首)를 저(低)하고 망연자실(茫然自失)하였다가 다시 안(眼)을 거(擧)하여
> 묘비를 향하니 흠경(欽敬)의 정이 우신(尤新)이라. 감개무량하여 묵묵 저회
> (默默低回)할 때 사승(寺僧)이 여등(余等) 일행을 출영(出迎)커늘 여등(余等)
> 은 조선인이라 여등도 장차 조선 문화에 미력을 보(補)하려 하여 선생의 덕을
> 흠모하여 내배(來拜)함이로라.[45]

후쿠자와 유키치[福澤諭吉]는 일본의 개화기에 서양 문명의 주체적
수용에 심혈을 기울인 선구자이다. 후쿠자와의 최대 관심사는 우승열
패의 제국주의 시대에 일본의 생존을 위한 국가적 독립과 근대 의식인
개인의 독립 즉 주체적 개인의 확립을 어떻게 하면 달성하느냐하는 문
제였다. 이 두 명제의 성취와 근대 문명의 보급을 위해 후쿠자와는 근
대 초기 일본의 선각자로서, 계몽적 지도자로서, 근대 교육의 개척자
로서 봉건적 전통을 과감히 비판하면서 활발한 사회 개혁 운동을 전개
했다. 주로 교육과 언론을 통해 사회 계몽에 힘썼던 후쿠자와의 문명
개화사상은 이광수에게도 깊은 감명을 주었던 듯 그의 문장 여러 군데
에 등장한다.

---

**45** 이광수, 「동경 잡신」, 『매일신보』, 1916. 10. 27.

후쿠자와 개화사상의 저변에는 명확한 국가 의식이 깔려 있었다. 서양 문명의 수용에서 일본인의 개인과 국가의 독립자존 실현을 역설한 후쿠자와는 일본 제국주의 성장과 더불어 자신감을 회복한 뒤에는 그 시야가 차츰 일본의 국익 우선주의로 넓어져갔다. 결국 그가 다다른 곳은 아시아 침략의 국권론이었다. 1875년 당시 소위 '정한론(征韓論)'이 비등했을 때 한국에 대해 이렇게 썼다.

> 도대체 이 나라가 어떠한가를 묻는다면 아시아주 중의 하나의 소야만국으로 그 문명의 정도는 우리 일본에 까마득히 미치지 못한다고 볼 수 있다. 이 나라와 무역하여 이(利)를 얻을 수 없고, 이 나라와 통신하여 이로울[益] 리 없다. 그 학문이 취할 만한 것이 없고 그 병력 또한 두려워할 만한 것이 없으며, 그 위에 설사 그 쪽에서 내조(來朝)하여 우리의 속국이 된다 할지라도 기뻐할 만한 것이 못된다. 무릇 그 이유는 무엇일까. 전에도 얘기했지만, 우리 일본은 서양 제국에 병립의 권리를 취하여 서양 제국을 압도하는 세력을 얻지 못하면 진정한 독립이라고 말할 수 없는 것이다.[46]

후쿠자와의 목적은 오로지 서양에 대한 일본의 독립에 있었으므로 동양은 일본에게 이익을 가져다주는 대상이 아니었다. 그에 의하면 동양은 '야만'의 나라이므로 "우리 일본으로서는 아시아 제국에 대하여 화(和)와 전(戰) 어느 쪽도 나라의 영욕의 차이에 영향을 미치지 않는다. 영원한 일을 걱정한다면 동양에 싸워서 이겨도 오히려 일본국의

---

46　福澤諭吉,「亞細亞諸國との和戰は我榮辱に關するなき說」,『郵便報知新聞』, 1875.10.7.

독립에 해로울 뿐"[47]이라며 처음부터 관심의 대상에조차 넣으려 하지 않았다. 그리하여 한국을 침략할 필요조차 없는 '소야만국'으로 간주하여 멸시의 감정을 노골적으로 드러내면서 쓸모없는 국력의 낭비를 경계해 '정한론'에 반대했다. 이러한 후쿠자와가 1881년 『시사소언(時事小言)』에서는 "그러므로 지금 동양 열국 중에 문명의 중심이 되고 열국의 우두머리가 되어 서양 제국(諸國)을 당할 수 있는 사람은 일본 국민을 제외하고 누가 있으리오. 아시아 동방의 보호는 우리 일본의 책임"[48]이라며, 일본의 '아시아 맹주론'을 주장하기에 이른다.

한때 후쿠자와는 한국의 김옥균(金玉均) 등 개화파와 접촉하며 한국의 문명개화를 지원하는 태도를 보이나, 이것도 결국 '개화 유도(開化誘導)'로 위장된 일본 문명 확장주의와 일본의 '예방선(豫防線)' 확보를 노리는 '방책론(防柵論)'의 위장 협력에 불과했다. 이윽고 동양에 절망한 후쿠자와는 1885년 저 유명한 「탈아론(脫亞論)」을 써서 아시아 침략에 앞장선다.

금일의 계책을 논하자면 우리 일본은 이웃 나라의 개명을 기다려 같이 아시아를 일으킬 여유가 있을 수 없다. 오히려 그 대열을 벗어나 서양의 문명국과 진퇴를 같이하고, 중국, 조선을 대하는 방식도 이웃 나라라고 하여 특별한 예우를 차릴 필요가 없이 실로 서양인이 동양을 대하는 방식에 따라야 한다. 악우(惡友)와 친한 자는 악명을 벗어날 수가 없다. 우리는 마음속으로부터 아시아 동방의 악우를 사절해야 한다.[49]

---

**47** 위의 글.
**48** 福澤諭吉, 「時事小言 第四編」, 富田正文編, 『福澤諭吉選集』 第五卷, 岩波書店, 1981, 259면.

세계 정세를 "백권의 만국공법(萬國公法, 國際法－인용자)은 수문(數門)의 역포(力砲)만 못하다"[50]고 파악한 후쿠자와이고 보면, 일본의 안전과 이익을 위해서 '야만'이라고 본 동양 침략은 지극히 당연한 것이었다. 근대 문명 숭배의 측면에서 이광수도 후쿠자와 유키치도 마찬가지였다. 그러나 이광수와 달리 후쿠자와는 서양에 대한 일본의 독립이 최우선 명제였기 때문에 서양 문명 수용에서도 어디까지나 주체적인 자세를 취하려고 노력했다. 후쿠자와에게 서양이란 근대 문명의 진원지이고 모방의 대상이면서 동시에 적이기도 했던 것이다. 이 점이 일본 제국주의와 동일시 현상을 일으킨 이광수와의 차이인 것이다.

후쿠자와는 서양에 건너가기 전에 벌써 난학(蘭學, 江戶 幕府時代의 서양 학문)의 경험이 있었고, 서양 체험도 자아가 성립된 25세 때 공직의 신분으로 시작했다. 후쿠자와는 14세 때 유학생의 신분으로 일본 체험을 시작한 이광수처럼 순진하지 않았던 것이다. 이러한 후쿠자와의 서양에 대한 대타 의식은 그로 하여금 모든 가치보다도 일본의 독립과 이익을 우선시켰다. 이러한 입장에서 자기가 계몽하여야 할 민중을 우민시했고, 국익에 맞지 않는다면 가차 없이 민중으로부터도 등을 돌렸다. 이것이 후쿠자와 계몽사상의 사이비성인 것이다. 후쿠자와의 철저한 공리주의와 현실주의는 그것을 적용하는 데 이웃 나라, 한국이나 중국이라 하여 예외가 있을 수 없었던 것이다. 후쿠자와의 경우 19세기 말 일본이 직면한 위기의식을 처리할 때, 국력이 모자랄 때는 서양에 배워 비축하고, 국력에 자신이 있을 때는 나아가 취한다는 힘의 논

---

49  福澤諭吉, 「脫亞論」, 『時事新報』, 1885.3.16.
50  위의 글.

리로 정리했던 것이다. 그러므로 김옥균 등 한국 개화파의 계산이 어디에 있었든, 그들이 후쿠자와를 비롯해 일본의 모험주의자 등 외국 세력을 등에 업고 1884년 갑신정변(甲申政變)을 일으킨 것은 일본 제국주의의 침략주의와 이기주의를 너무나도 가볍게 보아버린 조급성의 표출이라 하지 않을 수 없는 것이다. 아니나 다를까, 갑신정변의 실패에는 일본의 배반도 한몫했다.

후쿠자와 유키치는 근대 초기 일본의 개화사상가이며 교육자·계몽가로 이광수의 언급처럼 일본인에게는 '대은인(大恩人)'임에 틀림없을 것이다. 그러나 그것은 일본인의 시점일 뿐이고, 한국인의 그것이 될 수는 없다. 후쿠자와 유키치는 대내적으로는 일본과 일본인의 독립 자존과 근대 사상을 설파하면서도, 대외적으로는 국권 확장을 주창해 일본 제국주의 침략의 대변자로 타락한 존재 이외의 아무것도 아니기 때문이다. 결국 후쿠자와 유키치의 '탈아론(脫亞論)'은 이윽고 일본 제국주의의 '탈아론(奪亞論)'으로 현실화되어 아시아는 물론 세계를 교란시켰던 것이다.

「동경 잡신」을 쓴 1916년 시점에서 이미 후쿠자와 유키치와 김옥균 등 개화파와의 관계는 물론, 그의 한국관과 '탈아론'의 존재를 숙지하고 있었을 이광수의 후쿠자와 예찬은 이광수의 일본 몰입의 깊이를 보여주는 것이다. 이러한 이광수의 '후쿠자와 흠모증'은 그의 근대 문명 숭배에서 오는 문명주의가 '일본 흠모증'에 빠져, 어느새 일본인의 시점에 서 사물을 판단하고 있음을 증명하고 있다. 여기까지 오면 이광수의 학습 맹목성 속에 숨어 있는 거대한 함정의 실태가 명확히 드러난다.

일반적으로 후진국으로부터 선진국, 소위 '문명국'에의 유학은 유학국으로부터 두 가지의 유혹을 받는다고 볼 수 있다. 학습 맹목성이 유발하는 그 하나는 제국주의의 쾌감을 맛본 유학국의 문명 이론 혹은 시혜 의식으로 위장된 침략주의를 통째로 받아들여 가치 판단의 기준으로 하는 자기 동일시 현상 곧 시점의 혼동이다. 이것은 이광수의 경우 일본에서 배운 일본인의 시점을 그대로 자신의 것으로 채용하여 자민족을 바라보는 시점 전도(顚倒)로 나타난다. 당시 일본인이 한국인을 보는 시점이 어떠했는가는 새삼스럽게 언급할 필요조차 없다. 이광수는 자신의 시점에 섞여 있는 일본 제국주의의 이기주의와 시혜 의식을 살펴볼 여유도 없이 근대 문명 수용이라는 설익은 사명 의식에 오도되어 자민족에 대한 시혜 의식으로 지도자 의식과 교사 의식을 노골적으로 드러냈다.

또 하나의 유혹은 유학국과 그 민족에게 품는 자기 열등감 곧 사대주의가 그것이다. 이것은 유학국에의 동경이라는 형태로 나타나므로, 유학국의 가치를 이상화하여 자기 혹은 자민족의 가치를 무화시킨다. 그리하여 성급한 향상심과 개혁 의지에 넘친 나머지 자국의 사회 구조를 열악한 것으로 파악하여, 자국의 사회 체제와 사고방식에 대한 과잉 반응을 일으켜 무분별한 전통 파괴와 맹목적인 이식주의(移植主義)를 일삼는다. 이러한 공백의 틈을 타서 근대화론과 진보주의 논리가 파고들어와 현실 모순을 더욱 심화시키고 현실 대응력의 상실로 이어져 국적 불명의 사이비 지식인과 성격 파탄자를 양산하는 것이다. 이광수의 경우 이 정신 상태는 현실 인식을 오도하여 현실 모순의 책임을 자민족에게만 떠넘기는 한민족 무능론으로 나타난다. 이광수의 이 열등감은 한국의 현실을 자민족이 초래한 당연한 결과로 파악하고 일본 제국주의 한국 지배를 승인하여 '내선일체'와 '황국신민화'를 실천하는 '식민지적 전향'의 길로 들어선다. 소위 선진국 유학 출신자가 자민족에게 뿌리고 다니는 유명세와 과시욕의 우월감은 이 열등감을 뒤집은 것에 불과하다. 이것은 전염성이 강한 병균과도 같아서 자신은 물론이고 그가 속한 주위와 사회를 오염시킨다.

소위 문명국의 시혜 의식은 서양 제국주의가 아시아, 아프리카, 아메리카 여러 나라를 침략하여 식민지로 지배하면서도 '미개 민족'을 교화하여 근대화시키고 문명을 보급하는 일이야말로 '백인의 부담이요 의무(whiteman's burden)'[51]라고 합리화한 발상에서 나온 것이다. 일본 제국주의도 아시아 침략을 자행할 때 서양을 모방하여 이 시혜 의식을 노골적으로 드러냈다(Japanese burden). 그 대표적인 예가 후쿠자와 유키치의 '탈아론'을 비롯해 다루이 도키치[樽井藤吉]의 '대동합방론(大東合邦論)', 한국에 대한 지배 논리인 '내선일체'와 '황국신민화'로 이어지고, 드디어는 아시아 전체로 확산시켜 '대동아공영권'에 이르는 것은 역사가 말해준다.

다루이 도키치의 '대동합방론'에는 다음과 같은 일절이 나온다.

일본의 황통(皇統)은 본래 만세 일계(萬世一系)이며 국민들 또한 충성심이 더할 나위 없이 깨끗하고 두텁다. 합방의 체제는 그 백성이 서로가 그 나라의 군주를 존봉(尊奉)하게 되어 있으므로, 일한 합방을 하면 조선 왕은 조선 국민

---

51 Rudyard Kipling, "The White Man's Burden : The United States & The Philippine Islands, 1899" *Rudyard Kipling's Verse*(Definitive Edition), Garden City, New York : Doubleday, 1929.

에게 존경받을 뿐만 아니라 일본 국민으로부터도 따뜻하게 옹호 받을 것임에 틀림없다. (…중략…) 조선 왕으로서 이 이상 경사스러운 일이 있을 수 있을까. 그러므로 합방의 이익은 일본이 받는 것보다 조선이 받는 것이 훨씬 크다.[52]

'한일합방'이 일본보다도 한국 쪽에 이익이 많다는 단언은 일본 제국주의의 한국에 대한 시혜 의식이 얼마나 일찍부터 시작되었으며, 그 깊이가 얼마나 깊은 것이었던가를 여실히 보여주고 있다. 실제로 이 '대동합방론'이 한일병합 당시 일진회를 비롯해 매국의 부류에게 깊은 영향을 미친 것은 주지의 사실이다. 이것이 뒤로 갈수록 일체의 합리화와 분식(粉飾)을 생략하고 국권론을 전면에 내세운 침략주의로 나타난다. 대표적인 국가주의자 도쿠토미 소호[德富蘇峰]는 다음과 같이 말했다.

아시아는 고루하다. (…중략…) 지나의 정치가가 원대한 견식이 없고 분별도 없이 눈앞의 소아(小我)에 매달려 소리(小理)에 급급하고 있으니 참으로 통탄의 마음을 금할 수가 없다. 지나가 이 지경에 빠지게 된 것에 대해 우리 일본인도 선진국의 일인(一人)으로서 책임을 느끼지 않으면 안 된다. (…중략…) 일본이 스스로 하려 하지 않아도 현재의 정세를 보면 일본 이외에는 대아시아의 맹주가 될 수 있는 나라가 없다. 자연의 힘이 일본으로 하여금 대아시아의 맹주가 되도록 한 것이다.[53]

---

52  樽井藤吉, 影山正治 譯, 『現代譯大東合邦論』, 大東塾出版部, 1963, 78~79면.
53  德富蘇峰, 「亞細亞の指導者としての日本の責任」, 『亞細亞主義』, 1933.4, 58~59면.

도쿠토미 소호에 이르면 일본이 아시아의 맹주가 되는 것은 시혜 의식을 뛰어 넘어 '자연의 섭리'로 둔갑해버린다. 도쿠토미는 1895년 일본 제국주의에 대한 삼국간섭 이후에 국가주의로 급선회하여 대륙 침략을 부르짖고 한국에 대해서는 '내선일체'와 '황국신민화'를 적극적으로 주창했다. 「동경 잡신」을 쓴 후 이광수에게 토쿠토미를 소개시켜준 사람은 아베 미쓰이에였다(1917). 아베는 죽을 때까지 이광수를 자식처럼 돌보아 주었고, 도쿠토미도 1936년 아베가 죽은 후에 만난 이광수에게 '조선에서의 아들'이 되어줄 것과 '내선일체'의 실현에 진력해줄 것, 감옥에 가지 말고 '문장보국(文章報國)'에 힘쓸 것을 당부했다고 한다.[54] 그는 이광수가 1940년 2월 가야마 미쓰로[香山光郎]로 '창씨개명'했을 때, '日鮮本是同根族忘小我殉大義欣快曷勝'이라고 쓴 액자를 보냈다.[55]

이광수는 「동경 잡신」의 마지막을 '일반 인사가 필독할 서적 수종(數種)'이란 글로 마치고 있다.

1. 서양사(箕作元八 著 『西洋史講話가 最適할 듯』)

2. 세계 지리(志賀童昴 혹은 野口保與氏의 著)

3. 진화론(丘淺次郎 著 『進化論講話』)

4. 경제 원론(誰謀의 著나 無妨하나 大概 此는 多數히 有함이라)

5. 개국 50년사(大畏重信 編)

6. 중국 철학사 및 서양 철학사(前者는 近藤隆吉氏의 著, 後者는 大西祝氏의 著가 似好)

---

**54** 이광수, 「無佛翁の憶出」, 『京城日報』, 1939.3.17.
**55** 이광수, 「わが交友錄」, 『モダン日本』, 朝鮮版, 1940.8, 148면.

7. 소호 문선(蘇峰文選, 德富猪一郎 著)

　　아직 이만하리라. 이상 열거한 서적만 통독하면 다소 신문명의 하(何)임을 이해하고 소위 세계의 대세를 이해할지니 금전이 부족한 자는 1, 2, 3, 4만 독(讀)하여도 가하니라.[56]


　　당시 이광수의 교양적 독서 경향을 짐작할 수 있어 흥미 있는 부분이라 할 만하다. 그러나 이 중에서도『소호 문선(蘇峰文選)』은 문제가 있다. 이광수는 여기에 "소호 씨는 일본의 최대 신문기자니 씨의 30년간 웅혼 경건한 문장은 금일 일본 문화에 다대한 공헌을 하였나니, 차(此)를 독(讀)함은 일본 문명사를 독함과 여(如)하며 갱(更)히 그 문장이 학(學)할 만하니라"고 덧붙이고 있다. '도쿠토미 소호를 읽는 것이 일본 문명사를 읽는 것'이라는 억측도 무지의 소치지만, 도쿠토미의 저서를 조건 없이 동포에게 권하는 것도 무사려의 극치인 것이다. 도쿠토미는 이광수가 말하는 대로 당시 일본의 저명한 언론인이요, 사상가인 것은 사실이나 한국인에게 지피지기(知彼知己) 이외의 의미가 있을 수 없는 인물이다. 오히려 도쿠토미는 한국인이 가장 먼저 극복하고 타도해야 할 일본 제국주의 나팔수 역할을 서슴지 않은 광신적 국가주의자이며, 일본 민족의 서양 열등감이 만만하게 본 동양을 향했을 때의 발현 형태를 가장 전형적으로 표출해 친동생[德富蘆花]으로부터도 절연을 당한 일본 제국주의가 낳은 졸부 기질의 탐욕스런 괴물이었다. 소위 신문명 혹은 '일본 것'과 '일본인'이면 무엇이든지 배워야 한다는 이광

---

56　이광수, 「동경 잡신」, 『매일신보』, 1916.11.9.

수의 발상은 해외 유학의 함정에 깊숙이 빠진 맹목적 향학열의 폐해를 대변하는 것에 불과한 것이다.

제목 그대로 '도쿄[東京]에 대한 잡소리와 헛소식[雜信]'으로 일관한 이광수의 일본 체험기는 많은 문제점을 던져주고 있다. 그 중의 하나로 지적할 수 있는 것은 '호랑이 굴에 들어가야 호랑이를 잡는다'는 것도 진리지만, '무기'도 없이 호랑이 굴에 들어가면 호랑이는커녕 자신의 모가지마저 잡혀버린다는 평범한 교훈이다. 그 '무기'는 말할 것도 없이 민족적 국가주의를 기반으로 하는 민족적 주체성일 것이다.

식민지 시대 한국 지식인의 일본 체험의 파행성의 의미는 개인에게나 한국 사회에서 음울한 상징성을 갖는다. 조국이 식민지로 전락해가는 과정에서 한국 지식인의 초미의 과제는 근대 국민 국가의 건설 곧 독립의 보전과 근대화의 성취였다. 급변하는 국제 정세 속에서 그것을 주체적으로 수행할 여유를 얻지 못했던 시대 상황 아래, 조국의 독립과 문명개화라는 두 가지의 시대적 사명을 띠고 신문명·신기술을 얻기 위해 한국의 젊은이는 유학의 길에 올랐다.

그러나 현실은 역설적이게도 이 두 마리의 토끼를 쫓기 위한 유학의 대부분이 지배국 일본에 집중되어 비극을 더욱 심화시켰다. 동양의 아서양을 자처한 일본에는 한국의 젊은 정신의 학구적 순진성을 짓밟기에 충분한 제국주의적 이기주의가 팽배해 있었던 것이다. 시대적 사명감과 강박증이 시대고가 되어 근대 문명 맹신으로 흐르고, 이것이 다시 학습 맹목성으로 발전하여 일본 제국주의의 서슬 퍼런 이기주의와 침략주의 앞에 무방비 상태로 열려 있었다. 여기에서부터 일본 몰입과 주체성 상실은 그 싹이 돋기 시작했던 것이다. 근대 문명이라는 마법의 지팡이로부터는 누구도 자유롭지 못했기 때문에, 일본 제국주의에 마비된 이들의 조급한 지성은 선진성과 후진성이라는 이원적 인식을 낳아, 한국의 현실적 모순이 일본 제국주의 식민지 지배에 의해 초래된 질곡이라는 근본적인 현실 인식을 오도시켰고, 그 책임을 자민족에게 전가해버리는 자학적 민족관을 형성하여 식민지 통치를 당연시하는 종속적 현실 파악에 떨어졌던 것이다.

또한 다른 한편으로 3·1독립운동의 실패 이후, 독립이라는 비원의 꿈이 그렇게 간단하게 굴러 들어오는 것이 아니라는 상황 인식도 일본 제국주의의 간계인 소위 문화통치와 맞물려 이상주의적인 문명주의와 개량주의를 대두시켰고, 이것은 더욱 민족 허무주의를 부채질했던 것이다. 이러한 현실 인식은 근대 문명 맹신에 촉발되어 일본만이 크게 보이는 반면, 조국은 점점 왜소하게 보이는 시점 치매자를 양산시켰다. 일본 제국주의 파악의 파행성과 자민족 파악의 왜소성은 강자에 의존하는 현실 타협에 연결되었고, 이것은 이윽고 사대주의에 깊숙이 침윤되어 정체성 상실에의 길을 열었던 것이다.

거기에는 강요한 측의 음험한 음모의 부분과 노골적인 선동과 책동과 교활한 속임수가 산재해 있고 강요당한 측의 연약한 사상성과 비합리성이 숨어 있는 것이다. 이들은 혼란기의 지식인이 범하기 쉬운 방향 상실과 일본 제국주의 지배 이념 수용의 함정에 깊숙이 빠져들었다고 할 수 있다. 이것이 '식민지적 전향'의 뿌리이다.

## 2. '대동아 의식'


　일본 제국주의 '성전'과 '대동아공영권'의 논리는 식민지 한국에도 하나의 실천 이념으로 대두되어 한국의 '식민지적 전향'의 지식인들은 일본 체험을 매개로 '내선일체'와 '황국신민화'의 연장인 '대동아 의식'에 편승을 보였다.

　한국인의 일부에서 '대동아 의식'에의 편승 심리가 나타나기 시작한 것은 만주사변의 추인으로부터 시작되었다. 만주사변 이후 식민지 한국은 급박한 상황 변화를 겪게 된다. '내선일체'와 '황국신민화'의 강화, 한반도의 '병참 기지화', '신체제 운동'의 진행 등 이른바 '총동원 통치기'에 들어가 소위 '성전'의 영향이 식민지 한국의 구석구석까지 파급되어갔던 것이다. 당시에 유행하던 민요에 다음과 같은 것이 있다.


　　말깨나 하는 놈은 감옥에 가고
　　힘깨나 쓰는 놈은 공동 묘지에
　　애 하나 낳을 년은 갈보질 가고
　　삼태기 둘러멜 젊은 놈은 일본 가고
　　이래도 저래도 빈털털이
　　여덟자 신작로(新作路) 아카시아
　　자동차 바람에 춤을 추네.[57]

---

[57]　金素雲 編, 『朝鮮民謠選』, 岩波文庫, 1933, 211~212면.

소위 '내선일체'와 '황국신민화'에 허덕이며 야위어간 식민지 한국에서 민중의 풀 길 없는 울분이 음산한 민요로 형상화되었던 것이다. 이러한 민중을 선동하기 위해 '혈서 지원(血書志願)'이라는 가요가 유행하기도 했다.

(백년설) 무명지 깨물어서 붉은 피를 흘려서
일장기(日章旗) 그려놓고 성수만세(聖壽萬歲) 부르고
한 글자 쓰는 사연 두 글자 쓰는 사연
나라님의 병정되기 소원입니다.


(박향림) 해군의 지원병을 뽑는다는 이 소식
손꼽아 기다리던 이 소식은 꿈인가
감격에 못 이기어 손끝을 깨물어서
나라님의 병정되기 지원합니다.


(합창) 나라님 허락하신 그 은혜를 잊으리
반도에 태어남을 자랑하여 울면서
바다로 가는 마음 물결에 뛰는 마음
나라님의 병정되기 소원입니다.


(남인수) 반도의 핏줄거리 빛나거라 한 핏줄
한나라 지붕 아래 은혜 입고 자란 몸
이때를 놓칠쏜가 목숨을 아낄쏜가
나라님의 병정되기 소원입니다.

(합창) 대동아공영권을 건설하는 새 아침

구름을 헤치고서 솟아오는 저 햇발

기쁘고 반가워라 두손을 합장하고

나라님의 병정되기 소원입니다.[58]


해군 특별 지원병제는 1938년 2월 공포된 육군 특별 지원병제에 이어 1943년 5월 일본 제국주의 각의에서 결정되었다. 이 시기는 일본 제국주의 식민지 지배에 대한 한국인의 착종된 반응 형태로 '식민지적 전향'이 대량으로 출현한 때였다. 이즈음 최재서의 『인문평론』에 다음과 같은 글이 실렸다.


만주사변 이래 동아는 그 정치적 형태와 사회적 생활에 커다란 변혁을 체험하고 있다. 바야흐로 탄생 중에 있는 신동아는 일방(一方)에 있어 공산주의를 배제하는 동시에 타방(他方)에 있어 자본주의적 제국주의를 엄숙히 경계하고 있다. 이것은 제국 정부 누차의 성명에 의하여 선언되었을 뿐만 아니라, 지나 신정부의 탄생(南京政府, 1940년 3월 汪兆銘에 의해 세워진 일본 제국주의 괴뢰 정부—인용자)에 의하여 내외에 실증된 바이다. 이렇게 구미류의 패도 정치를 청산한 후, 동양 본래의 왕도 정치에 의하여 질서화될 것이 예상된다. 이것은 만주국에 있어 이미 그러했고, 또 앞으로 지나 신정부에 있어서도 그러할 것이다. 이리하여 동아에는 새로운 정치 형태가 실험되려 한다.

---

[58] Okeh Record 1943. 11. A. 작사 조명암(趙鳴岩). 작곡 박시춘(朴是春). 노래 백년설(白年雪)·박향림(朴響林)·남인수(南仁洙). 이 노래는 1953년 '혈청지원가'로 개사되어 대한민국 군가로 불려졌고, 2006년 국가보훈처가 제작한 '리멤버 유(Remember U)'의 '추억의 군가'에 수록하여 배포하였으나 친일 가요라는 비난을 받고 6월 22일 삭제했다.

이와 같은 혁신적 정치는 그 배후에 있어서 민족 협화라는 대업을 완수시키기 위한 필연적 소치임을 알 수 있다.[59]

소위 '동아 신질서'에 대한 한국인의 편승적 반응은 1938년 11월 3일 제1차 고노에 내각이 내세운 일본·만주·중국의 일체화를 근간으로 하는 '동아신질서' 성명, 1940년 7월 26일 제2차 고노에 내각의 '대동아신질서' 결정, 8월의 '대동아공영권' 선언, 9월의 일본 제국주의 '생존권'으로 '대동아공영권'의 범위 명시 등 시국의 변화에 따라 확대되어갔다. 이윽고 1941년 12월 8일 태평양전쟁이 발발하자 다음과 같은 글이 『국민문학』에 등장한다.

이번의 일·미전쟁을 계기로 현재 진행되고 있는 성전을 대동아전쟁으로 부르게 되었다. 이것은 무엇을 의미하는 것일까. 우선 첫째로 그것은 동아 신질서의 건설이 미·영 세력을 무력으로 굴복시키지 않으면 실현되지 않는다는 사실을 명확히 보여주었다. 미·영과 타협하지 않으면서도 될 수 있으면 그들과의 마찰을 피하며 동아에 신질서를 건설하고자 하는 의향이 국민들 사이에 상당히 침투되어 있었던 사실에 비추어 볼 때, 이것은 하나의 커다란 진보라고 말하지 않을 수 없다. 이리하여 처음으로 목표도 확실해졌고, 따라서 국민에게 부과된 사명도 그 윤곽을 선명히 드러낸 것이다.[60]

일본 제국주의의 전쟁을 '성전'으로 부르며 한국인의 사명을 "일본

---


**59** 「권두언─신질서와 문학」, 『인문평론』, 1940.6, 2면.
**60** 「권두언─大東亞戰爭の意義」, 『국민문학』, 1942.1, 3면.

정신을 근간으로 하여 새로운 동아 문화를 부흥시키는 일"이라고 주장하고 있다. 이러한 편승 의식은 '황국신민화'와 '내선일체'의 완전 실시를 바라는 마음과 "대동아 건설의 성업(聖業)에 그 중핵적 지도자로서 참가할 수 있는 영광스런 희망"[61]에 대한 보상 심리로 식민지 지배 이데올로기와 '식민지적 전향'의 심정적 일치의 극치인 것이다. 이윽고 1943년 8월 1일부터 실시된 징병제에 이르러 최재서는 그 정당성을 다음과 같이 말했다.

징병제의 실시를 계기로 하여 반도인의 지위가 비약적으로 향상될 것이 명료하다. 이미 내선일체 운동의 강령은 조선인이 진실로 황국신민이 됨으로써 대동아공영권에 있어서 지도적 민족이 되어 그 건설에 참여한다고 말하고 있다 (…중략…) 반도인은 어떻게 하면 대동아공영권의 건설에 직접 참여할 수 있을까. 생산 확충도 있고, 노무 제공도 있고, 헌금도 있고, 저축도 있다. 물론 그러한 것의 하나하나가 충분히 의미가 있는 봉사임에는 틀림없다. 그러나 그것만으로 과연 대동아공영권의 건설이라고 말할 수 있을까. 이러한 걱정은 마음 있는 반도인의 머리를 괴롭히는 어두운 그림자였던 것이다. 따라서 어떻게 하면 반도인은 진실로 황국신민이 될 수 있을까하는 의문도 나왔던 것이다. 이러한 여러 가지 불안과 의심에 대한 단적이고도 명확한 해답을 준 것이 이번의 징병제 발표인 것이다. 말할 것도 없이 그것은 조선인이 대동아공영권 건설에 있어 직접적인 역할을 할 수 있는 길을 열어준 것이다. 이것으로 명실공히 반도인은 황국신민이 되어 대동아의 지도적 민족이 될 수

---

61 朝鮮總督府 情報課 編纂, 『新しき朝鮮』, 朝鮮行政學會, 1944, 27면.

있는 길이 열린 것이다. 그리고 그 문화사적 의의는 대단히 큰 것이다. 말할 것도 없이 대동아전쟁은 세계사의 전환을 지향하고 있다. 대동아공영권 내의 구세계의 질서와 문화를 뒤집어엎고 새로운 질서와 문화를 건설하는 것은 물론이고, 나아가서 세계 신질서 건설의 연원이 될 운명에 놓여 있는 것이다. 그렇다면 그 건설에 참여하는 우리들 개인의 움직임이 아무리 미약하더라도 그것이 직접 세계사의 전환과 결부되는 것은 당연한 이치이다. 그것은 결코 단순한 이론과 희망적 예상이 아닌 것이다. 그것은 이미 오늘의 현실로서 우리에게 여러 가지의 문제를 던져주고 있는 것이다.[62]

최재서의 이 발언은 식민지 한국판 '근대의 초극'이라 할 수 있을 것이다. 한국인에게는 일본 제국주의 시혜 의식과 민족 차별에 시달리며 '황국신민화'와 '내선일체'를 실천하면서도 정말로 대등한 일본인으로 인정해 줄 것인가에 대한 의심은 해소될 수가 없다. 그것은 결국 피의 문제, 순혈론으로 존재할 수밖에 없는 것이다. 일본 제국주의는 언제까지나 그것에 대한 명확한 해답을 주지 않은 채, 필요할 때마다 한국인을 조종하는 '미끼'로 사용했다. 이윽고 이 문제는 한국인의 착종된 반응을 유발시켜 현실 모순의 타개책으로 한층 더 열렬한 '황국신민화'와 '내선일체'의 실천으로 나타날 수밖에 없었던 것이다.

태평양전쟁의 서전에서 일본 제국주의의 황홀한 승리는 이 전쟁에서 일본이 승리할지도 모른다는 착각을 부여해, 일본이 이겼을 경우에 한국인이 받을 핍박, 박해와 차별, 시대에 뒤떨어지는 초조함 등 헤아

---

62  최재서, 「徵兵制實施の文化的意義」, 『국민문학』, 1942.5·6(합본호), 8면.

릴 수 없는 착잡함을 한국인에게 부여했다. 이러한 식민지 한국인의 착종된 반응은 한국인 스스로 이 전쟁에 참가하여 발언권을 얻으려는 몸부림을 어쩔 수 없게 하여 이 전쟁에의 편승 의식을 야기했던 것이다. 이광수는 다음과 같은 글을 남겼다.

어차피 당할 일이면, 자진하여 협력하는 태도로 하는 것이 장래에 일본에 대하여 우리의 발언권을 주장하는 데 유리할 것이다. (…중략…) 징용에서는 생산 기술을 배우고, 징병에서는 군사 훈련을 배울 것이다. 우리 민족의 현재의 처지로서는 이런 기회를 제하고는 군사 훈련을 받을 길이 없다. (…중략…) 수십만 명의 군인을 내어보낸 우리 민족을 일본은 학대하지 못할 것이요, 또 우리도 학대를 받지 않을 것이다. 그래서 정치적 경제적 사회적으로 우리 민족을 압박하고 괴롭게 하던 소위 '내선차별'을 제거할 수가 있을 것이다. (…중략…) 만일 일본이 이번 전쟁에서 이긴다 하면 우리는 최소한도로 일본 국내에서 일본인과의 평등권을 얻을 수 있을 것이다. (…중략…) 설사 일본이 져서 우리에게 독립의 기회가 곧 돌아오더라도 우리가 일본에 협력한 것은 이 일에 장애는 안 될 것이다. 왜 그런고 하면 우리는 일본 국내에서 정치적 발언권이 없는 백성이므로 전시에 있어서 통치자가 이끄는 대로 끌려갈 수밖에 없었기 때문이다. (…중략…) 우리가 전쟁 중에 일본에 협력하지 아니 한다면 (…중략…) 일본은 우리 민족을 더욱 탄압할 것이다. (…중략…) 대학, 전문학교에 한국 학생이 입학하는 것을 종래에도 여러 가지 수단으로 제한하여 왔으나, 더욱 그 제한을 심하게 할 것이다. (…중략…) 만일 곧 일본이 지고 우리나라에서 물러간다면 걱정이 없지마는 일본의 운명을 뉘라서 확실히 예언할 수 있으랴. (…중략…) 만일 일본이 그 전쟁에 이기거나 한국을 가진 채로 지는 경우에는 전쟁 중에 일본에 협력하지 아니한 한국인에 대하여서 반드시 보복이 있을 것이다. 그 보복적 탄압이 오게 된다면, 그것이 다시 일본이 지게 되는 날까지 계속될 것이다. 일본 국민은 반드시 보복하는 국민임을 우리는 잘 안다. 그들은 임진란에도 진주성과 서울에서 보복적 살육을 하고야 물러갔다. (…중략…) 그러면 우리가 일본에 협력하는 태도를 보이는 데 어떠한 손해가 있을 것인가. 나는 아무 손해도 없다고 생각하였다. (…중략…) 반항할 수 없으니 가는 것이요, 가족이나 동족이 해를 받을 염려가 있으니 가는 것이었다. 이왕 가는 길이니 발길에 채이면서 끌려가지 않도록, 가서라도 미움받이를 덜 하도록 하자는 것이 곧 협력하는 태도라는 것이었다. 또 어차피 흘리는 땀이요, 어차피 흘리는 피일진댄, 만일의 경우(일본이 이기는 경우)에 그 값이나 받도록 하여 두자는 것이 부일(附日) 협력의 동기였다. (…중략…) 만일 이 몸을 던져서 한 사람이라도 동포의 희생을 덜고, 터럭 끝만치라도 닥쳐오는 민족의 고난을 늦출 수가 있다고 하면, 내 무엇을 아끼랴.[63]

이것은 이광수가 해방 후에 쓴 '고백'으로 '부일(附日) 협력의 변명'에 불과하다고 세론의 비난을 받았던 글이다. 엄청난 몰아적 비장감에 젖어 있는 이광수의 이 글에서 확인되는 것은 당시 지식인들의 고뇌의 면면들이다. 우선 이광수는 일본 제국주의의 패망에 대한 선견성이 없었다. 또한 그는 끝까지 일본 제국주의에 대한 학습 의욕을 잃지 않았다. 그 결과 전개되는 현실에 대해 헤어날 길 없는 패배 의식에 젖어 있는 것이다. 그는 자민족에 대한 사이비 지도자 의식과 교사 의식에서

---

63 이광수, 『나 / 나의 고백』(『춘원문고』 18), 우신사, 1985, 243~247면.

빠져 나오지 못하고 최후까지 민족 단위의 사고에 갇혀 있었다.

이 사명 의식은 자민족을 노예의 길로 몰아넣으면서도 민족을 위해 서라는 순교자적 자기 환상을 희롱하게 했다. 한국인은 일본 제국주의에 대항할 아무런 능력도 없다는 자민족 멸시와 불신으로부터 현실에 대한 체념이 나오고, 그 비극적 민족 파악으로부터 일본 제국주의에 협력하는 것만이 민족의 희생을 줄이는 길이라는 패배주의 정당화와 합리화가 등장하는 것이다. 한국인이 일본 제국주의의 전쟁에 참가하는 것이 오히려 민족의 희생을 더욱 배가시킨다는 준엄한 현실 인식은 실종된 채, 일본 제국주의로부터 그것이 무엇이든지 무조건 배우겠다는 학습 맹목성이 고착되어 있는 것이다. 이광수에게 일본 제국주의는 언제까지나 근대 문명 그 자체였던 것이다.

이것은 그가 끝까지 일본 제국주의에 대한 기대감을 버리지 않았다는 것을 의미한다. 그 기대감은 한국인이 일본 제국주의 식민지 지배 논리에 순종하면 할수록 일본 제국주의로부터 반드시 무언가 얻는 것이 있을 것이라는 수혜적이고도 노예적 희망에 기반을 두고 있다. 이광수가 공명하고 있는 '무저항'의 이념에는 간디의 '비협력'이라는 적극적인 방법론이 없었다. 이광수에게 조국의 독립이라는 것은 한국인이 쟁취하는 대상이 아니고, 일본 제국주의로부터 부여되는 것에 불과했다. 그것도 한국 민족이 소위 문명인으로서 충분한 자격을 갖추었을 때에나 가능한 하사물(下賜物)이었던 것이다.

이렇게 한국인으로부터는 현실을 타개할 그 어떠한 희망도 발견할 수 없었던 이광수의 비관론은 현실을 좌지우지하고 있는 일본 제국주의에 복종하는 것이 당연하다고 받아들일 수밖에 없었다. 식민지 한국

에서 한국인에게 현실적인 희망이 없다면 그것을 부여해줄 수 있는 대
상은 일본 제국주의 밖에 없다. 이광수에게 일본 제국주의는 적어도
강한 확신을 갖고 현실에 임하고 있는 주체였던 것이다. 그가 보기에
현실적으로 한국인은 주체적 행동 원리와 자결적 권리가 없으므로, 일
본 제국주의가 전쟁에 이겨도 져도 일본 제국주의에 대한 가치 의존은
정당화될 수밖에 없었던 것이다.

지배자에게 충성을 맹서하는 노예가 자기 가치를 정당화하기 위해
서는 지배자의 가치를 절대화하는 수밖에 없다. 이광수의 '천황귀일'
이 보여주는 이상주의적 헌신은 그러한 성격을 띠고 있었다. 그리고
이광수의 민족 단위의 사고방식은 '천황귀일'과 한국인 사이를 매개하
고 있는 것이다. 천황에 대한 것이 절대적 헌신이라면, 민족에 대한 것
은 지도자 의식이다. 이것에 의해 이광수는 자신을 희생하여 천황의
자비에 기대 일본 제국주의의 자민족에 대한 탄압의 손길을 약화시킨
다는 순교자 의식을 정당화시키고 있는 것이다. 이광수, 그는 최후까
지 일본 제국주의의 주박에서 풀려나지 못했던 것이다.

또한 "조선인은 끄는 대로 끌려갈 수밖에 없었다"는 이광수의 '고백'
은 이광수의 자기 자발성을 사후 피해자 의식으로 갈아 끼워 자신의
'식민지적 전향'을 호도하는 무화선언(無化宣言)이다. 살아남은 노예의
노예 선언에 무슨 책임 추궁이 가능할까. 이것은 자기 순환 논리로 도
피하는 의식적 자기 비하이며, 또한 민족에 대한 지도자 의식으로부터
추종 의식으로 달아나는 비겁한 탈출인 것이다. 이것은 비겁성을 그대
로 드러낸 그의 '고백'이 '변명'으로 가득 차 있음을 말해주고 있다.

이렇게 차별 구조가 얽혀 있는 식민지라는 현실은 일본 제국주의가

소위 '성전'에서 이겨도 져도 한국인에게는 고통의 대상이었다. 그 중에서도 소위 '성전'에서 인적(人的) 요소의 절박성을 해결하기 위해 일본 제국주의가 안출해 한국에 실시한 징병제는 일본 제국주의 식민지 통치술의 교지(狡智)가 극에 달했음을 증명하는 것 중의 하나이다.

식민지 지배 정책에 편승하여 저 가열한 식민지적 모순을 탈출하려는 '식민지적 전향'의 지식인들은 이 징병제를 '내선일체'와 '황국신민화'의 궁극적 모습으로 보았다. '내선일체'와 '황민화'를 강요하면서도 한 손에는 시혜 의식을, 한 손에는 민족 차별을 번갈아 사용하면서, 한국인의 동기 유발에 이용한 일본 제국주의는 결코 본마음으로는 '황국신민화'와 '내선일체'를 원하지 않았다. 패망의 그날까지도 일본 제국주의는 식민지 한국에 일본의 국적법을 실시하지 않았던 것이 이를 증명한다. 식민지 지배의 전 기간 중 한국인은 다만 일본 제국주의 이해관계에 따라 '일본 신민으로 간주'[64]될 뿐이었다. 그러나 이 '간주'된다는 사실은 엄청나게 중요한 의미를 가지는 것으로, 일본 제국주의 패망 후 한국인은 연합군에 의해 일본인으로 '간주'되어, 아시아 각지의 군사재판에서 강제로 끌려간 한국인들이 전쟁 범죄자로 몰려 명분 없는 처형을 감수하지 않으면 안 되었다.

일반적으로 제국주의 식민지 경영은 경제적 착취를 목적으로 한다. 그것이 인적 착취에까지 이른다면 갈 데까지 갔다고 보아야 한다. 당시 식민지 지배 권력은 다음과 같이 말하고 있다.

---

**64** 山邊健太郎, 『日本統治下の朝鮮』, 岩波新書, 1974, 3~6면.

시정(施政) 30여 년의 노력 위에 쌓아 올린 조선의 실력은 산업·경제·식량·교통 그 밖의 모든 부문에서 자활을 확보했다. 나아가 전선에 보내는 보급력도 막강해져 거의 무한정으로 매장되어 있는 지하자원은 대동아공영권 내에서는 얻을 수 없는 것들이다. 또한 그것을 증산하여 공업화할 조건으로 저렴하고 풍부한 전력과 비교적 여유가 있는 노동력을 보유하고 있다.

그 위에 타오르는 애국심과 대동아 건설의 성업에 그 중핵적 지도자로서 참여할 수 있다는 영광스런 희망에 불타, 지금이야말로 성은에 보답을 맹서하는 이천 오백 만의 조선 동포가 있다. 만주사변이 조선을 병참기지로 전환하는 계기가 되었다면, 지나사변이야말로 그것의 성격과 사명을 명확히 결정한 역사의 한 페이지였다. 나아가 대동아전쟁으로의 새로운 발전과 공영권 건설의 진전은 조선의 병참기지로서의 사명을 더욱더 강화시켜야 할 필요성을 요청하기에 이르렀다.

즉 당면한 우리나라의 결전을 위한 전력(戰力) 증강에 즈음하여, 남방 점령지의 풍부한 물자도 선박 및 기타 사정으로 지금 당장 국내 생산에 기여할 수 없는 이때에 조선이 가진 특수 물자와 노동력의 중요성이 점점 더 커져 병참기지 조선은 소위 대륙 병참기지에서 더 나아가 대동아 병참기지로 새로운 사명을 짊어지게 되었다.[65]


이것이 '대동아공영권'에서 식민지 한국의 새로운 사명이다. 이 사명을 선전하며 소위 '대동아 건설의 중핵적 지도자'로 참여시켜 준다는 감언을 '미끼'로 사용한 일본 제국주의의 교지(狡智)와 '식민지적 전향'

---

65 朝鮮總督府 情報課 編纂, 『新しき朝鮮』, 朝鮮行政學會, 1944, 27~28면.

에 의한 편승주의의 희생이 되어 얼마나 많은 한국인이 강제 연행, 징용, 지원병, 학도병, 징병, 군대 위안부 등을 통하여 탄광에서, 방공호에서, 전쟁터에서, 이름 모를 이국의 땅에서 이름도 없는 원한의 죽음을 맞이했을 것인가.

1843년 3월호의 『국민문학』에는 「대동아 문화의 창조」라는 글이 실렸다.

대동아 문화 정책의 목표는 동아의 제민족이 일본을 중핵체로 진실한 연계통일(連繫統一)을 형성하여 거기에 신문화 즉 대동아의 신질서에 상응하는 새로운 대동아문화를 창조하는 데에 있다. 그 전제가 되는 것은 어디까지나 일본 문화의 재창조이며 또한 대동아 문화의 재창조라는 기저가 없어서는 안 되는 것이다. 이러한 것을 강조하고 재확인하기 위하여 우리는 우선 일본 문화의 발전 형태를 개요적으로나마 회고해볼 필요가 있다. 즉 일본 문화는 서구 문화와 여러 가지로 다른 역사적 과정을 밟아 왔고, 거기에도 역시 발전 과정에 따라 고대 중세 근대 각각의 성격이 나타나 있다고는 하지만, 각 단계를 통하여 민족적 지속성은 일관되게 흐르고 있다. 서구에서는 그 단계에 따라 문화 성격이 전혀 이질적인 상위(相違)가 있었음에 반하여, 일본에서는 다만 동일 민족 내부의 조직 형태적인 변화가 일어나는 데 그쳐, 전역사를 통하여 하나의 기본적인 문화적 성격이 일관되게 지속되면서 발전하여왔던 것이다. 이렇게 일본 문화의 특징은 그것이 새로운 형태로 옮기지 않으면 안 되는 시대가 와도 결코 과거의 형태를 소멸시킴이 없이 원형을 보존하면서, 조금이나마 새로운 형태로의 변화를 계속하면서도 다른 면에 있어서는 전혀 과거에는 없었던 새로운 문화 내용을 섭취하고 또한 창조하여 가는 데 있다. 이것은 단일 문화로 말하자면 전통에의 복귀와 외래문화의 섭취를 통한 혁신을 동시적으로 취하는 문화 발전의 일반 형식이며 전통을 존중하면서 신문화를 창조해가는 곳에 진정한 문화의 발전이 있음을 의미하는 것이다. 아울러 일본 문화의 이러한 특징이 문화 자체에 국한시켜 보더라도 중핵체 문화로서 얼마나 탄력성이 있는가를 보여주는 귀중한 암시가 되는 것이다.[66]

쓰루미 슌스케[鶴見俊輔]는 일본 문화의 쇄국성을 논의하여 '형식이 정돈된 문화 즉 수입 문화'와 '일상의 문화 즉 토착 문화'의 이분법을 취하여 논리에 호소하는 것을 전자로, 심정에 호소하는 것을 후자로 정의하며 일본의 주변 국가성에서 오는 열등감을 지적했다.[67] 또한 마루야마 마사오[丸山眞男]는 일본인의 사상 수용의 양식으로 정신적 전통의 양면성을 "새로운 것의 재빠른 승리와 과거의 우물쭈물한 잠입과 퇴적"이 동시에 잡거하는 것으로 파악하여 때가 되면 과거가 돌연히 '추억'으로 분출한다고 지적했다.[68]

이러한 지적은 일본 전통 문화의 외래문화에 대한 열등감과 잡거성을, 또한 필요할 때에는 전통 문화에 의한 외래문화의 배척과 탄압이 언제라도 가능하다는 사상적 무원칙성을 말해 주고 있는 것이다. 논리를 초월하는 이 심정적 전통과 과거가 시대의 추이 혹은 국가적 위기에 직면하면 필연적 계기를 내포하지 못한 채 돌연한 위기의식과 애국심의 거점으로 등장하는 것이다. 그것은 당연히 무엇에 대해서든지 초

---

66  고승제, 「大東亞文化의 創造」, 『국민문학』, 1943.3, 18~19면.
67  鶴見俊輔, 『戰時期日本の精神史』, 岩波書店, 1984, 27~30면.
68  丸山眞男, 『日本の思想』, 岩波新書, 1967, 11~13면.

월을 주장하는 파시즘적 낭만주의의 형태를 띨 수밖에 없는 것이다. 이것이 정신주의의 창궐을 낳는다. 소위 '팔굉일우(八紘一宇)' 사상이 '대동아공영권' 구상에 이르는 과정에서도 그러한 예는 나타난다. 고대 일본의 정신적 지주(支柱)에 불과하였을 진무 천황(神武天皇)의 저 고색창연한 '팔굉위우(八紘爲宇)'가 '팔굉일우(八紘一宇)' 사상으로 윤색되어 난데없이 세계 제패의 논리로 둔갑하는 것이 단적인 예이다. 과거인 고대 일본이 근대 세계에 부활되어 확대를 계속하는 것이고, 고대 일본의 국가 탄생 논리가 아시아 및 세계에 대한 일본 제국주의 근대 전쟁의 목표가 되어 정신적 거점으로 돌변한 것이다.

그것은 당연히 시대적 필연성을 내포하지 못하기 때문에, 그것의 초시간성과 초공간성을 증명하기 위해 그것의 우수성과 특수성을 주장할 수밖에 없는 것이다. 당시 성대하게 외쳐댔던 일본 문화의 특수성 혹은 우월성이라는 것이 일본 민족 문화라는 의미에서가 아니라, 소위 '국체' 혹은 '팔굉일우'에 귀착되어 결국 무한 지배와 무한 차별의 동음이어(同音異語)에 불과했던 것은 일본 문화의 정신적 전통의 출현 형태를 적나라하게 보여주는 것이며, 국가적 위기 상황에서 내셔널리즘 처리 방법의 미숙성과 조급성을 폭로하는 절호의 예인 것이다. 본래 특수성으로부터 보편성이 나오는 계기는 전체가 특수성으로 표준화되었을 때 가능한 것이다. 그러므로 일본 제국주의 소위 '팔굉일우' 사상이란 '대동아' 전체 나아가서 세계 전체의 일본인화 즉 '황국신민화'를 이룩하지 못하는 한 공염불에 불과한 것이다.

그러나 이 특수성의 보편적 표준화의 일환으로 '황국신민화'는 식민지 한국에서 그 맹위를 유감없이 떨쳤다. 일본 제국주의는 소위 '무단 통치'와 '문화 통치' 및 '총동원 통치'의 전 과정을 통해 강경과 온건을 구분해 가며 간교한 통치술을 발휘했다. '무단 통치'와 '총동원 통치' 시기에는 수단과 방법을 가리지 않고 인적 물적 착취를 자행했고, '문화 통치' 시기에는 수많은 사이비 학자 지식인 문화인들을 식민지 한국에 심어 한국 문화를 제멋대로 훼손시켰다. 그 중에서도 소위 '황국사관 (皇國史觀)'에 입각해 일본의 역사학자들을 총동원하여 고대 이래 한국에 대한 열등감의 보복이라 할 '식민지사관'을 구축한 것은 이 '황국신민화'의 악랄성이 어떠한가의 실상을 보여 주는 예인 것이다. 그들은 한국의 역사를 철저하게 해체, 날조, 재편성하여 일본 제국주의 역사의 한 부분으로 편입시켜 버렸다(1915년 『朝鮮半島史』 편찬 착수, 1922년 朝鮮史 편찬위원회 설립, 1925년 朝鮮史 편수회로 확대, 1937년 『朝鮮史』 35冊 완성. 주관자 黑板勝美). 이것은 다시 교육을 통해 한국인에게 철저하게 주입되어 한국 민족의 정신 개조 즉 '황국신민화'의 일익을 담당했던 것이다.

최재서는 다음과 같이 말했다.

대동아 문화가 동양의 문화유산을 기반으로 하여 새로운 제민족의 민족성을 발휘하는 위에 구축된다 하여도, 민족성의 평면적 나열과 무차별적인 주장만 되풀이한다면 결국 아무것도 할 수 없을 것이다. 중심이 없는 끌어들이 기식의 가족이란 과연 민주적인 질서관에는 맞을지 모르지만, 그것으로부터 새로운 문화 창조의 원리는 나오지 않는다. 질서에는 중심이 없어서는 안 된다. 모든 것을 포용하고 모든 것을 나름대로 존재할 수 있게 하는 중심이 없어서는 안 된다. 대동아 신질서에서 중심이 될 수 있는 것은 천황이시다. 일본은 천황을 중심으로 일가(一家)를 이룬다. 동양은 일본을 중심으로 일가

를 이룬다. 만방으로 하여금 각각 제 있을 자리에 있게 한다는 것은 바로 이
것이다.[69]

이것이 가족주의 천황제의 실상이다. 이 일본적 국가 가족주의를
'대동아공영권'에 확대하면 '교토학파(京都學派)'가 이르듯이 일본은 '본
가(本家)'가 되고 여타의 제민족은 '분가(分家)'가 되는 것이다. 최재서의
천황관이 여기에까지 이른 것이다.

또한 이광수는 이렇게 말하고 있다.

대동아공영권 건설이라는 것은 전 인류의 역사에 전례가 없는 대이상이요
대경영이다. 아시아를 영(英) 기타 식민지의 질곡에서 해방하여 팔굉일우의
황도 문화 사회 속에서 행복과 번영을 장향(長享)케 하는 사등(事等)이다. 영
국은 당시 세계에 최부(最富)한 인도를 2세기간의 통치로 세계의 극빈자로
만들었다. 난인(蘭印) 불인(佛印)도 모두 영국의 인도 통치와 동공이곡(同工
異曲)이다. 그들은 식민지의 토민(土民)을 우유 이상으로 생각지 아니하였
다. 오직 착취하기 위하여서만 그 생존을 허(許)하였고, 그 주민 자신의 문화
번영은 염두에 없었다. 이것이 과거 영·불의 대죄악이다.

그런데 일본의 공영권이란 이러한 영·불의 정책과는 대조적이다. 각 민족
으로 하여금 각득기소(各得其所)케 하면서 공존 공영하자는 것이다. 이것은
오래 탐욕이 지배하던 지구상에 황도의 신낙원을 건설하자는 성(聖)된 사업
이다. 이러한 대사업에 익찬하게 되는 것은 조선인으로서 무상의 영광이라

---

**69**  최재서, 「大東亞意識の目覺め」, 『국민문학』, 1943.10, 139면.

고 아니할 수 없다. 이번 사업에 대공헌을 함이 없으면 길이 후비(後毘)에게 유감이 될 것이요 수치가 될 것이다. 이것을 생각하면 금일의 조선인은 마땅히 '일사보국(一事報國)의 성(誠)을 서(誓)하고' 이 시국을 위하여 전력을 다 바치지 아니치 못할 것이다.[70]

일본 제국주의 아시아 침략의 교지(狡智) '대동아공영권' 구상을 지상 낙원으로 선전하면서, 자민족을 타민족 해방의 '성전'에 끌어넣으려는 이광수의 진지함에는 일종의 경건함조차 느껴진다. 일본형 식민지 통치에 대한 이 낙관론과 예찬을 어떻게 보아야 할 것인가. 이광수, 그는 '식민지적 전향'에서도 대표적인 지위를 고수하고 있었던 것이다.

## 3. 야만의 문학 - '대동아문학자대회'

1943년 11월 5일, 6일 이틀간 일본 도쿄 제국 의사당에서 당시의 수상 도조 히데키[東條英樹] 주도로 '대동아회의'가 열렸다. 여기에서 일본·중국[南京政府]·만주·태국·필리핀·버마의 6개국 대표들은 '대동아전쟁의 완수와 대동아공영권 건설'을 결의하며 정치적인 결속을 다짐했다. 이것은 일본 제국주의가 침략한 나라 대표들을 동원하여

---

70  이광수, 「반도민중의 애국운동」, 『매일신보』, 1941.9.3.

"대동아를 미·영의 질곡에서 해방시켜 자존 자위를 이룬다"는 '대동아공동선언'을 만장일치로 채택한 뒤 막을 내린 일본 제국주의 자작극이었다. 거기에는 일본 제국주의 아시아 지배의 교지와 오랜 동안 서양 제국주의 식민지 지배에 허덕이던 동남아시아 각국의 독립 열망이 복잡하게 얽혀 있었다.

이것과 짝을 이루어 소위 '대동아 문화권' 형성과 '대동아공동선언'의 실천을 선전하며 아시아 문화인들을 동원하여 '아시아 문예부흥'을 외쳐댄 것이 '대동아문학자대회'였다. 이 행사는 1942년 11월 이후 3회까지 열렸으며, 이름 그대로 일본 제국주의 식민지, 종속국, 점령지의 문학자들이 모인 국제 대회였다.

식민지 한국의 '신체제 문학자'들은 대만의 문학자와 더불어 이 대회에 접대역으로 참가하여, 한국의 '신체제 문학'이 일본 문학의 일부분임을 내외에 선언함과 동시에 '대동아공영권'에서 한국이 일본 제국주의의 일부분임을 인식시켜준 의미를 갖고 있었다. 이 시기는 한국의 '신체제 문학'이 표면적으로는 한국 문학을 대표하고, 대외적으로는 최재서가 말하듯 일본 문학의 일부분이 되어 '아시아로 비약한 절정기'이기도 했다. 그리고 이 시기에 '조선문인협회'가 '조선문인보국회'로 발전적인 해체를 이루어(1943.4), 소위 '신체제 문학'이 '결전 문학'을 구호로 그 광분의 도를 더해가고 있었다.

'대동아문학자대회'는 '일본문학보국회(日本文學報國會, 1942년 5월 창립. 회장 德富蘇峰)'의 초대 사무국장 구메 마사오[久米正雄]의 오랜 숙원 사업이었다.[71] 따라서 '일본문학보국회'의 성격상 '대동아문학자대회'도 '황도 문화 선양'의 장이 될 수밖에 없었고, 태평양전쟁 발발 이후 일본 제국주의의 기세를 '대동아공영권' 내 문화인들에게 과시하려는 의도도 숨기지 않았다. 일본의 문학 평론가 히라노 겐[平野謙]은 다음과 같이 말하고 있다.

> 태평양전쟁 발발 직후 있었던 문학자 애국 대회와 같은 따위의 회(會), 그 것을 모태로 하여 정보국과 대정익찬회의 지도(!)로 구성된 일본문학보국회 와 같은 단체, 그 단체가 화려하게 선전하며 개최한 대동아문학자대회와 같 은 회, 그러한 것들에 대해 자세하게 얘기한다는 것은 가슴이 메인다. 여기서 는 일본문학보국회가 정관 최초에 내걸은 "전일본 문학자의 총력을 결집시 켜 황국의 전통과 이상을 현현하는 일본 문학을 확립하여 황도 문화의 선양 에 익찬함을 목적으로 한다"는 회(會)의 목적 수행을 위한 행사, 우선 첫째 '황 국 문학자의 세계관 확립'을, 둘째 '문예 정책 수립 및 수행에 대한 협력'을 외 치고 있었던 것만을 지적해둔다.[72]

이러한 '일본문학보국회'의 목적에 따른 사업의 일환으로 '황국 문화 선양 대동아문학자회의' 안이 1942년 7월에 성안되어 두 번의 준비위 원 회의를 거쳐 7월 초에 각지의 대표 인선 작업에 들어갔다. 대회의 주지(主旨)로 내건 것이 "동아 천지로부터 영·미 침략 세력과 기만적 인 물질 문화를 격양(擊攘)하여 진실한 세계 인류의 평화를 불러올 도 의적 정신 문화를 수립하기 위해, 일본·중국·만주·몽고의 대표적 문학자들이 한 자리에 모여 문학자로서 정신(挺身) 협력할 수 있는 구

---

71 尾崎秀樹, 「大東亞文學者大會について」, 『舊植民地文學の研究』, 勁草書房, 1971, 30면.
72 平野謙, 『昭和文學史』, 筑摩書房, 1982, 242면.

체적인 방책을 협의하자"는 것이었다.[73] 당초의 계획은 '대동아공영권' 각지를 망라하는 문화인이 거론되었으나 동남아시아로부터 출석자가 없었고, 만주·중국·몽고의 거물급 두 세 사람이 빠져 계획보다 훨씬 축소되지 않을 수 없었다 한다.[74]

제1회 대회는 1942년 11월 3일부터 10일까지 도쿄와 오사카[大阪]에 서 열렸다. 의제는 '대동아 정신의 수립과 강화 보급', '문학자에 의한 민족 및 국가 간 사상과 문화의 융합 방책', '문학의 대동아전쟁 완수 협력 방안'이었다. 의장 기쿠지 간[菊池寬], 부회장 가와카미 데쓰타로[河上徹太郎], 사회자 도가와 사다오[戶川貞雄], 위원장 구메 마사오[久米正雄] 외 각국 대표 77명. 그 중에서 일본 대표는 내지가 47명으로 절대 다수. 일본 대표 속에는 한국에서 참가한 5명과 대만에서 참가한 4명이 있었 다. 또한 만주에서 6명, 중국에서 12명, 몽고에서 3명이 참가했다. 식 민지 한국의 대표는 이광수[香山光郎], 유진오(兪鎭午), 박영희[芳村香道], 데라다 아키라[寺田瑛], 가라시마 다케시[辛島驍]의 면면이었다.

개회식은 11월 3일 소위 '메이지절[明治節]'에 도쿄의 제국극장에서 열렸다. 이후 모든 행사는 궁성 요배(宮城遙拜)로 시작되어 성수 만세(聖壽萬歲)로 끝났다. 그와 동시에 대회 진행 중의 공식적인 발언은 일본어 로 국한시켜, 타국어에는 일본어 번역이 붙었지만 일본어에는 일체의 번역이 없었다는 것에도 '대동아공영권'에 임하는 일본 제국주의의 자 세가 잘 나타나 있다. 무엇보다 언어, 그중에서도 민족어에 가장 민감 한 문학자들의 국제 대회를 일본어 하나로 밀어붙인 것은 그대로 아시

---

73 「第一回大東亞文學者大會趣旨」, 『日本學藝新聞』, 1942.11.1.
74 尾崎秀樹, 앞의 책, 30면.

아에 대한 일본 제국주의의 성격을 상징하고 있는 만용이었던 것이다.

제1회 대회는 『문예(文藝)』 1942년 12월호가 특집호를 냈다. 특집호에 따라 대회의 전모를 추적해본다.

개회식에서는 우선 "이 청징하고 국화 향기 훈훈한 메이지절의 가일(佳日)을 택해 성대하게 거행되는 개회식에서부터 천황 폐하 어위광(御威光)의 가호"를 느낀다는 구메 마사오 '일본문학보국회' 사무국장의 인사에 이어, 정보국 차장[奧村喜和雄]의 "일당백(一當百)의 일본 전쟁 정신은 실로 아시아 정신의 전형"이라며, "제군은 이제 옛날 문화의 옹호자가 아니라 실로 새로운 문화의 전사가 되지 않으면 안 된다"는 축사가 있었고, 육군 보도부장[谷萩那華雄]의 "문학자는 진실로 사상전의 중핵 분자이며 문화 병단(文化兵團)의 첨병이 되지 않으면 안 된다"는 축사, 또한 해군 보도과장[平出英夫]의 "가장 강한 적 미국이 본심으로 대들고 있다"며, "문학이 전쟁에서 얼마나 중요한가"를 역설하는 축사가 계속되었다.

개회 벽두 군부가 등장하여 기세등등하게 위압적인 호언을 꺼리지 않았다는 점에서도 이 대회의 사이비성이 드러난다.

다음으로 각국 대표의 인사말이 계속되어 몽고 대표[恭佈禮布]는 "중일전쟁과 대동아전쟁의 전개와 더불어 늠름하고 힘찬 일본 문화의 흐름은 몽고에까지 흘러넘쳐 그 씨가 뿌려지고 배양되어 모범이 되고 있다"고 감격을 주체하지 못했고, 중국 대표[周化시는 "일본이 이미 동아 민족을 지도하여 영·미 제국주의를 동아로부터 구축해 동아 재건을 이룩한 이상, 동아 신문화의 건설적 사명도 또한 여기에 있어야 할 것"을, 만주 대표[古丁]는 "만주국은 협화 정신으로 도의 세계를 실현해 나가고 있으며, 이 숭고하고 아름다운 건국 정신의 연원은 실로 어버이 나라 일본의 조국 정신(肇國精神) 팔굉일우의 이념에서 나왔다"고 거들었다. 일본 대표 기쿠지 간은 "일본이 주장하는 대동아공영권 건설의 이념에 공명"하여 참가해준 각국 대표에게 경의를 표하고, "이해심 있는 군부 당국이 있다는 것은 일본 문학자의 행복"이라며 군부에 대한 아첨을 빼놓지 않은 뒤, "문학이 전쟁 완수와 대동아공영권 건설에서 얼마나 중요한가"를 강조하는 것으로 인사말을 마쳤다. 그리고 동남아시아 문화인 대표(프랑스령 인도지나·필리핀·자바·버마·인도·태국)의 인사말 낭독이 있었다.

개회식의 끝은 "대동아전쟁 바야흐로 치열해지고 있는 오늘, 동양 전 민족의 문학자 여기에 모여 일치단결해 영원히 동양을 모독하는 일체의 사상과 싸울 것을 선언하며 새로운 세계의 여명을 맞이하려 한다"는 선서 낭독으로 장식했다.

본회의는 11월 4일, 5일 양일 간 대동아회관에서 열렸다. 의제 '대동아 정신의 수립'에 대해 첫 발언에 나선 일본 대표 무샤노코지 사네아쓰[武者小路實篤]는 "결코 영·미 사람들을 모두 학살하겠다는 식으로는 생각하고 있지 않다. 그들을 구해주고 싶은 것이 나의 생각이다. 그들이 잘못 생각하여 이번과 같은 전쟁을 걸어왔으므로, 진정한 생활 혹은 인간이란 이렇게 살아가는 것이 진실된 것이며 아시아 문화를 우리들의 손으로 실로 훌륭하게 해나갈 수 있다는 것을 보여주고 싶다"는 식으로 영·미인에 대한 인정론과 동정론을 펼치자, 중국 대표 유우생(柳雨生)은 "동아 신정신은 중국·일본·만주 삼국과 아시아 각국이 문화의 공통미(共通味)를 공유하는 중심이라고 믿는다"고 맞장구를 쳤다.

또한 만주 대표 고정(古丁)이 "생각컨대 민족 협화의 정신은 실로 만주 건국과 더불어 태어난 것으로 이것이 이윽고 대동아공영권에 발양되어 대동아 문학 건설의 근본이 되었다"고 기세를 올렸다. 일본 대표 사이토 류[齋藤瀏]가 "일본·중화민국·만주 그 외의 각국이 일원적 일체(一體)로 용해되고 융합되는 것이 우리들의 염원이고 (…중략…) 이러한 일체관(一體觀)을 이룬다는 것이 즉 일본의 팔굉일우 사상이며, 만주국을 키워나가는 것은 일본을 키워나가는 것이요, 그것을 무너뜨리는 것은 일본을 무너뜨리는 것이며, 중화민국을 무너뜨리는 것은 일본이 쓰러지는 까닭이다. 그러므로 서로가 북돋아 키우고 혜택을 주고받아 손을 잡고 일체적인 생사존망을 지원하는 것이 진실한 동양의 정신"이라고 말하자, 중국 대표 전도손(錢稻孫)은 "중화민국은 사해형제(四海兄弟)의 정신을 갖고 있다. 또한 일본은 팔굉일우라는 정신을 갖고 있다. 그리고 나아가 세 번째로 일련탁생(一蓮托生)이 있다. 이 세 가지의 정신을 가지고 서로 일시 동인이라 믿고 금후에도 전진하자"고 이어받았다.

일본 대표로 참가한 가야마 미쓰로 곧 이광수는 다음과 같이 말했다.

전 세계에 자비를 설파한 성자는 석가이며 공자입니다. 그러나 이 자비를 진실로 행하신 분은 천황 폐하 단 한 분을 제하고는 달리 없다고 나는 믿고 있습니다. 일본인은 이 천황이 자비를 행하시는 그것에 휘을 다해 익찬하고 봉사하는 것이 대의입니다. 그것이 일본인의 생활 목표라고 믿습니다. 그러므로 일본인에게는 개인주의와 개인적 인생 목표는 없습니다. 인생 목표를 가지고 계신 분은 다만 천황폐하 한 분뿐입니다. 일본인은 이렇게 믿고 자기를

멸하고 있습니다. 이것이 석가의 공적(空寂)에 통하고 공자의 인(仁) 사상의
극치라고 믿습니다.

　자기의 모든 것을 천황 폐하께 바치는 것을 일본 정신이라 합니다. 또한 천
황 폐하께 맡겨 자비를 행하여 받는 것이 황도입니다. 천황 폐하는 황도, 우
리들 신민은 신도(臣道)입니다 (…중략…) 나는 이 자기를 완전히 버리고 자
기를 모두 바친다는 정신이야말로 대동아 정신의 기본이 되지 않으면 안 된
다고 생각합니다.[75]


일본인보다도 더욱 일본인다움을 드러낸 이 '황국신민'적 발언 속에
도 이광수의 모범생 의식이 유감없이 발휘되고 있다. 이러한 이광수의
발언은 당연히 의장 기쿠지 간을 가쁘게 해 "가야마 군의 지금 얘기는
매우 명쾌하여 경청할 바가 많다"고 칭찬해 마지않았다.

또한 식민지 한국과 마찬가지로 일본 대표로 참가한 대만의 용영종
(龍瑛宗)은 "대동아 정신이란 말할 것도 없이 일본을 중심으로 대동아
동포가 같이 즐기고 기뻐하는 정신이다. 민족과 민족의 이해, 혼(魂)과
혼의 교환이 근본이다 (…중략…) 고금 미증유의 전쟁 수행 중에도 불
구하고 제국의 수도에서 성대한 대회를 열 수 있는 것도 오로지 천황
폐하 어위광에 의한 것이다. 또한 지금 이 순간에도 불철주야 전선에
서 노고를 거듭하고 있는 황군 장병에게 깊은 감사의 마음을 바치고
싶다"고 식민지 지식인의 일본인 의식을 대변했다.

다음 발언자로 나선 가메이 가쓰이치로(龜井勝一郎)는 근대 서양 문명

---

**75** 香山光郎, 「大東亞精神の樹立」, 『文藝』, 1942.12, 21면

을 '신을 잃어버린 인간 문명의 비극'이라고 규정한 뒤, 동양의 비극은 '유럽 문명에 대한 패배와 굴종', '일본과 중화민국이 서로 피를 흘리며 싸우지 않으면 안 되었던 일'이라고 지적하고 "동양인의 구원은 이 비극 자체 속에 있다"고 단정하며, "지금 전력을 기울여 싸우고 있는 세계의 모든 민족이 이 전란을 통해 틀림없이 각성할 것이다"라고 주장하여 그 진의야 어디에 있든 예견성은 맞았다고 볼 수 있다.

또한 의제 '대동아 정신의 강화 보급'에 대해 만주 대표 작청(爵青)이 "나는 근대 동양 정신의 핵심은 일본 이외에는 없다고 본다 (…중략…) 일본의 유구한 문학과 문화를 공영권 내에 풍미시켜 대동아 정신의 강화 보급에 임하지 않으면 안 된다"고 서두를 꺼내자, 일본 대표 도쿠다 도쿠타로[德田德太郎]는 "동양의 한편에서 진실로 국가적 단결과 민족적 통일을 지키며 유구한 생명력을 가지고 오늘에 이른 것은 우리 일본뿐"이라며 자화자찬에 흠뻑 취한 뒤, 중국의 '왕도(王道)', 만주의 '왕도낙토(王道樂土)', 일본의 '황도(皇道)'라는 '도(道)'의 정신으로 일체가 되어 '동양 문화 부흥'을 이룩하자고 주장했다.

몽고 대표[恭佈禮布]는 "이 대동아전쟁을 몸으로 체험하며 싸운다는 의지를 천명하기 위해 공영권 각국의 문학자는 자진하여 전선에 종군해 몸으로 이 역사적 성전에 참가하도록 요청한다. 또한 문화 교류를 꾀하기 위해 공영권 문학의 공동 발표 기관을 만들어 항상 튼튼한 끈으로 연결해야 한다. 그러기 위해 도쿄에 그 중심 기관을 설립하자"고 제의했다.

계속해서 발언에 나선 한국의 유진오도 이광수 못지않은 '황국신민'의 모범성을 보였다.

미·영의 식민지에 대한 우민 정책을 격멸하여 동아 10억의 민중에게 문화를 철저화시킴과 동시에 더 근본적으로 팔굉일우의 일본 조국 정신을 10억 민중에게 철저히 보급시키기 위해 일본어의 보급이 절실합니다. (박수) 적어도 대동아 건설에서 일본어가 국제어가 되고 일본 문학이 규범이 되어 각 민족에 의해 연구되어야 합니다. (박수)

일본 정신을 현현하는 살아있는 예로 조선 반도에 문화가 향상된 현실에 대해 한마디 합니다. 일례를 들어 30년 전 조선 반도의 민중은 대다수가 문맹 상태에 있었지만, 교육 제도가 급격히 확장되어 지금은 머지않은 장래에 의무 교육을 시행하려는 단계에 와 있습니다. 국어 즉 일본어 해독자 수는 전 인구의 1할 반이고, 취학 연령 이상의 사람은 6할 반에 이르는 상태가 되었습니다. (박수)

나아가 반도의 전통적인 문화의 아름다움을 발양한 것은 실로 내지의 선각자들이었습니다. 그리하여 반도의 문화는 급격히 흥륭해 쇼와 19년(1944—인용자)에 예정된 징병제 실시로 완성 단계에 와 있습니다. 아까 격렬한 신념을 피력한 가야마 선생의 확신은 이러한 일본 정신이 반도에 강화 보급된 30년간의 결실을 대변한 것입니다. 지금 말씀드린 반도의 살아 있는 예는 그대로는 안 되겠지만 대동아 정신의 강화 보급에 좋은 참고가 되리라 확신합니다. (박수)[76]


유진오는 일본 제국주의 한국에 대한 식민지 지배를 '일본 정신의 현현' 즉 '황국신민화'의 은혜로 파악하고 있다. 나아가 이것을 '대동아

---

76  兪鎭午, 「大東亞精神の强化普及」, 위의 책, 33면.

공영권' 내의 성공 사례로 국제 대회에서 공공연히 다른 민족에게 권하고 있다. 1930년대 식민지 지식인의 고뇌와 갈등을 작품으로 그려내 지식인 문학자로 명성을 쌓았던 유진오의 이러한 현실 인식은 그의 '식민지적 전향'을 선명하게 말해준다.

다음으로 발언에 나선 만주 대표 오영(吳瑛)은 "대동아 정신 수립은 동양 부인의 도덕을 그 근본으로 하지 않으면 안 된다. 동양 부인의 도덕 중 정절과 효행 두 가지는 절대로 서양 문명에는 없다. 그 특별한 부덕(婦德)의 소유자로 일본의 모성(母性)에는 그것이 확실히 보인다"라고 일본 부인의 부덕을 추켜올렸다.

회의 이틀째 첫 번째 의제는 '문학에 의한 민족과 국가 간의 사상 문화 융합 방법'이었다. 이에 대해서는 여러 가지 제안이 나왔다. 일본 대표 도미야스 후세[富安風生]는 일본의 하이쿠[俳句]를 예찬하여 "하이쿠는 일실무상(一實無相), 선기(禪機)를 듣고 직접 사물의 핵심을 찌르려는 선(禪)이 가는 길과 일치한다. 옛부터 선과 하이쿠가 나란히 칭송되는 것도 진실로 이유가 있다. 또 하이쿠의 간명 솔직, 직접적인 표현 방법은 마치 일본도(日本刀)의 자르는 맛을 연상시킨다. 종교, 검법, 문학 이 삼자 사이에 서로 비슷한 정신이 일관되어 있다. 하이쿠의 밑바닥 깊이 흐르고 있는 정신은 강하게 산다 ─ 강하게 산다 해도 강하기는 하나 바로 부러지는 강함도 있고, 부드러우나 아무리 잡아당겨도 끊어지지 않는 강함도 있어 하이쿠의 경우는 후자의 강함이다. 시끌벅적 강하게 사는 것이 아니라 조용히 강하게 사는 것이다. 화려하게 영화를 누리는 것이 아니라 조용히 은인(隱忍)하며 오래 지속한다. 이것이 하이쿠의 정신이다 (…중략…) 이 보편성을 전면적으로 활용해 올바른 하이쿠를 보급시켜 조용히 강하게 사는 길을 모든 일본인 사이에 침윤시키고 나아가 이 마음, 이 길을 널리 펼쳐 공영권 문학, 대동아 문학 속에 깊이 뿌리를 내리자"고 서두를 열었다.

이어서 중국 대표 반서조(潘序租)는 '동아 문화 연구 기관'의 설립을, 일본 대표 시라이 교지[白井喬二]는 '동아 세계관 선양 연락 회의' 설치를, 중국 대표 공지평(龔持平)은 '대동아 문예 협회' 설립을, 일본 대표 호소다 다미키[細田民樹]는 '강요가 아니라'고 서두를 꺼내놓고는 "이제부터의 문예는 일본 정신의 심수(心髓)를 세계에 비추게 하는 것으로 (…중략…) 주로 일본 정신, 황도 정신을 여러 방면에서 철저하게 연구해주기 바란다"는 강요를 노골적으로 드러내 '좌익 찌꺼기'의 굴절된 과시용 애국심을 보였다.

중국 대표 장아군(張我軍)은 '문학 연구 교수 및 학생의 교환'을, 일본 대표 가토 다케오[加藤武雄]는 '소국민(小國民, 어린이 — 인용자) 문화협회'의 설립을, 한국에서 참가한 일본 대표 데라다 아키라[寺田瑛]는 '각국의 민요, 민화, 전설, 민예의 수집'을, 일본 대표 오자키 기하치[尾崎喜八]는 '대동아 문학 대상'의 창설을, 중국 대표 정우림(丁雨林)은 "지나사변은 역시 중국의 잘못이었다. 당시 오해로 일본에 대한 이해심을 잃어버린 것은 참으로 일본에 죄송하다고 생각한다 (…중략…) 일본이 동아 민족을 지도하여 황도 정신을 발휘하는 것은 실로 일본의 최고 의무라고 생각한다"며 '대동아 문예상'의 설치를, 일본 대표 가와지 류코[川路柳虹]는 "일본의 하이쿠와 시가, 시 등 대동아 전체의 시가인(詩歌人)의 정열을 묶은 작품으로 대시가집의 간행"을, 일본 대표 후나바시 세이치[舟橋聖一]는 '일본・만주・중국의 고전 강좌' 설치를 요청했다.

일본 대표 하야시 후사오[林房雄]는 다음 대회에서 제안할 웅대한 계획이 있음을 은근히 과시하면서 "(다음 대회까지―인용자) 제군은 대동아 정신을 실현시킬 수 있는 옛 마을을 찾아내 그곳을 재건할 방도를 생각해 놓으라"고 시건방지게 숙제를 냈지만, 소위 '웅대한 계획'은 그 후에도 오리무중이 되어 이 발언이 즉석에서 꾸며낸 일회용 허세에 불과했음을 드러냈다. 처음부터 소위 '대동아 정신의 옛 마을'이란 있을 수 없는 헛소리였던 것이다.

일본 대표 다카다 야스시[高田保]는 "새로운 대동아극을 탄생시키기 위해 일본의 가부키[歌舞伎], 중국의 경극(京劇)과 곤곡(昆曲)의 보존"을, 대만의 일본 대표 니시카와 미쓰루[西川滿]는 "대동아의 정신은 진실로 후지산(富士山)이 상징하는 합장(合掌)의 정신에 다름 아니다. 합장이야말로 동양 민족에 공통되는 나를 비우고 바치는 모습이며, 후지산이야말로 동아의 지도자인 신국 일본의 표상이기 때문"이라고 화두를 꺼낸 다음, "각 민족이 즐길 수 있는 민속적인 것, 전통에 뿌리내린 이야기, 동양 민족의 민족정신을 고양시킬 수 있는 작품 등을 문학자의 노력으로 아주 쉽게 그리고 예술적인 일본어 문장으로 엮어낸다면 공영권의 구성원들이 얼마나 문화적으로 풍성해질 것인가"라면서, '일본어를 통한 민족과 민족의 융합'을 주장했고, 만주 대표 야마다 세사부로[山田靜三郎]는 다음 대회를 만주에서 개최할 것을, 대만 대표 하마다 하야오[濱田隼雄]도 대만에서 열 것을 각각 주장했다.

다음의 의제 '문학에 의한 대동아전쟁 완수의 방도'에 대한 발언도 속출했다. 일본 대표 가타오카 뎃페이[片岡鐵兵]는 "건설전(建設戰) 아래 중지(中支)에서 진행되고 있는 청향 공작(淸鄕工作, 일본 제국주의 중국 선무

공작-인용자)과 북지(北支)의 신민회 운동(新民會運動, 북중국의 중국인 동화 공작-인용자)에 문학자의 협력을 본대회에서 확인하고 싶다"는 발언을 했다. 한국의 일본 대표 박영희[芳村香道]는 "이 대회를 계기로 남방의 작가들을 수시로 우리나라에 초청해 일본의 실상과 일본 정신을 체험시켜 문학을 통해 일본 정신을 전하자. 이렇게 하면 대동아인들을 마음으로부터 융화시켜 대동아전쟁의 목적이 완수될 것이다"라는 발언을 했다. 대만의 일본 대표 장문환(張文環)은 "전쟁의 와중에도 본대회를 이렇게 화기애애하게 열어준 것은 오로지 황군의 위력이다. 황군에게 감사의 뜻을 전함과 동시에 남방 전선에 종군 중인 작가들에게도 본대회의 이름으로 감사를 표하고자 한다"고 말했다.

한국의 일본인 대표 가라시마 다케시[辛島驍]는 중국의 국민당 쪽에 가담한 중국 작가들에게 호소한다며, "현실적으로 그곳에 있는 문인들은 처음부터 확신을 가지고 오지(奧地)에 간 것이 아니라, 어수선한 가운데 당황하여 어느 틈에 중경(重慶, 中華民國 임시 수도-인용자)까지 간 사람도 많다. 그 중에는 생활고에 허덕이다 자살을 꾀한 사람도 있다. 우리는 길을 잘못 든 이들 불쌍한 사람들에게 문학 망향(文學望鄕)의 마음을 환기시켜 하루라도 빨리 대동아의 참정신을 깨달아 신중국 건설에 참여하도록 힘차게 호소할 필요가 있다"고 앞뒤 분간을 못하는 서푼짜리 동정론의 횡설수설로 기세를 올렸다.

그러나 이것보다 더욱 노골적으로 천박하게 우쭐대며 정신 상태를 의심받을 발언을 한 사람은 일본 대표 요시카와 에이지[吉川英治]였다. 그는 "지금 싸우고 있는 정면의 적 미국의 작가와 민중에 대해서도 이 대회는 문화적인 입장에서 한 가닥 연민의 정을 아끼지 말고, 우리의 이 행복과 희망과 진실한 결합을 메시지로 보내야 한다"고 서두를 꺼낸 뒤, "나는 이 대회의 이름으로 오도된 문화인의 지도로 길을 잃은 미국 국민의 몽매함을 깨우쳐줄 메시지를 멀리 바다 건너 방송하고, 또한 우리들의 문화적인 성의에 아무쪼록 정부도 호응해주기를 열망하여 마지않는다"고 외쳐대, '너나 잘하세요'를 실감나게 했다.

이어서 일본 대표 나카가와 요이치[中河與一]는 "신(神)의 길(道), 팔굉일우의 정신, 나를 버리고 국가를 위해 바친다는 것, 천지에 대한 미묘한 사상, 이 모든 것들은 영·미적 자유주의, 착취적인 사고와는 본질적으로 다른 것이다. 이 점을 확실히 자각하고 어디까지나 사상전을 싸우자"는 결의를 피력했다.

일본 대표 나가요 요시로[長與善郞]는 '대동아공영권'에 일본 소년 소녀 문학을 퍼뜨리는 방법으로 "모범적인 일본인, 대표적인 일본인의 전기를 번역해 일본에서는 이런 사람이 존경과 사랑을 받고 있다는 것을 인식시키자. 무인으로 훌륭한 사람도 좋지만 중국인의 국민성으로 보아 쇼토쿠 태자(聖德太子, 推古天皇의 攝政을 함. 불교를 장려하고 대륙 문화를 받아들여 飛鳥文化를 이룩했다. 574~622 – 인용자), 니노미야 손토쿠(二宮尊德, 江戶幕府 말기의 農政家. 1787~1856 – 인용자), 료칸(良寬, 江戶幕府 후기의 歌人. 禪僧. 1758~1831 – 인용자), 고호대사(弘法大師, 空海, 804~806년 唐나라 유학. 日本 眞言宗의 開祖. 774~835 – 인용자), 혹은 훌륭한 예술가·시인·미술가, 노구치 히데요(野口英世, 세균 학자. 黃熱病 연구를 위해 아프리카에 건너가 감염되어 죽었다. 1876~1928 – 인용자) 같은 사람도 좋고, 인류가 숭앙(崇仰)하는 평화 공헌자, 꼭 그러한 위인이 아니라도 좋다. 일본의 좋은 점을 확실하게 보여주는 가쓰시카 호쿠사이(葛飾北齋, 江戶幕府 후기의 풍속 화가.

葛飾流의 시조. 1760~1849 – 인용자)와 같은 특색 있는 사람의 전기를 알기 쉽게 쓰되, 감상적으로 쓸 것이 아니라 만인을 감격시키도록 써 일본인을 인식시키는 것이 좋다”는 식으로 자기 나라 역사적 인물을 망라하는 자화자찬을 연출했다.

나아가 일본 대표 이치노헤 쓰토무[一戶努]는 남의 나라 언어 문제까지 간섭해 “중국과 만주의 문학자들에게 특별히 부탁하고 싶은 것은 문어(文語)와 구어(口語)를 구별하지 말고 그 절충문(折衷文)으로 해달라. 지나로부터 들어온 문어 속의 한자 사용 방법을 오늘날 지나인이 사용하는 것 같이 한다면 이해가 용이해져 일본과 중국의 친선이 되리라 생각한다”고 횡성수설 늘어놓았다.

그 후 회의는 “생각컨대 대동아전쟁의 발발은 우리들 동양의 모든 문학자들에게 근원적인 분기(奮起)를 재촉하여 동양 재건의 공고한 결의를 다지게 했다. 이것은 실로 일본의 건곤일척의 대용맹심이 가져다준 것이다. 우리는 빛나는 동양의 전통에 마음을 열고 조상의 영혼의 외침을 이어받아 오랜 동안의 인종 차별과 혼미로부터 재생할 것을 기약한다”는 선언문을 채택하고, 의장 기쿠지 간이 “회의를 더욱 확대하여 대동아 건설의 사상적 측면을 분담하기 위해 또 한 번 일본의 도쿄에서 개최할 필요가 있다”고 끝을 맺었다. 이어서 성수 만세 삼창과 대동아 만세 일창을 외치고 대회는 끝났다.

계속해서 대표들은 6일부터 8일까지 가스미가우라[霞ヶ浦]와 쓰치우라[土浦]에서 해군 항공대를 견학하고 문전(文展), 제국 박물관, 대학 등을 돌아본 후 오사카[大阪]로 향했다. 교토[京都]의 황궁[皇居] 참배 후 오사카로 돌아와 ‘일본문학보국회’와 아사히 신문사[朝日新聞社]가 주최하는 '대동아 강연회'에 참가하고 12일 교토에서 해산했다.

'대동아문학자대회'는 제1회로 성격이 드러났다. 일본 제국주의는 1938년 11월 3일 제1차 고노에 내각의 '동아신질서' 성명 이래, 일본·중국·만주를 중핵으로 하는 '대동아공영권' 구상을 추진했다. '대동아문학자대회'도 그것에 부속되는 것으로 소위 '아시아의 문예부흥'이라는 백일몽의 미명을 덧칠해, 주인은 있으되 객이 없는 가운데 일본 제국주의 선전에 시종일관 광분했다. 이 대회가 처음부터 일본 제국주의 '대동아' 정책의 일환이었음은 대회 기간 내내 일본인 문학자들이 소위 '대동아 지도국' 일본 문화의 우수성 선전에 취해 있으면서도, 중국과 만주국 문학자들에 대한 배려를 게을리 하지 않았던 것과 중국과 만주국 문학자들의 일본 편향이 한층 두드러졌던 것으로부터도 추찰된다.

다른 나라들은 장식물에 불과했다. 그 장식품 중에서도 식민지 한국 대표가 보인 일본인 이상의 일본인다움과, 같은 의미로 대만 대표의 감격 표출은 좋은 비교가 된다. 그러나 이것은 어디까지나 표면적인 관찰이리라. 집안 잔치에 의기양양했던 일본 대표 이외의 모든 사람들의 가슴 속에는 몇 겹이고 굴절된 감정의 파도가 거세게 일고 있었을 것이다. 그것은 실로 광분해가는 시대의 흐름에 휘말리면서도 불안한 정신을 의탁할 한 오라기 희망이라도 잡아보려는 위기의식이었을 것이다.

제1회 대회에서 확실해진 것은 소위 '대동아 문화'의 건설은 '대동아의 지도국' 일본 문화와 일본 정신을 아시아 전역에 확산시켜 '대동아 전쟁'의 목적을 완수하고, 그것을 위해 '아시아의 공용어'일 수밖에 없는 일본어의 생활화가 긴요하다는 두 가지로 묶을 수 있다.

제2회 대회는 1943년 8월 25일부터 3일간 일본의 도쿄에서 열렸다. 당초 중국의 쌍십절(雙十節, 1911년 10월 10일 辛亥革命에서 유래된 中華民國의 건국 기념일)에 맞추어 개최할 예정이었으나, 이를 앞당긴 것은 그 만큼 전황이 급박해졌다는 증거일 것이다.

'일본문학보국회'의 기관지 『문학보국(文學報國)』 제2호(1943.9.1)는 「결전 문학 창조의 진격」이라는 표제로 "남북의 결전 실로 최고조에 달한 지금, 제2회 대동아 문학자 대회 결전 회의는 싸우는 아시아 민족 10억의 기대와 주시 속에서 8월 25일 제국극장에서 막을 올렸다. 이날 공영권의 문학자 대표들 한 자리에 모여 친애의 정을 다하고, 싸워 이기기 위한 결의가 만장에 울려 퍼져 문화 결전의 싸움터로 당당한 대행진은 시작되었다. 세계 문화를 파괴하려는 자 그 누구냐, 우리에겐 필승의 신념이 있으니 지금이야말로 아시아를 하나로 묶는 웅휘(雄輝)한 구상하에 대동아 건설의 맹서를 이룰 때이다. 대회의 의의 바야흐로 무르익은 이틀간의 수많은 성과는 실로 세계 문학 사상 미증유의 광휘에 넘쳐, 동양 문화 전통의 실력을 유감없이 발휘했다"고 화려하게 보도했다.

그러나 '결전 회의'를 선전한 화려함 뒤에는 1942년 미드웨이 해전 이래 패색이 짙어가는 일본 제국주의의 초조함이 뚜렷이 투영되어 있었다. 1943년 2월 일본군 과달카날 섬 철수 개시, 스탈린그라드 공방전에서 독일군 괴멸, 5월 아츠섬에서 일본군 수비대 전멸, 9월 이탈리아 무조건 항복, 11월 대동아 회의, 12월 카이로 선언 등이 대회 전후의 상황이다. 절박해진 전황이 일본 제국주의에 불리하면 할수록 모여든 문학자들의 비장감은 더해가 입에 담는 구호와 발언이 격렬해진 것은 당연한 일일 것이다.

제2회 대회는 실로 구호의 나열이었다. 대회의 전모는『문학보국』제2호(1943.9.1)와 제3호(1943.9.10)에 특집으로 나왔다.

제1일의 개회식은 8월 25일 오전 9시. 일장기를 중심으로 만주와 남경 정부의 중국기가 좌우에 장식된 제국극장에서 사회자 도가와 사다오[戶川貞雄]의 개회 선언, 국민 의례, 구메 마사오[久米正雄]의 인사, 시모무라 히로시[下村宏]를 좌장으로 선출. 이어서 개회식에서 아모 에이지[天羽英二] 정보국(情報局) 총재로부터 "새로운 아시아의 건설을 위해 문학자의 우국 충정에 기대하는 바 크다"는 축사, 아오키 가즈오[靑木一男] 대동아 대신(大東亞大臣)의 축사(대독), 다니하기 나카오[谷萩那華雄] 육군 보도 부장의 "항상 필승의 신념을 견지하여 심기(心氣) 상쾌한 가운데 완고한 적을 격멸하는 한 길로 같이 의지하고 서로 믿으며 매진하려 한다"는 축사, 구리하라 에쓰조[栗原悅藏] 해군 보도 부장의 '사상전의 중대 사명'을 강조하는 축사, 미즈노 렌타로[水野鍊太郞] 흥아(興亞) 총본부 총리의 '문학자의 흥아 사상'을 강조한 축사가 이어졌다. 다음으로 사이토 류[齋藤瀏]가 황군(皇軍)에 대한 감사 결의문을 감격에 겨워 낭독한 후, 각국 대표의 인사로 들어가 일본 대표 요코미쓰 리이치[橫光利一], 만주 대표 고정(古丁), 중국 대표 주월연(周越然), 몽고 대표 포숭신(包崇新)이 각각 대회 개최의 기쁨과 결전 문학의 태도를 강조하였고, 나카지마 겐조[中島建藏]가 남방 각지에서 보낸 축사를 낭독하여 대회가 바야흐로 무르익을 즈음, 일본 대표 요시카와 에이지[吉川英治]가 "대동아전쟁 이제 바야흐로 결전의 날을 맞이했도다. 동아의 흥패 실로 일일 일각(一日一刻)에 달렸도다. 대용맹심을 발휘하여 미·영 문화 섬멸의 철퇴를 내리쳐야 하느니, 동아의 위대하고 광휘 있는 전통에 깃

들은 여러 신령이시여, 우리를 지켜주옵소서"라는 선서문을 낭독했고
끝으로 '성수 만세'가 있었다.

제2일의 본회의는 8월 26일 대동아회관에서 열렸다. 의제는 '결전
정신의 앙양, 미·영 문화의 격멸, 공영권 문화 확립, 그 이념과 실천
방법'이었다. 사회 도가와 사다오[戶川貞雄], 의장 기쿠지 간, 부의장 가
와카미 데쓰타로의 면면은 제1회 대회와 같았다. 회의 벽두에 일본 대
표 구보타 만타로[久保田萬太郎]가 8월 22일 죽은 시마자키 도송[島崎藤村]
에 대회 이름으로 조의를 표하자는 긴급동의를 발의, 의장의 지명을
받은 사토 하루오[佐藤春夫], 구보타 만타로, 고정(古丁), 정아군(丁我軍) 4
명이 고별식에 참가했다.

회의 오전 중은 일반적 문제 토론으로 채워, 어느 것이나 "매우 열의
있고 시사(示唆)에 넘쳤다"고『문학보국』은 적고 있다. 그 내용을 보면
'필승의 신념'(武者小路實篤, 일본), '대동아전쟁 승리안'(陳寥士, 중국), '성전
완수에 앞장 서는 문학적 창조안'(山田淸三郎, 만주), '황도 정신의 침투'
(佐藤春夫, 일본), '만주 건국 정신의 인식 철저'(吳郎, 만주), '화평 운동의 철
저'(謝希平, 중국), '일본 정신의 진전'(包崇新, 몽고), '황민 문학의 수립'(周金
波, 대만), '신동양 정신의 확립'(大木惇夫, 일본), '대동아 문학의 중심 이념
확립'(魯風, 중국), '결전 문학 확립에 대해'(俞鎭午, 조선), '미·영 문화의
격멸'(芳賀檀, 일본), '문학자의 제휴'(小林秀雄, 일본) 등의 발언이 있었다.

점심을 마치고 속개된 오후의 회의에서는 '실천적인 문제'에 대한 각
국 대표의 "명쾌하고 솔직한 발언이 열화와 같은 기세"로 계속되었다
한다. 일본 대표 노구치 요네지로[野口米次郎]가 '인도 독립에 성원'을 요
청하자, 내빈석에서 방청하고 있던 인도 독립 부장 메타니가 감격에 겨

위 의장에게 발언을 청해, "인도 독립이 가까워 오다"를 절규했다. 이어서 '필리핀 독립을 위한 대표 파견'(木村毅, 일본), '조선의 징병제 실시와 문학 운동'(崔載瑞, 조선), '버마 독립에 축사와 성원'(高見順, 일본), '대동아 문학 건설 요강의 설정'(田兵, 만주), '공영권 내 지식층 획득 운동'(小田嶽夫, 일본), '공영권 내 민중 획득 운동'(尾崎喜八, 일본), '남방 화교 획득 운동'(陳撲, 중국), '대동아 문학자 총궐기에 관한 제안'(津田剛, 조선), '출판회 강화에 의한 문학 운동'(沈啓无, 대만), '동아 고전의 부흥'(高田眞治, 일본), '여류 문화의 교류'(일본 吉屋信子, 窪川稻子. 중국 關露) 등의 제안이 있었다.

대회 제3일은 오전의 분과회와 오후의 본회의로 진행되었다. 제1분과회(위원장 高島米峰 이하 44명)에서는 '일본·만주·중국의 영화 문학 합작사 설립 제안'(일본 久米正雄, 中村武羅夫. 중국 柳雨生), '신극 운동의 촉진'(중국 陳錦. 조선 柳致眞), '어린이 문화의 확립과 교류'(일본 加藤武雄. 만주 吳郎), '미·영 동아 침략사 기록 소설 작성'(일본 丹羽文雄), '대동아공영권 문학사 공동 작성'(일본 鹽田良平) 등의 발언들이 난무하던 중 중국 대표 장아군(張我軍)으로부터 '도손상[藤村賞] 설립' 제안이 나와 만장의 박수를 받는 촌극도 있었으나, 신중하게 검토하자는 선에서 보류되었다.

제2분과회(위원장 白井喬二 이하 40명)에서는 '반동 작가 소탕과 중국 문학 확립'(일본 片岡鐵平), '중경(重京) 지구 공작을 위한 아시아 문화의 옹호'(일본 一戶努), '동아 문학 연구 기관의 설립'(중국 丘韻鐸), '여성과 문학 교양'(일본 圓地文子), '고답적 문화 지상주의 배격'(일본 岩倉政治), '문화 단체의 연락과 제휴'(일본 石川達三), '일본·만주·중국의 문화 협정'(만주 全員) 등의 제안이 나왔다.

제3분과회(위원장 川田順 이하 41명)에서는 '공동 발표 기관지 간행'(중국

陶亢德, 만주 山田淸三郎), '번역 위원회 설치'(중국 章克標), '작가, 유학생 파견과 상주'(일본 吉川幸次郎), '출판계 강화'(중국 沈啓无), '동양적 의지 연성'(일본 長與善郎), '중국 사상의 신방향'(일본 高田眞治) 등의 발언이 있었다.

오후에 다시 본회의에 들어가 각분과 위원장의 경과 보고가 있은 뒤, 중국 대표 진요사(陳寥士)로부터 전선에 위문 전보 타전 제안이 나와 사토[佐藤] 군무 국장이 감사를 표했다. 계속해서 '대동아 문학상' 발표에 들어가 본상은 대상자가 없었고, 차상 수상자로 일본의 쇼지 소이치(庄司總一, 작품『陳婦人』)와 오오키 아쓰오(大木惇夫, 작품『海原にありて歌へる』), 만주의 석군(石軍, 작품『妖土』)과 작청(爵靑, 작품『黃金的窄門』), 중국의 여차(予且, 작품『予且短篇小說集』)와 원서(袁犀, 작품『貝殼』) 등 6명으로 결정되었다.

이어서 열린 회의는 각국 문학자의 문학 활동 보고회로, 일본 대표 가와카미 데쓰타로[河上徹太郎]가 '흥아 문학상(興亞文學賞) 창설'을, 만주 대표 오우치 다카오[大內隆雄]가 '급전환하는 만주 문단'을, 중국 대표 유우생(柳雨生)이 '좀 더 기다려야 할 중국 문학'을, 몽고 대표 아오키 게이[靑木啓]가 '복고하는 몽고의 감투 정신'을, 조선 대표 김용제[金村龍濟]가 '국민운동에 끓어오르는 조선 문단'을, 대만 대표 나가사키 히로시[長崎浩]가 '일본 통치 50년을 관통하는 내대일여(內臺一如)의 대만 문예' 등을 보고했다.

이어서 "바다에서, 육지에서, 산에서, 들에서 결전의 양상 바야흐로 가열해진 이때, 대동아공영권 문학자 대표 다시 여기 모여 대동아 정신의 수립과 문학적 창조를 논의했다"는 선언문을 낭독하고 성수 만세를 봉창(奉唱)한 뒤 끝났다.

대회의 일정을 마친 일행은 8월 28일 도쿄의 군인회관에서 문예 강연회, 견학, 방문 등을 마치고 9월 1일 간사이 지방[關西地方]으로 가 9월 3일부터 오사카에서 강연회, 긴키 지방[近畿地方] 신사 참배 및 견학 등을 마치고 9월 5일 교토에서 해산했다.

식민지 한국 대표로 참석한 유진오는 '결전 문학의 이념 확립'이란 제목으로 발언했다.

조선은 옛부터 대륙 문화를 그 자체 속에 흡수했고, 나아가 내지에 전해주는 교량과 같은 역할을 해 왔지만, 지금은 오히려 황국 일본의 일익으로 일본 정신과 일본 문화를 거꾸로 아시아 전 지역에 전하는 사명의 일단을 짊어지고 있습니다. 그것을 전할 수 있게 된 것은 우리의 커다란 영광이며, 또한 기쁘게 생각하고 있는 바입니다. 우리들에게 이러한 사명에 대한 최후의 확신을 준 것은 이번 8월부터 드디어 조선에 시행된 징병 제도였습니다. 징병 제도에 의해 조선의 젊은 청년들은 황군의 일원으로 결전 일본의 국방의 일익을 담당하여 일어서게 되었습니다. 이것에 의해 종래 조선의 모든 문제에 종지부를 찍게 되었습니다. 반도 이천오백만 동포는 이 중대한 책임과 영광을 자각하여 흥분과 감격의 폭풍에 휘말리고 있습니다. 이것으로 조선의 결전 태세도 마무리 단계로 접어들었다고 할 수 있습니다. 조선의 문학자도 이러한 자각 아래 일본 문학의 일익으로 결전 문학 추진에 정신(挺身)하고 있습니다.[77]

유진오는 국제 대회 석상에서 일본 제국주의 황국사관(皇國史觀)에 찌들은 관학자(官學者)들이 주장해, 이윽고는 일본인의 한국에 대한 통

---

77 『文學報國』第三號, 1943.9.10.

넘이 되어버린 '식민지사관' 중 '조선 문화 교량설'을 원형 그대로 발설하고 있다. 식민지 교육의 세례를 받은 세대(특히 그는 경성제국대학 출신이다)가 갖는 역사 인식의 한계와 일본 제국주의 세뇌 교육의 효과를 표출하고 있는 것이다. 또한 유진오는 일본 제국주의 영토가 된 한국과 일본 문학의 지방 문학으로 전락한 한국 문학을 그대로 수용해 '대동아공영권'에 참여 의식을 표출하고 있다.

최재서는 '결전 문학의 급전환'이라는 제목으로 발언했다. 그것은 그대로 한국의 '신체제 문학'의 과정을 보고한 것이다.

잘 알다시피 조선에도 이번 8월 1일부터 징병제와 해군 특별 지원병제가 실시되어 반도 청년들도 대동아전쟁 제일선에 서게 되었습니다. 말할 것도 없이 조선은 일본 제국의 일부이며 많은 은혜를 입었음에도 불구하고, 불행하게도 지금까지 장정을 전선에 보낼 수 없었기 때문에 정말 떳떳하지 못하다는 생각을 해 왔습니다 (…중략…) 이러한 점을 염두에 둔다면 작년 5월 8일 징병제 개정이 처음 발표되었을 때 전반도를 휩쓴 감격의 폭풍을 쉽게 이해하리라 생각합니다 (…중략…) 말할 것도 없이 병마(兵馬)의 대권은 천황 폐하께옵서 통솔하옵시는 것으로 병역은 일본 국민이 가장 신성한 의무로 생각하는 것입니다. 이 신성한 의무를 지고 광휘에 빛나는 황군의 일원으로 참가하도록 허락받은 것은 오로지 일시동인(一視同仁)의 대어심(大御心)의 은혜이며, 내선일체의 대이상은 이것으로 구체적인 표현을 얻었다고 생각합니다 (…중략…) 조선 문학은 일본 내지의 신체제 운동 이래 즉 쇼와 14년(1939 ─인용자) 가을 이래 실천적으로 또한 급속하게 전환의 혁신을 단행해 금일의 국민 문학 운동으로까지 전개되었습니다. 그 과정에서 저는 두 가지 커다

란 전환점을 지적할 수 있습니다. 쇼와 16년(1941－인용자) 12월 8일 선전(宣
戰)의 대조(大詔)를 봉대(奉戴)했던 때가 제1의 전환점이었고, 쇼와 17년
(1942－인용자) 5월 8일 징병제 실시 발표가 두 번째 전환점이었습니다. (…
중략…) 제1의 영향은 국어(일본어－인용자) 문학으로 전환한 것이었고 (…
중략…) 제2의 영향은 조국 관념 파악이었습니다 (…중략…) 물론 징병제가
의미하는 것은 반도 이 천 칠백 만이 내지 동포 칠천 만을 앞장서 성전을 최후
의 승리로 이끄는 것에 있습니다. 또한 우리가 현재 전개하고 있는 국민 문학
이라는 것은 조선의 중심 작가와 내지의 작가가 동일한 이상과 목표 아래 대
동아 건설에 매진하는 것입니다. 요컨대 조선인만을 대상으로 하는 좁은 문
학이 아니라는 뜻입니다. 이것은 이천칠백만의 동포를 뛰어 넘어 일 억 국민
나아가서 아시아 민족 십억의 문학입니다.[78]

최재서는 식민지 한국의 '신체제 문학'을 설명하며 자신의 문제와 한
국 문학의 문제를 동일시하고 있다. 당시 '신체제 문학'이 한국 문학의
전체상이 아니었음은 말할 필요도 없는 일이다. 그가 말하는 전환의
계기라는 것도 자기 필연성이나 문학적 필연성이 아니라, 일본 제국주
의 식민지 통치의 추이에 따라 추인하고 합리화하면서 자기 필연성과
'신체제 문학'의 필연성으로 치환해버린 것이었다. 식민지 한국에 대
한 인적 수탈에 불과한 징병제 실시가 한국인의 조국 관념을 전환하는
필연성이란 어디에도 없는 것이다. 최재서는 '대동아 문학자 대회'도
추인하면서 일본인보다도 더 일본인다운 열의로 '대동아'와 '성전'에

---

78 『文學報國』第三號, 1943.9.10.

편승 심리를 보여주며 대외적으로 선전하고 있다.

식민지 한국의 일본인 대표 쓰다 가타시[津田剛]는 '대동아 문학자 총
궐기에 관한 제안'이란 제목으로 다음과 같이 발언했다.

> 대동아전쟁은 바야흐로 결전의 날을 맞이하여 우리 동아의 흥폐는 실로 이
> 하루, 이 일각에 달려 있습니다. 진실로 인류의 운명은 이 일전에 걸려 있다
> 고 생각합니다. 따라서 우리 문학자의 임무는 한시라도 빨리 총력을 결집해
> 문화 전선에 뛰어들어 모든 것을 바쳐 전력화하는 데 있다고 믿습니다. 싸움
> 에 지면 무슨 문화이며 무슨 동아의 문예부흥이란 말입니까. 다행스럽게도
> 대동아 전역의 문학자가 한 자리에 모여 어제 엄숙하게 맹서했듯이 우리는
> 이제 생사를 같이 하려는 전우이며 결맹의 동지입니다. 아시아의 운명을 짊
> 어진 해방의 선구자입니다. 이것을 구체화하고 실현시키는 것이야말로 이번
> 대회의 참다운 목적이라 봅니다. 이러한 견지에서 나는 대동아 각 지역에서
> 문학자의 총궐기 운동을 전개하고[79]

이러한 쓰다의 발언에 대해 의장 기쿠지 간은 "회의에 참석한 작가
여러분들은 각자의 나라로 돌아가 꼭 그와 같은 창작 활동을 전개해주
기 바랍니다"는 식으로 구체적인 논의나 논평을 회피한 채 넘어갔다.
지배 민족의 일원이라는 이유 하나로 식민지에 몰려들어 문학자 대표
로까지 기어 올라온 사이비 문화인이 본국에서 켕김과 소외 의식을 과
장된 제스처와 호기로 기만하고 있는 쓰다 가타시의 속물성이 그대로

---

79 『文學報國』第三號, 1943.9.10.

드러난 발언이다.

이 외에도 한국에서 참가한 김용제, 유치진의 발언이 있었다. 또한 제2회 대회에는 장혁주가 일본 대표로 일본 측에서 참가했다.

제1회 대회가 '대동아의 문예 부흥'을 내걸은 데 비해, 제2회 대회는 '결전 회의'를 표어로 했다. '결전'의 다음에는 '승리'나 '패배' 밖에 없다. '승리 회의'는 어떻든 '패배 회의'란 있을 수 없으므로 결국 '대동아문학자대회'도 제2회에서 갈 데까지 갔다고 볼 수 있다.

제3회 대회는 개최권이 중국으로 넘어가 1944년 11월 12일부터 3일간 남경(南京)에서 열렸다. 만주 측의 희망도 있었지만 '대동아'의 중핵인 일본·중국·만주의 순서에 따라 남경 개최가 결정되었던 것이다. '대동아문학자대회'의 산파역은 '일본문학보국회' 사무국장 구메 마사오[久米正雄]였다. 그런 그가 제3회 대회 준비를 위해 분주하던 중 만주국 황제를 '살아 있는 신[現人神]'으로 부른 것이 문제가 되어(일본 제국주의에 살아 있는 신은 천황뿐이다) 1944년 4월의 기구 개편시 사무 국장에서 쫓겨나는 내부 갈등의 촌극도 있었다.[80]

개회식은 11월 12일 일본·만주·중국의 대표 62명과 각 기관의 대표 40명이 모여 중산능(中山陵, 孫文의 무덤)을 참배한 후 중독문화협회(中獨文化協會)에서 열렸다. 개회식은 대회 주최측 진료사(陳廖士)의 경과보고에 이어 의장 전도손(錢稻孫)과 부의장 도정손(陶晶孫)을 선출했다. 의장 인사와 남경 정부의 주불해(周佛海) 행정원 부의장, 임백생(林柏生) 선전 부장, 일본 측의 육해군 보도 부장의 축사가 이어진 후 일본 대표

---

80  尾崎秀樹, 앞의 책, 41면.

나가요 요시로[長與善郎], 중국 대표 주월연(周越然), 만주 대표 고정(古丁)
의 인사로 제1일의 식순은 끝났다.

제2일의 오전은 회의. 의제인 '문학과 전쟁의 관계에서 문학의 선전
과 방법론', '동아 고유문화와 정신의 부활', '대동아공동선언의 제3항
실천을 위한 방법론', '대동아 제민족의 문화수준과 민족의식 앙양' 등
에 대한 각국 대표의 발언이 있었다. 오후에는 분과회가 열려 각국 대
표가 제안한 20건의 안건을 토의했다.

제3일의 폐회식에서는 '대동아 문학상' 시상식이 열려 전회와 마찬
가지로 시상작은 없었고, 차상으로 쓰치다 겐이치(鎚田研一, 일본)의 『만
주 건국사』, 매낭(梅娘, 중국)의 『게(蟹)』, 고정(古丁, 만주)의 『신생(新生)』,
독 마이 소트(태국)의 『이것이 인생이다』, 호세 에스페란사 쿠르사(필리
핀)의 『타론 마리아』가 결정되었다.

그리고 "우리는 공습 아래 중화민국 수도 남경에서 제3회 대동아문
학자대회를 열었다. 깊이 우리의 책임을 통감하고 대동아전쟁 완수와
대동아 문화 확립의 결의를 굳게 다졌다"는 선언문을 낭독한 후 폐회
식은 끝났다. 그 후 일행은 상해, 북경에서 강연회, 좌담회, 방송 등의
일정을 마치고 쫓기듯 해산했다. 제3회 대회 이틀 전(11월 10일) 남경 괴
뢰 정부 주도자 왕조명(汪兆銘)이 일본 나고야[名古屋]에서 사망했다. 왕
조명의 죽음은 이 대회에 검은 그림자를 드리워 전도에 대한 불안감을
현실적인 것으로 느끼게 했다.

제3회 대회에는 식민지 한국에서 이광수[香山光郎]와 김팔봉[金村八峯]
이 참가했다. 제1회에 이어 제3회에도 참가한 이광수는 다음과 같이
발언했다.

일본의 『고사기(古事記)』, 중국의 『서경(書經)』에 대해 영·미인의 극점(極點)을 나타내는 것이 다윈의 진화론이다. 생존 경쟁이 그들의 세계관이다. 우리가 신성(神性)에 귀의하는 것을 인생의 목적으로 하는 데 비해, 그들은 동물적 본능의 만족을 목표로 한다. 일깨워 덕화(德化)시키는 것이 동아의 국가 목적인 데 비해, 정복이 그들 국가 목적인 것이다. 우리들이 겸양 충신(謙讓忠信)으로 이민족을 대하는 데 반하여, 그들은 수렵적 폭력과 조어자적(釣魚者的) 술수를 가지고 대하는 까닭이다 (…중략…) 문학의 도(道)는 스스로 자명하다. 아시아인이여, 아시아로 돌아가라. 아시아인의 운명은 하나이다. 인류 구제의 빛은 아시아인으로부터 나온다. 이 사실을, 이 이상을, 이 감정을 우리들 문학자는 붓으로, 입으로 우리 동포에게 외치노라. 이것이 즉 대동아 문학이며 우리들의 사명이다.[81]

이광수는 벌써 식민지 한국을 대표하는 입장을 뛰어 넘어 일본인, 나아가서 아시아를 대표하는 제스처를 과장하고 있다. 일본 예찬은 줄어들었으나 서양에 대한 맹목적 적개심과 동양에 대한 충동적 선동을 허무하게 되풀이했다. 1944년 11월 시점에서 전황은 일본에게 절망적이었고, 대회 장소가 중국이었던 만큼 일본 예찬은 아무리 이광수라 해도 삼가지 않을 수 없었을 것이다. 이때의 이광수에 대해 대회에 같이 참가한 김팔봉의 기록이 있다.

그때 대회에 모였던 각처 대표들은 중지(中支) 대표들까지 합쳐서 모두 7,

---

81  이광수, 「大東亞文學の道」, 『國民文學』, 1945.1, 26~27면.

80명의 문학자들이었지만 이렇게 많은 수효의 문학자들 가운데 그들의 언어, 행동, 자세, 체취 (…중략…) 기타 모든 점에서 사람다운 사람 — 문학자다운 사람으로 내가 느낀 사람은 세 사람밖에 없었으니, 하나는 일본의 장여선랑(長與善郎)이요, 하나는 북경대학 교수인 전도손(錢陶孫)이요, 하나는 우리의 이광수라고 느꼈다는 기억만이 뚜렷하게 남아 있을 뿐이다. 참말이지 그때 남경에서 춘원(春園)을 재인식했던 것이다.[82]

제4회 대회는 만주국의 수도 신경(新京, 현 長春)에서 열릴 예정이었으나, 그것을 기다리지 않고 일본 제국주의 패망이 왔다. 일본 제국주의 패배와 함께 '대동아문학자대회'도 사라졌다. 소위 '대동아 문예부흥'을 선전한 '대동아문학자대회'가 '대동아공영권'을 내건 일본 제국주의와 운명을 같이 한 것은 이 대회의 내용이 얼마나 문학의 본질과 동떨어져 있었는가를 증명하고 있다. 또한 대회에 모여든 문학자들의 발언 하나하나는 그대로 문학자로서 해서는 안 되는 행위가 무엇인가를 생생하게 기록해주고 있다. 나아가 그것은 일본 제국주의가 소위 '대동아공영권'의 지식인들에게 얼마나 많은 치욕과 고통과 절망감을 안겨주었는가의 기록이기도 하다.

아시아 지역의 문학자가 이렇게 많이 한자리에 모인 예는 일찍이 없었다. 이러한 절호의 기회를 전쟁에 취한 일본 제국주의가 일본 민족의 우월성과 일본 문화의 우수성을 선전하는 무대로 이용한 것은 아시아에 대한 일본 제국주의의 자만과 일방적 시혜 의식의 실체가 무엇인지를

---

82  김팔봉, 「나의 회고록」, 『세대』, 1965.12, 286면.

보여준다. 뿐만 아니라, 이것은 전쟁 중 일본 문학의 황폐성과 천박성을 보여주는 절호의 실례이다. 일본인 오자키 홋키[尾崎秀樹]는 '대동아문학자대회'를 일본의 중국에 대한 '비굴함과 우월감'의 교착(交錯)으로 파악해 "일본 근대 문학의 뿌리 없음의 실상을 이렇게 낯 뜨겁고 뻔뻔한 사기술(詐欺術)로 보여준 예가 일찍이 있었을까" 하며 비판하고 있다.[83]

'대동아문학자대회'는 일본 제국주의가 문학의 이름을 도용하여 가장 깊숙하고 섬세한 부분에서 아시아인의 마음을 사로잡으려 한 문학자들의 시국 행사였다. 그리고 그 어용성으로 인해 대회의 흐름은 문학의 자유분방한 창의적 상상력은 사라지고, 각본에 따라 꼭두각시의 해프닝을 남발한 일본 문학자의 추태만 쌓여갔다. 일본인 문학자의 졸부적인 우월감과 자신만만함이 보여주는 오버 액션과 값싼 애국적 제스처가 혐오스럽게 난무하는 속에서 '잡어(雜魚)투성이의 문학자인지 문학청년인지 분간이 가지 않는'[84] 다른 지역 문학자들의 의식적인 일본 편향과 아첨과 추종성이 허무하게 울려 퍼졌다. 모든 것이 시끌벅적했으나, 모든 것이 천편일률의 공허함만이 춤을 추고 있었던 것이다. 대회 전 기간을 통해 그렇게도 '대동아전쟁의 완수'와 '동아의 해방'을 외치면서도, 소위 '대동아공영권'의 실체와 '대동아전쟁'의 불리한 전황이 한 번도 논의되지 않았던 사실은 이 모든 것들을 증명해주고 있다.

일본 대표로 참가했던 후지타 도쿠타로[藤田德太郎]는 「제2회 대회의 성과」라는 글을 남겼다.

---

83　尾崎秀樹, 앞의 책, 40면.
84　위의 책, 45면.

요시카와 고지로[吉川幸次郎] 씨가 중국 문학자의 어두운 점을 지적하면서 새로운 문학을 육성하는 데 일본이 올바른 지도적 위치에 있음을 강조하고 있는 것을 향해, 어떤 논자가 아직 그러한 시기가 아니다, 일본과 지나가 같이 반성하고 상호간의 이해를 촉진해야 한다고 촉구하고 있는 듯한데, 아직도 우리나라에 그따위 식으로 말하는 지식인이 있다는 사실, 거기에다가 그러한 사람이 바로 어제까지도 문화적 지도자이고 지금도 변함없이 똑같은 말을 되풀이하고 있다는 것은 참으로 놀라운 일이다.

오히려 중국 측 의견에 들을 만한 것이 있었다. 중경 측 작가들이 뛰어난 실력을 가지고 있을지는 모르지만, 벌써 그들은 과거의 사람이므로 비록 미완성이라 해도 대동아공영권 건설에 열의를 가진 새로운 청년 작가 중에서 신시대의 불타오르는 작품을 발견할 필요가 있다는 논의는 중경으로 달려간 사람들에 연연해 그들에게 손짓이나 하는 지금까지의 사고방식보다 훨씬 진보한 것이다.

중경에 빌붙어 있는 중국 작가라든가 아직도 변함없이 객관 비평적인 태도로 자기반성이나 논하고 있는 자들은 이미 금일의 시대감각을 상실하고 있는 탈락자들이므로 상대하지 않는 것이 좋다.

(…중략…) 가장 이해할 수 없었던 것은 일본어로는 일본인의 이름이 빈번히 나오는데도 통역하는 말 속에는 전혀 그것이 들리지 않은 것은 이름을 중국음으로 말했기 때문이다. 그러나 후지타[藤田]가 '후지타' 이외의 발음으로 읽혀진다면 벌써 자기의 이름이라 할 수 없다. 아무리 동시 통역할 때의 습관이라 해도 이러한 폐습은 단호히 타파해야 할 것이다.[85]

---

[85] 『文學報國』第二號, 1943. 9. 1.

후지타는 일본 제국주의의 소위 '지도적 지위'를 주장하면서도 중국에 대한 상호 이해와 반성을 거부하고 일방적인 요구만을 되풀이하고 있다. 후지타의 이러한 뻔뻔함은 하나의 상징적인 의미를 띄고 있어, '대동아문학자대회'에 모여든 일본인 문학자의 아시아에 대한 태도를 나타내고 있다.

청일전쟁(1894) 이후 일본 제국주의가 중국을 '잠자는 사자'에서 '잠자는 돼지'로 멸시한 것을 시작으로, 아시아 전체를 '미개'로 보는 고정관념과 우월감은 중일전쟁과 태평양전쟁에 이르러서도 지속되었다. '대동아문학자대회'에서도 겉으로는 '대동아의 문화 확립'과 '민족 간의 상호 이해와 존중'을 내걸었지만, 일본 문학자들은 타민족의 애국심, 민족애, 나아가 모국어까지 짓밟으면서 자국의 '지도적 지위'에 취해 있었던 것이다.

이러한 일본인의 교만을 옆 눈으로 흘겨보면서 다른 아시아 문학자들은 아첨과 갈채로 왜곡된 자신의 마음을 위장했다. 그 위장된 박수와 갈채 속에 아시아인들이 소위 '팔굉일우'를 실천한다고 호언하는 일본 제국주의의 '아시아 해방'에 미몽을 의탁했던 사실은 시대가 낳은 또 하나의 비극일 것이다. 그것은 결국 같은 제국주의의 옷 갈아입기에 불과한 것이고, 늑대를 쫓아낸 자리에 여우가 들어 앉아 그야말로 첩첩산중의 한 골짜기 넘어 또 다른 골짜기인 것이다. 울타리 없는 들판에는 언제나 틈을 엿보는 들짐승들이 득시글거리는 것이다.

이렇게 보면 '대동아문학자대회'에 모여든 '대동아공영권' 내 일본인 이외의 문학자들로부터는 식민지 한국의 '신체제 문학자'들과 비교할 수 있는 '식민지적 전향'의 양상이 나타나고 있다. 그러나 그것을 천착하기 위해서는 또 하나의 비교 전향론 연구가 필요할 것이다.

'대동아문학자대회'의 가장 중요한 의제는 '대동아전쟁의 완수'였다. 이렇게 되면 문학은 전쟁을 위한 하나의 수단이 된다. 문학에서 전쟁이란 하나의 제재이기는 하나 목적이 될 수는 없다. 그것이 역으로 될 때 문학은 말살된다. 소위 '대동아문학자대회' 전 기간을 통해 그렇게도 '대동아전쟁'의 예찬에 열을 올렸으면서도 그 내용이 공허함의 극치를 달렸던 사실은 그것을 말해주고 있다. 문학 정신이 고갈된 문학자의 발언은 소음에 지나지 않는다. 그러므로 '대동아문학자대회'의 문화 파탄은 이미 예정되어 있었던 것이다.

'대동아문학자대회'가 일본 제국주의 패망과 그 운명을 같이한 것도 당연한 귀결이었다. 또한 그것은 일본 근대 문학이 아시아에 얼마나 엄청나고 추악한 죄악을 저질렀는가를 백일하에 보여주고 있다. 이것은 일본 문학이 짊어진 씻지 못할 부채와 원죄로 남을 것이다. 그 탓일까. 일본에서 '대동아문학자대회'에 대한 연구는 오자키 홋키의 「대동아문학자대회에 대하여」(『文學』, 1961.5)가 유일하다.

'대동아문학자대회'를 좌지우지했던 일본인 문학자들이 그 후에 어떠한 삶을 살았든(그 중 한 사람이었던 川端康成는 1968년 노벨 문학상을 받았다), '대동아공영권'의 다른 나라 문학자들은 시대의 단죄를 받아 지금도 그 오명을 역사에 남기고 있다. 어떤 나라에서는 '민족 반역자'로, 어떤 나라에서는 '한간(漢奸)'으로.

전후인 1948년 일본인 작가 다나카 히데미쓰(田中英光)는 「취한 배」라는 소설을 썼다. 이 소설은 제1회 '대동아 문학자 대회'에 참가한 후 귀국길에 식민지 한국에 들른 만주와 중국, 몽고의 대표를 맞이해 '조선문인협회'가 주최한 환영회를 배경으로 하고 있다.

소설 속에서 한국인 취한(醉漢)이 "저 친구들이 대동아 문학자 대표란 말인가. 지금 중국에서 일류 작가라 하면 곽말약(郭沫若)이나 노사(老舍), 임어당(林語堂) 정돈데, 왜 그런 분들은 부르지 않는가"[86]라고 질타하는 부분이 나온다. 그 자신도 '조선문인협회'의 일원이었던 다나카가 왜 전후에 가서야 이러한 소설을 썼을까. 소설에서는 좌익 떨거지의 일본인 주인공이 식민지 한국에서 가해자로 편입되어 상습적으로 술을 마시고 자학하면서 타락해가는 모습이 묘사되고 있다.


## 4. 일본인 의식


제1회 '대동아문학자대회'에 참가한 이광수는 대회 기행문으로 「삼경 인상기(三京印象記)」를 남겼다. '삼경'이란 도쿄, 교토, 나라(奈良)를 말한다. 이 글에서 이광수는 자신과 일본의 인연을 압축해서 적고 있다.

도쿄는 나의 제2의 고향이다. 메이지 39년(1906년, 정확하게는 1905년─인용자) 여름, 14세 소년이었던 나는 처음으로 신바시역[新橋驛]에 내려 도쿄의 땅을 밟았다. 중학교와 와세다[早稻田] 대학 문과를 도쿄에서 다녔고, 그

---

86　田中英光, 「醉いどれ船」, 『田中英光全集』第2卷, 芳賀書店, 1965, 284~285면.

후 내 가족이 3년간 도쿄에 살았다. 출생은 조선이지만 교육은 도쿄에서 받았던 것이다.[87]

이광수는 14세였던 1905년부터 28세의 1919년 2월까지(도중에 두 번 중단) 일본에 유학했다. 망국의 격동기로부터 3·1독립운동 직전까지 일본에서 생활하고 교육을 받은 것이다. 소년기부터 청년기까지의 기간을 일본에서 보낸 것이 된다. 또한 의사인 부인 허영숙(許英肅)이 학업을 위해 1922년부터 3년간 도쿄에 살았다. 이렇게 이광수가 말하는 '제2의 고향'이라는 일본과의 관계는 하나의 상징성으로 그의 생애에 깊은 음영을 드리우게 된다.

이광수는 25세(1916년 早稻田大學 재학 중) 때 「동경 잡신」이라는 일본 체험기를 썼다. 이것은 52세(1943) 때 쓴 「삼경 인상기」와 비교가 된다. 두 개의 일본 체험기로부터 30년이라는 긴 세월이 하나의 굵은 인연의 끈으로 연결되어 있음을 확인할 수 있다. 앞의 것이 일본 체험의 파행성이 드러난 것이라면, 뒤의 것은 '황국신민'의 감격을 표현한 것이다. 「삼경 인상기」에는 「동경 잡신」에서 보여준 호기심 넘치는 지적 조급성과 일그러진 열등감이 자취를 감추고, 식민지 '원주민'이 '본국' 일본 제국주의를 동경하고 침잠하여 동화되어가는 구도자의 자세가 짙게 나타나 있다.

이광수는 1942년 도쿄의 인상을 다음과 같이 썼다.

---

87  이광수, 「삼경 인상기」, 『문학계』, 1943. 1, 68면.

도쿄는 이제 일본만의 수도가 아니다. 아시아 대공영권의 수도다. 폐하의 대위광(大威光)은 대동아 전역을 비추고 있다. 도쿄의 정치력과 문화력은 아시아 제민족의 정치와 문화의 원천이며 원동력임을 그 누가 부정하랴.[88]

이광수에게 다시 찾아온 일본과 도쿄가 주는 감회는 지대했음에 틀림없다. 그것을 그는 그대로 '아시아 제민족'의 것으로 하여 감회에 젖어들고 있는 것이다. 가난한 유학생의 신분이었던 청년기와는 달리 이제는 식민지 한국을 대표하는 문학자로 성장한 그에게 일본 제국주의의 위광을 상징하는 도쿄 재방문은 '제2의 고향'으로서 수많은 애환과 더불어 '대동아공영권'의 중심지로 정치적인 의미와 맞물려 감개무량함이 있었을 것이다. 이광수의 그 감격벽은 다음과 같은 형태로 나타난다.

(1942년－인용자) 11월 1일 해질 무렵, 나는 만주와 중국 문학자 대표 일행과 함께 도쿄 역에 도착해 곧바로 니주바시(二重橋, 皇居의 천황 출입문. 광장이 앞에 있음－인용자) 앞에서 궁성 요배를 올렸다. 때마침 가을비가 개인 저녁 해질 무렵, 이것이야말로 정화된 어스름(淨闇)이란 이름에 어울리는 황혼이었다.

"미신(微臣) 가야마 미쓰로, 삼가 성수 만세를 축원하옵니다."

하고 국궁(鞠躬)하는 찰나, 나는 가슴이 막히는 감격에 빠져들었다. 나는 천황 폐하를 받드는 고마움을 온몸이 젖도록 느낄 수 있었다. 나에게는 실로 고귀한 순간이었다.[89]

---

88  위의 글.
89  위의 글.

도쿄 역에 도착하자마자 궁성 요배를 거르지 않는 이광수는 적어도 '황국신민'의 마음을 어떻게 표현하는 것이 가장 효과적인가를 벌써 알고 있었던 것이다. 누구보다도 일본 체험이 길었던 이광수로서는 일본인 이상으로 일본인의 마음을 읽는 능력을 구비하고 있었다고 보아야 할 것이다. 일본인보다도 더 일본인스러운 이광수의 연기는 성실성과 진지함을 의미하나, 정작 이중성을 감추고 있는 일본인에게는 절호의 이용 가치를 제공하는 것이어서 비극성이 더욱 강해질 수밖에 없다. 이것 때문에 그가 진실해지면 진실해질수록 공허함은 배가될 수밖에 없었다. 이것은 당시 일본 제국주의에 대한 한국인의 숙명이었다.

다음날 2일 아침에는 야스쿠니 신사[靖國神社]에 참배한 후 메이지 신궁[明治神宮]에서 열린 국민 연성대회에 임했다. 회장으로 가는 도중에 우리는 멋들어진 후지산[富士山]을 우러러볼 수 있었다. 차 속에서는 비와 구름 때문에 결국 보지 못하고 말았었다.

'후지산이 보이지 않는 여행의 가을비'

하고 쓸쓸히 생각했었다. 그러나 이렇게 훌륭한 후지산을 본 것이다. 중턱까지 신설(新雪)을 휘감고 아침해[朝日]에 빛나는 후지산을 본 것이다.

오늘 아침은 양폐하(兩陛下)가 나란히 임석한 식장이었다. 나는 천람(天覽, 천황의 관람―인용자) 경기를 배관(陪觀)한 것이다. 전원 기립. 기미가요(君ガ代, 일본의 국가―인용자) 음악이 정적 그대로의 식장을 울려 퍼졌다. 최고례(最高禮)의 경례. 지존을 우러러보는 민초의 감격.

'모든 것을 폐하께 바치옵니다.'

라는 혼(魂)들의 무언의 맹서. 나는 그것을 똑똑히 들을 수 있었다. 또한 나의

가슴으로부터 느낄 수가 있었다. 일억 일심이란 이런 경지라고 생각했다.[90]

'대동아문학자대회'에 참가한 각국 대표가 일본 측이 마련한 형식적이고 값싼 충성심을 과시하는 일본적 행사 일정에 휘둘리고 있는 상황이 확연히 들어나는 가운데서도, 일본인에게 중요한 의미를 가지는 사물에 대한 이광수의 세심한 마음 씀씀이와 그것을 이용하는 연기가 진지하게 나타나 있다. 이광수는 주최 측인 일본인이 노린 바를 훌륭하게 만족시키고 있는 것이다.

이후에 이광수는 일본 문학자의 초대로 이들과 어울려 일본 각지를 들르게 된다. 그중에서 일본 문단의 터줏대감이라 불리는 기쿠지 간으로부터는 자상한 충고를 들었다.

> 자네도 도쿄에서 소설을 팔고 싶겠지. 그러면 도쿄의 문인들과 어울리는 것이 좋아. 얼굴을 모르면 여간해서 비평도 써 주지 않으니까.[91]

하야시 후사오[林房雄]로부터는 "꼭 취해서 곤죽이 되어 주게. 취한 이광수를 보여 주게"[92]라는 권유를 받아 '전후불각(前後不覺)'이 되도록 술을 마시기도 했다. 11월 11일 나라(奈良)에서의 일을 이광수는 다음과 같이 적고 있다.

---

90  위의 글, 69면.
91  위의 글, 70면.
92  위의 글, 73면.

"마시게, 마셔" 하는 가와카미[河上徹太郎] 씨의 권유에 따라 대여섯 잔을 거푸 마셨다. 가와카미 씨도 나를 취하게 하려는 것 같았다. 하야시 후사오 씨의 짓일 것이다. 가야마 녀석 한 번 속마음을 털어놓게 해보자는 속셈일 게 다. 아니면 가와카미 씨도 나도 나라 시대(奈良時代, 710~784－인용자)에 들판 어느 논두렁에서 취해 떨어진 옛 인연이 있는지도 모를 일이다. 혹은 내 가 혜자(惠慈)나 담징(曇徵)의 공양을 위해 나라에 왔을지도 모른다. 행기(行 基)의 수행원으로 올 수도 있는 일이다. 꾸르르 우는 산새 소리를 미카사산 [三笠山]에서 들었을는지도 모른다. 그래서 나는 나라가 무한히 그립고 가와 카미 씨도 도쿄에서 일부러 와서 나와 더불어 옛 도읍지의 초생달에 가슴이 뭉클해졌으리라. 좋다. 마시자. 속마음 아니라 진흙을 토해내도 좋다. 나에 게는 중생을 향해 아무것도 감출 것이 없다는 각오다. 취해서 보여줄 추함이 있다 하면, 그것이 오히려 나의 진실한 모습일 것이다. 나의 진심을 알고 싶 어하는 벗들에게 있는 그대로를 보여주지 않고 어쩌겠는가.[93]

여기에 이르면 이미 일본의 풍물에 대한 위화감은 없어 보인다. 그 렇기는커녕 일본인이 말하는 고대의 소위 '도래인'과 일체감까지 보이 며 정신적인 해방감을 맛보고 있다. 이것은 이광수가 고대 일본 문화 에 스며든 한국 문화의 '모문화성(母文化性)' 혹은 '원문화성(原文化性)'을 자각하고 있다는 것을 나타내고 있는 것이다. 그리고 그것에 대한 이 광수의 끝없는 귀의 의식과 접근 의식을 엿볼 수 있다. 일찍부터 「민족 개조론」에서 한국 민족은 '적어도 과거 500년간은 공상과 공론의 민

---

족'[94] 이라고 극언했던 이광수는 근대 문명 맹신의 결과 근대 문명의 대명사 일본 제국주의와 동일시 현상을 일으켰지만, 그 보상 심리로 이러한 '모문화성'을 일본에서 발견하여 일본 문화 속에서 한국 문화의 정화(淨化)에 침잠해 들어간 것이라 볼 수 있다. 이광수의 '도래인'에 대한 애착과 '무한히 그리운 나라[奈良]'에서의 평안은 그것을 암시하고 있다. 이광수의 '모문화성'에 대한 집착은 한국인과 일본인과의 피의 연결로 확대되어 '내선일체'를 주장하는 근거를 제공하기도 하는 것이다. 이러한 이광수를 가와카미 데쓰타로는 다음과 같이 쓰고 있다.

결국 따라온 사람은 가야마 미쓰로 씨 이하 조선의 3인(이광수, 박영희, 유진오—인용자)과 구사노[草野心平] 군이었다. 그러나 이번에는 따라온 사람이 좋았다. 도쇼다이사[唐招提寺]의 정문을 들어설 때부터 일제히 감탄의 소리가 계속되어, 나의 오전의 실망(가와카미가 오전에 중국 대표를 法隆寺에 안내했을 때, 중국 대표들이 감탄은커녕 무관심한 태도를 보인 것을 가리킴—인용자)은 말끔히 보상받을 수 있었다. 이 천수관음 앞에 선 것은 내 생애 최고의 기쁨이라고 합장하는 가야마 씨의 커다란 손을 나는 아직도 잊을 수 없다. 야쿠시사[藥師寺]의 경내가 어두워지는 것을 겁내 재촉하던 나는 그래도 떠나고 싶지 않아 하는 일행의 뒷모습에 내쪽에서 감사하고 싶은 기분이었다. 이것으로 나라까지 일부러 온 보람이 있다고 생각했다.

밤에는 구사노 군과 가야마 씨와 함께 늦게까지 빠아에서 술을 마셨다. 평소 다른 사람 앞에서는 술을 삼가는 듯한 가야마 씨가 입이 가벼워진 것도 낮

---

**94** 이광수, 「민족개조론」, 『개벽』, 1922.5, 60면.

동안의 흥분 때문일 것이다. 씨의 성실함은 시종 나를 감동시켰다. 어떤 역사
적인 사실을 내가 몰랐을 때, 지체 없이 "당신은 아직 일본인이 아니야"라고
한 말을 나는 정말로 기쁘게 받아들였다. 그런데도 아직도 씨가 자기 고백을
우리에게는 불필요하게 다짐해서 강조할 때, 우리는 어떤 비참한 그늘을 씨
의 표정으로부터 읽어내고는 암울해졌다. 그 때문이랄 것도 없이 최후에 내
가 당신이 죽으면 아들을 내가 거두어주마하고 말하자, 씨는 응, 정말 부탁하
오, 그때에는 훌륭하게 일본인으로 키워주시오 하고 강하게 말하고는 내 손
을 꽉 잡았다.[95]

일견 감동적이기까지 한 이 장면으로부터 식민지 지식인과 지배 민
족 지식인의 왜곡된 정신의 교차를 읽을 수 있다. 이광수의 '어떤 비참
한 그늘의 성실성'을 가와카미 데쓰타로는 과연 이런 정도의 시혜 의
식으로 밖에는 받아들일 수 없었던 것일까. 동양의 세계가 인정에 호
소하는 정신주의를 공유하고 있다 하여도, 가와카미의 이광수에 대한
태도는 값싼 동정론에 불과하다. 따라서 가와카미의 이 천박한 일본적
의리와 인정의 표출, 그리고 이광수의 감격벽이 어우러져 만들어낸,
극적으로까지 보이는 이 장면은 두 사람의 자아도취에서 나온 서푼짜
리 신파극에 지나지 않는다.

이러한 가와카미 데쓰타로의 태도로부터도 확인할 수 있듯이, 당시
일본 지식인들이 주장했던 한국에 대한 일본 제국주의 식민지 통치의
수정론 혹은 비판론 따위는 결국 이 시혜 의식에서 연원된 '조선민족

---

95　河上徹太郎, 「大東亞文學者會議前後」, 『文學界』, 文藝春秋社, 1943.1, 59~60면.

동정론'의 범위를 벗어나지 않았음을 확인할 수 있다. 그것에 감격하는 한국인이야말로 수혜 의식을 주체하지 못하는 식민지 근대화론자인 것이다.

이광수는 이미 1920년대부터 조선 총독 사이토 마코토의 오른팔이었던 아베 미쓰이에로부터 친아들처럼 대접받고 있었고, 도쿠토미 소호와는 '조선에 있는 아들'의 관계였다. 이러한 이광수와 일본인 유력자의 끈끈한 인간관계는 고아였던 그에게 행운이었다고 할 수 있으나 동시에 불운이기도 했다.

당시 한국의 문학자 중에 일본인과의 지우 관계에서 이광수보다 넓은 사람은 없었다. 적어도 이광수는 문학 작품을 통해서 뿐만이 아니라, 인간적으로도 일본인에게 흥미를 끄는 존재로 일본 문학계에 등장했다고 할 수 있다. 그러나 이것은 이광수의 전향이 명확한 논리와 필연성에 의해 객관성 위에 선 것이 아니라, 신념과 감정에 의한 심정적이고도 시류적인 전향, 나아가 일본인과의 인정에 이끌려 일본 제국주의에 통째로 먹혀들어간 약한 정신의 수동적 전향, 문자 그대로 '식민지적 전향'을 이룰 수밖에 없었던 하나의 요인이 되었다고 할 수 있다.

이렇게 보면 식민지 지식인이 지배 민족 지식인과 마주설 때 그 입장과 태도 및 사상 면에서 인간관계가 얼마나 난해한 문제를 내포하고 있는가는 주목할 가치가 있다. 그런 의미에서 이광수와 가와카미 데쓰타로가 벌인 한 토막의 신파극을 통해, 당시 이광수의 정신세계의 위상과 일본 지식인의 식민지 한국인 인식의 허위성으로 집약된 천박성을 생생하게 엿볼 수 있다. 소위 '내선일체'의 실체가 값싼 서 푼짜리 인정극으로 추락한 순간이었다.

이광수는 11월 6일 밤 아사히 신문사[朝日新聞社] 주최 좌담회에서 다음과 같이 말했다.

> 일본인은 바로 하야시(林房雄, 좌담회에 동참－인용자) 씨처럼 탁 열려 있는 인간이라고 생각하면 틀림없다. 문이 두 개 있지 않다. 문 하나를 열면 곧바로 안방으로 들어가 버리는 것 같은 아주 정직한 인간인 것이다. 그러므로 일본인이 말하는 것이면 그대로 받아들여도 그르치는 일이 없다는 것을 여기서 밝혀두고 싶다.[96]

이러한 발언은 한낱 치레의 뜻이 아니라, 이광수 자신의 실감도 들어있을 것이므로 개인적 당위성은 있다. 그러나 일본인이라는 개별적 주체를 객관화하고 일반화하는 것은 있을 수 없다. 이광수의 일본인 편향은 나름대로의 진실에 가득 찬 성실성의 표현으로, 일면 일본인에 대한 바램[願望]인 것이고, 또 다른 면에서는 일본인 열등감의 표출이다. 이광수는 이상화된 인간상을 일본인으로 형상화하려 하지만 그것은 환상에 불과하다. 현실에는 그러한 인간상은 존재하지 않는다. 이광수의 일본인 미화벽(美化癖)은 식민지 지식인의 패배 의식의 변형에 다름 아니다. 개인적 취향이 민족 전체를 평가하는 일반적 가치 척도가 될 수는 없는 것이다.

이광수의 발언에 대해 하야시 후사오는 정복자 의식을 노골적으로 드러내는 시혜 의식으로 맞장구를 쳤다.

---

96 「日本の印象を語る座談會 (下)」, 『朝日新聞』, 1942.11.8.

이번 대동아문학자대회에서도 기쿠지(菊池寬, 대회 의장—인용자) 씨의
훌륭한 태도에서도 나타나듯이, 저토록 훌륭한 인격임과 동시에 그 배후에
어디까지나 대동아 제민족을 신용하고 신뢰하며 경우에 따라서는 사랑하면
서 나아가려는 일본인 문학자의 결의가 나타나 있었다. 그 결과 우리에게는
참으로 고마운 대회를 열 수 있었다 (…중략…) 그것은 말할 것도 없이 대동
아전쟁을 수행하는 천황 폐하의 어능위(御稜威)에 귀착되는 것이다.[97]

하야시 후사오는 적어도 당시 일본인의 하늘 높은 줄 모르는 기세를
있는 그대로 노출하는 단순성의 정직함을 충실히 보여준다는 의미에
서 이광수의 말대로 '개방적인 일본인'이다. 이 좌담회에는 이광수 외
에도 만주·몽고·중국·대만의 대표가 참석하여 전원 입을 모아 일
본인 예찬을 거듭했다.

이광수는 「삼경 인상기」에서 가시와라 신궁(橿原神宮)을 참배한 일을
다음과 같이 쓰고 있다.

히토쓰노도리이(一の鳥居, 神社 입구의 문—인용자) 앞의 광장에서 이천
육백 년 전 진무(神武) 어창업(御創業)의 날을 그리워 아뢰다. 팔굉을 덮어
집으로 하다, 집이란 황도 문화 꽃피는 일본을 말한다. 그것은 즐거운 집이면
서 동시에 엄격한 도장(道場)이기도 한 것이다.

이제 황군은 북쪽 대륙에서 또한 남쪽 바다에서 '말씀으로 평정하는'(神武
가 일본을 건국할 때 했다는 말—인용자) 진군을 계속하고 있다. 미국과 영국

---

97 위의 글.

의 등줄기에 채찍을 가하고 있다. 미국 대륙에도 오스트레일리아에도 벌써 세 가닥의 그물은 걸려 있다. 일단 말씀을 꺼낸 이상엔 어떠한 일이 있어도 뒤로는 물러나지 않는 법, 뜻을 관철하기 전에는 멈추지 않는다.[98]

이광수는 천황과 관계되는 어떠한 것에도 온몸으로 귀의했다. 까마득한 일본의 신화에까지 거슬러 올라가 '지상 낙원'을 꿈꾸는 이광수, 그의 정신적 위상은 여기까지 온 것이다. 호류사(法隆寺)를 방문했을 때는 쇼토쿠 태자(聖德太子)를 예찬하고 있다.

그리하여 태자는 이 법화 사상을 실현하는 길은 천황의 뜻을 이어받아 순종하는 것에 있다고 믿었다. 즉 국가를 통하여 하지 않으면 이 이상은 실현될 수 없었던 것이다. 팔굉위우(八紘爲宇)라는 천황 폐하의 이상이 법화의 사상이라고 보신 것이다. 그러므로 승조 필근(承詔必謹)이다. 태자는 천황이 중생 제도(衆生濟度)에서 최고의 한 분이 되시고, 일본이 불법의 원천이 되며, 부처님 나라의 기점이 되어 일본인이 모두 대보살이 되는 것을 염원하셨던 것이다. 태자에게 일본과 불법은 하나요 둘일 수가 없었던 것이다. 나는 느낄 수 있었다. 태자가 호류사를 건조하셨을 때의 마음을. 이 건물의 한 조각 나무, 한 주먹의 흙에도 이 웅대하고도 절실한 대염원을 응결시키셨음을. (⋯중략⋯) 나는 꿈의 전각(夢殿) 계단에 서서 오늘의 전쟁을 생각했다. 아시아 10억의 백성에게 황도를 펼치려는 전쟁이다. 이것은 일본의 보살행이 되어야 한다고. 신명을 아끼지 않는 황군 장병은 법화를 위해 불석신명(不惜身命)

<hr>

98 이광수, 「삼경 인상기」, 『문학계』, 1943.1, 77면.

하는 것이라고. 또한 생각했다. 문필에 종사하는 자의 업도 마땅히 여기에 있어야 한다고.[99]

소위 '팔굉일우'라는 침략 전쟁의 이념이 불법의 이상이요, '대동아전쟁'이 일본인의 보살행이 되는 기상천외한 일본 예찬론이 등장한 것이다. 여기에도 이광수의 현실을 이상화하는 미화벽(美化癖)이 드러난다. 이광수는 결말을 다음과 같이 맺었다.

나는 교토 인상기에서 이 이상 많은 것을 말할 수 없다. 다만 역사와 민족 특히 언어에 의해 일선(日鮮) 양 민족은 혈통에서도, 신앙에서도 동조 동양(同祖同樣)이며, 일본어도 조선어도 조금의 노력만으로 공통 시대의 어근으로 되돌아갈 수 있다는 사실을 언급하는 것으로 족하다.[100]

이광수가 「삼경 인상기」를 '동조동근론'으로 끝낸 것은 매우 인상적이다. 그의 일본 민족과의 일체감은 그 근저에 한일 문화에 대한 '모문화성' 혹은 '원문화성'의 자각이 문화의 근원적 원류 의식으로 구체화되지 못하고 끝난 것이다. 이광수의 한국 역사에 대한 단절 의식은 그 보상 의식을 일본과의 동질감으로 해결하여 '내선일체'와 '황국신민화'에 대한 자신의 신념의 정당성을 확인하는 근거를 제공하였다. 일본을 예찬하는 것은 한국을 예찬하는 것이고, 일본 민족을 예찬하는 것은 한민족을 예찬하는 것이 된다는 자기 정당성과 자기 완결성을 갖추게

---

99 위의 글, 80면.
100 위의 글, 84면.

되었던 것이다.

이광수가 「동경 잡신」에서 보여준 근대 문명 맹신에서 오는 일본과의 시점 혼동과 동일시 현상은 「삼경 인상기」에서 일본 문화에 대한 일체감으로 재현되고 있다. 「삼경 인상기」에서 알아낼 수 있는 것은 이광수가 일본의 지식인에게 관찰당하고 있다는 사실이다. 이것은 이광수라는 인물이 일본인의 관심을 끌 정도의 상징성을 가지고 있다는 증거임과 동시에, 이광수가 파악한 것과는 달리 의심 많은 일본인의 음습한 민족성을 보여 주는 것이기도 하다. 아직도 믿어주지 않는 일본인 앞에서 이광수는 일본인보다도 더욱 일본인다움을 연출할 수밖에 없었던 것이다. 마음 속 깊이 한국인에 대한 우월감과 시혜 의식을 비수처럼 감추고 있는 일본인의 손뼉에 맞춰 춤을 출 수밖에 없었던 이광수의 모습은 식민지 시대 일본인에 대한 한국인의 위상을 상징하고 있다.

제2회 '대동아문학자대회'에 참가한 최재서는 「대동아 의식의 자각」이라는 글을 남겼다.

역사를 천삼백오십 년을 거슬러 올라가면 일본은 야마토 시대(大和時代, 4세기경부터 7세기 중반으로 보고 있으나 정설이 없음—인용자), 스이코 천황(推古天皇, 554~628, 일본의 제33대 천황—인용자)의 치세(治世)로 문화적으로는 아직 미숙했다. 그 시대의 중국은 수나라 시대, 조선은 삼국 시대, 문화적으로는 충분한 연륜을 쌓고 있었다. 그러나 대륙의 각지로부터 학자, 승려, 문인, 기예인들이 끊임없이 바다를 건너왔다. 그 중에는 혜자와 담징의 이름도 보인다. 그들은 무엇 때문에 바다를 건너왔을까. 무얼 바라고 온 것이 아니다. 다만 야마토의 나라에 성천자 계신다는 말을 듣고 그 이름을 사모하여 온 것이다. 당시 일본의 왕성한 문화적 의욕은 이웃 나라의 문화인에게 참을 수 없는 매력이었음에 틀림없다. 그들이 일본에 귀의한 것은 마치 물이 흐르는 것 같이 담담한 것이었다. 좋은 종자는 좋은 땅에 뿌려지는 법, 역대의 조정은 그들 귀화인에게 성씨와 전답을 하사해 어버이의 정으로 자비를 베풀었다. 이들 귀화인 역시 적자(赤子)의 정으로 봉사하여 오래도록 생업을 즐겼다. 이것은 동양 문화에 참으로 행운이었다. 동양의 문화는 일본에서 잘 보존되었고, 더욱 정련되어 때가 되면 세계에 그 빛을 발할 운명이었던 것이다. 오늘날은 바로 그러한 때이다. 우리 일행은 오늘 그 빛의 전달자가 되고자 동양의 수도(東京 — 인용자)에 모인 것이다. 대륙의 문화를 일본에 전달하는 것과 일본 문화를 대륙에 전달하는 것은 나가고 들어감의 차이는 있어도, 다 같이 일본을 중심으로 동양 문화를 빛낸다는 의미에서 우리는 상대(上代)의 귀화인과 똑같은 의기로 뭉친 것이다. 그 순간 천삼백 년 시간의 흐름은 한 점으로 응축되어 옛날과 지금이 하나로 결합되는 것이다. 예술로 뭉쳐지는 동양의 숙명을 나는 온몸이 저미도록 체감했다.[101]

이 '귀화인' 또는 '도래인' 문제는 '내선일체'를 논할 때, 일본이 한국에 베풀어준 은혜로 또한 한국인의 일본에 대한 동경의 상징으로 반드시 동원되는 역사의 환상이다. 최재서는 이것을 동양 문화의 종합성을 대표하는 일본 문화의 성격으로 파악하고 있다. 그리고 그것을 가능하게 한 한국 문화를 일본 문화에 대한 '모문화' 혹은 '원문화'로 보아, 그

---

101 최재서, 「大東亞意識の目覺め」, 『국민문학』, 1943.10, 136~137면.

것이 만발한 모습을 일본에서 찾으려는 것이다. 고대의 '귀화인'에 대한 보은의 역할을 '대동아문학자대회'에 참가한 각국 대표에게 견강부회와 아전인수로 강요하고 있다.

최재서는 도쿄 유지마[湯島]의 성당(聖堂, 유교의 성현을 모신 곳)을 방문했을 때를 다음과 같이 썼다.

> 도쿄의 한 가운데에 이렇게 조용한 곳이 있으리라고는 꿈에도 생각하지 못했다. 그 속의 '앙고(仰高)'와 '행단(杏壇)'의 문이 얌전하게 서 있다. 검게 칠한 문이다. 금문자의 편액이 꿈만 같다. 그 앞에 서자 조용한 희열이 몸속으로 밀려들었다. 마치 오랜만에 고향의 할아버지 댁에 돌아온 것 같은 마음 편안함과 일종의 자랑스러움까지 느꼈다. 나는 오늘날까지 논어를 깊이 읽은 적도 없을뿐더러 유교를 믿는다고 생각해 본 적도 없다. 그러나 이 건물과 이 분위기는 나에게 꼭 맞는다. 유교는 나의 혈관 속을 흐르고 있었던 것이리라.[102]

이광수가 일본의 신사와 절을 돌아보면서 천황에의 귀의와 일본에의 일체감을 느끼는 것과 대조적으로, 최재서는 유교에 대한 자기 체질화의 확인을 통해 그것을 느낀다. 일반적으로 불교는 해탈이 목적이 되고 수행과 고행이 중요한 득도의 과정이 된다. 유교는 대의명분과 정통성을 전면에 내세워 실천적 궁행을 행동 규범으로 한다. 해탈에 이르기 위해서는 무조건적 귀의라는 신앙심이 요구되지만, 유교적인 대의명분을 세우기 위해서는 논리적 자기 정당화가 필요하다. 이광수

---

102 위의 글, 137면.

의 천황 귀의가 구도적 자세임에 비해, 최재서의 그것이 논리적 합리화로 일관되는 것은 그 때문이리라. 이광수의 일본인 의식이 암울한 골계라 한다면, 최재서의 그것은 민첩한 위선이라 할 수 있다. 이광수의 일본인 흉내가 애처로운 연민이라면, 최재서의 그것은 공허하기 짝이 없는 초라함이다.

그러나 최재서가 억지로 찾아낸 유교를 통한 일본인 의식도 실은 그의 일본에의 이질감을 표출한 것에 불과하다는 데에 문제가 있다. 최재서의 기행문에는 일본인과의 교감 혹은 정해진 코스로 돌아보았을 신사와 절 등 일본적 풍물에 대한 감격과 미화가 나타나 있지 않다. 최재서의 이 '황국신민'의 신념과 현실적인 실감과의 괴리는 다나카 히데미쓰가 관찰한 대로 "정직하게 살고 있지 않다.", 혹은 "울어도 울어도 속 시원함이 없어 견딜 수 없는"[103] 식민지 지식인의 자기모순을 극명하게 보여 주고 있는 것이다.

또 최재서는 다음과 같이 썼다.

각국의 대표가 모여서 동아의 장래를 얘기하는 국제적인 회합에 나가면, 나는 시종 조선을 생각하지 않을 수 없었다. 특히 조선 문학의 존재 방식은 한시도 뇌리를 떠나지 않는 나의 절실한 문제였다. 그러나 나의 관찰과 사색이 도달한 결론이라는 것도 별로 새롭거나 복잡한 것이 아니다. 조선은 일본의 거울이 되는 것, 즉 사토미 기시외里見岸雄〕 씨가 말한 해〔日〕의 근본〔本〕 조선이 되는 것이다. 회의가 끝나자 조선 측의 발언은 별로 흥미를 끌지 못한

---

<sub>103</sub> 田中英光, 「酔いどれ船」, 『田中英光全集』 第2卷, 芳賀書店, 1965, 274면.

대신, 가장 건실했다는 감상을 몇몇 사람으로부터 들었다. 나는 그것으로 좋다고 생각했다. 우리는 지금 새삼스럽게 신문 기사의 특종이 될 만큼 인기인이 되지 않아도 좋다. 그러나 우리는 일본의 거울로서 확실하게 하지 않으면 안 된다. 나는 보잘 것 없는 연설을 다음과 같은 말로 맺었다.

"이미 조선 문학은 이천칠백 만의 조선인만의 문학이 아닙니다. 일억 국민, 아니 대동아 민족 십억을 위한 문학입니다. 이것을 확실히 약속드립니다."

우리 조선의 문학자에게 치명적인 것은 좁은 천지에 틀어박혀 있는 것이다. 나는 조선을 잊자든가 버리자고 말하는 것이 아니다. 오히려 그 반대다. 그러나 우리는 기개를 크게 가져 적어도 대동아를 의식해서 사물을 생각하고 쓰지 않으면 안 된다.[104]

'대동아문학자대회' 전 기간을 통하여 일본 문학자들의 관심은 시종 일관 중국을 향하고 있었다. 이것은 결국 일본인의 '중국에 대한 비굴감과 우월감'의 굴곡된 표현으로 점점 더 진흙탕 속의 전쟁으로 변해 가는 중일전쟁에 허덕이고 있는 일본 제국주의 현실에 대한 불안감과 초조함이 작용한 결과인 것이다.

한국의 대표를 일본 대표로 대우한 것에서도 알 수 있듯이, 한국을 일본의 일부분으로 취급하는 데 자신감을 획득한 일본의 문학자들이 새삼스럽게 한국의 존재에 관심을 가질 리가 없는 것이다. 이러한 사정은 대만 대표들에게도 마찬가지였다고 할 수 있다. 한국 대표에 대해 발언권을 부여한 것은 하나의 의례적인 것일 뿐으로, 그보다는 오

---

히려 일본 제국주의 식민지 통치의 성공 사례로서 선전 효과가 비중이 더 컸던 것이다.

이러한 대회의 분위기를 남다르게 자존심이 강한 최재서가 그대로 지나칠 리가 없는 것이다. 생각해 보면 영문학을 전공한 그의 문학적 교양은 일본 문학의 전통으로부터 섭취한 것이 아니었다. 시대와 타협하여 소위 '신체제 문학'을 신념으로 주도하면서도, 내면에서는 식민지라는 현실의 불합리성과 문학을 통해 얻은 서구적 지성과의 부조리로 갈등을 치열하게 겪고 있었음은 짐작하고도 남음이 있는 것이다. 이러한 최재서가 오만에 취해 대회를 좌지우지하고 있는 일본 문학자의 속물성과 공소한 대회 분위기에 이질감과 소외 의식을 맛보는 것은 당연하다 할 것이다. 이것은 아직도 남아 있는 문학자로서의 비평 정신의 편린이라고 할 수 있을 것이다.

그러므로 식민지 한국의 존재 방식을 '일본의 거울'로 규정하여 한국 문화의 일본 문화에 대한 '원문화성' 혹은 '모문화성'을 암시하려 한 것은 최후까지 버릴 수 없는 한국인으로서의 정체성과 자부심의 나타남이라 아니할 수 없다. 소위 '귀화인'에 대한 합리화, 유교에 대한 자기 체질화의 확인, '일본의 거울' 논리 등은 최재서의 그러한 심경의 토로라 할 수 있다.

그러나 식민지 한국의 존재 방식을 '일본의 거울'로 보는 사실 자체, 혹은 근거도 없는 한국 문학자의 폐쇄성을 지적하여 한국 문학의 '대동아에의 비약'을 주장하는 그 합리화가 '내선일체'의 현실에서는 하나의 공상에 지나지 않는다는 것도, 최재서로서는 어떻게 해 볼 수조차 없는 하나의 아포리아였던 것이다. 기껏해야 "울어도 울어도 속 시원함이 없어 견딜 수 없는" 모순을 내면에 감추고, 일본 제국주의 선전역을 맡아 '대동아 의식'을 향한 논리로 궁색한 자기 정당화를 획책하는 것으로 끝날 수밖에 없었던 것이다.

최재서의 이러한 소외 의식에서 나온 반발은 그가 주재한 『국민문학』에도 나타나, '대동아문학자대회'에 대해 일본의 언론이 화려하고도 대대적으로 특집을 꾸민 것과는 대조적으로 『국민문학』에는 단 두 편의 문장이 실려 있을 뿐이다(최재서, 「대동아 의식의 자각」, 1943.10; 이광수, 「대동아 문학의 길」, 1945.1). 최재서는 이미 1940년 『인문평론』 10월호의 권두언을 통해 '대동아작가대회'의 개최를 제창했다. 그 글에서 그는 '동아 제민족의 대동단결과 대지역적 공영권의 건설'을 위한 문학자대회를 제안했고, 개최지를 '역사상 문화 교류의 조선의 지위'와 '전시하 조선의 중요성' 등에 비추어 '경성'이 가장 적절하다고 주장했다. 이것은 그의 시대에 대한 예견성의 표출이라고도 볼 수 있으나, 한편으로는 그가 일본 제국주의와 재빠르게 타협하는 민첩성의 산물이기도 했던 것이다. 그러나 당시 일본의 문학자들은 아무런 반응도 보이지 않았다. 이러한 일본 문학자의 무관심과 '대동아문학자대회'에서 느낀 이질감으로부터 오는 소외 의식이 최재서의 태도로서 『국민문학』지에 나타난 것이라 할 수 있다.

'대동아문학자대회', 그것은 하나의 신기루에 불과했지만 '팔굉일우'와 '내선일체'에 취한 식민지 한국의 '신체제 문학자'들은 거기에 '대동아의 지도적 역할'의 열망을 위탁하여, 일본인 의식을 가지고 비약 논리인 '대동아' 참여 의식을 분명히 했다. 그러나 자민족의 문화가 말살된 터에 무슨 '대동아 문학'이 있으며, 무슨 '아시아의 문예 부흥'이 있을 수 있겠는가. 자민족의 해방이 없는 터에 무슨 '아시아의 해방'이 있겠는가. 일본 제국주의 지배를 받으며 일본 제국주의가 이루는 '아시아 해방'을 아무리 외쳐보아야, 결국에는 제2의 한국, 제3의 한국을 재생산하는 자가당착에 빠질 수밖에 없는 것이다. 식민지 한국의 '식민지적 전향'에서 보이는 '대동아' 참여 의식은 당시 아시아에서 식민지 한국이 안고 있던 구조적 모순을 여실히 보여주는 좋은 실례라 할 것이다.

제4장

# '내선일체'와 '황국신민화'


## 1. '국체의 명징'


1910년의 한일병합은 소위 '합방청원서(合邦請願書)'를 제출한 한국인 '매국노(賣國奴)들'의 의도가 어디에 있었든 일본 제국주의에게는 다음과 같은 의미를 가지고 있었다.

당시 우리나라의 관민 간에 논의가 적지 않게 있었지만, '병합'의 사상이 아직 명확하지 않았던 것도 사실이었다. 일한 양국이 대등하게 합일하는 것이라는 사상도 있었고, 혹은 오스트리아·헝가리 제국과 같은 종류의 국가를 만드는 의미로 해석하는 사람도 있었다. 그래서 용어도 '합방(合邦)' 혹은 '합병(合倂)' 등의 글자를 사용하고 있었지만, 나(倉知鐵吉, 당시 日本 外務省 政務局長—인용자)로서는 한국이 완전히 멸망해버려 우리 제국 영토의 일부분이 된다는 의미를 명확하게 나타냄과 동시에, 그 어조가 너무 과격하지 않은 글자를 찾아내기 위해 머리를 짜냈지만 결국 적당한 말을 찾아낼 수가 없었다. 그래서 당시 아직 일반화되지 않은 말을 고르는 것이 상책이라고 생각하여 '병합'이라는 글자를 앞의 문서(1909년 3월, 당시 일본 외무성 정무국장이던 倉知鐵吉가 외무대신 小村壽太郎에게 제출한 對韓政策 第1號 方針書 및 施設大綱書. 이것은 1909년 7월 6일 일본의 각의에서 결정된다—인용자)에 사용했던 것이다. 이때부터 공문서에는 항상 '병합'이라는 글자를 사용하게 되었다.[1]

이것을 보아도 알 수 있듯이 소위 '내선일체'란 한국인과 일본인이 대등하게 공존하는 것을 의미하는 것이 아니었다. 한일병합이 '한국의 완전한 멸망과 일본 제국주의의 영토화'를 의미하듯이, '내선일체' 또한 한국인이 완전히 일본인이 되어 한국인이라는 민족이 지구상에서 사라지는 것을 의미하여 결국 한국 민족 말살 정책이었던 것이다. 그것도 '내선일체'의 구체적인 방법론으로 '국체의 명징'이라는 조건부의 '황국신민화'가 강요되었다. 그러나 '국체의 명징'에는 그 자체가 '내선일체'와 '황국신민화'를 거부하는 순환 논리를 내포하고 있었다.

일본 제국주의 한국 지배의 소위 '대정신(大精神)'은 1910년 8월 29일 [國恥日]의 한일병합 직후 메이지 천황의 이름으로 나온 「병합의 조서」에서 한국인을 천황의 직접 통치를 받는 '황국신민'으로 규정한 것[2]과 1919년 3·1독립운동 이후에 나온 「제도 개정의 조서」에서 '일시 동인'을 내세우며,[3] '내선일체'를 선언하여 한국인의 '황국신민화'를 재천명

---

1    山邊健太郎, 『日韓併合小史』, 岩波新書, 1984, 220~221면.
2    朝鮮總督府, 『併合の由來と朝鮮の現狀』, 朝鮮印刷株式會社, 1924, 1면.

한 것에 나타나 있다.

이후 역대 조선 총독은 이 두 개의 조서가 표방하는 소위 '성지'를 받들어 동화 정책의 다른 이름인 '내선일체'와 '황국신민화'를 강력하게 추진했던 것이다. '황국신민화'와 '내선일체'의 통치 이데올로기는 일본 제국주의 한국 지배의 팔방미인적인 권위를 발휘하는 것은 물론, 한국인을 정치·경제·사회·문화적으로 규정하는 억압 기조로서 행동 규범의 전범(典範)이 된다.

이러한 '황국신민화'와 '내선일체'의 기반을 확고히 다진 것은 3·1독립운동 이후의 '문화 통치'이다. 이 '문화 통치'는 전국적 규모로 일어난 3·1독립운동에 대한 대응책의 일환으로, 군사적 지배로 일관하던 '무단 통치'를 보다 세련된 통치 방식으로 바꾼 우회 전술이었다. 이것을 조선총독부는 다음과 같이 말하고 있다.

> 정부가 다시금 민력 발전의 실황에 부응하고, 나아가 제반의 개혁을 시행하고자 각종 계획을 수립하고 있을 때 돌연히 다이쇼(大正) 8년(1919년―인용자) 3월, 조선 각지에서 소요가 일어나 이것을 진무하는 데 수개월을 소비함으로써 제도의 개혁은 일시적 좌절을 맛보지 않을 수 없었으나, 드디어 다이쇼 8년 8월 관제를 개혁하여 총독 및 정무총감의 경질을 보게 되었다. 관제 개혁의 취지는 당시 하사된 금상폐하의 성지에 명확히 드러나 있듯이, 내선(內鮮)을 대우함에 일시동인하고 문화적 통치를 확립하여 반도의 민생이 각자 그 자리를 얻어 생활의 편안함과 휴명(休明)의 혜택을 누리게 하는 데 있다.[4]

---

3　위의 책, 2면.
4　朝鮮總督府,『朝鮮に於ける新施政』, 朝鮮總督府, 1921, 2면.

일본 제국주의가 한국을 지배하면서도 '문화 통치'를 표방하지 않을 수 없었던 이면에는 군사적 강권 통치만으로는 한국 지배 자체가 불가능하다는 것을 자각하여, 보다 고차원적인 지배 전략으로 바꾸지 않을 수 없다는 위기의식이 숨어 있었다. 그것의 직접적 원인은 말할 것도 없이 3·1운동이었으며, 이러한 투쟁에서 한국 민중이 명확히 보여준 것은 독립에의 강렬한 의지와 민족의식이었다. 식민지 한국 지배에 일본 제국주의가 가장 경계했던 것은 한국인의 독립 의욕과 단결된 민족의식이었다. '문화통치'는 이러한 한국인의 민족정신을 마비시켜 순종적인 '황국신민'으로 개조하려 한 계산된 통치 전략이었다.

새로 임명된 조선 총독 사이토 마코토는 '민의 창달'을 시정 목표로 표방하여, 한편에서 한국인의 문화 활동을 부분적으로 허용하고, 다른 한편에서는 한국인에 대한 회유책과 분할 정책을 치밀하게 전개해나갔다. 소위 '문화 통치'의 이면에 떠오르는 한국인의 문화 활동으로부터 민심을 면밀히 파악하고, '제도 개정'의 이면에서 헌병 경찰 제도를 보통 경찰 제도로 개편하여 억압 구조의 전국적 확충에 맞추어 치안유지법을 실시(1925.5)하여 대응했다. 또한 한국인에 의한 민족 대학의 설립을 억압하고, 식민지 교육의 총본산인 경성제국대학을 설립(예과 1924년, 본과 1926년)하여 만철(滿鐵) 지리역사 조사실의 '조선사' 연구를 이어받아 본격적이고도 학문적인 한국 연구에 착수한 것도 이때이다.

전임 총독들(寺內正毅, 長谷川好道)의 조포한 군사 지배로부터 사이토 마코토의 '문화 통치'에 이르러 일본 제국주의 한국 지배는 비로소 본격적인 목적의식과 세련된 방법론을 겸비한 지배 형태로 변모했던 것이다(사이토 마코토는 이 공적이 인정되어 1929년 다시 한 번 조선총독으로 부임했다가

1935년 내대신(內大臣)이 되어 일본으로 돌아가 1936년 2·26사건 때 암살당했다).

소위 '문화 통치'는 그 기만성에도 불구하고 가는 곳마다 효과를 나타내, 한국인의 의식을 좀먹어 들어가기 시작했다. 이른바 '식민지 사관'이 구축되어 각급 학교에서 세뇌용으로 주입되었고, 계층 분할 통치에 말려든 지식인 사이에 대일 타협의 점진론이 대두되어 민족의식이 일대 위기를 맞게 되는 것이다. 이 시기 참정권과 자치 문제가 지배 권력에 의해 하나의 상투적인 '미끼'로서 자주 이용되었던 것은 특기할 만한 사실이다.

일본 제국주의의 한국 지배 목표는 '내지 연장주의' 곧 동화주의를 관철하여 한국을 일본의 일부분으로 편입하는 데 있었다. 그러므로 참정권 혹은 자치의 문제도 한국의 독립을 전제로 하는 것이 아니었음은 말할 것도 없다. 나아가서 식민지 지배 전 기간을 통해 한국의 독립이라는 말 자체, 또한 그것을 암시하는 일체의 의식 내용이 일본 제국주의에게는 하나의 터부였다. 참정권 혹은 자치 문제는 한국인에 대한 '황국신민'으로서의 의무를 강요하는 희석제의 성격을 띠는 것으로, 한국인의 동기 유발을 노린 방편책이었다. 따라서 이 문제도 이 시기 이후에는 다시 거론되지 않았으며, 식민지 한국 지배의 이데올로기는 '황국신민화'와 '내선일체'로 일원화되었던 것이다.

다만 일본 제국주의의 패전이 눈앞에 다가왔을 때 중의원 의원 선거법 중 개정안(1945.3)과 귀족원령 중 개정안(1945.3)이 가결되어, '외지 동포 처우 개선'(1945.4)이라는 명목으로 식민지 한국으로부터 23명의 중의원 의원과 7명의 칙선 귀족원 의원의 파견이 결정된 것은 일본 제국주의의 후안무치(厚顔無恥)의 간교함과 천박한 미봉책의 기만성을 여실히 보여주는 일례라 할 것이다. 그러나 이 순간까지도 '식민지적 전향자'들은 아직도 미몽에서 깨어나지 못하고 '성은의 망극함'에 감격해 마지않았다.

'황국신민화'와 '내선일체'의 정책이 새로운 단계를 맞이하는 것은 만주사변 이후의 '총동원 통치기'이다. 1936년 조선 총독으로 부임한 미나미 지로[南次郎]는 일본의 '국민정신 총동원 중앙연맹'(1937년 10월 결성, 1940년 10월 '大政翼贊會', 1945년 6월 '國民義勇隊'로 개편)을 본따, 1938년 7월 '국민정신 총동원 조선연맹'을 조직하여 식민지 한국의 총동원 체제를 정비한다. 또한 1940년 10월 이것을 '국민총력 조선연맹'으로 개편(1945년 7월 '朝鮮國民義勇隊'로 재개편)하면서 식민지 한국의 '신체제 운동'을 전개했다. 이후 한국은 '대륙 병참기지'로부터 '대동아 병참기지'로, 나아가 '대동아공영권'의 일원으로 일본 제국주의 파쇼 통치 아래 '황국신민'의 '성전' 수행을 위해 인적·물적 동원을 강요당했다.

그러나 이와 같이 맹위를 휘두른 '황국신민화'와 '내선일체'의 논리도 실제로는 정체의 애매함과 무한 확대성에 의해 한국인에 대한 명확한 해답과 약속을 주지 못했다. 다만 지배 정책으로 강행함에 따라 한국인의 책임과 의무가 커져갔을 뿐이다. 조선총독부는 이에 대해 다음과 같이 말했다.

새삼스럽게 말할 필요도 없지만, 내선일체의 문제는 단순한 형식이 아니라 어디까지나 본질이며, 더구나 그 기저는 국체의 본의에 바탕을 둔 도의(道義)이다. 그러므로 이천오백만 조선 동포는 진실로 황국신민으로서 자신을 고양하고 완성시키기 위해 끊임없는 노력을 계속하여[5]

일본 제국주의는 '내선일체'란 한국인이 '국체의 본의에 바탕을 둔 도의'를 완성하여 완전한 '황국신민'이 되는 것이 본질이라고 했다. '내선일체'와 '황국신민화'의 조건으로 '국체의 본의'라는 '국체의 명징'을 요구하고 있는 것이다.

일본에서는 1935년 미노베 다쓰키치[美農部達吉]의 '천황 기관설(天皇機關說, 천황도 국가 기관이므로 헌법의 적용을 받는다는 학설)'을 배격하는 과정에서 '국체 명징 운동'이 성행하여 이후 '국체의 명징'은 국민 도덕의 기준으로 맹위를 떨치게 된다. 그 결과 나온 것이 문부성(文部省) 발행의 『국체의 본의』이다.

대일본 제국은 만세 일계의 천황이 황조(皇祖)의 신칙을 받들어 영원히 이를 통치한다. 이것이 우리나라 만고불역의 국체인 것이다. 이 대의에 기반을 두고 일대 가족 국가를 이룬 일본인은 모두 한마음으로 성지를 받들어 능히 충효의 미덕을 발휘하는 것이다. 이러한 국체는 우리나라 영원불변의 대본(大本)이며, 우리나라의 역사를 관통하여 광채를 발하고 있다.[6]

여기에는 천황의 주권과 일본 국체의 신수설(神授說), 그리고 천황제의 가족주의관이 규정되어 있고, 동시에 천황제의 절대성과 역사성이 표명되어 있다. 이것은 학사원(學士院) 편찬의 『제실(帝室) 제도사』에서 다시 강조된다.

---

5  朝鮮總督府 情報課 編纂, 『新しき朝鮮』, 朝鮮行政學會, 1944, 16면.
6  文部省, 『國體の本義』, 文部省, 1937, 9면.

우리나라는 개벽 이래 군신의 도리가 엄격하게 정해져 황위 계승은 황통을 통해 이어지며, 신하된 몸으로 군(君)이 되는 일은 있을 수 없다. 군은 민(民)을 공민(公民)으로 자비로 대하고 민은 군을 살아 있는 신[現人神]으로 받들어야 한다. 국가는 하나의 가족이며 황실과 신민과는 근원을 같이 하는 분가이다. 신민은 황실을 국가의 종가로 우러러보고, 군민이 부자(父子)의 친목을 겸하여 자애(慈愛)하는 것을 덕으로 하고 민은 일심으로 군에 충성을 다해야 한다. 이러한 국민적인 신념과 정조(情操)는 오로지 우리나라에만 존재하는 것으로 다른 나라에서는 그 예를 찾아볼 수가 없다. 우리나라 국체의 본의도 여기에서 찾을 수 있다[7]

여기에는 가족주의 천황제에서 '군'의 일방적인 시혜 의식과 '신민'의 무한 충성, 충효 관념의 혼합 등 전근대성과 '국체'의 무한 포용성에 의한 국민적 통합이라는 초근대성의 공존이 나타나 있다. '국체'를 근거로 삼아 일본인의 선민의식과 우월감이 증폭되어 천황에 대한 가치 의존과 페티시즘(fetishism)이 만연했고, '신민'의 무한 책임성과 맹목성도 멈출 줄을 몰랐다.

이러한 절대주의 천황제의 주술은 식민지 한국에도 그대로 유입되어 한국인을 억압하고 규정하는 도덕률로 강요되었다. 당시 조선총독부 정보과 조사관 이시모토 세이시로[石本淸四郎]는 '도의 조선'에 대해 다음과 같이 말하고 있다.

---

7　大日本帝國學士院編纂, 『帝室制度史』 第一卷, 大日本帝國學士院, 1937, 126면.

원래부터 팔굉일우의 팔굉이란 전 세계를 의미하는 것이고, 일우란 일가족이라는 뜻이다. 그러므로 우리나라가 목표로 하는 것은 대동아 내지는 전 세계를 한데 묶어 하나의 커다란 가족 사회를 건설하는 데 있다. 다시 말하면 일본이 건설하고 있는 신질서는 세계 전 인류를 우리의 가족으로 포용하여 우리의 자식과 형제로 삼아서 각각 행복하게 살게 하자는 것이다. 팔굉일우의 황도 정신은 우리나라 건국 이래의 국체 정신으로 (…중략…) 이자나기노미코토[伊弉諾尊]와 이자나미노미코토[伊弉冉尊](日本『古事記』 건국 신화의 부부신(夫婦神), 일본 국토와 아마테라스오미카미[天照大神] 이하 신을 낳았다 함—인용자)의 국토 창조 신화에 연원한다. (…중략…) 즉 황실과 국민, 황실과 국토, 국민과 국토의 관계는 부자 형제와 같은 가족 관계이며, 원래부터 일체이므로 단지 인간관계에서뿐만이 아니라, 인간과 산천초목까지도 우리의 가족이고 일체라고 볼 수 있다. (…중략…) 그러므로 국민은 끊임없이 생활을 바르게 하고 봉사하며, 최고의 도의 국가 본연의 모습을 되찾는 일이 중요하다. 황도(皇道) 문화권의 한 가족인 조선인을 도의적인 수련을 통해 정화하고, 반도의 천지에 순연한 도의를 확립해 조선을 대동아공영권 내의 모범적인 지역으로 성장시키는 것이 도의 조선 확립의 근본이념이다.[8]

한국인은 물론 산천초목까지도 가족으로 보는 가족주의 천황제는 식민지 한국에서도 허위(虛僞)의 무한 포용성과 시혜 의식을 유감없이 발휘했다. 그러나 이것이 무조건적인 한국인 수용을 의미하는 것은 아니었다. '황민화'와 '내선일체'는 억압 기조와 차별 구조로서 자기 폐쇄

---

8  石本淸四郎, 「道義朝鮮」, 『조광』, 1942.9, 27~29면.

성과 배타성 및 우월성을 내포하고 있었다. 그것은 소위 '국체의 명징'에서 비롯된다.

국민 도덕의 대본(大本)은 국체 관념의 명징에 있다. 특히 반도에서 이것을 철저히 하는 것은 조선의 동포를 정신적으로 향상시켜 제국 신민의 지위를 확보하는 기본 조건이며 광명과 이상을 키우는 정신적 근원인 것이다 (…중략…) 여기에 특히 주의해야 할 몇 가지를 지적하면 다음과 같다.

① 제국의 국체가 만국 무비하다는 것을 명확히 자각할 것. 즉 일본 제국은 신칙에 의해 창시되고 만세일계의 천황을 국주(國主)로 받드는 것은 영원히 변하지 않으며. 이것이 국체 정신의 발원이며 국민을 지도하는 근본 원리이다. 이것이야말로 일본 건국의 대정신이다.

② 황위 계승의 표시인 삼종의 신기(三種の神器, 정통의 천황만이 가지고 있다는 銅鏡, 劍, 曲玉. 고대 농경 국가 제사장의 상징물―인용자)는 위대한 일본 정신의 표상이며, 신덕(神德)의 숭고함을 국민 모두가 마음속에 받아들여 후대에 지(智)・인(仁)・용(勇) 삼달덕(三達德)으로 발전되었다. 그러므로 일본 국민 생활의 기조는 근원이 신대(神代)에 있으며 고대의 건국 초에 이미 현시되었다.

③ 국가의 구성은 인류 사회의 혈족의 정에 의해 결합된 민족 제도 내지 가족 제도를 중심으로 되어 있다. 천황은 황실의 가장인 동시에 혈통적으로 민족 가족의 종가이다. 일본의 국가 사회는 군민동조(君民同祖)의 사실적인 존재로서 충효 일체의 사상 또한 이것으로부터 나온다.

④ 군민동조의 혈족적 결합이라고 해도 일본 민족은 반드시 단일 민족의 동계 혈통의 결합을 의미하는 협의(狹義)의 그것이 아니라, 시대의 진보와 국

운의 발전에 따라 여러 민족과 종족이 서로 섞여가면서 야마토 민족이라는 중추 민족을 중심으로 융합하고 결합해왔다.

⑤ 이러한 것들은 본래 이론이나 약속으로 이루어진 것이 아니라, 국가 창생의 사실에 기반을 둔 국민 신앙이다 (…중략…)

⑥ 조선은 거듭되는 역성 개조(易姓改朝)의 변천을 거치는 동안에 국체와 국민이 항상 동요하고 인심이 혼미해져 일단 외환이 일어나면 순식간에 자주 독립의 의기를 상실하여왔다. 특히 19세기에 이르러 조선 반도는 열강 세력의 각축장으로 변해 드디어는 수습할 수 없는 지경에 빠졌다 (…중략…) 이때 이것을 광구(匡救)하고 해결한 것이 일한병합이었다. 즉 조선의 민중이 우리 일본의 만고불역의 국체 정신의 대산하(大傘下)에 들어와 구천만이 다 함께 제국의 구성 분자로 국체 관념을 파지(把持)하는 것이야말로 참으로 이천만 민초(民草)를 구하고 번영하게 하는 유일한 길이다.[9]

이와 같이 식민지 한국에서 '국체의 명징'은 일본 제국주의의 '국체'를 한국인의 도덕 기준으로 강요하면서, 한국인의 내면성까지 규정하려는 데 목적이 있었다. 그러나 '만세일계의 천황'이 통치한다는 '국체'가 갖는 절대성, 역사성, 우월성이라는 특수성이 장애가 되어, 일본과는 달리 역성혁명이 연속된 역사 속에서 생활한 한국인이 비집고 들어갈 공간이 처음부터 존재할 수 없다는 점에서부터 문제는 출발한다.

일본 제국주의가 '국체'의 절대성, 역사성, 우월성을 주장하는 한 '팔굉일우'는 모순을 안고 있다. '팔굉'이 '일우'가 된다 해도 일본 제국주

---

9    梁村奇智城,『國民精神總動員運動と心田開發』, 朝鮮硏究社, 1939, 75~78면.

의라는 '본가'는 '국체'의 절대성, 역사성, 우월성을 수호하기 위해 '팔 굉'과 무한 투쟁을 계속할 것이고, 가능한 것은 역설적이게도 일본 민 족 본래의 모습인 '일굉일우(一紘一宇)'로 돌아갈 수밖에 없다. 그것을 거부할 경우 일본 제국주의는 '팔굉일우'는커녕 '팔굉'을 적으로 돌릴 수밖에 없을 것이다. 이것은 일본 제국주의가 주장하는 '국체'에 내재 하는 폐쇄성과 우월성의 당연한 논리적 귀결이다.

이것을 소위 '본가'와 '분가'의 논리 혹은 "중추 민족을 중심으로 융합 하고 결합한다"는 '협화'의 논리로 합리화해도 '국체'가 갖는 대외적인 모순은 해결되지 않는다. 소위 일본 제국주의 '국체'는 "부정적인 면에 서는— 일단 반국체(反國體)로 단죄된 내외의 적에 대해서는— 더할 나위 없이 명확하고 준열한 권력체로 작용하지만, 적극적인 면에서는 막연하고 두터운 구름에 몇 겹이나 둘러싸여 손쉽게 그 핵심을 드러내 지 않는"[10] 성격을 지니고 있기 때문이다. 이러한 '국체'를 도덕화하고 종교화한 '국체의 명징'을 이민족에게 아무리 강요해도, 일본 제국주의 '국체'는 일방적인 시혜 의식에서 연원하는 이민족에 대한 경멸과 억압 을 내재하고 있다. 즉 '국체'를 내세워 이민족의 도덕적인 미숙성을 지 적하고, 역사적·문화적인 차이에서 오는 사고방식의 괴리에 대한 일 본인의 배척감과 우월감, 편견이 계속적으로 표출될 수밖에 없다. 그 리하여 근거 없는 시혜 의식에 응해줄 리 없는 이민족에 대해 일본인 의 배반감과 복수심이 이민족에 대한 박해를 되풀이할 것이고, 이러한 일본인의 착종된 교만성에 맞서 이민족은 일본인에 대한 저항과 투쟁

---

**10**　丸山眞男,『日本の思想』, 岩波文庫, 1961, 33면.

을 끝없이 계속할 수밖에 없는 것이다.

인간의 보편성을 부르짖으며 이민족을 지배해도 지배 의욕과 저항 정신의 충돌이라는 악순환을 거듭하는 것이 필연이다. 하물며 일본 제국주의와 같이 절대성과 우월성과 지도성을 전면에 내세우는 지배 이데올로기는 이민족의 일방적인 복종과 동화만을 요구할 수밖에 없다. 또한 일본 제국주의 '국체'는 가치 판단 기준이 일방적인 전횡으로 일관하면서도 실감이 없는 애매모호함으로 인해 탈출구가 도처에 산재하는 순환 논리를 반복할 여유를 일본인에게 부여했다. 그리하여 최종적으로 소위 '국체'는 확실한 약속 혹은 실행을 영구히 회피한 채 지배와 피지배의 관계만을 유지하려 하기 때문에, 이민족의 끝없는 투쟁을 초래할 수밖에 없다.

그러므로 일본 제국주의가 식민지 한국에 '국체의 명징'을 가져와 한국인의 정신 내면까지 동화시키려 한 것은 군사력에 의한 지배와 피지배라는 힘의 논리를 도덕적 합리화로 포장한 것에 지나지 않는 것이다. 식민지 한국에서 일본 제국주의의 이러한 모순을 보완하는 것이 '내선일체'의 논리이다. '내선일체'란 식민지 지배 권력에 의하면 '선조의 혈연적 연계성에 기반을 둔 필연적이고도 발전적인 환원'이라 했다. '혈연적 연계성'을 장식하여 한국 지배의 정당성과 '황국신민화'의 필연성을 위장하고 있는 것이다. 혈연적 관계를 바탕으로 '내선일체'는 '황국신민화'에 의해 완성되는 것이고, '황국신민화'는 '내선일체'에 의해 그 결실을 맺게 된다는 논리이다. '황국신민화'가 완수되지 않으면 '내선일체'는 이루어질 수 없는 것이며, 역으로 '내선'은 '일체'이기 때문에 일본 제국주의의 한국인에 대한 '황국신민화' 요구는 영구히 계속되는 것이다. '내선일체'는 '황국신민화'의 원인이며 과정이고 도달점이 된다. 이렇게 하여 양두일신(兩頭一身)의 지배 논리는 형성되었던 것이다. '내선일체'의 궁극적 모습을 조선총독부는 다음과 같이 말했다.

조선 동포가 언제 야마토 민족과 동등하게 될 수 있을까. 한 마디로 조선 동포 스스로가 완전히 황국신민이 되는 그날부터이다. 그것을 위해서는 지금이 가장 좋은 기회이다. 대동아전쟁은 조선인이 어떻게 싸우고 어떻게 일체를 군국(君國)에 바칠 것인가를 실천하는 시금석이다. 모든 것을 군국에 바쳐 이 전쟁에 이겨 승리를 맞이하는 그날이야말로 명실공히 영예로운 대동아의 중핵적 지도자의 지위를 부여받을 것이다.[11]

일본 제국주의 '국체의 명징'에 숨어 있는 순환 논리로 보아 한국인이 '완전한 황국신민'이 되는 것은 불가능하다. 일본인 자신에게도 그것은 마찬가지일 것이다. 거기에는 일본 제국주의의 한국인에 대한 무한한 요구만이 예정되어 있을 뿐이다. 일본 제국주의는 이러한 요구의 '미끼'로 '대동아의 중핵적 지도자로서의 지위'를 약속하는 간계를 부렸다. '모든 것을 군국에 바친' 결과는 수많은 한국인이 무고하게 희생된 것은 물론이고, 어느 사이에 전쟁 당사자로 간주되어 어이없게도 연합국에 의해 148명의 한국인이 BC급 전쟁 범죄자(23명 사형)로 단죄되었다.[12] 일본 제국주의는 최후의 순간까지 무책임했던 것이다.

---

11  朝鮮總督府 情報課 編纂, 『新しき朝鮮』, 朝鮮行政學會, 1944, 82면.
12  內海愛子, 『朝鮮人BC級戰犯の記錄』, 勁草書房, 1982. はじめに ii.

## 2. 차별과 억압

　일본 제국주의가 식민지 한국에 강요한 '내선일체'는 일본인은 한국인이 '동화'되어야 할 우수한 민족이라는 우월감이 기조를 이루고 있었다. 일본 제국주의는 '내선일체'의 궁극적인 모습은 "조선인을 충량한 황국신민으로 개조하여 내선인(內鮮人) 사이에 일체의 구별을 철폐하는 것이 근본이며 종국의 목적"[13]이라고 선전했다. 그러나 '황국신민화'의 내면에 '국체의 명징'이라는 순환 논리를 설정하여 '내선일체'를 거부하는 간계를 부렸다. 그 결과 식민지 지배 권력은 끝까지 "조선 동포 전부가 지금 당장 태어날 때부터 충량한 야마토 민족과 똑같은 자격을 얻기에는 아직 민도(民度)도 정신도 차이가 있으므로, 조선 동포 스스로가 자기 수련과 노력을 더할 필요가 있다"[14]는 한국인의 미숙성을 지적하는 것으로 일관했다.

　이렇게 '내선일체'의 지배 이념은 한편에서는 '황국신민화'를 강요하는 억압의 논리로 이용되었고, 다른 한편에서는 한국인의 '황국신민'으로서의 도덕적인 미숙성을 지적하는 차별의 논리로 이용되었다. 이러한 '내선일체'의 이중 구조는 일본 제국주의의 한국에 대한 국적법 적용에도 그대로 나타난다. 한일병합 후의 한국인은 '일본 신민으로 간주한다'로 되어 있었지만, 제국헌법의 적용 범위 밖으로 밀려나 조선 총독의

---

**13** 南次郎, 「道知事會議に於ける總督指示」(1939.5.29), 朝鮮總督府官房文書課 編纂, 『諭告・訓示・演述總攬』, 朝鮮行政學會, 1941, 196면.

**14** 朝鮮總督府, 『新しき朝鮮』, 朝鮮行政學會, 1944, 82면.

'명령'에 의해 통치되고 있었다.[15] 일본 제국주의 국적법이 식민지 지배 전 기간을 통해 한국에 실시된 일은 한 번도 없었다. 그러나 이 국적 문제는 편리하게도 일본 제국주의의 '이해관계'에 따라 한국인을 구속하는 물리적인 힘을 발휘했다. 한국인은 의무에서는 '일본인'이었으며, 권리에서는 '조선인'으로 차별을 받는 구조 위에 놓여 있었다. 한국을 지배하기 위한 억압과 차별, 이것이 '내선일체'에 숨어있는 이중 구조이다.

'신체제 문학'은 '내선일체'와 '황국신민화'가 최후의 문학적 목표이고 총결산이다. '조국 조선'을 버리고 '조국 일본'을 지향한 '식민지적 전향'에서 '내선일체'란 '조국 일본'에 이르는 가장 가까운 길이었고, '황국신민화'는 일본 신민으로 가는 최고의 도덕적 자각이었다.

'신체제 문학'의 논리는 결국 '내선일체'를 이루기 위해서는 '황국신민'이 되어야 하고, '황국신민'이 되기 위해서는 일본인과 대등한 도덕성과 일본인으로서의 의무를 다해야 한다는 명제로 집약되었다. 일본 제국주의가 한국인에 대한 '황국신민'의 미숙성의 지적은 그 책임이 한국인에게 있다는 자성적 논리로 변해, '신체제 문학자'들은 자민족의 끝없는 반성과 헌신을 요구함으로써 해소시키려 했다. '식민지적 전향'에서 '내선일체'의 논리는 이 '자성'으로부터 시작된다. 이광수는 다음과 같이 말했다.

내지인 측에서 조선인에 대하여 우월감을 가지는 것을 책하거니와 그것은 차라리 자연스런 일이 아닌가. 그야 개인으로 보면 혹 어떤 일개 조선인이 어

---

15  山邊健太郎, 『日本統治下の朝鮮』, 岩波新書, 1974, 3～6면.

떤 일개 내지인보다 모든 점에서 우월한 경우도 있을 수 있지만 일반적으로 조선인이 내지인에 비겨서 충성과 문화의 수준이 낮은즉, 내지인의 우월감은 자연스런 일이니 이에 대하여서 조선인은 항상 일보 매진하여 일단으로 더 경(敬)하는 태도를 가지는 것이 옳다고 믿는다. 내지인은 그 조상적부터 많은 피를 흘려서 황운(皇運)에 부익(扶翼)하여 오지 않았는가. 조선인은 금일의 비상시에 피(血)로나 지(知)로나 재(財)로나 내지인만한 봉공(奉公)을 못하고 있지 아니한가. 그러므로 조선인이 경(敬)과 찬(讚)과 감사로 내지인을 대하면 지극히 원만히 갈 것이라고 믿거니와, 이와 반대로 불평과 대립의 태도를 취한다면 그것이 아무리 개인의 일이라 하더라도 내선일체의 대목적을 저해하는 일이라고 아니할 수 없는 것이다.[16]

이광수는 일본 천황을 불변 가치로 설정하고 천황에의 헌신도와 거리에 의해 양민족의 우열을 판단하여 일본인의 우월성을 당연한 것으로 받아들이고 있다. 또한 자기와 자민족의 부족함을 나무라며 더욱더 가열한 각고면려(刻苦勉勵)를 권하고 있다. 이광수의 천황에 대한 오체투지(五體投地)의 자세는 보기에 따라서는 성자(聖者)의 모습으로 비칠 수도 있다. 진정으로 적을 사랑하고 포용하여 진리의 세계로 이끄는 것은 성자의 길이지만, 적에게 굴복하고 복종하여 모든 것을 바치고 탕진하는 것은 비굴한 노예의 길이다. 자민족에게 노예의 길을 권하면서도 태연히 도덕적 설교를 멈출 줄 모르는 이광수의 자기 파탄은 그대로 그의 백치성을 의미한다. 이광수의 자민족에 대한 우월감인 천재

---

16  이광수, 「심적 신체제와 조선문화의 진로」, 『매일신보』, 1940.9.6.

병은 백치성의 다른 면에 지나지 않는다.

이광수의 백치성은 그로 하여금 그가 처한 어떠한 상황에 대해서도 언제나 같은 반응을 보이게 한다. 그리고 그때그때의 현실 상황을 이상화한다. 식민지라는 시대 상황을 이상화한 것이 '내선일체'와 '황국신민화'의 실천인 것이고, 그것을 행동으로 실천한 것이 '식민지적 전향'이다. 실천의 대상을 이상화하는 경우, 언제나 부족한 것은 자기 자신이기 때문에 이광수는 자신과 자민족의 부족함이 마음에 걸려 안심할 수가 없었던 것이다. 이렇게 하여 이광수의 백치성의 수련은 '민족을 위해서'라는 자기 최면에 걸려 멈출 줄을 모르고 계속되었다. 많은 한국인들이 이광수의 다면성이 갖는 그럴 듯한 기만성과 위선성을 비판했지만, 그것도 알고 보면 결국 이 백치성의 일면성을 다면적으로 파악한 것에 불과한 것이다. 여기에 일본 제국주의 지식인이 보였던 '모범생 의식'이 일본 유학 체험을 통해 이광수에게 그대로 전이(轉移)된 실상을 확인할 수 있다.

이광수의 일본인에 대한 접근 의식은 징병제에 대해서도 같은 반응을 보인다.

한 번 병역의 의무를 마치는 것으로 완전한 국민이 될 수 있다. 병역을 마치지 않은 국민은 반쪽짜리다. 그래서 징병이 고마운 것이다.[17]

일본 제국주의가 식민지 한국에 실시하는 징병제가 한국인에 대한 인적 착취의 최종적인 만행이라는 시점이 마비되고, 국민의 일반적인

---

17  이광수, 「あと二年」, 『신시대』, 1942.9, 35면.

의무로 보는 가치 전환이 나타나고 있다. 한편 최재서는 징병제를 다음과 같이 보고 있다.

> 징병제의 실시를 계기로 반도인의 지위가 비약적으로 향상될 것은 명료하다. 이미 내선일체 운동의 강령은 조선인이 진정한 황국신민이 됨으로써 대동아공영권에서 지도적 민족이 되어 그 건설에 참여하는 것으로 되어 있다. 누구도 그 목표를 의심하는 사람은 없겠지만 구체적인 방법에 관해서는 일말의 불안이 없지 않았다. (…중략…) 이러한 모든 불안과 의심에 대한 단적이고도 명쾌한 해답을 부여한 것이 이번의 징병제 발표였다. 말할 것도 없이 그것은 조선인이 대동아공영권 건설에서 직접적인 역할을 할 수 있는 길을 열어준 것이다. 이것으로 명실공히 반도인은 황국신민이 되어 대동아의 지도민족이 될 수 있는 길이 열렸다.[18]

최재서는 징병제 실시를 '대동아의 지도 민족'이 되는 권리 획득 즉 '황국신민화'의 완성으로 받아들이고 있다. 이러한 일본인 지향의 접근 의식, 자성적인 자민족 부정, 그 해결책으로 예정된 '황국신민화' 수용, 여기에서 '내선일체'의 논리는 출발한다. 이광수는 '내선일체'를 다음과 같이 말했다.

> 조선인은 쉽게 말하면 제가 조선인인 것을 잊어야 한다. 기억할 필요가 없는 것이다. 나는 일찍이 조선인의 동화는 일본 신민이 되기에 넉넉한 정도면

---

18　최재서, 「徵兵制實施の文化的意義」, 『국민문학』, 1942.5・6(합병호), 7~8면.

그만이라는 생각을 가진 적이 있었다. 그러나 나는 지금에 와서는 이러한 신념을 가진다. 즉 조선인은 전혀 조선인인 것을 잊어야 한다고. 아주 피와 살과 뼈가 일본인이 되어 버려야 한다고. 이것에 진정으로 조선인의 영생의 유일로(唯一路)가 있다고.[19]

이광수에게 '내선일체'는 가치의 준거 집단인 일본인에 무한히 접근하여 '피'와 '살'과 '뼈'가 일본인이 되는 순간 완성된다. 실재하는 양민족 사이에서 이러한 절대 명제가 과연 실현 가능할 것인가는 이광수에게 중요한 것이 아니다. 이광수는 종교적인 귀의의 형태로 한국 민족의 완전한 소멸을 주장하고 있는 것이다. 이광수는 자신의 천황 귀의와 같은 차원에서 한국인의 동화를 생각하고 있다. 그에게는 최고 가치의 근원인 천황 귀의에 민족 문제 따위는 한 조각의 가치도 없는 것이다. 다만 한국인의 무한한 헌신만이 중요했던 것이다.

이광수의 행적에서 확인할 수 있는 것은 스스로 설정한 가치에 대한 끊임없는 헌신적 향상심이다. 이광수에게 일관되게 보이는 것은 자기가 일방적으로 생각하고 있는 자민족에의 헌신이었다. 망국과 개화기가 겹쳐진 그의 소년 시대는 그로 하여금 민족을 구하기 위하여 문명개화를 주장하게 했다. 일본 유학의 전 기간을 통하여 그에게서 보이는 것은 근대 문명 예찬이었다. 근대 문명 예찬의 이면에는 그의 민족에의 헌신 의욕이 작용하고 있었던 것이다. 그가 언제나 보여주고 있는 사명감, 교사의식, 지도자 의식도 이 헌신 의욕의 표현인 것이다. 일

---

19  이광수, 「심적 신체제와 조선문화의 진로」, 『매일신보』, 1940.9.12.

본을 통해 근대 의식에 눈뜬 이광수는 근대 문명과 일본을 동일시했다. 이것은 일본에의 몰입을 깊게 하여 마침내 소위 '내선일체'의 논리에까지 이르렀던 것이다. 이 전 과정을 민족에의 헌신 의욕이 관통하고 있는 것이다. 이 기본 노선 위에 실천하는 방법론이 변했을 뿐이다. 일본 유학기에는 문명개화, 상해 임시정부 시기에는 독립 투쟁, '수양동우회'를 조직한 국내 활동기에는 '민족 개조', '신체제' 시기에는 '내선일체'를 선택한 것이다. 한국 민족이 일본 민족으로 해소되어야 한다고 주장하는 '내선일체'의 논리에 이르면, 그의 민족에의 헌신 의욕이 반민족적인 성격을 드러내며 '식민지적 전향'으로 흘러갔다. 이러한 이광수의 헌신 의욕은 상황에 따라 때로는 민족주의적 성격을 띠고, 때로는 민족 반역으로 흘러갔지만, 이광수 자신은 항상 '민족을 위해서'라는 자기 환상 속의 일관성을 보였던 것이다.

장혁주(張赫宙)는 1939년 「조선의 지식인에게 호소한다」는 문장에서 다음과 같이 말했다.

우리는 서로 다른 민족성을 가진 내지인과 접하며 미움을 사거나 혹은 융화해가면서 이제까지의 우리 민족성으로는 통하지 않게 되어 시정을 요구받는 등 잘못된 일이 실로 자주 있었다. 그래서 우리는 전에도 지적했듯이, 침착하지 못한 성정과 더불어 자연히 성격이 뒤틀려갔던 것이다. 지금도 조선에 가면 감정이 바삭바삭 메말라지는 것은 두 개의 완전히 다른 민족성이 보이지 않는 곳에서 끊임없이 부딪치고 있다는 증거이다. 조선인이 뒤틀린 성격을 갖게 된 것은 오히려 동정하고 싶을 정도이다. 그러나 조선에 이주한 내지인 사이에 문화가 생기고 조선인이(좋든 싫든 간에) 내지화하여, 그

거리감이 눈에 띄지 않게 되면 이 뒤틀린 성격도 점차 사라지고 안정될 것이다.[20]

장혁주는 한국인의 민족적 결점이 '내선일체'의 방해물이라고 보아 그것의 시정을 요구하고 있다. 그가 들고 있는 한국인의 결점은 '뒤틀려 있다', '격정적이다', '침착성이 없다', '정의감이 없다', '질투심이 강하다' 등이다. 특히 장혁주는 소위 한국인의 '격정성'을 증명하기 위해 일본의 프롤레타리아 작가 나카니시 이노스케[中西伊之助]의 소설 『황토에 싹트는 것(赭土に芽ぐむもの)』(1922)에서 근거를 찾아내고 있다. 나카니시 이노스케는 환경론을 펼치며 한국인의 민족성을 유전적 혈통론으로 심각하게 논하고 있다.

토인(土人, 미개 지역의 원주민을 경멸하여 부르는 말. 여기서는 한국인을 가리킨다—인용자)은 이러한 기후를 속된 말로 '삼한사온(三寒四溫)'이라 불렀다. 대륙과 해양 사이에 긴 반도 기후의 부조화가 이러한 현상을 반복하여 언제나 급격한 온도 변화를 일으킨다. 만약 인간의 환경이 정신생활을 결정하고 지배한다 — 말을 바꾸면, 인간의 사상과 성정은 그들이 살고 있는 자연과 실생활의 영향으로 형성된다 — 는 생각이 맞다면, 이곳의 토인만큼 그 사고방식을 실제로 입증할 수 있는 민족은 없을 것이다. 그들은 평소에는 지극히 평온하게 장죽(長竹, 담뱃대—인용자)의 몽롱한 연기 속에서 홀로 자적(自適)하고 있으나, 일단 어떤 발작을 일으키거나 조그만 동기라도 있으면 이

---

20  장혁주, 「朝鮮の知識人に訴ふ」, 『文藝』, 1939.2, 237~238면.

성을 잃고 돌변하여 물불을 가리지 않고 치닫는다[驀進]. 그들은 러시아인처럼 둔중함이 있는가 하면 철저함도 지니고 있다. 프랑스인처럼 화려함을 즐기는가 하면 격정성도 가지고 있다. 이러한 민족성은 아무래도 그들이 반도에 건너온 이후 오랜 동안 형성된 전통에서 온 것이라 보여진다. 왜냐하면 그들의 조상은 결코 한 핏줄의 종족이 아니었다. 흔한 인류사에 따라도 그들에게는 십여 종족의 조상이 있다. 몽고족, 한족(漢族), 부여족, 맥족(貊族), 예족(濊族), 한족(犴族), 옥저족(沃沮族), 거란족(契丹族) 등이 섞여 있고, 더욱 깊이 들어가면 더 많은 종족을 헤아릴 수 있을지도 모른다. 특히 그들의 언어는 복잡하기 짝이 없다. 모음이 11자에 자음이 18자인데다가 급촉음(急促音)이라는 골치 아픈 발음법도 있다. 이렇게 잡다한 종족이 동서남북에서 대하(大河)의 흐름이 합쳐져 삼각주를 만들 듯이 저쪽 해안과 이쪽 골짜기에서 흘러들어와 합쳐졌으므로 처음부터 하나의 민족성으로 이루어진 것이 결코 아니다. 그러므로 그들의 민족성은 변화무쌍한 반도성 기후가 그들의 성정을 결정하고 지배한 가장 큰 원인일 것이다. 그들의 온돌은 감옥과도 같이 음울하다. 그들은 날씨가 추운 '삼한(三寒)' 동안은 한가롭게 온돌에 기대 하루 종일 지독하게 매운 고추와 후추를 버무린 안주에 독한 소주와 약주를 들이킨다. 어떤 사람은 사흘이고 나흘이고 불철주야 통음(痛飮)으로 곤드레만드레 취해버린다. 그들은 누가 뭐래도 둔중한 것 같으나 철저한 맛을 즐기는 것이다. 그러나 날씨가 따뜻한 '사온(四溫)'이 되면 그들은 눈을 반짝이며 온돌을 뛰쳐나온다. 그리하여 따뜻한 햇볕을 받으며 산과 들을 누비고 다닌다. 그들은 어쩔 수 없이 격정적이면서도 화려하게 살지 않을 수가 없는 것이다. 아, 공포스러운 민족이여![21]

　나카니시의 민족성론이 소설 속의 발언이라는 것을 제쳐두고라도
옳고 그름을 논하는 것은 무의미하다. 소위 단일 민족관이나 민족성론
은 민족적 우월감의 과시이거나 정치적 선전에 불과하기 때문이다. 그
러나 장혁주에게는 이것이 일본인의 관점이라는 자체가 중요했다. 장
혁주 스스로가 인정하고 있듯이 이러한 한국인의 민족성은 일본인들
이 지적한 것들이다. 장혁주는 일본인의 한국인에 대한 마이너스적인
지적들이 항상 자신을 향한 것이라는 자격지심에 시달려왔다. 그래서
장혁주는 이것을 하나하나 남김없이 승인하고 거기에 자신의 실감까
지 보태고 부풀려 부연 설명을 장황하게 늘어놓고 있다. 그가 조금이
라도 사려 있는 인간이라면 이러한 결점 혹은 단점은 한국인만의 것이
아니라, 인류 보편의 본성이라는 것쯤은 쉽게 깨달았을 것이다. 인간
은 불완전한 존재이다. 이 세상에 완전한 민족, 완전한 인간은 없다.
오히려 결점이 있으므로 인간은 아름다운 것이다. 주체성을 상실한 인
간은 아무리 사소한 것에라도 자신을 잃고 자신의 인생을 무화시키는
것이 필연이다. 하물며 식민지 지배 하의 패배한 인간에게 있어서랴.

　결국 그는 일본인이 되고 싶은 한국인이었다. 그에게 일본인의 일거
수일투족은 그대로 진리이고 진실이었다. 장혁주, 그는 그가 논하고
있는 이러한 결점들을 총망라하여 가지고 있는 추악한 식민지 한국의
패배한 지식인이었던 것이다. 모든 민족과 인간에게 동일하게 적용될
수 있는 것이지만, 한국 민족과 한국인의 결점 시정을 논하는 장혁주
의 발상이 잘못된 것은 아니다. 그러나 그것이 일본인의 편견에 좌고

---

21　中西伊之助,『赭土に芽ぐむもの』, 改造社, 1922, 50~52면.

우면(左顧右眄)하는 파행성을 드러내 '내선일체'의 필연성이 된다면 약한 정신의 도착 증세인 것이고, 식민지 '토인'의 '본국'에 대한 전형적인 사대주의라 할 수밖에 없다.

장혁주에게는 자민족에 대한 소속감보다도 일본인 지향이 우선이었다. 그에게는 일본인에 접근하는 것 자체가 하루라도 빨리 '미개한 조선인'으로부터 탈출하는 것이었다. 장혁주에게는 식민지 지배로 뒤틀려버린 한국인의 모습이 하루라도 빨리 잊고 싶은 자신의 과거 모습이었고, 자신의 치부로 인식되어 참을 수가 없었던 것이다. 그리하여 자신은 이미 그러한 '야만인'에서 빠져나와 소위 '문명인'이 되었다는 교만함에서 일본인의 눈으로 자민족을 보고, 그 분노를 자민족에게 터뜨린 것이다. 장혁주의 자민족 파악은 철저한 일본인 열등감에서 출발한 것이다. 일본인을 가치의 준거 집단으로 보는 장혁주의 일본 편향은 이광수와 공통되고 있다. 이광수가 자민족이라는 '어린 양'을 이끌고 천황의 계시를 따라 '황국신민'이라는 일본인이 사는 낙원을 찾아 광야를 헤매고 있었다면, 장혁주는 '미개인'과 '야만인'이 사는 한국이라는 저주의 땅을 하루빨리 벗어나 '문명인'과 '문화인'만이 누리는 이상향 일본과 일본인을 지향했던 것이다.

이 「조선의 지식인에게 호소한다」는 완전히 정반대의 의미로 한국인과 일본인 사이에 엄청난 반향을 일으켰다. 장혁주의 한국 민족 결점론은 그것의 시정 방법으로 한국의 '완전 내지화' 곧 '내선일체'의 논리로 흘러간다. 마치 결점이 있는 민족은 결점이 없다고 여겨지는 민족에 흡수되고 동화되어야 한다는 도착 논리이다.

여기서 생각할 수 있는 것은 우리가 만약 완전히 내지화되어버리면 자연히 침착하고 뒤틀림이 없는 민족이 될 수 있다는 것이다. 이 내지화는 오늘날의 미나미[南次郎] 총독의 내선일체 운동과 결부시켜 생각하지 않으면 안 된다. 내선일체란 글자 그대로 내지인과 조선인을 완전히 하나로 하는 것을 의미하며, 양자 사이에 어떠한 차별도 두지 않으며 두어서도 안 된다는 것이다. 이 내선일체는 우가키[宇垣一成] 총독 시대의 농촌 갱생 운동으로부터 시작되었다. 그리고 이 두 가지 정책은 조선에 살고 있는 내지인 사이에서 많은 반대가 일어났다. 이것은 말할 것도 없이 조선의 내지인은 자본가적 욕구에서 조선인을 식민지인에서 내지인으로 승격시키면 자신들의 생활에 불이익이 있다고 보아, 종래의 우월감과 약간의 공포심 때문에 나온 것임은 물론이다. 이렇게 보면 우가키 이전 내지의 정당 정치 시대에 비하면, 지금은 매우 양심적인 통치 방법이라 말하지 않을 수 없다. 즉 민정(入憲民政黨－인용자), 정우(入憲政友會－인용자) 두 세력이 정치를 움직일 때의 역대 조선 총독은 조선인과 조선을 완전히 식민지로 취급하였으나, 군부 정치(이 말은 허용되리라 믿는다)에 들어와 양심이 싹트기 시작했다. 즉 이상 정치가 시작된 것이다. 이것은 후일 자세히 논하기로 하고, 나는 조선 통치에 관한 한 정당 정치의 부활을 두려워하며 군부 정치 쪽에 진보성을 인정하는 데 주저하지 않는다. 이렇게 말한다고 나를 파시스트로 부르고 싶다면 그래도 좋다. 오히려 나는 미나미 총독에게 진정한 내선일체를 위해 어느 정도의 열의를 가지고 매진하고 있는가, 혹은 한 때의 과도기적 수단으로 이용하고 있는 것은 아닌가라는 질문을 던지고 싶을 뿐이며, 내선일체가 안 된 여러 사실들을 들어 총독에게 대들고 싶을 정도이다. 그리고 이런 종류의 운동은 당연히 일어나야 된다고 생각한다. 민간 차원에서도 정치 단체의 차원에서도 출현하지 않으면 안 된다.

이것이야말로 우리 민족이 당장 취해야 할 정치 수단이며 민족 부흥 운동이다. 이 민족 부흥 운동은 종래의 민족주의와는 물론 다르다. 민족이 부흥하여 행복하게 살면 어느 쪽이든 상관없지 않은가.[22]

　장혁주는 '내선일체'를 '민족 부흥 운동'으로 보고 있다. 그것도 '부흥해서 행복해진다면' 일체를 묻지 않는 '돼지의 행복'을 추구하고 있다. 그는 한국의 식민지 인식에도 특이성을 보이고 있다. 우가키 가즈시게(宇垣一成)의 통치 시기(1931.6~1936.8) 이전을 '완전한 식민지 취급을 당한 시기', 그 이후를 '군부 정치의 양심적인 이상 정치 시기'로 보고 있다. 날로 강화되어간 '내선일체'와 '황국신민화'에 대한 수혜 의식의 표출이다. 그의 논리대로 하면 우가키 부임 이후의 한국은 벌써 식민지가 아닌 것이 되어버린다. 장혁주가 일본 문단에 등단한 것이 1932년이므로 등단 당시 그는 벌써 소위 '이상 정치'의 세례를 받아 일본 제국주의에 대한 위화감을 버리고 있었던 것이다. 이후 그는 일본인을 지향하여 일본 편향에 깊숙이 빠져들었다.

　식민지 한국에서 우가키 가즈시게의 통치 기간은 만주사변(1931) 이후의 전쟁 열기 속에서 파쇼적인 '총동원 통치'가 시작된 시기이다. 우가키가 전개한 '농촌 자력 갱생 운동'이란 것도 실제로는 1929년의 세계 경제 공황 여파와 일본 제국주의의 가열한 경제 수탈에 의해 황폐해진 한국 농촌을 '황국신민'으로 재편성하여 '대륙 병참기지' 한국의 생산력 증강을 노린 정책이었다. 그 과정에서 식민지 지배 권력은 '내

---

22　장혁주, 「朝鮮の知識人に訴ふ」, 『文藝』, 1939.2, 238~239면.

선일체'를 내걸었다. 이것을 오히려 '양심이 싹튼 이상 정치'로 보고 있는 장혁주는 일본 제국주의의 시혜 의식에 감염되어 식민지 한국의 현실이 보이지 않았던 것이다. 일본 문단에 등단한(1932) 이래 도쿄로 이주해(1936) 일본적 분위기에 익숙해져 출세 기분에 젖어버린 장혁주의 취약한 정신 상태로는 자민족과 동시대 의식을 공유하기란 불가능했던 것이다. 결국 장혁주에게 '내선일체'란 '미개한 조선인'으로부터의 탈출을 의미했다.

호(號)를 '꽃돼지[花豚]'라고 지은 김문집(金文輯)은 1939년 '상고(上古)에의 귀환'이라는 부제에 「조선민족의 발전적 해소론 서설」이라는 어마어마한 제목의 글을 써 '내선일체'를 주장했다. 그는 우선 "조선 사람이 살 길이란 몇 갈래나 될고. 최초의 길은 자립의 길이요, 다음은 만족의 길이요, 최후의 길은 황국신민으로 재생하는 길이다"라고 전제하고, 자립의 길에 대해 다음과 같이 말했다.

조선이 미약한 대로나마 한번 자립해 본다는 것은 마치 1시간에 30전씩 세주는 한강의 보트를 타고 태평양을 건넌다는 것과 마찬가지의 공상임은, 그야말로 30전짜리 보트놀이밖에 할 줄 모르는 유녀몽동(幼女夢童)의 상식이다. 자립 여부는 옳고 그르고의 문제가 아니다. 애당초에 문제거리가 되지 않는다는 것이다. 그러고 보면 이제야 우리에게 남은 유일의 길이 육체적으로나 정신적으로나 내지인과 동족이 되어서, 일체의 의무와 권리를 동일하게 향수한다는 황국신민에의 길일 것이다.[23]

<hr>

23　김문집, 「조선민족의 발전적 해소론 서설」, 『조광』, 1939.9, 256면.

김문집의 '내선일체' 논리는 한국 민족의 독립 불능론에 입각한 식민 지사관 위에 서 있다. 그는 다음과 같은 발언도 서슴지 않았다.

> 조선 사람이 황국신민이 된다는 것은 게타(下駄, 일본식 나막신－인용자)를 끌고 다쿠앙(澤庵, 일본식 단무지－인용자)을 먹고들 하는 것이 아니고, 고무신에 깍두기도 매우 좋으니 먼저 정신적인 내장(內臟)을 소제하는 데 있다. 재래의 조선 사람이었기 때문에 가졌던 일체의 불미불선(不美不善) ― 취기분분(臭氣紛紛)한 그 썩은 내장물을 위로는 토해내고, 아래로는 관장・배설하여 속을 깨끗이 해야 한다.[24]

한국 민족 관장설(灌腸說)이다. 결국 그에게 '내선일체'란 이렇게 되는 것이다.

> 조선 백성을 구원하는 최후요 유일의 방법은 통치의 절대 권위를 수립한다는 것, 즉 요지부동의 절대적 중심을 수립하여 2천 3백만을 동일 조건하에서 절대적으로 이에 복종하게 한다는 것이다. 이는 과거의 역사가 스스로 증명해주는 견해이다. 조선 백성을 구원하는 최후요 유일의 길인 이 방법은 다행히도, 너무나 다행히도 우리가 황국신민이 된다는 이 당연한 행위로써 스스로 획득할 수가 있는 것이다. 합방에 날인한 한말 조선 위정자들의 인식 내용과 그 동기 여하를 나는 모르는 자이며 또 알고자 하지도 않는다. 다만 그 결과에 있어서는 조선 백성의 반수(半數)의 생명을 바쳐도 얻을 수 없는 그 재생에의 신성력적(神聖力

---

24 위의 글, 261면.

的) 중심체를 호말(毫末)의 희생도 없이 획득했다는 사실 — 다시 말하면 우리가 일본 국민이 됨으로써 일본의 절대 중심이요, 절대 신성의 통치 주체인 천황을 우리의 폐하로 받들어 올리게 되었다는 이 사실에서 조선인 행복 제일주의자인 나는 허심탄회한 마음으로 무한한 요행을 발견하는 바이다. 앞으로 조선 사람이 세계를 지배하고 그 광영을 누리기에는 천황 폐하께 절대 복종한다는 이 통의(通義)를 오로지 하는 외에는 영원히 가망 밖의 일이다. 반대로 영원히 공상이요 만대의 불가망사(不可望事)인 이 세계 지배적 광영은 우리가 천황 폐하의 충신이 된다는 단순한 사실 하나로써 지극히 쉽게 체득할 수 있는 것이다.

그러면 우리는 그 세계적 운운하는 광영을 바라서 이를테면 공리적이요, 사대적인 이로(理路)에서 천황께 충실해야 된다는 결론이 생긴 것인가. 이는 질문 자체가 벌써 엄벌에 처해야 할 것이다. 우리가 충실한 황국신민이 된다는 것은 여하한 종류의 방법론도 되어서는 안 된다. 폐하에의 충성은 절대 총절적(總節的)인 조선의 목적론이다. 이 목적론은 만주인이나 중화인에게는 허여되지 않는 조선인의 특권이다. 소위 야마토 민족의 특권인 이 불역(不易)의 대특권을 우리는 합병의 대조(大詔)가 내리던 날부터 명실공히 수여받은 셈이지만, 기실 본질적으로는 이 특권을 우리는 합병의 유무를 막론하고 옛부터 향유하고 있었다는 데에 나의 내선일체관의 특색이 있다.[25]

김문집의 '내선일체'론은 '세계를 지배하는 일본 제국주의의 영광을 향유하는' 편승론이다. 그 '영광'은 '합방의 유무와 관계없이', 옛날부터 '향유'해왔다는 한국 민족의 역사 부재론과 숙명론을 펼치고 있다. 망

---

**25** 위의 글, 257~258면.

국의 과정에서부터 식민지 전 기간을 통해 정신적인 지주와 중심적 지
도자가 존재하지 않았다고 본 한국의 현실에 대한 김문집의 민족 허무
주의는 절대주의 천황제로 국민 통합을 이룩한 일본 제국주의 현실태
에 용이하게 흡수되어버린 것이다. 김문집이 주장하는 천황에의 '절대
적 충성'은 이광수의 '절대적 귀의'와 동일한 것이라 할 수 있다. 김문
집의 일본 경사(傾斜)와 몰입이 '내선일체'에서 이광수와 일치하고 있는
것이다. 김문집은 「사랑 독후감」에서 이광수를 '영원의 추구자'로 추
켜올리고, 소설 「사랑」(1938)을 '액화(液化)한 금강석'이라고 상찬했다.
김문집은 "작품 「사랑」이 살아 있는 한 춘원(春園)은 살아 있고, 춘원이
살아 있는 한 나의 자존심은 살아 있을 것이다. 우리는 이 작품 하나로
써 톨스토이를 필요로 하지 않게 되었다"[26]고 나팔을 불어댔다. 이광
수도 이에 화답하여 김문집의 평론집 『비평문학』에 "花豚花豚文運久
長去私秉公無冠帝王"으로 끝나는 발문(跋文)을 썼다.

　김문집은 1930년대 혜성과 같이 일본에서 나타나 한국 문단에서 독
설 비평가로 정평이 났던 인물이다. 그는 프롤레타리아 문학 퇴조 후
의 침체한 한국 문단에 등장하여(1936), '기(奇)'와 '예(藝)'를 득의의 요설
과 독설로 무장하고 한국 문학계를 휘저었다. 그의 한국 문단 등장의
제일성은 한국어에 대한 애정이었다.


　나는 더 좋은 예술이 더 좋다고 말했다. 조선 문학에서 어떤 것이 더 좋은
문학이 될까? 감히 나는 답한다. 더 조선 문학적인 문학이 더 좋은 문학이다!

---

26　김문집, 「사랑 독후감」, 『박문』 2, 1938.11, 27면.

그러면 어떤 문학이 더 조선 문학적일까? 나는 쉬운 말로 답하마. '조선'이 아니고는 모를만치 좋을수록 더 좋은 조선 문학이라고. (…중략…) 그러면 도대체 조선의 개성은 무엇이냐? 그는 조선적 전 내용이다. 조선적 전 내용은? 그것이 다름 아닌 피의 꽃으로서 조선말의 총화(總和)다! 문학에서 아리랑 고개가 있는 것이 아니고, 기차나 화신 백화점이 있는 것이 아니다. 물론 또 쓰라린 마음이 있는 것이 아니고, 얄미운 년이 있는 것도 아니다. 다만 '아리랑 고개'라는 말, '기차', '화신' 또는 '쓰라린 마음'과 '얄미운 년'이란 말이 있는 것뿐이다. (…중략…) 조선의 개성! 그 얼마나 무거운 말이냐. 조선의 개성! 그 얼마나 빛나는 말이냐. 이 무겁고 빛나는 조선의 개성을 가장 빛나고 가장 무겁게 나타내는 '말'재주가 가장 무겁고 가장 빛나는 조선 문학이다. 언어를 닦아라[修]. 언어의 조선을 갈아라[磨]. 말을 닦고 말을 가는 이 공사에서 조선 문학은 시종(始終)한다. 조선 문학에는 전통이 없다. (…중략…) 이와 같이 '문학의 조선'에는 어느 모로 보더라도 전통을 운위(云爲)할 수 없음이 사실임에도 불구하고, 조선말 그 자체에는 놀랄 만한 전통성을 띠고 있다. 민족의 역사와 그 문화사가 오래면 오랠수록 꽃다우면 꽃다울수록 그의 표상인 그의 언어는 전통미를 갖춘다는 것이 언어학의 기본적 원리라 할진대, 우리의 조선말이 의외로 짙고 아리따운 전통미를 품고[營養] 있으리라는 것은 저절로 증명되어질 사실이 아닌가. (…중략…) 조선말을 미각(味覺)해 보라. 그 얼마나 깨소금 같이 고소하고 봉선화의 그 한때와도 같이 아기자기하며 은방울을 궁둥이 뒤로 밀어낼 만큼 동글동글한가를.[27]

---

27  김문집, 「언어와 문학개성」, 『비평문학』, 청색지사, 1938, 7~10면.

김문집에게 한국어는 '민족의 내부적 상징'을 의미하는 것이어서 "말을 통해서 조선을 찾는 것은 이 땅 작가의 의무요, 말을 지어서 조선을 세우는 것은 그의 권리"[28]라는 것이다. 그리고 "가치의 창조가 작가의 생명이라면 가치의 재창조가 비평가의 혈혼(血魂)"[29]이라 하여 문학 비평도 하나의 창작임을 선언했다. 김문집의 '창작으로서의 비평'을 지탱해 준 것이 '기지(奇智)'이다. 그의 '기지'는 '기(奇)'와 '예(藝)'로 구성되어 언어의 재미와 기발함을 추구했다. 이러한 그의 비평 태도는 확실히 한국 문학에서 어쩔 수 없이 계몽성을 띠지 않을 수 없었던 민족주의 문학, 과학적 사상과 사회성을 추구했던 프롤레타리아 문학 혹은 이론과 관념, 외래적 지식이 중구난방(衆口難防)으로 범람과 혼란을 거듭했던 기존의 한국 문단에 대한 거부의 자세이며, 그것들에 대한 참신한 충격을 던져주기에 충분했다.

그러나 문학 비평은 문학의 기본으로 지식 체계와 사상성이 요구된다. 그런 면에서 김문집의 비평 태도는 다분히 인상적·감각적·개성적인 기교에 떨어질 가능성을 내포하고 있었다. 이러한 김문집의 비평이 문학적 가치를 가지고 지속되기 위해서는 그 자신의 한국어에 대한 마르지 않는 문학적 정체성의 추구와 사상적인 전통성의 탐구가 필요했다. 그러나 김문집에게는 치명적인 약점이 있었다. 그의 고백대로 "나는 불행하게도 어려서부터 조선 이외의 땅에서 성장했기 때문에, 내 땅 문화의 사정에는 암우(暗愚)한 것이 사실"[30]이라고 실토한 것은

---

28  김문집, 「전통과 기교문제」, 『비평문학』, 청색지사, 1938, 176면.
29  김문집, 「비평문예론」, 『비평문학』, 청색지사, 1938, 59면.
30  김문집, 「문단원리론」, 『비평문학』, 청색지사, 1938, 14면.

하나의 겸손 혹은 엄살과 변명으로 그칠 문제가 아니었다. 그것은 한국어의 본질 파악에 관계되는 문제로, 그가 한국어에 대한 인식 부족과 무지함을 여기저기서 폭로하고 있는 점에서도 구체화된다.

위의 인용문에서도 볼 수 있듯이, 김문집은 이런 정도로 교묘하게 한국어를 구사하고 비유의 기발함과 기지(機智)의 적절함에서 일품성(一品性)을 발휘하면서도, 정작 한국어의 '고소함', '아기자기함', '동글동글함'을 증명하는 한국어 천착이 보이지 않는다. 그의 비평에 여기저기 산재하는 한국어에 대한 단순한 영탄, 기상천외한 단어, 단편적인 지식으로 사실을 절대화하는 폐색성, 때와 장소를 가리지 않고 튀어나오는 일본어와 외국어로 인한 언어 체계의 혼란, 험담에 가까운 독설 등은 그가 말하는 한국어의 전통을 찾는 작업과는 거리가 먼 부스러기 지식을 나열하는 장광설(長廣舌)에 지나지 않았다. 이것은 그의 한국어에 대한 애정과 애착이 진지한 한국어 탐색에서 나온 것이 아니라, 심정적 귀소성(歸巢性) 위에 서 있음을 의미한다. 그의 한국어에 대한 애정은 그의 정신적인 미련과 허영심, 자민족에 대한 우월감의 변형인 것이다. 따라서 다음과 같은 그의 한국 문단 비판이 공허하게 들릴 수밖에 없는 것도 이러한 이유에서 온다.

도쿄 문단의 일류 비평가들의 평론을 보라. 모두들 예술품이다. 소설보다도 더 재미가 있다. 그들은 결코 신어자전(新語字典)에 매달려서 글을 쓰진 않는다. 자신의 지성과 감성과의 교착점(交錯點)을 쉽고 아름다운 말로써, 다시 말하면 제일 자연스런 말로써 표현해낼 뿐이다. 작가 가와바타 야스나리[川端康成]의 평문의 우수성은 다시 말할 것도 없지만, 고바야시 히데오[小

林秀雄], 가와카미 데쓰타로[河上徹太郎], 마사무네 시라토리[正宗白鳥], 아
베 도모지[阿部知二] 등의 평론에서 보는 그 순수성, 개인성, 예민성, 타당성
들에 대해서 우리의 평단은 과연 느낌이 없을 것인가?[31]

이것은 한국의 문학 평론가들이 비평이라는 '수술'을 '메스'로 하지
않고 '식도(食刀)나 철봉(鐵棒)'으로 하려는 것과 같이 난해하여 무내용
의 관념적 문장을 남발하고 있다고 비판하는 부분이다.[32] 그 난해성을
지적하여 "이야기를 쓴 소설도 재미가 있어야 가치가 있거늘, 하물며
이야기도 아닌 평론에 재미가 없다고 해서야 어느 귀신이 읽어줄 것인
가"라며, 한국 평론가들의 비평이 마치 "제가끔 최고 수준을 보이느라
고 쓰레기통을 거꾸로 덮어쓰고 나오는 광경들"[33]이라는 것이다.

한국의 문학 평론가를 비판하는 자리에 갑자기 일본 문학자의 문장
에서 보이는 예술성이 등장하는 것 자체가 요령부득의 일본 편향성을
드러내는 것이지만, 일본의 문학 평론가들의 평론에 보이는 예술성,
우수성, 순수성, 개인성, 예민성, 타당성과 한국 문학 평론가들의 내용
이 없는 관념성과 허구성을 평론으로 증명하지 않으면, 한국말을 모르
는 데서 나오는 개인적인 짜증과 혐오에서 출발하여, 김문집 자신의
일본 문단에 대한 짝사랑의 흠모와 비굴성, 한국 문단에 대한 우월감
과시의 추악한 모습을 폭로하고 있다는 혐의를 벗어나기 힘들다. 그것
은 다음의 문장에서도 마찬가지다.

---

31  김문집, 「평단파괴의 긴급성」, 『비평문학』, 청색지사, 1938, 425면.
32  위의 글, 428면.
33  위의 글, 429면.

한 마당에 모인 백대의 전차에는 예민이 없다. 기능을 나타내지 못하기 때문이다. 그러나 산상에 홀로 장치된 기관총에는 예상 이상의 공과를 보이는 법이다. 전신적이니만큼 결사적이기 때문이다. 하물며 조종사도 화약도 없는 백대의 고물상적 전차가 좁은 한 마당에 질서 없이 첩첩으로 쌓여 있다는 경우에 있어서일까!

고바야시 히데오의 평론이 저쪽(日本－인용자)에서는 제일 난해하다고 하지만 그 난해함과 우리네 논단의 난해함과는 두개골과 호박과의 상위(相違)가 있는 것이다. 고바야시의 난삽함은 그의 비이론적 이론의 고답성에 있지만, 이 땅의 그것은—나는 할 말이 없다. 고바야시의 평론에는 시(詩)가 흐른다. 이놈의 시가 사실인즉 우리에게 매개 작용을 하고 있는 것이다. 우리는 고바야시의 어떤 종류의 난문이라도 몇 번만 읽어본다면 어느새—저 자신도 모르는 사이에 'のむこむ'(꿀꺽 삼킴－인용자) 하고 만 것을 발견한다. 알고 보면 그 어렵던 말들이 'ばかばかしい'(바보처럼 우둔－인용자) 하게 쉬운 말들임을 아는 것이다. 그게 다름 아닌 고바야시란 친구의 '재미'인 것이다. 재미. 이놈의 재미가 무엇보다 필요하다. (…중략…) 뭐라도 좋으니 먹을 수 있는 것을 주어야 맛을 안다. 장작이나 전차나 구두는 먹을 수가 없어서 맛을 알 수가 없다. 시육(屍肉)과 말똥은 먹기가 싫어서 애초에 먹어 볼 생각을 할 수가 없다. 우리는 평단에서 이들 먹지 못할 장작, 전차, 구두, 시육, 말똥 등을 청산하자.[34]

이것이 김문집의 한국 문단 파괴론 혹은 청소론이다. 일본 '신감각파' 문장의 직역 같은 기발한 단어, 기상천외한 비유 등에 이르면 모자

---

34 위의 글, 430~431면.

를 벗을 수밖에 없다. 이것은 확실히 그의 재능의 영역이며, 그가 추구하는 문학 비평의 '재미'가 나타난 극치라고 볼 수 있을 것이다.

그러나 김문집은 기발함이 재앙이 되어 희화화(戱畵化)된 무모성으로 떨어져버렸다. 그가 자칭한 '기관총'도 당시로서는 한국의 문학자 누구나가 숙지하고 있는 일본적 '기관총'이었다. 문학적 태도에서 한국어의 전통 추구를 외치면서도 일본적인 편향성을 내포하는 그의 '기관총'이 과연 한국적인 '장작, 전차, 구두, 시육, 말똥'에 대해 성능을 발휘할 수 있을까. 표적을 잘못 잡은 '기관총'은 무모함 그 자체인 것이고 발사하는 순간마다 그 '소음'만은 요란하여 당분간은 한국의 '장작, 전차, 구두, 시육, 말똥' 들이 우왕좌왕했지만, 이윽고 '기관총'의 '성능'을 알게 되자, 한국 문학자들이 서로의 어깨를 두드리며 미소 짓는 여유를 회복했던 것이다. 김문집의 일본적인 '기관총'이 한국에서 일으킨 '소음'과 '성능'의 불협화음 틈바구니에서 김문집의 인격 파탄은 진행되어갔다.

김문집은 문학을 논의하려는 사람의 조건으로 '첫째는 투명한 눈, 둘째 솔직한 머리, 셋째 여유 있는 가슴, 넷째 약간 시장한 배[腹]'를 들며, 이 네 가지 조건의 유기적인 조합에 의해 '예민함'이 발생한다고 주장했다.[35] 확실히 그에게는 이 네 가지 조건의 조합에 의한 '예민함'은 있었다. 그러나 그에게는 그가 말하는 '네 가지 조건'을 지탱할 사상과 지식 체계가 없었다. 문학에서 문학적 전통의 천착이 선행되지 않은 모방과 지식의 단선적 응용과 적용이 얼마나 공허한 것인가를 김문집은 일본에

---

35 위의 글, 430면.

의 경사로 보여주었다. 한국어의 전통은 몇 개의 기발한 비유, 독설, 요설, 영탄, 욕설 혹은 일본인 문학자 몇 사람의 '두개골'을 동원하여 정복될 만큼 몰캉하고 허술한 '호박'이 아니었던 것이다. 그것이 아무리 시대에 밀려 강압적으로 금지되어버린 피식민지 국가의 언어일지라도.

김문집의 한국 문학에의 공격적인 자세는 1930년대 한국 문단의 침체상에 대한 공헌 의욕과 한국 문단을 일본 문단의 지부(支部) 정도로 생각하고 있던 그의 우월감을 여실히 보여주었다. 결국 그의 한국어에 대한 애정은 자기 정체성을 상실한 문학자에게는 숙명이라고 할 수 있는 모국어에 대한 '향수'였던 것이다.

김문집은 기발하고 조야(粗野)한 한국어를 구사하여 한때는 최재서의 주지주의 비평과 어깨를 나란히 한국 문학계에 창조적 비평의 '재미'를 독설과 요설로 유감없이 보여준 인물이었다. 그러나 그 기지(奇智)가 과도한 기지(機智)와 희화(戱畫), 나아가서는 욕설로 흘러버려 대인 관계에서 좌충우돌을 거듭하다가 문단으로부터 소외당하게 된다. 자연히 생활고도 겹쳐 만나는 문인들마다 금전 강요와 구걸을 거듭하여 기피 인물이 되었고, 원고료를 노린 자신의 글을 『인문평론』에 실어주지 않는다는 이유로 최재서와 폭행 사건을 일으켜[36] 최재서로부터 고소를 당하는 등[37] 속물적인 성격 파탄을 노출했다. 이러한 그의 핍박한 정신 상태는 일찍부터 시국에도 편승하여 1939년경에는 한국어의 전통 탐구라는 그의 문학 태도는 자취도 없이 사라지고, '내선일체'와 '황국신민화'를 주장하는 데 주저함이 없었다.

---

36  홍효민, 「문단측면사」, 『현대문학』, 1959.2, 273면.
37  홍효민, 「문단측면사」, 『현대문학』, 1958.11, 276면.

그는 1940년 '조선문인협회'의 간사직을 내던지고 1941년 일본으로 귀화하여 장혁주와 더불어 '식민지적 전향'의 일관성을 보여준다. "나는 불행하게도 어려서부터 조선 이외의 땅에서 성장했기 때문에 내 땅 문화의 사정에는 암우(暗愚)한 것이 사실"이라고 고백한 그의 한국 체재(1935~1941)는 일종의 '외출'이었다. 일본 체험의 파행성으로 인해 정체성을 상실한 결과, 일본 제국주의 지배 논리인 '내선일체'와 '황국신민화'를 실천한 '탕아(蕩兒)'는 자신이 말한 대로 '정신적 고향'인 일본으로 돌아갔다. 김문집은 '창씨개명'의 시기(1939)에 창씨명을 '大江龍無酒之介'로 지었는데, 그 뜻은 한국의 대구(大邱)에서 태어나 일본의 에도(江戶, 東京)에서 배우고, 서울 용산(龍山) 역두에서 "전사 장병의 유골을 맞이해 처음으로 접해보는 엄숙하고 장엄함에 마음의 충격을 받아 주위의 눈치를 살피지 않고 울음을 터뜨린 다음", 마음속으로 결심한 것이 "내선(內鮮) 간의 동체적(同體的) 일원화(一元化)라는 대사업을 위해", "죽어도 술을 마시지 않겠다며(無酒之介 – 인용자) 금주(禁酒) 계약 선언"을 했다는[38] 저항을 희화화한 작품이었다. 결국 담당자의 거부로 '無酒'의 두 글자를 삭제당해 '오에 류노스케[大江龍之介]'로 할 수밖에 없었다고 한다. 김문집은 '창씨개명'을 희화화한 것에서 그치지 않고 자신의 창씨명조차도 헷갈렸던 듯, 그의 이름 '류노스케'마저 '용지개(龍之介)'로 썼다가도 '용지조(龍之助)'[39]로 혼용하는 둥(일본식 읽기로는 똑같다) 여전히 희롱을 일삼았다.

김문집은 어두운 시대 이리저리 눈치 보는 한국 문학자들이 생래적

---

**38** 「金文輯酒と緣切り, 名も '大江龍無酒之介'」, 『경성일보』, 1939.11.26.
**39** 김문집은 『總動員』 1940년 3월호에 실린 「氏設定を主題に半島風習のその祖國への合理的 發展的歸還を諭すの言」이라는 글에서는 이름을 '大江龍之助'로 쓰고 있다. 36~47면.

인 일본 편향으로 좌고우면(左顧右眄)하는 허점을 찔러 어설프게 익힌 일본 제국주의 '낭인(浪人)' 떨거지 흉내를 내며 한국 문단의 허약함과 대응력의 한계성을 헤집었으나 끝내 스스로의 정체성을 회복하지 못한 채, 일본 제국주의가 낳은 일본적 식민지 지식인의 전형적인 인격 파탄의 서글픈 모습으로 타락해간 인물이었다.

김문집은 스스로 일찍부터 일본에 유학하여 오히려 일본에서 '고향 조선'을 보았다고 떠벌렸고,[40] 자칭 도쿄제국대학 문과를 중퇴하고 요코미쓰 리이치[橫光利一] 문하에서 문학을 배워 일본인과 동인 활동을 하였으며, 1938년에는 일본어 창작집 『아리랑 고개(ありらん峠)』를 박문서관(博文書館)에서 출판했다. 또한 고바야시 히데오와의 친교를 자랑스럽게 떠벌린 것을 시작으로, 일본 문단에 통효(通曉)함이 마치 자기 손바닥 들여다보듯이 행세했던 김문집이 왜 1936년 돌연히 한국 문단에 모습을 드러냈을까. 그 해답은 김문집을 주인공 겐류(玄龍, 玄の上龍之介)로 희화화했다고 생각되는 김사량(金史良, 本名 金時昌)의 소설 「천마(天馬)」가 시사적이다. 「천마」가 쓰여진 것이 1940년, 김문집이 '내선일체'와 '황국신민화'의 미몽에 깊이 빠져 있을 때이다.

---

[40] 김문집의 일본 체험의 파행성은 다음과 같은 문장에서도 나타난다.
"나는 조선에서 태어난 조선 사나이지만 나의 반생사를 통해서 내가 제일 조선 정조(情調)를 맛본 곳은 저편 땅이다. 저편 어디에서? 나라(奈良)의 호류사(法隆寺)를 가보라! 조선 팔도를 헤매고 돌아다녀도 이 절 이 경내만치 조선의 넋과 조선의 호흡과 조선의 빛 그리고 조선의 예술과 그의 아름다움이 정화된 곳은 없을 것이다. 아무 선입관도 아무 예비 지식도 없이 방랑 도중에 우연히 들어선 그 절간에서 순간적으로 나는 여기가 현해(玄海)땅 나라(奈良)인 것을 잊고 두 활개를 길이대로 펴면서 "엄마!" 하고 부르짖자 쏟아지듯 떨어지는 눈물을 억제할 수가 없어서 고송(古松)에 얽힌 신성 그대로의 인적 없는 그 경내에서 목청 놓아 울다보니 정오가 저녁이 되어버린 것이었다. 나는 내 고향 나라(奈良) 호류사[法隆寺] 뜰에서 넋을 놓고 잠을 잤던 것이다. 쇼와[昭和] 6년(1931년—인용자) 10월." 김문집, 「어휘와 언어미와 화문학의 고금」, 『비평문학』, 청색지사, 1938, 157면.

사실 소설가 겐류라 해도 그리 나쁜 인간이 아니고, 근본은 젊은 주제에 겁쟁이고 문학적 재능도 어느 정도는 타고난 인물이다. 다만 오랜 동안 어찌할 수 없는 궁핍과 고독과 절망이 그의 머릿속을 착란시켜버렸다. 일종의 성격 파탄으로 아버지와 형들에게 의절당해 학업을 이룰 수도 생활비의 방도도 없게 된 것이다. 도쿄에서의 15년간의 생활이란 그야말로 처량한 들개와 같은 신세였다. 더욱 나쁜 것은 자신이 조선인이라는 것을 아무리 감추려 해도, 그의 골격과 얼굴이 틀림없는 조선인으로 생겨먹었으므로 하숙을 들어가려 해도 우선 첫째로 얼굴, 다음으로 너덜너덜한 옷차림 때문에 다짜고짜 거절당했다. 그래서 그는 돌연 신의 계시라도 받은 듯 고육지책(苦肉之策)으로 자기는 조선 귀족의 아들이며, 거기에 문학적 천재일 뿐만 아니라, 조선 문단에서는 일류 작가로 통하는 사람으로 행세하기로 했다. (…중략…) 그러나 문학의 길만큼은 아무리 해도 마음대로 되지 않아 전전긍긍하다가 (…중략…) 드디어 자포자기 심정으로 조선으로 돌아왔던 것이다.[41]

소설 속에서 겐류[玄龍]는 일본 유학을 다녀온 소설가로 '프랑스어와 독일어 라틴어를 수박 겉핥기로 기억하고 있을 뿐인 몇 개의 단어'들을 얼버무려 떠벌리며, '도쿄 문단에서 자신이 얼마만큼 대활약'했는가를 자랑스레 들먹여 처음에는 그럭저럭 문명(文名)을 얻었으나, 이윽고 "음란한 말도 벌써 바닥이 나고, 돼먹지 않은 허풍도 누구 하나 신용해주지 않고, 몇 개 알고 있던 독일어도 벌써 몇 번이고 써 먹었고, 13개 정도 어설프게 기억한 라틴어도 13번 이상 떠들었으며, 프랑스어는 더

---

**41** 김사량, 「천마」, 『文藝春秋』, 1940.6(金達壽 編, 『金史良作品集』, 理論社, 1972, 167면에서 재인용, 이하 『金史良作品集』으로 표기).

말할 것도 없이 문장의 끝에는 반드시 FIN이라는 글자를 쓰는 것만으로는 이제 원고 청탁도 오지 않게 되어", "저속한 저널리즘에서조차 그의 글을 실어주지 않은 것은 물론, 문화인들은 서로 결속하여 그를 문화계로부터 추방"하여 '조선 문화의 무서운 좀벌레'로 취급당한다.

그래서 '집도 없고, 처자도 없고, 돈도 없는' 겐류는 시국에 편승해 "애국주의라는 미명에 몸을 숨겨 모두를 향해 복수하리라" 마음먹고, '조선 민중의 애국 사상'을 고취하고 있는 U지(誌)의 책임자 오무라(大村)의 권세에 빌붙으려 한다.

그러나 겐류에게도 그가 삼류 잡지에 알선해 준 덕분에 여류 시인을 자처하고 있는 미모의 문소옥(文素玉)이 있었다. 그녀도 역시 일본 유학물을 먹은 여자로 차례차례 남자를 바꾸면서도 "자신이야말로 정면으로 구제도에 대항하여 자유연애의 길을 개척하는 선구자"로 착각하고 있으나, "결국은 현대 조선이 낳은 불행한 여성의 한 사람"이었다. 어느 날 겐류는 우연히 만난 안나라는 젊고 요염한 프랑스 여자에게 토막난 프랑스어로 접근하여 자신의 프로필이 실린 삼류 잡지에서 자신의 사진 부분을 찢어주었는데, 그 여자가 두만강 국경에서 스파이 혐의로 검거되고 소지품 속에서 겐류의 사진이 나와 겐류는 공범 용의자로 구속된다. 이 위기를 구해준 사람이 오무라(大村)였다. 오무라는 겐류에게 절에 들어가 참선 수행할 것을 명령한다. 이것을 벗어나기 위해 때마침 조선에 온 '도쿄의 작가'이며 오무라의 동창이기도 한 다나카(田中)를 통해 오무라를 설득할 계획을 세운다. 겐류는 일본에 있을 때 다나카의 누이동생 아키코(明子)를 짝사랑하여 경멸당한 과거가 있었다.

다나카는 "요즈음 슬럼프에 빠져 글이 써지지를 않으므로 유행하는 만주에라도 가서 빈들거리다 오면 색다른 이력도 붙어 새로운 분야의 일거리라도 얻어걸릴까" 하여 조선에 온 문학자였다. 다나카와 오무라 그리고 "대학을 졸업하자마자 조선이라는 변두리로 기어와 곧바로 대학 교수가 된" 가도이[角井] 등이 모인 자리에서 겐류는 도쿄에 있을 때부터 자신과의 깊은 관계를 강조하며 다나카에게 접근하여, "나는 돌아오자마자 훌륭한 작품을 연달아 발표했지요. 처음에는 놈들이 조선에도 천재 랭보가 나왔다고 말하며 놀랐었지요. 그러나 점점 내 독자들이 늘어나고 지위도 올라가니까 문단 놈들이 질투하여 매장시키려고 하는 거예요. 보면 알겠지만 조선인들은 어쩔 수가 없는 놈들이예요. 교활하고 거기에 겁쟁이들이라서 당파를 지어서 다른 사람이 훌륭하게 되면 흔들어서 떨어뜨리려 합니다" 하고 떠들어댄다.

또한 조선인의 비굴함, 당파심, 시기심(猜忌心) 등 '추악한 민족성'을 들먹이며, "실제로 남자인 일본이 여자인 조선에 손을 내밀어 사이좋게 결혼하자는데 그 손에 침을 뱉을 이유는 없지요. 하나의 몸이 되어 처음으로 조선민족도 구원받는 거지요. 내가 감격하니까 조선인들이 오해를 하는 겁니다. 조선인들이란 시기심 많은 열등 민족이니까요" 하고 헐뜯는다.

그러나 오무라로부터 "너희 조선인들은 너무 자학적이야. 내 주위에 있는 조선인은 전부 자기 민족의 험담만 늘어놓고 있는데, (…중략…) 자신을 중히 여겨야지. (…중략…) 내지인을 보라구. 내지인은 결코 그런 일은 하지 않아" 하는 비웃음을 사고 푸대접을 받는다.

그렇게 쫓겨난 겐류는 길가의 물웅덩이에서 들려오는 개구리 울음

소리가 마치 '여보(ㅋㅂ = 鮮人, 여보나 鮮人은 일본인이 한국인을 멸시하여 불렀던 말ー인용자), 여보!' 하는 소리로 들려, "여보[鮮人]가 아니야, 여보가 아니야!" 하고 부르짖으며 반미치광이가 되어 사창가의 대문을 한집한집 두드리며 "이 일본인을 구해 줘, 구해 줘!", "열어 줘, 이 일본인을 들어가게 해 줘!", "이제 나는 여보가 아니야, 겐노우에 류노스케(玄の上龍之介)다, 류노스케다! 류노스케를 들어가게 해줘!" 하고 울부짖는다.

김사량은 소설 「천마」를 통해 일본인을 지향하는 접근 의식으로 자민족에게 우월감을 품고, 한국인과 일본인 양쪽 틈바구니에서 경멸을 받고 있는 성격파탄자 겐류를 형상화함으로써, 당시 한국 지식인의 자화상을 그려내고 있다. 거기에는 한국인이기 때문에 받지 않으면 안 되는 차별, 비애, 인격 파괴 등이 민족적 비극성으로 드러나 있다. 겐류는 당시 '신체제 문학'에 뛰어든 지식인의 갈등, 고뇌, 몸부림, 비굴성을 집약하고 있다.

일본 제국주의 파쇼 군사 통치가 한국의 구석구석까지 장악하고 있는 식민지 현실 아래 이러지도 저러지도 못하는 한계 상황 속에서 한국 지식인들의 성격 파탄은 진행되어갔다. 그리하여 패배자가 된 겐류와 같은 한국인을 이용하면서도 진실한 인간적 이해와 교류를 거부하는 일본인의 기만적 자세 등은 어김없는 식민지 한국의 단면도이다.

이 작품을 쓰면서 김사량은 "졸작 「천마」 속에서 나는 부정적인 면만 집요하게 물고 늘어진 감은 있으나, 그럼에도 불구하고 그만둘래야 그만 둘 수 없는 기분으로 이렇게 증오해서 마땅한 주인공을 잘도 횡행시키는 이 사회를 저주하였고, 또한 이런 인물을 보고 조선인 전반을 이러쿵저러쿵 이야기해서는 안 된다는 점을 암시하고 싶었다"[42]고

적고 있다. 소설 「천마」가 갖는 중요성은 당시 한국 사회에서 겐류와 같은 지식인이 갖는 상징성에 있다. 소설 속에서 겐류는 가난에 찌들려 아내를 잃고 절망에 빠진 농군이 길가에서 팔고 있는 꽃이 핀 복숭아나무 가지를 사서 어깨에 메고 걸으면서 다음과 같이 생각한다.

> 그때 그는 자신의 모습으로부터 갑자기 아무런 맥락도 없이 십자가를 짊어진 그리스도를 생각해 내고는 자신도 그 비통한 순교자적 운명을 느껴보려 했다. 자신이야말로 어떤 의미에서는 조선인의 고통과 비애를 한 몸에 짊어지고 서 있는 듯한 기분도 없지 않았다. 과연 그러했다. 조선이라는 현실이 있었기에 그와 같은 인간도 나오고, 또한 이 사회를 활보하도록 허용했던 것이다. 혼돈 속의 조선이 나와 같은 인물을 필요로 해서 낳아놓고는 이제 그 역할이 끝나니까 십자가를 짊어지게 하려는 것이다. 그는 그러한 생각이 들자 더욱더 슬픔이 가슴에 북받쳐 올라와 이윽고 통곡하고 싶어졌다. (…중략…) 돌연 그는 멈춰 서서 가슴을 벌리고 하늘을 우러르며 복숭아나무 가지를 두 다리 사이에 끼우고 올라타는 듯싶더니 하늘을 향해 합장하듯 손을 쳐들고 한 번 낄낄낄 웃었다 (…중략…) "나는야 하늘로 올라간다, 하늘로 올라간다, 겐류가 복숭아꽃을 타고 하늘로 올라간다" 하고 외쳤다.[43]

후진 사회 식민지 한국에서 지식인들이 사명 의식과 선구자 의식을 가짐과 동시에 식민지라는 폐쇄성으로 인해 문화 활동이 자연히 정론

---

42  김사량, 「조선문학통신」, 『現地報告』, 文藝春秋社(김사량, 『金史良全集』 第4卷, 河出書房新社, 1973, 22면에서 재인용, 이하 『金史良全集』으로 표기).

43  김사량, 「천마」, 『文藝春秋』, 1940.6(『金史良作品集』, 172~187면에서 재인용).

성(政論性)까지 짊어지고 지배 권력에 패배해가면서도 지식인들이 자민족에 대한 일방적인 순교자 의식 혹은 속죄양 의식을 품게 되는 것은 겐류적[玄龍的] 문학자만의 문제는 아니다. 겐류가 상징적으로 보여주고 있는 순교자 의식과 속죄양 의식의 몸짓은 '식민지적 전향'에 공통적으로 보이는 정신 상태라 할 수 있을 것이다. 그렇기 때문에 '식민지적 전향'에는 그것이 갖는 비극성보다도 불합리성과 자기기만성이 더욱 두드러질 수밖에 없는 것이다. 그리고 이러한 자민족으로부터 나온 추악한 피해자의 모습을 가학적으로, 그것도 일본어로 묘사해낸 작자에 대한 한국인으로부터의 비난은 모름지기 김사량의 몫이다.

김사량의 소설 「천마」는 실재 인물을 희화화한 모델 소설이다. 오에 류노스케[大江龍之介]로 '창씨개명'한 김문집의 행적을 따라가 보면 주인공 겐류(玄の上龍之介)가 누구일까는 곧 짐작이 된다. 이 이외에도 오무라가 '녹기연맹(綠旗聯盟)'의 쓰다 가타시[津田剛], 가도이가 경성제국대학 교수 가라시마 다케시[辛島驍]를 풍자하고 있음도 미루어 짐작할 수 있다. 문제는 겐류가 절에 들어가는 위기를 구해주리라고 기대하고 있는 '도쿄의 소설가' 다나카가 과연 누구를 풍자한 것일까 하는 것이다. 「천마」에는 다나카가 다음과 같이 그려지고 있다.

어쨌든 그는 요즈음 슬럼프에 빠져 글이 써지지를 않으므로, 유행하고 있는 만주에라도 가서 빈들거리다 오면 색다른 이력도 붙어 새로운 분야의 일거리라도 얻어걸릴까하여 나왔을 뿐이었다. 그런데도 출발하기 전 어느 잡지로부터 조선의 지식 계급에 관한 글을 부탁받았으므로, 그는 방금 전까지 자기를 선생님 선생님하며 친숙한 듯이 따라다니던 하찮은 조선의 문학청년들을 흥미 있게 관찰하여 (…중략…) 특히 가도이의 인간학적인 설명에 의하면 조선의 청년들이란 하나같이 겁쟁이에다 뒤틀려 있고 거기다가 뻔뻔하며 그것도 모자라 당파심이 강한 종족이라는 것이었다. 바로 그 좋은 본보기가 다나카도 도쿄에서부터 알고 있는 겐류이다. (…중략…) 다나카는 단지 양일간의 체재로 거기다 술에 취해 돌아다녔으므로 관찰이랄 것도 없지만, (…중략…) 신랄하고도 독특한 관찰법을 써보내야 되겠다고 결심하고 (…중략…) 속에 틀어박혀 있으면 섬나라 문학 밖에 할 것이 없다는 말은 옳은 말이다. 여기에 대륙의 인간이 괴로워하는 모습이 있다. 별 볼일 없는 놈팽이인 겐류까지도 훨씬 본질적인 것을 위해 온몸을 던져 괴로워하고 있지 않은가. 그렇다. 이것이야말로 조선의 지식 계급의 자기반성으로 내지에 써 보내자. (…중략…) 조선인을 단 이틀간에 알아 버린 이 기세라면[44]

여기에는 다나카가 과연 지배국의 속물 작가로 또한 가해자의 얼굴로 그려지고 있는데, 이것이 직접적으로 식민지 한국에서 활동했던 일본인 작가 다나카 히데미쓰[田中英光]와 연결된다고는 말할 수 없다. 소설 속에서 이 이상의 설명은 나오지 않는다. 그러나 요코하마[橫濱] 고무 경성 출장소의 사원으로 한국 체재(1935~42년, 1938~39년에는 北支出征)가 길었던 다나카 히데미쓰의 존재는 1932년 조정 선수로 로스앤젤레스 올림픽에 참가한 체험을 바탕으로 여자 육상 선수와의 연정(戀情)을 형상화한 「올림포스의 과실(果實)」(『文學界』 1940.9, 池谷賞 수상)을 발표한 이후 '도쿄 문단에서도 이름이 알려진 일본인 작가'로서 한국인

---

44  위의 책, 180~182면.

문학자의 주목을 끌었음에 틀림없다. 실제로 김사량과 다나카 히데미쓰는 꽤 친한 사이로 자주 만나서 술을 마시곤 했다 한다.

> 도쿄에서 대동아문학자대회가 열려 그 귀로에 중국 대표가 구사노 신페이[草野心平]와 같이 경성에 들렀다. (…중략…) 그 즈음 다나카의 산서 전선(山西戰線) 전우인 가지니시 사다오[楫西貞雄]가 귀환했다. (…중략…) 가지니시 외에도 창작 활동을 하고 있는 친구들이 모여들었고, 「빛 속으로(光の中に)」를 써서 도쿄에서도 인정을 받은 너구리같은 얼굴의 김사량도 귀국해 셋이서 종로(鐘路)를 걸었다.[45]

이것은 조선총독부 경무국 보안과 촉탁(囑託)으로 한국에서 생활했던 다나카의 친구인 시인 노리타케 가즈오[則武三雄]의 글이다. 김사량으로서도 도쿄 문단에서 이름이 알려진 일본인 작가 다나카를 의식하고 있었을 것이고, 다나카로서도 일본어로 도쿄 문단에 화려하게 등장한 김사량의 존재를 의식하고 있었음에 틀림없을 것이다.

소설 「천마」에서 슬럼프 탈출을 위해 한국에 와서는 값싼 관찰력으로 자기만족에 빠져 한국인에 대한 우월감을 서슴지 않는 '도쿄 문단의 작가' 다나카에 대해 김사량이 정확하고 야유를 섞은 심리 묘사를 한 것에 대해, 다나카 히데미쓰가 반발심과 속으로 삭이는 울분을 품었을 가능성은 충분히 추측할 수 있다.

이미 1935년에 사회주의로부터 전향한 경험을 가진 다나카로서는

---

45 則武三雄, 「朝鮮時代の英光」, 『田中英光全集』 第2卷 月報四, 芳賀書店, 1965.

막다른 골목에 다다른 허무주의 정신의 도피처로 선택했을지도 모르는 한국 체재를 한 사람의 한국인 작가에게 날카롭게 간파당한 낭패감이 따라다녔음에 틀림없다. 이것은 다나카 히데미쓰에게 언젠가 김사량에 대답하지 않으면 안 된다는 부채감과 강박감을 심어주었을 것이다. 김사량이 성격 파탄자 겐류라는 한국인을 형상화하여 피해자 한국인과 가해자 일본인을 그려냄으로써 시대상을 보여 준 것에 대해, 다나카 히데미쓰로서는 소설 「천마」 속의 다나카와 자신과의 거리를 확인하지 않으면 안 되었을 것이다. 적어도 다나카 히데미쓰는 「천마」 속의 오무라 혹은 가도이나 다나카와의 다른 점을 설명할 필요성을 느끼고 있었을 것이다. 그 거리를 확인하기 위해 다나카 히데미쓰의 실제 현실로서 한국 체재 중의 행적을 살펴볼 필요가 있다.

다나카 히데미쓰는 8년간 식민지 한국에서 살았다. 한국에서의 생활은 그에게 '절망적인 향락과 권력에의 편승'[46]으로 점철되었다. 다나카 히데미쓰는 1942년 9월 이석훈[牧洋], 김용제[金村龍濟] 등과 더불어 '조선문인협회' 개편을 위한 발기인이 되었을 때 다음과 같이 말했다.

지금은, 아니 일한병합 직후부터 조선은 대일본 제국의 훌륭한 하나의 지방이며, 더구나 문화적으로는 유력하고 커다란 지방인 것이다. 이 훌륭한 현실을 망각하고 혹시 제멋대로 국적 불명의 서양식 삼류 식민지 소설만을 진실한 예술이라고 숭배한다면 실로 해괴한 일이라 아니할 수 없다. (…중략…) 아무쪼록 반도의 청년 작가도, 중년 작가도, 노대가도 분발하여 조선문인협회

---

**46** 針生一郎, 「行動者の記録」(解說), 『田中英光全集』 第2卷, 芳賀書店, 1965, 410면.

의 문화 활동을 내지의 문보(文報, 日本文學報國會-인용자)에 지지 않도록
노력해 주기를 바란다. 내지에서는 말할 것도 없이 시마자키 도손[島崎藤村]
씨도 무샤노코지 사네아쓰[武者小路實篤] 씨도 요코미쓰 리이치 씨도 고바야
시 히데오 씨도 전부 문보에 참가하여 문화 활동을 하고 있다. 지금은 조선의
특수성이라는 것이 일본 전체에 무엇인가 보탬이 되는 존재가 되도록 기대되
고 있으므로 여러분들의 적극적인 궐기를 우리들은 간절히 바라고 있다.[47]

그는 이때의 인사 개편에서 '조선문인협회'의 상무가 되었다. 이러
한 과정을 거쳐 '조선문인협회'는 일본의 '문보'를 모방하여 1943년 4월
'조선문인보국회'로 개편되었다. 또한 다나카 히데미쓰는 1942년 12월
한국을 떠나면서 한국 문학자의 국어(일본어) 창작에 대해 다음과 같은
말도 서슴지 않았다.

(국어로 쓴다는 것은-인용자) 기품과 정열과 태도의 문제로 말(일본어-
인용자)을 잘 하고 못하고는 별로 문제가 되지 않을 것이다. 그러나 국어에
애정을 가진다는 것은 가장 중요한 문제라는 생각이 든다. 오래된 작가인 채
만식(蔡萬植) 씨 같은 사람도 국어를 진지하게 공부할 예정이라는 모습을 내
가 조선을 떠날 때 보았다. 이태준 씨 같은 유능한 작가도 빨리 국어로 쓰게
되면 좋다고 본다.[48]

---

47 田中英光, 「朝鮮文壇の新發足について」, 『경성일보』, 1942.9.1~4(『田中英光全集』第2卷,
   芳賀書店, 1965. 384~387면에서 재인용).
48 田中英光, 「朝鮮の作家」, 『新潮』, 1943.2(『田中英光全集』第2卷, 芳賀書店, 1965. 393면에
   서 재인용).

이러한 다나카 히데미쓰의 '내선일체'와 '황국신민화'를 강요하는 활동은 김사량의 소설 「천마」에 등장하는 오무라 혹은 가도이의 모델이라고 추정되는 쓰다 가타시[津田剛]와 가라시마 다케시[辛島驍]의 그것과 별로 차이가 없는 거리에 있다. 정확하게 말해 다나카 히데미쓰는 쓰다 혹은 가라시마 등 식민지 지배 권력의 비호를 받고 있던 일본 제국주의의 소위 '무법자'[49] 내지 선동자(煽動者)들에 편승하여 한국 문학자의 가해자 역할을 담당하고 있었던 것이다.

1935년 사회주의로부터 전향한 그의 한국행은 그 패배의 절망적인 의식을 달랠 수 있는 도피처로서의 의미를 가지고 있었음에 틀림없다. 그러나 식민지 한국에도 시대의 거센 물결은 밀려왔다. 그는 한국에서 소집되어 북지전선에 출정(1938~1939)해 전쟁 체험을 강요당했고, 귀환한 후에도 '녹기연맹'의 쓰다 가타시와 어용학자 가라시마 다케시 등 소위 '내선일체'와 '황국신민화'의 이데올로그(ideologue)들과 함께 한국에서 '신체제 문학'에 참가하지 않으면 안 되었던 것이다.

식민지 한국에 와서 어쩔 수 없이 지배 민족의 한 사람으로 편입되어버린 다나카 히데미쓰로서는 이러한 일련의 활동이 한국인에 대한 일본인 일반의 극히 자연스러운 행동이었을지도 모른다. 그러나 이것은 그가 이미 그러한 정도로 현실에 대한 저항력을 상실하고 있었다는 것을 의미한다. 이 점은 「천마」의 등장인물 '도쿄의 작가' 다나카에 대한 김사량의 심리 파악이 정확했다는 것을 반증한다. 다시 말해 「천마」 속의 다나카와 현실의 다나카 히데미쓰는 별로 다름이 없다는 것

---

**49**  丸山眞男, 「軍國支配者の情神形態」, 『現代政治の思想と行動』, 未來社, 1988, 129면.

을 증명하고 있는 것이다.

이러한 김사량의 관찰과 비난 혹은 야유를 스쳐지나면서도 다나카 히데미쓰가 한국 체재 중에 문학 작품으로 대답한 적은 없었다. 이것은 왜일까. 김사량이 소설 「천마」 속에서 가해자 일본인을 통렬하게 비판하면서도 겐류라는 한국인을 등장시켜 자학적인 반성을 행함으로써 검열을 빠져 나간 것에 대해, 당시의 다나카 히데미쓰는 오무라(大村 = 津田剛) 및 가도이(角井 = 辛島驍)와 다나카(田中)의 거리를 설명하기 위해 소설 작품을 써서 자기비판과 일본인 비판을 감행할 문학적인 용기를 갖지 못했던 것이다.

그렇다고 하여 쓰다 가타시와 가라시마 다케시와 동렬(同列)에 서서 시혜 의식을 꾸미며 '내선일체'와 '황국신민화'를 주장하는 소설로 김사량에게 대답할 수는 더욱 없었을 것이다. 적어도 다나카 히데미쓰는 한국인의 주시를 받으며 그 정도로 깊은 곳에서 한국인 및 한국 문학자를 파악하고 있던 내면으로 고뇌하는 작가였음에 틀림없다. 이것이 다나카 히데미쓰로 하여금 소설 「천마」에 대한 '대답'을 늦어지게 한 원인이었다.

다나카 히데미쓰가 자유스러운 발언의 기회를 얻기 위해서는 전후까지 기다리지 않으면 안 되었다. 다나카 히데미쓰의 대답이 1949년에 나온 소설 「취한 배(醉いどれ船)」이다. 「취한 배」에서 다나카 히데미쓰는 제목 그대로 식민지 한국을 '술취한 인간들이 타고 있는 배'로 그리고 있다. '조선문인협회'는 1942년 11월 제1회 '대동아문학자대회'를 마치고 귀로에 오른 중국(南京 政府), 만주, 몽고의 대표들을 경성에 초대하여 환영회를 열었다. 이 실제의 행사를 전후로 주인공 사카모토 교

키치[坂本享吉]의 4일간의 행동을 중심으로 전개되는 이야기가 「취한
배」이다.

소설 속에서 다나카 히데미쓰는 실제의 행사를 배경으로 실재 인물,
실재 인물과 비슷한 인물, 가공의 인물을 뒤섞어서 현실과 허구를 교
묘하게 엮어가며 어두운 시대 속을 부유(浮游)하는 한국인과 일본인을
형상화하고 있다. 주인공 사카모토 교키치가 한국 문학자들과 같이 부
산에 가서 '대동아문학자대회'의 대표들을 맞이하여 경성에서 환영회
에 참가한 후 행사를 마친 대표들을 전송하기 위해 경성 역에 나가기
까지의 줄거리는 다나카 히데미쓰의 실제 행동과 일치하고 있어 사카
모토 교키치가 다나카 히데미쓰의 분신이며, 소설 「취한 배」가 다나카
히데미쓰의 사소설적인 자기 고백임을 알 수 있다.

또한 등장인물의 유사성, 스파이 사건을 집어넣은 구성 등은 「취한
배」가 김사량의 소설 「천마」를 의식해서 쓰여졌음을 말해주고 있다.
「천마」의 오무라, 가도이, 문소옥, 프랑스 여인 안나 등은 「취한 배」의
쓰다 지로[都田二郎], 가라시마[唐島], 노천심(盧天心), 러시아 여인 소냐
등에 그대로 들어맞는다. 이러한 소설 자체의 외면적인 유사성을 저변
에 깔고, 김사량의 「천마」가 한국인 성격 파탄자 겐류을 통해 한국인
의 민족적 비애를 강조하여 당시의 단면도를 묘사해낸 것에 대해, 다
나카 히데미쓰의 「취한 배」는 일본인 성격 파탄자 사카모토 교키치의
한국인 여성 노천심과의 이룰 수 없는 애정을 중심으로 교키치의 도피
적이고 퇴폐적인 허무주의와 정신적인 충격이 드러나면서 어두운 시
대상이 부각된다. 이것은 다나카 히데미쓰가 김사량의 「천마」에 대한
늦어버린 '대답'을 소설 「취한 배」에서 드러내고 있다는 것을 의미한다.

소설 「취한 배」는 다나카 히데미쓰의 세 가지 내면 의식을 명확히 드러내고 있다. 다나카 히데미쓰는 「취한 배」의 첫머리를 다음과 같이 장식하고 있다.

그날 밤 교키치[享吉]는 노리타케[則竹]와 같이 취해서 학생 시대의 못된 장난을 생각해냈다. 가게의 간판을 엇갈려놓는다든지, 남의 집 문패를 바꾸어 놓는다든지, 가로등을 하나하나 돌을 던져 깨뜨린다든지, 무거운 돌이 달린 버스 정류장의 이정표를 일부러 한 구역이나 떨어진 곳에 옮겨놓는다든지, 이러한 어린애 같은 장난 끝에 교키치는 노리타케와 함께 파출소 안에서 오줌을 눌 수 있을까 없을까를 가지고 오엔[五圓]짜리 내기를 한 적이 있었다. 좌익으로부터 갓 전향하여 믿고 있었던 모든 것을 잃어버린 두 사람에게는 이런 무의미한 모험이 묘하게 재미있었다. (…중략…) 그래서 그날 밤 육 년 만에 노리타케와 경성에서 재회하여 옛날처럼 마시고 취해서 욱정(旭町, 회현동－인용자)의 요리집에서 선은(鮮銀, 조선은행－인용자) 앞의 광장까지 걸어 내려왔을 때 교키치는 문득 그 옛날의 장난을 생각해냈다. 거기서 교키치는 노리타케를 잔뜩 경멸하는 말투로 "어이, 너 같은 겁쟁이는 이 광장 한가운데에 똥도 못 쌀 걸" 하고 말해주었다. 그러자 그날 밤은 얼굴이 창백해질 정도로 취한 노리타케가 괜스레 위세를 부리며, "좋아, 그렇다면 내가 놈들에게 엉덩이를 핥게 해주지" 하고 외치면서, 전쟁이 시작된 이래(1937년 중일전쟁－인용자) 물이 말라버린 광장 중앙의 분수대에 올라가 그 끝에 다리를 벌리고는 정말로 바지를 내리기 시작했다. 그 선은 앞 광장은 경성의 긴자[銀座]라고 불리는 본정(本町, 충무로－인용자) 거리의 입구에 위치해 사람의 통행이 가장 많았다. (…중략…) 교키치는 멀리서 노리타케의 창백하게 여윈 허리를 바라보며 가슴이 얼어붙는 듯한 슬픈 기분이 들었다. 사람들은 다만 술주정뱅이의 추태라고 생각하여 얼굴을 돌리며 그 곳을 지나갔다. 그는 19세기 러시아 소설에서 청년들이 죄의식에 쫓기고 쫓겨 더 이상 갈 데가 없으면 성스러운 어머니인 대지(大地)에 정해놓고 입을 맞추는 것을 생각해냈다. 그것을 20세기의 일본 청년은 이렇게 다만 똥을 싸고 있는 것이다. 얼마나 서글프고 비참한 일인가 생각하고 있으려니, 분수대 위에서 용무를 마친 노리타케가 엉덩이를 반쯤 들어올리고 찰싹찰싹 두드리면서 "어이, 일본인이 여기 있다. 일본인이여, 내 엉덩이나 핥아라" 하고 그 작은 몸뚱아리 전체로 쥐어짜낸 쉿소리로 외쳐대고 있었다. 그때 교키치는 문득 가까이에 여성의 향수 냄새를 맡았다. 뒤돌아보니 거기에는 바로 얼마 전 '귀환 군인과 문인의 좌담회'에서 한번 얼굴을 마주했을 뿐인 조선의 여류 시인 노천심(盧天心)이 그 아름다운 얼굴을 잔뜩 찌푸린 채 서 있었다. 취하지는 않았지만 취한 척 다리를 비틀거리며 눈을 미친 듯 크게 뜨자 키가 큰 교키치를 한눈에 알아본 듯, "사카모토 씨, 저기 있는 사람은 노리타케 씨군요" 하며 귀여운 목소리로 외쳤다. 전선에서 귀환하자마자 조선의 문단에 막 합류한 교키치는 그녀를 잘 몰랐지만 노리타케와는 서로의 일로 잘 알고 있는 것 같았다. 그녀는 다른 작가들과 마찬가지로 그전부터 조선의 '사상 선도'에 한가닥하고 있었던 것이다. 그러나 전의 좌담회에서는 극히 소극적인 태도를 보여 교키치에게 호감을 가지게 했다. 동그란 눈에 미간이 넓고 코도 작고 아담하게 동그란데도 입술만큼은 꽃잎처럼 육감적인 여자였다. 교키치는 모두에게 인정받겠다는 일념으로 열심히 떠들었지만, 처음부터 끝까지 고개를 숙이고 있는 그녀의 모습을 길을 잃고 잘못 들어온 어린 양처럼 귀엽다고 생각했었다.[50]

노리타케는 한국에서 시인으로 활동한 조선총독부 경무국 보안과 촉탁 노리타케 가즈오[則武三雄]의 바꾼 이름이다. 소설 속에서 노리타케는 '다만 우리는 밥통과 생식기로 된 도깨비'라며 허무적인 호언을 꺼리지 않는 인물이다. 노천심은 실재의 노천명(盧天命)과 비슷한 이름이나 가공의 인물이며, 첫 부분에 등장시켜 뒷부분을 암시하고 있다.

다나카 히데미쓰는 소설의 첫 머리에서 사회주의로부터 전향할 수밖에 없었던 절망적인 패배 의식과 식민지 한국에 와서 이번에는 한국인에게 '식민지적 전향'을 강요하지 않으면 안 되는 죄의식을 잠재의식의 반항을 통해 발산시키고 있는 것이다. 먹는 일과 배설이라는 구강(口腔)을 통해 행해지는 이러한 유아적 반항의 양상은 다나카 히데미쓰의 퇴폐주의와 감상주의를 나타내는 것으로, 이 작품 전체를 물들이는 몽환적 분위기의 한 요인이 되고 있다. 식민의 도시 경성의 밤을 수놓는 다나카 히데미쓰 등이 몸으로 행하는 이러한 마치 무슨 비밀스런 의식과도 같은 절망적인 반항, 즉 식민지에 굴러들어온 지배 민족의 군상이 자민족에게 패배한 울분을 자민족을 모욕하는 것으로 표출하는 전시적이고 도피적인 반항은 어김없는 죄의식의 표현인 것이다.

그러나 그것이 진실한 한국인 이해와 결합되지 않고 자기 패배의 자민족 혐오감으로 나타날 때, 한국인의 눈에는 결국 지배 민족의 사치스러운 정신적 허영으로 보일 수밖에 없다. 그것은 일본인이면 식민지 한국에서 무엇을 해도 다 통할 수 있다고 만만하게 보는 일본인 특유의 그 어리광(甘え) 이외의 아무것도 아니기 때문이다. 이것이 식민지

---

50  田中英光, 「酔いどれ船」, 『田中英光全集』 第2卷, 芳賀書店, 1965, 229~230면.

한국에 대한 다나카 히데미쓰의 죄의식의 실체다.

다음에 보이는 것이 다나카 히데미쓰의 허무주의이다.

> 좋다구, 옛날에 가지고 있던 양심 따위 잊어버리는 게 좋다구. 지금은 살기 위해서라면 소극적인 죄악은 모두 용서되는 거야. 만약 용서되지 않는다면 우리는 모두 죽지 않으면 안 되지. 동포의 불의와 부정을 그냥 보고만 있다는 사실만으로도 말이야. 그러므로 좋다구. 잊어버리라구. 앞날에 뭔가 자신을 위한 빛을 조금만 남겨 놓고, 빛이 보이지 않을 때는 다만 술을 마시는 거야. 여자와 자는 거야. 어둡고 혐오스런 시대로구먼. 우리는 나쁜 놈이야. 정말 그렇다니까. 그러나 나쁜 놈이라 해 봤자, 자살해 봤자 별 수 없는 거야. 헛일이야. 허무한 얘기일 뿐이지.[51]

여기에 떠돌고 있는 것은 다나카 히데미쓰의 시대에 대한 절망감이다. 패배감에 의한 무기력, 전쟁 체험에서 오는 자기혐오, 그리고 잊어버리기 위해 술을 마시고 살아 있음을 확인하기 위해 여자에 배설을 하는 등, 정신을 마비시키기 위해 향락과 퇴폐에 빠져버린 허무주의의 모습이 거기에는 있다. '소극적인 죄악'은 용서될 수밖에 없다는 공범자 의식을 은폐한 자기 정당화가 그의 한국 생활에서의 행동에 점철되어 있다. 그리고 희미한 '자신을 위한 빛'을 꿈꾸는 것이다. 이 '빛'이 일본 제국주의의 패배라는 형태로 찾아 왔을 때, 다나카 히데미쓰는 다음과 같이 말하고 있다.

---

51  위의 책, 241면.

이윽고 1945년 8월 일본의 패전의 그날까지 교키치는 용산(龍山)의 육군 형무소에 투옥되었다. (…중략…) 여기에서는 교키치가 최후까지 알콜 중독에 의한 과대망상증 환자로 행세하여 노천심에의 청순한 애정 앞에 누구 하나 친구들을 팔지 않았다는 사실만을 덧붙이고 싶다. 이것은 교키치와 노천심의 기묘한 사랑 이야기이다.[52]

이것이 「취한 배」의 에필로그이다. 소설에서는 사카모토 교키치가 유언비어 유포 용의자로 헌병대에 체포되는 것으로 되어 있으나, 실재의 다나카 히데미쓰는 투옥은커녕 1942년 12월 한국인 문학자들에게 일본어로 작품을 쓰라고 독려하면서 유유히 한국을 떠났다. 결말 부분은 멋들어진 가공의 세계이며, 소설 「취한 배」가 다나카 히데미쓰의 한국에서의 가해자 행각을 변명하고 있다는 것을 드러내고 있다.

소설 속에서 '노천심'은 "경성의 이화 여전을 졸업하고 소녀시절부터 천재 시인"으로 불렸다고 되어 있어, 실재의 여류 시인 노천명과 이름과 경력이 비슷하나 전혀 별개의 인물이다. 실제로 노천명도 '신체제 문학'에는 참가하였으나, 소설 속에서 노천심이 최재서를 풍자했다고 보여지는 최건영(崔健榮)의 정부(情婦)이며, 귀로에 오른 '대동아문학자대회' 대표단 중 누군가가 가지고 있는 일본의 중신(重臣)으로부터 중경(重慶)에 보내지는 밀서(密書)를 둘러싼 스파이 사건에 깊숙이 관여하여, 그것을 위협하는 가라시마[唐島]와 성관계를 맺고 대표의 환영회가 진행되고 있는 도중에 교키치를 비호하기 위해 가라시마와 만나고

---

52  위의 책, 378면.

있는 장면에서 정신 분열증의 쓰다 지로[都田二郎]의 권총에 맞아 가라시마와 함께 죽어간다는 긴박하면서도 기괴하고 비극적인 스토리 전개는 그야말로 추리소설적인 가공의 세계이다. 따라서 노천심은 다나카 히데미쓰가 '청순한 애정'의 대상으로 창조해낸 여인상이다.

「취한 배」에서 다나카 히데미쓰는 교키치를 통해 술을 마시며 자학적인 명정(酩酊)에 깊이 빠져, 여자와 놀아나기 위해 일본인 거리와 한국인 거리가 갈라져 있는 경성의 사창가를 헤매고 돌아다니면서도, 자신을 조종하고 있는 쓰다 지로를 비롯해 권력 측의 일본인에 대한 혐오감과 배척감을 노골적으로 드러내고, 결말에서 노천심의 희생을 동반하는 살인 사건을 얽어서 쓰다 지로와 가라시마를 파멸시키는 의식적인 증오심을 보여주고 있다.

또한 최건영 등 배민족적(背民族的)인 한국인에 대해서는 공포감과 이질감, 기괴감 등을 품는 것으로 일관하고 있다. 거기에는 쓰다 지로 등과 자신과의 거리감의 강조가 눈에 띠는 반면, 진정한 마음으로부터의 한국인 이해가 회피된 채, 다나카 히데미쓰에게 '조선'이라고 생각되어지는 '더럽혀진 여자' 노천심에 대한 '청순한 애정'의 환상과 자책감과 변명이 몽환적으로 희미한 어둠 속에 떠돌고 있을 뿐이다. 「취한 배」는 다나카 히데미쓰의 한국에 대한 죄의식과 정신적 부채감을 '노천심'에 의탁하여 정화시키려 또 한번 회전한 전향 소설이었던 것이다.

쓰다 가타시[津田剛]는 경성제대 철학과 출신으로 형인 쓰다 사카에[津田榮]가 도쿄로 옮긴 후에 형을 이어받아 '녹기연맹'[53]의 주간이 된 인물

---

53 '녹기연맹(綠旗聯盟)'은 도쿄제국대학 이학부 출신의 경성제국대학 예과 교수(화학) 쓰다 사카에[津田榮]가 경성제대 학생들을 끌어모아 1925년 1월 결성한 일본 '일련종(日蓮宗)'계통

이다. '녹기연맹'은 '내선일체의 실천'과 '조선인의 사회 교화'를 내걸고 철저하게 조선총독부의 어용 역할을 다한 악명 높은 단체이다. '녹기연맹'은 1940년 식민지 한국의 '신체제 운동'을 주도한 '국민총력조선연맹'에도 대거 몰려 들어가 주간(主幹) 쓰다 가타시는 선전부장으로 활동했다. '녹기연맹'의 기관지 『녹기(綠旗)』는 식민지 한국에서 절대적인 권위를 휘둘러 이 책 한 권만 지참하면 감시가 철저하기로 악명 높았던 '현해탄'을 헌병과 '특고(特高)'의 검열 없이 건널 수 있었다고 할 정도였다.[54]

쓰다 가타시는 1939년 「내선일체론의 기본 이념」이라는 글을 썼다. 여기에서 그는 한국의 역사를 대관(大觀)하여 세 시기로 나눴다.


一. 일본과 친연(親緣)이 깊었던 시대(고대부터 삼국시대 말기까지)

二. 중국에 의존하였던 시대(통일신라시대부터 병합까지)

三. 일본과 일체화되려는 시기(병합 이후)[55]

---

의 모임 '경성제대예과 입정회(立正會)'에서 출발했다. '일련종'은 일본 제국주의 시대 법화경(法華經)에 기대어 '일본 통합[一國同歸]', '세계 통일[一天四海皆歸妙法]', '이상 세계[佛國土] 건설'(大谷榮一, 『近代日本の日蓮主義運動』, 法藏館, 2001, 15면)을 내건 어용 불교 종파이다. 쓰다 사카에는 학생 시절부터 '팔굉일우'를 내걸고 '국체학(國體學)'을 주창한 '일련주의자' 다나카 치가퀴[田中智學]가 1914년 결성한 '국주회(國柱會)'(기관지 『천업민보(天業民報)』)에서 활동했다. 쓰다 사카에는 이것을 식민지 한국에 이식하기 위해 1925년 1월의 '경성제대예과 입정회'에 이어 1925년 2월 11일(기원절) '경성천업청년단(京城天業靑年團)', 1930년 5월 '녹기동인회'를 거쳐, 1933년 2월 11일 '낙토 건설', '일본의 국체 정신으로 건국 이상 실현', '인격 완성'을 강령으로 내걸고 '녹기연맹'을 창립했다. '녹기연맹'은 기관지로 『녹기(綠旗)』를 1936년 1월부터 1944년 12월(1944년 3월 『興亞文化』로 개제)까지 발행했다. '녹기'는 '적기(赤旗, 공산주의자)', '흑기(黑旗, 아나키스트)'에 대응하여 '헐벗은 황토(赭土, 조선)'에 '내선일체'와 '황국신민화'로 '녹색 운동'을 펼친다는 의미인 것이다. 중요 인물로는 회장 쓰다 사카에, 주간 쓰다 가타시 형제를 비롯해, '녹기연맹' 직영의 '황국(皇國) 여성 양성'을 위한 사회 교화 단체 '청화여숙(淸和女塾)' 숙장 쓰다 요시에(津田よしえ, 쓰다 형제의 모), 쓰다 세쓰코(津田節子, 사카에의 처), 쓰다 미요코(津田美代子, 가타시의 처) 등 쓰다 일족과 경성제대 사학과(조선사) 출신 모리타 요시오(森田芳夫), 한국인으로 현영섭(玄永燮, 天野道夫), 이영근(李泳根, 河本龍男·上田龍男) 등이 있다.

**54** 임종국, 『친일문학론』, 평화출판사, 1979, 52면.

그에 의하면 제1기에는 일본과의 '피의 연결'로 인해 '실로 발랄함이 있었던 시대'였으나, 제2기에 이르러 "중국의 문화가 골수(骨髓)에까지 스며들어", "자주 발랄함은 사라지고 남은 것은 사대사상뿐이어서 본래의 조선적인 것은 없어져버렸다"는 것이다. 그는 '내선일체'의 필연성을 '역사적인 것'(혈연적인 것), '현대 일본의 필연적 상태'(국체의 명징과 팔굉일우의 구현), '세계 대세의 결과'(블록권의 형성)에서 온 시대적 요청이라고 보았다. 소위 '내선일체'에 이르러서는 다음과 같이 말했다.

> 진실한 내선일체는 내지가 전혀 움직이지 않고 조선만이 추종하여 내지에 동화되는 것도 아니고, 또한 내지와 조선이 일체가 된다는 관계에서 서로 자기 지양(止揚)을 한다는 것도 아니다. 진정한 내선일체화는 실로 내지에서 정치·경제 그 밖의 모든 문화가 진정한 황도에 기반을 둔 일본 문화 본연의 모습으로 복귀하는 대개혁이 진행되는 선을 따라 반도가 무조건 귀일 동화하는 것을 의미한다.[56]

쓰다 가타시는 조선총독부의 비호를 받으며 한국인을 저 무모한 전쟁으로 내몰며 식민지 한국에서 활동했던 일본 제국주의의 악랄한 '무법자'의 한 사람이다. 일본인이라는 우월적 지위와 권력을 배경으로 소위 '내선일체'를 '조선의 무조건적 귀일 동화'하는 것이라고 당당하게 본마음을 토해내고 있는 것이다. 일본 제국주의로서는 한일병합 자체가 한국에게 베푸는 하나의 '은혜'일 것이므로, 쓰다에게는 '내선일

---

**55** 津田剛, 「內鮮一體論の基本理念」, 『今日の朝鮮問題講座』第1卷, 綠旗聯盟, 1939, 11면.

**56** 위의 책, 86면.

체'란 한국이 일본에 귀의하는 것이고 한일병합의 연장 이외의 아무것
도 아니었던 것이다.

이 쓰다 가타시는 다나카 히데미쓰의 소설 「취한 배」에 다음과 같이
풍자되고 있다.

쓰다 지로[都田二郎]는 전의 대학 총장, 지금은 도쿄대학의 총장이 된 아베
노세[安部能誓]의 심복으로 불리며 그의 밑에서 죽 학생감을 해온 쓰다 이치
로[都田一郎]의 친동생이다. 그는 불량소년으로부터 문학청년으로 자라 최
후에는 모사립대학의 철학과를 나왔다. 그후 형이 있는 경성에 와서 저널리
즘에 논문 등을 발표하는 중에 언제랄 것도 없이 미나미[南] 총독의 눈에 들어
총독부의 후원을 받으며 청인초연맹(靑人草聯盟)이라는 사상 선도 단체를 주
도하게 되었다. 그 연맹으로부터는 두 세 종류의 잡지가 나오고 있고 그는 조
선의 저널리즘에 막강한 세력을 휘두르고 있다. (…중략…) 이 빈약한 조선 문
단을 좌지우지하고 있는 것은 일찍이 터줏대감이라고 불린 작가 이광수도 아
니고, 수재로 유명한 유진오도 아니다. 대학교수 가라시마[唐島] 박사와 청인
초연맹의 쓰다 지로와 경성일보의 다무라[田村] 학예부장 세 사람이었다. 그
중에서도 다무라는 술을 좋아하고 고생을 한 사람으로 정치적 야심은 전혀 없
다. 다만 그는 고풍스런 인정가(人情家)에 충군애국주의자였으므로 그런 그
의 선량함을 다른 두 사람이 매사에 이용하여 그를 표면에 내세우고 자신들은
배후에서 흑막(黑幕)이 되어 조선의 저널리즘을 하고 싶은 대로 조종하며 군
부에는 충성을 바쳐 그들이 좋아하는 권력에 빌붙으려 하는 것이다.[57]

---

57  田中英光, 「醉いどれ船」, 『田中英光全集』 第2卷, 芳賀書店, 1965, 236~237・244면.

여기에는 식민지 한국에 몰려든 식민 떨거지 문화인들이 열거되어
있다. 쓰다 지로가 경성제대 철학과를 나온 쓰다 가타시, 아베 노세가
경성제대 법문학부 교수(철학)와 문부대신(文部大臣) 등을 역임한 아베
요시시게[安部能成]이고, 쓰다 이치로는 경성제대 예과 교수(화학)로 일
본의 일련종(日蓮宗)을 신봉하여 한국인을 교화한다는 미명으로 1933
년 '녹기연맹'을 창설하고 1942년 아베가 도쿄 제일고등학교 교장으로
부임하자 일고(一高)로 같이 따라간 쓰다 가타시의 형 쓰다 사카에[津田
榮]를 가리킨다. 또한 가라시마 박사가 경성제대 교수 가라시마 다케시
[辛島驍], 다무라가 『경성일보』 논설위원 겸 학예부장 데라다 아키라[寺
田瑛]를 각각 풍자하고 있고, '청인초연맹'이 '녹기연맹'을 의미하고 있
음은 말할 필요도 없다. 덧붙여서 김사량의 「천마」에는 가도이[角井]라
는 이름으로 가라시마 다케시를 다음과 같이 풍자하고 있다.

원래 그는 대학의 법과를 나오자마자 조선이라는 변두리로 굴러들어와 곧
바로 대학 교수가 되었는데, 요즈음은 예술 분야 모임에까지 끼어들어 날뛰
는 등 일본인의 겐류라고 할 수 있는 존재였다. 식민지 조선에 돈 벌러 들어
온 뜨내기 따위 학자 떨거지의 통폐(通弊)가 그렇듯, 그도 역시 입으로는 내
선 동인(內鮮同仁)을 떠벌리면서도 자신은 선택된 인간으로 민족적으로도
생활면에서도 다른 사람들보다 배(倍)는 어쭙잖은 우월감을 가지고 있었다.
그러나 다만 한 가지 예술 분야의 모임 같은 데 나가면 자신이 조선의 문인들
처럼 무엇 하나 예술적인 일을 할 수 없음에 열등감을 느껴, 오히려 그들을 미
워하는 뒤틀린 심사를 보였다. 그래서 특히 조선의 문인들을 멍청이로 무시
하려고 애쓰며[58]

가라시마 다케시는 사실은 도쿄 제국대학 문학부 지나문학과(支那文學科)를 미처 졸업하기도 전인 1928년 25세에 경성 제국대학 지나문학과 교수로 부임했다(1929년 졸업). 가라시마는 식민지 한국에서 지배 민족의 일원으로 가해자의 얼굴을 한 사이비 문화인이었다. 김사량이 심리적인 내면 분석을 통해 이들 권력 편승에 매달리는 일본인의 민족적 우월감을 파악하고 있는 것에 대해, 다나카 히데미쓰의 파악은 권력에 빌붙으려는 향상 의욕과 그것의 발휘욕을 강조하여 이들 일본인의 악질적 성향을 부각시키고 있다. 여기에는 이들 권력 편승의 일본인과 자신과의 거리를 강조하려는 다나카 히데미쓰의 변명 의도가 숨어 있다. 다나카 히데미쓰의 소설이 아니더라도, 쓰다 가타시, 가라시마 다케시, 데라다 아키라 등을 비롯해 식민지 한국에 굴러들어온 일본 제국주의 삼류 문화인 떨거지들은 가해자의 역할을 주저하지 않은 악질들이었던 것이다.

다음으로는 대등적 '내선일체'의 논리가 있다. 유진오(俞鎭午)는 다음과 같이 말했다.

내선일체는 내선 무차별, 평등, 일체화를 종국의 목표로 하여, 이것을 위해 조선의 국민적 자각과 문화적 교양을 내지인과 동일한 수준까지 끌어 올리려는 것이라고 말해진다. 진실로 숭고한 이상으로 조선 민중이 일치하여 이것에 찬동하고 있는 것은 당연한 일이라고 말하지 않을 수 없다.[59]

---

58    김사량, 「천마」, 『文藝春秋』, 1940.6(『金史良作品集』, 179면에서 재인용).
59    유진오, 「時局と文化人の任務」, 『총동원』, 국민정신총동원조선연맹, 1940.2, 80면.

　유진오는 '내선일체'를 한국인의 문화적 이상으로 일반화시켜 수용하고 있다. 그는 '내선일체'라는 민족 문제를 식민지 현실을 수용하여 자민족의 '국민적 자각'과 '문화적 교양'의 수준 향상이라는 근대 문명 예찬으로 호도하고 있다. 그는 한국인보다 높은 문화적 수준이라고 생각하는 일본인과의 민족적 일체화를 한국 민중의 이상으로 합리화하고 있는 것이다.

　따라서 유진오에게는 '한일병합'이 아니고 '한일합방'인 것이다. 거기에는 지배와 피지배의 가열한 식민지의 현실 인식이 생략되고 일본 제국주의가 말하는 진보주의의 겉마음에 대한 가치 지향으로 자기 정당화시킨 현실 타협이 숨어 있다. 이러한 유진오의 자세는 그에게 현실에 대한 일정한 균형 감각을 부여해, '내선일체'의 논리에서도 겉마음의 표현을 이상화함으로써 일정한 범위 내에서 적극성과 비판적 안목을 유지하게 한다. 그에게는 '내선일체'의 논리 전개에 적극적인 주장이 없는가 하면, 또한 적극적인 비판도 보이지 않는다. 이것은 시류에 흘러가면서도 될 수 있는 대로 정론성(政論性)을 절제한 문화주의를 꾸며, 지극히 당연한 발언만으로 일관한다는 그의 현실에 대한 주의 깊은 처세술적 영리함을 증명하는 것이다. 그의 이러한 제한된 균형 감각은 문학에서도 '신체제 문학'과 일본 문학과의 대등적인 합일론을 주장하게 한다. 현실의 모순에 대한 일정한 비판적 안목이 나타나고 있는 것이다. 식민지 시대 유진오에게는 특히 일본인을 압도하는 경성제국대학 수석 입학에 수석 졸업의 '완장'이 그에 대한 시선의 선입관으로 작용하고 있었다. 이로 인해 뭇사람의 주시를 받았고 유진오 자신 이것을 의식하고 있었다고 보아야 할 것이다. 따라서 그에게는 나름대로 기득권적 발언의 공간이 확보되어 있었다고 할 수 있다. 그만큼 그는 영리했던 것이다.

그의 작품 중에 「신경(新京)」이라는 소설이 있다. 소설가로 유진오의 친구인 이효석이 죽은 1942년 5월 말 만주를 여행하고 쓴 기행문 같은 소품이다. 이효석의 죽음은 유진오에게 깊은 상처를 남긴 듯, 소설 전체에 욱(郁)이라는 이름으로 등장하는 친구의 죽음의 분위기가 짙게 떠돌고 있다. 근무하고 있는 학교(당시 유진오는 보성전문학교 교수였다) 졸업생의 취직을 알선하기 위해 만주에 간 주인공 철(哲)은 중일전쟁 이후 모습을 바꾼 신경을 느낄 수 있었다. 그것은 "동양이 서양의 영향으로부터 탈피하여 자신의 것을 창조해가는 증명"이라고 생각한다. 또한 그가 만주에서 본 것은 '조선인은 황국신민으로 일본인'임에도 불구하고 만주에는 '일계(日系)와 만계(滿系) 이외에 또 하나 선계(鮮系)'라는 것이 있어, 선계의 지위는 '일계와 만계의 중간에 끼어 복잡 미묘'한 관계에 서 있었다. 만주에서 한국인은 "만주인으로 취급받기도 하고, 내지인으로 취급받기도 한다는 현실"[60]을 알게 된다. 이러한 한국인의 '미묘한 위치' 때문에 졸업생의 취직 알선은 하나같이 실패로 끝난다. 그리고 만주에 오기 전에 평양에서 문병을 갔을 때 빈사 상태에 빠졌던 친구 욱의 죽음을 알리는 전보를 받는다. 13년 전 그가 남몰래 연정을 불태웠던 여자 친구 김삼주(金三珠)와 만주에서 우연히 만나 그녀에게 욱의 죽음을 알린다. 아쉬움과 미련을 떨치지 못하는 김삼주와 헤어져 철은 '흘러가는 시간'과 '변해가는 이 세상'을 실감한다. 철은 욱의 죽음을 생각하면서 살아있음의 존귀함을 가슴 깊이 느낀다. 철은 자기 자

---

60  유진오, 「新京」, 『春秋』, 1942. 10, 194면.

신에게 "인간은 우선 건강하게 오래 살고 볼 일이다. 어디의 어느 구석에 행운이 기다리고 있을지 모르지 않는가"[61] 하고 되뇌인다.

이 소설에서 주목되는 점은 만주에 사는 한국인의 '미묘한 지위'이다. 한국인의 국제법상의 지위는 1909년 7월 일본 제국주의 각의 결정에 의해 '병합처리법안(併合處理法案)'에서 결정되었다. 그것에 의하면 "조선인은 일본인으로 간주한다"고 되어 있다. 따라서 만주의 한국인은 '이해관계에서 일본인으로 간주'되는 것이다. 이것이 만주에 사는 한국인의 '미묘한 지위' 문제를 야기시킨 원인이다. 많은 한국인이 유민(流民)이 되어 토지를 찾아 만주(주로 간도)로 흘러들었을 때, 중국인은 한국인을 일본 제국주의 앞잡이로 경멸했고 일본 제국주의는 만주 침략의 첨병으로, 또한 중국에 대한 외교적 교섭의 구실로 한국인을 교묘하게 이용했다. 나아가 일본 제국주의는 토지의 소유권을 얻기 위해 중국에 귀화하는 한국인도 일본인으로 '간주'했으므로, 한국인은 일본인과 중국인 사이에 끼어 협공의 대상이었던 것이다. 한 일본인은 다음과 같이 쓰고 있다.

필자는 무엇보다도 제일 먼저 머리에 떠오르는 것은 '선인(鮮人, 조선인의 멸칭－인용자)은 불쌍하다'라는 사실이다. 정말로 이 세상에서 가장 애처로운 것은 선인이다. 그들은 일본인이면서도 일본인이 될 수가 없어, 국적도 없고 국가의 보호도 없고 중국인으로부터는 미움을 받고 일본인으로부터는 소외당해 울래야 울 수도 없는 것이 그들 백만 재만 선인들의 실정인 것이다.[62]

---

61　위의 책, 205면.

62　大井二郎, 「在滿鮮人問題の一考察」, 『支那』, 1926.8, 25~26면.

만주의 한국인은 차별 의식에 가득 찬 일본인에게조차 모순과 연민을 안길 정도로 '내선일체'와 '황국신민화'의 허실이 그대로 투영되어 있던 존재였다. 이것이 일본 제국주의가 내걸은 만주국 '오족협화'의 실상이었다.

유진오가 실제로 쓴 '신체제 문학'의 소설 작품은 이 '신경'이 유일하다. 이 소설에서도 그는 만주 한국인의 모순을 날카롭게 지적하면서도 문제 자체에 대한 대결 의식과 해결책의 제시가 빠진 채, '오래 살아 행운을 기다리는' 지적 무기력을 노골적으로 드러낸다. 주인공의 독백대로 유진오는 오래 살아 해방의 날을 맞이할 수가 있었다. 해방 후 그는 관료계와 교육계와 정치계에서 출세의 길을 달렸다.

이러한 유진오의 처세술적 성격은 그의 문학 활동의 전반을 흐르는 경향이다. 유진오는 민족주의 문학과 프롤레타리아 문학이 첨예하게 대립하고 있던 1930년대 전반기에 지식인의 지적 고뇌와 현실적인 모순을 날카롭게 묘사한 소설을 발표했다. 그러나 그는 프롤레타리아 문학에 깊숙이 발을 들여놓지 않는 '동반자' 작가에 머물렀다. 또한 그는 '신체제 문학'에서도 활발한 발언에 비해서는 용의주도하게 몸을 사리는 치밀함을 보였다.

그가 일본어로 쓴 소설은 거의 시국적 요소가 보이지 않는다. 이것은 그의 '식민지적 전향'이 최소한도의 현실 타협이라는 것을 말해 주고 있다. 유진오는 '식민지적 전향'에서 자발성을 최대한으로 억제하고 강제성에 몸을 숨기는 수법으로 시국에 떠밀려간 문학자이다. 일본어로 쓰지만 '신체제 문학'의 작품은 될 수 있는 대로 피해서 지나갔던 것이다. 이러한 그의 최소한도의 현실 타협이 위장성을 내포하면서도,

그의 우유부단한 성격과 영리한 지식인의 민첩성은 '양다리 걸침'을 가능하게 하여 '식민지적 전향'으로부터도 명확하게 일선을 긋지 못하게 했던 것이다. 그렇다 하여 이러한 것들이 그에게 면죄부를 줄 수 있는 것이 될 수는 없을 것이다.

이광수는 1941년 3월 일본의 문예 잡지 『문학계(文學界)』에 「행자(行者)」라는 글을 썼다. 이 글은 고바야시 히데오(小林秀雄)에게 보내는 편지의 형식을 취하고 있다.

수업(修業)이라고 말씀드렸습니다만 그건 일본 정신의 수업입니다. 다만 일본 정신의 수업이라고 들으신 것만으로는 원래부터 일본인인 당신(小林秀雄─인용자)에게는 선뜻 납득이 가지 않을지도 모르겠습니다. 그러나 구한국인이었던 조선인이 일본인이 되기 위해서는 많은 수업이 필요하다는 것을 통감했습니다. 단지 법적으로 일본 신민이 되는 것뿐만이 아니라, 혼(魂)의 밑바닥에서부터 일본인이 되기 위해서는 보통의 수업으로는 어림도 없는 것입니다 (…중략…) 조선인은 거짓말쟁이라고 조선의 관계(官界)에서는 정평이 나 있습니다. 실제로 병합 이래 많은 지식인들은 당국에 대해 중대한 거짓말을 계속해왔기 때문에 그런 말을 듣는 것도 당연하고 오히려 자기 몸에서 나온 허물이라고 보아야 되겠지요 (…중략…) 이들 젊은이 중 한 사람은 이렇게 말했습니다. "내지의 작은 어린애까지도 우리들 조선인의 선생님이다. 이렇게 작은 아이라도 우리들보다 더욱더 일본인이기 때문이다" 하고 말입니다. 그리고 또한 이렇게도 말했습니다. "우리들은 구한국인이었기에 조상으로부터 물려받은 모든 것을 잊어버리자. 그래서 일본인으로 다시 태어나자"고. 또한 이렇게도 말했습니다. "이미 일본식의 이름을 얻었으니까 옛날의 조선식 이름은 잊어버리자.” (…중략…) 조선인을 황국신민으로 하는 것은 천황 폐하의 원대하신 뜻입니다. 오늘 아침 신문에서 미나미(南次郎—인용자) 총독도 내선일체는 황모(皇謨)라고 말씀하셨습니다. 그리고 M교수(松本重彦—인용자)도 말씀하셨습니다. 천황의 말씀 한 마디는 절대로 변함이 없다고. 그러므로 조선인이 일본인이 되는 것을 이러쿵저러쿵 새삼스럽게 문제 삼아서는 안 됩니다. 무슨 일이 있어도 하나가 되지 않으면 안 되는 것입니다. 칠생보국(七生報國)이 아니라 백생(百生), 천생(千生)이라도, 다시 태어나고 다시 죽어도 이 대사업은 이루지 않으면 안 되는 것입니다 (…중략…) 조선인이 일본인이 되기 위해서는, 진짜 일본인이 되기 위해서는 우선 종래의 조선적인 마음을 뿌리째 버리지 않으면 안 됩니다 (…중략…) 그래서 어린 아이의 마음이 되어, 백지 상태로 돌아가 천황 폐하를 받들지 않으면 안 되는 것입니다. 그리하여 이천삼백만과 그 자손들이 완전히 일본인이 되지 않으면 안 됩니다. 그렇게 해서 대동아공영권과 팔굉일우의 대이상을 실현하는 데에 익찬(翼贊)하게 된다면 이 어찌 기쁜 일이 아니겠습니까.[63]

이 글은 이광수가 1940년 경성에 들른 고바야시 히데오로부터 “그대의 자서전을 쓰라”는 권유를 받고 “그렇다면 말씀대로 써 보지요”라는 대답은 했지만 ‘지나가며 해 본 소리’가 아닐까 망설이고 있었으나, 재삼 재촉을 받고 나서 ‘고바야시가 진짜 일본인이고’, “일본인은 절대로 거짓말을 안 하며, 설사 술좌석에서의 객쩍은 농담도 반드시 책임을 진다”는 사실을 깨닫고 붓을 들었다는 일본인 예찬론으로 시작된다.

---

63 이광수, 「행자(行者)」, 『文學界』, 1941.3, 81~85면.

고바야시가 어떤 의도로 이광수에게 '자서전'을 쓰라고 권했는지는 알 수가 없으나, 이광수는 시국에 딱 어울리는 '황국신민의 연성'을 가지고 답한 것이다. 「행자」는 사상보국단체인 '야마토숙[大和塾]'에 입소하여 일본 정신을 수련 받는 과정을 쓴 것이다.

'야마토숙'은 1940년 12월 한국인을 전향시키고 교화한다는 미명 하에 '경성보호관찰소'가 운영한 사상 보국 단체로 '경성보호관찰소' 소장이며 사상 검사였던 나가사키 유조[長崎祐三]가 숙장(塾長)이었다.

글 속에서 '이상적인 일본인'으로 그려지고 있는 'M교수'는 도쿄제국대학 사학과를 졸업하고 1929년 경성제국대학 사학과 교수로 부임한 마츠모토 시게히코[松本重彦]이다. '야마토숙'에서 '황국신민 연성'을 희롱하고 있던 마츠모토 시게히코 역시 '황국사관'의 학자 나부랭이였다.

이광수의 비굴하기 짝이 없는 일본에의 헌신 의욕을 담은 글을 '일본의 NRF'(『신프랑스평론』, La Nouvelle Revue Française)라고 자부한 『문학계』에 실은 고바야시의 의도는 무엇이었을까. 그것은 그대로 고바야시 히데오가 가해자로서의 속물이었음을 나타내는 것이다.

이 무렵의 이광수의 면모를 드러내는 다니카 히데미쓰의 글이 있다.

경성을 떠나기 이삼 일 전(1942년 12월─인용자), 기회가 있어 유진오 씨와 내가 가야마 씨 댁을 심야에 습격했다. 습격했다기보다 세 사람이 마시다가 헤어질 수가 없어서 가야마 씨가 집에 가면 술이 한 병 있다고 우리들을 유혹했던 것이다. 가야마 씨의 부인은 경성에서도 일류 여의사였으므로 가야마 씨도 병원 안에 살고 있었다. 평소에는 온후한 군자풍이다가도 때때로 냉철한 야유를 퍼붓는 유진오 씨도 그 날 밤은 다소 취해 있어 실실 웃고 있었다.

병원의 구석진 곳에 간소한 방으로 안내되어 심야 병원의 으스스한 분위기를 느끼고는 취한 두 사람도 조금 딱딱하게 굳어져버렸다. 거기에 부인이 나와 정중한 인사를 올려 약간 식은땀이 흘렀다.

뭐니 뭐니 해도 경성제대를 수석으로, 그것도 기록을 깬 성적으로 졸업한 유진오 씨다. 사립대학을 꼴찌로 졸업한 나로서는 조금 무서운 기분도 들었다. 그러나 문학이라는 것의 고마움은 학벌이라든가, 재산이라든가 명성을 제쳐두고 언제나 벌거벗고 대화할 수 있다는 점에 있다. 유진오 씨는 결벽증에 겁쟁이라는 기분이 들 정도로 책략과 거짓을 싫어하는 사람이다. 그런 사람이 이렇게 심야에 가야마 씨라는 조선 문단의 대선배의 집을 나 같은 뜨내기와 방문하여 조금 굳어진 태도로 능청을 떨 기회를 엿본다는 표정으로 앉아 있는 것을 보는 것이 나에게는 몹시 즐거웠다.

말없이 있었어도 가야마 씨는 찬장에서 술이 가득 찬 한 되들이 병을 가져와 세 사람은 찬 술을 컵으로 따라 마셨다. 이런 시국에 술 마시는 얘기를 하는 것이 사치스럽다는 생각도 들지만, 조선 문단의 양대가(兩大家)와 내지 문단의 일신진(一新進)이 이렇게 술을 마시며 가슴을 열고 이야기를 나누는 것은 벌써 내선일체를 뛰어넘어 논리를 뺀 유쾌함이 있었다. 이윽고 가야마 씨도 유진오 씨도 취해 최근 보고 돌아온 대동아문학자대회(제1회, 1942.11.3~10 — 인용자)의 인상을 얘기하기 시작했는데, 두 사람 다 내지의 자연과 고적과 인심의 아름다움에 진실로 감동을 받은 것 같았다. 이 부분에서 약간 혀가 꼬부라지기 시작하여 이윽고 가야마 씨가 벌써 이삼 년째 쓰고 있는 일기를 보여주었다. 옛날 것은 거의 한문으로 쓰여져 있어 최근까지 조선의 학문이 한학이었음을 환기시켜 흥미를 끌었다. 그런데 쇼와 15년(1940년 — 인용자) 이후가 되면 전부 노래 일기라 해도 좋을 정도로 단가(短歌, 일본 시가 형식의 하나—인용자)만으로 되어 있으리라고는 생각지도 못한데다가, 놀라운 것은 그 노래의 대부분이 '대군(大君, 天皇—인용자)의'라는 머리말로 시작되고 있다는 사실이었다.

더욱 놀랐던 것은, 그렇다고 하여 놀라는 내가 잘못된 것이지만 가야마 씨는 이러한 노래가 나오는 부분이 되자 정좌하여 지금까지의 취한 모습을 싹 바로잡았다는 것이다. 물론 유진오 씨도 나도 무릎을 바로 하여 가야마 씨가 읽는 애국의 노래를 배청했다. 옛날의 지사(志士)는 취해서 충군애국에 대해 비분강개했다고 한다. 그런 것을 생각해내 나는 가야마 씨의 취한 모습을 아름답다고 생각했다. 또한 그것을 근청(謹聽)하고 있는 반도 제일의 지성 작가로 정평이 있는 유진오 씨의 모습도 아름답다고 생각했다. 현재 반도의 이대 작가(二大作家)가 여기까지 오면 반도 문단도 이제 염려 없다는 기분이 들었다. 두 사람 다 거짓을 모르는 성실한 작가이기 때문이다.[64]

이것에 의하면 이광수는 삼 년 이상을 '대군'이라는 머리말로 시작되는 일본의 단가로 일기를 쓰고 있었다는 것을 알 수가 있다. 일본인에게 내면 기록인 일기까지 보여주는 현시욕은 이광수의 백치적 정직성의 표현이다. 이러한 정직성은 내면성까지도 천황에게 바치고 있었음을 증명한다. 일본인 앞에서 일본인 이상의 일본인다움을 과시하는 이광수의 연기는 굴곡을 모르는 그의 '모범생 의식'을 그대로 보여주는 것이다.

그리고 이광수의 '취태(醉態)' 아닌 '추태(醜態)'를 '아름답다'고 보아

---

64　田中英光, 「朝鮮の作家」, 『新潮』, 1943.2(『田中英光全集』第2卷, 芳賀書店, 1965, 390~391면에서 재인용).

‘반도 문단도 이제 염려 없다’고 추켜세우는 다나카 히데미쓰의 발언에
는 지배 민족의 만족감에서 나오는 조장 의식이 숨어있다. 여기에도
다나카 히데미쓰의 추악한 가해자의 얼굴이 있다.

　1943년 12월 이광수는 조선 총독 고이소 구니아키[小磯國昭]의 지시로
도쿄에 가 일본에 있는 한국 유학생들에게 학도병 지원을 권유하는 연
설을 했다. 이때 그것을 들은 사람은 후에 다음과 같이 회고하고 있다.


　여기서 차마 묘사할 수 없을 만큼 ‘황실’에 대한 경모와 신뢰, 무한의 경건
한 태도로 민족의 구원을 설교하던 그 병고에 시달린 상기한 얼굴, 미열에 손
이 바르르 떨리는 듯하고 금시 쓰러질 듯이 숨가쁜 고행자의 자세, 일제가 그
에게 모진 고문 끝에 무슨 혼을 빼는 주사라도 놓은 게 아닐까(지금 흔한 첩
보 영화를 당시 보았더라면 그렇게 확신했을 게다)? (…중략…) 그는 치명적
인 열병에 걸렸고 마침내 헛소리를 하게 된 것이다.[65]


　이광수는 이 학도병 권유 행각을 해방 후 「나의 고백」에서 다음과
같이 쓰고 있다.


　내가 학도병 권유로 도쿄에 갔을 때의 일이다. 하루는 밤늦게 대학생 셋이
내 여관에 찾아왔다. 나는 열이 나서 누워있을 때였다. 그 중 한 학생이,
　“우리가 나가 죽으면 분명히 우리 민족에게 이익이 되겠나?”
하고 입을 열었다.

---

65　김붕구, 「한국의 지식인상」, 『신동아』, 1967.3, 72면.

"그대가 안 나가려면 안 나갈 수가 있나?"

나는 이렇게 되물었다. 그들은 한숨을 짓고 고개를 숙여버렸다. 이윽고 다른 한 사람이,

"우리가 나가서 피를 흘리면 그대는 우리의 피값을 받아주겠는가?"

하고 물었다. 이것은 참말로 큰 물음이었다. 나는,

"그대들이 피를 흘린 뒤에도 일본이 우리 민족에게 좋은 것을 아니 주거든, 내가 내 피를 흘려서 싸우마."

이렇게 대답하였다. 나는 속으로 이 젊은이들의 피값을 받으려고 피를 흘리는 나를 상상하였다.[66]


생사의 갈림길에서 고뇌하는 젊은이들 앞에서 자신의 신념으로부터 나온 나르시시즘에 빠져 자기 환상 속으로 빠져 들어가는 이광수의 기만적인 순교자의 모습이 확연히 드러나 있다. 자기 환상에 의한 자기 정당화의 모순인 것이다. 과연 이광수는 무엇을 가지고 일본 제국주의와 싸운다는 것인가.

1944년 11월 중국의 남경(南京)에서 열린 제3회 '대동아문학자대회'에 이광수와 함께 참가한 김팔봉(金八峯, 金村八峯)은 다음과 같은 글을 남기고 있다.

호텔에 돌아와 춘원과 단둘이 각각 침대에 누웠을 때, 나는 문득 생각나는 일이 있기에 춘원보고 물었다.

---

66 이광수, 『나 / 나의 고백』(『춘원문고』 18), 우신사, 1985, 248~249면.

"여보시오 춘원, 춘원이 어디다 쓰기를— 조선놈의 이마빡을 바늘로 찔러서 나오는 피가 일본놈의 피가 될 만큼, 조선놈은 황국신민화해야 한다고 말했다는데 (…중략…) 그게 정말입니까?"

"그런 일이 있지."

"그래 그게 사실이라면 아니, 조선놈의 이마빡에서 어떻게 일본놈의 피가 나올 수 있단 말인가요?"

"팔봉, 우리의 정신이 그렇게까지 황국신민화되지 않고서는 조선민족이 재생할 날이 없소. 우리 민족은 일대일로 한다면 어느 민족한테도 지지 않소. 최승희를 보시오. 손기정을 보시오. 일본인으로서 그들보다 춤을 잘 추고 마라손을 잘 하는 사람이 있답디까? 그러니까 일대일로 나가기만 하면 우리가 이기죠. 그래서 나는 우리가 철저히 황국신민이 되어 가지고 경기도가 경기 현(縣)이 되고, 평안도가 평안 현이 되고, 충청도가 충청 현이 되고 보면 (…중략…) 일본 정부의 육군대신도 조선 사람, 총리대신도 조선 사람 (…중략…) 이렇게 될 날이 오고야 말 것이오. 그래서 그때 가서야 일본 민족은 아뿔사! 조선민족과 분리해야겠다 (…중략…) 이렇게 생각하고서, 자아 이제는 살림을 가르자고 말한단 말요. 그때 우리는, 그럽시다. 그러면 살림을 절반씩 가릅시다하고 절반을 달라고 해요. 그러면 일본인 쪽이 그렇게는 안 된다고 야단하죠. 우리는 버틸 대로 버티다가 결국 밑천이나 뽑아가지고, 그럼 난 밑천만 가지고라도 나가겠소하고 비로소 그때 독립한단 말요. 조선민족이 독립하는 길이 이 길 밖에 안 보이니까 나는 우리가 모두 철저하게 황국신민화해야 한다고 쓴 것이라오. 왜, 내 말이 잘못 됐소?"

춘원이 이렇게 설명하는 소리를 듣고 나는 "허허!" 웃고서, "그만 주무십시다" 하고 입을 다물어버렸다. 삼척동자(三尺童子)도 곧이 듣지 않을 꿈같은

이야기를 정담(情談) 같이 이야기하는 춘원한테서 나는 그때 순진한 어린아이를 발견했던 것이다.[67]

이 글에는 민족 단위의 위장 전향에 의한 '내선일체'와 '황국신민화'가 독립의 방법론으로 거론되고 있다. 이광수의 임기응변의 답변이 어린아이의 동화로 흘러버린 허무한 순간이다. 그러나 이 어린아이의 백치성이 이광수의 본질이라는 곳에 그의 민족을 들먹이는 발언이 내포하는 비극이 숨어 있다.

이광수는 1941년 소설 「그들의 사랑」(『신시대(新時代)』, 1941.1~3 연재)을 썼다. 이 소설은 '내선인 간의 애정 문제를 비롯해 민족 감정, 편견, 민족의식의 처리'와 '황국신민화'의 필요성 등 당시의 모든 문제를 취급하려 한 이광수의 야심작이다.

이 소설은 지금은 이학 박사로 가솔린 대용의 액체 연료를 발명한 마키하라 가쓰지(牧原勝治, 李元求)가 가난한 고학생 시절, 의학 박사로 국학자요 한학자인 니시모토 집안에 가정교사로 있으면서 일본 정신을 체득해가는 과정을 회상하는 것으로 시작된다. 이원구는 니시모토 집에 있을 때, 니시모토 집안의 딸 미치코[道子]에게 구애한 일로 쫓겨난 것으로 되어 있다.

조선 덕화론자(德化論者)로 경성제대 교수인 이시모토 마사오[石本正雄]의 감화를 받은 경성제대 학생 니시모토 다다시[西本忠]는 동급생으로 아버지가 세상을 떠나 학업을 계속하기 어려운 이원구의 사정을 알

---

게 된다. 다다시는 이원구를 도와주기 위해서도, 또한 그를 '진정한 천황의 신민'으로 만들기 위해서도 동생 다카시[孝]의 가정교사로 함께 살도록 한국인에게 대해 매우 회의적인 아버지 니시모토 박사를 설득한다. 함께 생활하면서 다다시는 이원구를 '재인식'하게 되는 것은 물론, '조선 동포 전체를 재인식'하게 된다. 지금까지 조선인을 보는 눈이 '경계와 천착(穿鑿)', '의심 암귀(疑心暗鬼)'의 비뚤어진 것이었음을 깨닫는다. 한편 이원구도 "조용하고 예의 바르고 신앙심[神道] 깊은 니시모토 집안에 비해 조선인의 가정생활이 얼마나 방만하고 무질서한가"를 알게 되고, "조선에는 이 가정과 비교할 수 있는 집안이 없다"고 확신한다. 이원구가 본 일본인의 미덕은 예의 바름, 청결, 정직성, 애타심, 근면성 등 최고의 가치뿐이었다. 또한 조선인의 일본인에 대한 편견도 조선인이 일본인으로부터 배워 조선인의 나쁜 점을 고쳐나가야 된다고 생각하기에 이른다. 니시모토 집안에는 다다시의 여동생 미치코가 있었는데, 둘 사이에 서로 애정이 싹트는 것을 느끼게 된다. 이렇게 이원구의 '일본 정신' 수련도 순조롭던 어느날 추계 야유회에서 광주 학생 의거를 비난하는 발언을 한 이원구가 동급생들에게 집단 폭행을 당하는 부분에서 소설은 갑자기 중단되었다. 그 이유를 잡지사는 '부득이한 중단'[68]이라고 쓰고 있다.

그러나 이 소설에도 이광수의 문제의식이 추구되고 있다. 우선 일본인의 한국인에 대한 자세와 사명을 지적한 점이다. 이광수는 소설 속에서 경성제대 교수 이시모토 마사오의 입을 빌려 다음과 같이 말하고 있다.

---

68 「편집후기—여적(餘滴)」, 『신시대』, 1941.5, 304면.

조선 동포를 이끌어서 천황의 충성된 신민이 되게 하는 일을 할 자가 누구냐하면 그것은 곧 그대들이란 말이다. 조선에 와 있는 내지인들이란 말이다. 관리나 교사만이 그런 것이 아니라, 무릇 일본 사람이면 누구나 이 사명을 지니고 있다는 말이다. 그런데 우리는 이 사명을 다하였는가. 못하였다. 그대들은 조선 동포가 누구인지도 모르고 있지 아니한가.[69]

이 이시모토 교수도 이광수의 상투적인 일본인상 즉 이상적인 인간상의 한 사람이다. 이러한 일본인상은 당시의 차별 구조로 보아 결국 이광수 개인의 희망 사항에 불과하다.

다음이 한국인과 일본인 간의 편견 문제. 이 점에 대해서도 이광수는 맥 빠진 해결 방법을 보인다. 민족 간의 편견의 지적은 민족성에까지 비약할 수 있는 복잡한 문제이나, 이광수는 한국인에 대한 일본인의 편견을 한국인에게 원인이 있다고 보아, 일본인을 모범으로 한국인 측의 전면적인 수정을 요구하고 있다. 민족 단위의 사고에 빠져 '인격 수양과 완성'을 신조로 하는 이광수의 눈에는 일본인과 비교하면 한국인은 구제가 불가능한 민족인 것이다.

다음으로 보이는 것이 자민족 불신. 주인공 이원구는 다음과 같이 말한다.

우선 광주 학생 사건을 보시오. 그것이 어떻게 조선 청년 전체에게 불행을 주었는가. 수백 명 학생은 지금 철창에 있소. 설사 그들이 사회에 나오더라도 그

---

69 이광수, 「그들의 사랑」, 『신시대』, 1941.1, 155면.

들은 나라의 죄인으로 여러 가지 자격과 자유를 잃을 것이오. 또 이런 어리석은 일이 있었기 때문에 조선 청년은 더욱더욱 국가의 신임을 잃어서 엄중한 감시 밑에 있게 될 것이오. 다행히 이 어리석은 군중 심리가 진정되었거니와.[70]

이 발언에 분격한 한국인 동급생들이 이원구를 폭행하는 부분에서 소설은 중단된다. 이광수의 한국 독립에 대한 불신은 독립 운동 자체를 부정하고 있는 것이다. 이 소설에서도 이광수는 광주 학생 의거를 '군중 심리'로 보고, 독립 운동을 하는 사람을 '국가의 죄인, 비국민, 조선민족을 독살하는 자'로 선언하고 있다. 여기에도 이광수의 '무저항'의 정신이 노예의 복종임이 드러난다. 그의 '천황 귀의' 신념이 어느 정도 강한 것인가를 알 수 있는 대목이다. 이러한 사고방식은 1939년 『문장(文章)』에 발표한 「무명(無明)」의 연장이다. 「무명」에서는 일본 제국주의 정치범인 주인공이 감옥에서 성자의 얼굴을 하고 마치 한국인의 범죄 유형과 민족성을 폭로하고 있는 듯한 다른 죄수들에게 일본 제국주의 법을 지키라고 설교를 늘어놓는다는, 구제할 길 없는 소설 내부의 자기기만과 모순이 드러나 있다. 말 그대로 '무명(無名)'의 죄수들이 일본 제국주의 식민지 지배의 모순이 빚은 인간상이라는 관점이 사라지고, 뭇 인간을 향한 보편의 법 질서를 설파하는 주인공의 선민의식과 시혜 의식이 도사리고 있는 것이다. 톨스토이의 '인류애'와 간디의 '진리 파지(眞理把持)'라는 이상주의에 감화를 받은 이광수에게 이러한 모순은 일본 제국주의 식민지 지배의 질곡에서 나온 것이고, 또한 그

---

70　이광수, 「그들의 사랑」, 『신시대』, 1941.3, 302~303면.

가 이 질곡에서 헤어나지 못했다는 것을 말해주고 있다. 현실과 이상주의의 원칙 없는 타협과 식민지적 현실의 이상화, 이것이 이광수의 '식민지적 전향'이 갖는 본질이라 할 수 있다.

다음이 한국인과 일본인의 애정 문제. 소위 최고의 엘리트로 경성제대를 다니는 이원구가 니시모토 집안의 딸 미치코를 연모하면서도 자신을 체념시키는 부분에 다음과 같은 독백이 나온다.

> 첫째로 미치코는 내지인이 아니냐. 내지인 중에도 상류 계급 사람이 아니냐. 그런데 나는 조선인이 아니냐. 조선인 중에도 빈(貧)한 조선인이 아니냐. 둘째로 미치코는 주인댁 아가씨가 아니냐. 그리고 나는 그 집에 부쳐서 사는 서생이 아니냐. 안될 말이야! 안될 말이야![71]

자유연애론자이며 스스로 그것을 실천한 이광수가 왜 주인공의 의식을 이렇게까지 후퇴시키고 있을까. 자민족에게는 자유연애와 자유결혼을 설교한 그가 일본인 앞에만 서면 왜 이렇게 봉건적인 비련의 상념에 젖어드는 것일까. 소설이 중단되었다고는 하나, 이제는 가솔린 대용의 액체 연료를 발명한 대과학자로 신분 상승을 한 이원구와 미치코의 결혼이라는 해피엔딩의 결말은 눈에 보이지만, 이것도 결국 일본인과 결혼하기 위해서는 이 정도의 '황국신민'의 의무와 역할을 완수하지 않으면 안 된다는, 양 민족의 개인적인 애정 문제에까지 '황국신민화'와 연결시켜 생각하는 이광수의 '신념'의 표현인 것이다.

---

**71** 이광수, 「그들의 사랑」, 『신시대』, 1941.2, 266면.

여기에도 이광수의 일본인에 대한 민족적 비굴성과 왜곡이 드러난다. 이광수로서는 한국인은 '황국신민의 연성'을 아무리 해도 언제까지나 부족할 수밖에 없었던 것이다. 당시 문학에서 이런 종류의 작품이 일본인으로부터는 나오지 않은 것을 생각하면, 소위 '신체제 문학'에 나타난 비굴하고 치졸한 연애 놀음에 불과한 양 민족의 애정 문제도 결국은 한국 '신체제 문학자'들의 짝사랑에 불과했던 것이다.

소설 「그들의 사랑」은 이러한 자기모순과 억지 논리 때문에 독자의 비난이 없었어도 중단되지 않을 수 없는 졸작이었던 것이다.

그러나 이렇게까지 천황에의 '귀의'와 '일본 정신의 수련'에 불타고 있던 이광수도 '내선일체'에 숨어 있는 불안을 감추지 못했다. 그것은 '순혈론'에 대한 공포였다. 1941년 그는 「내선일체 수상록(內鮮一體隨想錄)」이라는 글을 썼다.

> 지금은 조국 일본을 떠나려고 몽상하는 사람은 하나도 없을 것이다. 다만 우리는 정말로 일본인이 될 수 있을까, 정말로 우리를 보통 일반의 일본인으로 하여줄 생각인가하고 불안해하고 있을 뿐이다.[72]

이광수는 이러한 불안을 천황에의 '귀의'와 가치 의존으로 해결한다.

> 그러나 내선일체를 허용할 것인가 안할 것인가는 오로지 폐하 단 한 사람의 대어심(大御心)이므로 내지인이라 하여 이러쿵저러쿵 말할 성질의 것이

---

[72] 이광수, 「내선일체 수상록」, 『協和叢書』第5輯, 中央協和會, 1941, 10면.

아니다. 더구나 내선일체, 즉 조선인은 일시 동인, 내지인과 다름이 없는 폐하의 적자라는 것은 황공하옵게도 메이지 대제(大帝)의 조칙에 의해 확고하고도 확고한 움직일 수 없는 황모로 되어 있다. 다만 황공하옵신 것은 꽤 오랜 동안을 우리 조선인이 그것을 인식하여 받들지 못한 일이다.[73]

절대주의 천황제 아래 모든 가치가 천황에게 집중되어, 권력은 물론 개인의 내면성까지도 그것으로부터 연원하고 또 그것으로부터의 거리에 비례하는 사회적·정신적 계층 구조에서 이광수의 천황에 대한 접근 의식은 표적만은 정확하게 잡았다고 할 수 있다. 아무리 애매모호한 천황의 '약속'이라도 '내선일체'를 꿈꾸는 한국인에게는 절대적인 권위와 확실성을 갖는 금과옥조로 받아들여지는 것은 당연한 일이다. 그러나 수없이 굴절된 집단의식과 민족감정에서 나온 차별 구조가 그 관건을 쥐고 있는 바로 그 '천황의 적자' 일본인에 의해 자행되고 있는 현실에서 그것은 너무나 머나먼 환영에 불과했다. 그 환영의 자각으로부터 오는 공포감을 해소하기 위해, 이광수는 자민족에게는 비참할 정도로 비굴한 자성을 촉구하고 일본인에게는 애처로울 정도의 애원을 한다.

일본인인 당신이 한 사람의 조선인을 — 학생이라도 좋고, 노동자라도 좋고, 또는 여행자라도 좋다. — 형제처럼, 자매처럼 사랑해준다면 사랑을 받는 그 사람은 당신을 통해 국어와 일본 정신을 배우고, 당신을 통하여 일본을 사랑하

---

73  위의 글, 2면.

고 모든 일본적인 것을 사랑하여 점차 자기 것으로 할 것이다. 그리고 그것으로 인해 나라를 위하여 목숨을 바칠 수 있도록 하는 것이 된다. 그리하여 당신은 폐하를 위해 한 사람의 전사(戰士)를 얻는 것이 된다. 아니, 한 사람의 전사가 아니다. 그의 가족과 형제와 자손까지 얻은 것이 된다. 동시에 그에게 최상의 행복을 안겨준 것이 된다. 이 얼마나 보람 있는 일인가. (⋯중략⋯) 도쿄에서 배우고 있는 조선인 학생들이여. 그대들에게 묻노니, 솔직하게 대답해 다오. 그대 학교의 내지인 학생들이 하고 있는 만큼 그대는 폐하를 위해 목숨을 바칠 충성심을 가지고 있는가. 그대는 모든 일본적인 것을 그대의 보물로 여겨 피를 흘려 그것을 지킬 만큼의 애국심을 가지고 있는가. 그런데도 불구하고 그대가 혹시 국가로부터 따돌림을 받는다면 그대의 불평은 일리가 있다. 만약 도쿄에 있는 이만의 조선인 학생 전부가 그대와 같이 대군에 충성심과 일본의 국토와 문화와 국가 이상에 대해 애국심을 갖게 된다면 결단코 제군은 직장을 얻지 못 한다든가, 차별을 당한다든가 하는 걱정은 하지 않아도 좋다. 제군의 선배는 아직 일본인이 되지 못했기 때문에 국가의 여러 기관으로부터 신뢰받지 못하 고 있는 것이다. 신뢰받지 못하기 때문에 신용받지 못하는 것이다. 그것을 차 별이라고 생각하는 것은 우리들의 사악한 추측 이외의 그 어느 것도 아니다.[74]

절대 가치를 천황에 두고 일본인에게는 인류애에 호소하는 '애원(哀願)'을, 한국인에게는 모든 책임을 자기 원인으로 둔갑시켜 거듭 '오체 투지의 헌신'과 복종을 설교하는 이광수의 '성자연(聖者然)'하는 모습에 는 개명한 지식인의 노예상이 있다. 이광수로서는 천황과의 거리에서

---

74  위의 글, 9~13면.

일본인은 우월감을 가져서 당연한 '선민(選民)'이고, 한국인은 '원죄(原罪)'를 짊어진 '이교도(異敎徒)'인 것이다. 이광수가 말하는 한국 민족이 '귀의'해야 할 천황이 '종교'라면 그 천황은 확실히 '일시 동인'이라는 '종지(宗旨)'를 내걸었다. 이 일본 제국주의의 한국 지배를 위한 겉마음을 이광수는 진지하게 믿고 있는 것이다(혹은 믿고 싶을 것이다). 이 잘못된 '종지'의 환영에 매달려 이광수는 한국인만의 일방적인 헌신을 설교하고 있다. 이것은 이광수의 '종교'가 노예의 종교이며 사이비 종교라는 것을 말해주고 있다.

또한 이광수는 '순혈론'의 불안을 해소하기 위해 '역사의 환상'을 끄집어낸다. 양 민족의 '원천성'을 검색하는 것이다.


여기서 부언(附言)하는 것은 내선일체 문제에서 조선인은 야마토 민족과 조선인의 피가 다르다고 해서, 즉 혈통이 다른 민족이라고 해서 내심으로 환영하지 않는 분자(分子)가 있는 듯싶다. 그러나 내선 양 민족은 피를 함께 한 민족이다. 이천 년 전에는 한 민족이었으며, 그 후에도 천이백 년 전경에 백제로부터 일본에 건너간 백제의 자손들이 내지 사이타마[崎玉] 현의 고마촌[高麗村]에서 일본인과 결혼하여 그 후손은 혼혈한 완전한 일본인이 되었으며 천팔백만 명이나 산(算)하게 된다. 그리고 더욱 황송한 말씀이나 황실에도 이차나 조선의 피가 섞이셨던 것이다. 이 말은 총독부에서 해도 좋다 해서 나는 기쁜 마음으로 근기(謹記)하는 것인데, 첫 번째는 역사에도 분명히 기록되어져 있는 진구 황후[神功皇后]께옵서는 신라 아마노히보코[天日槍]의 후예시다. 그때 처음으로 일본 황실에 신라의 피가 섞이셨고, 그 후 간무[桓武] 천황께서 교토에 서울을 어정(御定)하옵신 헤이안죄[平安朝] 초에 간무 천황

의 어모후(御母后)께서는 백제 성왕(聖王)의 증손녀였다. 이렇게 황송하게
도 황실을 비롯하여 신민에 이르기까지 내지인과 조선인의 피는 하나로 되어
있다. 그러므로 우리는 천황 폐하의 신민으로서 충의를 다해야 할 것이며 우
리의 예술도 그러해야 할 것이다.[75]

여기서 이광수는 고대의 신화에서 얻은 '역사의 환상'을 현실로 만들
려 하고 있다. 이광수는 일본인의 '순혈론'에 대항하기 위해 천황가를
비롯한 일본인에 대한 한국인의 피의 '원천성'과 일본 문화에 대한 한
국 문화의 '모문화성'을 확인하고 있는 것이다. 그러나 그 결과가 민족
적인 자부심 혹은 자기 정체성의 확인으로 연결되지 않고, 한결같이
동화의 논리로 흘러가는 것은 구제받을 수 없는 민족 패배주의이다.
이광수가 말하는 '피의 원천성'으로부터도, 또한 그 '모문화성'으로부
터도 '내선일체'와 '황국신민화'는 그 뿌리를 지향하는 인간의 보편성
에 어긋나는 것이다.

이렇게 이광수의 한국인과 일본인에 관한 모든 사고의 패턴이 천편
일률로 자기 패배와 민족 패배주의로 흘러가는 원인을 밝히기 위해서
는 이광수의 유·소년기의 원체험인 고아 의식을 지적하지 않을 수 없
다. 이광수는 고아 의식의 보상 심리로 천재병을 키워 조국에 대한 사
명 의식을 품었다. 이것은 자민족에 대한 지도자 의식으로 발전한다.
이광수의 지도자 의식은 일본에서 체험한 근대 문명 맹신에 매개되어
있었기 때문에, 당연히 일본 열등감을 동반한다. 이 일본 열등감은 보

---

75  이광수 「신체제하의 예술의 방향」, 『삼천리』(영인본), 1941.1, 479면.

상 심리로서 자민족에 대한 우월감을 배태시킨다. 이것은 다시 그의 지도자 의식 내지 교사 의식과 결합되어 민족 단위의 사고방식을 형성한다. 여기서 일단 고정된 그의 의식의 순환 고리는 다시 원체험인 고아 의식으로 되돌아간다. 이광수의 민족 단위의 사고방식은 고아 의식을 다시 불러와 자기 혼자의 것인 고아 의식을 민족 단위의 고아 의식으로 확대하여 강한 것에 매달리는 민족 패배주의를 낳은 것이다. 이광수는 한국 민족을 황야를 떠도는 '고아'로 보아 이 불쌍한 자민족을 일본 제국주의에 인도하여 천황에게 귀의시키려 한다. 결국 이광수의 '내선일체'는 민족 패배주의의 산물이었던 것이다.

이광수는 「행자」에서 다음과 같이 말했다.


어제는 M교수로부터 국체신론(國體新論)이라는 강의를 배청(拜聽)하였습니다. M교수는 아주 열성적이고 솔직한 분으로 '모든 곤란과 불편을 참고 진정한 일본인이 되는 것이 진정한 봉공'이라고 질타하셨습니다. "일본어 아닌 말을 사용하고 일본의 풍속과 습관이 아닌 것을 지키는 사람은 비국민(非國民)이다. 그런데도 조선인은 태연히 비국민으로 살아가고 있다. 만약 그것을 알면서도 비국민의 생활을 계속한다면 틀림없이 경멸받을 것이다"라고 엄하게 꾸짖었습니다. 일본 정신으로 생활하고 일본의 풍습, 습관, 예의, 의식(儀式)에 의해 살아야만 처음으로 진정한 일본인이다라고 배웠습니다. (…중략…) 모두 고마운 말씀이었습니다만, 그 중에서도 특히 고마웠던 것은 "일본에는 민족적 차별이란 있을 수 없다. 신라와 백제, 고구려로부터 귀화한 조선인은 양자적(養子的)으로 일본인이 되었던 것이다. 혈통은 물을 것이 못 된다. 대만인도 조선인도 일본인이다. 일본으로부터 떨어져나가려는 것은 구

한국인 뿐이다. 일본은 하나의 민족, 하나의 국가이다. 일본 민족 속에는 결코 차별이란 있을 수 없다. 천황 폐하 밑에서는 일본인은 일체 평등하다"는 말씀이었습니다.

우리들은 혈통으로 얘기하면 반드시 전부 일본인이라고는 말할 수 없습니다. 내지인의 현재의 인구 중 약 천팔백만 명은 조선계의 피를 이어받고 있다고 추정됩니다. 현재의 조선인의 몇 분의 일도 일본계의 피를 받고 있을 것입니다. 신라의 표공(瓢公)이 동쪽에서 바다를 건너 왔다고 조선의 고대사에 쓰여 있습니다만, 만주의 집안현(輯安縣)에 있는 광개토왕 일명 호태왕의 비(碑)에도 "百殘新羅倭滿城中"이라는 글귀로 보아 백제나 신라에도 일본인이 많이 살고 있었을 것이므로, 이러한 사실들을 생각해 보면 오늘날의 조선인의 혈관 속에도 많은 야마토 민족의 피가 섞여 흐르고 있을 것입니다. 그러나 혈통은 문제가 되지 않는다고 교수는 말씀하셨습니다. 정신이 일본 정신이 되면 조선민족은 양자적으로 일본인이 된다고 말씀하셨습니다.[76]

이광수가 한국인의 혈통 문제에 집착하는 것은 그의 예민한 감성이 간취한 일본인의 '순혈론'에 대한 공포감의 표현으로, 그는 이것을 '임나일본부설(任那日本府說)'까지 들먹이며 '황국사관'에 입각한 '식민지사관'에서 역사적인 근거를 찾아내, '내선일체'의 필연성을 확인하려 하고 있다. 그리하여 그 역사의 공간을 천황에의 '귀의'와 자민족의 한없는 헌신으로 메워 반민족적인 '피의 환원'을 이루려는 것이다.

이러한 '순혈론'에 대한 불안은 최재서에게도 있었다.

---

76 이광수, 「행자」, 『文學界』, 1941.3, 81~82면.

나는 중학생 시절, 아리시마 다케오[有島武郎] 씨의 어떤 문장에서 "조선에
는 국가가 없으므로 위대한 문학이 나올 수 없을 것이다"라고 말한 것을 읽은
적이 있다. 그 말은 아직 사색이 여물지 않았던 당시의 나를 절망 속으로 밀
어 넣었었는데, 오늘날까지도 머릿속에 늘어붙어 떨어지지 않고 있다. 또한
최근 하야시 후사오 씨가 전향 작가를 논하는 자리에서, 조선의 작가는 전향
해도 돌아갈 조국이 없다고 말한 것이 여러 가지 파문을 일으킨 것 같다. 동
정하여 한 말일 테지만, 잘못된 동정이라는 것을 깊이 반성해야 할 것이다.
다음으로 처치 곤란한 것이 민족론인데, 이것도 반도 내에서 문제가 일어나
기보다 내지의 언론계가 여러 가지 물의를 일으키고 있다. 요컨대 나치스류
의 순혈론이 그것이다. 그렇게 말하고 있는 사람들도 뭔가 조선을 일부러 제
외시키려는 의미는 아닐 테지만, 어쨌든 결론적으로 국민 문화 건설에서 조
선 동포를 제외시키는 일이라도 일어난다면 여간 곤란한 일이 아니다. 내선
일체론은 더욱 나아가서 신민족의 창성과 신문화의 창조에까지 이른 현실을
무시해서는 안 된다.[77]

---

[77]  최재서, 「朝鮮文學の現段階」, 국민문학, 1942.8, 16~17면.
이 하야시 후사오[林房雄]의 '약자(弱者) 짓밟기' 발언은 당시의 한국인에게 많은 충격을 주
었던 듯 김용제[金村龍濟]도 다음과 같이 언급하고 있다.
"하야시 후사오 씨가 어딘가에 쓰기를 "우리들은 전향해도 돌아갈 조국이 있지만, 그들(조선
인—인용자)에게는 그것이 없다"고 말한 모양이다. 그때 나는 저런, 저런, 실언(失言)이겠지
하여 문제시할 필요 없다고 어색한 위로를 하고 만 적이 있다. 그 당시의 조선의 전향자라 해
도 전부 실제로 그렇게 보아서는 안 된다고 믿고 있다. 그것은 한편으로 하야시 씨 자신의 당
시의 의식이 조선의 전향자를 올바르게 이해할 만한 자신이 없었다고 말할 수밖에 없다. 동
시에 일본 제국이 조선인의 조국이라는(또한 그렇게 되어야 한다는) 것을 하야시 씨가 인식
하지 못한 단견이라고 밖에는 말할 수 없으며, 어쨌든 나로서는 쓸쓸했고 하야시 씨를 위해
오히려 슬퍼했던 것이다. '우리들의 조국 일본'을 마음으로부터 외쳐부르고 있는 조선의 인
텔리겐차와 민중을 신뢰할 수 없다는 말인가, 아니라면 그 따위 발언을 즉각 중지해야 할 것이
다. 아니면 하야시 씨의 조국관이 그처럼 결벽스럽고 편협했단 말인가. 나는 다만 역사의
이름으로 하야시 씨가 다시 한 번 오늘날의 조선을 진지하게 재인식해주기를 기원한다." 金
村龍濟, 「日本への愛執」, 『국민문학』, 1942.7, 26면.

이 문제에 대한 역사성의 탐색이 소설 「비시(非時)의 꽃」(『국민문학』, 1944.5~8)과 「민족의 결혼」(『국민문학』, 1945.2)이다. 그는 이 두 편의 소설을 '일본 국가를 발견하는 데 이르는 혼(魂)의 기록'[78]이라고 했다.

'민족의 결혼'은 신라의 왕족 김춘추(金春秋)와 신라에 의해 멸망한 가야(伽倻) 왕족의 후예 김유신(金庾信)의 누이동생 문희(文姬)와의 결혼이라는 역사적 사실(史實)을 제재로, 신라인과 가야인의 화해와 삼국 통일의 대업을 이룬 주역들을 결합시킨 사건을 형상화함으로써 '내선 일체'를 암시하려 한 작품이다. 김춘추는 뒤의 무열왕(武烈王), 김유신은 그때의 명장, 그리고 김춘추와 문희 사이에서 태어난 왕자가 삼국 통일 후에도 한반도에 눌러 앉으려는 당(唐)나라를 몰아낸 문무왕(文武王)이다. 여기서 최재서는 삼국 통일과 외세의 배격이라는 역사의 양면성을 간과하고 있다. 이것을 증명하듯 소설에는 내면적 모순이 여실히 드러나 있다. 이 모순이 최재서의 의식적인 저항인지, 임기응변적 시세 추수의 결과인지는 논하지 않기로 한다. 다만 이 소설도 최재서가 추구하는 '신체제 문학'의 목적의식을 직접적으로 반영하고 있다는 점은 말할 나위도 없다.

이 소설에서 김춘추와 문희의 결혼은 신분 상승을 노린 김유신의 계략으로 보는 것이 타당한 것으로 '민족의 결혼'으로 보는 것은 억지 논리이다. 이것도 역시 최재서의 '역사의 환상'이다. 일본의 황국사관 학자들은 '일본서기'의 '임나(任那)' 기술과 고구려 광개토대왕의 비문을 날조하고 결합시켜 야마토 조정(朝廷)이 한국 남부를 식민지로 통치하

---

78 최재서, 『轉換期の朝鮮文學』, 人文社, 1943, 6면.

기 위해 '임나일본부(任那日本府)'를 가야(伽倻)에 두었다고 주장했다. 따라서 최재서가 가야 왕족의 후예 김유신이 신라 조정에 혈연으로 진출한 것을 '민족의 결혼'이라고 보아, '내선일체'를 암시하려 한 것은 그 선구성과 역사적 실재성이라는 측면에서 '환상'을 역사에서 찾아내려 한 작업이었던 것이다.

그러나 소설에서도 언급되고 있는 문무왕은 그 죽음에 이르러 자신의 능을 왜(倭)의 침입을 경계하기 위해 동해(東海)에 조성하도록 명했다. 이것이 유명한 '문무왕 해중능(海中陵)'이다. 삼국 통일 시기의 백제와 일본과의 관계와 해중능의 존재 등은 실로 당시의 신라가 반왜(反倭)였다는 것을 말해준다. 이것은 최재서의 자기모순을 드러내는 것에 다름 아니다. 그래서일까. 소설의 부기(附記) 형식으로 덧붙이고 있는 '후일담'에는 김춘추와 문희의 결혼이 신라 왕위 계승의 원칙인 골품 제도에 의한 성골(聖骨) 지배로부터 진골(眞骨) 지배로 넘어간 신분제의 개방성과 그 의의에 대해 길게 서술하고 있다. '피의 개방성'에 대한 암시이다. 그러나 이것도 논점이 빗나간 비약 논리이다. 자민족의 역사에서 일어난 부분적인 개방성을 타민족의 개방성으로까지 비약시켜 주장할 수 있을 만큼 '내선일체'는 간단한 문제가 아니었다. 소위 '내선일체'는 일개 신분제의 개방 정도의 문제가 아니라, 일본 제국주의의 간계(奸計)가 몇 겹으로도 굴절되고 압축된 민족 문제였던 것이다.

이러한 최재서의 자기모순과 비약 논리는 결국 신라라는 조국 내부에서 전개되고 있는 것이고, 거기로부터 한 발자국도 밖으로 나가지 못하고 있다는 것을 말해준다. 이것은 최재서가 '일본 국가를 발견하기에 이르는 혼(魂)의 기록'이 '일본 국가'가 아니라 '조국 신라'에서 머뭇거리고 있다는 것을 증명하고 있다. 최재서는 '피'를 찾기 위한 역사성의 접근으로부터는 '혼'의 차원에서 필연성을 확인하지 못했던 것이다.

「비시(非時)의 꽃」(『국민문학』, 1944.5~8)은 삼국 통일 이후를 배경으로 김유신의 아들 원술(元述)과 남해(南海) 공주의 애정을 주조로 엮은 소설이다. 당나라 군사와의 전투에서 패배하고도 살아서 돌아온 원술은 조국과 부모에 대한 죄인이 된다. 그 후 원술은 당군(唐軍)과의 전투가 있을 때마다 복면을 쓰고 출몰하여 무공을 세운다. 국가의 위기를 구한 원술은 가을에 피었기 때문에 열매를 맺을 수 없는 「비시의 꽃」과 같은 자신의 운명을 깨닫고 남해 공주의 사랑도 뿌리치고 불도에 귀의한다. 소설 「비시의 꽃」은 자기희생적인 구국애를 그린 작품이다.

이 두 작품은 어느 쪽이나 시국을 의식하여 쓴 것이지만 그 문학적 공간은 신라였다. 이것은 최재서가 신념으로서의 일본과 피와 혼으로서의 한국 사이에서 내적 갈등을 전개하고 있었음을 나타낸다. 최재서는 결국 '내선일체'의 필연성 탐색에서 일본 제국주의가 말하는 '조상으로부터의 피의 연결'을 확인하는 피의 합일성 검색으로는 피와 혼으로서의 한국을 지양(止揚)할 수가 없었던 것이다. 그로서는 오랜 역사를 이민족으로 각축하며 살아온 한국과 일본의 관계에서 '내선일체'를 '피의 연결'로 증명할 수 없는 혼의 차원에서 한국이 문화 개념의 장애물로 여전히 남아 있었던 것이다. 여기까지는 그의 신념의 측면보다는 논리의 측면에서 나온 정체성의 확인 작업이라고 볼 수 있다. 최재서는 이것을 해결하기 위해 고대 한국과 일본의 향일성(向日性)의 문화 교류를 한국 문화가 일본 문화의 종합성에 '귀의'한 것으로 파악했다. '내선일체'란 한국이 그가 말하는 일본 문화의 종합성에 '귀의'하는 것이요, 또한 그 종합성의 재현이기도 했던 것이다. 그 '귀의'의 결집체는 천황이다. 그의 '신체제 문학' 논의에서 '국민 문학'으로부터 '받들어 모시는 문학'에 이르는 과정은 그의 이러한 도달점을 보여준다. '피'로서의 한국은 '팔굉일우'라는 '이민족 포옹'의 종합성 속의 일 단위로 의미를 가질 수 있는 것이고, '혼'으로서의 한국은 '천황귀일'에 의해 '황도(皇道)' 속의 일 단위로 존재할 가치를 가질 수 있는 것이다. 이것이 최재서가 말하는 '신민족의 창성과 신문화의 창조'라는 말의 의미인 것이다.

이광수는 '내선일체'의 연원을 '일시 동인'의 '황모'로 규정해, 그 가부를 결정하는 것은 '단 한분 천황의 큰마음'뿐이라 하여, 한없는 천황에의 접근 의식과 가치 의존을 보이는 한편으로 역사적인 '피의 연결'을 주장하며 한국인의 더 많은 헌신으로 '순혈론'에 대응하려 했다. 이에 비해, 최재서는 그가 그처럼 감격하여 맞이한 한국에의 징병제 실시를 '이민족 포옹의 종합성'으로서의 '팔굉일우'를 실천하는 기회이고, '내선일체'에서 한국인의 '불안과 의심'을 해소하는 '단적이고 명쾌한 해답'으로 규정하여 "이것으로 반도인은 명실 공히 황국신민이 되어 대동아의 지도 민족이 될 수 있는 길이 열렸다"고 보아, 그 유효성을 가지고 '순혈론'에 대응했다. 최재서에게 징병제는 피의 희생 위에 선 권리의 획득이었던 것이다.

그러나 최재서의 이러한 신념도 현실과의 불협화음과 '식민지적 전향'의 일방 통행성에 쫓겨 폐쇄 회로에 떨어져버린 듯, 다나카 히데미쓰의 소설 「취한 배」에는 최재서의 한 단면이 다음과 같이 처참하게 묘사되고 있다.

교키치는 일어나자 아래층의 식당으로 가서 보이(boy, 給仕-인용자)에게 돈을 주고 커다란 컵에 위스키를 절반 정도 따라 받았다. 그러고는 스탠드에 기대어 찔끔찔끔 마시는 중에 배속이 따듯해졌을 무렵, 경석(輕石)과 같이 무뚝뚝한 얼굴로 최건영(崔健榮)이 들어왔다. 이 사람은 오래 전 경성제대 개교 이래의 좋은 성적으로 영문과를 졸업하고, 전에는 마르크시즘 문예 이론가로 조선 제일의 인물이었다고 한다. 그 탓인지, 돌멩이 같은 완고함이 있어 지금도 때에 따라서는 본부(本府, 朝鮮總督府-인용자)의 관리들에게도 불덩이 같은 기세로 대들었다. 관리들은 끝에 가서는 언제나 권력으로 상대를 압도해버렸다. 그런 식으로 압도당했을 때 억울해하는 최의 표정은 보고 있는 사람의 마음까지도 어둡고 슬프게 하는 처참함이 있었다. 그 때문에 누구나가 최의 가슴 속에 뭔가가 있고 솔직하게 살고 있지 않다고 눈치채고 있었다. 그러나 그만큼 그의 이면의 생활은 역시 일본의 군관 권력과 연결되어 있다고 상상할 수 있는 것이다. 그러므로 그는 울어도 울어도 속이 후련하지 않은 견딜 수 없는 생활을 하고 있을 것이다. 취했을 때의 술버릇이 고약한 것은 유명했다. 가라시마 박사라도, 쓰다 지로라도 가리지 않는다. 가슴 속으로부터 경멸하고 있다는 태도로 울부짖듯이 고함을 지르며 재떨이, 그릇 등 손에 잡히는 대로 내동댕이쳤다. 그런 그가 교키치를 술주정뱅이로 취급하여 업신여기고 있었다. 지금도 교키치가 안녕하세요하고 인사를 했는데도 교키치의 술잔을 힐끗 쏘아볼 뿐 변변한 대답도 하지 않았다. 교키치는 상황이 안 좋구나 생각하고 재빨리 술잔을 비우고는[79]

---

79  田中英光, 「酔いどれ船」, 『田中英光全集』第2卷, 芳賀書店, 1965, 274~275면.

여기서 최건영은 최재서, 마르크시즘 문예 이론가는 주지주의 문예 이론가로 하면 되고, 가라시마박사는 가라시마 다케시, 쓰다 지로는 쓰다 가타시로 보면 될 것이다. 여기에는 우선 일본 제국주의의 삼 요소 '미코시[神輿], 관리, 무법자'[80]들이 다 갖추어져 있음을 알 수 있다.

조선총독부의 관리든, 가라시마 혹은 쓰다든, 이들은 천황주의자요 일본인이었기 때문에 시혜 의식을 가지고 지배 민족의 우위성을 발휘하면서 당당히 '내선일체'든 '황국신민화'든 주장할 수가 있었다. 그에 비해 최재서는 식민지의 굴복한 지식인이었다. 식민지 지배의 현실 속에서 자기모순, 갈등, 부조리에의 저항, 인격 파탄 등 인간 파괴가 어쩔 수 없는 조건이었던 것이다. 최재서의 이러한 상처받은 양상은 다음 단계에서는 발광하여 이윽고 자살에 이르는 외나무다리에 들어섰다는 추측을 가능하게 한다. 그러나 그 전에 일본 제국주의 패망이 왔다.

이러한 최건영(최재서)에 대해 교키치(다나카 히데미씨)는 복잡한 감정을 드러내고 있다.

돌연 교키치는 광야를 떠도는 유태인 같은 최에게 머릿속을 지지는 듯한 애정을 느꼈다. 최의 불행이 자신의 불행과 닮은꼴이라고 생각했다. 더 취해 있었더라면 갑자기 마늘 냄새 분분한 최의 입술에 입을 맞추고 울음을 터뜨렸을지도 모른다. 교키치는 히쭉히쭉 아첨하듯 웃었다. 그 웃음이 최의 격분을 샀다.

"넌 취했어. 꺼져버려."

---

80 미코시는 신을 모신 가마로 천황과의 거리를 위계(位階)로 하여 천황의 권위에 빌붙은 무리들, 관리는 권력, 무법자는 폭력을 의미한다(丸山眞男, 『現代政治の思想と行動』, 未來社, 1988, 129면).

최는 튀어 일어나 교키치의 팔을 잡고는 들이받았다. 엄청난 힘이었다. 더불어 최의 증오심이 전기 충격처럼 교키치를 마비시켜 무력하게 만들었다. 이렇게 온몸으로 증오하고 경멸하는 분노에는 오히려 이쪽이 슬퍼질 수밖에 없다. 교키치는 반사적으로 저항해보았지만 그러한 자신을 추악하고 너절하다고 생각하는 사이 순식간에 복도로 내몰렸다. 교키치는 최의 손이 양 어깨를 부수어버릴 듯 억세게 잡고 있는 것을 느꼈다. 최는 모든 인간을 죽여버리고 싶을 정도로 미운 모양이었다. 문 앞에서 최는 다시 한 번 거칠게 교키치를 밀어내고는 돌덩이처럼 무표정한 얼굴로 꽝하고 문을 닫았다.[81]

이것은 분명히 다나카 히데미쓰가 한국인으로부터 받은 피해 의식을 나타내고 있다. 작품 속에서 주인공이 식민지 한국에서 일본인과 한국인 양측으로부터 느끼는 피해 의식은 다나카 히데미쓰 자신의 것이라 볼 수 있다. 다나카 히데미쓰에게 식민지 한국에서의 생활은 '절망적인 향락과 권력에의 편승'이었다. 그럼에도 다나카 히데미쓰는 「취한 배」에서 한국인의 피해 의식과 가해 의식을 동시에 부각시키고, 자신의 의식을 동일시함으로써 식민지 한국 생활에서 청산하지 못한 '마음의 빚'을 드러내고 싶었던 것이다.

이러한 그의 한국 생활은 가해자와 피해자의 동질성을 암시하고 있는 것이라 할 수 있다. 그것은 아마도 지나간 과거가 강요하는 피해 의식과 가해 의식의 혼합성에 대한 예민한 정신이 받는 피할 수 없는 상흔일 것이다. 그리하여 시대가 남긴 상징성은 전후 다나카 히데미쓰의

---

81　田中英光,「酔いどれ船」,『田中英光全集』第2卷, 芳賀書店, 1965, 276면.

의식에 깊은 낙인으로 남아, 일본 공산당에의 복귀(1946)와 탈퇴(1947), 그리고 발작(1848), 입원과 퇴원(1949), 다자이 오사무[大宰治] 묘 앞에서의 자살(1949)에 이르는 처참한 궤적을 그리게 했다.

이렇게 '식민지적 전향'에 나타나는 '내선일체'의 논리 속에는 '역사의 환상'의 현실화와 그 현실에서 우위성을 확보하고 있는 일본인 지향의 향상 심리가 보인다. 그 속에는 진실로 일본 제국주의의 우위성에 편승하려 했으나, 결코 그 우위성에는 오를 수 없는 식민지 한국의 '식민지적 전향'의 비극성이 투영되어 있다. 또한 그 속에는 일본인과 닮았으나, 결코 일본인이 될 수 없는 '내선일체'의 이중 구조에 그늘진 한국인의 실루엣이 클로즈업되어 어두운 시대를 비춰주고 있는 것이다.

그러나 썩어가는 폐허의 한쪽 구석에도 자연은 살아있어 한 송이 꽃이 피어나듯 다음과 같은 모범 답안의 시(詩)도 있었다.


늙은 돌배 나무에, 늙은 원정은

사과 나무의 새가지를 접목했다.

잘 갈은 칼을 놓고

으스스 추운 유리빛 하늘에 담배 연기를 흘려보냈다.

"그런 일이 있을 수 있을까요?"

천천히, 원정의 아내는 고개를 갸우뚱했다.


이윽고, 철쭉이 웃음을 팔았다.

이윽고, 버드 나무가 몸을 팔았다.

늙은 돌배 나무에도, 변명처럼

두 송이 반의 사과꽃이 피었다.

"그런 일도, 있을 수 있군요."

원정의 아내도, 처음으로 웃었다.


그리고, 버드나무는 실연했다.

그리고, 철쭉은 늙어 시들었다.

'내가, 죽을 무렵이면,'

늙은 원정은 생각했다.

'이 가지에도 사과가 열릴 것이다.

그리고, 내가 잊혀질 무렵이면 …….'


과연, 원정은 죽었다.

과연, 원정은 잊혀졌다.

늙은 돌배 나무 가지에는 추억처럼

사과의 빨간 볼이 주렁주렁 빛났다.

"그런 일도, 있을 수 있군요."

원정의 아내도 지금은 죽었다.[82]

— 김종한(金鐘漢), 「원정(園丁)」


여기서 '늙은 돌배나무'는 한국, '사과나무의 새 가지'는 일본을 은유하고 있다. 따라서 '접목'은 '내선일체', '사과'는 '내선일체'의 결실, '철

---

82  김종한, 「園丁」, 『국민문학』, 1942.1, 58~59면.

쭉'과 '버드나무'는 반대론자, '아내'는 회의론자로 유추된다. 나아가서 '원정'은 '내선일체' 실행의 선구자이고, '내선일체'의 이상은 먼 미래의 자손의 대에 그 결실의 꽃이 핀다는 교묘한 '내선일체' 예찬의 시인 것이다. 그리고 작품 전체에 이해받을 수 없는 '내선일체'론자의 비애와 장래에 대한 확신이 멋들어지게 대조를 이루고 있다. 특히 '접목'이라는 언어로 '내선일체'를 은유하면서 '사과나무의 새가지'(일본)의 '뿌리'가 '돌배나무'(한국)임을 명확히 드러내 어쩔 수 없는 정체성을 명시하여, 교묘하게 반항 정신을 표현한 문학적 감각은 가히 예술적 경지라 할 것이다. 문학적 재능을 낭비한 대표적 사례라 할 수 있다. 이 시를 쓴 김종한은 1944년 9월 31세로 요절했다.


## 3. 한국어와 일본어


문학은 언어를 수단으로 하는 예술 형태이다. 문학에서 언어가 수단이라는 것은 언어가 표현 매체, 전달 매체라는 의미이다. 그 언어는 인간 집단의 사회적인 약속이다. 이 경우 집단의 자각은 일반적으로 민족이 단위가 된다. 근대 국가의 형성기에 민족 단위가 중요한 원동력이 되었던 것과 같이, 그 민족 구성에서 언어도 중요한 정신적 원동력이 되었음은 주지의 사실이다. 이것도 역시 언어의 일반성에서 나온 것으로, 언어는 집단의식으로서 동족성의 자각을 유발시키는 것이다.

국가 혹은 민족 개념 인식의 계기로 언어(국어)의 공유는 자기 정체성의 자각을 개인에게 부여해, 이윽고는 공동체 의식으로 성장하여 애국심 내지는 민족주의로 발전한다. 또한 국가 혹은 민족이 운명 공동체 혹은 문화 공동체라 할 때, 그 인식의 계기와 집합체(주거)로서 언어는 최초의 출발점이며 또한 최후의 저항선이라는 총체성의 의미를 갖는다. 이것이 언어가 가지는 일반성으로서의 역사성과 사회성이다. 언어의 특수성은 개별적인 국어로 나타나지만 일반성으로서의 역사성과 사회성은 언어의 개별성 안에서 문화의 형태로 나타난다. 이것을 한국 민족으로 말하면 한국 민족 = 한국 문화 = 한국어라는 등식이 성립한다. 이것이 언어의 문화에 대한 대표 단수로서의 의미이다.

이렇게 언어는 문화의 총체로서 개별성을 획득한 집단 혹은 민족, 국가에 의해 그 역사 속에서 성장하며 발전해간다. 개인은 선험적인 존재성으로 언어를 학습하여 문화의 양식에 정착하며 사회성을 획득해간다. 이러한 사회생활 속에서 개인은 존재의 소속감으로 정체성을 형성하고 확인하며 성장시킨다. 이것이 모국어로서 언어의 의미이다. 모국어를 상실한 개인 혹은 집단이 정체성의 혼란을 일으키는 것은 인간에게 언어생활이 자기 확인 작업이며 존재성의 탐구 작업이라는 것에서 기인한다. 그러므로 하이데거(Martin Heidegger)의 "언어는 존재의 집이다"[83]라는 명제는 인간과 언어의 관계에 대한 근원적인 상징성을 나타내는 지적인 것이다.

이러한 언어 = 문화는 일반적으로 개별성에서 개인 혹은 집단, 민족,

---

83 하이데거, 신상희 역, 『숲길』, 나남, 2008, 454면.

국가로 하여금 대타 관념으로 자기 확인을 내포시키기 때문에, 다른 문화에 대한 배척감으로 작용하여 문화의 보수성으로 치닫는 경향이 있다. 서로 다른 문화가 접촉할 때 일반적으로 문화 충격을 경험하는 것은 이 때문이다. 이것은 언어의 민족주의적인 측면이라 할 수 있을 것이다. 따라서 어떤 민족이 언어를 말살당한다는 것은 민족주의를 말살당하는 것과 마찬가지이며, 나아가 민족을 말살당한다는 의미를 갖는다. 일본 제국주의는 식민지 한국 지배의 방법론으로 이와 같은 정책을 폈다.

일본 제국주의 한국 지배 교육 정책의 근본은 1911년 8월에 나온 '조선 교육령'(勅令 제229호)에 명확히 나타나 있다. 한국인에 대한 식민지 교육의 방침을 정한(제1조) '조선 교육령'은 제2조에 '교육은 교육에 관한 칙어(勅語)[84]의 취지에 따라 충량한 국민을 육성하는 것을 본의(本義)로 한다'로 규정했다. 일본 제국주의 '교육칙어'(1890년 제정)에 바탕을 둔 '천황주의'와 '황국신민' 육성이 한국인 교육의 강령으로 조문화된 것이다. 또한 제4조에 교육을 보통 교육, 실업 교육, 전문 교육으로 대별(大別)하고, 제5조에 '보통 교육은 지식과 기능 특히 국민다운 성격을 함양하고 국어(일본어 – 인용자)의 보급을 목적으로 한다'고 강조했다.[85]

---

84 일반적으로 교육칙어(教育勅語)로 부르며, 1890년 10월 메이지 천황[明治天皇]이 국민에게 하사한 것으로 일본 제국주의 도덕 교육의 근본 규범이다. 1882년 메이지 천황이 하사한 군인칙유(軍人勅諭)와 더불어 일본 제국주의 신민(臣民)의 정신주의를 규정한 대표적인 문서이다. 교육칙어는 일본 제국주의 식민지에 강요한 '조선 교육령'(1911), '타이완 교육령(1919)'의 규범이기도 했다. 충효 관념, 특히 '천양무궁(天壤無窮)의 황운(皇運)을 부익(扶翼)한다'는 천황주의가 강조되었다. 각급 학교에서 기원절(紀元節, 2.11), 천장절(天長節, 천황의 탄생일), 메이지절(明治節, 메이지 천황 탄생일. 11.3), 신년(新年, 1.1)에는 교장이 봉독(奉讀)하는 의식이 행해졌고, 소위 어진영(御眞影, 천황과 천황비의 사진)과 함께 봉안전(奉安殿)에 모셔져 신성시되었다. 1945년 이후 총사령부(GHQ)의 지령으로 1946년 금지되었고 1948년 6월 국회가 의결하여 폐지되었다.

'조선 교육령' 공포에 즈음하여 당시 조선 총독 데라우치 마사타케[寺内
正毅]는 다음과 같은 유고(諭告)를 발표했다.

제국 교육의 대본(大本)은 일찍이 교육에 관한 칙어에 명시되어 있듯이, 국
체로부터 나오고 역사가 증명하여 확고한 불변의 것이다. 조선 교육의 본의
또한 여기에 있고 (…중략…) 교육은 특히 덕성의 함양과 국어의 보급에 힘을
기울여 제국 신민의 자질과 품성을 갖추는 것이 요구된다.[86]

결국 일본 제국주의의 한국인에 대한 식민지 교육의 목표는 '국어(일
본어)를 통한 황국신민의 양성'이었다. 이 '조선 교육령'은 네 차례 개정
되었고(1922.2, 1938.3, 1943.4, 1945.5), 그때마다 '내선일체'와 '황국신민
화' 교육이 강화되었다. 소위 '국어'의 보급은 '내선일체'와 '황국신민화'
의 필수적인 기본 항목이었던 것이다.

조선 총독 미나미 지로[南次郎]의 발언은 이러한 지배 정책을 말해준다.

국어는 국민의 사상, 정신과 한 몸으로 떼어낼 수가 없다. 국어를 떠난 일본
문화는 없는 것이다. 반도인의 진정한 황국신민화는 반도 민중이 국어를 해
독하고 사랑하도록 해야 커다란 효과를 거둘 수 있다. 국어의 보급이야말로
내선일체의 절대적인 요소이다.[87]

---

85  한국학문헌연구소, 『조선총독부 관보』 5, 아세아문화사, 1985, 9~10면.
86  朝鮮總督府編, 『施政二十五年史』, 1935, 168면.
87  『경성일보』, 1942.4.15.

일본 제국주의는 '조선 교육령'에 따라 기회 있을 때마다 '국어는 국민정신의 원천'이라는 미명으로, 일본어의 학습을 강요하는 '국어 상용령(常用令)'을 내놓았다. 이 '국어 상용령'은 교육 기관은 물론 관공서, 언론 기관, 일반 민중에 이르기까지 전 민족적으로 강요되었다. 이것은 이윽고 한국어의 폐지로 연결되어 선택 과목이었던 한국어 과목이 1941년 3월부터는 국민 학교에서 완전히 모습을 감추었고, 1943년에는 모든 학교에서 폐지되었다. 이리하여 식민지 한국에서 한국어는 금지어(禁止語)가 되어버리는 운명이 되었다.

이 사정은 소위 '신체제 문학'에서도 마찬가지였다. '신체제 문학'이 '내선일체'와 '황국신민화'를 실천하여 '황도주의'로 나아가는 한에서는 한국어는 어느 땐가는 '용어 문제'로 처리되어야 할 언어이고, 그 해결책으로 일본 제국주의가 '대동아공영권의 공용어'라고 주장한 일본어로 바뀌게 된다.

'신체제 문학'은 언어와 민족의 관계에서 중대한 문제를 내포하고 있었다. 문학이 언어를 수단으로 하는 한 언어로부터 오는 제한성과 규정성은 피할 수 없는 것이 된다. 언어에는 문화의 총체성의 성격과 대표 단수로서 최종적인 저항선의 의미가 있으므로, 선험성으로서의 언어는 민족의 '혼(魂)'을 담고 있다. 따라서 언어의 선택은 민족의 선택도 동반한다고 말할 수 있다. 당시 '신체제 문학'의 문학자들은 이러한 정신적인 위기에 직면했다. 그들은 '언어 한국'을 선택할 것인가, '언어 일본'을 택할 것인가를 강요받았던 것이다. 이것은 또한 한국 민족이 될 것인가, 일본 민족이 될 것인가의 문제이기도 했다. '언어 일본'이 강요되고 있던 당시의 상황으로 보면, 여기에서 문학자는 언어를 포기하고 민족을 택할 것인가, 민족을 포기하고 언어를 택할 것인가 기로에 서게 된다. 전자는 문학을 버리고 한국인의 길을 걷는 것이고, 후자는 '황국신민'이 되어 '신체제 문학'을 실천하는 길이다. 이러한 언어와 민족의 관계항에서 '신체제 문학'은 한국인의 언어도 민족도 버렸다. 이것이 한국인의 '황국신민'으로의 비약 논리이고, '신체제 문학'이 지향하는 일본 '국민 문학'에의 편입인 것이다. 이 경우 후천적 학습 내용으로 일본어는 선택 가능한 영역이라 할 수 있지만, 문화 개념인 '혼'의 영역에서 좌절할 수밖에 없고, 민족 개념이라는 선험성은 선택이 불가능한 난관으로 가로막고 있었다. 즉 문화 개념은 '피[血]'의 문제이므로 '황국신민화'를 강요하는 일본 제국주의와 같이 국가 개념과 민족 개념이 일치하는 경우에는 한국인이 선택할 수 있는 대상이 아니다. 식민지 지배 권력이 '내선일체'와 '황국신민화'를 내세우면서도, 한편으로 역사적 접근을 시도해 '동조동근'의 논리를 선전해댄 것은 이러한 이유에서였다.

한국인이 일본어로 소위 '황도 정신'을 표현하려 해도, 그 문학은 언어 자체의 한계성에 의해 문화 개념의 '혼'으로부터 배반당한다. 또한 '황국신민'에 매달려 문자 행위를 해도 민족 개념에서 오는 '피'로부터도 배반당한다. 이것이 소위 '신체제 문학'의 이중고이다. '내선일체'와 '황국신민화'라는 식민지 지배의 기본 정책에 따라 그것에 부응하는 목적주의와 공리주의적 문학 태도를 명확히 한 '신체제 문학'도 언어와 민족의 관련 양상에서는 해결되지 않는 문제를 내포한 채 돌진할 수밖에 없었다. 문학이 시대의 가장 섬세한 정신의 표현이며, 문학자가 언어를 가지고 시대의 양심을 지키는 최일선에 설 수밖에 없기 때문에 민족어의 처리는 간단한 문제가 아니었던 것이다.

이광수는 1941년 「반도의 형제 자매에게 보낸다」는 글에서 "우리의 천황이 사용하는 말을 우리의 국어로 하지 않으면 안 된다"고 천황에 빙의(憑依)하여 일본어를 절대시했다.

> 일본어는 우수한 일본 정신을 간직하고 있으며, 오늘날의 일본 글은 세계 문화를 전부 포섭하고 있다. 그러므로 일본어를 배우는 것은 일본 정신을 배움과 동시에 세계 문화의 창고를 여는 열쇠를 쥐는 것이 된다. 또한 오늘날에는 일약 아시아의 공용어가 되었다. 그러므로 조선인은 모름지기 국어에 정진해야 한다.[88]

이광수는 일본어의 학습을 문명개화와 동일한 것으로 파악하고 있다. 무엇보다 일본이라는 창을 통하여 세계를 보고 일본어를 통하여 근대 문명과 접한 이광수로서는 일본어 자체를 근대 문명과 동일시하고 일본 중심적인 세계관을 형성하는 것도 당연한 일일 것이다. 그리고 일본어가 일본 문화를 포섭하고 있다는 이광수의 명제는 옳다. 또한 그가 말하듯 일본어는 벌써 근대화 과정에서 서양의 근대 문명에 대해 수용과 학습 및 소화라는 자기화 과정과 훈련 과정을 거쳤다고 보아야 하므로, 근대 문명에 대한 대응력과 탄력성을 구비하고 있다고 할 수 있다. 한국이 일본과 같이 한자 문화권에 속해 있음을 고려하면 이와 같이 '일본 정신'의 습득을 일본어의 학습으로부터 설파하는 이광

---

88　이광수, 「半島の弟妹に奇す」, 『신시대』, 1941.10, 35면.

수의 언어 인식은 옳다고 볼 수 있다.

그러나 개별 언어(국어)로서 일본어는 다른 개별 언어와 우열의 차가 있을 수 없다. 개별 언어로서 일본어가 특수한 의미를 띨 수 있는 것은 일본인에게 모국어 그리고 민족어라는 사실 뿐이다. 그러므로 일본어의 우수성을 강조하여 다른 민족에게 강요하는 것은 반문화적인 반달리즘(vandalism)의 제국주의 발상이다. 더구나 "천황이 사용하는 언어를 국어로 하지 않으면 안 된다"에 이르면 논의 자체가 무의미해진다. 천황에 신들린 인간의 헛소리이기 때문이다. 이광수는 다른 글에서 '조선어에 의한 조선 문학은 향후 50년'[89]으로 보아, 한국어만 알고 있는 세대가 끝나면 모든 것이 해결된다는 단순성과 낙관주의를 서슴지 않는다.

1939년 일본의 문예 잡지 『문학계』에는 '조선 문화의 장래'라는 좌담회 기사가 실려 있다. 이것은 하야시 후사오[林房雄], 아키타 우자쿠[秋田雨雀], 무라야마 도모지[村山知二] 등이 만주 여행의 도중에 경성에 들렀을 때의 일이다.

**이태준(李泰俊)** : 잠깐 아키타 선생님께 여쭙겠습니다. 아까 조선어로 써도 무방하다고 말씀하셨지요? 우리로서는 중대한 일이므로 본론과 다릅니다만 질문하겠습니다. 내지의 선배들께서는 우리 조선의 작가에게 조선어로 쓰기를 마음속으로 바라십니까, 아니면 내지문(內地文)으로 쓰기를 바라십니까?

**아키타** : 우리들 작가의 요망, 그리고 대중의 요망으로 즉 대상을 대중에 두는

---

**89**　이광수, 「심적 신체제와 조선문화의 진로」, 『매일신보』, 1940.9.10.

작가로서는 내지어가 좋다고 생각합니다.

**무라야마** : 조선의 문학을 조금이라도 많은 사람에게 읽게 하고, 반향을 얻기 위해서는 조선어로는 독자가 적으므로 무리라고 생각합니다. 역시 조선의 작가들도 실제로 국어가 보급되어 있으므로 많이 읽히기를 원한다면, 내지어로 쓰는 것이 널리 읽힐 수 있다고 봅니다.

**아키타** : 내지어로 써서 널리 읽히고 일부를 조선어로 번역하면 좋을 것입니다.

**정지용(鄭芝溶)** : 양쪽 다 써도 좋지 않을까요.

**하야시** : 국어 문제가 나왔는데 이건 매우 중요한 문제라고 생각합니다. 우리로서는 조선의 제군에게 얘기해 두겠는데, 작품은 전부 내지어로 써 주기를 바랍니다.[90]

식민지 한국에 구경 나온, 이태준이 말하는 '내지의 선배'들이 거들 먹거리는 앞에서 뭔가 긍정적인 답변을 기다리는 한국 문학자의 초라한 모습이 대조를 이루고 있다. 좌담회는 다음과 같이 계속된다.

**하야시** : 그 점입니다. 지금부터 제군이 작품을 내지어로 써 주기를 바라는 것은. 그 반향은 반드시 있을 것입니다.

**이태준** : 그건 일본 문화를 위해서입니까? 조선 문화를 위해서입니까?

**하야시** : 세계 문화를 위해서입니다.

**유진오** : 그것도 좋지만 조선어로 쓰지 않으면 안 된다고 봅니다. 거기에 의견의 차이가 있는 것입니다.

---

[90]　座談會,「朝鮮文化の進路」,『文學界』, 1939.1, 276면.

하야시 : 이제 조선어는 소학교(小學校)에서도 없어졌지 않습니까?

유진오 : 조선어는 결코 없어지지 않습니다. 점점 엷어져 가기는 하지만…….

하야시 : 그건 그것으로 좋습니다. 그래서 조선의 작가는 내지어로 쓰면 좋은 것입니다. 그렇게 하지 않으면 아무리 써 보았자 독자가 없으므로 먹고 살 수가 없어요. 뭐 이런 얘기는 그만하기로 하고, 어디 제군 이번의 사변(中日戰爭─인용자)에 조선인 문학자가 종군할 수 있도록 총독부에 건의해 보면 어떻겠습니까?[91]

일본어로 쓰는 것이 '세계 문화를 위하는 것'이라고 허장성세(虛張聲勢)를 서슴지 않는 하야시 후사오, 논리를 따라 강변하는 한국인 문학자 앞에서 바쁜 듯이 행상 보따리를 싸는 하야시의 신경질적인 반응은 무엇을 의미하는 것일까. 문학자의 얼굴을 하고 "조선어로 쓰면 밥줄이 끊기니까 일본어로 쓰라"고 윽박지르는 공허한 속물성과 교만함은 그대로 시대의 상징성과 모순을 반영하고 있다. 그러나 이 시점까지는 그래도 한국어의 전면 폐지론은 대두되지 않았다. 하야시 후사오는 그래도 한국 문학에도 관심을 보여 다음과 같은 글도 썼다.

조선어 문제에 대해서도 서로 성급하지 않은 것이 좋을 것이다. 나는 내지어론자(內地語論者)로 조선의 작가가 전부 내지어로 쓰는 날이 오기를 바라고 있지만 성급하게 그것을 주장하고 싶지는 않다. 먼 장래를 기약해도 상관없다. 조선에 내지어가 급속도로 보급되고 있으므로, 현재의 소학생이 어른

---

이 될 무렵이면 언어의 문제에도 새로운 사태가 일어날 것이다. 일본은 조선의 정복자가 아니다. 조선의 정신과 문화의 전통을 올바르고 굳건하게 살리는 방향으로 언어 문제도 해결되지 않으면 안 된다.[92]

하야시 후사오의 이 발언은 당시 어디에 가든 맹위를 떨쳤던 일본 제국주의의 겉마음과 속마음의 이중성을 폭로하는 멋들어진 예이다. "조선의 정신과 문화의 전통을 올바르고 굳건하게 살리는 방향"이라면 한국의 문학자에게 일본어를 강요하는 것은 야만의 논리일 것이다. 하야시 후사오는 한편으로 지배자의 시혜 의식을 흘리고 다니면서, 다른 한편으로 정복자의 교만함과 여유를 즐기고 있다. 이것은 언동에 별로 교묘한 분식 능력이 없는 그의 단순성과 우둔한 정직성의 소치이다. 하야시는 또 '내선일체'에 대해서도 언급했다.

조선 작가의 작품이 좀 더 빨리 내지에 소개되었다면, 내지인은 더욱 조선인의 심정과 정신을 알고 그 장점을 알고 고통과 괴로움을 깨달아 내선일체 운동이 더욱 빨리 더욱 근본적인 형태로 시작되었을지도 모른다.[93]

여기에도 하야시 후사오의 우둔한 정직성은 그대로 발휘되고 있다. 하야시는 한국 문학의 존재를 모르고 있었다는 사실을 스스로 폭로하고 있다. 하야시는 그의 우둔함을 통해 식민지 지배 전 기간 동안 일본인은 진정으로 한국과 한국인을 이해하려 한 사실이 없었다는 명제를

---

92　林房雄, 「朝鮮の精神」, 『文藝』, 1940.7, 195~196면.
93　林房雄, 「東洋の作家たち」, 『文藝春秋』, 1940.4, 362면.

재확인시켜주고 있다. 또한 '내선일체'를 한국인의 '고통, 괴로움'에 대한 해결책으로 제시하여, 일본 제국주의 겉마음의 시혜 의식으로 지배 논리를 충실히 되풀이하고 있다. 이러한 그의 우매함과 저열함은 가해자는 절대로 피해자의 '고통, 괴로움' 따위를 돌아보지 않는다는 야만성의 일반 명제를 확인시켜 주고 있다.

좌익 찌꺼기로 일본 낭만파의 한 사람이었던 하야시 후사오(본명 고토 도시오[後藤壽夫]), 그의 이러한 우둔한 정직성과 성실성으로 나타나는 사고방식의 양상은 '모범생 의식과 지도자 의식'의 변종(變種)으로 '권력자를 향하여 은혜는 은혜로 갚는' 사고(思考) 이전의 세뇌 상태의 정신적 단순성을 보이는 '정직 일변도의 전향'을 가능하게 했다.[94] 또한 '권력자'에 대해서도 "외국에 태어났다면 우리들은 유형(流刑) 아니면 총살당했을 것이다. 단 한 사람의 신민도 죽이지 않는 폐하의 큰마음[大御心]이 우리에게 전향의 길을 열어 주신 것이다"[95]라며, 대량 전향을 가능하게 한 일본적 상황을 마음속으로부터 감사하고 "일본에 태어나서 행운이었다"는 무색의 유아적 귀소 본능을 보이는 것이다.

그의 이러한 정직성은 일방통행이기 때문에 피지배 민족의 고통, 괴로움 따위 돌아볼 여지도 없이 일본어를 강요하고 '내선일체'를 주장하면서, 자기악을 자각하지 못하는 우둔하고 뻔뻔한 가해자의 얼굴을 주저 없이 내보이는 적극성을 보이는 것이다. 이윽고 이것은 일본 제국주의 아래 "조선인은 전향해도 돌아갈 조국이 없다"[96]는 잔인성과 차

---

**94** 鶴見俊輔, 『轉向硏究』, 筑摩書房, 1976, 72~83면.
**95** 林房雄, 「轉向について」, 『文學界』, 1941.3, 29면.
**96** 金村龍濟, 「日本への愛執」, 『국민문학』, 1942.7, 26면.

별 의식을 명확히 해 약자 괴롭히기의 비겁한 가학성을 발휘한다.

이러한 하야시 후사오의 한번 믿어버린 것에 대한 우둔성의 진지함과 정직성은 전향에도 '모범생 의식'의 전형적 표출인 '바보의 진지함[馬鹿眞面目]'의 일관성을 보여준다. 하야시는 일본 제국주의 패망 후에도 『대동아전쟁 긍정론』(1963~1965, 『中央公論』 연재. 1965, 番町書房 발간)을 써 침략 전쟁의 합리화와 정당화를 획책해, 일본 민족의 잠재의식을 유감없이 표출하는 작업으로 다시 나타난다. 이런 의미에서 『문화 방위론』(1968, 『中央公論』 7월호 게재. 1969, 新潮社 발간)을 써 군국주의 부활을 몽상하면서 1970년 11월 자신의 사병(私兵) '방패회(楯の會)'를 이끌고 도쿄 이치가야(市ヶ谷) 자위대(自衛隊) 본부에 쳐들어가 쿠데타를 외치다 할복 자살해버린 미시마 유키오[三島由紀夫]도 전후 세대 일본인의 잠재의식을 표출했다는 점에서 같은 종류의 정직성을 드러내고 있다. 하야시 후사오가 일본인의 정복자 의식과 선민의식을 상징하고 있는 것에 대해, 미시마 유키오는 일본 민족에게 반드시 치욕이었을 미국에 당한 패배와 피지배 의식의 복수심을 응축하고 있다고 볼 수 있다. 일본인의 정직성에서 두 사람을 일직선으로 관통하는 '천황귀일'과 침략의 본성이 자리 잡고 있었던 것이다.

1943년 3월호의 『국민문학』에는 '신반도 문학에의 요망'이라는 좌담회 기사가 실려 있다. 참석자는 '내지 문단의 대가와 중견'이라고 소개된 기쿠지 간, 요코미쓰 리이치, 가와카미 데쓰타로, 야스타카 도쿠조[保高德藏], 후쿠다 기요토[福田淸人], 유아사 가쓰에[湯淺克衛]였다. 사회자는 최재서이다.

기쿠지 : 언문(諺文)으로 쓰는 것도 하나의 좋은 방법이지만, 어쨌든 독자를
  넓힌다는 점으로 말하면 역시 국어로 쓰는 것이 결국 좋지 않을까 생각해
  요. (…중략…) 조선 문학을 진흥시키기는 데는 역시 시장이 넓은 국어로
  쓰는 것이 좋지 않을까 생각하네.

최재서 : 대체로 그런 생각이 지배적입니다.

기쿠지 : 언문이라는 것은 나는 잘 모르지만, 당신이 생각할 때 대단히 문학적
  인 말이라고 보는가?

최재서 : 소설에는 적합하지 않지만, 시의 언어로는 우수하다고 생각하고 있
  습니다.

기쿠지 : 일본어의 형용사와 같이, 여러 가지 언문이 아니면 안 되는 미묘한
  형용사가 많은가?

최재서 : 형용사의 수는 비교적 적은 편입니다. (…중략…)

유아사 : 근대적인 말은 표현이 가능합니까? (…중략…)

기쿠지 : 그렇게 언문으로 밖에 쓸 수 없는 작가라도 매우 좋은 것을 쓰면 번
  역을 할 사람이 있잖은가. 아주 뛰어난 사람이라면 친구가 번역해주어도
  좋으니까 말이야.[97]


이것이 소위 '조선 문학에 혈액적인 애정을 보여온 내지 문단의 대
가, 중견'들의 발언이다. 어느 민족의 문학이라 해도 민족 문학의 최선
의 언어는 그 민족의 민족어이다. 정책적으로는 이미 결정되어버린 한
국어 폐지 강요를 변명하기 위해, 한국 문학자에 대한 시혜 의식을 내

---

97  座談會, 「新半島文學への要望」, 『국민문학』, 1943.3, 3면.

세워 문학적으로 얼버무리려니까 엉터리 궤변으로 흐를 수밖에 없는 것이다. 소위 '내지 문단의 터줏대감'이라 불리던 속물 기쿠지 간의 상식 이전의 무지함과 무례함이 일본 제국주의를 배경으로 시혜 의식이 되어 드러나는 자리에 일일이 응답하고 있는 식민지 지식인 최재서의 추악함이 혼연일체의 양상을 띠고 있다. 한글은 한민족이 세계에 자랑하는 문화유산이다. 이것을 최재서가 모를 리가 없다. 비굴하게도 최재서는 소위 '내지 문단의 대가, 중견'들에게 압도당해버린 것이다.

위의 좌담회는 본래의 의도와는 다른 면에서 언어가 가지는 문화의 대표성과 언어가 내포하고 있는 배타 의식을 생생하게 보여주고 있다. 일반적으로 인간은 모르는 언어에 대해서는 누구나 소외감과 공포감 혹은 배척감을 품는다. 일본인 문학자들로서는 자신들이 접해본 한국이 아무리 '내선일체'와 '황국신민화'를 부르짖고 있는 식민지라 할지라도, 알아들을 수 없는 한국어와 그 한국어로 떠들어대는 한국인이 위협적으로 느껴졌을 것이다. 그것이 한국어와 한국인에 대한 이해를 가로막은 것이다. 의미를 알 수 없는 한국어에 대한 배척감은 한국인에 대한 배척감과도 연결되어 한국 문화 전체에 대한 배척감으로 확대되는 것이다. 일본인 문학자들이 보인 한국어에 대한 부정적 반응은 그것을 말해준다. 알아들을 수 없는 언어에 대한 불신은 그 언어를 말하는 인간에 대한 불신으로 연결되었던 것이다.

언어가 통하지 않는 상대를 지배하는 것은 불가능하다. 의사소통이 안 되기 때문이다. 일본인은 한국어를 배울 의욕도 없었고 그 필요성조차 느끼지 못하고 있었다. 결국 한국인에게 일본어를 배우도록 강요하는 수밖에 없었던 것이다. 일본 제국주의는 '내선일체'와 '황국신민화'를 강요하기 위해서도 한국인에게 '국어' 학습의 강요는 필수 조건이었던 것이다. 식민지 지배 전 기간을 통해 그처럼 '내선일체'와 '황국신민화'를 선전했으면서도, 일본 문학에서 진정한 한국 이해가 끝내 이루어지지 않았다는 사실은 이러한 언어의 성격을 무시한 만행으로부터 유래되었던 것이다. 일본인 문학자에게는 한국어에 대한 학습은 물론 이해하려는 의욕조차 없었던 것이다.

이 좌담회는 소위 '내지 문단의 대가, 중견'들에 의해 한국 문화 전체가 쑥대밭이 된 아주 좋은 예의 하나다. 당시 일본 문학자들의 가장 저질의 우월감은 1942년부터 열린 '대동아문학자대회'에서 일본어를 공용어로 채택하는 횡포와 우둔함을 동시에 범하게 된다. 소위 문학자들이 언어에 대한 둔감성과 야만성을 유감없이 보여준 극치였던 것이다.

일본의 문예 잡지 『문예(文藝)』 1942년 2월호에는 '조선 문학의 장래'라는 대담이 실려 있다. 이 대담에는 장혁주와 유진오가 참가했다.

장 : 우리는 여기(東京－인용자)에서 국어(日本語－인용자)로 쓰고 있지만 금후 『국민문학』이라는 잡지가 나와 조선의 작가가 국어로 쓴다, 그렇게 되면 그러한 작가가 쓰는 것과 우리가 쓴 것과는 좀 구별해야 하지 않을까? 본질적인 것은 같다고 해도 말이야. 그것은 저쪽(朝鮮－인용자)에서 쓰는 사람들이 이쪽(東京－인용자)에서 쓰는 사람들과 같은 것을 노리고 쓰면 같다고 할 수 있지만, 그쪽 문단에 발표할 의도로 쓴다면 역시 조선의 전통에 의식적이든 무의식적이든 강하게 영향을 받게 되지 않을까? 그렇게 되면 직접 내지 문학에 서려는 나 같은 사람과는 얼마간 달라지지 않을까, 나는 그렇게 보는데 (…중략…)

유 : 나에게 얼마 전에 어떤 청년이 찾아 와서 '이 문제는 머릿속에 열병처럼 늘어붙어 떨어지지 않는다, 어찌하면 좋을까' 하고 물어 왔지요. 그래서 '추상적으로 괴로워해도 소용이 없지 않은가. 국어로 쓸 수 있으면 장래 국어로 쓸 수련을 쌓아라. 조선어로 쓴다고 해서 나쁜 일이 아니니까 조선어로 써도 좋지 않은가' 하고 대답해주었지요. 내 생각으로는 조선어 문학은 그대로 내버려두고 국어로 쓸 수 있는 사람은 부지런히 국어로 쓴다, 그리고 조선어로 쓴 작품 중에 우수한 것이 있으면 번역해서 소개한다.[98]

이 대담은 장혁주의 일본 문단에 등단했다는 자만으로부터 나오는 자부심과 한국 작가에 대한 근거 없는 우월감, 도쿄에서 활동하고 있는 자신과 한국에서 활동하고 있는 한국 문학자를 의식적으로 구별하려는 출세주의, 일본인 평론가의 반응에 전전긍긍하는 천박함과 속물성의 표출과 더불어, 유진오의 한국 문학과 일본 문학의 요령부득의 병행 즉 타협론으로 끝나고 있다. 그 중에서도 유진오는 얼마간 균형 잡힌 안목을 보여준다. 무엇보다 당시의 추세인 획일주의를 거부하여 한국어가 좋으면 한국어로, 일본어가 좋으면 일본어로 쓴다는 자세는 빛이 난다. 그러나 시국이 그것을 허용할 리는 없는 것이다.

장혁주는 1932년 일본 『개조(改造)』지의 현상 소설에 「아귀도(餓鬼道)」가 당선되어 일본 문단에 화려하게 등단했다. 그는 데뷔하자마자 일찍부터 일본인 지향을 드러내 일본어로 작품을 쓰는 자신을 한국 문인들이 시기(猜忌)하고 증오한다는 유치하기 짝이 없는 우월감을 드러

---

98  對談, 「朝鮮文學の將來」, 『文藝』, 1942. 2, 74~75면.

내며(「문단 페스트균」, 『삼천리』, 1935.10) 한국 문단과의 결별을 선언한 이래, 일본 제국주의와 타협한 소설 「가토 기요마사[加藤清正]」(『文藝』, 1939년 1월부터 연재)를 써 한국을 침략한 적장(敵將)을 영웅으로 찬미하며 도요토미 히데요시[豊臣秀吉]의 한국 침략을 예찬했다. 도대체 어떠한 의미로도 다른 나라를 침략한다는 것이 정당화될 수는 없는 것이다. 이윽고 그는 「조선의 지식인에게 호소한다」(『文藝』, 1939.2)는 잡문 나부랭이를 끄적거려 한민족의 단점을 날조하며 일본인으로의 민족 해소를 주장한 것을 비롯해, 전형적인 '식민지적 전향'의 행각으로 '내선일체'와 '황국신민화'를 실천했다.

세월이야 속이든 말든 그는 인생의 진정성을 유지해 '식민지적 전향'의 일관성을 관철한 결과, 1952년 노구치 미노루(野口稔, 筆名 野口赫宙)로 일본에 귀화해 일본인이 되겠다는 염원을 달성한다(1905~1997).

무엇보다 문제를 그냥 넘길 수 없는 것은 작가로서의 그의 언어관이다. 그는 일본어와 자신과의 관계를 다음과 같이 말했다.

내가 일본어로 글을 쓰는 데 이상할 것은 아무것도 없다. 나는 일본어로 사물을 생각하고 공상한다. 이것은 나에게는 자연스러운 것으로 이것을 자랑으로 생각하지 않음은 물론, 모국어를 경시하는 것이라고 부끄럽게 생각하지도 않는다. (…중략…) 내가 일본어에 깊은 매력을 느끼게 된 것은 쓰레즈레쿠사[徒然草]를 읽고 나서였다. 호죠키[方丈記]를 읽고, 마스카가미[增鏡], 마쿠라노소시[枕草子](네 작품 모두 일본의 고전─인용자) 등을 읽게 됨에 따라 점점 일본어에 집착을 갖게 되었고, 이윽고 일본의 현대 문학을 알게 되면서부터 일본어는 나에게 없어서는 안 되는 것이 되어 버렸다.[99]

장혁주가 개별 언어로서 일본어에 대해 '자연스러운 매력'을 느끼는 것은 그 자신의 지적 취향과 호기심에 속하는 것으로 그의 말대로 "이상할 것은 아무것도 없다." 문제는 그가 일본어로 쓰는 행위 자체에 있는 것이 아니라 그의 문학적인 자세에 있다. 식민지 지배로 민족어가 말살되는 위기 상황에서 자신의 조국을 지배하고 있는 나라의 언어에 대한 이러한 애정과 자신감은 그의 작가적 파행성과 일본적 편향성을 말해준다. 그는 또 일본어로 창작하는 목적을 다음과 같이 말했다.

> 조선민족만큼 비참한 민족은 세계에서도 흔치 않을 것이다. 나는 이 실정을 어떻게 해서든지 세계에 호소하고 싶다. 그렇게 하기 위해서는 조선어로는 범위가 너무 좁다. 그 점 외국어로 번역되는 기회도 많을 것이므로, 아무래도 일본 문단에 나가지 않으면 안 된다고 생각했다.[100]

장혁주의 이 발언은 한편으로 민족적 입장을 대변하고 있는 듯이 보이지만, 문학적 출발부터 문학의 본질과는 전연 관계가 없는 공리성 위에 서 있었음을 폭로하고 있다. 문학에서 언어의 선택이란 작가 자신의 공리적 이해관계에 의한 선택으로 이루어지는 것이 아니라, 초월적인 내면성으로 이루어지는 것이다. 즉 문학자의 문자 행위란 정체성의 확인 작업인 것이다. 자기 확인 작업으로서 문학 행위는 모국어와 민족어로 출발하는 것이 당연하다. 다른 경우는 어느 것이나 예외일 수밖에 없다. 예외라는 것은 개인적인 필연성으로 인한 모국어의 상실

---

99　장혁주, 「我が抱負」, 『文藝』, 1934.4, 126면.
100 위의 책, 116면.

이나, 역사적인 조건에 의한 민족어의 상실 등이 있을 수 있다. 이러한 예외적 조건 이외의 경우는 문학적 필연성과는 관계가 없는 이차적으로 습득한 외국어로 전개하는 지적 활동에 지나지 않는다.

장혁주에게 모국어로서 한국어를 상실할 필연성이란 있을 수 없다. 그는 의식적으로 모국어인 한국어를 버린 것이다. 그 이유로 그가 들고 있는 것은 "조선어로는 범위가 너무 좁다"면서 '번역의 기회가 많은 일본어를 선택'한 것으로 되어 있다. 그의 창작 목적인 '조선민족의 비참한 실정을 세계에 호소'하기 위한 선택이라고 합리화해도 문학적으로는 무지의 폭로에 불과하다. 개별 언어로서 한국어와 일본어는 우열의 차이가 있을 수 없다. 장혁주의 논법으로 한다면 세계의 모든 문학은 '번역의 기회가 많은' 몇몇 나라의 언어로 통일될 수밖에 없다. 어떤 문학자의 작품이 외국어로 번역되는 것은 그 작품이 우수한 문학적 성취를 이루었다는 의미이지, 출발부터 선택한 언어에 의한 공리성의 결과물이 아닌 것이다.

결국 장혁주의 이러한 발언은 식민지 지배의 시대 상황에 순응해, 때마침 습득한 지배국의 언어인 일본어로 일본 문단에 나가려는 출세욕을 언어론으로 채색한 것이다. 지배국의 언어를 가지고도 문학적 예술성의 성취는 물론이고, 시대적 진실을 전달할 수 있고 지배국의 모든 것을 당당하게 고발, 공격, 폭로할 수 있다.

장혁주는 일본 문단에 등단 후 프롤레타리아 문학의 효과와 '지방색(local color)'으로 대접받으며 성과를 올렸으나, 모국어의 포기는 그대로 정체성의 상실과 직결된다는 것을 증명하듯 일본 제국주의 한국 지배 이념과 타협하여 '내선일체'와 '황국신민화'를 실천하기에 이른다. 1939년 이 과정을 스스로 적고 있다.

내 처녀작은 「아귀도」입니다만, 이 작품에 대해서는 훨씬 전에 이렇게 쓴 적이 있습니다. 조선의 빈곤한 실정을 널리 세상에 알리고 싶다고. 여기에 거짓은 없었습니다. 나는 그 몇 년 전에 조선의 시골에서 교사를 한 일이 있어, 그 작품에 써 있듯이 기근이 든 상황을 삼 년 정도 지켜보면서 연민의 정을 참을 수가 없었습니다. 나는 그 작품을 세 번 개작했습니다. 그것에는 거짓이 없습니다만 다음 말에 중점을 두면 꽤 많은 거짓이 들어있다고 봅니다. 그 작품을 쓸 당시는 마침 프롤레타리아 문학의 전성기가 끝나갈 때였습니다. 그러므로 내가 프롤레타리아 문학의 영향을 받은 것은 물론이지만, 고백하자면 나는 맑시스트가 아니고 아나키스트였습니다. 그래서 나는 당시의 프롤레타리아 문학 이론과는 별도의 길을 가지 않으면 안 되었던 것입니다. 나는 영리하게도 구라하라 고레히토[藏原惟人]의 문학론과 고바야시 다키지[小林多喜二]와 마에다코 히로이치로[前田河廣一郎] 등 여러 사람의 프로 문학의 옷을 본따 입었던 것입니다. 여기에 심리상의 거짓이 하나 있었습니다. 그리고 조선의 궁핍한 상황을 널리 세상에 알리고 싶다고 한 것은 거짓이 아니었지만, 이러한 심각한 소재였기 때문에 독자(현상 심사자와 발표 후의 비평가 등)에게 상당한 반향을 일으킬 것이 틀림없다고 마음속으로 바라고 있지 않았다고는 말할 수 없습니다. 궁핍에 찌들려 있는 농촌 사람들을 나의 출세에 이용했다는 것은 제쳐 두고 세상에 널리 알리고 싶어서 썼다는 점만을 과장하여 감상을 쓰기도 했습니다만, 그것이 어느새 내 창작의 하나의 신념이 된 듯 지금은 생각만 해도 부끄러운 「사코다 농장[迫田農場]」 같은 조사물을 쓰기도 했고, 그 외에 5, 6편 정도 프로 문학 소설을 썼습니다. 이것은 하나의 예입니다만 그와 같은 빌려 입었다는 심리상의 거짓말은 의외로 빨리 내 소설을 바닥나게 했습니다. 그래서 나는 일 년 반 정도 아무 것도 쓸 수 없어 곤란했습니다.[101]

이 글은 장혁주가 도쿄에 이주하여 바로 침체기를 맞이해 '암중모색'하고 있을 때를 회상하여 쓴 것이다. 장혁주가 일본 문단에 등단한 1930년대는 일본에서 만주사변 이후 파시즘이 대두하기 시작하여 사상에 대한 규제가 강화되고, 사회주의 운동과 프롤레타리아 문학이 탄압당하던 시기이다. 이러한 시대 상황은 사노 마나부[佐野學]와 나베야마 사다치카[鍋山貞親]의 전향 성명, 고바야시 다키지[小林多喜二] 학살 등이 상징하듯 전향의 속출과 프롤레타리아 문학의 해체를 가져왔다.

이러한 일본의 시대적 동향과 맞추어 볼 때 1932년 장혁주의 일본 문단 등장의 의미가 드러나는 것이다. 삼 년 동안이나 계속된 재해에 따른 이재민 구제 사업의 공사 현장에서 일하는 한국인 농민들의 비참한 상황과 일본인 감독과 한국인 십장(什長)의 착취에 억눌린 분노를 폭발시키며 궐기하는 한국인 농민들의 모습을 그린 「아귀도」는 일본 문학계에 이색적이고 충격적인 것으로 받아들여졌다. 그것은 일본어를 모국어로 갖는 일본인 작가가 흉내 낼 수 없는 참신하고도 강렬한 세계로 비쳐졌다. 일본에서는 침체한 프롤레타리아 문학의 재건을 장혁주의 작품에서 보려했던 것이다. 발표 당시 복자(伏字) 투성이의 「아귀도」는 엄청난 평판을 얻었다.

금년도의 가장 큰 기쁨은 조선의 청년 작가 장혁주 군의 역작을 얻은 일이다. 이것은 아마도 조선의 작가로서 우리나라 문단에 웅비하는 최초의 인물일 것이며, 또한 넓게는 세계에 조선 작가의 존재를 힘차게 주장하는 것이리라.[102]

---

101 장혁주, 「私の小說勉强」, 『文藝』, 1939.11, 142~143면.
102 第五回懸賞創作發表, 『改造』, 1932.4.

한국 문학을 모두 무시하는 『개조』지 편집부의 호들갑스런 과대 찬사가 얼마나 시혜 의식에 가득 차 있는가를 단지 27세에 불과한 장혁주가 알아차릴 수는 없었을 것이다. 과대 찬사와 너무 많은 박수는 장혁주에게 자부심과 과대한 중압감을 동시에 부과했다. 장혁주는 이 자부심과 중압감을 처리하지 못해 그 부작용이 그의 인격에 깊은 그림자를 드리우게 되는 것이다. 그것이 일본 제국주의에 대한 수혜 의식이 되어 그는 일본 문학자의 일거수일투족에 전전긍긍하는 해바라기성 문학 태도와 일본 열등감을 키워가게 되고, 그 반작용으로 한국인 문학자와의 구별 의식과 자민족에 대한 우월감을 표출하게 된다.

소설 「아귀도」로 일본 문단에 데뷔한 직후 장혁주의 모습은 다음과 같다.

1932년 6월경의 일이었다. 「아귀도」 한 작품으로 이름을 날려 작가적 야심에 불타고 있던 장혁주는 어느날 비평가 오오야 소이치[大宅壯一]에 이끌려 도쿄 교외에 있는 기쓰조지(吉祥寺, 지명 — 인용자)로 에구치 간[江口渙]을 방문했다. 오오야 소이치의 권유를 받아 일본프롤레타리아 작가동맹에 가입하려는 마음이 있어, 동맹의 중앙부에 있는 에구치 간으로부터 동맹의 계급적 사명과 일본 프롤레타리아 문학의 장래 등을 들어보기 위해서였다. 두 사람의 간담(懇談)은 네 시간이나 계속되었다. 그러나 장혁주는 작가동맹에 가맹을 일단은 결의했으면서도 어느 틈엔가 애매한 상태로 취소해버렸다. 그리고 한결같이 부르주아 문단에의 진출을 목표로 삼아 저널리즘의 물결을 타려는 일에 전념했다.[103]

장혁주가 일본 프롤레타리아 작가동맹에 가맹을 결행하지 않은 것은 프롤레타리아 문학에 대한 일본 제국주의의 탄압을 염두에 둔 보신책이 작용하고 있었을 것이다. 또 한편으로 그에게는 "내가 소속되어 있는 민족의 여러 경우와 그것에 의해 일어나는 여러 현상"에 대해 쓰는 것보다도 "개인의 생존욕에 기반을 둔 갖가지의 본능을 그리고 싶다"[104]는 순문학을 향한 의욕도 작용하고 있었다.

장혁주는 1936년 6월 고향 대구와 도쿄를 오가던 생활을 청산하고 도쿄로 이주했다. 그러나 생각했던 것과 달리 '가정적으로, 성애적(性愛的)으로, 또한 출신에서 오는 여러 가지 파탄'을 짊어지고, '희망을 품고' 찾아온 도쿄에서의 생활은 그의 '머리를 캄캄하게 하여', 도쿄에 온 것을 후회하기도 하고 '사상과 철학의 빈곤'을 느껴 절망하기도 하는 등[105] 어려움에 처하게 된다.

그러면서도 1932년부터 1937년까지 학대받는 한국 농민을 그린 그의 소설은 차례차례 발표되어 에스페란토어로 번역된 『쫓기는 사람들』은 단행본으로 폴란드에서 출판되었고, 단편집 『소년』은 에스페란토어로 체코슬로바키아에서 출판되었고, 『권(權)이라는 남자』와 단편집 『산령(山靈)』은 중국에서 번역 소개되었다. 이것은 그가 말한 "조선민족의 실상을 세계에 호소하고 싶다"는 창작 목표와 부합되는 성과라고 할 수 있다. 그러나 그 자신이 고백한 것 같이 '빌려 입은 옷'과 같은 그의 한국 농민에 대한 애정과 문제의식은 곧 한계를 드러내고, 그 후에는 「갈보」

---

103 江口渙, 「朝鮮プロレタリア文學運動の史的展開」, 『民主朝鮮』, 1949.9.
104 장혁주, 「私が抱負」, 『文藝』, 1934.4, 117면.
105 장혁주, 「私の小說勉強」, 『文藝』, 1939.11, 144~145면.

(1934), 「장례식날 밤에 일어난 일」(1934), 「성묘 가는 남자」(1945) 등 이색적이고 한국의 풍토성이 짙게 드러나는 소설을 발표해 지방색(local color)을 주조(主調)로 한다.

이 지방색에도 만족하지 못한 그가 '암중모색'을 계속하며 '도쿄에서 안정을 찾은' 다음에 쓴 작품으로 「심연(深淵)의 사람」(『文學案內』, 1936.9)과 「우수 인생(憂愁人生)」(『日本評論』, 1937.10)이 있다. 「심연의 사람」은 사회주의 운동에 참가한 혐의로 투옥되어 정신 이상을 일으킨 주인공 문수용(文守用)과 그의 변호를 맡은 변호사 조훈(曹勳)과의 관계를 그린 소설이다. 이 소설에서 장혁주는 한 청년을 파멸시킨 원인이 사회주의이며 그것을 극복하지 않으면 안 되는 하나의 '심연'으로 그리고 있다. 또한 주인공의 변호사 조훈도 주인공을 변호한 정열이 '인도주의적인 감상'에 지나지 않고, 민족 해방 운동도 사회주의와 마찬가지로 한국인을 파멸시키는 '심연'으로 본다. 민족의 일보다도 '개인의 안정과 지위'를 추구하는 인간을 긍정한다. 「심연의 사람」은 「아귀도」 이래 장혁주가 갖고 있던 학대받는 자민족에 대한 애정과 문제의식이 자신을 파멸시키는 하나의 '심연'임을 깨달아 그것과의 결별을 선언한 작품이다. 도쿄로 이주하여 '암중모색'한 그 삼 년 동안 그는 일본의 프롤레타리아 문학이 탄압을 받아 해체되는 과정을 지켜보며 자신의 안전과 출세를 생각하고 있었다. 그는 이 동안에 사회주의 문학과의 관계를 원천적으로 부정하고 있었던 것이다.

「우수 인생」은 장혁주의 진로를 암시한 작품이다. 이 작품은 아버지가 한국인이고 어머니가 일본인인 주인공 내[金英一]의 일본 생활을 그린 소설이다. 주인공 나의 가정은 한국인이라는 이유 하나로 항상 '우수'에 가득 차 있고 나의 인생도 '우수' 그 자체이다. 나는 한국인이라는 이유로 소학교 시절부터 차별을 받으며 괴롭힘을 당하고 굴욕을 감수해야 했다. 고물상을 하는 아버지는 한국인을 모욕한 일본인을 살해한 동포에 가담했다는 혐의로 감옥에 들어간다. 이후에 전개되는 고난으로 충격을 받은 어머니는 누이동생을 등에 업고 물에 뛰어들어 자살해버린다. 한국에 있는 백부집으로 가게 된 나는 한국에서 소학교를 졸업하지만 이름이 어머니 쪽의 '고사카[小坂]'가 아니고, 아버지 쪽의 성(姓)인 '김(金)'이었기 때문에 취직을 할 수가 없었다. 어머니 쪽의 성인 고사카 에이치[小坂英一]로 속여 도항해 다시 일본으로 돌아온 나는 겨우 마을의 공장에 취직하는데 출소한 아버지는 신슈(信州, 현재의 長野縣)의 철도 공사장에서 사고로 죽는다. 이러한 가정의 불행은 모든 원인이 내가 한국인이라는 사실로부터 출발한다. 이 작품에서 장혁주는 일본에서 생활하는 한국인의 부정적 이미지를 모조리 색출하여 그려내고 있다. 한국인은 '더럽다', '도둑놈', '쓰레기', '이상한 체취(體臭)', '흉폭함', '붉은 얼굴' 등 당시의 일본인이 품고 있던 한국인의 마이너스 이미지가 총동원된다. 이것을 장혁주는 그대로 받아들여 진실처럼 그려내고 있다.

또한 장혁주는 이러한 한국인의 상황을 식민지 지배의 희생자라는 관점에서가 아니라, 주인공이 소학교 때 친절한 선생님의 배려로 얻은 어머니 쪽의 '일본식 이름'인 '고사카 에이치[小坂英一]'가 되려고 하는 일본인 지향으로 해소시켜버린다. 한국인이기 때문에 일어나는 한국인 가정의 비극을 그린 「우수 인생」의 주제는 뒤에 똑같은 원인으로 일어나는 한국인 가정의 파탄이 불량소년 이와모토[岩本]가 지원병에 지원하는 '황국신민화'로 해소된다는 소설 「이와모토 지원병」에 이르러 완전히 해결된다.

이 과정에서 확인할 수 있는 것은 장혁주의 시점 혼동이다. 장혁주는 어느새 일본인의 눈으로 자민족을 보고 있는 것이다. 「우수 인생」의 주인공이 보여주는 한없는 일본인 지향은 장혁주 자신의 신분 상승의 의지인 것이다. 한국의 시골에서 지배국의 수도 도쿄까지 올라간 명성에 '개인적 안정과 지위'를 얻어 만족한 나머지, 일본 제국주의와 동일시 현상을 일으킨 것이다. 따라서 그에게는 한갓 식민지에 불과한 한국은 빨리 빠져나오고 싶은 '어두운 과거의 심연'이었다.

장혁주에게는 일본 제국주의의 강력한 군사력 앞에 독립이 결국 무리라면 일본 제국주의가 말하는 대로 한국인 스스로 '황국신민'이 되어 일본인으로 사는 것이 최선이었던 것이다. 장혁주는 도쿄 생활에서 자민족과의 동족성과 동시대 의식을 완전히 상실했던 것이다. 아니 버렸을 것이다. 소년기의 이광수가 일본 유학을 통해 일으켰던 일본과의 동일시 현상을 청년기의 장혁주는 도쿄 문단에서 작가로서 보여준다.

이후 장혁주는 전형적인 '식민지적 전향'의 모델 케이스가 되어 '내선일체'와 '황국신민화'의 실천을 명확히 내세운다. 1939년 6월 제2차 펜부대(pen部隊)의 일원으로 만주를 시찰한 것을 시작으로 각종 좌담회, 보고, 참배단, 강연, 입소 훈련, '대동아문학자대회' 참가 등 일본 제국주의도 도쿄에 사는 한국인 작가 장혁주의 존재 가치를 충분히 인식하여 이용했고, 그도 또한 적극적으로 이에 편승해 일본 제국주의 첨병(尖兵) 역할을 충실히 했다.

장혁주는 언어 문제에 대해 한국의 문학자에 다음과 같이 말했다.

그래서 문인에게 직접 문제가 되는 것은 이 의무 교육이다. 금년에 이것이 실시되면(일본 제국주의의 한국인에 대한 의무 교육은 1946년부터 실시할 예정이었다―인용자) 30년 후에는 조선어의 세력이 오늘날의 절반으로 감소한다. 나아가서 그 30년 후에는? 아일랜드는 삼백 년에 영어 사용국이 되어 오늘날 웬만한 산골의 주민이 아니면 켈트어는 들을 수가 없다고 한다. 오늘날에는 삼백 년 걸릴 것이 백 년이면 족하다. 이렇게 되면 문인 제씨(諸氏)는 점점 조선어에 매달리리라. 그것을 나는 장한 일이라 본다. 그러나 그와 동시에 내지어에 진출하는 것도 반드시 배격할 일이 아니라고 생각하는데 어떨는지. 일본어는 금후 점점 동양의 국제어가 되어가고 있다. 쇼오도 예이츠도 켈트어로 썼다면 오늘의 세계적 작가가 되었을 것인가? 아일랜드와 조선의 오늘은 조금은 사정이 다를 것이다. 그러나 30년 후에 경성에 내지어 문단이 생기지 않는다고 누구도 예견할 수 없는 것이다.[106]

장혁주는 일본 제국주의의 한국 지배를 불변의 현실로 받아들이고 있다. 그의 계산으로 60년(2세대) 후면 한국어는 아일랜드의 켈트어(Celtic)와 같이 사어(死語)가 되고, 100년 후에는 300년 걸려 영국이 된 아일랜드와 같이 한국도 완전히 일본이 된다고 보고 있다. 그의 이 명제가 정당한 것인가 아닌가는 제쳐두고라도, 그는 모국어인 한국어가 언젠가 사어(死語)가 된다고 단정하여 그 소멸을 촉구하고 있다. 없어질 운명의 한국어를 버리고 일본어로 일본 문단에 진출했다는 사실에 대해 우월감을 과시하고 있는 것이다. 그리고 이 부분에서 이러한 자

---

106 장혁주, 「朝鮮の知識人に訴ふ」, 『文藝』, 1939.2, 239면.

기를 한국의 문학자가 질투하고 있다는 과대망상증을 노출한다. 일본어로 문학 행위를 하면서 자민족으로부터 빠져나와 지배 민족 속으로의 신분 상승을 열망하고 있는 피지배 민족 출신 작가 장혁주의 '식민지적 전향' 속에는 주인의 말을 배워 주인에게 복종을 맹서하는 노예의 모습이 들어있다.

쇼오(George B. Shaw, 1856~1950)든 예이츠(William B. Yeats, 1865~1939)든 그들의 문학적 성취는 장혁주가 말하는 속물적 언어 선택에서 연원하는 것이 아님은 말할 것도 없고, 단지 영어로 썼기 때문에 이루어진 것은 더욱 아니다. 그것은 어디까지나 그들의 문학 정신과 문학적 재능의 결과물로 이룩한 영역인 것이다.

장혁주의 논리에 따르면, 한국 민족은 몇 사람인가의 세계적인 문학자를 배출하기 위해(더 정확히 말하면 장혁주와 같은 문학자를 내기 위해) 한국어를 버리고 일본어를 선택하지 않으면 안 된다는 헛소리가 된다. 더구나 쇼오든 예이츠든 그들이 문학적 자세에서 자신의 모국어를 의식적으로 버렸다면, 그것 자체가 그들의 조국에 대한 반역 행위인 것이다. 그것은 결국 얼마쯤의 문학적 재능, 값싼 문학적 명성, 한 주먹의 문학적 업적과 흥정할 수 없는 인간의 도덕과 양심의 문제인 것이다. 문학 혹은 문학자라는 존재성은 장혁주가 생각하듯이 언제 어디서나 편리하게 동원되어 흘러넘치고 흔해 빠진 '예술'이라는 이름으로 무엇이나 무시할 수 있을 정도로 초월적인 특권을 누리는 '성물(聖物) 혹은 선민(選民)'이 아닌 것이다.

이러한 준열(峻烈)한 문제를 제쳐두고라도, 바로 그 쇼오가 풍자와 야유라는 문학적 기교를 가지고 지배국인 영국을 비롯하여 서양 문명 전체를 신랄하게 비판한 사실, 또한 바로 그 예이츠가 모국어인 켈트어의 부활과 아일랜드 문예 부흥 운동의 중심인물이었으며, 실로 반영(反英)의 위치에 있었다는 사실 등을 일본 제국주의에 빌붙어 출세욕에 불타 있던 장혁주는 어떻게 설명할 것인가. 그 아일랜드도 1949년 영국으로부터 독립을 쟁취했다. 또한 장혁주가 말한 '30년 후'(1969)의 한국은 '내지어 문단'은커녕 독립국이 된 지 오래되었다.

이에 비해 장혁주와 마찬가지로 일본어로 일본 문단에 등단한 김사량이 있다. 김사량은 기본적으로 "조선 문학은 기후 풍토와 오랜 동안의 역사에 순응하여 만들어진 조선인의 독자적인 기질과 성격과 말과 감성의 증거물이고 또한 반영이다"[107]라고 민족과 민족어의 필연성을 설명하면서 자신이 일본어로 하는 창작 과정을 다음과 같이 말했다.

조선의 사회와 환경에서 동기와 정열이 끓어올라 그것들에 의해 파악된 내용을 형상화할 경우, 그것을 조선어가 아니고 내지어로 쓰려고 할 때에는 작품은 아무래도 일본적인 감정과 감각에 방해를 받기 쉽다. 감각과 감정과 내용은 언어와 결합되어 처음으로 가슴 속에 떠오른다. 극단적으로 말하면 우리는 조선인의 감각과 감정으로 기쁨을 알고 슬픔을 기억할 뿐만 아니라, 그것의 표현은 그것 자체와 불가피하게 결합된 조선말이 아니면 확실하게 떠오르지 않는 것이다. 예를 들면 슬픔이든 욕이든 그것을 내지어로 옮기려고 하면 직관과 감정을 매우 우회해서 번역하지 않으면 안 된다. 그것이 안 되면 순전한 일본적 감각으로 바꾸어 문장을 꾸미게 된다. 그러므로 장혁주 씨나

---

107 김사량, 「조선문화통신」, 『現地報告』, 文藝春秋社, 1940.9(『金史良全集』第4卷, 25면에서 재인용).

나와 같이 내지어로 쓰려는 사람은 작자가 의식하고 안하고에 관계없이, 일본적인 감각과 감정에 떠밀려가는 위험성을 느끼게 된다. 나아가서 자신의 것이면서도 이국적인 것으로 눈이 어두워지기 쉽다. 이러한 것을 나는 실제로 조선어로 쓰는 창작과 내지어로 쓰는 창작을 같이 시도하면서 통감하는 사람 중의 하나다.[108]

김사량은 한국인이 일본어로 작품을 쓸 때의 부자연스러움과 '번역'의 과정을 '조선적인 감각과 감정'과 '일본적인 감각과 감정'의 내적 갈등으로 파악하고 있다. 그리고 그것의 위험성으로 작자의 의도와는 다른 이국적(exotic)인 작품의 출현을 지적한다. 이 지적은 "내가 일본어로 글을 쓰는 데 이상할 것은 아무것도 없다. 나는 일본어로 사물을 생각하고 공상한다"는 장혁주의 시건방진 호언(豪言)과는 본질적으로 다르다. 이러한 김사량과 장혁주의 일본어에 대한 문학적 자세의 차이는 그대로 문학 정신과 민족정신의 차이로 나타나 이윽고 두 사람 인생의 준열한 분기점을 이룬다.

김사량은 내적 갈등을 겪으면서도 일본어로 창작하는 이유를 다음과 같이 말했다.

내지어로 써야 할 것인가? 물론 쓸 수 있으면 써도 좋다. 그러나 일부러 모든 희생을 무릅쓰고 내지어로 쓰는 경우에는 그 사람에게 적극적인 동기가 있지 않으면 안 된다. 조선의 문화와 생활과 인간을 더욱 넓은 내지의 독자층에게

---

108 위의 책, 27면.

호소한다는 동기. 또한 겸손한 의미에서 말한다면 나아가 조선 문화를 동양과 세계에 넓히기 위해 중개자의 수고를 자처한다는 동기. 이 존귀한 목적이 없으면 자신의 언어와 이야기해주어야 할 넓은 독자를 가지고 있으면서 그것을 버리고 일부러 쓰기 어려운 내지어로 써야할 필요가 어디 있겠는가.[109]

그는 일본어에 의한 창작을 '문화의 중개자' 역할이라는 측면에서 설명하고 있다. 이러한 자세는 초기의 장혁주와 별로 다르지 않은 발상이라 할 수 있다. 그러나 한국어의 위기 상황이 닥쳐왔을 때 둘의 태도는 완전히 갈라지게 된다. 원래부터 '조선어로 쓰는 조선 문학'을 주장하여 왔던 김사량은 소설 「천마」에서 다음과 같이 말하고 있다.

조선어가 아니면 문학을 할 수 없다는 얘기가 아니다. 나는 언어의 예술성만을 위해 이런 얘기를 하는 게 아니야. 몇백 년이라는 오랜 동안 고루한 한학의 중압 밑에서 문화의 빛을 맛볼 수 없던 우리가 비틀거리면서도 점점 우리 문자와 문화에 눈을 뜬 오늘날이 아닌가. 조선 오백 년 이래 악정(惡政)의 그늘에 묻혔던 문화의 보물을 발굴해, 그것으로 과거의 전통을 계승하기 위해 과거 30년간 우리는 얼마나 많은 피땀을 흘리며 노력한 대가로 이 정도의 조선 문학이나마 세워놓았던가. 그러나 나는 이것 때문에 또한 제멋대로 감상에 빠져 말하고 있는 것이 아니다. 실로 중대한 문제는 조선인의 8할이 문맹이고 글을 아는 사람의 90%가 조선 문자 밖에는 읽을 수 없다는 사실이다![110]

---

**109** 김사량, 「조선문학풍월록」, 『文藝首都』, 1939.6(『金史良全集』 第4卷, 11면에서 재인용).
**110** 김사량, 「천마」, 『文藝春秋』, 1940.6(『金史良作品集』, 162~163면에서 재인용).

이것은 당시 일본 정신과 일본어를 주장하기에 바빴던 '신체제 문학'에 대한 김사량의 외침에 다름 아니다. 그러나 '내선일체'와 '황국신민화'라는 지배 정책 아래 한국어 수호는 현실과의 대립을 야기할 수밖에 없다. 여기서 타협안을 제시한다.

조선의 작가에게 할 수 없는 얘기를 꺼내 일본어로 쓰라는 것은 부당하다. 그 대신에 조선어 문학을 번역하는 조직을 만들어 도쿄 문단과 세계 문단과도 교류를 꾀해 조선 문학의 현상과 조선 문학이 진실로 조선어로 쓰지 않으면 안 되는 이유를 밝혀야 한다.[111]

실제로 김사량은 번역 활동도 전개하여 1939년 이광수의 소설 「무명(無明)」을 일본어로 번역해(『モダン日本』, 朝鮮版, 1939.11), 이 작품이 1940년 일본의 아쿠타가와상[芥川賞] 위원회가 선정하는 제1회 '조선 예술상'을 수상한 적도 있다. 이러한 김사량으로부터 확인할 수 있는 것은 일본어와 '신체제 문학'과의 관계이다. 일본어로 쓴 작품이 일괄적으로 소위 '신체제 문학'이 되는 것이 아니고, 한국어로 썼다고 하여 '신체제 문학'이 안 되는 것도 아니다. 일본어로 쓴 작품 중에도 소위 '국책'과는 관계없이 예술성을 높인 작품이 있고, 한국어로 쓴 작품 중에도 '국책'을 반영한 것이 있기 때문이다. 결국 작품의 내용과 주제의 문제인 것이다. 한국 문학의 창작을 한국어로 쓴다는 원칙을 관철하면서 일본어 창작을 '조선 문화의 중개자' 역할로 간주하는 김사량의 문학

---

111 김사량, 「조선문학풍월록」, 『文藝首都』, 1939.6(『金史良全集』 第4卷, 15면에서 재인용).

태도는 '내선일체'와 '황국신민화'를 주제로 일본어로 쓰려는 '신체제 문학'과는 그 국민 문학적 측면에서도 구별될 수밖에 없다.

김사량은 도쿄제국대학 독문과를 졸업한 1939년 『문예 수도(文藝首都)』 10월호에 「빛 속으로(光の中に)」를 발표하여 그것이 1940년도 상반기 아쿠타가와상 후보작이 되면서 문명(文名)을 얻었다. 소설 「빛 속으로」는 도쿄의 빈민가에 살고 있는 소년 야마다 하루오[山田春雄]와 인보 사업(隣保事業) 단체에 가입하여 빈민가의 야간부 수업을 맡은 한국인 제국대학생 나(南先生)와의 인간적인 사귐을 그린 작품이다.

하루오는 한국에서 태어난 일본인 전과자를 아버지로, 아버지가 한국에 있을 때 요리집에서 가로챈 한국 여인을 어머니로 태어난 소년이다. 자기가 일본인이라는 것을 권세로 삼아 어머니를 학대하는 아버지와 자신을 요리집에서 자유의 몸이 되게 해준 은혜 때문에 맹종하는 어머니 사이에서 "아버지의 모든 것에 대한 무조건적인 헌신과 어머니의 모든 것에 대한 맹목적인 거부"라는 형태로 성격이 왜곡되어버린 하루오는 한국인에 대해 충동적인 적개심을 품고 있다. 그러나 어느 날 남선생은 하루오를 아버지의 폭행으로 부상을 입고 입원한 어머니에게 데려가 어머니에 대한 애정을 소생시킨다. 그리고 소년다운 천진함을 되찾은 하루오는 남선생과의 인간애도 회복하기에 이른다.

이 소설에는 일본에서 생활하는 한국인의 가난하지만 서로 돕는 따뜻한 인정의 세계와 한국인임을 감추지 않고 당당하게 살아가는 이(李)라는 청년 등을 등장시켜 한국인에 대한 편견을 배제하고 있다. 어른들의 편견의 틈바구니에서 왜곡된 소년의 심리를 형상화함으로써, 시대를 조망하는 소설 「빛 속으로」는 뛰어난 예술적 성과를 올린 작품이다.

김사량은 「빛 속으로」에 대해 다음과 같이 쓰고 있다.

> 현실의 중압감에 눌려 나의 눈은 아직 어두운 곳에만 머무르는 것 같다. 그
> 러나 내 마음은 언제나 밝음과 어두움 속을 헤엄치며 긍정과 부정 사이를 봉
> 합하면서, 언제나 훈훈한 빛을 찾아 안달하고 있다. 빛 속으로 빨리 나가고
> 싶다.[112]

식민지라는 현실의 중압을 이기기 위해 또한 '빛'을 찾기 위해 그는 한국어와 일본어로 한국의 현실을 직시하는 작품을 차례차례 발표한다. 평양 대동강 변의 빈민들을 통해 식민지의 현실에 패배해가는 가난한 한국인을 그린 「토성랑(土城廊)」(東京帝大 同人誌 『堤防』, 1936)을 비롯해, 식민지 한국에 모여든 일본 문화인들의 속물성과 이들에 빌붙어 살아가는 한국인 문학자를 그린 「천마」(『文藝春秋』, 1940.6) 등이 그것들이다. 그 중에서도 「풀이 깊다」(『文藝』, 1940.7)는 '내선일체'의 골계성을 통렬하게 비판한 소설이다.

소설 「풀이 깊다」는 총독부의 화전민 박멸 정책에 쫓겨 고통받는 산촌 사람들의 생활을 그린 작품이다. 주인공 박인식(朴仁植)은 일본 유학 중의 의대생으로 산촌의 위생 상태를 조사하면서 의료 봉사(1930년대 브나로드운동의 일환)를 할 목적으로 산골 동네로 간다. 그 곳의 군수인 숙부는 일본인 부하보다 월급이 반도 안 되고 그 이상의 출세길이 막혀 있었지만, '한 군(郡)의 장(長)으로서 한국어로 얘기하면 위신의 문

---

112 김사량, 「光の中に」(小說集 跋文), 1940(『金史良全集』 第4卷, 67면에서 재인용).

제'라 하여 소위 '색의 장려 운동(色衣奬勵運動)' 연설을 횡설수설 엉터리 일본어로 한다. 산골 사람들은 일본어는 전연 못 알아들으니까 당연히 통역이 따라다니는데, 그 통역이란 인물은 바로 주인공이 중학생 시절 동맹 휴교 투쟁에서 다른 일본인 선생과 함께 비굴한 한국인의 표본으로 내쫓은 '코찡찡이 선생'이었다. 숙부인 군수의 연설이다.

조선인이 가난해진 것은 흰옷을 입었기 때문이다. 경제적으로도 시간적으로도 비경제적이다. 즉 흰옷은 쉽게 더러워지므로 돈이 들고 세탁하는 데 시간이 많이 걸린다.[113]

그러나 이 연설을 듣고 있는 산골 사람들은 몇 년이고 입을 대로 입어서 죄수복처럼 흙색으로 변한 옷을 걸치고 있었고, 흰옷이라 해 봐야 연단에 앉아 있는 일본인 직원들이 입고 있는 여름옷뿐이었다. 이 '색의 장려 운동'이 '백의민족(白衣民族)'의 정체성을 왜색(倭色)으로 지우려는 조선총독부의 정책이었음은 물론이다. 소설에서는 '색의 장려 운동'의 실천을 독려하기 위해 군의 직원들이 시장의 입구를 지키고 있다가 산골 사람들의 옷에 먹으로 ○, △, ×의 표시를 해 준다. 또한 군수의 통역을 한 '코찡찡이 선생'은 다음과 같이 묘사되고 있다.

원래 조선어 선생이라 하면 가장 빛이 안 나는 존재였다. 그래서 나이 많은 사환까지도 시골 고향에 돌아가 술이라도 한 잔 마시면 자기가 조선어 선생

---

113 김사량, 「草深し」, 『文藝』, 1940.7(『金史良作品集』, 93면에서 재인용).

이라고 떠들어댄다는 소문까지 있을 정도다. 코찡찡이 선생은 마치 가장 비참한 표본을 몸으로 보여주려는 듯 누구보다 아침 일찍 등교하여 어두워져서야 퇴근을 했는데, 수업 중 교단에 섰을 때나 교무실에서 무릎을 꿇듯이 엎드려서 일을 할 때나 하루 종일 얼굴을 시뻘겋게 하고 코를 훌쩍이고 있었다. 젊은 일본인 선생들은 단 한 사람의 조선인 선생인 그를 바보 취급하여 아무렇지도 않게 명령을 내리기도 하고 부탁을 하기도 했다. 원래가 자격이 없는 선생으로 15년간이나 모교인 이 중학교에서 조선어를 가르치고 있지만 관등(官等)도 가장 낮아서 언제까지나 판임관(判任官, 천황의 위임을 받은 행정관청의 장이 임명하는 관리. 여기서는 조선 총독이 임명 ─ 인용자) 7급이었다. 그에 비해 일본인은 아무리 젊어서 건너와도 봉직하기만 하면 3, 4년이 지나지 않아 임관(任官)이 되었고, 판임관으로 있을 때라도 봉급이 거의 코찡찡이 선생의 두 배에 달했다. 그 때문인지 모두 코찡찡이 선생을 노복(奴僕) 정도로 밖에 생각하지 않았다.

"뭘로 할까요?"

하고 점심시간이 되면 코찡찡이 선생은 한 사람 한 사람 주문을 받으러 돌아다녔다.

"아, 벌써 점심인가, 나는 냉면으로 할까."

"오야코(親子丼, 계란 닭고기덮밥 ─ 인용자)로 해 주십시오."

"나는 됐어."

"나는 우동."

하는 식이어서 인식(仁植)을 비롯해 학생들이 잘못을 저질러 교무실에 꾸중이라도 들으러 가면 이러한 모습의 코찡찡이 선생을 보는 것이 여분으로 더욱더 마음이 괴로웠다.[114]

이것이 식민지 한국의 각급 학교에서 한국어가 받고 있던 대우였다. 1940년대에 들어가면 푸대접을 받으면서나마 남아 있던 한국어가 각급 학교에서 완전히 사라져버렸다.

김사량은 최재서의 『국민문학』에 일본어 소설을 발표했으나 '신체제 문학'과는 거리가 먼 것이었다. 그 중에서 「태백산맥(太白山脈)」(『국민문학』, 1943.2~10)은 갑신정변(1884) 실패 후 태백산맥으로 피신한 한말의 육군 장교 윤천일(尹天一)과 그를 둘러싼 동학교도, 화전민, 신흥 종교의 교도, 난민, 비적(匪賊) 등의 인간 군상과 대자연의 위력, 젊은이의 사랑, 동학교도의 봉기, 관군의 습격, 윤천일의 아들들이 세우는 김옥균 구출 계획, 이상향으로의 이주 계획 등 파란만장한 사건이 겹치면서, 자신을 쫓는 관군을 전멸시킨 윤천일이 그를 따르는 무리들을 이끌고 새로이 발견한 '낙토(樂土)'에 이른다는 웅대한 스케일의 장편 소설이다. 이 작품 속에는 생(生)에의 강한 의지와 향토애를 비롯해 민족의식 등이 짙게 드러나 있다. 「물오리섬」(『국민문학』, 1942.1)은 평양의 대동강 안에 있는 물오리 섬에서 사랑하는 아내를 잃고 뱃사공이 된 주인공 미륵(彌勒)의 슬픈 추억을 그린 소설로 김사량의 대동강에 대한 한없는 애착과 향토애를 보여주고 있다.

1940년경부터 몇 년간 집중적으로 계속된 김사량의 일본어 작품 속에는 한국이라는 조국 의식을 기본 축으로 동포에 대한 따뜻한 시선과 조국애 및 향토애가 짙게 깔려 있다. 이러한 김사량의 식민지 지배 아래 한국인의 애환을 형상화하여 보여주는 현실 직시의 날카로운 시점

---

114 위의 글(『金史良作品集』, 94~95면).

과 향토애로 나타나는 민족의식은 식민지 한국의 현실에 대한 비판 정신의 표현이라 할 수 있다. 동시에 일본어로 쓰면서도 높은 예술성을 지킨 문학 정신의 발로이며, 지배국의 언어를 가지고도 지배국에 대해 정공법을 전개할 수 있다는 저항 정신을 보여준 것이라 할 수 있다. 그러나 식민지라는 현실의 중압은 '빛 속으로 빨리 나가고 싶다'고 염원하는 김사량에게도 예외 없이 다가오고 있었다.

1941년 12월 태평양전쟁이 발발한 다음날 김사량은 사상범 예방 구금법에 의해 가마쿠라[鎌倉] 경찰서에 구금되어(그는 학생 시절에도 두 번이나 체포당했다) "남방(南方)에 종군하여 황군(皇軍)을 찬양하고 전첩(戰捷)을 보도할 것"을 강요당하나 거절한다. 이때에는 야스타카 도쿠조[保高德藏], 다카기 겐사쿠[高木健作], 구메 마사오[久米正雄] 등의 진력으로 석방되었다. 석방된 뒤 한국에 돌아온 김사량은 1943년 8월 '국민총력 조선연맹'이 조직한 해군 견학단의 일원으로 선발되어 한국의 진해 경비부(鎭海警備府), 일본의 사세보 해병단[佐世保海兵團], 해군 병학교(海軍兵學校), 오타케 해군 잠수학교[大竹海軍潛水學校], 해군성(海軍省), 쓰치우라 해군 항공대[土浦海軍航空隊] 등지를 시찰했다. 이때 도쿄에서 만난 야스타카 도쿠조에게 김사량은 다음과 같이 말했다.

일본은 조선에게 쌀을 달라하여 조선은 쌀을 내놓았다. 이번에는 노동력을 내라하여 노동력을 내놓았다. 피를 내라하여(조선인에 대한 징병제 - 인용자) 피도 내놓았다. 그런데도 일본은 조선에 대해 아무것도 하는 것이 없지 않은가. 학생은 전문학교 이상은 입학시키지 않고 있으며, 회사에서도 관청에서도 조선인은 아무리 유능해도 위로 올라갈 수가 없다. 이런 식으로 조선인의 협력을 얻을 수 있다고 생각하는가. 일본인은 give and take의 정신을 모른다![115]

　시찰을 마치고 한국에 돌아온 김사량은 일본 제국주의 해군을 예찬하는 한국어 르포타지 「해군행(海軍行)」(『매일신보』, 1943.10.10~23)을 써 '신체제 문학' 참가의 제일보를 내딛는다. 계속해서 그는 해군 특별 지원병 제도 실시에 즈음하여 '반도 민중에게 해군 사상을 보급시킬' 목적으로 한국어 장편 소설 「바다에의 노래」(『매일신보』, 1943.12.14부터 193회 연재)를 쓴다. 이것이 김사량의 '신체제 문학' 참가 제이작이다. 이것에 의해 그는 '국민총력 조선연맹'이 선발한 '재지(在支) 조선 출신 학도병 위문단'의 일원으로 1945년 2월 중국으로 파견된다. 중국에 건너간 김사량은 1945년 5월 북경(北京)에서 연안(延安)으로 탈출하여 화북 조선 독립 동맹(華北朝鮮獨立同盟)의 조선 의용군(朝鮮義勇軍)에 합류한다. 그는 1950년 한국전쟁 당시 조선 인민군에 종군해 후퇴하던 중 강원도 원주 부근에서 심장병으로 낙오하여 행방불명되었다. 이때 그의 나이 36세였다.

　김사량은 연안으로 극적인 탈출에 성공해, 일본 제국주의에 대한 패배임에 틀림없는 자신의 '식민지적 전향'을 위장(僞裝)으로 전환시킬 수 있는 정당성을 얻었다. 소위 '신체제 문학'에 참가한 적이 있는 문학자 중 행동을 통해 위장 전향을 실천한 유일한 예이다.

　이렇게 어지러운 분위기 속에서 시국은 점점 더 다급해져 문학자로

---

[115] 保高德藏, 「序文」, 『金史良作品集』, 3~4면.

하여금 언어 한국을 택할 것인가 언어 일본을 택할 것인가의 선택을 강요하게 된다. 드디어 1942년 최재서는 다음과 같이 선언한다.

> 조선어는 최근 조선의 문화인에게는 문화의 유산이라기보다는 오히려 고민의 씨앗이었다. 이 고민의 껍질을 깨지 않는 이상 우리의 문화적 창조력은 정신의 수인(囚人)이 될 뿐이다.[116]

문학에서 언어는 역시 생명의 문제였다. 최재서도 결국엔 한국어라는 내부적 공간에서 망설이고 있었던 것이다. 최재서는 '고민의 씨앗'인 한국어의 내부적 공간 즉 전통의 '껍질'을 어떻게 하여 일본어 즉 일본적 정신 공간으로 치환할 것인가의 문제에 부딪친 것이다. 이 과정에서 한국인은 당연히 한국적 정신과 일본적 정신과의 갈등을 경험할 수밖에 없다. 이것이 최재서가 말하는 '정신적 수인성(囚人性)'일 것이다.

언어가 갖는 전통성, 김사량이 말하는 '조선적인 감정과 감각' 혹은 최재서가 말하는 '정신적 수인성'을 당시의 '신체제 문학'에서 검색해 본다. 이무영(李無影)은 당시 농민 작가로 알려진 인물이다. 그는 1943년 만주로 건너가 이민 부락을 시찰한 후 만주 개척민 일가의 생활을 그린 단편소설 「토룡(土龍)」(『국민문학』, 1943.4)을 썼다. 만주 개척이라는 일본 제국주의 '국책'을 실천한 작품이다. "조선 농민의 혼을 형상화하여 전시(戰時) 농촌을 그리고 싶다"[117]는 이무영의 소위 '국어 작품'에는 실로 엉터리 '국어'가 난무하고 있다.

---

116 최재서, 「編輯を了へて」, 『국민문학』, 1942.5 · 6(합본호), 206면.
117 이무영, 「作家の言葉」, 『매일신보』, 1943.5.1.

작품 속에서 주인공 춘보(春甫)가 늦게까지 돌아오지 않는 아들을 기다리다 지쳐 분노를 터뜨리는 말에 'このどたわけめ! 歸ってさへ來てみろ, 骨さ拾って見せるにけえ!'라는 표현이 있다. '骨さ拾って見せるにけえ'는 '뼈다귀를 하나하나 뽑아버리고 싶을' 정도로, 혹은 '뼈다귀를 분질러버리고 싶을' 정도로, 혹은 '뼈다귀를 추려버리고 싶을' 정도로 화가 났을 때 내뱉는 한국어 욕설의 직역이다. 이런 경우의 일본어 표현이라면 '首っ玉をへし折る'라든지, 'どたまをかちわる' 혹은 'どたまをぶち破る', 아니면 'ぶん毆る' 혹은 '殺してやる' 정도일 것이다. '骨を拾ふ'가 되면 화장장에서 태워버린 유골을 줍는 뜻이 되어 화가 나 있는 것이 아니라 슬퍼하고 있는 의미로 둔갑해버리는 것이다. 이 부분은 'このどたわけもの! 歸ってみやがれ, 首っ玉をへし折ってやるぞ!(이런 멍청한 놈. 돌아오기만 해봐라, 모가지를 비틀어버릴 테니까!)' 정도의 표현이 무난할 것이다. 그리고 끝에 붙은 어미 'にけえ'는 한국의 남부 지방 사투리를 직역한 것이므로 일본어 표현이 될 수가 없다. 억세고 고집불통의 한국인 농부를 부각시키려는 의도이겠지만, 난데없이 일본어 발음으로 직역해버리면 엉터리 '국어'도 이만저만이 아니다.

이무영의 작품에는 이러한 일본어가 부지기수로 등장한다. 같은 「토룡」에서만 보더라도 '低のねえ甕に水を入れると同じこんですよ'라는 표현은 의미는 통하겠지만, '밑 빠진 독에 물 붓기'라는 한국 속담의 직역이다. 이런 말이 일본어에 있을 리가 없다. 이것은 'ざるに水を入れる(소쿠리에 물 붓기)'라는 일본어가 옳을 것이다. 또한 '鎌をおいてㄱ字も知らないといって'라는 표현도 역시 '낫 놓고 기역자도 모른다'는 한국 속담을 직역한 것으로 'ㄱ'이라는 글자가 일본어에 있을 리가 없다. 근거도 없는 억지 '국어'를 만드느니보다는 '目に一丁字もない (배우지 못하여 전혀 글을 모르다)' 혹은 'いろは(伊呂波)も知らない' 정도의 표현이 타당할 것이다. '金の小牛をつけてやっても, 貰ふめえ.'도 한국어의 직역이다. '금송아지를 붙여줘도 안 받는다'는 뜻이나 '금송아지'라는 표현은 일본어에 없다. '八斗落'이라는 말도 마찬가지로 일본어에는 없는 말이다. '두락(斗落)'은 볍씨 한 말을 뿌릴 수 있는 넓이의 논을 의미하는 한국의 토지 단위다. 일 두락은 한 마지기 곧 이백 평이다. '송아지를 같이 몰며 자란 친구'를 의미하는 '一緒に仔牛を共に牽いて育った友達'라는 표현도 소와 같이 생활하는 한국 농민을 생각하면 의미는 통한다 해도 일본어로는 낙제다. 더구나 '一緒に'와 '共に'는 '함께' 혹은 '같이'라는 뜻의 동의어 부사(副詞)로 한 문장 안에서 중복되어 어법에 맞지 않는다. 이것도 역시 '幼馴染み' 혹은 '竹馬の友' 정도의 표현이 적당할 것이다. '鯨背のやうな瓦家建てて'도 한국어의 직역이다. '고래등 같은 기와집'이라는 말은 일본어에 없다. 일본어로 한다면 '小山のような瓦屋(동산 같은 기와집)' 정도일 것이다. 마찬가지로 '심지어 새우잠을 잔 적도 있다'는 뜻의 '蝦寢をさへしたものであった'도 한국어의 직역이다. '새우잠'이란 말은 일본어에 없다. 이것도 '猫のように背中をまるめて寝る(고양이처럼 등을 구부리고 잔다)', 혹은 'ぎこね', 'ごったね' 정도가 적당할 것이다. 이와 같은 예는 다른 작품에서도 얼마든지 찾아낼 수 있다.

　이러한 '국어' 표현의 넌센스는 이무영의 일본어 어학 수준을 나타내는 것이기도 하겠지만, 그것보다 더욱더 깊은 원천은 한국어가 아니면 표현할 수 없는 한국 농민의 한국적 '혼(魂)'에 있다. '전시의 농촌을 묘사할' 목적으로 식량 증산에 여념이 없는 농민 혹은 지원병으로 즐겁게 지원하는 농민, 일손을 '나라에 바친' 농민, 농촌에 남아 나라를 위해 헌신하는 '군국(軍國)의 어머니' 등 '국책' 수행에 전념하는 농촌을 그린 그의 소설이 공허한 선전물이 되든가, 아니면 「토룡」과 같이 '국책'인 만주 개척을 묘사하면서도 한국 농민의 한국적 체질만이 부각되는 넌센스 소설이 되어버리는 것은 한국 농민의 전통인 '혼'이 일본어와는 부합되지 않음을 증명하는 것이다. 소설 「토룡」의 주인공 가족에서도 드러나듯이 만주 개척을 주장하면서도 개척에 호응하여 땅에 집착을 보이는 것은 주인공 춘보뿐으로 아들과 딸 등 젊은이들은 토지를 버리고 도시로 떠날 생각만 하고 있어, 개척촌의 공동화(空洞化)와 개척민의 분열상은 어찌할 수 없는 근원적인 문제가 되고 있다. 개척 회사의 대출금에 묶여 '인질' 같은 노인들만 남아 있는 개척촌이 무슨 의미가 있을 것인가. 만주 개척에 적극적으로 참여하는 한국 농민을 그린다는 창작 의도와는 반대로 만주 개척을 비판하고 야유하는 소설이 되어버린 것이다. 모범적인 '황국신민'으로서 한국 농민을 그려낸다는 것이 땅에만 매달리는 우직하고 우둔한 농민상이 되어버린 것이다. 제목 그대로 '지렁이[土龍]'처럼 땅에 매달리는 것이 '내선일체'의 '국책'을 실천하는 것이라고 믿는 한국 농민의 모습을 그린 이무영 소설의 작위성은 그대로 그의 문학 태도의 안일함과 단순성을 나타내고 있는 것이다.

이무영의 엉터리 일본어와 작품 속에서 보여주는 한국 농민의 한국적 체질은 작자 자신의 '신체제 문학' 참가의 의도와는 정반대로 통렬한 현실 비판과 더불어 일본어 거부로 연결되는 언어의 원칙론에 직면한다. 이무영이 일본 제국주의 '국책'에 적극적이면 적극적일수록 그의 작품 세계는 한국인의 '혼'만이 부각될 수밖에 없는 것이다. 이무영은 시대의 압력에 쫓겨 일본어로 썼으면서도 역설적이게도 그 엉터리 일본어로 인해 한국 농민의 한국적 '혼'이라는 정체성에 의해 궁색스럽게나마 구제받았다고 볼 수 있다. 이무영의 경우, 한국 농민의 '혼'을 지켜나가면 한국어도 같이 숨어서 살아남을 수 있다는 위장 효과도 겸비하고 있는 것이다. 그러나 여기에도 용어로서의 언어와 언어의 전통인 '혼'이 갖는 양면성의 모순은 숨어 있다. 이무영이 그리는 '농민'은 그 '혼'으로 인해 일본인이라는 '황국신민'이 될 수가 없고, 그 일본어로 인해 한국인이 될 수도 없다. 이것은 그의 소설에도 마찬가지로 적용되는 성격이다. 이무영의 소설은 그 용어의 특수성과 애매 모호성 그리고 그것으로부터 생기는 '혼'의 착란성에 의해 문자 그대로 '신체제 문학'이 될 수밖에는 없었다. 이 문제는 단지 이무영 혼자만의 것은 아닐 것이다.

이와 같이 소위 '신체제 문학'이 그것의 삼 요소 즉 주제, 용어, 귀속의 원칙에 충실하면 할수록 자기모순도 깊어진다. '신체제 문학'이 그 문학 행위에서 문화 개념인 예술성을 추구하면 할수록 일본어라는 용어에 의해 확인될 수밖에 없는 한국인이라는 작가의 한국적 '혼'이 주제인 일본 정신이라는 일본적 '혼'의 전통성에 도달하는 것을 불가능하게 한다. '혼'의 차원에서 전통성의 탐색이 없는 문학 작품은 작가 자신의 값싼 지식의 나열에 불과하다. 따라서 '신체제 문학'은 그 귀속 문제에서도 소속감을 상실하여 시대의 미아가 될 수밖에 없는 것이다. 예술성이 없는 사이비 문학 작품은 소음에 불과한 것이고, 이러한 모순을 보충하기 위해서도 '신체제 문학'이 철저한 공리성 위에 서서 정치적 선전과 구호를 외쳐댄 것은 당연한 귀결이라 할 수 있다.

이 한국적 '혼'과 일본어와의 어찌할 수 없는 갈등과 알력과 모순은 결국 '신체제 문학'이 자기 파탄에 빠질 수밖에 없다는 것을 의미한다. 그리고 이러한 언어적 모순과 정신적 갈등은 문학자 자신의 의도와는 관계없는 곳 즉 한국어로 형성된 한국적 전통은 일본어로 형성된 일본적 전통이 될 수 없다는 언어의 규정성으로부터 연원하는 것이다. 이 문제는 한국인이 일본어로 썼다 하여 해결될 성질의 것이 아니다. 이무영의 소위 '국어 작품'을 통해 확인할 수 있는 것은, 이무영의 엉터리 일본어가 보여주는 한국 농민의 모습과 김사량의 완벽한 일본어가 보여주는 향토애가 어찌할 수 없는 한국적 '혼'의 차원에서 역설적인 일치를 본다는 사실이다. 문학에서 한국인이 일본어로 쓰는 것에 대한 가능성을 '신체제 문학'과는 정반대의 입장에서 김사량이 예견적으로 보여주고 있다고 할 수 있다.

당시 농민이 인구의 대부분을 차지하고 있던 한국의 현실에서 '신체제 문학'에 농민 작가 이무영이 차지하는 중요성은 매우 커서 1942년 9월 8일부터 1943년 2월 7일까지 일본어 신문『부산일보』에 연재한『청기와집(靑瓦の家)』(1943년 日本 新太陽社 출판)은 "시국과 더불어 일본화되어가는 조선인 가정"을 그려, '국어로 써진 최초의 장편 소설'로 1943년 '조선 예술상'의 문학상을 수상했다. 이 작품에 대해『경성일보』논설위원 겸 학예부장 데라다 아키라[寺田瑛]는 다음과 같이 말했다.


나는 군(君)이 항상 농민 등 생활 정도가 낮은 지방민을 그려내면서 농민 언어와 사투리를 표현하느라 적지 않은 고생을 하고 있는 것을 알고 있다. 그래서 사투리의 특색을 드러내려하면 할수록 내지의 사투리에 대한 선입관에

방해를 받아 사이타마 현[埼玉縣] 사투리 혹은 간사이 지방[關西地方] 사투리
가 뒤섞이고 여성어 혹은 유아어가 뒤범벅이 되는 예를 보게 되는데, 이것은
반드시 군 혼자만의 문제가 아니라, 이러한 인물을 그릴 때에 다른 반도 작가
누구나가 빠지는 통폐이다. 공연히 내지 언어의 선입관에 시달리지 말고 우
선 반도의 방언이나 농민 언어 등을 새로운 국어로 창조하는 것이 선결 문제
라고 항상 생각해왔고 또 군에게도 권하고 있다.[118]

데라다 아키라는 정체불명의 '국어 창조'를 주장하여 모순을 모순으
로 해결하려는 모순의 확대를 획책하고 있다. 언어가 가지는 한계성은
우월감에 빠져 일본어를 강요한 일본인 자신들도 해결할 수 없는 아포
리아였던 것이다.

한국인이 일본어로 문학 작품을 써도 그것은 벌써 전통으로서의 일
본인의 정신 공간 혹은 민족 공간이 될 수 없다. 그것은 다만 일본에 대
한 학습 내용과 이해의 수준에 머물 수밖에는 없는 성질의 것이다. 이
것은 본질적으로 언어의 문화적 속성과 제한성으로부터 오는 것이다.
따라서 최재서가 말하는 '고민의 종자'로서 한국어의 '껍질'로부터 탈
출하는 것도 결국엔 불가능한 일이다. 적어도 논리적으로는 그렇다.
여기에서 등장하는 것이 최재서가 주장하는 '신념'과 '용기'이다. 논리
가 풀 수 없는 것은 '신념'으로 대치할 수밖에 없다. 그 '신념'이 향하는
곳은 '내선일체'와 '황국신민화' 나아가 '대동아공영권'이었고, 그것을
지탱해준 것이 '국민 문학'의 국가 개념이었다.

---

118 寺田瑛, 「朝鮮藝術賞の李無影君」, 『국민문학』, 1943.5, 73면.

그러나 한국인으로서 민족적 국가주의를 버리고 나서 일본 제국주의가 진정한 한국인의 조국이 될 수 있는가의 문제는 여전히 '신체제 문학자'의 짝사랑으로 남아 있다는 곳에 그들의 비극이 숨어 있었다. 그리고 그것을 규정하는 원천성으로 '신체제 문학'이 부딪쳤던 언어의 '혼'이 갖는 구속은, 이광수가 소설 「그들의 사랑」을 자기모순의 진흙탕 속에서 헤매다가 중단할 수밖에 없었던 사실, 또한 장혁주가 문학적으로 실패하여가는 추악한 과정, 김문집의 한국어에 대한 회귀와 좌절 등이 여실히 보여주고 있다. 또한 최재서가 '일본 국가를 발견하기에 이르는 혼의 기록'으로 「비시의 꽃」과 「민족의 결혼」을 썼으나, 그 소재가 신라였고 실제로 신라에서 일보도 벗어나지 못했다는 사실에서도 재차 확인할 수 있다.

1942년 최재서는 『국민문학』에 다음과 같이 썼다.

> 본지는 본래 일 년에 네 번은 국어판, 여덟 번은 언문판(諺文版, 조선어─인용자)이라는 원칙을 정해 과도기적인 정세에 대처해 온 바 있습니다만, (…중략…) 이미 이러한 과도기적 조치에 만족할 수 없음을 통감한 바 있으므로 완전한 국어판으로 전환합니다. 이것으로 명실공히 국민 문학이 될 수 있다고 확신하는 바입니다.[119]

'국어 잡지로의 전환'의 표면적 이유는 한국에 '징병제 실시와 표리일체'를 이루어 '황국신민화 최후의 마무리'를 짓기 위한 조치로 되어

---

119 최재서, 「國語雜誌への轉換」, 『국민문학』, 1942.5・6(합본호), 44면.

있다. 이렇게 하여 한국에서 한국어 문예 잡지는 사라졌다. 이후 한국어와 한국 문학은 논란의 대상조차 되지 않았다.

여기에서 등장하는 것이 '한국 문학 멸망론'이다. 한국 문학의 최후의 저항선인 한국어마저 버린 마당에 한국 문학 논의가 있을 수 없다는 것이다. 여기에 대한 최재서의 발언이다.

조선 문학을 확대하지 않는 한 조선 문학의 절망론은 피할 수 없는 것이 된다. 종래의 조선 문학은 언문 문학(諺文文學)을 가리키고, 따라서 그것은 반도인만에 의해 반도인만을 대상으로 한 문학이었기 때문이다. 그러나 국민 문학은 말할 것도 없이 국어로 쓰는 것이 원칙이고 따라서 집필자는 내선인 공동이 된다. 또한 독자도 반도인 이천만이 아니라 일억의 전 국민이고, 나아가서 십억의 대동아 제민족을 대상으로 하는 것이 이상이다. 그러므로 조선 문학은 멸망하기는커녕 이 새로운 조건의 출현에 의해 그 범위를 커다랗게 확대할 것이다. 전에도 말했지만 보수적인 조선 문학관에 매달려 있는 한 절망론을 피할 길은 없다. 그것은 마치 일본으로부터 분리된 조선을 상상하는 모든 사고가 절망론에 떨어지는 것과 같은 것이다.[120]

'소승적(小乘的) 조선 문학'으로부터 '대승적(大乘的) 조선 문학'으로의 비약론이다.

다음으로 등장하는 것이 '한국 문학 공명론(空名論)'이다. '신체제 문학'이 내용에서 '황도주의', 형식 즉 용어에서 일본어로 전환하는 이상,

---

120 최재서, 「朝鮮文學の現段階」, 『국민문학』, 1942.8, 14면.

한국 문학은 허명(虛名)에 불과하다는 논리이다. 여기에 대해서도 최재
서는 다음과 같이 말했다.

> 국민 문학의 체제를 들어 말하자면 그것은 일본 문학이지 조선 문학이 아
> 니며, 다만 공명론에 불과하지 않느냐하는 논의가 있다. 그것은 역으로 말해
> 거기까지 간다면 새삼스레 조선 문학이라고 이름을 붙여 구별한다는 것은 당
> 치도 않다는 논의가 된다. 그러나 이것은 아직 대립에 매달려 있는 사고방식
> 이다. 일본 문학과 대립하여 조선 문학이 있는 것이 아니다. 일본 문학의 일
> 환으로 조선 문학이 있는 것이다. 다만 조선 문학은 충분히 독창성을 가진 문
> 학이어야 하므로, 장래에도 조선 문학으로 일부분을 확보해야 할 것이다.'[121]

결국 '한국 문학 멸망론'을 취하든, '한국문학 공명론'을 취하든 '신체
제 문학'은 언어가 가지는 제한성과 전통성을 극복하지 못한 채, '식민
지적 전향'의 파행성만이 병적으로 드러날 수밖에 없다. 이와 같이 문
학과 언어, 민족과 전통, 정신과 문화를 무시하고 일본 제국주의 지배
이데올로기의 정론성에만 매달린 곳에 '신체제 문학'의 반문화성과 배
민족성(背民族性)의 불합리가 숨어 있다.

---

[121] 위의 글.

## 4. 귀속 문제

여기서 논의의 대상이 되는 것은 용어로서 일본어를, 그리고 내용으로 '황도주의'라는 체재를 갖춘 '신체제 문학'이 과연 일본 문학과 어떤 관계를 갖느냐이다. 일본과는 문학적 전통을 다르게 해온 한국 문학이 '신체제 문학'으로 재출발할 때 재래의 한국적인 전통, 사상, 감정 등 언어 한국으로 대표되는 한국적인 문화를 어떻게 처리하느냐는 문제이다.

그래서 등장한 것이 '한국 문학 특수성론'이다. 이것은 '한국 문학 멸망론'과 '한국 문학 공명론'에 대한 해결책으로 제시된 것으로, 한국 문학은 소멸하는 것이 아니라, 일본 문학의 일부분으로 살아남을 수 있다는 연명론(延命論)의 하나다. 이러한 생각은 벌써 한국 문학이 일본 문학의 한 지방 문학으로 편입되었다는 것을 승인한 것이라 할 수 있다. 여기에서 나온 신용어가 소위 '반도 문학(半島文學)'[122]이다. 이것은 한국의 지리적 이미지와 문화 개념을 결합시켜 한국과 일본이라는 대립적 의미를 제거함으로써 한국이 일본 제국주의의 한 영토라는 귀속

---

[122] 1943년 『국민문학』 3월호 '신반도 문학에의 요망'이라는 좌담회에서 '반도 문학(半島文學)'이라는 용어가 사용되고 있다. 참석자는 기쿠치 간[菊池寬], 요코미쓰 리이치[橫光利一], 가와카미 데쓰타로[河上徹太郎], 야스타카 도쿠조[保高德藏], 후쿠다 기요토[福田淸人], 유아사 가쓰에[湯淺克衛]와 최재서였다. '신(新)'이라는 접두어가 사용된 것은 종래의 한국 문학이 아니라 '국민 문학' 곧 '신체제 문학'이라는 의미일 것이다. 또한 1944년 최재서의 인문사에서 『신반도문학선집(新半島文學選集)』 제1집과 제2집이 나왔다. 수록된 작가는 한국인(9명)뿐만 아니라, 소위 '내지 작가(內地作家)'로 한국에서 활동하고 있던 일본인(6명)도 포함되어 있다. 그리고 『국민문학』 1944년 2월호에 발표한 오비 주조[小尾十三]의 소설 「등반(登攀)」이 '황국신민화를 실천하는 일본인을 그려' '국가사상을 의식한 작품'이란 평가로 1944년 상반기 아쿠타가와상[芥川賞]을 수상하자 '반도 문단이 기뻐해야 할 쾌거(快擧)'라 극찬하고 있다(『국민문학』, 1944.9, 34면).

관념과 문화적 일체감 내지 동일시 현상을 조장한 말이라 볼 수 있다. 그러나 당시 '외지'라는 말이 주는 이미지가 그러하듯 '반도'라는 용어도 한국인에 대한 차별의 의미를 함축하고 있었음은 물론이다. 이렇게 하여 '신체제 문학'은 '반도 문학'으로 그 귀속 문제를 해결했다.

'신체제 문학'은 존재 양식에서도 복잡한 문제를 제기하고 있다. 개념상으로는 일본인, 일본어, 일본 문학을 주장하면서도 그것을 쓰는 사람이 한국인이라는 사실은 부정할 수 없다는 것으로부터 문제는 출발한다. 이 경우 문학의 속문주의(屬文主義), 소재주의(素材主義), 속지주의(屬地主義)라는 분류상의 문제가 당연히 제기된다. 속문주의는 문학 행위에 사용되는 개별 언어의 문제이고, 소재주의는 문학 작품의 내용과 구성 요소인 제재이며, 속지주의는 작가의 정신이 존재하는 선험적 존재성 즉 정체성으로서 민족 혹은 국가를 의미한다. 문학 행위를 하는 용어로서 개별 언어는 학습 내용으로 습득한 것도 있지만, 그 정신을 논할 때에는 반드시 작가의 정체성이 문제가 된다. 문학자에게 모국어 이외의 모든 언어는 결국 외국어이다. 소재는 비교적 자유로운 성격을 가지는 것으로 작가의 학습 내용과 지식, 교양 등 개인의 재능에서 유출된 작가적 체험의 전 영역을 포함한다. 결국 문학 작품과 작가의 존재 양식은 속지주의 곧 정체성을 중심으로 개별 언어와 소재가 결합한다. 일반적으로 작가의 정체성과 개별 언어 및 소재는 서로 일치한다. 문학자는 자신이 속한 민족의 민족어로 자신이 속한 사회에서 소재를 얻어 문학 행위를 한다는 뜻이다. 이것이 일치하지 않을 경우는 예외라고 할 수밖에 없다. 예외의 경우에도 속지, 속문, 소재의 어느 쪽에 반드시 문학자의 정체성을 의탁한다. 그러므로 문학 작품의 존재

형태는 언제나 문학자의 정체성과 관련된다.

'신체제 문학'에서 논의된 한국 문학과 일본 문학의 관계에도 이 문제는 가로놓여 있다. '신체제 문학'은 표면상 '황도주의'에 입각해 일본어를 선택하여 '황국신민'이 되는 것을 목표로 하고 있다. 문제는 이때 한국인의 정체성은 어떻게 처리해야 하는가에 있다. 형식상 한국인은 한국인의 정체성을 버리고 일본인의 정체성을 획득하는 것으로 되어 있다. 그러나 그것이 개별적인 차원이 아니라 민족적인 차원에서 가능한 입론일까. 과연 한국 민족의 멸망은 있을 수 있는가. 한국 민족이 멸망하지 않으면 한국어도 없어질 수가 없다. 따라서 한국 민족의 민족 단위의 정체성 상실도 있을 수 없는 것이 된다. 당시 '신체제 문학'의 지식인들이 '배수(背水)의 진(陣)'으로 노리고 있었던 것이 이 점이 아니었을까.

한국인과 일본인이라는 개념은 민족 단위로 성립된 대타 관념의 자기 확인이다. 한국인이 일본인에 대해 자기가 한국인이라는 것을 확인하듯이 일본인도 한국인에 대해 자기가 일본인이라는 사실을 확인한다. 한국인이 아무리 일본인이 되려고 해도 일본인이 한국인에 대해 자기 확인을 계속하는 한, 즉 일본인이 일본인임을 포기하지 않는 한 '내선일체'는 있을 수 없다. 일본인 스스로가 자기 본위적 우월감을 포기한다는 것은 있을 수 없는 일이다. 이것을 확대하여 '대동아공영권'에까지 비약시켜도 결과는 마찬가지다. 아시아의 제민족은 일본인에 대해 자민족을 대타 관념으로 확인한다. 마찬가지로 일본인은 타민족에 대해 대타 관념으로 자기가 일본인임을 확인한다.

이러한 관계에서 '대동아공영권'의 어느 민족에 대해서든 일본적인 가치관을 아무리 강요해도 결과는 공염불(空念佛)에 불과하다. 그것은 결국 일본인에 대해 일본적인 가치관의 포기를 강요하는 것과 마찬가지이기 때문이다. 그것을 '황국신민'이라는 '국민' 의식으로 바꾸어 국가 관념을 합리화시켜도 민족 개념과 국가 관념이 일치하고 있는 일본인 자신이 자기 확인의 우월주의를 포기할 리가 없는 것이다. 하물며 일본인 자신이 아시아의 지도 민족을 자칭하며 '팔굉일우'라는 허위성 위에 구축된 패권주의의 독아(毒牙)를 노골적으로 드러낸 상황에서는 더 이상의 설명이 불가능한 것이다.

결국 한국인에 대한 지배는 가능하지만 한국인의 '황국신민화'는 한국인이 멸망하지 않는 한 불가능하다. 그것은 민족 개념의 내부에 숨어 있는 대타 의식에 의해 한국인으로부터 나오는 자기 확인적인 배타성과 일본인으로부터 나오는 자기 확인적인 배타성으로 인해 서로가 타민족임을 끊임없이 확인하기 때문이다. 한국인이 아무리 한국인임을 포기하려 해도, 일본인에 의해 한국인은 한국인에 불과하다는 사실을 확인할 수밖에 없기 때문이다. 거기에는 정치적 타협만이 존재한다.

따라서 '신체제 문학'의 지식인들이 '황도주의'에 매달려 한국 문학의 일본 문학에의 편입을 아무리 주장해도 민족 단위의 문학의 존재 양식 문제는 여전히 미해결의 상태로 남아 있을 수밖에 없다. 아니, 해결이 불가능한 것이다. 이것은 최재서를 보아도 알 수 있다. 그가 소위 '황도주의'를 신념으로 선택하여 일본어로 문학 활동을 하면서도 한국의 고대 신라에서 머뭇거리고, 최후까지 "나는 조선을 잊자든지 버리자고 말하고 있는 것이 아니다. 진실로 그 반대"[123]라며 스스로를 확인시키듯 변명을 반복하며, 일본인의 '순혈론'을 경계하고 불안해하고 있는 것은[124] 아무리 해도 처리할 없는 정체성의 문제를 껴안고 있다는 것을 증명하는 것이다. 그리고 이러한 미련과 머뭇거림과 불가능성이 '신체제 문학'에서 '한국 문학 특수성론'으로 나타난 것이다.

1941년 11월 '조선 문학의 혁신'을 내걸고 출발한 『국민문학』 창간호에는 「조선 문학의 재출발을 말한다」라는 좌담회 기사가 실려 있다. 여기서 논의된 것은 '신체제 문학'의 일본 문학 속에서의 성격 문제였다. 이 자리에서 백철은 "지금은 강의 흐름만의 분위기와 느낌을 보고, 후에 바다를 보고 재인식할 때 진정한 특수성이 파악된다"[125]고 말해, 한국 문학의 특수성이라는 것도 현재의 한국 문학을 이해한 후 그것을 일본적 입장에서 다시 정립시켜야 된다는 견해를 밝혔다. '신체제 문학'이라는 강의 원류는 한국이므로 뿌리를 살리는 특수성을 거론한 것이다. 최재서는 "금후 넓은 일본 문화의 일익으로 조선 문학이 출발할 때 지방색(lokal color)보다도 조선 문학의 창조성을 살리는"[126] 방향에서 한국 문학을 자리매김하여 일본 문학 안에서의 지위를 암시하고 있다.

이 문제는 확대 연장되어 많은 논의를 불렀다. 1942년 백철은 「옛 것과 새로움」이라는 글로 재론했다.

조선의 국민 문학의 경우, 특수성을 논하는 것은 규슈 문학[九州文學]이나 간사이 문학[關西文學], 도호쿠 문학[東北文學]의 특수성을 주장하는 것과는 다르다. 같은 차원에서 논하는 것은 삼가야 한다. (…중략…) 그 특수성은 일

---


**123** 최재서, 「大東亞意識の目覺め」, 『국민문학』, 1943.10, 140면.
**124** 최재서, 「朝鮮文學の現段階」, 『국민문학』, 1942.8, 17면.
**125** 座談會, 「朝鮮文學の再出發を語る」, 『국민문학』 창간호, 1941.11, 79면.
**126** 위의 글, 77면.

본 문학에 마이너스가 되는 것, 방해물이 되는 것이 아니고, 새로운 가치를
프라스하는 것이지 아니면 안 된다. (…중략…) 일본 문학을 위해 방해가 되
는 것은 곤란하지만 그렇지 않은 한 특수성은 의식하는 것이 좋다.[127]

여기서 백철은 일본 내부의 지방 문학과는 다른 차원의 지위를 요구
하고 있다.

유진오는 1942년 다음과 같은 발언을 했다.

우리가 종래의 문학의 껍질을 벗고 일본 문학으로 재출발할 때 자칫 잘못
하여 조선적인 것을 전부 버리고 내지적인 것만 받아들이게 되면, 결국 작품
도 도쿄의 두 번째쯤에서 항상 만족하게 된다. 도쿄의 작가가 되기 위한 하나
의 준비에 지나지 않는다. 그래서는 의미가 없다. 우리의 작품을 도쿄에 내
놓아도 무엇인가 의미가 있는 특수성을 갖지 않으면 안 된다.[128]

유진오는 도쿄 문단과의 대등한 관계를 요구하고 있다. 그것을 위해
서는 한국적 특수성을 살리지 않으면 안 된다고 본 것이다. 그의 이러
한 태도는 '신체제 문학'의 성격 문제에 대해서도 같은 입장이다.

단순히 로컬 칼라를 중심으로 일본 문학의 범위 밖에 서 있다는 지금까지의
생각은 허용될 수가 없다. 지금부터는 단순한 로컬 칼라의 지방 문학이어서는
안 된다. 무엇인가 철학적인 새로움과 가치를 가지지 않으면 안 된다.[129]

---

127 백철, 「舊さと新しさ」, 『국민문학』, 1942.1, 84면.
128 座談會, 「國民文學の一年を語る」, 『국민문학』, 1942.11, 94면.

그는 '신체제 문학'이 단순한 지방색의 표현에 머무는 존재가 아니고, 일본 문학 속에서 본격적인 지위를 확보할 수 있는 대등한 문학을 설정하고 있다. 그러나 여기에도 문제는 숨어 있다. '신체제 문학'이 일본 문학과 대등하게 되는 길은 그 용어를 한국어로 했을 때 열린다. 그렇게 하지 않는 한 언젠가는 언어에 의해 배반당하게 되는 것이다. 한국인이 한국적인 것을 일본어로 표현한다는 입론이 문학적으로 어디까지 유효할까. 그것은 벌써 문학의 일반성으로부터 유리된 개별적인 문제인 것이다.

이러한 언어의 일반성을 무시하고 의식적인 '대등론(對等論)'을 주장하는 것은 개인적 아집이며, 개인의 재능에 지나치게 의존하는 대결 의식 이외의 아무것도 아니다. 그의 이러한 정신적 자세는 의외의 곳에서도 나타나 당시 식민지 한국에서 소위 '내지 작가'들이 한국 문단 자체를 도쿄행 간이역 정도로 취급하는 풍조에 대해서도 반발하고 있다.

조선 문학에서 내지인 작가의 지위라고 할까, 존재 방식이랄까하는 문제에 대해서 생각해본다. 조선 문학이라고 하면 반도인의 생활과 감정 등을 주제로 한 것이 주류라고 볼 수 있는데, 미야자키[宮崎淸太郞] 씨나 구보태[久保田進男] 씨로부터 이미 나타나듯이 그러한 것은 내지인 작가에게는 역시 난제이다. 그래서 조선에서 내지인의 생활이 이러한 작가들의 주요 제재가 되고 있다고 본다. 그렇다면 이들 작가들은 언제까지 '조선의 내지인'이라는 국한된 세계에 갇혀 있을까하는 의문이 생긴다. 아마도 그럴 필요도 필연성도 없

---

**129** 위의 글, 93면.

는 것이 아닐까. 즉 이들 작가에게 조선은 중앙에 진출하기 위한 발판에 지나지 않는 것이 된다. 그것도 결코 나쁜 일이 아니겠지만, 그렇게 되면 이들 작가의 문학을 과연 조선 문학이라고 보아야 하는지 의심이 간다. 아마도 단지 '조선 거주 작가'로 보아야 되는 것이 되는 것이 아닐까. 더욱 극단적으로 얘기해 한사람의 작가로 성장하면 주거마저 중앙으로 옮겨버리지 않을까. 거기까지 가면 벌써 '조선 문학'이고 무엇이고 없는 것이다. 지금으로서는 공론(空論)으로 들릴 수 있고 설득력도 없는 논의가 되겠지만, 어쨌든 반도인 작가의 경우에는 설사 중앙에 진출하는 일이 있어도 조선의 땅과는 떨어질 수 없는 숙명을 가지고 있는 까닭에 따라서 조선 거주 내지인 작가와는 최후까지 가는 길이 다르지 않을까하여 잠깐 언급해 보았을 뿐이다.[130]

유진오의 이러한 발언은 일본인이라는 이유만으로 우대받는 식민지 한국의 문화 풍토와 그것을 당연시하는 일본인의 선입관과 우월감에 대한 비판과 함께 식민지 한국에 몰려든 일본인의 정신 자세에 대한 환멸에 다름 아니다. 또한 한국에 건너온 일본의 문화인 떨거지들이 당연한 듯이 시혜 의식과 정론성만을 무기로 식민지 한국의 문화계를 뒤흔들고 있는 현상에 대한 분노의 표현이라고 볼 수 있다. 이러한 정신 풍토는 식민지 한국에 몰려든 일본인만의 의식이 아니라, 당시 일본인 일반의 조선관이었다. 쓰루미 슌스케[鶴見俊輔]는 다음과 같이 말했다.

---

130 유진오, 「國民文學といふもの」, 『국민문학』, 1942.11, 14~15면.

전형적인 서양 소설과 그 정통에서 벗어난 외국풍 소설 가운데 조선을 무대로 한 소설이 없는 것이 일본 문학사의 한 사실이다.[131]

식민지 지배의 표어로서 '내선일체'를 깨어진 종 두드리듯 요란하게 울려대면서도 정작 일본인은 그것을 실천하지 않았다. 그것은 문학에도 그대로 나타나 "조선인과 일체가 되어 조선인을 위해 살아가는 인도주의적인 일본인상"은 끝내 일본 문학에서 출현하지 않았다.[132] 이러한 일본인의 겉마음과 속마음의 괴리와 위선성에 대한 '신체제 문학' 지식인들의 갈등과 배신감, 일방적인 짝사랑의 자각에서 나온 번뇌 등 갖가지의 식민지적 비극성은 보상받을 길이 없었던 것이다.

이러한 의미에서 장혁주의 발언은 음미해 볼 가치가 있다.

나의 작품을 로컬 칼라라는 말로 비평하는 것을 자주 접하게 되는데, 처음에는 재미있었지만 결국에는 참을 수 없는 혐오감을 느꼈습니다. 그래서 나는 「일일(一日)」이라는 소설로 이것에 응했다고 생각했지요. 그러나 아무도 인정해주지 않았습니다. 무엇이든지 로컬 칼라가 아니면 받아주지 않는 것 같았습니다. 그리고 이 로컬 칼라를 조선 문단에서는 이국풍(exoticism)이라는 말로 냉소하고 야유하는 사람도 있어서, 나는 이러저러한 외부의 소음에 지나치게 마음을 빼앗겼고 심각한 고민에 깊이 빠져 있었던 것입니다.[133]

---

131 鶴見俊輔, 「朝鮮人の登場する小說」, 『鶴見俊輔著作集』 第四卷, 筑摩書房, 1975, 400면.
132 위의 글, 408면.
133 장혁주, 「私の小說勉强」, 『文藝』, 1939.11, 144면.

소설 「아귀도」 발표 이후, 순문학에의 꿈을 안고 도쿄에 이주하여 '일본 프롤레타리아 작가동맹' 가입도 거부한 장혁주가 추악하게 타락해간 원인의 일단은 이러한 일본 문단의 조선관에 숨어 있음을 알 수 있다.

그러나 '신체제 문학'의 출현으로 한국 문학이 일본 문학의 일부분으로 흡수된 상황에서는 일본의 문학자들이 '신체제 문학'을 일종의 색다른 지방 문학으로 간주하는 것도 당연한 것이고, 일본 문단에 진출했다는 것을 뽐내며 한국 문학은 안중에도 없는 장혁주의 모습에 대해 한국의 문학자가 문학의 타락으로 멸시하는 것도 또한 당연한 일이다. 장혁주의 이러한 항의는 결국 그가 일본인 문학자의 반응에 전전긍긍하고 있다는 것과 그 보상 심리로 자민족에의 우월감을 드러내, 그의 문학적 자세와 문학 세계가 벌써 한계를 노출했다는 사실을 고백하고 있다고 보아도 될 것이다.

문학에 숨어 있는 지방과 중앙 개념에 대해서는 김종한의 적극적인 발언이 있다.

지방 경제와 지방 문화에 대한 관심이 고조된 것은 사변(事變, 中日戰爭 — 인용자) 이후의 일로 전체주의적인 사회 구조에서는 도쿄도 하나의 지방이라고 생각하는 것이 타당하다고 봅니다. 그것보다는 오히려 지방이라든가 중앙이라는 말 자체가 정치적 친소감(親疎感)을 부추기고 있어 좋지 않은 것 같습니다. 도쿄나 경성은 똑같이 전체에서 하나의 공간적 단위에 지나지 않는 것입니다. (…중략…) 그러한 자부(自負)와 자각을 가질 때, 이윽고 우리는 한 지방에서 봉공하는 자신의 소박한 직역(職域)에 안심 입명할 수 있는 것입니다.[134]

당시 '신체제 문학'의 지식인들에게 공통적으로 보이는 것은 식민지
라는 극한적 상황에 밀려 한국 문학의 일본 문학 편입을 승인하면서도
뭔가 석연치 않는 미련, 망설임, 변명 등을 흘리고 있다는 점이다. 이것
은 역시 '신체제 문학'이 갖는 배민족적 성격으로부터 오는 '떳떳하지
못함' 때문일 것이다.

이 시기 한국 문학을 외국 문학에 비유하는 논의가 있었음은 특기할
만한 사항이다. 1936년 김문집은 다음과 같은 발언을 했다.

> 조선민족의 역사가 후일대(後一代)에 끊어지지 않는 한 조선은 반드시 싱
> (J. M. Synge)이나 조이스(James Joyce)를 배출한 아일랜드 문학을 능가하는
> 민족 문학을 자민족 안에 가질 수 있을 것이다. 이것은 나의 단언이다.[135]

또한 일본인 하야시 후사오로부터는 다음과 같은 발언도 나왔다.

> 현대 조선 문학의 위치를 굳이 세계 문학에서 예를 구한다면 우리는 아일
> 랜드 문학이나 헤브라이 문학을 연상할 뿐이다.[136]

이 아일랜드 문학을 예로 들어 '신체제 문학자'들은 일본어로 작품을
쓰더라도 '신체제 문학'이 한국 문학의 독자성을 유지할 수 있는 것은
물론, 위대한 문학 작품이 출현할 가능성은 여전히 남아 있다고 강변

---

**134** 김종한, 「一枝の論理」, 『국민문학』, 1942.3, 36면.
**135** 김문집, 「朝鮮文學の特殊性」 『新潮』, 1936.2, 159면.
**136** 林房雄, 「東洋の作家たち」, 『文藝春秋』, 1940.4, 361면.

했다. 이것은 아일랜드의 영국에 대한 현실과 한국의 일본 제국주의에 대한 현실이 유사한 데서 나온 문학적 비장감과 아일랜드 출신 문학자와 같은 문학자의 출현을 대망하는 기대감을 드러내는 발상일 것이다. 그러나 이것은 망발에 불과하다. 아일랜드 문학의 영국에 대한 태도는 반영(反英)이며, 아일랜드 문학자들은 조국 관념과의 관련성을 거친 다음 문학적 자유를 획득하여 아일랜드 문학 혹은 세계 문학에의 길을 걸었다. 세계 문학의 길을 걷는다는 것은 조국을 초월하여 지적(知的) 망명객이 된다는 것을 의미한다.

그러나 '신체제 문학'은 '황도주의'에 입각하여 '황국신민'이 되는 것을 꿈꾸고 있었다. 이러한 토양 위에서 한국의 문학자들이 문학적 자유를 획득할 수 있을까. '황도주의'에 사로잡힌 한국인이 지적 망명객의 자유를 획득할 수 있을까. 결국 이 아일랜드 문학 비유론은 어떤 민족이 걸어온 고난의 역사를 자민족 혹은 타민족에게 강요하는 악마적 잔인성의 발로인 것이며, 어느 민족과 사회에서나 가장 섬세한 정신적 부분을 표현하고 있는 문학의 기능에 대한 횡포와 무지의 소치인 것이다. 그리고 결코 수용할 수 없는 문제는 어느 민족과 민족어도 얼마큼의 문학 논의, 몇 사람인가의 문학자의 문학적 명성과 업적을 가지고 홍정할 만큼 몰캉한 '호박'이 아니다. 또한 문학 혹은 문학자라고 하여 무엇이든지 무시할 수 있는 초월적이고도 특권적인 존재는 더욱 아니다.

이렇게 논의가 백중하고 있는 가운데 최재서는 결론에 해당하는 발언을 했다.

조선 문학을 논할 때 그것을 규슈 문학(九州文學)이나 홋카이도 문학(北海道文學)에 비유하는 사람이 많다. 물론 일본의 지방 문학으로 본다는 얘기겠지만 그러한 한에서는 틀린 생각이 아니다. 그러나 양자는 동일선상에 서는 것이 아니다. 조선 문학은 규슈 문학이나 도호쿠 문학(東北文學) 또는 타이완 문학(臺灣文學)이 갖는 지방적 특이성 이상의 것을 가지고 있는 것이다. 그것은 풍토적 기질적으로, 따라서 사고방식에서도 내지와는 다를 뿐 아니라, 장구한 독자적인 문학적 전통을 가지고 있으며 또한 현실에서도 내지와는 다른 문제와 요구를 가지고 있다. 앞으로도 조선의 문학은 이러한 현실과 생활 감정을 그 소재로 할 것이기 때문에, 내지에서 생산되는 문학과는 상당한 차이가 있는 문학이 될 것이다. 굳이 예를 든다면 그것은 영국 문학에서 스코틀랜드 문학 같은 것이 아닐까. (…중략…)조선 문학을 아일랜드 문학에 비유하는 경향이 있는데 그것은 위험천만한 것이다. 아일랜드 문학은 물론 영어를 사용하고 있지만 정신은 처음부터 반영적(反英的)이며 영국으로부터 떨어져 나가는 것이 그 목표였다.[137]

최재서는 '신체제 문학'이 일본의 지방 문학의 하나라는 것을 인정하면서도 일본 문학과의 대등한 관계를 설정하고 있다. 그것은 "조선의 창조적 능력을 살려 신일본 문화의 건설에 공헌"[138]하는 차원의 것이라고 말한다. 일본 제국주의에 대한 정치적 굴복과 문화적 대등 관계의 논리인 것이다.

또한 그는 일본 문학에 대해서도 대책을 촉구하고 있다. "두세 사람

---

137 최재서, 「朝鮮文學の現段階」, 『국민문학』, 1942.8, 14~15면.
138 위의 글, 15면.

의 도쿄 거주 작가를 자료로 하여 외지 문학론(로컬 칼라─인용자)이나 언어 장벽의 배후에 무엇인가를 상상하는 외지 문학 방책론(불신론─인용자)의 일소(一掃)"[139]를 역설했다. 그의 발언에는 문학이 개인의 재능에 의지하는 측면이 많으므로 논리와 교양과 지식을 득의로 하는 그로서는 일본 문학에 대해서도 일종의 자신이 있다는 안이한 자부심이 작용하고 있다고 볼 수 있다. 문제는 이러한 까다롭고 귀찮은 주문을 퍼부어대는 '신체제 문학'을 받아들일 그릇이 과연 일본 문학에 있을까하는 점이다. 최재서에 의하면 조선 문학은 다음과 같이 하여 일본 문학 속으로 들어간다.

금후 일본 문학은 한편으로 그 순수화의 도를 점점 높여감과 동시에, 다른 한편으로 그 확대의 범위를 점점 넓혀 갈 것이다. 전자는 전통의 유지와 국체의 명징과 연결되는 일면이고, 후자는 이민족의 포용과 세계 신질서와 연결되는 일면이다. 전자가 천황귀일의 경향이라면, 후자는 팔굉일우의 표현이다. 양면의 운동은 아무런 모순당착도 없이 동시적으로 달성되어야 할 것은 물론이다.[140]

이것이 최재서의 일본을 중심으로 한 세계 문화 질서론이다. '천황귀일'과 '팔굉일우'의 모순 없는 조화를 설정하고 있다. 최재서는 '내선일체'를 양면성으로 파악해 그 원심력을 '팔굉일우'로, 구심력을 '천황귀일'로 보고 있다. 그리하여 '내선일체'의 '팔굉일우'로부터는 '이민족

---

139 위의 글.
140 위의 글, 17면.

포용’과 ‘세계 신질서’에 연결되는 ‘문화의 종합성’을, ‘천황귀일’로부터는 ‘국체의 명징’과 연결되는 ‘황국신민화’를 찾아낸 것이다. 그러면 ‘팔굉일우’는 ‘영구 전쟁’ 곧 침략 전쟁으로 달성할 수 있다 해도, 그 순수화의 문제 곧 ‘천황귀일’은 달성될 수 있을 것인가. ‘신국(神國) 사상’과 단일 민족관으로부터 ‘천황의 적자’를 자칭하며 선민의식과 우월감을 노골적으로 드러내는 것은 물론이고, 일본이라는 국가 관념과 일본인이라는 민족 개념이 합일화되어 있는 일본 제국주의 아래 한국인이 ‘황국신민’의 동질성을 달성할 수 있을 것인가. 정치성과 역사성에서 파생된 ‘순혈론’을 문화 개념으로 극복할 수 있을 것인가.

최재서의 지적 모험이 심정적인 신념에서 나온 것임에 비해 일본 제국주의는 힘의 논리이다. 이 엄연한 현실 앞에 최재서의 신념도 일본 제국주의 ‘순혈론’ 앞에 아무런 대책이 없었음을 이미 확인했다. 최재서가 “국민 문학이란 일본국의 대표성을 갖는 문학이다”[141]라고 발언했을 때, 그 대표성을 선택할 수 있는 것은 일본 제국주의였던 것이다. 그것은 이미 일본 문학의 영역이어서 한국 문학자가 이러쿵저러쿵할 문제가 아니었다.

기껏해야 ‘신체제 문학’은 로칼 칼라 아니면 일본 문학 주변을 맴돌다 결국에는 일본 문화의 태생적 한계성인 ‘주변성(周邊性)’과 ‘변경성(邊境性)’이 다시 한 번 굴절되고 회전한 ‘순혈론’과 ‘폐쇄성’에 밀려, 일본인과 닮았으나 결코 일본인이 될 수 없는 한국인의 위상에 따라 ‘의사(疑似) 주변성’ 혹은 ‘의사 변경성’에 머물 수밖에 없는 운명이었던 것

---

141 최재서, 「私の頁」, 『국민문학』, 1942.3, 10면.

이다.

　'신체제 문학'이 최후까지 '한국 문학 특수성론'을 논의한 것은 한국 문학의 생사를 걸고 기득권을 획득하려는 몸부림의 표현이었다. 그것은 정신의 깊은 곳에 가라앉아 떨쳐버릴 수 없는 한 조각 민족적인 양심과 정체성의 머뭇거림이 존재하고 있었음을 확인해주고 있다.

# 제5장

# 식민지 지배 어디까지 가능한가

19세기부터 20세기 전반까지 식민지는 제국주의 국가에게 하나의 보물섬이었다. 영국의 칼라일(Thomas Carlyle)이 "세익스피어와 인도를 바꾸지 않겠다"[1]고 시건방지고도 오만하게 나팔을 불어댄 것도 그냥 떠들어본 헛소리가 아니었던 것이다. 흔히 얼빠진 후진국 사대주의자들이 영국 제국주의의 문화주의를 상징하는 사자후로 추앙하는 이 망발이 이미 사라져간 인간(세익스피어는 1616년에 죽었다)의 교환 가치 시효 소멸과 실현 불가능성을 염두에 두고 내뱉은 제국주의자의 교활한 과시용 자만심이든, 앵글로 색슨족의 구제불가능한 자민족 우월감이든, 영국 제국주의에게 세익스피어는 식민지 지배의 야만성을 문명으로 위장하는 구실로 딱 알맞은 존재였고, 마찬가지로 인도도 그만큼은 중요한 식민지였다.

---

1    칼라일, 박상익 역, 『영웅 숭배론』, 한길사, 2003, 189면.

그 제국주의 국가가 어떤 국가 혹은 지역에 대한 식민지 지배를 가
능하게 하기 위해서는 제국주의 국가가 항상 식민지 측의 자발성으로
선전하고 이용했던 것 — 현시적이든 묵시적이든 혹은 강제적이든 바
로 그 식민지 측의 협력이 불가결했다. 아무리 무어라 해도 식민지 측
이 최후의 한 사람까지 저항을 계속해 민족 혹은 국민의 전멸도 불사
하며 직접 투쟁을 주장하는 극단론이란 인간 사회에서 가능한 명제가
아니기 때문이다. 마찬가지로 어떤 국가 혹은 민족이 독립의 의지를
가지고 있는 다른 국가 혹은 민족에 대한 식민지 지배를 영원히 계속
하는 것도 역시 불가능한 입론이다. 이 준열한 양 원칙론의 접점에 저
가열한 식민지의 현실은 놓여 있었다.

일본 제국주의가 한국의 자발성을 가장하는 보호조약과 병합조약
을 맺어 한국 지배의 합리화와 시혜 의식을 노골적으로 드러냄과 동시
에, 한국인의 민족 말살을 의미하는 '내선일체'와 '황국신민화' 정책을
강요하여 한국 지배를 영원한 것으로 하려 했을 때, 이 양 원칙론은 비
로소 식민지 한국에서 그 유효성을 시험당하기 시작했던 것이다. 막연
한 직접 투쟁이 무의미한 것과 마찬가지로 추종적인 현실 타협과 식민
지 통치 긍정론으로 흐르는 몰주체적인 근대 문명 지상주의의 점진론
도 역시 그 유효성을 발휘할 수 없다. 문제는 이 양 원칙론의 접점임에
틀림없는 식민지적 현실로부터 어떻게 역사의식과 미래에 대한 전망
을 찾아낼 것인가 하는 데 있을 것이다. 그 까닭은 식민지 지식인에게
좋든 싫든 부여된 시대적 임무가 진실로 여기에 있을 것이기 때문이
다. 그리고 이것은 식민지라는 형극의 시대를 사는 지식인의 숙명이라
고 할 수밖에 없는 것이다. 그런 중에도 식민지라는 폐색의 시대에 지

배국의 힘의 논리에 의해 민족주의적 활동이 일체 금압된 상황에서 식민지 지식인이 유일하게 지배국과 대결할 수 있는 민족 해방 투쟁의 정신으로 민족적 국가주의는 피해갈 수 없는 관문이자 보루일 수밖에 없다.

이러한 민족적 국가주의와의 관련 양상을 전제로 식민지 지식인이 지식인으로 살아갈 수 있는 삶의 방식은 어떠한 것이 있을까. 그 하나로 거론할 수 있는 것이 지적 망명객이 되는 길일 것이다. 개인으로서의 윤리와 도덕에 대한 비난은 어쩔 수 없는 것이라 해도, 인간의 보편성과 이상을 추구하기 위해 조국을 초월하여 세계 시민이 된다는 대의명분은 식민지라는 위기의 조국을 등지는 것에 대한 자기 정당화가 가능하다 할 것이다. 또 하나의 길은 지식인으로서의 표현욕을 억제하고 침묵에 들어가 희망을 미래에 의탁하는 것이 그것이다. 정신적 자유의 미래 이전이라고 할 이 침묵의 길은 지식인이 자기를 지키는 최소한의 저항선이라 할 것이다. 또한 보다 적극적인 삶의 방법으로 식민지라는 시대 상황의 한 가운데에 자신을 놓고 지식인의 현실 참여를 실천하는 길이 있다. 식민지의 현실 속에서 가능한 방법과 가능성을 모색해가면서 반제국주의 직접 투쟁의 길을 걷는 것과, 헛되이 조국과 민족의 이름을 팔아가며 지배국의 통치 이념을 추종하여 수용하는 굴복의 길을 걷는 것이 여기에 해당한다.

이 책에서 문제로 한 것은 주로 1930년대 후반부터 1940년대 전반까지 식민지 한국에서 전개된 소위 '신체제 문학'을 통해, 한국 문학자들이 보여준 '식민지적 전향'의 양상을 검토하는 것이었다.

일본 제국주의 한국 지배 방법론의 특징 중 하나로 들 수 있는 것은 민족 말살로 이어지는 동화 정책의 강행이었다. 일본 제국주의가 소위 '내선일체'와 '황국신민화'로 대표되는 동화 정책으로 '문화 통치'를 내걸었을 때, 단 하나 희미하게 열려 있는 문화 활동이라는 통로를 향해 식민지 한국의 지식인들은 자기표현의 희망을 의탁했다. 그 대표적인 무대가 엄격한 검열을 감수해야 하는 문학 활동이었다.

원래부터 한국이 식민지로 전락하는 과정 그리고 그 이후에 한국의 지식인에게 부과된 시급한 과제는 조국의 독립과 근대화의 성취에 대한 지적 탐구와 실천이었다. 이 지상 과제 앞에서 대부분의 한국 지식인들은 문명개화라는 근대화 과정의 일부분을 어쩔 수 없이 적국이며 지배국이었던 일본을 통해 경험할 수밖에 없었다.

그것의 계기가 대부분의 경우 유학이라는 형태로 구체화되었고, 이 일본 체험의 과정에서 지식인들은 일본 제국주의의 선진성에 정신이 팔려 한국의 후진성만을 확대 해석해, 근대화가 곧 일본화라는 중역적인 문명개화 논리에 떨어지는 진보주의의 조급성을 명확히 드러냈다. 이러한 사고방식은 일본 제국주의가 한국의 적국이며 지배국이라는 현실 인식을 희석시키는 것은 물론, 근대 문명 지상주의를 중간항으로 일본 제국주의와 동일시 현상을 일으키게 했다. 이 동일시 현상은 식민지 한국의 현실을 일본 제국주의의 눈으로 바라보는 시점의 도착을 초래했다. 이 일본 체험의 파행성은 점진론을 매개로 외국 유학의 전형적인 결말인 사대주의로 흘러 '식민지적 전향'에의 길을 열었다.

식민지 한국의 '식민지적 전향'에서 보이는 사상의 일면에는 근대문명이라는 신기루에 조금이라도 더 다가가려는 문명관의 향상 의욕이 내재되어 있었으나, 이것을 능가하는 일본 제국주의 통치술의 교지와 강권적 지배 전략은 '내선일체'와 '황국신민화'의 이념으로 굳어져가기만 했다. 이윽고 1930년대 일본 제국주의가 식민지 한국에 총동원 체제로 '신체제'를 강요했을 때, 그 향상심은 일본 제국주의와 대결할 아무런 응전력도 마련하지 못한 채, 한국인의 일본인으로의 비약을 주장하며 허무하게 무너졌다.

또한 그것을 실천한 식민지 한국의 '신체제 문학'이 '전쟁 문학'으로부터 '국민 문학' 나아가 '받드는 문학'에까지 이르는 과정에는 망국이라는 시대 상황과 식민지 지배라는 사회적 조건에 허덕이면서도 망국민의 비원임에 틀림없는 강력한 국가 의식과 국민 의식에 대한 동경심이 스며들어 있었던 것도 또한 사실이다.

일반적으로 후진 사회 혹은 과도기적인 사회에서 지식인의 발언이 과도한 정론성과 계몽성을 드러내 사명 의식을 노골적으로 드러내는 것은 흔히 있는 일이지만, 식민지 한국에서 그것의 대표적인 방수로 역할을 수행한 것이 문학이었다. 식민지 한국의 '신체제 문학'에서도 그러한 성격은 변함이 없었다. '신체제 문학'에는 분명히 위기에 직면한 한국 민족의 미래상과 한국 문학의 장래에 대한 모색과 고민이 사명 의식의 형태로 나타나고 있다. 그것이 결국 문학은 물론 민족의 정체성마저 상실하는 '식민지적 전향'까지 흘러간 것은 이들 지식인의 사상과 그들의 문학 활동이 민족적 국가주의를 근대 문명 지상주의가 어떻게 무화시켜갔는가의 과정을 말해주고 있으며, 민족 해방 투쟁이라는 시대적 명제와 얼마나 멀리 떨어져 있었는가를 증명하고 있다.

또한 '신체제 문학'이 식민지 한국의 미래상을 일본 제국주의로의 비약으로 파악해, 문학이 갖는 예술의 보편성은 민족과 국경을 초월한다는 문학적 보편주의에 대한 달콤한 유혹을 내포하고 있었다. 그러나 일본 제국주의 한국 통치 이데올로기인 '내선일체'와 '황국신민화'를 당면의 방법론으로 수용해 자민족 부정에 떨어진 것은 문학의 추악한 타락임은 물론, 가장 비굴한 형태로 적국이며 지배국인 일본 제국주의에 패배하고 굴복한 모습이었다.

식민지 한국의 '식민지적 전향'의 사상성이 후진 사회로 파악한 한국의 현실을 문명사회로 끌어올리겠다는 조국 근대화의 향상심을 내포하면서도 패배의 축적으로 일관한 것은 그 사상의 실천 방법 속에 숨어 있는 식민지 수용의 추종적인 점진론의 당연한 귀결이다. 지배자의 논리는 현실적 우위성을 유지하려는 힘의 논리이고, 피지배자의 논리는 현실 탈출의 논리이다. 지배자의 논리를 거부하고 극복하는 곳에 피지배자의 현실적인 가능성이 열린다. 피지배자가 지배자의 논리를 수용하는 것은 근대문명의 성취가 아니라, 차별과 억압의 구조 속에서 개명한 노예의 길을 걷는 것을 의미할 뿐이다. 그 과정에서 피지배자가 민족적 주체성마저 상실했을 때, 지배자 '식민(植民)'과 피지배자 '원주민(原住民)' 사이의 정신적 상관관계인 '선동(煽動, demagogy)'의 '주입(注入, injection)'과 '감염(感染, infection)'이 일어나 '동화(同化, assimilation)'에 이르는 것은 당연하다.

'신체제 문학'은 1930년대 후반부터 1940년대 전반까지 식민지 한국의 '신체제 운동'이 전개되는 와중에 문학의 현실 참여를 실천해 일본 제국주의 '국민 문학'을 지향한 목적 문학이다. '신체제 문학'은 만주사변 이후 중일전쟁과 태평양전쟁에 즈음해서는 '팔굉일우'로 상징되는 일본 제국주의 '성전'에의 편승 의식을 비롯해, '대동아문학자대회'에도 참가하여 '대동아공영권'에의 참여 의식도 노골화했다. 또한 일본 제국주의가 식민지 한국에 징병제를 실시하자 '내선일체'를 실현할 한국인의 권리 획득과 '대동아의 중핵적 지도자로서의 지위'를 꿈꾸며 '피의 봉공'까지 주장했다.

그러나 일본 제국주의가 한국인에게 요구하는 '국체의 명징' 속에 숨어 있는 차별 논리로서의 '순혈론'은 여전히 하나의 난관으로 남아 있었다. 여기에서 명확히 드러나는 것은 일본 제국주의의 식민지 한국 지배에 숨어있는 통치술의 교지(狡智)이다. 강권력과 회유책, 시혜 의식과 차별 의식의 혼합, 우민화 정책과 분열책, 겉마음과 속마음의 괴리 등 복잡다기하기 짝이 없는 교묘하고도 교활한 통치 전략이 두드러진다.

식민지 한국의 '식민지적 전향'은 식민지 지배라는 시대 상황을 배경으로 일어난 한국 지식인의 특수한 정신 현상이다. 거기에는 당연히 일본 제국주의의 강제력과 전향자의 자발성, 위장성에 대한 문제가 제기된다. 이 경우 제국주의 국가가 식민지를 위한 식민지 통치를 펼칠 리가 없다는 사실을 염두에 두면, 식민지 지배에서 지배국의 강제력은 필수적인 요소이다. 일본 제국주의 강제력이 식민지 한국의 모든 지식인을 굴복시킨 것도 아니며 사실상 그것이 불가능한 일이라는 것을 상기한다면, 이들 '전향자'에게 일본 제국주의의 강제력이 면죄부가 될 수는 없다.

강제력을 전제로 하여 전향을 논할 경우, 전향자의 행동은 모든 것이 살기 위해서 어쩔 수 없었다는 생명욕의 표현으로 귀착되어 이윽고는 순환 논리에 떨어질 수밖에 없다. 살기 위해서라는 위장성을 입증하기 위해서는 전향의 전후에 행동으로 비전향을 증명하지 않으면 안 된다. 식민지 한국의 '신체제 문학'에서 위장 전향은 김사량으로부터 확인된다. 한국어로 일본 제국주의 '국책'에 부응하는 르포타지 「해군행」과 해군 예찬 소설 「바다에의 노래」를 쓰고, '재지(在支) 조선 출신 학도병 위문단'에 참가했다가 북경으로부터 연안으로 탈출하여 '조선 의용군'에 합류함으로써, 그의 오점임에 틀림없는 '식민지적 전향'은 그 위장성이 정당화된다.

결국 식민지 한국의 '식민지적 전향'의 사상성은 일본 제국주의 강제력을 배경으로 한 지배 이념과 전향자들의 대응 논리 속에 숨어 있다. 다시 말해, 민족과 역사를 입에 담는 사람이라면 누구나 살아남는 것이 항상 영광일 수는 없으며, 살아도 비겁하게 살아서는 안 된다는 역사의 비정한 칼날과 언젠가는 마주설 수밖에 없는 것이 인간 모두의 숙명이라는 교훈을 일깨워주고 있는 것이다.

여기에서는 한국의 '신체제 문학'을 중심으로 '식민지적 전향'의 양상을 조명했으나 과제는 아직도 산적해 있다. 무엇보다도 당시 식민지 한국의 전 분야에 걸친 '식민지적 전향'을 검토하여 일본 제국주의 한국 지배의 관련 양상을 명확히 규명하는 것이 선결 문제이다. 또한 소위 '대동아문학자대회'에서도 나타나듯이 당시 '대동아공영권' 내의 '식민지적 전향'과의 비교 연구도 필요할 것이다. 나아가 서양 제국주의 식민지에서 나타난 '식민지적 전향'과의 비교 전향론도 일본형 식민지 지배와 서양형 식민지 지배 연구의 필수적 요소로 사상적인 의미가 있을 것이다.

그 자신 식민지의 원주민이었던 프란츠 파농(Frantz Fanon)은 제국주의 식민지 지배를 '정신적 강간'[2]이라 불렀다. 인간이 인간에게 할 짓이 아니라는 뜻이다. "지도 위 조선국에 시커멓게 먹칠을 하며 가을바람 소리를 듣는다"(石川啄木)[3]는 '양심'과 "죽는 날까지 하늘을 우러러 / 한 점 부끄럼이 없기를, / 잎새에 이는 바람에도 / 나는 괴로워했다"(윤동주, 「서시」)[4]는 '부끄러움의 의식'은 왜 그토록 머나 먼 거리를 떨어져 있어야만 했을까.

그러나 사후 지혜(事後智慧) 몇 조각을 휘둘러 어설프게 '건들인' 만용에 대한 지적 긴장감은 여전히 남아 있다. 이광수라고 하여, 최재서라고 하여 누구나 함부로 비판할 수 있는 것은 아닐 것이다. 이광수든 최재서든 누구나 아무 때나 어디서나 두드려대는 동네북일 수는 없을 것이기 때문이다. 망각의 세월 속 혼돈의 한국적 현실에서 누구의 손도 더 이상 깨끗하지는 않을 것이므로. 그런 의미에서 마땅히 역사 의식과 민족 문제로 뿌리 뽑고 정화시켜야 할 '식민지적 전향'을 이념 문제와 정치 문제로 치환하고 변질시켜 일체의 식민지적 잔재를 청산하고 정리하지 못한 해방 전후사의 책임은 여전히 하나의 장애물로 남아 그 시효를 끝내지 않았다고 할 것이다.

---

2  Fanon, Frantz, 『地に呪われたる者』, 鈴木道彦 外譯, 『フランツ・ファノン著作集』第三卷, みすず書房, 1984, 147면.

3  小田切秀雄 編, 『啄木詩歌』, 第三文明社, 1981, 169면.

4  윤동주, 『하늘과 바람과 별과 시』, 정음사, 1980, 1면.

참고문헌


## 1. 국내 문헌

『매일신보(每日申報)』(『매일신보(每日新報)』), 『동아일보』, 『조선일보』, 『경성일보』, 『사상계』, 『인문평론』, 『소년』, 『청춘』, 『개벽』, 『문장』, 『삼천리』(『대동아』), 『조광』, 『국민문학』, 『신시대』, 『춘추』, 『총동원』, 『세대』, 『신동아』, 『현대문학』


김문집, 『비평문학』, 청색지사, 1938.

김병걸 외편, 『친일문학 작품선집』 1·2, 실천문학사, 1986.

김병익, 『한국문단사』, 일지사, 1980.

김사엽, 『춘원 이광수의 애국 문장』, 문학생활사, 1988.

김장진 편, 『반민족자 대공판기(大公判記)』, 한풍출판사, 1948.

김윤식, 『한국 근대문예 비평사 연구』, 한얼사, 1973.

______, 『한국 근대작가론고』, 일지사, 1974.

______, 『한일문학의 관련 양상』, 일지사, 1974.

______, 『한국 근대문학사상 연구』 I, 일지사, 1984.

______, 『한국 근대문학사상사』, 한길사, 1984.

______, 『이광수와 그의 시대』 1·2·3, 한길사, 1986.

김윤식·김현, 『한국문학사』, 민음사, 1973.

김　현 편, 『이광수』, 문학과지성사, 1977.

문일평, 『호암전집』 3, 일성당서점, 1948.

백　철, 『신문학사조사』, 신구문화사, 1982.

백　철 외, 『한국의 인간상』 5, 신구문화사, 1965.

성황용, 『일본의 대한정책』, 명지사, 1981.

송건호, 『한국 민족주의론』, 창작과비평사, 1982.

신채호, 『단재 신채호 전집』, 형설출판사, 1972.

염무웅 외, 『한국 근대문학사론』, 한길사, 1982.

윤동주, 『하늘과 바람과 별과 시』, 정음사, 1980.

이광수, 『이광수 전집』, 우신사, 1979.

이병기·백철,『국문학전사』, 신구문화사, 1982.

이우성·강만길,『한국의 역사인식』상·하, 창작과비평사, 1977.

이정식,『한국 민족주의의 정치학』, 한밭출판사, 1983.

이충우,『경성제국대학』, 다락원, 1980.

임종국,『친일문학론』, 평화출판사, 1979.

______,『친일논설 선집』, 실천문학사, 1987.

______,『일제침략과 친일파』, 청사, 1982.

______,『정신대』, 일월서각, 1981.

임  화,『회상시집』, 건설출판사, 1947.

정재철,『일제의 대한국 식민지 교육정책사』, 일지사, 1985.

조연현,『한국 현대문학사』, 성문각, 1981.

조용만,『삼십년대의 문화예술인들』, 범양사 출판부, 1988.

조윤제,『한국문학사』, 탐구당, 1981.

조지훈 외,『한국 문화사 대계』1, 고려대 출판부, 1967.

천도교중앙본부,『천도교 백 년 약사』上, 미래문화사, 1980.

한국학문헌연구소,『조선총독부 관보』, 아세아문화사, 1985·1986.

한상일,『일본 제국주의의 한 연구』, 도서출판까치, 1980.


## 2. 일본 문헌

『時事新報』,『万朝報』,『官報』,『朝日新聞』,『日本學藝新聞』,『文學報國』,『亞細亞主義』,『大學新聞』,『中央公論』,『新潮』,『文藝春秋』,『支那』,『社會科學討究』,『朝鮮學報』,『文藝』,『文學界』,『國民之友』,『改造』,『思想』,『モダン日本』(『新太陽』),『文學』,『歷史學研究』,『季刊·三千里』,『季刊·青丘』,『國文學解釋と鑑賞』,『思想』


淺田喬二,『日本知識人の植民地認識』, 校倉書房, 1985.

淺野晃 影山正治,『轉向 ― 日本への回歸』, 曉書房, 1983.

粟屋憲太郎,『東京裁判論』, 大月書店, 1989.

安宇植,『金史良』, 草風館, 1983.

飯塚浩二,『天皇の軍隊』, 評論社, 1980.

家永三郎,『日本史資料』, 東京法令出版, 1974.

石田雄,『日本の社會科學』東京大學出版會, 1984.

______,『日本の政治と言葉』, 東京大學出版會, 1989.

石原莞爾,『石原莞爾資料』, 原書房, 1967.

磯村光一,『比較轉向論序說』, 勁草書房, 1980.

伊藤整 外編,『近代日本思想史講座』, 第四卷 筑摩書房, 1973.

伊藤隆,『近衛新體制』, 中公新書 中央公論社, 1983.

井上淸,『天皇の戰爭責任』, 現代評論社, 1975.

______,『天皇・天皇制の歷史』, 明石書店, 1989.

上垣憲一郎,『日本留學と革命運動』, 東京大學出版會, 1982.

上田龍男,『すめら朝鮮』, 日本靑年文化協會, 1943.

臼井勝美,『日中戰爭』, 中公新書 中央公論社, 1981.

內田良平,『日韓合邦秘史』上・下, 黑龍會出版部, 1930.

內海愛子,『朝鮮人BC級戰犯の記錄』勁草書房 1982.

________,『赤道下の朝鮮人反亂』, 勁草書房, 1987.

江藤淳,『小林秀雄』, 講談社, 1973.

大江志乃夫,『國民敎育と軍隊』, 新日本出版社, 1974.

________,『徵兵制』, 岩波新書 岩波書店, 1981.

________,『天皇の軍隊』(『昭和の歷史』第三卷), 小學館, 1982.

小田切秀雄 編,『啄木詩歌』, 第三文明社, 1981.

大濱徹也,『明治の墓標』, 秀英出版, 1970.

大濱徹也・小澤郁夫,『帝國陸海軍事典』, 同成社, 1984.

岡部牧夫,『滿洲國』, 三省堂選書 三省堂, 1978.

奧平康弘,『治安維持法小史』, 筑摩書房, 1986.

尾崎秀樹,『舊植民地文學の硏究』, 勁草書房, 1971.

外務省 編,『日本外交年表竝主要文書』, 上・下, 原書房, 1973.

影山正治,『現代版・大東合邦論』, 大東塾出版部, 1963.

______,『民族派の文學運動』, 大東塾出版部, 1979.

風見章,『近衛內閣』, 中公文庫 中央公論社, 1982.

河上徹太郎 外,『近代の超克』, 富山房百科文庫 富山房, 1982.

川原宏 外,『日本のファシズム』, 有斐閣選書 有斐閣, 1979.

川村湊,『醉いどれ船の靑春』, 講談社, 1986.

______,『異鄕の昭和文學』, 岩派新書 岩波書店, 1990.

姜昌基, 『內鮮一體論』, 國民評論社, 1939.

姜東鎭, 『日本の朝鮮支配政策史研究』, 東京大學出版會, 1981.

______, 『日本言論界と朝鮮』, 法政大學出版局, 1984.

菊池昌典, 『一九三〇年代論』, 田畑書店, 1973.

共同通信社 編, 『近衛日記』, 共同通信社, 1968.

金三奎 外, 『朝鮮と日本のあいだ』, 朝日選書 朝日新聞社, 1980.

金史良, 『金史良全集』, 河出書房新社, 1973.

金素雲, 『朝鮮民謠選』, 岩波文庫 岩波書店, 1933.

金達壽, 『玄海灘』, 筑摩書房, 1954.

______, 『金史良作品集』, 理論社, 1972.

金原左門, 『增補版・日本近代化論の歷史像』, 中央大學出版部, 1971.

久野收 鶴見俊輔, 『現代日本の思想』, 岩波新書 岩波書店, 1983.

黑田秀俊, 『昭和言論史への證言』, 弘文堂, 1966.

煙山專太郞 外, 『岩波講座・日本歷史』, 岩波書店, 1934.

國民精神總動員朝鮮聯盟, 『內鮮一體の聖地夫餘』, 國民精神總動員朝鮮聯盟, 1939.

佐伯有淸, 『廣開土王碑と參謀本部』, 吉川弘文堂, 1976.

齋藤孝, 『昭和史學史ノート』, 小學館, 1984.

佐藤淸, 『佐藤淸全集』第三卷, 詩聲社, 1964.

思想の科學研究會, 『共同研究・轉向』上・中・下, 平凡社, 1968.

鈴木靜夫, 『神聖國家日本とアジア』, 勁草書房, 1984.

鈴木正男 編, 『復興アジアの志士群像』, 大東塾出版部, 1984.

大東國男, 『李容九の生涯』, 時事通信社, 1961.

大日本帝國學士院 編, 『帝室制度史』第一卷, 大日本帝國學士院, 1937.

高井有一, 『立原正秋』, 新潮社, 1991.

高崎隆治, 『十五年戰爭極秘資料集』第一集, 龍溪書舍, 1976.

______, 『戰時下文學の周邊』, 風媒社, 1981.

______, 『文學の中の朝鮮人像』, 靑弓社, 1982.

武田行雄 編, 『內鮮一體隨想錄』, 中央協和會, 1941.

田中英光, 『田中英光全集』全11卷, 芳賀書店, 1970.

田邊元, 『田邊元全集』, 筑摩書房, 1964.

崔載瑞, 『轉換期の朝鮮文學』, 人文社, 1943.

千田夏光, 『從軍慰安婦』, 三一新書, 1968.

千本秀樹,『天皇制の侵略責任と戰後責任』, 靑木書店, 1990.

張赫宙,『岩本志願兵』, 興亜文化出版, 1944.

朝鮮史硏究會,『朝鮮史硏究會論文集』第29號, 1991.

朝鮮人强制連行眞相調査團 編,『朝鮮人强制連行・强制勞働の記錄』, 現代史出版界, 1974.

朝鮮總督府,『朝鮮 に於ける新施政』, 朝鮮總督府, 1921.

________,『倂合の由來と朝鮮の現狀』, 朝鮮總督府, 1924.

________,『施政二十五年史』, 朝鮮總督府, 1935.

________,『施政三十年史』, 朝鮮總督府, 1940.

朝鮮總督府官房文書課 編纂,『諭告・訓示・演述總覽』, 朝鮮行政學會, 1941.

朝鮮總督府警務局保安課,『高等警察報』第三號, 1933.

朝鮮總督府情報課 編,『新しき朝鮮』, 朝鮮行政學會, 1944(復刻板 風媒社 1982).

津田剛,『內鮮一體の基本理念』(『今日の朝鮮問題講座』第一卷), 綠旗聯盟, 1939.

都築久義,『戰時下の文學』, 和泉書院, 1985.

鶴見俊輔,『鶴見俊輔著作集』, 筑摩書房, 1975.

________,『轉向硏究』, 筑摩書房, 1978.

________,『戰時期日本の精神史』, 岩波書店, 1984.

遠山茂樹 外,『昭和史』, 岩波新書 岩波書店, 1983.

德富猪一郎,『日本人の自傳』第五卷, 平凡社, 1982.

中島誠,『轉向論序説』, ミネルヴァ書房, 1980.

中塚明,『近代日本と朝鮮』, 三省堂選書 三省堂, 1982.

中西伊之助,『赭土に芽ぐむもの』, 改造社, 1922.

中村榮孝,『日本と朝鮮』, 至文堂, 1966.

中村光夫,『明治・大正・昭和』, 新潮選書, 1974.

永島広紀,『戰時期朝鮮における「新体制」と京城帝国大学』, ゆまに書房, 2011.

西田幾多郎,『西田幾多郎全集』, 岩波書店, 1966.

日本史籍協會 編,『木戸孝允日記』第一卷, 東京大學出版會, 1967.

芳賀登,『明治國家と民衆』, 雄山閣, 1974.

萩野富士夫,『特高警察體制史』, (株)せきた書房, 1984.

朴春日,『增補・近代日本文學に於ける朝鮮像』, 未來社, 1985.

橋川文三,『增補・日本浪曼派批判序說』, 未來社, 1978.

橋本健午,『父は國を賣ったか』, 日本經濟評論社, 1982.

旗田巍,『日本人の朝鮮觀』勁草書房 1977.

______, 『シンポジウム日本と朝鮮』, 勁草書房, 1983.

______, 『朝鮮人と日本人』, 勁草書房, 1983.

林房雄, 『大東亞戰爭肯定論』 上・下, 三樹書房, 1984.

原金一郎 編, 『原敬日記』 第八卷, 乾元社, 1950.

原四郎, 『大戰略なき開戰』, 原書房, 1987.

梁村奇智城, 『國民精神總動員運動と心田開發』, 朝鮮研究社, 1939.

平野謙, 『文學・昭和十年前後』 文藝春秋社 1972.

______, 『昭和文學史』, 筑摩書房, 1982.

廣松涉, 『近代の超克論』, 朝日出版社, 1980.

藤田省三, 『天皇制國家の支配原理』, 未來社, 1987.

本多秋五, 『第三版・轉向文學論』, 未來社, 1985.

松本次郎, 『敗戰滿洲の藝術家たち』, 永田書房, 1987.

松本清張, 『北の詩人』, 中央公論社, 1964.

丸山眞男, 『日本の思想』 岩波新書 岩波書店 1967.

________, 『戰中と戰後の間』 みすず書房 1974.

________, 『日本政治思想史研究』 東京大學出版會 1985.

________, 『現代政治の思想と行動』, 未來社, 1988.

三木淸, 『三木淸全集』, 岩波書店, 1968.

三國一朗, 『戰中用語集』, 岩波新書 岩波書店, 1988.

三島由紀夫, 『文化防衛論』, 新潮社, 1969.

御水洗辰雄, 『南次郎』, 南次郎傳記刊行會, 1975.

宮田節子, 『朝鮮民族と皇民化政策』, 未來社, 1985.

三輪公忠, 『再考・太平洋戰爭前後』, 創世記社, 1981.

村上重良, 『國家神道と民衆宗敎』, 吉川弘文堂, 1982.

森田芳夫 編, 『朝鮮に於ける國民總力運動史』, 國民總力朝鮮聯盟, 1945.

文部省, 『國體の本意』, 文部省, 1937.

安田敏朗, 『植民地のなかの「国語学」』, 三元社, 1998.

山邊健太郎, 『日本統治下の朝鮮』, 岩波新書 岩波書店, 1974.

__________, 『日韓併合小史』, 岩波新書 岩波書店, 1984.

山嶺建二, 『轉向の時代と知識人』, 三一書房, 1978.

山本七平, 『洪思翊中將の處刑』, 文藝春秋社, 1976.

吉田松陰, 『吉田松陰全集』(大衆版) 第二卷, 大和書房, 1974.

陸軍省新聞班, 『時局の重大性』, 陸軍省, 1937.

鷲田小彌太, 『昭和思想史六十年』, 三一書房, 1986.


## 3. 서양 문헌(번역서 포함)

Carlyle, Thomas, 박상익 역, 『영웅숭배론』, 한길사, 2003.

Eckermann, Johann Peter, 곽복록 역, 『괴테와의 대화』, 동서문화사, 2007.

Heidegger, Martin, 신상희 역, 『숲길』, 나남, 2008.

Platon, 박종현 역주, 『국가·政體』, 서광사, 1977.


Benedict, Ruth, 長谷川松治 譯, 『菊と刀』, 社會思想社, 1982.

Dower, John W., 齋藤元一 譯, 『人種偏見』, (株)TBS·ブリタニカ, 1987.

Fanon, Frantz, 鈴木道彦 外譯, 『フランツ·ファノン著作集』全四卷, みすず書房, 1984.

Haffner, Sevastian, 山田義顯 譯, 『ドイツ帝國の興亡』, 平凡社, 1989.

Hughes, Stuart, 川上源太郎 譯, 『二十世紀の運命』, 潮新書, 1970.

Hitler, Adolf, 平野一郎·将積茂 訳, 『わが闘争』上·下, 角川文庫, 1973.

Mckenzie, F.A., 渡部學 譯, 『朝鮮の悲劇』, 平凡社, 1972.

Reich, Wilhelm, 平田武靖 譯, 『ファシズムの大衆心理』上·下, セリカ書房, 1972.

Rosenberg, Alfred, 丸山仁夫 譯, 『二十世紀の神話』, 三笠書房, 1938.

Wehler, H.U., 山口定 外譯, 『近代化理論と歷史學』, 未來社, 1986.


Ben-Ami Shillony, *Politics and Culture in Japan*, Clarendon Press·Oxford, 1981.